LUIS ZUECO (Borja, Zaragoza, 1979) es director de los Castillos de Grisel y de Bulbuente, dos fortalezas restauradas y habilitadas como alojamientos con encanto y como sede de eventos. Además, es ingeniero industrial, licenciado en Historia y máster en Investigación artística e histórica, miembro de la Asociación Española de Amigos de los Castillos y colaborador, como experto en patrimonio y cultura, en diversos medios de comunicación. En 2011, publicó *Rojo amanecer en Lepanto*, seguido de *El escalón 33* (2012) y *Tierra sin rey* (2013). Zueco ha logrado el éxito internacional de la crítica y el público con su fascinante Trilogía Medieval: *El castillo*, *La ciudad* y *El monasterio*. Sus libros posteriores, todos ellos publicados en Ediciones B, son *El mercader de libros* (2020), *El cirujano de almas* (2021) y la bilogía Un Mundo Nuevo, compuesta por *El tablero de la reina* (2023) y *El mapa de un mundo nuevo* (2024), que lo han consagrado como uno de los novelistas más importantes de nuestro país.

Papel certificado por el Forest Stewardship Council®

Primera edición en B de Bolsillo: julio de 2025
De este título se han hecho un total de 2 ediciones

© 2024, Luis Zueco
Los derechos de esta obra han sido cedidos a través de Bookbank Agencia Literaria
© 2024, 2025, Penguin Random House Grupo Editorial, S. A. U.
Travessera de Gràcia, 47-49. 08021 Barcelona
© Ricardo Sánchez, por los materiales gráficos de interior
Diseño de la cubierta: © José Luis Paniagua / Anna Puig
Imagen de la cubierta: © José Luis Paniagua

Printed in Spain – Impreso en España

ISBN: 978-84-9070-983-2
Depósito legal: B-8.820-2025

Compuesto en Llibresimes
Impreso en Black Print CPI Ibérica
Sant Andreu de la Barca (Barcelona)

BB 0 9 8 3 2

El mapa de un mundo nuevo

LUIS ZUECO

*A mi familia, que me acompaña
en mis viajes… y en mis sueños*

No todos los que deambulan están perdidos.

J. R. R. TOLKIEN,
El Señor de los Anillos

ÁRBOL GENEALÓGICO
DE LOS HIJOS DE
LOS REYES CATÓLICOS

Hasta 1506

**ISABEL I
DE CASTILLA
(1451-1504)**

**FERNANDO II
DE ARAGÓN
(1479-)**

**ISABEL
(1470-1498)**
Reina de Portugal

**JUAN
(1478-1497)**
Príncipe de Asturias
y Gerona

**JUANA I
(1479-)**
Reina de Castilla
Duquesa de Borgoña

**MARÍA
(1482-)**
Reina de Portugal

**CATALINA
(1485-)**
Reina de Inglaterra
en 1509

1496

**MARGARITA
DE AUSTRIA
(1480-)**

**FELIPE
DE AUSTRIA
El Hermoso
(1478-1506)**
Rey de Castilla
Príncipe de Borgoña

1490

**ALFONSO
(1475-1491)**
Príncipe de Portugal

1497

**MANUEL I
El Afortunado
(1469-)**
Rey de Portugal

1500

**MIGUEL
DE LA PAZ
(1498-1500)**
Príncipe de Asturias,
Gerona y Portugal

Introducción

Tordesillas, Corona de Castilla, 1494

El cartógrafo real se inclinó sobre el mapa que ocupaba la mayor parte de la mesa, tomó una regla y midió la distancia. Humedeció la pluma en el tintero y trazó con decisión una línea de norte a sur donde estaba representada la Mar Océana, a 370 leguas de Cabo Verde.

Los tres delegados portugueses firmaron el tratado y, a continuación, hicieron lo propio los tres castellanos.

—Ya está —expresó con gran satisfacción el último que estampó su firma.

Las monarquías portuguesa y castellana acababan de repartirse la esfera terrestre para ellas solas. No entraban ni Francia ni las repúblicas italianas, ni el Imperio otomano ni el germánico, ni mucho menos Inglaterra.

Con la bendición del papa Borgia, el mundo entero pertenecía a Portugal y a España.

A nadie más.

Prólogo

—El mundo es redondo, como una naranja —pronuncia el juglar frente a la atenta mirada de su público—. Hasta hace poco, todos viajaban hacia oriente. Pero hace cuatro años, un osado marinero puso rumbo a poniente.

—¡Colón! —grita una muchacha.

—Así es, dos travesías a las Indias ha realizado ya el Almirante navegando hacia la puesta de sol. ¿Qué maravillas ha encontrado en aquellas tierras lejanas? ¿Especias, porcelana, té, perlas, oro? En el primer viaje embarcaron apenas cien hombres; en el segundo, más de mil. ¿Cuántos irán en el siguiente?

La concurrencia cuchichea en voz baja dejando volar su imaginación, anonadada con el relato.

—No es solo eso. Se están produciendo muchos más acontecimientos y yo voy a contároslos porque soy… ¡un viajero! Como los protagonistas de los legendarios relatos de la *Ilíada* y la *Odisea*, o Marco Polo en sus fabulosas aventuras. Sin embargo, señores y señoras, ese mundo antiguo ha cambiado. La realidad donde vivimos ya no es como la vislumbraban los griegos, los romanos o nuestros abuelos o incluso nuestros padres.

—Pues yo lo veo todo igual —comenta un anónimo al fondo.

—¿Eso cree mi incrédulo amigo? Hemos conquistado el reino de Granada; los portugueses han circunvalado por primera vez África; en Florencia se ha levantado la cúpula más inmensa que podáis imaginar; desde Baviera ha llegado un invento que copia libros a cientos, ¡a miles! —afirma con un entusiasmo inusitado—. Yo he visto a los artistas crear esculturas que parecen estar vivas; pintar cuadros donde las figuras casi salen del lienzo para darte la mano. El tiempo se controla con complejos engranajes mecánicos; los cañones derrumban las murallas más poderosas; los arcabuces sustituyen a arcos y ballestas; el astrolabio es capaz de buscar las estrellas en el cielo. —Hace una pausa—. Es el progreso: ahora el hombre es la medida de todas las cosas.

Las gentes que le rodean lo miran impertérritas, escuchando emocionadas cada una de las esperanzadoras palabras.

—Amigos, estamos en un mundo nuevo.

LIBRO PRIMERO

TODO VIAJE COMIENZA EN LOS LIBROS

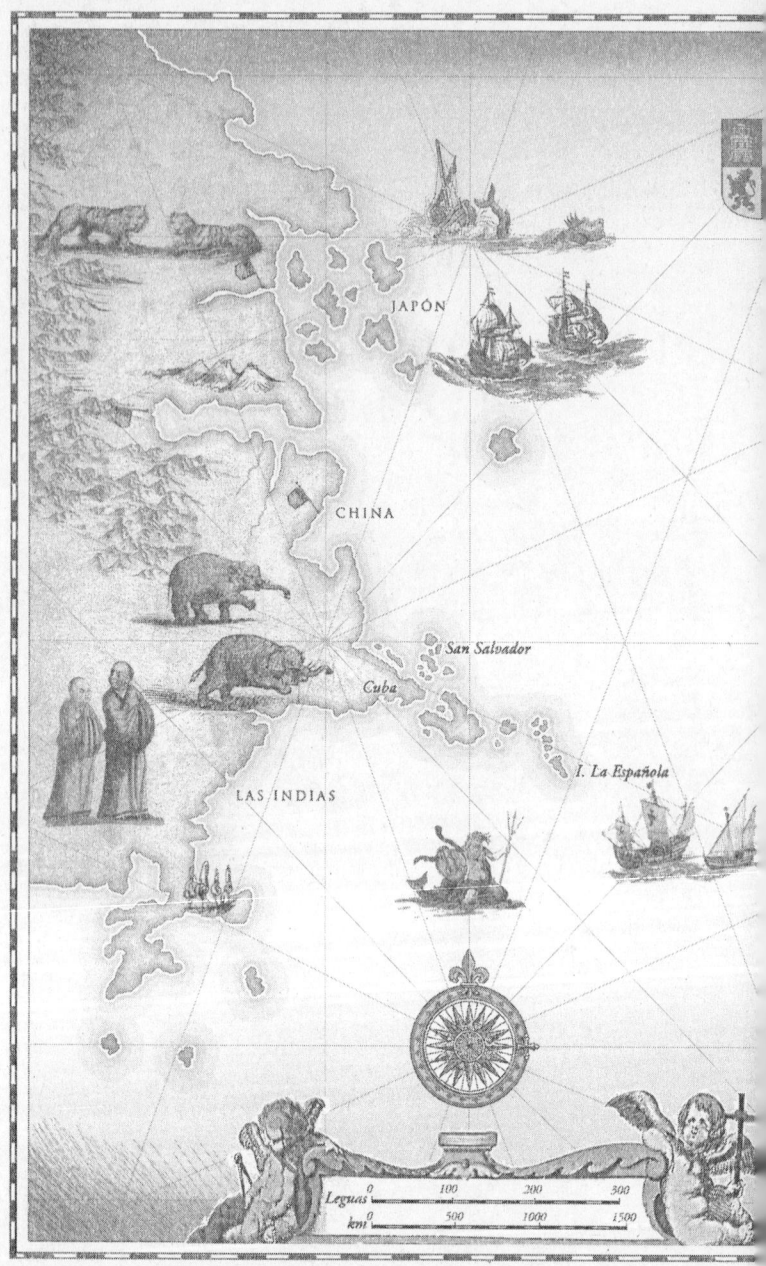

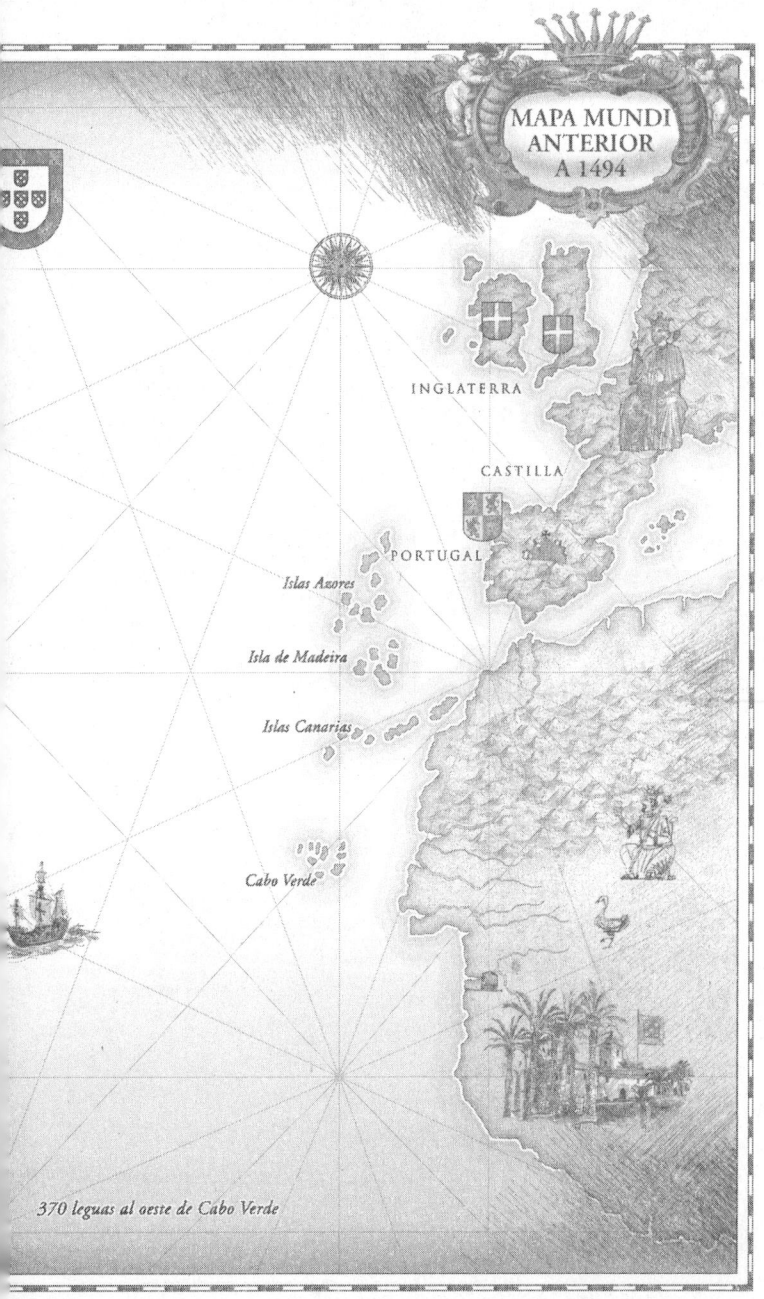

MAPA MUNDI
ANTERIOR
A 1494

INGLATERRA

CASTILLA

PORTUGAL

Islas Azores

Isla de Madeira

Islas Canarias

Cabo Verde

370 leguas al oeste de Cabo Verde

1

Cerca del mar Cantábrico, verano de 1496

Él viaja siempre al ritmo que marcan sus pasos, nunca monta a caballo ni va en carruaje. Avanza incansable por parajes donde los cultivos son minoría frente a los bosques, donde campan a sus anchas los osos; los jabalís lo hacen por los abundantes montes que jalonan el paisaje, y las manadas de lobos acechan amenazantes a la entrada de cualquier población.

Le aterra la peste, aún colea el desastre de la pandemia que devastó Europa el siglo pasado y a veces atraviesa ciudades que han sido abandonadas desde entonces y nadie ha osado volver a habitar por temor a que la plaga sobreviva agazapada entre sus muros. En su largo caminar por condados, señoríos y villas, ha pisado las cenizas de pueblos que fueron pasto de las llamas a manos de mercenarios, crueles y despiadados. Y cimientos de antiguos reinos que la arena del tiempo y el olvido cubrió de ignorancia.

También ha conocido ciudades parapetadas tras sus fuertes murallas, con guardias armados vigilando sus puertas y un agorero vuelo de buitres merodeando el entorno de sus cadalsos. En ellas, las torres de sus iglesias apuntan al cielo, y hay un constante ir y venir de gentes; aunque la mayoría viven en aldeas, las cuales parecen inmóviles al paso de los siglos.

El viene de lejos y hasta llegar aquí ha escalado altas montañas, ha franqueado profundos desfiladeros, ha cruzado frondosos valles y ha vadeado caudalosos ríos. Sin ningún mapa, solo con los nombres de unos pocos lugares en la cabeza con los que él mismo ha trazado la ruta.

Se ha perdido en alguna tormenta y ha caminado bajo un sol abrasador. Y la noche le ha sorprendido en la soledad de la nada más absoluta, al alcance de fieras, bandidos y canallas.

Él tiene un temperamento forjado con cada revés del camino, pues han intentado robarle, secuestrarlo y arrebatarle la vida. A lo largo de todos estos años, le han timado, envenenado y contagiado enfermedades para las que aún no existe nombre. Ha cruzado campos de batalla sembrados de cadáveres desmembrados, donde no quedaba atisbo alguno de humanidad.

Solo ha encontrado refugio en las posadas, donde ha bebido vino borgoñés y lombardo; ha comido salazones bretonas y corderos castellanos; ha hablado en lenguas olvidadas sobre lugares que no aparecen en los mapas ni en los libros.

Ha tenido miedo, y dolor, y desesperación. Ha pensado en rendirse, también que le matarían. Ha creído estar muerto y ha vuelto a abrir los ojos en monasterios encaramados en altas cumbres.

Sabe lo que es que su corazón palpite tan fuerte como si pretendiera salirse del pecho; ha sentido el terror de ser perseguido por asesinos y también por gentes que parecían agradables, al menos hasta que el germen de la intransigencia les envenenó la sangre.

En ocasiones, han puesto precio a su cabeza simplemente por ser extraño en tierras hostiles. Ha creído que Dios le abandonaba y lo ha vuelto a encontrar en lugares santos.

En su periplo, ha estado en las orillas de los mares, donde solo hay diminutos pueblos de pescadores porque nadie más se arriesga a vivir al acecho de los piratas. Ha cruzado fronteras todavía no marcadas y ha coronado picos que nadie reclama. Conoce castillos infranqueables, ubicados en riscos que parecen tallados por antiguos dioses para que nadie ose subirlos. Ha conocido fastuosos palacios, y catedrales donde se siente que Dios te habla directamente.

Pero si ha viajado no ha sido en busca de tesoros ni de la verdadera fe. Ni siquiera para descubrir rutas nuevas hasta Oriente o ricas minas de oro. Y tampoco para hallar sabiduría en los libros de grandes bibliotecas como la de Alejandría o la de Pérgamo.

Él ha viajado para conocer cómo es el mundo, y ahora se dedica a contarlo.

Se llama Anselmo de Perpiñán, y es un juglar con una portentosa memoria que recita canciones y romances en castellano, portugués, germano, toscano, catalán y muchas otras lenguas. Hoy su público es de lo más granado, pues se encuentra ante los reyes de Castilla y Aragón, Isabel y Fernando, y sus cinco descendientes: Isabel, la mayor, cuyo marido, el príncipe de Portugal, falleció tras una caída del caballo dejándola viuda y sin hijos; Juan, el heredero al trono, único varón, de dieciocho años; Juana, con dieciséis años y que en unos días parte para su boda en Flandes con el duque de Borgoña, y las pequeñas María y Catalina, de catorce y once años.

Es la última vez que toda la familia real estará reunida, así que el juglar se ha propuesto realizar una actuación que les haga recordar para siempre este feliz día.

No muy lejos de él, dos amigas, María y Laia, observan el espectáculo subidas en un carromato. Han venido desde Bilbao, son jóvenes y se quieren como hermanas. Desde su privilegiada atalaya, logran ver al príncipe Juan, el heredero, y a su madre, la reina Isabel de Castilla.

El juglar comienza a relatar, con su grandilocuencia habitual, que en la Antigüedad más lejana hubo un rey llamado Gilgamesh que lloraba desconsolado la pérdida de su mejor amigo…

—«Enkidu», llamaba el rey a su amigo, que reposaba sobre una cama. «Enkidu, despierta», repetía sin éxito.

»Aquella ausencia hizo que el poderoso rey cayese en la más absoluta tristeza. Y así, Gilgamesh veló sin descanso a Enkidu durante días, hasta que oyó que en el confín del mundo vivían unos hombres que no morían nunca, pues tenían el don de la inmortalidad. Encontrarlas era la única manera de lograr despertar a Enkidu del sueño eterno.

»El consejo real se opuso al completo a tan magno viaje. Nadie había regresado con vida del confín del mundo, y se dudaba si realmente alguna persona había llegado tan lejos. Pero el rey hizo caso omiso, dejó su ciudad de oro y partió en busca de la inmortalidad.

El juglar no escatima en detalles y escenifica su relato cambiando de tono, utilizando voces distintas, realizando acrobacias y saltos; y hasta saca un laúd con el que toca unas notas.

Les cuenta cómo el rey subió una montaña más alta que el cielo, cruzó el mar de la muerte, las cavernas más profundas que el infierno y, a pesar de su largo periplo, no logró la inmortalidad. Regresó a su ciudad convertido en el mayor viajero de todos los tiempos, viejo y cansado; y un día se quedó dormido en el sueño eterno. Pero de Gilgamesh quedó esta leyenda inmortal, que tiene ya miles de años y se sigue recordando.

El público de la corte rompe en aplausos, la actuación es todo un éxito que encandila a los hijos de Sus Altezas.

Hay quien no entiende por qué un hombre decide convertirse en juglar y pasar su vida yendo de ciudad en ciudad por unas monedas; sin un hogar al que regresar, sin el calor de una familia y un reino al que pertenecer. A veces él mismo lo piensa. Hasta que llegan días como el de hoy, cuando las risas y la felicidad que producen sus relatos le reconfortan y le dan fuerzas para continuar el viaje.

—¡Juglar! —le reclama un consejero real—. La reina Isabel desea verte.

—¿Su Alteza?

—¿Acaso eres sordo? Sí, ¡vamos!, no la hagamos esperar.

Se pone nervioso y no le da tiempo a pensar nada. Solo acierta a seguir a ese hombre que le conduce entre guardias, consejeros, damas de honor y criados hasta un pabellón decorado con lujosos tapices y brillantes brocados. Tras una mesa de madera labrada hay dos mujeres que ojean un pergamino. Una de pie, que le mira de reojo y se retira unos pasos, y la otra… Nunca ha visto a la reina, pero esa fuerza que irradia todo su ser solo puede provenir de Isabel de Castilla.

Es más hermosa de lo que imaginaba, de tez blanca y cabellos dorados. No debería extrañarle, es conocedor de la genealogía de las principales casas reales y sabe que su abuela era Catalina de Lancaster, y que esta inglesa fue famosa por su belleza. Sigue mirándola y se fija en que posee unos ojos entre verdes y azules; él mismo los tiene también de un azul intenso que llama la atención.

—Es de suponer que estaréis contento —le dice de forma airada.

—Alteza, ignoro en qué he errado… —El juglar se teme lo peor.

Vacila sobre si debe continuar contestando o permanecer callado, busca ayuda a su alrededor y por suerte encuentra la mirada de la dama que acompaña a la reina, quien le hace un sutil gesto para que no hable.

—A mis hijas pequeñas ya no les basta con ir a las Indias con Colón, ahora quieren imitar a Gilgamesh y viajar hasta el confín del mundo en busca de la inmortalidad. Están encantadas con vuestro relato, las infantas María y Catalina han venido corriendo a contármelo emocionadas. Solemos tener actuaciones de bufones que son graciosas, pero la vuestra ha sido realmente sublime.

—¡Qué alegría escucharlo de vuestros labios, alteza!

—Deseo que os conozcan —dice la reina, y por fin sonríe—. Aunque ahora están con su padre, el rey, despidiéndose de su hermana.

En ese instante entra de manera apresurada un hombre de Dios, de aspecto recio y abundante barba.

—Ilustrísima, ¿qué motivo os induce a interrumpirnos así?

—Uno muy grave, alteza —responde compungido—. Es sobre las Indias.

—Me lo imagino; sin embargo, deberá esperar.

—Pero…

—No es el momento, ilustrísima —le advierte la reina Isabel.

—Por supuesto. —Él asiente y sale del pabellón real sin mostrar discrepancia alguna.

—Juglar, disculpad al obispo Fonseca. Es un hombre recto, si nos ha interrumpido tendrá una buena razón. La labor evangelizadora está ocasionando graves problemas y hay que buscar el modo de llevar la fe a las Indias. Pero solo obtengo excusas, siempre excusas.

—*Excusatio non petita, accusatio manifesta* —pronuncia el juglar en un perfecto latín cuando ya no está presente el obispo.

—¿Cómo decís?

—Todo aquel que se disculpa de una falta sin que nadie se lo haya pedido se revela él mismo como autor de dicha falta —responde él con su peculiar tono de voz, siempre teatral.

—Beatriz —reclama la reina a la mujer que está a su lado—, ¿lo habéis oído?

—Sí, alteza.

—Beatriz Galindo es mi maestra de latín y también la de mis hijos. —La reina lo escruta con la mirada—. Sois un hombre inteligente, eso sé verlo. Me agradaría que os quedarais con nosotros, en otros reinos hay juglares que amenizan la corte. Habéis encandilado a mis hijos y podríais contarle vuestras historias al príncipe para que se le haga menos dura la espera hasta la llegada de su prometida.

—Me concedéis un gran honor, alteza —dice haciendo una genuflexión—, pero, con todo mi dolor, he de declinar vuestra invitación.

—¿Y eso por qué? —pregunta la reina Isabel, visiblemente contrariada.

—Mi espíritu me demanda estar en constante movimiento, conociendo nuevos lugares y gentes, escuchando otras lenguas. Elegí ser viajero, alteza. Mi trabajo es contar el mundo: lo maravillosa que es la Alhambra de Granada, lo inmensa que es la catedral de Sevilla, cómo es el cantar de las ballenas en el Cantábrico o la imponente estampa de la flota real saliendo hoy del puerto de Laredo.

—¿Contar el mundo? Qué interesante... Pero para eso no solo hay que viajar mucho, también hay que descubrir qué ocurre en cada lugar.

—Así es, y me tengo por un privilegiado. Cada día elijo mi escenario, mi guion y mi personaje —y al decir esto hace un gesto con su mano derecha.

—Entiendo y respeto vuestra elección... —La reina Isabel vuelve a quedarse pensativa—. Sois un viajero, como ese rey Gilgamesh.

—Lo soy, alteza. Recorro el mundo con mis relatos y canciones.

—¿Sabéis? Tengo otra idea que estoy convencida de que sí os satisfará. No enturbiaría vuestros viajes; al contrario, os los facilitaría.

El juglar se queda sorprendido, sin imaginar a qué se está refiriendo. Pero en ese instante se oyen trompetas y jolgorio en el exterior.

—Es un momento de celebración para todo el reino. Hablaremos más adelante, estoy segura de que ahora el príncipe está ansioso por escucharos de nuevo.

El juglar asiente, pues es consciente de que no puede darle dos negativas seguidas a la reina de Castilla. Se incorpora, abandona el pabellón real y se dispone a iniciar un relato derrochando todo su talento para encandilar al príncipe Juan, que está acompañado de los pajes reales. Todos son vástagos de grandes nobles, aunque también hay excepciones entre ellos, como Diego Colón y el pequeño Hernando, los hijos del Almirante.

Junto al puerto, Laia y María se reúnen con el marido de esta última, Antonio.

—¿Has averiguado algo? —pregunta Laia.

—Sí, está a bordo —responde él—, pero no sé en cuál de los barcos, ¡hay tantos! La flota real es enorme, hay miles de tripulantes.

—¿Y qué vamos a hacer? —inquiere María, que se muerde las uñas a causa de los nervios.

—No tenemos alternativa, debemos embarcar, o lo perderemos para siempre, y él es el único que puede contarnos la verdad de lo que sucedió —resopla Laia, que no para de moverse.

—¿Estáis seguras?

—Claro que sí, no podemos permitir que ese malnacido quede impune y que todos se olviden de lo que ocurrió. Tenemos treinta y nueve razones para hacerlo. —Laia se serena y habla con firmeza—: Lo conseguiremos, estoy convencida, lograremos hacer justicia.

Los tres asienten con la cabeza.

2

Lier, condado de Flandes

Su morada es sencilla, mapas y dibujos cuelgan de las paredes ocultando por completo el yeso. No queda ni un pequeño hueco al descubierto. A Noah le apasionan los libros que narran viajes fascinantes, los devora y sueña con los lugares que se describen en ellos. Luego los dibuja y se imagina recorriendo montes, ciudades y costas.

Un mundo que nunca para de crecer. Su centro es el Mediterráneo; hacia poniente, las islas Azores, las Canarias y la inmensidad de la Mar Océana; hacia levante, las tierras de Oriente, Asia, el Índico, Catay, Cipango y los confines del mundo. De algunos lugares apenas se saben unos nombres, historias de viajeros y mercaderes; ciudades hechas de oro, islas de especias, montañas que llegan al cielo; unicornios, dragones y un sinfín de maravillas.

Y se hace muchas preguntas: ¿hasta dónde abarca Asia?, ¿dónde se ubica el imperio del Gran Kan?, ¿de qué modo se cruza la zona tórrida del ecuador?, ¿cómo es que no se caen las criaturas que viven al otro lado del mundo, en las antípodas?

Se abstrae mirando en un mapa el recorrido del río Danubio, donde el Imperio romano fortificó su frontera durante cuatro siglos. O los desiertos del África, que hacen tan impenetrable su corazón de oro. O las gélidas tierras de los reinos de Suecia o Noruega.

Pero sobre todo imagina esa ruta que atraviesa vastos desiertos y cordilleras, donde los viajeros se enfrentan a innumerables peligros: bandidos, tormentas de arena y cambios de clima extremos. Aun así, los comerciantes ven compensados los riesgos porque ese trayecto les permite acceder a bienes tan valiosos como el té, la porcelana, el incienso y las especias. Es el camino que siguió el expedicionario más admirado de todos los tiempos, el veneciano Marco Polo.

Ha leído sus aventuras una y mil veces más. Marco Polo nació en Venecia hace tres siglos y, a los diecisiete años, comenzó su periplo por Asia. Viajó con su padre y su tío hasta la corte de un poderoso emperador mongol, donde el veneciano se convirtió en su confidente, y luego continuó sus andanzas por la India y Persia, acumulando un vasto conocimiento de estos países. Ahora admira a Cristóbal Colón, que ha sido el primero que ha cruzado el Océano y llegado a los confines de Asia por poniente.

Noah adora la cartografía. Hace poco vio el boceto de un mapa donde aparecía escrita una frase que le cautivó: *Hic sunt dracones*, «Aquí hay dragones». Una inscripción que marca territorios inexplorados y con grandes peligros. Y él se deja llevar por su infinita fantasía: viaja como un águila sobrevolando ciudades y reinos donde nunca estará, navega mares que solo conoce por su nombre, recorre valles que jamás cruzará y escucha lenguas desconocidas.

Se recuesta en su catre y duerme.

Los libros, los mapas, la imaginación y los sueños; esas son sus formas de conocer el mundo porque, en realidad, nunca ha abandonado su pueblo.

Cuando se despierta, intuye que se ha hecho tarde. No hay nadie en su casa. Sale a la calle, el día está desapacible. Llueve, en Lier siempre llueve.

Hoy no tiene por qué ser un día distinto.

Sin embargo, lo es. Porque de pronto se encuentra con un grupo de vecinos que hablan de forma airada. Él no comprende qué puede suceder tan temprano y que provoque tanta expectación en Lier, donde nunca pasa nada. El tumulto es cada vez más numeroso, y conoce a casi todos: están los carpinteros, el barbero, uno de los hermanos que trabajan en el molino, también el hijo del dueño de la posada. Pocas veces los ha visto tan alterados como esta mañana.

Identifica a su primo Otis, algo mayor que él y del que comentan que es quien más porvenir tiene de toda la familia, puesto que está prosperando con el negocio de tintura de paños que abrió hace dos años.

—¿Qué ocurre, Otis?

—¡Es increíble, primo!

—¿El qué?

—Han anunciado que llega un inmenso séquito a nuestra ciudad. Ya sabes que todos pasan de largo camino de Amberes, pero en esta ocasión se van a establecer unos días en Lier. Dicen que se trata de una comitiva enorme, ¡que hasta viene una princesa! —explica su primo antes de que él se marche.

Noah es un muchacho despierto y con buena memoria. Aprendió a leer y a escribir a los cinco años. En cuanto vienen noticias de fuera porque algún viajero llega a Lier, él es el primero que sale a su encuentro y le pregunta por su procedencia y qué maravillas ha tenido la oportunidad de conocer.

Él es así, su cabeza siempre está lejos de Lier; en cambio, sus pies están anclados aquí, en Flandes. Por suerte, ha encontrado la forma de viajar gracias al maestro Ziemers, que posee un taller de relojes donde Noah ayuda en lo que puede, y una colección de mapas y libros que le permite disfrutar y dar rienda suelta a su imaginación desbocada.

—La mayoría de la gente no sabe leer, Noah —le explica el relojero—, por eso los mapas plasman la información a través de símbolos o dibujos comprensibles para cualquiera. Se utilizan elementos religiosos para situar grandes ciudades como Roma o Jerusalén y se dibujan los tres continentes que existen.

—Europa, Asia y África.

—¡Exacto! —exclama complacido Ziemers—. Al igual que los libros que se hacen en los monasterios, los mapas son realizados con cuidado y esmero. Es costumbre decorar los espacios que quedan en blanco con monstruos marinos o criaturas de todo tipo, pero en la mayoría de las ocasiones tienen solo un valor estético.

Él no imagina un lugar mejor que la biblioteca de Ziemers. Tiene casi cincuenta libros, ¡qué barbaridad! Pero el maestro relojero le ha contado que hay nobles y reyes que poseen trescientos y cuatrocientos volúmenes. No se puede hacer una idea de semejante concentración de conocimiento. ¿Será verdad?

¿Cuántos volúmenes habrá en la mayor biblioteca del mundo? ¿Mil?

Tal es la pasión que pone Noah en la lectura de los libros del maestro Ziemers que descuida sus obligaciones, y su padre le recrimina una y otra vez su actitud ausente y los pájaros que vuelan en su cabeza. Él no entiende qué quiere decir eso, aunque, a fuerza de oírselo repetir, hay noches que ha soñado que efectivamente tenía pájaros revoloteando dentro de él. Su madre es más comprensiva, excepto en lo relativo a su vestimenta. No permite que la lleve sucia o arrugada, y le regaña por cualquier diminuta mancha o arruga.

Su familia se completa con su hermana Cloe, de nueve años. Juega mucho con ella, sus cabellos son dorados y tiene los ojos verdes, como los campos en primavera. A menudo, ella le sigue a escondidas y aparece cuando menos se lo espera. Cloe es muy inteligente y perspicaz para su edad, pero a veces tiene tanta malicia que le asombra su precocidad.

Una enorme comitiva ha ido llegando durante todo el día a Lier. Son miles de personas de aspecto singular, que hablan una extraña lengua y hasta se mueven de forma distinta. Se han establecido dentro y en los alrededores del palacio ducal. Han levantado un mar de tiendas y pabellones entre los que circulan carros, caballos y hombres de armas. Emblemas con torres, leones y barras ondean en el cielo de Lier.

Noah los contempla desde la orilla del río, sobre el viejo puente de madera que cruje cada vez que pasa una caballería.

—¿Quiénes son? —pregunta al panadero, que asiste como él al espectáculo de semejante despliegue.

—Extranjeros, de las coronas de Castilla y Aragón.

Noah hace memoria. En efecto, al final de la Cristiandad y frente al mar Tenebroso, ha visto dibujados esos territorios, aunque poco sabe de ellos.

—Son reinos donde siempre tienen sol —Noah mira las nubes porque vuelve a chispear—, no como aquí. ¿Y qué han venido a hacer a Lier?

—Nuestro señor, Felipe de Habsburgo, va a casarse con una hija de los reyes de esas tierras —responde Otis, el primo de Noah, que llega por su espalda—. Así que se han detenido en Lier de camino a Amberes.

—Entonces… sí que hay una princesa en nuestra ciudad —afirma Noah, emocionado.

—Sí, se llama Juana, y he oído que es de una belleza sin igual —añade Otis.

Mientras el panadero y su primo siguen hablando, Noah se ausenta. Aunque esté en medio de una conversación, abandona este mundo y se sumerge en otro que solo él es capaz de ver.

—¡Noah! ¿Me estás escuchando? —inquiere su primo.

—Por supuesto —dice volviendo a la realidad.

—Traen joyas y tesoros —añade el panadero—. Imaginaos cómo es la dote de una princesa: una verdadera fortuna. ¡Lo que daría por ver lo que llevan en esos carruajes!

—Yo preferiría verla a ella —dice su primo riéndose.

—¡Sí, claro! —ríe el panadero—. Como que te van a dejar acercarte a una princesa.

—¡Y a ti al oro!

La conversación se alarga poco más porque la noche cae inmisericorde como cualquier otro día del año en Lier. Aunque hoy no lo es, ¿cuándo si no ha dormido una princesa extranjera en la ciudad?

Noah regresa con su familia, y después de cenar, con sigilo, sale por el corral de la casa sin que sus padres se percaten. Pasa agazapado junto a las gallinas, que casi le delatan, y salta la cerca de madera que limita su huerta.

—¿A dónde vas? —dice una vocecilla a su espalda.

—¡Cloe! ¡Chis! —Se lleva un dedo a los labios para que guarde silencio—. ¿Qué haces aquí?

—Vas a ver a los extranjeros, ¿verdad? Yo también quiero ir.

—¿Cómo sabes tú…? Cloe, eres una niña, tienes que quedarte en casa.

—Ya soy mayor.

—Mira, Cloe, no puedes venir ahora. Pero te prometo que te contaré todo lo que vea y que mañana iremos juntos a ver a los extranjeros.

—¿Lo prometes? —Le mira con unos ojillos a los que cuesta decirles que no.

Noah sonríe y la observa orgulloso; sabe que cuando crezca llevará de cabeza a todos a su alrededor.

—Sí, te lo prometo.

—Pues ten más cuidado, haces tanto ruido que no sé cómo madre no te ha oído —le recrimina.

Noah camina paralelo al río con un andar lento y reflexivo, y su eterno aire de ensoñación. Se aproxima todo lo que puede al palacio ducal. Se agacha y avanza a hurtadillas hasta unos árboles. Hay antorchas iluminando los accesos y soldados vigilando, enfundados en sus cotas de malla, con sus yelmos calados y las armas afiladas.

Nunca podrá acercarse a ellos.

Otea en busca de un camino alternativo, pero todo el perímetro se halla fuertemente vigilado. Es imposible avanzar más. Abandona su intento y se retira desanimado, bordeando el campamento de los extranjeros. Entonces descubre una zona arbolada que no parece custodiada. Corre hacia ella y se oculta entre unos árboles, excitado y feliz de haber salvado la vigilancia.

Es consciente de que si le descubren tendrá consecuencias,

pero confía en su buena fortuna. Hasta que unas palabras golpean su espalda. Se le hiela la sangre, no conoce el idioma. Por fuerza deben ser los guardias, que le han sorprendido fisgoneando.

Vuelven a dirigirse a él, sigue sin comprender lo que le dicen. Teme volverse y encontrarse con el filo de una espada. No obstante, sabe que no tiene alternativa, así que se gira con lentitud y… descubre que quien le habla es en realidad una joven.

No es de Lier, ni cree que de ningún otro rincón del condado de Flandes. Tiene el cabello recogido en un moño alto, oscuro como sus ojos. Su piel es morena y viste un brial blanco que aumenta el contraste. Aunque lo que más le llama la atención es su gesto: desafiante, fuerte, seguro, más propio de un hombre adulto que de una joven extranjera.

3

Lier

A Eulalia nadie la llama por su nombre. Fue su abuela materna la que comenzó a usar su diminutivo, Laia. Y desde que tiene uso de razón todos la han llamado así. Laia no quería viajar tan lejos, lo ha hecho porque tiene una obligación que no puede eludir. Ni ella ni los que la acompañan en esta misión. No les ha resultado fácil embarcarse con la comitiva nupcial de la infanta Juana; pero no han tenido más remedio que hacerlo, aunque haya supuesto poner su vida patas arriba.

Así que ahora están en Flandes, pendientes de la boda de la infanta Juana con Felipe de Habsburgo, primogénito de Maximiliano, archiduque de Austria y rey de Romanos; y, quién sabe, quizá futuro emperador. En realidad serán dos bodas y el viaje tiene doble trayecto. Se casan dos hijos de los reyes de Castilla y Aragón con dos vástagos del archiduque de Austria. El inicio de una poderosa alianza, dicen que de un tiempo nuevo. La flota ha trasladado a doña Juana y después regresará llevando a doña Margarita para la boda con el príncipe Juan.

Aunque está muy atenta a cada detalle, a Laia estas bodas reales no la distraerán de lo que de verdad es relevante, ese mal que amarga su alma y que necesita curarse.

Salieron al mar Cantábrico en una flota nunca vista hasta

entonces para una misión de esta índole. Diecinueve buques y más de sesenta barcos mercantes, con una tripulación de miles de hombres y mujeres. Los reyes debieron de pensar que todo era poco para impresionar a la corte borgoñesa. La travesía no ha sido precisamente placentera. Los vientos no jugaron a favor y la flota permaneció varios días en el puerto inglés de Portland, hasta que pudieron desembarcar en Midelburgo. Hubo cuantiosas pérdidas, incluida la carraca en la que viajaba la infanta Juana, que quedó encallada y en la cual tuvieron que abandonarse joyas, ropajes y múltiples pertenencias tanto suyas como de su séquito más próximo.

En las capitulaciones matrimoniales se estipuló que ninguna de las dos novias aportaría dote, pues se consideró recíprocamente compensada, y que el traslado de ambas debía hacerse por mar, lo que significaba un riesgo y a la vez un lance imprescindible debido a las malas relaciones con Francia.

Además de los infortunios del viaje, cuando la flota arribó, el futuro esposo, el duque de Borgoña, no salió a recibir a la infanta Juana ni a agasajarla. De hecho, aún no ha dado señales de vida. La excusa fue que se hallaba en el Tirol y no le informaron a tiempo de la llegada de su prometida.

Laia no puede creerlo. Si ella fuera Juana, habría puesto el grito en el cielo.

Como tiene buen oído y mejor intuición, no le ha costado enterarse de lo que se rumorea: que los consejeros del duque Felipe no ven con buenos ojos su enlace con Juana y preferían buscar a su futura esposa en el reino de Francia, donde su rey sueña con desbaratar el plan de Isabel de Castilla y su alianza con la familia Habsburgo.

El compromiso nupcial está peligrosamente en el aire.

Tal es así que el enorme séquito no ha encontrado acomodo en Amberes y se ha instalado en Lier, una pequeña población de Flandes a poca distancia de allí, a la espera de que la boda por fin se celebre. El tiempo pasa y la situación se torna desesperante y monótona, y ella tiene paciencia, pero su amiga María no tanta.

Laia embarcó acompañada de María y su marido Antonio. Los tres tienen el mismo secreto objetivo, pero no les está resultando fácil llevarlo a cabo. Esperan que el clima de crispación se relaje tras la boda y puedan hacer sus indagaciones y cumplir su propósito.

Llega la noche y no puede dormir. Hay una imagen que la persigue en sus pesadillas, la causa que la ha empujado a emprender esta aventura.

Esta tierra es más inhóspita que Bilbao, todavía no es invierno y ya hace frío. Esta noche María y Antonio están más cariñosos de lo habitual y ha querido darles intimidad en el pabellón que comparten. No les culpa, ojalá ella también pudiera disfrutar de la vida, pero el penar que arrastra es tan pesado que no la deja pensar en otra cosa.

Aunque hay toque de queda, decide acercarse a los otros pabellones por si descubre alguna pista sobre la persona a la que vienen siguiendo. La vigilancia es intensa, hay muchos hombres de armas haciendo guardia. Pronto se da cuenta de que no ha sido buena idea, lo mejor es regresar. Lo último que desea es llamar la atención y echar por tierra todo el esfuerzo empleado para llegar hasta aquí.

Un ruido.

Ve que alguien se mueve, piensa en salir corriendo para dar la voz de alarma, pero entonces el individuo se dispone a marcharse.

—¡Alto ahí! —grita con una voz ronca imitando a su padre—. ¿Quién eres?

La sombra se detiene, aunque no responde.

Laia teme haber cometido un error y que ahora su vida esté en peligro.

—He llamado a los guardias, ¡ya vienen! Así que es mejor que no hagas ninguna tontería.

Sigue sin contestar.

—¿Entiendes lo que te digo?

Ella sabe que en estas tierras hablan otra lengua. Prueba a repetir las preguntas en francés.

Por fin, el desconocido se gira.

4

Lier

La joven que Noah se ha encontrado al darse la vuelta tiene unos ojos tan oscuros como la misma noche y, al asomarse a sus pupilas, le engullen de tal forma que siente que cae dentro de ellos como si fuesen dos simas sin fondo.

Sus miradas se cruzan; la de Noah, sorprendida y desarmada, sin poder apartarla porque hay una fuerza superior que le está poseyendo y que nunca ha percibido antes.

Es un instante efímero, pero Noah siente que es el momento más trascendental de su vida. *Hic sunt dracones*. Acaba de entrar en un territorio inexplorado para él. Solo ve a la joven esbelta, de cejas negras, marcadas y arqueadas; y esas pupilas intensas y vivas que llenan por completo su rostro. Y cuando por fin puede librarse de la profundidad de su mirada, se queda cautivo contemplando las nubecillas de su aliento rozando sus labios gruesos y rosados.

Oye palpitar su corazón por el sobresalto.

¿O es por la belleza de la joven?

Tal es la impresión que le causa, que la mente de Noah se evade y fantasea con hallarse en otro lugar, más cálido y soleado, donde están los dos solos. Se hallan junto al mar, cogidos de la mano y mirándose a una distancia tan corta que sus labios no dejan entre los dos aire que respirar.

—¡No me has respondido! ¿Quién eres? ¿Qué haces aquí? —Las palabras que salen de esos mismos labios le devuelven con brusquedad a la realidad.

Noah hace amago de contestar, sin embargo no es capaz de articular una frase.

—Es tu última oportunidad, o me dices quién eres o grito y los guardias te arrestarán —insiste la joven.

Él tarda unos instantes en regresar por completo de su ensoñación.

—Noah. —Su lengua es el flamenco, habla algo de francés porque se lo enseñó una tía, aunque no lo practica a menudo—. Y vivo aquí, en Lier.

—¿Qué hacías? ¿Por qué me miras así?

—Disculpa si te he asustado, nada más lejos de mis intenciones. No es habitual ver un séquito como el vuestro en nuestra ciudad y sentía curiosidad por observarlo más de cerca.

De pronto escuchan ruidos, se giran y ven movimiento de gentes. Es obvio que algo sucede. Ambos se miran de nuevo, indecisos.

—Son guardias... ¡Dios! —se lamenta Laia, inquieta—. Es mejor que no me vean, podrían arrestarme por saltarme el toque de queda.

—Ven por aquí. —Noah le ofrece la mano—. Confía en mí. Conozco esta zona, no nos encontrarán.

Laia duda, coge aire y finalmente acepta el ofrecimiento.

Noah la conduce a través de los árboles y la maleza mientras oyen crujidos de pisadas tras ellos. Llegan hasta unos carromatos, Noah se arrodilla y se mete debajo. Tras un instante de vacilación, Laia le sigue. Hay varias líneas de carruajes, las atraviesan y se quedan al otro lado, en la orilla del río.

Se paran y resoplan.

—Por poco... —murmura Noah mientras recupera el aliento.

—Cierto —asiente Laia, y se quedan mirándose.

Ella sonríe por primera vez; tiene unos dientes pequeños,

blancos y perfectos. Lo que ignora Noah es el tiempo que hacía que la joven no sonreía así. Hasta ella misma se extraña y se siente confundida, y vuelve a mirar al muchacho que acaba de conocer y con el que se entiende en francés.

—¿Tú crees en el destino? —inquiere Noah—. He leído que en la Antigüedad decían que cada uno de nuestros actos está predeterminado, que no tenemos voluntad ni libertad para decidir lo que hacemos.

—Nunca me lo había planteado de esa manera tan rotunda. Yo creo que tenemos la opción de elegir, y al morir seremos juzgados por nuestros actos —responde con un suspiro.

—Mi maestro dice que todo está escrito de antemano y que luchar contra los designios del destino solo acarrea sufrimiento y frustración.

—¿A qué se dedica tu maestro?

—El señor Ziemers trabaja con el tiempo, construye relojes.

—Ya veo. —Laia recela y frunce el ceño—. Entonces ¿tú y yo nos hemos encontrado aquí por capricho del destino? ¿Es eso lo que estás insinuando?

—Sin duda —responde Noah con firmeza—. Hay veces que el destino se revela de forma clara y nítida. Pero el señor Ziemers afirma que muchos son incapaces de verlo y pierden su oportunidad de conocerlo.

—Y supongo que eso te ha pasado a ti alguna vez…

—Estoy a punto de creer que sí.

Lo que antes eran ruidos ahora son voces, gritos de júbilo. Asoman la cabeza y ven gente corriendo hacia el centro de la ciudad. Algo importante ha sucedido. Deciden salir de su escondite y averiguar qué es. Se topan con varios que lanzan proclamas que no alcanzan a entender, cada vez hay más personas que pasan a un lado y a otro de ellos, hasta que comienzan a empujarlos y no les queda más remedio que seguir la corriente hasta el tumulto que se ha formado cerca del río.

Ni Noah ni Laia comprenden a qué se debe semejante manifestación de alegría.

Todos están pletóricos, ríen e incluso alguno hace amago de bailar. La exaltación se ha desatado sin medida en Lier, pero ¿qué están celebrando?

Entonces llega una pareja que llama a Laia. La mujer también es joven, la abraza eufórica y habla muy rápido en su lengua; él es un hombre robusto que mira con desconfianza a Noah. Son amigos de Laia y le explican que el duque de Borgoña y la infanta Juana por fin se han conocido y… cosas del destino, ¡se han enamorado nada más verse!

—Ha sido amor a primera vista, Laia —le dice emocionada su amiga—, como solo sucede en los libros de caballerías. Se han visto y acto seguido deseaban amarse.

Noah mira entonces a Laia, y esta le devuelve la mirada disimulando su rubor.

—El flechazo ha sido de tal fuerza que no pueden esperar —continúa su amiga.

—¿Qué quieres decir?

La amiga de Laia se ríe antes de contestar.

—Han decidido adelantar la boda porque pretenden consumar el matrimonio esta misma noche.

—¡Esta noche!

—Sí —responde la mujer, conmovida—. ¿Te imaginas? Enamorarte con una mirada… Eso solo les ocurre a las princesas, ¿verdad?

Laia suspira y mira de reojo a Noah.

La noticia corre como la pólvora por Lier, los vecinos salen a las calles para festejar el casamiento. Dicen que el duque ha llegado escoltado por su famosa guardia compuesta por los ciento cincuenta mejores arqueros de Borgoña, todos con estandartes blancos y el aspa de san Andrés en rojo.

Nadie en Lier hubiera pensado que el duque de Borgoña fuese a casarse en su pequeña ciudad. Los festejos se aceleran, extranjeros y lugareños se funden en una celebración fabulosa y espontánea, y muchos quieren ver a los recién casados. Los más curiosos se acercan al palacio y cruzan el puente de madera sobre el río por si pueden otear las sombras de la pareja a través de los ventanales. Hay quienes, entre risas, gritan al viento que lo que desean es escuchar los sonidos de la que será una noche acalorada.

El amor flota en el aire y muchas parejas, como los amigos de Laia, se besan apasionadamente. En Castilla, ella nunca ha visto semejante efusividad en público. En su tierra sería impensable. Sin embargo, los flamencos parecen menos sujetos a las reglas morales y religiosas. Tal es así que, mirando a Noah, se le está nublando la mente de deseos que debe controlar.

Cada vez llegan más y más curiosos, la estructura del puente es endeble y sus viejas vigas crujen, como quejándose del excesivo peso que soportan. Nadie les hace caso, todos están ocupados bebiendo, bailando y besándose. ¡Felices!

Hay demasiada gente.

Noah coge del brazo a Laia, que en un principio parece complacida; hasta que él tira con fuerza. Ella se revuelve enojada e intenta liberarse. ¿Qué hace? ¿Por qué la agarra de ese modo?

Se resiste y Noah tira de ella con más violencia, le hace daño y Laia se opone de forma infructuosa. No comprende a qué viene esa brusquedad, si hace unos instantes parecía ser un muchacho encantador.

Noah no se detiene hasta que la saca a rastras del puente.

Se oye un último crujido.

Las vigas que lo sustentan se desmoronan y cede.

Cientos de personas caen al río, unos encima de otros. Los amigos de Laia han logrado saltar al otro lado y están a salvo. Algunos se agarran a la débil estructura que aún resiste; los más alcanzan nadando las orillas, pero también otros desaparecen bajo el agua y son arrastrados por la corriente.

Laia se frota el brazo dolorido y mira a Noah en silencio.

—Lo siento, tenía que sacarte de ahí —se disculpa él, y sus miradas se quedan atadas igual que cuando se encontraron en el bosque.

Mientras, en uno de los altos ventanales del palacio se atisban dos figuras que se comen a besos.

Dentro de Laia bullen los sentimientos: no ha hecho este viaje para encontrar el amor, sino para descubrir la verdad, para hacer justicia y, por qué no decirlo, para buscar venganza.

5

Alcázar de Segovia, invierno de 1496

El obispo Fonseca se frota las manos con insistencia, un gesto que hace siempre antes de una entrevista importante. No hay muchas personas que le impresionen, pero por fin hoy ha logrado que le reciban los reyes y el tema a tratar es peliagudo.

Detesta la incertidumbre, le produce ardor de estómago y sudoración en las manos. Él no es un marino ni un militar, pero se considera un excelente gestor; organizó el segundo viaje de Colón y la doble boda real. Ahora espera conseguir que Su Alteza acceda a sus peticiones.

Y este es un buen momento.

El obispo Fonseca se pregunta si los tiempos hacen al hombre o los hombres hacen los tiempos, porque el papa Borgia ha publicado una bula otorgando a Fernando e Isabel el título de Rey y Reina Católicos de las Españas: por la pacificación de los distintos reinos, la conquista de Granada, la expulsión de los judíos, la defensa de los intereses pontificios en Nápoles y Sicilia y el éxito de las campañas en las plazas del norte de África.

Toda Europa busca ahora en el saber clásico las enseñanzas que iluminen nuestro tiempo, así que han recuperado el pasado más antiguo de nuestra tierra, Hispania, una de las provincias más ricas de la antigua Roma. Es lógico que usen el título de Reyes de España, ya que reinan en la mayor parte de lo que fue la provincia romana. Mejor eso que referirse a ellos por todas sus interminables posesiones, pues supondría una retahíla infinita de reinos, señoríos y condados que ocuparía la mitad del papel de cualquier carta que firmaran.

Lo relevante es que ahora la reina Isabel está feliz, él sabe que ha sufrido con el fallecimiento de su madre en verano. Ahora el papa Borgia le ha otorgado un inmenso regalo. Lo único que falta es la boda de su hijo y que lleguen pronto los primeros nietos para colmar su dicha. Su propósito es rodear a Francia con alianzas matrimoniales con los demás reinos. Es un plan perfecto.

El reino francés se creía todopoderoso, intocable, invencible. Los franceses no creyeron que la unión de Castilla y Aragón fuera a ser una amenaza para ellos.

Por otra parte, es verdad que no poseen los reinos de Navarra y Portugal para ganarse el derecho a utilizar ese título, y que los portugueses y los navarros podrían considerarlo una ofensa, pues da a entender que Castilla y Aragón pretenden anexionarlos.

Cuando el mayordomo da un golpe con la pica en el suelo y se abre la puerta, el obispo Fonseca coge aire ante lo que viene a exponer a los reyes. Es un pequeño paso para un hombre, pero un salto al vacío para alguien como él.

La reina Isabel se encuentra sentada en un sillón de respaldo alto, detrás de una mesa de madera labrada y bajo un estandarte regio, mientras el rey se calienta las manos ante una colosal chimenea. Al obispo Fonseca le gustan las chimeneas; ya de crío se acercaba tanto al fuego que en más de una ocasión por poco se quema.

—Ilustrísima, qué alegría veros —le saluda con amabilidad la reina.

—Un placer, altezas.

—En Laredo no pude atenderos por falta de tiempo. Tener reunidos a mis cinco hijos era algo que deseaba disfrutar. Ese es el precio que tiene que pagar una reina, una mujer: ver a sus hijos partir para contraer matrimonio, en este caso una princesa, con el objeto de forjar alianzas.

—Por supuesto, alteza. Contad con que yo siempre estoy a vuestra disposición.

—Eso esperamos —añade el rey Fernando, más brusco que su esposa.

—Estamos preocupados —afirma seria la reina—. Como ya sabéis, el Almirante ha regresado de su segundo viaje y los resultados no son los previstos. Llevar la única fe verdadera a esas nuevas tierras es nuestra prioridad.

—Algo inesperado —dice con cierta sorna el rey—. Muchos le daban por muerto; incluido vos, Fonseca.

—Su regreso ha sido una excelente noticia que nos ha colmado de alegría —resalta la reina, algo molesta con la actitud de su marido.

—Sí, mucha alegría. Y para celebrarlo, ahora el Almirante nos acusa de incumplir lo firmado en las capitulaciones, ya que hemos abierto los viajes a las Indias a otros navegantes.

—No le falta razón —señala Isabel.

—Nada se sabía de su paradero; y los que regresaban de las Indias denunciaban la situación de desgobierno y ponían el grito en el cielo contra el Almirante —recuerda Fernando—. Hicimos bien.

—¡De ningún modo! Soy la reina de Castilla y no pienso faltar a mi palabra. El permiso para los viajes a las Indias que no sean dirigidos por el Almirante se debe anular. Lo que se firmó con él es permanente.

—Por supuesto, alteza. —Fonseca decide inmiscuirse en la conversación de los reyes antes de que tome un cariz no deseado—. Vuestra actitud no hace más que ensalzar vuestra persona.

—No me he coronado reina de Castilla con traiciones y mentiras; eso lo dejé para mis enemigos. Las explicaciones dadas por Colón sobre los hechos de los que se le acusan me bastan y me sobran.

—Siempre estamos igual con el Almirante...

—Altezas, si me permitís, muchos se preguntan por qué un solo hombre, que además es extranjero, se está beneficiando tanto a costa de la Corona de Castilla. En las capitulaciones que firmasteis, vuestra generosidad con él excede lo que dicta la prudencia.

—¿Vos también pensáis eso, ilustrísima? —inquiere la reina.

—Es palmario —apunta el rey.

—Fernando, dejad que conteste.

—Considero que debemos mucho al Almirante por haber sido quien nos ha llevado a las Indias. No obstante, a mi entender, no se valoró la magnitud de su gesta como se debía. Propongo una solución para que vuestra palabra dada salga airosa, pero también para no perjudicar a la Corona.

—Os escucho —asiente la reina Isabel.

—No revoquéis la cédula ya firmada autorizando los viajes a las Indias a otros capitanes, pero tampoco la pongáis en marcha.

—¿Qué solución es esa, Fonseca? —El rey se dirige al obispo sin recato alguno.

—Una ecuánime, en la Iglesia tenemos experiencia en este tipo de soluciones.

—Lo que viene a ser: ni para ti, ni para mí —se jacta el rey.

—Solo os ruego que lo tengáis en consideración, alteza. Ya que firmasteis la cédula, dejadla como está. Pueden suceder imprevistos, Dios no lo quiera —añade Fonseca a la vez que se santigua.

—Está bien, pero jamás faltaré a la palabra dada. El Almirante es una de las personas que en más alta estima tengo, su éxito es el nuestro. Ese hombre logró una hazaña que parecía inalcanzable e imposible, no lo olvidéis.

—No me cabe duda de ello, alteza.

El obispo Fonseca sonríe para sus adentros, ha logrado exactamente lo que pretendía sin siquiera tener que sacar él mismo el tema.

6

Lier, tres días después del colapso del puente

Del maestro Ziemers cuentan que es mago, que su trabajo con los relojes viene de su afán por controlar el tiempo. Hay quienes creen que esos artilugios son máquinas del demonio a las que es mejor no acercarse porque pueden hacer retroceder los días y las noches.

A su fama no ayuda que luzca como un eremita, que solo se alimente de vegetales y fruta, ni que hable tantas lenguas. Que siempre ande rodeado de sus ingenios mecánicos, unido a su difícil temperamento, hace que en Lier algunos le tengan auténtico pavor.

Ziemers anima a Noah a que lea un antiguo manuscrito de un viajero que hace más de trescientos años salió del reino de Navarra para llegar a Tierra Santa en un increíble periplo. Su nombre era Benjamín de Tudela. Leyéndolo, Noah palpita de entusiasmo con la descripción de la Gran Mezquita de Damasco.

—Benjamín era judío —afirma Ziemers—. Sin embargo, no discute el prodigio de la construcción de la mezquita, y por tanto la belleza que pueden generar otras gentes o culturas; tal es así, que cuenta que no existe en el mundo una obra arquitectónica que la supere. Que fue palacio y que tiene una muralla de cristal levantada por arte de los magos, y que abrieron en ella tantas ventanas como el número de días del año para que el sol penetrara sucesivamente por cada una de ellas.

Noah se emociona imaginando semejante obra, pues a través de estos relatos se ha despertado en él una pasión por las construcciones de los hombres y ahora valora en gran medida puentes, iglesias y palacios que antes pasaban desapercibidos a sus ojos.

Benjamín de Tudela habla del Mediterráneo de su época, de las dos zonas cristianas: la occidental de Roma y la oriental de Constantinopla; de Tierra Santa, que entonces pertenecía a los cruzados, y luego se adentra en territorio islámico. En esta última parte de su relato, Noah lee con pasión cómo describe las tierras del lejano Egipto. Cuando llega a Alejandría, cuenta que la ciudad se halla erigida sobre túneles subterráneos unidos entre sí por arcos, y construido todo ello con fabuloso ingenio. Y se le eriza la piel con la visión del faro, una esbelta torre que sirve de guía a los navegantes, que la divisan de día desde una distancia de cien millas y de noche se ilumina con una antorcha para dirigir a los barcos hacia ella. Y del río Nilo, que cada año crece e inunda los campos y los convierte en los más fértiles que existen. También le sorprende la descripción de unos inmensos graneros con forma de pirámide.

No obstante, lo que más llama la atención al joven Noah es la escritura jeroglífica, que nadie ha logrado descifrar aún.

—¿Cómo se puede perder una lengua?

—Muchacho, se han olvidado muchas. Esta de la que habla Benjamín es la más misteriosa porque nadie sabe leerla. Imagina los secretos que alberga…

—Entonces hay muchas cosas que no conocemos, aunque estén escritas.

—Exacto, tenemos una mínima noción de cómo es el mundo —asiente Ziemers—. Demasiados sucumben a la tentación de menospreciar o rebajar estos signos al rango de simples dibujos. Ese es el mal de la ignorancia. No saber algo no te convierte en un ignorante, sino menospreciarlo por no entenderlo.

Noah ha soñado con ser Benjamín de Tudela, Marco Polo y otros viajeros.

El maestro Ziemers es un hombre de lo más peculiar. Le reprende con frecuencia y a menudo está enfadado, ya sea con él, con su vecino, con algún cliente y hasta consigo mismo; además, no para de murmurar frases ininteligibles que suenan como reproches. Tiene los ojos diminutos y juntos, y suele llevar un sombrero. Podría adjudicarle numerosos calificativos, casi todos buenos. Si bien lo que más fascina a Noah es su conocimiento de los temas más diversos; ya sea sobre historia, religión, arte o botánica, su maestro siempre tiene algo que aportar. Es como si fuera un pozo de infinita sabiduría al que es peligroso asomarse por su mal genio.

Es viudo y dicen que tiene dos hijos; uno es monje en Amberes y del otro no se sabe nada. A Noah le gustan sus artilugios y sus máquinas, descubrir los engranajes y las poleas que componen el interior de los relojes.

Le contrató porque él sabía leer bien, herencia de su tía, la que le enseñó nociones de francés. En los últimos años de su vida estuvo encamada y su madre cuidó de ella con dedicación, y a cambio se ocupó de la educación de Noah. Fue un buen trato, hasta su propio padre lo comenta.

Tiempo después de morir su tía, el maestro relojero le dio trabajo y le inculcó su amor por los libros de viajes y los mapas.

—En la India abundan los unicornios, cuyo cuerno puede salvarte de cualquier veneno —le explica cuando Noah se interesa por algo que ha leído en un libro—. Más al sur es tierra de leones y grandes pájaros que son capaces de llevarse a un hombre entre sus zarpas, como el Ave Fénix.

Noah quería contarle que ha conocido a una joven, pero no se ha atrevido. Tampoco a sus padres, ni a sus primos. Estuvo tentado de decírselo a su hermana Cloe, y al final tampoco lo hizo. Sin embargo, ella se ha percatado de que algo le pasa y le ha insistido para sonsacárselo. Cloe es lista, no se la puede engañar.

Hoy el día ha amanecido gélido y el agua de los canales está congelada. Noah aguarda paciente en la orilla del río, donde todavía son visibles los estragos de las celebraciones. Han sido unos días fabulosos en los que han llegado a Lier gentes de todos los rincones. Músicos, artistas, saltimbanquis, juglares, bufones; todos ellos han hecho las delicias de los asistentes a la boda y los habitantes de la ciudad. Los recién casados han partido ya con su séquito, y poco a poco se van marchando el resto de sus acompañantes.

Noah y Laia se han visto más veces, aunque en secreto. Por alguna razón, ella no quiere que sus compañeros de viaje sepan de él. Noah no lo entiende, pero sus motivos tendrá.

Ahora observa una nube que avanza por el cielo. La fama de la ciudad ha sido efímera. Noah tiene que asumirlo, y deberá contentarse con ese recuerdo para el resto de su vida. Eso es lo que se dice a sí mismo, aunque dentro de él arde un fuego que ha brotado al calor de Laia. Una mecha que ha prendido con fuerza y que ahora humea por cada poro de su piel. Está convencido de que ni el tiempo ni el agua de todos los mares la apagarán.

—¡Noah! —oye a su espalda.

Se vuelve y, como aquella primera noche, encuentra los ojos de Laia.

—¿Qué llevas ahí? —pregunta ella.

—Es una sorpresa, son unos patines. —Laia no entiende de qué le habla—. ¿Ves estos bordes? Son de hueso y cortan el hielo.

Le muestra unos zapatos de madera con varias púas atornilladas; también tienen unos orificios por los que pasan unas correas de cuero. Noah la descalza, introduce sus pies dentro de los patines y se los ata a los tobillos con las correas. Después él se pone otros.

—Tranquila.

—¿Cómo pretendes que lo esté?

—La presión del patín hace que se derrita una pequeña capa de hielo, que lubrica el roce entre el hielo y la hoja; así resbalas sobre la superficie del canal. Es como volar.

—¿Volar? ¿Quién te ha dicho que yo quiera volar?

—¡Chis! —Le pide que guarde silencio llevándose un dedo a los labios—. Déjate llevar. —La coge de la mano y tira de ella hacia el canal helado.

Laia se resbala nada más pisar el hielo, pero Noah la sujeta con fuerza y no la deja retroceder. Lo siguiente de lo que Laia se queja es de dolor en los pies, le aprietan las ataduras y se siente incómoda. No obstante, avanza por el hielo y comienza a deslizarse.

—¡No me sueltes! ¡Ni se te ocurra!

Cuando toma un poco de velocidad, el aire fresco le da en la cara y siente como una sensación de libertad que no sabe explicar, es rara, es… especial, indescriptible. En efecto, es algo parecido a volar.

—Mira. —Noah señala al suelo para que vea los peces nadando bajo el agua.

Entonces suelta su mano y ella se aterra, hasta que descubre que puede mantener el equilibrio sola y deslizarse sin caerse. Se anima e imita la forma de patinar de Noah. Volar sobre el hielo virgen la hace sentirse libre por primera vez en mucho tiempo. En ese preciso instante nada importa, se ha olvidado de todas sus preocupaciones.

Dan un largo paseo hasta un molino y regresan patinando con más destreza. Noah la guía hacia la orilla, le vuelve a dar la mano y caen juntos sobre la hierba helada.

Se ríen y se quedan mirándose, en silencio, tan cerca el uno del otro que respiran sus propios suspiros.

—Laia…

—No, Noah, no digas nada. No puedo quedarme, estoy aquí por una razón muy importante.

—Lo sé, la boda real en Amberes.

—Sí, claro. La boda —dice poco convencida—. Y hemos de regresar con la hermana del conde de Borgoña, que irá a Castilla para casarse con el primogénito de nuestros reyes.

—Entonces me iré contigo —afirma decidido Noah—, ¡no quiero perderte!

Laia le tapa la boca con un beso. Es un beso corto, pero es el primero de ambos.

De repente oyen un ruido, un crujido que solo puede hacer un animal de gran tamaño.

—¿Hay osos por aquí? —pregunta Laia.

—No, aunque… pueden bajar más de lo normal si tienen hambre.

Los chasquidos se escuchan cada vez más cerca y, por instinto, la pareja se refugia tras unos arbustos.

Aparecen dos hombres. Uno es bastante corpulento, tiene el cabello castaño y una espesa barba cubriéndole buena parte del rostro; el otro se oculta bajo una capa y una capucha le cubre la cabeza, no se le ve ni la mirada. Los dos se comportan de forma extraña, como si se escondieran de alguien.

Comienzan a hablar en la lengua de Laia.

—La boda ha estado a punto de fracasar… Solo se ha salvado porque el duque de Borgoña se ha enamorado de la infanta —afirma el de la barba, con una voz que parece raspar su garganta.

Laia da un paso adelante, Noah la coge del brazo y ella le lanza una mirada de reprobación.

—¿A dónde vas? —pregunta él en voz baja.

—No oigo bien lo que dicen, han nombrado a la infanta Juana. Tengo que averiguar qué planean esos dos.

—¿Qué dices? Vuelve aquí —se desespera Noah.

Laia hace oídos sordos a sus advertencias y se desliza unos pasos hasta unas rocas próximas a los hombres. Desde ahí puede ver que, bajo la capucha del otro hombre, en la sombra de su rostro, brillan dos ojos azules. Y escucha con claridad una frase que pronuncia el más fornido:

—Los franceses no creen que Colón haya llegado a las Indias.

Mientras, Noah observa aterrado la poca distancia que la separa de los desconocidos. No soporta verla expuesta al peligro. Los hombres siguen hablando, hasta que el que parece un fantasma saca una bolsa de debajo de su capa y se la entrega al otro.

Por suerte, Laia se gira y retorna a su lado.

—No vas a creer lo que ha dicho el de la barba.

Está emocionada, le tiemblan las manos y el rostro le resplandece de alegría. Entonces Noah da un paso atrás y pisa una rama seca que cruje vivamente, llamando la atención de los hombres, que vuelven su mirada hacia el escondite de la pareja. El más corpulento desenfunda rápido su espada y corre con agilidad hacia ellos.

Noah toma la mano de Laia y tira de ella a través del entramado del bosque, que es a la vez un obstáculo y un aliado en su huida. Corren sin saber hacia dónde, solo quieren escapar. Avanzando entre maleza y ramas, salvando desniveles y troncos caídos, corren y corren hasta que les falta el aliento. Noah se detiene y auxilia a Laia, que le pide con la mano un momento para respirar. Se ocultan tras una roca grande que parece segura.

No oyen pasos tras ellos, la espesura de la vegetación ha despistado a los dos desconocidos.

—¿Quiénes son? —pregunta él.

—¡Espías! —contesta Laia con la voz entrecortada por la carrera—. El de la barba puede que sea francés, y el que oculta su rostro parece un fantasma, ¡un fantasma de ojos azules!

Un filo aparece por el otro lado de la roca y secciona el cuello de Laia de punta a punta, dibujando una fina línea de sangre.

Las pupilas de la joven se dilatan hasta el infinito, mueve los labios para decir algo pero solo brota sangre de su boca. Las piernas le fallan y Noah se lanza para sujetarla entre sus brazos, cuando surge la suela de una bota que le impacta en el pecho y le aparta lejos de ella. Intenta incorporarse, pero resbala y se arrastra por el suelo buscando la mano de Laia. El espía le pisa la muñeca y él grita de dolor.

—¿Quién demonios sois vosotros? ¡Malditos entrometidos!

—La habéis matado… —Noah llora mientras ve cómo las hojas caídas que rodean el cuerpo de Laia se tiñen de rojo.

—Tranquilo, que enseguida le harás compañía.

El hombre alza su espada contra Noah.

Una piedra golpea la frente del asesino y le hace retroceder, se lleva la mano al rostro y se mancha los dedos con la sangre que le brota de una ceja. Encolerizado, aferra con fuerza la empuñadura de su espada y busca a su enemigo.

A pocos pasos halla la mirada desafiante de una niña.

Noah se sorprende tanto como él de ver allí a Cloe, y el corazón le da una punzada tan profunda que le hace reaccionar.

—¡Maldita cría! —grita el asesino, y corre hacia ella.

Los ojos de Cloe se llenan de miedo e intenta huir, es rápida y lo esquiva. Eso le enerva aún más y se abalanza sobre ella como un animal; la cría salta tras un tronco caído, pero él logra atrapar su tobillo derecho. Cloe patalea, aunque no logra zafarse de ese grillete. Él da dos pasos inmisericordes, como un verdugo sobre el cadalso, y la coge del cuello. Clava sus dedos en la delicada garganta y la eleva hasta hacer que sus pies se encuentren a varios palmos del suelo.

Cloe no puede respirar, intenta liberarse con ambas manos, sin embargo es insignificante para su rival. Patalea con todas sus fuerzas y le muerde la mano.

—¡Demonio de niña! —El hombre deja escapar un alarido de dolor, pero ni con esas suelta a su presa.

Alza la otra mano y el filo de la espada brilla en la negrura del bosque.

Un golpe seco.

La espada cae.

Y, tras ella, el hombre se derrumba con una enorme brecha en la nuca.

Detrás de él, Noah deja caer una piedra ensangrentada y corre a abrazar a Cloe.

Su enemigo se retuerce en el suelo y hace un ruido de agonía al respirar, ahogándose en su propia sangre. Noah no sabe qué hacer, nunca ha matado a un hombre, ni siquiera ha visto morir a alguien ante sus ojos. Siente un inesperado remordimiento, va hacia él y cae de rodillas sollozando. Entonces el asesino pone las palmas de sus manos en sus mejillas y le inmoviliza.

Sus ojos quedan frente a frente.

—*Mundus Novus* —dice con una voz que parece provenir del mismísimo infierno—. *Mundus Novus!* —repite más alto, escupiendo sangre con cada sílaba—. *Mundus Novus.*

Y se desploma.

Noah se arrastra alejándose de él, con el rostro cubierto de la sangre derramada. Alza la vista y ve al otro hombre oculto bajo su capa. Ha presenciado la escena como un mero espectador y ahora le mira un instante con esos ojos azules y... el fantasma sale huyendo. Noah se levanta y corre hacia Laia, toma su cabeza y mira dentro de sus pupilas. Pero por mucho que busca en ellas, no encuentra nada.

Laia ha muerto.

7

Midelburgo

Llega el invierno, lo que echa por tierra cualquier posibilidad para la flota real de emprender la travesía de vuelta hacia Castilla. Doña Margarita no puede pisar suelo francés por el asfixiante clima belicoso que se respira con la Corona de Francia.

Así que toca esperar.

María es un manojo de nervios, no puede estarse quieta. Va de un lado a otro de la sala mientras se devora las uñas.

¿Quién ha matado a Laia? ¿Y por qué?

La incertidumbre le corroe desde hace días y no halla respuesta.

Su marido intenta calmarla, pero es imposible. Está roja de furia, tiene los ojos inyectados en sangre y la vena del cuello, hinchada y desafiante.

—¿Quién habrá sido?

—Dicen que un muchacho de allí —contesta Antonio, a todas luces sobrepasado por la situación.

—Tenemos que encontrar al culpable.

—María, recapacita. Estamos en tierra extraña —dice apelando al buen juicio de su esposa.

—Laia está enterrada en ese maldito cementerio que han improvisado junto al canal. ¿Viste cuántas cruces? ¿Cuántos muertos habría?

—Muchos, demasiados.

—Pobre Laia, venir de tan lejos para morir. —Rompe a llorar.

—No podemos hacer nada por ella, piensa que al menos tiene cristiana sepultura y descansa en paz.

—No, Antonio. No descansará en paz hasta que cumplamos con lo que vinimos a hacer.

—Eso es cierto —asiente su marido con la voz entrecortada—. Ya se ha celebrado la boda real, en breve regresaremos a casa.

—¿Regresar a casa, dices? Antonio, ¿es que ya no recuerdas por qué estamos aquí?

—Qué cosas tienes. Pero… mira a dónde nos ha llevado. Laia no tendría que haber muerto, quizá debamos resignarnos. No podemos hacer más.

—¿Quieres que lo olvide? ¿Es eso lo que me estás pidiendo? ¿Crees que Laia estaría de acuerdo? Hay que terminar lo que los tres vinimos a hacer, ¿es que no lo entiendes? ¿Es que no vas a hacer nada?

—¿Qué quieres que haga? Ya hemos hecho todo lo que estaba en nuestra mano —le responde de forma sosegada.

—¡Cobarde! —grita, y se da media vuelta dejándole con la palabra en la boca.

María maldice el día que se unieron a esa comitiva. Todo era alegría cuando salieron del puerto de Laredo, todo un acontecimiento. Si bien su objetivo era otro muy distinto, nada que ver con el del resto de los tripulantes de la flota real. En secreto, ellos iban en busca de justicia.

Laia y ella habían conseguido trabajo de sirvientas, y su marido, de porteador. Necesitaron meses de pesquisas para llegar hasta aquí…

Pero ¿qué importa ahora todo eso?

¡En qué mala hora subieron a ese condenado barco!

A María no le convence la explicación de lo que pudo ocurrir, hay algo que no le encaja. ¿Quién era ese hombre que encontraron muerto junto a Laia? ¿Qué hacía él con su amiga?

Los días pasan y se rumorea que un muchacho de Lier, la localidad donde se desposaron la infanta Juana y el duque Felipe, fue quien mató a ambos. Que no se hallaba solo cuando lo apresaron, le acompañaba su hermana pequeña. ¿Quién comete tales barbaridades delante de una niña? Al parecer, cuando llegaron las autoridades, el supuesto asesino tenía a su hermana abrazada y lloraba de forma desconsolada.

Todo un sinsentido.

Hay algo que no cuentan, faltan datos en esa historia. ¿Por qué fue Laia a ese claro en el bosque?

Preguntas y más preguntas.

María no piensa abandonar Flandes sin descubrir la verdad, sin saber quién mató a su amiga y por qué.

Como tampoco va a permitir que su muerte sea en vano. Se embarcaron en esa aventura por una razón y está decidida a completar su objetivo, el de los tres. Hicieron un juramento en Bilbao y no va a romperlo, aunque Laia ya no esté. Al contrario, es su deber llegar hasta el final precisamente por ella.

8

Lier

Ha pasado un mes desde de la muerte de Laia y desde entonces Noah tiene miedo.

Ha matado a un hombre.

Sí, tiene miedo.

Y culpa.

Y una pena que le encoge el alma porque ha perdido a Laia. Es una mezcla de sentimientos para la que no está preparado a sus diecinueve años. Aunque también hay un destello de luz por haber salvado a Cloe. Da gracias por ello a todas horas.

No ha asimilado aún la triste realidad.

Ha querido saber quién era el hombre que mató a Laia, pero no ha resultado sencillo. Unos decían que era un comerciante castellano de lana; otros, que era un marinero genovés, y lo último que les han contado es que podía ser un francés.

Él intentó explicarles que Laia dijo que era un espía, pero nadie le creyó. Fuera quien fuese, él acabó con su vida. Y eso pesa en su alma como una losa que le aprisiona el pecho y le impide dormir.

El embajador castellano ha pedido su cabeza porque también lo hace responsable de la muerte de Laia. Le acusan de engatusarla para llevarla al bosque y aprovecharse de ella. Y no admiten el testimonio de Cloe por ser su hermana.

Aparte de eso, Noah no deja de preguntarse por qué el segundo hombre se ocultaba bajo una capucha. Solo puede haber una explicación: temía que alguien lo reconociera. Eso significa que es una persona destacada. ¿Quién puede ser? Él no mató a nadie, ni siquiera intervino de forma alguna. Ese desconocido podría poner luz a la oscuridad que ha envuelto su vida. Pero él es una incógnita, un verdadero fantasma.

Se ha esfumado, no existe ni una sola pista sobre él. Algunos hasta dudan de que estuviera allí. Creen que es fruto de la enajenación de Noah por la muerte de Laia. Una fantasía, una de tantas que rondan siempre su cabeza.

Noah sabe que es real.

Estuvo días sin salir de casa y, desde entonces, su madre no ha dejado de llorar sin consuelo. Su padre apenas duerme y bebe todas las noches hasta que cae rendido por el alcohol. Y Cloe ya no es la niña risueña y espabilada que era.

Por temor a que los castellanos fuesen a por él, decidieron ocultarlo hasta que se marcharan. Lo llevaron de noche a una habitación sin ventanas en el taller de Ziemers, donde atesora los relojes más antiguos que ya no utiliza.

Su maestro le lleva comida varias veces al día, y velas y libros para ocupar la cabeza; entre otros, un ejemplar de *Los viajes de Juan de Mandeville*, un caballero inglés que durante treinta y cuatro años se dedicó a viajar por el mundo y a relatar todo cuanto vio.

Percibe a Ziemers preocupado, pero él se refugia en la lectura para sobrellevar la incertidumbre y la espera. El libro habla de las tierras de Oriente, sus montañas, sus ciudades, sus ríos y su fauna. También de los unicornios, que allí proliferan más que en ningún otro lugar; de los enormes dragones, los elefantes con sus largos colmillos y los fieros leones. Su mente vuela en busca de aquellas maravillas. Se imagina surcando el cielo sobre los dominios del Gran Kan. Su capital es Janbalic, la urbe más grande, más hermosa y más próspera del mundo: sus calles son tan rectas y amplias que desde un extremo puede verse la muralla en el opuesto. El viajero inglés relata que no existe ninguna ciudad a la que lleguen tal cantidad de objetos preciosos y tan valiosos: entran cada día más de mil carretas solo cargadas de seda.

El maestro relojero abre la puerta y le pide que le siga. En silencio recorren el taller y, para su sorpresa, sale a la calle. Está oscuro, la luna apenas ilumina. Le espera un hombre que porta un farol, se acerca y ve un rostro conocido.

—No te detengas, vamos —le ordena su padre cogiéndole del brazo.

Ziemers le despide entre lágrimas, nunca antes lo ha visto llorar. El relojero le entrega un objeto envuelto en una tela.

—*Hic sunt dracones* —le susurra.

—*Hic sunt dracones* —repite el muchacho.

—Vamos, Noah, no tenemos tiempo. —Su padre está inquieto.

Marchan veloces en medio de la noche hasta que llegan a un cobertizo a las afueras de Lier. Nada más verle entrar, Cloe se lanza a abrazarle como solo ella sabe hacerlo. Su madre no puede contener el llanto y también le abraza, abraza a sus dos hijos. Besa a Noah en la frente, en las mejillas, en el pelo.

El chico está feliz de volver a verlos. Su madre camina junto a su padre, que permanece de pie, callado, frotándose las manos hasta que por fin se decide a hablar.

—Noah, escúchame… —se interrumpe, indeciso.

—Hijo —continúa su madre—, debes escucharnos. Tu padre y yo hemos estado pensando, tememos que los castellanos vengan a por ti, hay algunos haciendo preguntas. Te hallabas en el lugar equivocado en el momento menos oportuno. Lo demás solo ha sido un cúmulo de trágicas circunstancias.

—¿Trágicas circunstancias? ¿Eso es lo que pensáis que ocurrió, madre?

—No es eso lo que pretendía decir.

—¡Laia murió! Y he matado a un hombre…

—Déjame a mí. —Su padre se acerca a él y le coge por los hombros—. Hijo, la acababas de conocer…

Noah intenta zafarse, sin embargo su padre le agarra con fuerza.

—¡Suéltame! Tampoco conocía a ese hombre y…

—Él hubiera matado a tu hermana, Noah, estoy orgulloso de ti. Hiciste lo que debías, proteger a Cloe. Nadie en Lier te podrá recriminar eso. Pero los castellanos son extranjeros y no me fío de ellos. Además, están furiosos, muchos están muriendo en la costa y podrían venir reclamando venganza.

—Pero Laia… está muerta.

—Sí, y tú ya no puedes hacer nada por ella —insiste su padre.

—¿Por qué la mató? —inquiere Noah con la voz entrecortada.

—Lo ignoro, hijo.

—¿Y dónde está el otro?

—Nadie vio al encapuchado. Seguramente llegó con los invitados a la boda, podría ser cualquiera.

—Noah, escúchame, estás en peligro. —Su madre le toma la mano—. Esos castellanos que están preguntando por ti no sabemos si quieren tomarse la justicia por su mano.

—Si te quedas aquí, podrían venir a matarte —dice Cloe, la más serena de todos.

—Tu hermana tiene razón. —Su madre coge con su otra mano la de su hija—. Es mejor que te vayas un tiempo.

—¿Irme? ¿A dónde?

—Noah, a ti te apasionan los libros y los mapas. Sé que te gustaría salir de Lier y recorrer mundo, ¿verdad?

—Sí, pero…

—Siempre has querido viajar —dice su madre con un tono dulce—. Todos esos pájaros que tienes en la cabeza desean volar; pues bien, ahora es el momento de que los dejes escapar.

En ese instante llaman a la puerta con dos golpes cortos y uno largo.

—Ya está aquí —dice su padre.

—¿Quién? —Noah no puede ocultar el temor en su rostro—. ¿Quién viene?

Su padre abre la puerta y entra un hombre de unos treinta

años. De frente lisa, esbelto y rubio como una espiga de trigo. Camina algo encorvado, se quita el sombrero y deja ver un cabello largo que le tapa las orejas.

—Noah, te presento a Jonas. Es un gran viajero y está buscando un ayudante.

—¿Qué tal, muchacho? —Sonríe mientras sostiene el sombrero entre las manos—. Me han dicho que te gustaría viajar.

Cloe abraza a su hermano con todas sus fuerzas y le da un beso en la mejilla.

—Quiero que, cuando vuelvas, me hables de todos los lugares donde has estado —le susurra al oído con su vocecilla de niña buena.

Noah asiente, sus ojos se llenan de lágrimas y vuelve a abrazarla. Su hermana es la persona a la que más quiere en este mundo, dejarla le rompe el corazón. Pero en sus ojos ve que ella entiende lo que es mejor para todos ahora mismo.

9

Midelburgo

María es muy temperamental y Antonio es más tranquilo. La calma de su marido le hace mucho bien a su espíritu inquieto. Él sabe cómo templarle los nervios, por ejemplo, contándole una de las tantas historietas que oye por las tabernas. Preferiría escucharlas de viva voz, pero una taberna no es lugar para una mujer decente.

Como cuando se conocieron en Bilbao, una villa que por entonces empezaba a despertar al comercio por ser el principal puerto que da salida al mar a la Meseta, intermediario de las grandes ciudades castellanas. A Bilbao llega el valioso hierro de Vizcaya y la codiciada lana de Castilla. La ría está repleta de cargadores burgaleses, sus mercancías forman parte de su paisaje habitual. Y aún es más importante su actividad importadora de paños y telas de Flandes.

Juntos rememoran esos días felices para combatir lo que viven ahora en Midelburgo, la capital de la provincia de Zelanda. Una región que es un conjunto de islas unidas a tierra por una estrecha franja, que se inunda con facilidad por las aguas del mar del Norte.

La espera se prolonga, la boda de la infanta Juana y el duque Felipe ya se había retrasado en exceso; pero ahora la llegada de doña Margarita de Austria también se dilata y el séquito que la aguarda con la flota real es inmenso.

Por culpa de la demora, por su cabeza revolotea cada vez con más fuerza la duda de quién ha matado a su amiga. No cree que fuera el muchacho de Lier, intuye que hay algo que no les han contado. La incertidumbre se hace insufrible para ella y la ansiedad se está apoderando de su ánimo. Añora a Laia, no se habían separado desde que se conocieron siendo niñas en Deva, de donde eran sus padres. Su familia proviene de una saga de balleneros. Un bisabuelo suyo llevó a Deva el mayor ejemplar que se recuerda, fue un verdadero acontecimiento del que todavía se habla.

De Deva viajaron a Bilbao. Un día oyeron que se estaba formando una flota real en Laredo y que la contratación de barcos y tripulaciones la realizaba un armador bilbaíno, que reclutaba a la marinería, a los hombres de armas y al personal de servicio en Vizcaya, Guipúzcoa y Cantabria. Así que todo buen marinero del Cantábrico en enroló en ella. También hay gente de otras tierras, pero son minoría. Como de Valencia, porque el ajuar, las joyas y el séquito de la infanta los ha proporcionado el escribano del rey, que es un importante mercader valenciano, don Luis de Santángel. Y las carracas que transportan a la infanta Juana y su séquito son genovesas, pues no había en Castilla y Aragón embarcaciones lo bastante dignas para la segunda hija de los reyes de las Españas.

La misma reina Isabel se encargó de supervisar en persona los preparativos. Y oyeron que Cristóbal Colón, el descubridor de la ruta a las Indias y ahora Almirante de la Mar Océana, fue consultado para organizar tan magna flota. María se enerva cada vez que escucha el apellido de ese malnacido: Colón. Ojalá algún día lo tenga delante para saldar cuentas pendientes.

Ella ha visto desde niña cómo los hombres se hacían a la mar, pero si su padre viviera, nunca hubiera imaginado el despliegue de esta flota. En el puerto de Laredo embarcaron hornos de cobre de Tolosa, harina de Carrión de los Condes y carbón del valle de Nalón para que la infanta Juana comiera pan recién horneado y no bizcocho de marineros. Dicen que subieron también mil gallinas vivas, doscientos carneros y veinte vacas.

¡Lo nunca visto!

Cien naves partieron de Cantabria, con nada más y nada menos que doce mil personas a bordo y comida para tres meses. Pero los retrasos en la partida, durante la travesía y, sobre todo, en la vuelta han consumido las existencias.

Y ha llegado el hambre.

Porque ya han transcurrido cinco meses y no hay visos de regresar a Castilla en breve.

De noche, su marido entra en la humilde alcoba y ella ve que está tiritando.

—¿Cómo vienes así? Vas a enfermar, y ya sería lo último que nos faltaba.

—Estoy bien.

—¡Estás helado, Antonio! Haz el favor de meterte en la cama, pero antes quítate esa ropa, ¡está calada!

—Es que en esta tierra se hiela hasta el agua de los ríos, y los de aquí caminan sobre ellos —se excusa él.

—Eres una calamidad. Con tanta gente hacinada y tantos días ya, es un milagro que no haya habido aún ninguna epidemia.

—No seas agorera, María.

—No lo soy, pero tienes que tener más cuidado.

Está lloviendo, siempre está lloviendo, y ellos están acostumbrados al agua, pero no a la nieve y el hielo. Lo peor es la desidia del duque de Borgoña y conde de Flandes, Zelanda, Holanda y señor de otros territorios. Es como si Felipe de Habsburgo se hubiera olvidado de ellos y no recordara que hay un séquito de miles de hombres y mujeres en sus tierras esperando a su hermana, la que un día será reina de las coronas de Castilla y Aragón.

—No te enfurruñes, María. Además, deberías estar contenta porque tengo algo para ti —dice Antonio mientras se quita la ropa.

—¿Has conseguido comida? —inquiere María, tapada con una manta sobre el camastro.

—No es eso.

—Entonces me da igual —contesta cabizbaja.

Antonio le muestra algo que llevaba escondido. María le mira y suspira.

—¿Flores? ¿Me muero de hambre y me traes flores? —dice sin dar crédito—. Estás loco.

—Sí, estoy loco por ti. —Se acerca y le roba un beso.

—Quieto. —Ella se zafa riéndose, luego le sonríe con ternura—. Gracias, muchas gracias por recordarme por qué te quiero.

Se abalanza sobre él y ahora es ella la que lo besa con pasión.

—¿Cómo has encontrado flores con el frío que hace?

—Ah, eso es un secreto.

—Eres un sinvergüenza.

Antonio esta vez no se detiene, besa el alargado cuello de María hasta llegar a su hombro. Le desabrocha la saya y esta resbala por el suave cuerpo de su esposa. Sus labios humedecen la piel de María mientras baja hasta su pecho, donde los hunde en busca de su corazón.

María le acaricia el pelo con ambas manos, abrazándolo contra ella, para luego apoyarlas en sus hombros y empujarlo hacia atrás. Se sube encima de él y se deshace de las últimas ropas que la cubren, y ahora es ella quien recorre con su boca cada rincón del cuerpo de Antonio.

Yacen juntos hasta que salen los primeros rayos del alba. María abre los ojos y observa cómo los de su marido la miran.

—Tenemos que estar más unidos que nunca. —Antonio le acaricia un mechón de pelo—. Los días pasan despacio en este maldito rincón del mundo. Y la gente tiene la lengua cada vez más suelta… sobre todo si uno enseña la bota de vino —añade guiñándole un ojo.

—Alabado sea el Señor, los hombres y el vino, ¡qué calamidad! —Se ríe María.

Está completamente desnuda. Antonio se frota la nuca y la observa feliz, en silencio.

—¿Qué pasa? Conozco esa mirada tuya —pregunta María.

—No pasa nada.

—Antonio, ¿qué? —A ella le cambia la expresión del rostro—. ¡Dímelo!

Él responde haciéndole cosquillas en los pies. María grita y se gira buscando escapar. Antonio la coge por la cintura y la aprieta contra su cuerpo.

—No te lo vas a creer, María —le susurra al oído—. Lo he encontrado, he dado con él.

—¿Y por qué no me lo dijiste anoche?

—Porque eres muy refunfuñona y porque, además, hubieras sido capaz de ir en su busca en mitad de la noche, ¡que te puede la impaciencia!

10

Valle del Rin

Noah nunca ha visto un río tan grande. Está nevando cuando lo cruzan para dirigirse a Colonia, la ciudad más poblada de la cuenca del Rin. Solo con divisar el tamaño de su puerto fluvial se hace una idea de su relevancia. Ha oído alguna vez a su padre decir que el gran príncipe, el arzobispo de Colonia, es uno de los siete electores imperiales. Llegan al amanecer y coinciden con los campesinos que entran con sus verduras frescas y con el pan recién horneado.

Jonas llama la atención por su constitución alta y delgada.

—Es por las nueces —le explica.

Noah no sabe si creerle, pero lo cierto es que es el hombre más alto que ha visto en su vida, y tampoco había conocido a nadie que comiera tantas nueces. Tiene una pequeña bolsa donde las guarda, junto a una bota de cuero. Le gusta pasarlas con un buen trago de vino. Así que sí es posible que esté relacionado.

Pero si algo sorprendió a Noah cuando se enteró fue su oficio: Jonas es vendedor de reliquias.

—Cuerpos enteros o partes de ellos, telas y cualquier objeto relacionado con los santos son venerados como objetos sagrados, a los que se les atribuyen poderes como curar enfermedades —le explica.

—¿Y cuántos hay?

—¿En toda la Cristiandad? Uf, ¡a saber! Desde las grandes catedrales hasta la ermita más humilde, casi todas poseen alguna reliquia.

—Ignoraba que hubiera tantas.

—Hay una demanda desmesurada, así que se puede ganar mucho dinero —le cuenta Jonas mientras se come otra nuez—. Eso implica que también se falsifican y se roban. Si yo te contara lo que he visto —dice con aspavientos—: desde un hueso de ciervo que pasaba por ser el brazo de san Antonio, hasta una esponja que se adoraba como si fuese el cerebro de san Pedro, e incluso la huella de las nalgas de Jesús. A la cabeza de san Juan Bautista la veneran a la vez en Roma y Amiens, y palos de la cruz hay tantos en la Cristiandad que si se juntasen todos se podría construir un barco.

Noah enmudece.

—Pero yo soy honrado, que conste.

—Por supuesto.

—Hay una reliquia que hasta provocó una guerra: la alianza de matrimonio de la Virgen María y san José.

—¿Se conserva?

—¡Y tanto! La guerra del Anillo enfrentó a las ciudades italianas de Chiusi y Perugia hace quince años. El anillo llegó cuatro siglos antes a Chiusi, como regalo a uno de sus habitantes, que no creyó mucho en su autenticidad y se olvidó de él; hasta que lo recuperó años después y comenzó a realizar milagros. Fue robado y depositado en un cofre cerrado con catorce llaves en la catedral de San Lorenzo de Perugia. Algún día, un buen juglar escribirá una historia sobre ese anillo único.

Noah va de asombro en asombro con las historias que Jonas le cuenta. Ha viajado mucho, se nota en la familiaridad con la que se desenvuelve esté donde esté. Habla varias lenguas con soltura y posee la extraña habilidad de saber siempre qué hacer, como si perteneciera a cada ciudad por la que pasan.

No es como los habitantes de Lier, que parecen anclados a la tierra. El vendedor de reliquias anda más ligero, sin ataduras, es muy distinto a la gente que ha conocido hasta ahora.

—¿No te has dado cuenta, Noah? Colonia está llena de peregrinos —le comenta mientras camina encorvado y con su inseparable sombrero. La pisada de Jonas no es recta, sino que abre los pies hacia fuera.

En efecto, cruzan la ciudad por su calle principal y divisan a multitud de ellos. Tal es así que se unen a las largas filas de peregrinos camino de lo que sin duda es la catedral. Al entrar, Noah se queda atónito ante su monumentalidad. Jonas le deja un instante y se va en busca de alguien; le pierde la pista a la altura del coro. Noah está absorto con la forma en que la luz, impregnada de los colores de las inmensas vidrieras, se refleja sobre el oro y las piedras preciosas de un relicario al que se acercan los fieles que abarrotan el templo.

Jonas regresa con esos andares tan peculiares que tiene y con el sombrero bajo el brazo, dejando ver su largo cabello.

—¿Qué hay dentro? —Noah no aguanta más su curiosidad.

—Tres cabezas.

Le mira confuso, con un interrogante en su rostro.

—De Gaspar, Melchor y Baltasar —añade Jonas.

—¿Los Reyes Magos?

Noah no puede creerlo, hace unos días vivía escondido en su pequeña Lier y ahora se halla ante unas reliquias célebres en esa enorme catedral.

—Mi madre es devota de los Reyes Magos, me contaba su historia a menudo.

No sabe cómo contener la emoción y le puede el ansia de contemplar las reliquias de los Reyes Magos, así que se dirige hacia ellas. A su alrededor, los peregrinos narran increíbles anécdotas de sus viajes; los hay que han estado en otros lugares santos como Santiago de Compostela o Roma, y alguno asegura haber llegado a Jerusalén. Pero el que más llama su atención es un peregrino de Baviera que dice haber estado en el corazón de

Asia, donde hay un reino cristiano perdido, gobernado precisamente por un descendiente de los Reyes Magos.

—No podemos esperar —le reclama Jonas.

—¿Cómo? Todavía no las he visto.

—Ya tendrás tiempo en otra ocasión. Ahora tenemos que cerrar un trato.

Noah resopla, pero accede. Salen del templo y echan a andar.

—La iglesia del Santo Sepulcro en Jerusalén se levantó donde Cristo fue enterrado. La catedral de Santiago, la basílica de San Pedro y la de San Marcos en Venecia cobijan los restos de los apóstoles que dan nombre a sus respectivos templos. Podríamos enumerar infinidad de ejemplos iguales en toda la Cristiandad. La posesión de los restos de un santo asegura la atracción de peregrinos y donaciones, por lo que las reliquias son imprescindibles para cualquier santuario cristiano que quiera prosperar.

—¿Y vos portáis alguna en la carreta?

—¡Chis! Ahora verás.

Jonas le conduce hasta una iglesia a las afueras. Allí son recibidos por un sacristán que le entrega a Jonas algo envuelto en una manta, y él le paga con unas monedas. Todo se hace con sumo secretismo.

Luego, en la oscuridad de la noche, parten de Colonia.

—¿Vais a contarme qué llevamos ahí?

—En Colonia fue donde martirizaron a santa Úrsula y sus once mil vírgenes.

—¡Once mil!

—¿Es que no conoces la historia? ¡Bendita ignorancia! —clama al cielo—. La joven Úrsula y su comitiva regresaban de confirmar su voto de castidad en Roma cuando fueron sorprendidas por el ataque de los hunos. Atila, rey de este pueblo, se enamoró de la bella Úrsula, pero ella se resistió a los bárbaros, al igual que todas sus compañeras. Como castigo, murió de una flecha en el corazón. Ahora sus reliquias, en especial sus cabezas, están repartidas por las iglesias de Colonia y gran parte de la Cristiandad.

—¿No querréis decir que lo que llevamos ahí son...?

—Cabezas. Bueno, calaveras.

Noah decide no preguntar más. Esa noche duermen al raso, pero él tiene pesadillas en las que ve las cabezas de las once mil vírgenes rodando dentro de la suya.

Antes del amanecer, unos golpes en el costado le despiertan con brusquedad.

—Levanta, nos vamos.

Siguen el curso del Rin, llegan a un terreno suave y plagado de vides, y a continuación van apareciendo ciudades amuralladas de altos campanarios, poderosos castillos y abundantes monasterios. Es una tierra rica allá donde mires, un paisaje fascinante. Pasan Coblenza, donde le impresiona la confluencia del río Mosela con el Rin, vigilada desde un castillo que se asienta sobre una lengua de tierra rodeada por las dos corrientes de agua. Luego prosiguen hasta Maguncia, otro obispado con uno de los siete votos imperiales, y donde divisan infinidad de barcos repletos de toneles de vino.

Noah se fija en todo aquel con quien se cruza, convencido de que dará con el encapuchado que presenció la muerte de Laia, pero, por desgracia, una mirada de ojos azules es demasiado común por estos lares.

Avanzan entre campos, por caminos donde se alzan unos árboles plantados en filas, con una sombra suave y una flor blanca de la que emana un intenso perfume. Se entera de que se llaman tilos. Jonas compra nueces en una aldea y le da a probar.

—Hay que asegurarse de que no tengan agujeritos, que su peso sea el correcto y que la cáscara no esté oscura.

Noah se lleva una a la boca y le gusta, así que coge otra.

—Y lo mejor es pasarlas con vino. —Jonas le enseña cómo se bebe de la bota y Noah le da un trago.

El vendedor de reliquias tiene razón, la combinación tiene un sabor delicioso.

Después de varios días llegan a Núremberg, donde les recibe un repicar de campanas. Noah se queda maravillado escuchándolas.

—¿Te gustan las campanas? —pregunta Jonas.

—Sí, cada una posee su timbre y un volumen característico, y en las ciudades marcan las horas; además, cada tañido da cuenta de una actividad. Las hay en las iglesias y también en los lugares de trabajo, donde señalan el comienzo y el fin de la jornada; otras anuncian la apertura y el cierre de las puertas de la ciudad.

—Pues sí que sabes de campanas.

—Y vos de reliquias. —Se ríen ambos—. Me encanta su sonido, pero prefiero los relojes.

Núremberg es una ciudad próspera debido al comercio de artículos de hierro, en especial de armas. Entran cargamentos ingentes de metales y de carbón para fundirlos, y se halla repleta de herrerías a orillas del río Pegnitz, cuyas aguas mueven los numerosos molinos.

Siguen hasta una iglesia de nueva construcción, todavía se ven andamios en la fachada. Jonas habla con un sacerdote y aguardan hasta que llega otro de mayor rango.

—Dichosos los ojos. —El religioso se acerca muy contento—. Qué a tiempo llegas, ya nos estábamos poniendo nerviosos.

—Padre, lo prometido es deuda. —Jonas le hace una señal a Noah para que traiga las reliquias de Colonia.

—Veamos qué hay aquí. —El sacerdote abre el fardo y se queda mirando el interior—. ¡Qué maravilla! Quedarán perfectas en el altar mayor, ¡perfectas!

—Cuánto me alegro —dice Jonas, y se queda de pie esperando algo.

—Ah, claro. —El padre saca una bolsa de monedas y se la entrega, pero antes echa un vistazo a su alrededor para asegurarse de que nadie los ve.

—Muchas gracias.

—Por cierto, ándate con ojo. El obispado está vigilando la compra de reliquias —le advierte.

—Lo tendremos en cuenta.

Entonces la mirada del sacerdote resbala hacia Noah.

—¿Tu hijo?

—No, es Noah, un apasionado de las campanas y los relojes.

—Muchacho, aunque viajes mucho, no olvides ir a misa. Y tú tampoco, Jonas.

—Lo haremos, padre. Ahora debemos partir y seguir camino.

—Qué vida la vuestra, ¿no os cansáis? Siempre de un lado a otro.

—Estamos acostumbrados, ¿verdad, Noah? —dice Jonas antes de despedirse.

Lo cierto es que Noah está disfrutando de viajar con el vendedor de reliquias. Van de una ciudad a otra comerciando con ellas: que si unas plumas del Espíritu Santo que perdió cuando se transformó en paloma, que si unos clavos de la cruz de Cristo…

—Son reliquias menores, yo no tengo acceso a un brazo de un santo, ¡ya me gustaría! —le explica mientras se dirigen al sur.

A Noah esos objetos le producen curiosidad, pero le gusta más la vida de los santos que le cuenta Jonas que las reliquias en sí.

Y, poco a poco, Noah va dejando de pensar en lo que le pasó a Laia y en su familia. Aunque a veces le puede la nostalgia. ¿Cómo estarán sus padres? ¿Qué travesuras estará haciendo ahora Cloe? ¿Y el maestro Ziemers seguirá con sus relojes? ¿Tendrá algún libro nuevo en su biblioteca?

11

Midelburgo

La ciudad está fortificada y alberga la abadía más importante de estas tierras de Zelanda. Por lo que María ha escuchado decir a las gentes de aquí, tuvieron que levantar la muralla mucho tiempo atrás porque sufrían los ataques de sus enemigos del norte, los feroces vikingos.

En el campamento español siguen hacinados miles de hombres y mujeres que aguardan para embarcar y regresar a sus hogares. La convivencia es cada vez más difícil y hay algún conato de trifulca, lo cual sería peligroso ya que entre la tripulación se cuentan muchos hombres de armas. Los nervios se hallan a flor de piel, la comida escasea y la paciencia se acaba.

Antonio conduce a María por la orilla del río hasta una taberna. Ella se detiene frente a la puerta, le cuesta decidirse. No sabe si está preparada, nunca ha estado en una.

—No es necesario que entres.

—Quiero hacerlo.

Dentro, los flamencos y los españoles se mezclan sin roce alguno. Es curioso cómo en el puerto las cosas son bien distintas. El vino —en este caso, más bien la cerveza— sirve de unión y lima asperezas. Su marido pide una jarra de vino y avanza hasta el fondo, donde hay un individuo de mediana edad con aspecto de marinero y un corte en la ceja izquierda.

Se plantan ante él.

María lleva tanto tiempo esperando este momento que no puede disimular los nervios. Lamenta que Laia no se encuentre aquí; han luchado tanto para que llegara este día, que no es justo que ella no esté con ellos.

El hombre inclina la cabeza sobre un vaso vacío y el cabello largo y lacio le cae sobre la cara; su barba abultada e irregular solo le deja a la vista los marcados pómulos.

—¿Qué queréis? —espeta al verlos—. ¿Y esa? ¿Me traes compañía? —pregunta con una sonrisa.

—Es mi esposa. —Antonio la separa con su brazo de la mesa.

—Ah, bueno… Mis disculpas.

—¿Sois Juan Martínez de Azoque? —inquiere Antonio.

—Para servir a Dios y a vos, señora —dice guiñándole un ojo a María.

—Nos gustaría sentarnos con vos y que nos contarais vuestras aventuras. Dicen que estuvisteis con Colón en el primer viaje, ¿es cierto? —pregunta ella, muy decidida.

—¿Cómo sabéis vosotros eso? —Azoque cambia su gesto distendido por otro más grave.

—Vuestra fama os precede —afirma María—. Ser uno de los primeros en cruzar la Mar Océana bien vale un trago. —Alza la copa para brindar y Antonio la acompaña.

—Así es. —Él también alza su copa y cuando va a beber maldice que no haya vino, entonces Antonio le sirve de la jarra—. Me enrolé en el año noventa y dos en esa expedición, ¡qué locura! Un viaje duro y una recompensa escasa para tanta calamidad —responde mientras da un buen sorbo.

—¿Y eso por qué? —pregunta María de nuevo.

Azoque no responde y apura su vaso.

—¿Queréis más vino? —interviene Antonio.

—Pues sí, y luego os contaré todo lo que pasó si tú, preciosa, te sientas aquí conmigo. —Abre las piernas y señala su regazo—. Tranquila, que no muerdo. Salvo que tú me lo pidas, claro.

Antonio suelta una especie de gruñido. María le tranquiliza

con una mirada cómplice y accede a acomodarse junto al marinero, para alegría de este.

—¿Y ese vino?

Antonio va en busca de otra jarra y, cuando regresa, descubre a Juan Martínez de Azoque susurrándole confidencias a María en el oído.

—¿De dónde sois? —retoma Antonio, que tiene más mano izquierda que su mujer, aunque en este caso le cuesta contenerse.

—De Deva.

—Nosotros somos de Bilbao, pero conocemos Deva, ¿verdad, María? —oculta que su esposa es realmente de allí mientras controla su ira al ver cómo la manosea.

—Sí, es donde hay esos acantilados tan raros —responde ella disimulando—. Las montañas descienden de forma abrupta hacia el mar a modo de milhojas, como si un gigante las hubiese arañado con sus uñas.

—Eso es Itzurun, que une Deva con Zumaia. La verdad es que vuestro rostro no me es desconocido. —Azoque bebe—. Deva es tierra de marineros, y yo llevo navegando desde que tengo uso de razón.

—Yo también quiero embarcar para poniente —afirma Antonio—, dicen que hay mucho oro.

—¿Eso dicen? Pues no te lo creas. Lo que sí hay son mujeres que parecen diosas, van desnudas y siempre están dispuestas a yacer. Solo por eso volvería —y al decirlo pasa su brazo por el hombro de María.

—¡Quieto! Os lo advierto.

—Tiene carácter, la muchacha. Es una fiera, ¿eh? Qué gusto ver a una buena mujer… Este viaje parecía una excelente idea, acompañar a una princesa y traer a otra, ¿qué podía salir mal? —Se ríe—. Se han olvidado de nosotros…

—Eso creo yo también, pero vos volvisteis de las Indias, eso sí que fue un logro fabuloso. —Esta vez es María quien le pasa la mano por la nuca para engatusarlo.

—Cierto, Colón nos prometió que llegaríamos a la isla de

Cipango y abriríamos una ruta hasta Asia por Occidente para el comercio de especias. Según él, allí había maravillosas ciudades, riqueza, oro, e iniciaríamos la conquista de nuevas tierras para la Corona de Castilla.

—Lo decís como si no fuera verdad —comenta Antonio.

Azoque calla.

—Tuvo que ser emocionante. —María intenta que siga hablando, a pesar de que tiene que sufrir cómo el marinero utiliza cualquier movimiento para rozarla—. ¿Y qué pasó cuando pisasteis aquella extraña tierra?

—Desembarcamos en una isla llamada Guanahani, que Colón rebautizó con el nombre de San Salvador, ya podéis imaginaros por qué. En ella establecimos contacto con los nativos.

—Se cuenta que se quedaron impresionados al ver a hombres blancos con barba, armas de metal y barcos enormes.

—Algunos sí. —Azoque bebe.

—Dicen que son pacíficos e inocentes.

—Bueno, no os creáis todo lo que oigáis. Luego fuimos a La Española, y en esa isla había de todo…

—¿Qué queréis decir? ¿Eran agresivos?

—Se contaban historias, en el norte había tribus… que comían carne humana.

—¡Santo Dios! —María da un respingo y se lleva las manos al rostro.

—Lo que oís, ¡unos perturbados! ¡Adoradores del maligno!

—Por suerte, lograsteis regresar, porque no volvieron todos, ¿cierto? —María pregunta y Antonio la mira impaciente.

—En Nochebuena, la Santa María que comandaba Colón encalló en un banco de arena y naufragó junto a La Española…

—¡Qué fatalidad! ¿Y qué pasó? —María le acaricia la espalda.

—Como fue un veinticuatro de diciembre, cogimos los restos de la Santa María y construimos un fuerte al que llamamos La Navidad. Al día siguiente, Colón se puso al frente de la Niña, en la que yo viajaba, para regresar a Castilla.

—¿Y los tripulantes de la Santa María?

—Treinta y nueve hombres se quedaron allí para defender el fuerte. —Suspira—. No había sitio para ellos en nuestro barco.

—Los abandonasteis en una isla desconocida —dice María a su oído.

—¿Cómo? No, Colón tenía previsto volver con más barcos y pertrechos.

—¿Cuándo?

—No sé… Creo que tardó un año.

—Dejasteis a treinta y nueve hombres solos en un lugar donde nunca antes había llegado un cristiano. Rodeados de salvajes, ¡de caníbales! Durante un año. —María va elevando el tono cada vez más—. Sin saber si podríais volver. Y si vuestro barco naufragaba, nadie en Castilla tendría noticia alguna sobre ellos. ¡Los condenasteis a muerte!

—Sí. Quiero decir, ¡no! —Se contradice y aparta a María con su brazo—. ¿Qué otra cosa podíamos hacer?

—Azoque —interviene Antonio para apaciguar los ánimos—, ¿sabéis lo que les pasó a esos marineros? ¿A esos compañeros vuestros? ¿A esos treinta y nueve hijos de Dios?

—Yo… No… no lo sé.

—¿Seguro?

—No lo sé, yo no volví —contesta a la vez que se frota las sienes con los dedos de ambas manos.

—Miradme a los ojos —le ordena Antonio—. María pertenece a una familia de balleneros. ¿Los habéis visto alguna vez cazando? A los balleneros, digo —apostilla.

—No —dice negando con la cabeza.

—Ni os imagináis lo que puede hacer un arpón cuando penetra en la carne.

—¿Qué queréis de mí?

—Los treinta y nueve de La Navidad, ¿pensaba Colón volver a por ellos o los dejó allí abandonados a su suerte?

—Eso deberías preguntárselo a él.

—Murieron todos —dice María, nerviosa.

—Cuando regresaron al año siguiente, Colón ni siquiera investigó quién había masacrado a los hombres de La Navidad, ¿por qué? —insiste Antonio.

—¿Cómo voy a saberlo? Yo no fui en el segundo viaje.

—Pues decidme —María aprieta los dientes—, ¿conocisteis a Juan Pérez y Chanchu?

—Yo… no lo recuerdo.

—No os creo, eran los dos de Deva como vos. —Antonio no le da respiro.

Azoque se levanta aturdido y se aleja unos pasos de la mesa.

—¡Decidnos la verdad!

—Pero ¿quién demonios sois vosotros?

De pronto se hace el silencio y todas las miradas se dirigen hacia ellos.

—Vámonos, María, no vale la pena —decide su marido.

Ella sostiene la mirada del marino hasta que Antonio la coge del brazo y abandonan la taberna.

12

Núremberg

El vendedor de reliquias y Noah llegan a la plaza del mercado de Núremberg, donde se erige una hermosa fuente con tonos dorados en las figuras que la adornan. Y enfrente se levanta una iglesia con una fachada escalonada que no cuenta con altas torres como ocurre en otros templos de la ciudad. Sin embargo, posee algo de incalculable valor: su reloj.

Él lo mira impactado. Ziemers le habló de él en alguna ocasión porque es el reloj más famoso del mundo. Cada día, toca puntual a las doce del mediodía y puede verse lo que llaman el «Desfile de los hombrecillos». Mediante un sistema mecánico, siete figuras que representan a los príncipes electores imperiales desfilan delante de la estatua del emperador Carlos IV en conmemoración de la bula de oro de Núremberg, un conjunto de reglas promulgado por dicho emperador que regulaban que este pudiese ser elegido sin la intervención del papa.

Noah jamás imaginó que presenciaría semejante espectáculo, y se da cuenta de que está viendo con sus propios ojos el mundo, ya no necesita que nadie se lo cuente.

Ziemers le explicó que el reloj mecánico es el símbolo más genuino del mundo nuevo en el que viven, que ahora se rige por la trascendencia de los negocios, donde la precisión y la eficacia son esenciales. En las ciudades, el ritmo de trabajo es artificial y se mide con los relojes, a diferencia de lo que ocurre en el campo, cuyo ritmo de trabajo es natural y lo marca la trayectoria del sol.

El relojero siempre decía que los relojes son el futuro, aunque ya comienzan a ser el presente. Pero la gente de Lier no le hacía mucho caso.

Al girar una esquina, le da un vuelco el corazón cuando descubre un taller con instrumentos científicos de alta calidad como compases, astrolabios, cuadrantes y ¡relojes! Otro síntoma de cómo el progreso, que tanto entusiasmaba a su maestro, se abre paso.

En ese momento aparecen unos cuantos hombres que se agolpan a la entrada del local. Jonas parece interesado y se une a ellos, así que él también. El interior del taller es amplio y está lleno de artilugios de todo tipo. La gente se agrupa en torno a un objeto concreto por el cual muestran admiración. Se trata de una esfera sujeta a un pedestal con dos discos perpendiculares, y tiene unos dibujos que no logra identificar.

—¿Qué es? —pregunta Noah a un fraile que está entre los asistentes.

—Es el mundo, muchacho.

—¿Cómo que el mundo?

—Sí, es un globo terráqueo. Lo ha realizado uno de nuestros más ilustres ciudadanos, Martin Behaim, un comerciante que además es astrónomo, navegante y geógrafo. Ha pasado un tiempo en la corte portuguesa, en Lisboa, y ha participado en varios viajes de exploración a lo largo de la costa de África. Luego ha regresado a Núremberg trayendo consigo multitud de conocimientos y mapas. El Consejo de la ciudad le encargó un mapa del mundo, ahora que se ha llegado a Asia por poniente.

—¿En forma de esfera?

—¡Eso es lo bueno! Es la primera vez que se hace, dicen que la Tierra es redonda… Aunque yo no me lo termino de creer.

—¿Y eso por qué?

—Porque, de ser así, ¿qué pasa con los que viven en las antípodas? ¿Cómo es que no se caen?

Esa misma pregunta se la ha formulado él muchas veces.

Al verlo más de cerca, Noah se queda boquiabierto. Se aproxima todo lo que puede y observa esa maravilla: ahí está el mundo. Cuando uno de los presentes hace que gire una vuelta, ante sus ojos ve desplazarse mares y tierras, y se imagina recorriendo todos esos territorios por su propio pie.

—En este globo se incluyen alrededor de dos mil nombres de lugares, más de doscientos símbolos cartográficos y múltiples inscripciones que conforman el mejor compendio tanto de la era antigua como de la nueva —asegura el hombre que parece ser el dueño de todo aquello—. Los mapas de Ptolomeo ya son historia.

—¿Un *Mundus Novus*? —pregunta alguien entre la multitud.

A Noah se le hiela la sangre.

Mundus Novus. Se había olvidado de esas dos palabras y ahora regresa a su mente el rostro del asesino de Laia pronunciándolas antes de exhalar su último suspiro.

¿Quién lo ha preguntado? Noah intenta abrirse camino hacia las primeras filas.

—Por supuesto, y al alcance de vuestra mano —contesta el que estaba dando las explicaciones.

El público rompe a aplaudir y le es imposible seguir avanzando; luego los curiosos se abalanzan para observar de cerca el globo terráqueo y Noah se desorienta. Retrocede para escapar de la aglomeración y tener perspectiva. Pero cuando lo hace, ha perdido ya la noción de quién puede haber hecho esa pregunta.

Maldice su suerte.

Se esfuerza por escrutar todos los rostros que le rodean, pero ninguno le dice nada. Quizá solo haya sido una casualidad y esté dejándose llevar por sus emociones. Es mejor no pensar en ello. Sale a la calle, la noche ha caído en Núremberg, y entonces ve a un hombre con capa que se cubre la cabeza con una capucha.

Eso ya son dos casualidades.

Echa a correr tras él, pero no conoce la ciudad y la penumbra es su enemiga. Llega a un cruce, se detiene porque ya no ve a nadie, y unas pisadas resuenan por la calle de enfrente que lleva hacia la parte alta de la ciudad. Continúa en esa dirección, los adoquines y la pendiente le ralentizan, y una vez arriba sigue sin ver al encapuchado. Escucha con atención y oye de nuevo pisadas. Toma a ciegas la siguiente calle, guiándose más por su oído y su instinto que por la vista. Hasta que termina en un descampado. Le ha perdido.

Retorna cabizbajo al taller de ingenios, donde Jonas le espera sentado en la acera.

—¿Se puede saber dónde estabas? Te has ido corriendo.

Noah le relata su persecución.

—Yo no he visto a ningún encapuchado.

—¿Cómo es posible?

—Había mucha gente, Noah. Lo interesante era ese mapa con forma de esfera. Pero dime, ¿cómo era ese hombre?

—No lo sé, llevaba una capa.

—Ya. ¿Te das cuenta de que podría ser cualquiera?

—Dijo las mismas palabras que el otro —advierte Noah.

—Eso es una casualidad: *Mundus Novus* puede significar muchas cosas, no me parece tan importante. No le viste el rostro, ¿verdad?

—Yo… —Suspira.

—Déjalo, es tarde y debemos encontrar un lugar para pernoctar esta noche.

Caminan hacia el río y encuentran una posada. Allí las camareras son agradables y se quedan a charlar y a beber con los clientes, que no dudan en alargar las manos aunque ellas no se lo permitan.

A la mañana siguiente prosiguen hacia el sur. Noah no quiere volver a enfadar a Jonas, se siente culpable por haberle desobedecido. Hacen noche cerca de Augsburgo y visitan el palacio de una rica familia, los Fugger. El vendedor de reliquias conoce al cocinero y este les envía a su hijo, un crío llamado Thomas, con las sobras de un convite que se acaba de celebrar. Noah nunca ha probado nada tan delicioso. La comida tiene sabores que son nuevos para su paladar.

—Son las especias —menciona Jonas mientras mastica—, comida de reyes.

Noah asiente y mira a Thomas, y piensa que tendrá la misma edad que Cloe. Duermen en un pajar, y aquellas dos palabras que oyó en Núremberg revolotean en su cabeza como los pájaros a los que se refería siempre su padre: *Mundus Novus*.

Le parece mucha casualidad haberlas escuchado en tan breve espacio de tiempo de boca de dos personas tan alejadas y distintas; tiene que haber alguna relación. Ha de mantener los ojos bien abiertos, es posible que el encapuchado se relaje y cometa un error que le delate.

Noah debe estar atento por si vuelve a oírlo: *Mundus Novus*.

13

Midelburgo

Llevan un par de horas aguardando a la salida de la taberna. Antonio sostiene una buena vara de madera y María está a su lado, mordiéndose las uñas por culpa de los nervios.

Entonces Azoque sale tambaleándose por la embriaguez.

Están decididos.

Es el momento, una zona oscura de Midelburgo, nadie a la vista. Se miran, cogen aire y…

Antonio golpea con fuerza a Azoque en la cabeza y este se desploma. Ambos lo agarran por las piernas y los brazos y lo arrastran fuera de miradas curiosas. Logran llevarlo hasta un almacén solitario, donde lo atan a una viga. Antonio le tira un balde de agua por el rostro para reanimarlo.

—¡Malditos! ¡Miserables! —grita desde el suelo e intenta zafarse, pero está inmovilizado.

—Vamos, Antonio —le anima María.

Su marido se acerca con la vara y se la pone en el pescuezo.

—Esto es muy fácil. Si nos cuentas lo que deseamos saber, te dejaremos ir, no tenemos nada contra ti. Si, por el contrario, te niegas a hablar, como antes en la taberna, te mataremos y te tiraremos al río helado para que alimentes a los peces. Nadie echará de menos a otro castellano muerto en un puerto de Flandes.

—Estáis locos.

—¿Qué sucedió en La Navidad? —María es más tajante que su marido.

—Otra vez… No lo sé. ¡Lo juro!

—Colón abandonó a esos hombres a su suerte.

—Y yo qué sé. El Almirante siempre estaba ocultando cosas, tergiversando lo que sucedía, no es de fiar.

—Explícate mejor —le exige María.

—Al llegar al puerto de Palos, nos enteramos de que ya había enviado una carta anunciando nuestro regreso y el triunfo de su primer viaje.

—¿Y qué tiene de malo? —pregunta ahora Antonio.

—Que la envió desde Portugal, la imprimieron y llegó a todas las cortes. No había rey, príncipe, noble, obispo o abad que no conociera nuestro éxito a las pocas semanas. Lo nunca visto —comenta con cierto tono de nostalgia—. En la carta constaba que se escribió el quince de febrero a la altura de las islas de Canarias y hubo una posdata en Lisboa el catorce de marzo.

—¿Eso era cierto?

—No… El quince de febrero estábamos en las Azores, estoy seguro.

—De acuerdo, o sea que Colón mintió —aduce María con perspicacia.

—Hay más. El viaje de vuelta también fue accidentado. Logramos encontrar a la otra carabela, pero luego la Pinta y la Niña nos separamos de nuevo por culpa de una fuerte tempestad. Aunque yo las he visto peores, la verdad; no creo que fuera suficiente para que nos obligase a separarnos. Luego Colón nos hizo atracar en las islas Azores.

—Territorio portugués, eso es raro. —Antonio mira a su esposa.

—Exacto. Allí fui arrestado, como muchos otros marineros. Más tarde nos liberaron y zarpamos, pero… hubo otra tormenta, no peor que la anterior, y Colón quiso que atracáramos… en Lisboa. Estuvimos más de una semana allí.

—Eso es mucho tiempo. Lo normal hubiera sido que se

diese prisa en dar la gran noticia a la reina Isabel —recapitula Antonio—. Portugal es el rival de Castilla en la carrera de las Indias.

—Pues estuvimos una semana y no fue agradable, al menos para la tripulación.

—¿Y qué hicisteis tantos días en suelo portugués?

—Nos arrestaron otra vez, pero Colón no estuvo a bordo. Lo que hiciese en tierra firme es asunto suyo, se lo tendréis que preguntar a él. Uno no puede fiarse de Colón, ya os he dicho que oculta cosas.

—Bien, eso es lo que queremos saber, ¿qué cosas?

—Llevaba dos libros de a bordo: en uno anotaba las leguas que nos decía a nosotros para que no nos amotináramos y en el otro las verdaderas, que eran muchas más, y el rumbo correcto.

—¿Cómo sabes eso?

—Lo descubrió un marinero y nos lo contó, luego el pobre murió.

—¿De qué? —insiste María con el interrogatorio.

—Se quedó en La Navidad...

—Escúchame bien, te voy a hacer una pregunta y quiero la verdad. ¿Es cierto que llegasteis a Asia?

—Sí, yo... supongo que sí. Yo solo soy un marinero, preguntádselo a Colón, o a los otros capitanes, los hermanos Pinzón.

—Te lo estoy preguntando a ti.

—Estuve treinta y seis días en aquel barco —recalca—. Colón calculó un viaje de setecientas leguas. Sin embargo, tras un mes de navegación y más de ochocientas leguas recorridas sin ver tierra, supimos que algo no iba bien. Un marinero se da cuenta de eso.

—¿De qué?

—De que su capitán le oculta algo.

—¿Estabais perdidos? —pregunta Antonio con un tono más sosegado.

—No, creo que él conocía perfectamente nuestro destino,

pero nos engañó. Sabía que donde pretendía llevarnos estaba más lejos de lo que les contó a los reyes. Se veía en la forma de navegar, en cómo tomaba los vientos. Ya os he dicho lo de los dos diarios de a bordo —afirma enervado—. Así que la noche del seis de octubre se produjo el primer motín entre los marineros de la Santa María. Solo se apaciguó porque los capitanes, los hermanos Pinzón, lograron abortar la rebelión.

Azoque tuerce el gesto y María se percata de ello.

—¿Qué ocurre?

—Los Pinzón. Al principio estaban tan convencidos como nosotros de que Colón mentía y fueron a hablar con él a su camarote. Cuando regresaron, habían cambiado de parecer.

—¿En qué sentido?

—Ya os lo he dicho, ellos frenaron la rebelión. De pronto no tenían dudas sobre Colón, cuando minutos antes querían tirarlo por la borda.

María escucha atenta, en silencio.

—¿Los convenció?

—¡Claro que sí! Pero son los mejores capitanes de Castilla, no se les engaña con palabrería en asuntos de la mar.

—¿Qué les contó? —insiste Antonio.

—Eso me gustaría saber a mí. Tuvo que ser algo... que dejó muy claro que sabía perfectamente a dónde íbamos. Mirad si la situación era grave que cuatro días después volvió a hablarse de motín, ya ni los Pinzón podían controlar a los marineros. Pero Colón es obstinado, tiene un don especial...

—Explícate mejor, no te entendemos —dice María.

—No es la forma de hablar, ni los gestos, sino algo más profundo. Ese hombre estaba seguro de que llegaríamos, era casi un dogma de fe, como si fuera un sacerdote. Creímos en él. No había razón alguna para hacerlo, pero lo hicimos. Nos persuadió a todos, hasta al más reacio.

—Es muy extraño todo. —Antonio se rasca la barbilla—. María, ¿tú qué crees?

—Un hombre capaz de engañar y manipular de esa forma a

toda una tripulación y a experimentados capitanes, ¿qué no sería capaz de hacer cuando llegaron a tierra? —María se queda pensativa, intentando imaginar en su cabeza los pasos de Colón.

—Soltadme ya.

—¡Chis!, ¡cállate! —Antonio alza la vara, amenazante—. ¿María?

—¿Cómo visteis tierra? —pregunta ella.

—Nos pidió navegar solo tres jornadas más y al cabo de este tiempo, si no encontrábamos tierra, daríamos media vuelta. Esa misma jornada vimos pájaros y finalmente, pasada la medianoche del tercer día, divisamos tierra. Durante tres meses, descubrimos distintas islas, como la que Colón llamó La Española, y tierra firme, a la que bautizó como Juana por el heredero.

—No es tierra firme, es una isla —le corrige Antonio—. Y ya no se llama así, ahora le han puesto el nombre de Cuba.

—Os diré lo que más me extrañó del viaje, si es que sirve de algo y así logro que me liberéis. En esa isla de... Cuba, yo juraría que no era la primera vez que veían cristianos, hombres blancos como nosotros. Es más... había jóvenes con la piel más clara, menos dorada.

—¿Qué estás insinuando? —inquiere María, expectante.

—Solo digo lo que vi. ¿No es eso lo que queréis saber? Estuvimos perdidos, desesperados, hambrientos, al filo de varios motines y...

—¿Y?

—Colón nunca perdió la calma, nada alteró sus planes, tan seguro se le veía de lo que estábamos haciendo. No lo entiendo, ya os he dicho que ocultaba cosas. Nada más puedo deciros. Los de La Navidad, pues se quedaron allí. Colón no les dio más opción, habíamos perdido la Santa María y les tocó a ellos.

—Y si te hubiera tocado a ti, ¿qué habrías hecho?

—Rezar.

Se hace un silencio.

—¿Cómo pudisteis dejarlos allí solos? En una isla desconocida, rodeados de enemigos extraños y salvajes, sin saber si alguien regresaría a por ellos —le recrimina María conteniendo las lágrimas—. ¿Qué clase de hombres permiten algo así?

—No podían venir con nosotros, ¡habíamos perdido un barco! ¿Lo entiendes? Además, sí volvieron a por ellos.

—Casi un año después. Y tú no, tú no volviste, ¿por qué? —le pregunta María, que sigue resistiéndose a verter una sola lágrima.

—Porque… —Azoque respira con dificultad.

—¿Qué? ¿Por qué?

—¡Tenía miedo! —responde con el rostro desencajado.

—¿Miedo? ¿De qué? —María alza el tono de voz—. Si dices que aquellos hombres no tenían nada que temer. La flota del segundo viaje era inmensa, con miles de tripulantes y más de una docena de barcos. Yo te lo voy a explicar: tenías miedo porque sabías que esos hombres estarían muertos, ¿a que sí?

—No, te juro que no.

—Juan Pérez y Chanchu, ¿los recuerdas ahora? El primero es mi padre; el segundo, el de mi mejor amiga. Los dos muertos, los dos desaparecidos.

—Te juro que no.

—Los abandonasteis en aquella isla para morir. —María no le da tregua.

—No, no —niega con la cabeza.

—Nosotros también te vamos a dejar aquí, igual que les hicisteis a ellos. —Da dos pasos hacia atrás y apoya su mano en el hombro de su esposo—. Amordázalo bien y vámonos, alguien lo encontrará.

—¿A dónde vais? ¡No me dejéis aquí! ¡Por favor! Sé quiénes sois, yo no tengo la culpa de lo que les pasó… *Mundus Novus! Mundus Novus!*

Antonio le pone una especie de bozal y a continuación la pareja abandona el almacén.

14

Valle del Danubio

El vendedor de reliquias le cuenta a Noah que, desde siempre, los viajeros han dibujado mapas y sus relatos han hecho que hombres y mujeres imaginen cómo es el techo del mundo, o cómo son las ballenas, los grifos y los elefantes, o la inmensidad del desierto, el frío del norte y las ruinas de los antiguos imperios.

—Las gentes que viven en Occidente han oído hablar de la India por los comerciantes que la han visitado. No importa si lo que cuentan es cierto o no; que lo exageren, que no entiendan lo que tienen ante sí, que se equivoquen. Noah, el que viaja dispone de algo que los demás no: el poder de haber visto.

—¿Qué queréis decir?

—Los libros contienen historias, solo eso. Los juglares relatan leyendas, nada más. Si quieres conocer el mundo, tendrás que recorrerlo y verlo con tus propios ojos. De lo contrario… adorarás la pluma de una paloma —concluye sonriendo.

Jonas no cesa de contarle anécdotas de los lugares más dispares que ha visitado, y Noah poco a poco se va embriagando con ellas, como si bebiera sorbitos pequeños de un dulce y exquisito licor. Está cumpliendo su sueño de viajar, y no le importa que sea vendiendo reliquias o cualquier otra cosa, porque se ha dado cuenta de que el comercio permite recorrer largos trayectos y conocer multitud de ciudades y reinos.

Le cuenta que el patrón de los viajeros es san Cristóbal, que era un gigante griego que ayudaba a cruzar un río y que sus dientes son una reliquia que se custodia en la catedral de Astorga y que son grandes como cabezas.

Solo hay algo que no le gusta de andar por los caminos, y es cuando se queda escuchando y no percibe nada, solo silencio. Un rumor del viento a lo sumo, algún canto de pájaro, un suave murmullo entre la maleza.

Nada más.

Tanto silencio y durante tantas horas le desespera. Echa de menos el bullicio de Núremberg, las conversaciones por las calles de Colonia, el tañer de las campanas en Maguncia, el retumbe de los cascos de las caballerizas cerca del Rin y, sobre todo, a su hermana haciéndole preguntas a cada instante.

A Noah no le agrada el silencio, por eso su oído es tan fino. Siempre en busca de algún sonido, aunque sea el ladrido de un perro o el crepitar del fuego. De noche, cuando llegan a una posada y el ambiente es animado, su alegría es evidente. Disfruta con las melodías y la música, muy en especial con la de los juglares.

Esa tarde hay uno que cuenta historias y además toca diversos instrumentos, desde el arpa hasta la trompeta, pasando por la flauta, la pandereta y la gaita.

El juglar se burla de reyes, sacerdotes y campesinos, anima al público a emborracharse y lo espolea con cancioncillas subidas de tono, algunas bastante lascivas, que escandalizan y gustan a partes iguales. Y describe cómo es el mundo: habla de la desembocadura del Nilo, de las corrientes del mar Rojo y de monstruos y bestias nunca vistas por los allí presentes.

—Uno de los animales más fabulosos que existe es el unicornio —continúa el juglar—, pues está dotado de un especial instinto para detectar la pureza allí donde realmente se halla. Los cazadores no pueden atraparle si no es mediante una treta, que consiste en enviar a su encuentro a una doncella.

Sin duda, acaba de ganarse la atención de los presentes, incluido Noah.

—Cuando el unicornio la ve, salta a su regazo. Entonces la joven le ofrece sus senos y el animal comienza a mamar de sus pechos. —Acompaña sus palabras con el gesto de dar de mamar a un bebé.

Los hombres murmuran y las mujeres se lo recriminan.

—En ese momento, la muchacha alarga la mano, agarra el cuerno que el animal tiene en medio de la frente y comienza a frotárselo. Cuando la bestia se adormece, la doncella da un silbido. —El juglar se mete dos dedos entre los labios y emite un sonido agudo—. Y ahí aparecen los cazadores y atrapan al unicornio.

Noah ha visto a otros juglares en Lier, pues acuden siempre para las fiestas. Son artistas que se desplazan por las ferias, las tabernas y los salones nobles para entretener con sus canciones e historias. Sin embargo, este posee un talento innato para provocar la risa del público y atraparlo con sus relatos.

Jonas está flirteando con una mujer que tiene el cabello peinado en abultadas ondas y un exagerado lunar en la mejilla. Lleva un vestido oscuro ceñido y se ríe de una forma escandalosa. Él no puede imaginarse qué ocurrencias le estará diciendo el vendedor de reliquias, pero seguro que no le está contando la vida de los santos. No hay duda de que Jonas llama la atención de las mujeres, tan alto y esbelto, con esa cabellera dorada. Noah supone que eso es una bendición. Él posee un físico más normal, no se destacaría mucho de los allí presentes.

La posada tiene una mezcla de olores ciertamente nauseabunda, pero no le queda más remedio que acostumbrar el olfato. Hay abundante comida pasada, vino rancio, fango y desperdicios por el suelo, y además las letrinas están próximas.

—Tengo curiosidad, ¿qué hace alguien como tú en este lugar? —le pregunta una voz de hombre a su espalda.

Sorprendido, Noah se da la vuelta y descubre que es el juglar.

—¿Cómo dices? —El muchacho no sabe qué contestar.

—Disculpa, no me he presentado, soy el Gran Anselmo de Perpiñán. —Hace una reverencia y toca dos notas en el laúd que cuelga de su cuello—. No suelo ver a individuos como tú por estos antros.

—¿Como yo? ¿Y cómo soy yo, si puede saberse?

—Triste —contesta Anselmo a la vez que asiente.

—Eso es una tontería.

—No lo es. Sé identificar la melancolía porque nunca brota de mí; los opuestos se conocen muy bien, créeme. Mi espíritu está impregnado de curiosidad, del deseo de descubrir lo bello y de vivir la vida lo mejor posible. *Carpe diem*.

—«Disfruta el momento».

—¡Eso es! Envejecemos y no tenemos forma de capturar el tiempo. *Tempus fugit*.

Noah escucha perplejo al juglar.

—No estoy triste. Pero el olor de las letrinas, y de este lugar en general, me repugna.

—Amigo mío, no te quejes. ¿Sabías que, en la antigua Roma, la orina recogida en las letrinas públicas era muy demandada para otros fines?

—Bueno, la orina la usan los curtidores de pieles, y los lavanderos para limpiar y blanquear la lana.

—Exacto. Y hubo un emperador, Vespasiano, que impuso una tasa a la orina que se vertía en las letrinas de Roma, y los artesanos que la necesitaban debían pagar el nuevo impuesto para hacer uso de ella.

—Me estás tomando el pelo.

—Hubo alguno que pensó lo mismo que tú ahora. Sin ir más lejos, el hijo del emperador recriminó a su padre por lucrarse con los meados. Entonces Vespasiano le dio a oler una moneda de las que había recaudado con el impuesto y le preguntó si le molestaba su olor.

—¿Y?

—*Pecunia non olet*, «el dinero no huele». Da igual su procedencia —sentencia el juglar, y Noah ni se inmuta—. Hummm, ¿a qué te dedicas? Por tu reacción veo que no eres comerciante… —Se rasca la barbilla y adopta una pose pensativa—. ¿Escudero?

—Por ahora no soy nada —responde Noah.

—Eso no puede ser. Hasta el más insignificante animal, como un gusano, quiere llegar a convertirse en algo mejor, como una mariposa.

—Soy el ayudante de aquel hombre, es vendedor de reliquias —y cuando lo señala, ve que sube las escaleras hacia una alcoba con la mujer del lunar.

—Ya, pero ese no es tu destino. —Se queda mirándolo fijamente—. Has emprendido un largo viaje por otra razón. Deja que observe bien tus ojos.

—¿Mis ojos?

—Sí, se trata de una sabiduría oriental que aprendí en Constantinopla. Sé leer lo que hay escrito en ellos.

Entonces se planta delante de él y Noah no sabe qué hacer, nunca se ha sentido tan observado. Con la mirada azulada del juglar escrutándole.

«Otros ojos azules», se dice.

—Yo creo que tú tienes alma de… héroe griego.

—¿Héroe griego? —A Noah se le escapa una risa forzada.

—Como Aquiles o Ulises. ¿Es que no conoces Troya? ¡Qué sacrilegio! —dice en tono dramático.

—Apenas un poco.

—En la Antigüedad, cuando aún no se había descubierto la totalidad del Mediterráneo —pronuncia engolando la voz y alzando la mano como si mostrara un horizonte—, y se circunscribía al pequeño mar Egeo, salirse de él era extremadamente peligroso. Enfrentarse a lo desconocido, a gentes bárbaras que hablaban idiomas extraños, con costumbres arcaicas y dioses diferentes. Navegar lejos era llegar a aguas de monstruos y tierras de bestias fabulosas que no podían ni imaginar. Era una época de valientes héroes que se enfrentaban a tentadoras sirenas, cíclopes y seres del inframundo.

—¿Y yo soy de esa época?

—Dentro de cada uno palpita una versión de nosotros mismos: mejor, más valiente, más fuerte. Solo unos pocos son capaces de hacerla aflorar; sin embargo, otros pueden descubrirla a través de nuestras pupilas. Pero hay que saber mirar adentro.

—Así que estás viendo a un antiguo griego dentro de mis ojos —asiente Noah, incrédulo.

—Aquellos eran tiempos convulsos. Los pocos que regresaban de esos lugares remotos narraban sus increíbles aventuras, describían a animales peligrosos y plantas maravillosas nunca vistas, y quienes escuchaban sus relatos se embriagaban imaginando y descubriendo el mundo. *Audaces fortuna iuvat.*

—«La fortuna favorece a los valientes» —traduce Noah—. Por desgracia, yo no creo en ella. Ni mucho menos en una mirada. Una vez vi unos ojos que me atormentan desde entonces… y prefiero no pensar en ellos.

—Entiendo, has tenido mala suerte. ¿Y el destino? ¿Crees en él?

—¿Los griegos también creían en el destino?

—Oh, sí. Para ellos era una fuerza cósmica que regulaba el orden establecido. Todo lo que ocurría, había ocurrido o estaba por ocurrir obedecía a las misteriosas leyes del destino, bajo cuyo poder estaban incluso los dioses. Esa fuerza determinaba el curso de los acontecimientos más allá del control humano. *Amor fati.*

—¿«Amar el destino»?

—Todo lo que nos sucede en la vida, incluido el sufrimiento y la pérdida, es parte de nuestro destino.

—A veces eso es difícil de entender —se lamenta Noah.

—Siempre lo es. Los griegos también creían que podía verse alterado por nuestras decisiones y acciones.

—¿Es posible cambiar nuestro propio destino?

—Por supuesto, existen acontecimientos de la vida que se fijan antes de nacer, pero esto no equivale a una aceptación de antemano cuando se trata de la adversidad. Depende enteramente de uno mismo si aceptas ese destino o decides cambiarlo.

—¿El destino no es algo que sucederá pase lo que pase?

—Que esté predeterminado no quiere decir que sea inevitable.

—No veo cómo se puede cambiar —admite Noah.

—Los griegos aseguraban que aceptarlo era la mejor manera de tomar el control sobre él —concluye el juglar—. Y ahora debo continuar con la fiesta. *Citius, altius, fortius*.

«Más rápido, más alto, más fuerte», repite Noah en su cabeza.

El juglar comienza a tocar el laúd y entona una canción de amor. Al calor del fuego de la posada y de los versos del Gran Anselmo de Perpiñán, Noah recuerda a Laia. Aún le cuesta entender lo que sucedió. Fue todo tan rápido que su vida se puso del revés en cuestión de días. Evoca sus profundos ojos oscuros, sus labios rosados, su brillante cabello, y entonces también viene a su mente una fina línea de sangre recorriendo su cuello y cómo se desplomó ante él.

Laia se fue en un instante, y no debería haber sido así.

El destino no puede haber perpetrado semejante crueldad. ¿Qué sentido tiene poner a Laia ante él para arrebatársela al momento siguiente? ¿Cómo va a aceptar eso?

Entonces ve que Jonas baja corriendo las escaleras, se oyen gritos y golpes.

—¡Corre, muchacho! Nos vamos.

—¿A dónde?

Varios individuos cortan el paso al vendedor de reliquias y uno de ellos le coge del brazo y se lo retuerce detrás de la espalda.

—Jonas, ¡cuánto tiempo! —Un hombre de poca estatura aparece tras ellos.

—Ilustrísima, no imaginaba que vuestros rezos llegasen hasta este lugar tan necesitado de ellos.

—Muy gracioso.

A un gesto suyo, el hombre que lo retiene le retuerce aún más el brazo.

—Soltadle —interviene Noah.

—Este debe de ser tu aprendiz. ¿Cómo te llamas, muchacho?

—Yo soy Noah.

—Bien, cogedle a él también.

—Ilustrísima —interviene el juglar—, solo es un crío. Ignoro qué mal ha hecho el señor vendedor de reliquias, pero seguro que podréis encontrar una solución.

—Este hombre me prometió un huevo del Espíritu Santo cuando se transformó en paloma para mi cardenal. ¿Veis vos algún huevo? ¡Porque yo no!

Lejos de liberarlo, coge del pelo a Noah y tira de él.

—Por favor, aquí estamos de fiesta, no lo estropeemos —se esfuerza el juglar.

Esta vez su insistencia tiene efecto, porque suelta a Noah.

—¿Dónde está mi huevo santo, Jonas? —inquiere el obispo al vendedor de reliquias.

—Lo tendré en breve, os lo juro, ilustrísima.

—Yo creo que después de este recordatorio tan didáctico se esforzará al máximo y os lo traerá con prontitud, ¿verdad? —dice el juglar con toda la diplomacia de la que es capaz—. Jonas, ¿verdad que sí?

—Sí, sí. Ilustrísima, tened listo el relicario para el huevo santo.

—Ya. —Mira al juglar y luego al vendedor de reliquias—. Es el último aviso.

Se da la vuelta y sus hombres le siguen, toda la posada les abre paso.

Cuando salen, Noah respira aliviado.

15

Norte de Baviera

Desde que salieron de Lier, al cruzarse con viajeros de los lugares más diversos Noah se pregunta: ¿qué mueve a un hombre a dejar la seguridad de lo propio para adentrarse en lares ajenos? Recuerda cómo Benjamín de Tudela o Marco Polo abandonaron su tierra. No de manera permanente, pero, sí por un tiempo prolongado, y con la incógnita de si alguna vez retornarían a su hogar.

¿Cuándo regresará él a Lier?

¿Cuántos años tendrá Cloe cuando vuelva a verla?

Seguro que para entonces ya será una mujer casada ¡y con hijos!

¿Se harían los célebres viajeros a los que admira estas mismas preguntas en su recorrido? Lo que vieron sus ojos aparece plasmado en los libros, y lo que pensaron también tiene cabida o puede deducirse de sus relatos; sin embargo, no hay certeza de aquello que inundó su alma mientras viajaban.

Acompañando a Jonas se ha percatado de la dificultad que supone viajar tan lejos, en especial a la hora de determinar la ruta a seguir. Le plantea utilizar algún mapa para ello y él le contesta que no los necesita, y que de todas formas no son de mucha ayuda porque no tienen una escala fiable, están ideados para usarse en una biblioteca.

—Los mapas no son para los viajeros, sino para los reyes, los generales y los ricos comerciantes. Lo mejor es preguntar a la gente por el camino.

—Pero es difícil que uno de Colonia sepa cómo se va a Roma.

—Es que no es así como se viaja. Para llegar a donde quieres ir, tienes que conocer las etapas intermedias. Y luego ir paso a paso, superando cada una de ellas. Eso es lo que se llama el itinerario. ¿Lo has entendido, Noah?

—Sí, tiene sentido.

No han vuelto a hablar de lo que ocurrió en la posada, Noah no se atreve a sacar el tema. Pero de no ser por la intervención del juglar, a saber qué hubiera sucedido. Está claro que el negocio de las reliquias es más peligroso de lo que se había imaginado.

Transitando los caminos se da cuenta de la importancia de los puentes, porque son escasos y solo están en las vías principales. Llegan a Estrasburgo, con su catedral de piedra roja, y les dan el alto en una de las puertas de entrada a la ciudad. Como son comerciantes tienen que pagar una tasa. Jonas se niega, ya que no han ido para hacer negocios, solo están de paso. Pero los guardias se muestran intransigentes, así que no les queda otra que poner rumbo al arrabal. Jonas habla con unos y otros hasta dar con un molinero dispuesto a hospedarlos esa noche.

El hombre comprende las dificultades a las que se enfrenta todo viajero y no duda en compartir casa y vituallas. Al fin y al cabo, la hospitalidad es una obra de caridad. Además, Jonas le paga contándole noticias e historias mientras comparten una jarra de cerveza y un plato de queso y tocino ahumado.

Noah sabe que, para el que no viaja, el relato de alguien que conoce otros lugares y costumbres tiene un enorme valor. Él mismo corría a interesarse siempre que llegaba un viajero a Lier. Y Jonas se desenvuelve con soltura conversando sobre los temas más diversos, no solo habla de reliquias y santos.

Prosiguen su camino durante varias jornadas y alcanzan Basilea cuando el sol ya languidece. Esta vez sí encuentran acomodo en una posada que luce una amplia fachada de piedra, con una cerca de mampostería rodeándola, a la que se accede por un arco sobre el que está escrito el nombre del establecimiento: El Unicornio Blanco, lo que es una sandez, pues cualquiera sabe que todos los unicornios son blancos. Hay un patio de tierra apisonada y en torno a él, dos edificios rectangulares que albergan las habitaciones, a los que se accede por una escalera que da a una galería.

—Alabado sea Dios —saluda Jonas a un hombre fornido y entrado en carnes.

—Que Él os guarde.

—Buscamos cama para reposar, ¿hay cabida?

—Limpia y cómoda para los que hagan falta.

—Solo nosotros. Para mí una buena, y este donde quepa, es de buen conformar.

A Noah le meten en una estancia donde hay media docena de campesinos que hablan alemán. Los camastros son bastidores de madera con cuerdas atadas y encima un colchón de lona con paja embutida. Después de tomar posesión de su catre, desciende de nuevo al patio.

Jonas también baja, se le acerca un perro famélico que le olisquea la pierna, pero se marcha poco interesado en ellos. Al fondo hay un edificio con un tejado a dos aguas, es el mesón, y hacia allí se dirigen.

—Alabado sea Dios, señora.

Esta vez el saludo va dirigido a la que suponen que es la mujer del posadero, que viste un mandil y porta una sopera con destino a una alargada mesa donde esperan ansiosos un puñado de clientes.

—Llegáis a tiempo.

—Dadnos pues buenas viandas —contesta Jonas.

Toman asiento y enseguida les sirven bebida.

—Este vino es fabuloso, Noah.

—Tened cuidado, que vais a terminar todo el que tienen.

Comen bien, hacía tiempo que no disfrutaban de una cena tan sabrosa.

Después del festín, Jonas se pone a jugar a los naipes con dos venecianos y un genovés que viste una larga túnica; Noah nunca había visto en Lier a nadie con ese atuendo. El vendedor de reliquias luce contento, parece que la fortuna le sonríe esta noche. En cambio, él no se despega de su melancolía. Recuerda al juglar y piensa en esos héroes de la Antigüedad viajando por el Mediterráneo en busca de lo desconocido, haciendo el mundo cada vez un poco más grande.

Se da una vuelta por el mesón y no percibe tanto jolgorio como en otras posadas. También las gentes son distintas. La amalgama de hombres que lo llenan es variopinta, parecen más rudos. Hay una hoguera en el centro, sobre unas losas de piedra. El humo asciende y se escapa por una lumbrera. Se bebe abundante vino, en eso no se diferencia tanto.

Noah se acerca a la partida y se sorprende al descubrir la cantidad de monedas que hay sobre la mesa. En los rostros de los jugadores observa que las apuestas han ido a mayores hasta alcanzar una pequeña fortuna. Jonas parece concentrado, pero Noah se percata de que está intentando ocultar sus nervios.

En ese momento, sube la apuesta con todo lo que tiene.

—Eso es mucho dinero para un vendedor de reliquias —dice uno de sus compañeros de mesa.

—¿Lo veis o no?

El primer veneciano tira sus cartas. El segundo refunfuña, rechina los dientes, mira a Jonas y maldice en su lengua antes de lanzar también las suyas. Solo queda el genovés, un hombre paliducho, con la frente arrugada y una ceja partida, que parece disfrutar de la comida por el volumen de su vientre y que suda de forma copiosa por el excesivo calor que hace en el mesón.

—Yo lo veo. —Sonríe dejando ver unos dientes diminutos y brillantes como perlas—. Puedo apostar algo que sé que te interesa. Tengo una reliquia en la familia que es única.

—Qué casualidad…

—¿No me crees? —Levanta la mano y un criado se acerca—. ¿Qué tenemos en la capilla?

—Señor, ¿os referís a…?

—¡Sí! Díselo.

—Una moneda de las que cobró Judas Iscariote por traicionar a Nuestro Señor.

—Tráela, con el relicario y los documentos —le ordena el genovés.

Noah no da crédito a lo que acaba de oír. La partida se detiene pero aumenta la expectación, y la espera provoca que llegue más y más gente. Hasta tal punto que el mesón se llena por completo. Y es entonces cuando aparece el criado con un cofre pequeño de madera labrada y lo deja sobre la mesa, atrayendo el interés de los allí presentes.

El jugador lo abre, extrae un documento que acerca a Jonas para que lo lea y luego toma una moneda de plata y la muestra entre sus dedos.

Noah observa la reacción del vendedor de reliquias, los ojos le brillan como si hubiera encontrado un tesoro.

—¿Es auténtica? —le pregunta Noah al oído.

—Lo es. Esto es mejor que el huevo del Espíritu Santo, podría saldar mi deuda —le dice en voz baja.

—¿Y bien? —inquiere el genovés.

—Esto cubre la apuesta, la acepto.

—No, no, no —niega el otro con la cabeza—, con esto sube la apuesta. Si quieres igualarla, tendrás que ofrecer algo que merezca la pena.

—Mi carreta.

—No.

—Y todo lo que hay en ella.

—Insuficiente.

—No tengo nada más —dice Jonas con resignación.

—Entonces me llevo mi moneda de Judas y el dinero que hay sobre la mesa.

—¡Espera! —Jonas se levanta y pregunta en alto—: ¿Alguien

me puede cubrir la apuesta? Le será devuelto con intereses cuando gane.

Nadie alza la voz, todos agachan la cabeza.

—Yo. —Noah abre el zurrón y saca un objeto envuelto en una tela. Lo destapa y muestra un precioso reloj—. De primera calidad, proviene de uno de los mejores talleres de Flandes.

—Gracias, muchacho. —El vendedor de reliquias sonríe muy complacido.

Y Noah también.

—Esto cubre mi apuesta —dice Jonas, muy seguro de sí mismo.

Su rival pide ver el reloj, lo examina y lo devuelve.

—La acepto —dice, y a continuación descubre sus cartas.

Se hace un prolongado silencio, hasta Noah siente la tensión que se respira en torno a la partida. De pronto, Jonas se levanta sin decir nada y aparta a los que le rodean, y todos escuchan la risa alta y clara del genovés, que se sabe victorioso.

Noah no puede creerlo mientras observa cómo el ganador recoge las monedas y también su reloj. Lo han perdido absolutamente todo, ¿qué va a ser de ellos ahora?

Mientras tanto, Jonas avanza a trompicones, resbala y se cae al suelo, gatea e intenta ponerse de pie, pero pisa los desperdicios que pueblan el suelo y se golpea la barbilla. La gente se ríe y él solloza de desesperación. Enrabietado, logra levantarse y finalmente sale del mesón.

Llega hasta su carreta y, justo cuando va a subirse, alguien tira de él. Después, un puño le atiza en el mentón y lo derriba al suelo, donde empieza a recibir patadas en los costados sin piedad.

—¿Qué hacías? ¿Pensabas irte sin pagar tu apuesta? Esa miserable carreta y todo lo que porta es mío ahora —le advierte el genovés.

—Me moriré de hambre.

—Y a mí qué.

—Tengo que encontrar una reliquia o me matarán —balbucea Jonas.

—Eso no es asunto mío, haberlo pensado antes de apostar.

—Esta vez le propina con todas sus fuerzas un puntapié en las nalgas que le hace retorcerse de dolor.

Noah no puede evitar sollozar al verlo en ese estado, una rabia desconsolada brota desde lo más hondo de su alma y sale a socorrerlo.

—¿Y tú qué quieres?

Noah aprieta los puños.

—¿Me vas a pegar? —El genovés se ríe a carcajadas.

Y la sangre de Noah hierve en sus venas.

—Vamos, muchacho. —Saca una daga que ocultaba en el cinto y se mofa de él.

Noah comienza a retroceder, paso a paso, con torpeza.

—Otro cobarde.

Sigue retrocediendo hasta que Jonas aparece por detrás, pero el criado lo descubre y reacciona derribándolo. El genovés se gira riéndose y Noah queda fuera de su vista unos instantes. Se lanza contra él y le golpea con poco tino, pero logra que se le caiga la daga. Ambos quedan frente a frente, bajan la mirada hacia el arma, a mitad de distancia de cada uno. El genovés se lanza a recuperarla, pero Noah es más rápido y la toma en su mano derecha al mismo tiempo que el otro pierde el equilibrio y cae sobre él, clavándose él mismo la hoja en el pecho.

—¡Señor! —grita el criado, alarmado al verlo en el suelo.

Le da la vuelta para auxiliarlo y le abre la camisa; hay sangre, cada vez más. Intenta taponar la herida, pero brota como el agua de una fuente. Noah no reacciona, da dos pasos hacia el genovés y mira dentro de sus ojos. Están vacíos.

—¡Maldito! —El criado se levanta enloquecido y toma la daga.

Jonas se interpone entre ambos y recibe una, dos y hasta tres puñaladas, luego se desploma y se queda inmóvil. El criado se percata de que ha matado al vendedor de reliquias y que su señor también yace inerte. Suelta el arma y toma el reloj antes de salir huyendo.

Jonas no ha pronunciado palabra alguna, no ha gritado de dolor ni ha exhalado un último suspiro.

Nada.

Ha sido un instante.

Todo muy rápido.

Noah está aturdido. Se da la vuelta y camina torpemente hacia la entrada de la posada, y entonces se choca con otro hombre que sale.

—Cuidado, mira por dónde vas.

Noah tiene la mirada perdida, no logra articular palabra y no le reconoce.

—¿Qué te ha pasado? ¿Me oyes? Soy yo, Anselmo de Perpiñán.

Entonces el juglar observa los golpes en el rostro del muchacho y la sangre en sus manos. No sabe qué ha ocurrido, pero deduce que nada bueno. Así que lo aparta a un lado y descubre a los dos hombres muertos.

—¿Cómo ha sido?

—Él… quería… y yo no sé cómo, pero…

—No le des más vueltas —zanja de inmediato—. ¿Te han visto?

—El criado ha salido corriendo.

—Mejor, diremos que ha sido él. —El juglar se frota la nuca—. ¿A dónde te dirigías? ¿Tienes a dónde ir?

—No. No tengo a nadie.

El juglar resopla.

—Sé que me voy a arrepentir… ¡Vamos! Te vienes conmigo. Eso sí, harás todo lo que yo te diga, y cuando estemos lo bastante lejos, tendrás que valerte por ti mismo. No puedo tener cargas, me juego demasiado en este viaje.

16

Midelburgo

La espera se hace eterna en Flandes. Antonio y María se hallan frente a la costa contemplando el mar.

—¿En qué piensas? —pregunta Antonio—. ¿En las palabras de Azoque?

—No dijo nada relevante de los treinta y nueve de La Navidad.

—De ellos no, pero lo que contó de Colón no me gusta nada.

—Tienes razón, ¿por qué atracaron en Portugal?

—Les sorprendió un temporal —responde Antonio a la vez que empieza a toser.

—Azoque dijo que no era para tanto. ¿Y por qué mintió sobre la fecha y el lugar donde escribió la carta?

—Ni idea. —Antonio tose de nuevo—. Pero te recuerdo que no estamos aquí para confabular, sino para buscar justicia.

—¿Te crees acaso que lo he olvidado?

—Claro que no.

De repente le entra una tos muy fuerte, se ahoga y busca apoyo en la pared.

—¡Antonio!

—Estoy bien. —Alarga la mano para evitar que se le acerque.

María se alarma al ver que la tos no cesa.

—¡Antonio! ¿Qué te ocurre?

—Nada, es solo que… —Al mirarse las manos ve que ha tosido sangre.

—¡Dios mío!

—Tranquila, mi amor. No es nada. Es esta humedad, que se me ha metido en los huesos.

—Rápido, vayamos a un lugar caliente. Buscaré a un cirujano para que te cure.

Regresan al puerto y acuesta a su marido en el camastro. Entonces se da cuenta de que tiene fiebre. Mientras llega el cirujano con el que ha logrado contactar, no cesa de aplicarle paños fríos para bajarle la calentura.

La noche se hace larga, Antonio delira y la fiebre no le baja. Las sangrías y los ungüentos del cirujano no surten efecto. Por la mañana sigue igual, no prueba alimento en todo el día, y la segunda noche le sube aún más la temperatura. Pasan dos días angustiosos, con Antonio debatiéndose entre delirios y sudores. Le aplican más sangrías y parece mejorar. Hasta bromea un poco, como es habitual en él. María piensa que es una buena señal.

Ahora está tranquilo, al menos no ha empeorado. Es normal que enfermen teniendo en cuenta las condiciones en las que sobreviven. ¿Cómo puede ser que una flota real pase semejantes calamidades?

Mientras Antonio descansa, María no deja de darle vueltas a por qué Colón pasó tantos días en Portugal a su regreso. Acababa de abrir la nueva ruta, ¿por qué no corrió a contárselo a la reina Isabel? Tendría que estar impaciente por mostrarles que habían acertado al confiar en él cuando nadie más lo había hecho.

Ella está convencida de que en el viaje de vuelta Colón dedicó mucho tiempo a decidir los pasos que iba a dar en cuanto pisase tierra firme. Todo estaba estudiado y tenía un propósito: la carta, las islas Azores, Lisboa. Pero nunca pensó en los pobres hombres que quedaron atrás, en La Navidad.

Ellos ya estaban condenados.

Colón lo sabía. Y le dio igual.

Antonio pasa buena noche. A la mañana siguiente, María contempla su rostro con las primeras luces. Recuerda el día que lo conoció, fue junto a la calle de los carniceros, una de las siete que configuran Bilbao. No era el más guapo ni el más listo, pero sí el que más la hacía reír.

Prueba a darle algo de comer, en vano.

—Antonio, ¿me oyes?

Su marido yace dormido de nuevo, aunque le ha vuelto a subir la calentura. El cirujano le hace más sangrías, que le sientan bien y por fin bebe un poco de agua. Parece que lo peor ha pasado.

—Siento cercana la muerte, María.

—Cariño, no digas eso. Ya estás mejor. En cuanto regresemos a Bilbao, todo será como antes, ya verás. Y montaremos ese negocio del que tanto hemos hablado.

—Tú lo dirigirás, como haces siempre con todo.

—Pusimos tantas esperanzas en este viaje… —murmura ella con desazón.

—Y mira cómo nos ha ido. María, a partir de ahora mi alma habitará dentro de ti.

—¡Cállate! ¡Tienes que luchar! ¡Lucha! Hazlo por mí.

—No abandones nuestra búsqueda, descubre la verdad.

La consciencia de Antonio se desvanece. Está ardiendo y de vez en cuando tiene convulsiones. María confía en que si salva la noche, la mañana le reconfortará.

Llega el alba y asoman los primeros rayos de luz. Está acostada en su regazo, no se ha separado de él. Se incorpora y le susurra al oído:

—Despierta, tienes que comer algo para reponerte.

Le palpa la frente, está fría.

Demasiado.

—¡Antonio!

Lo zarandea levemente.

Le abre la camisa y posa su oreja sobre el pecho de su esposo.

No oye nada.

17

Los Alpes

Italia es una península troceada en infinidad de ciudades independientes, aunque son cinco las que ostentan el poder. La primera de ellas, por supuesto, es Roma, con el papa Borgia sentado en el trono de san Pedro, desde el que se encarga de mediar y sacar provecho de todos los cristianos. Luego está la legendaria Venecia, venida a menos desde la caída de Constantinopla, pero dispuesta a resurgir con sus más de tres mil galeras. La tercera es Génova, que presta su dinero a medio mundo. Y, por último, la Milán de los Sforza, ambiciosos donde los haya, y Florencia, antaño la patria de los Médici y ahora en manos de un monje, Savonarola. Y además está el reino de Nápoles, una joya en disputa entre las coronas de Francia y Aragón, gobernada ahora por una rama bastarda de los aragoneses.

El alto valle del Reuss es árido y tenebroso, se llega a él tras coronar el paso de San Gotardo. A continuación, los viajeros atraviesan unas gargantas escarpadas donde es fácil ser asaltado por maleantes que aguardan escondidos tras la escasa vegetación que allí crece.

—Esto es agotador —murmura Noah, desfondado.

—Mira a tu alrededor, ¿qué sientes? El esfuerzo y el tortuoso itinerario han valido la pena, ¿verdad? —dice el juglar con los brazos abiertos y en alto, soltando nubecillas de vaho con cada palabra.

—No sabría decirte… —Noah está mareado.

—Solo podrás considerarte un verdadero viajero cuando comprendas que la gracia del viaje no es alcanzar la cumbre, sino el camino en sí. —Le da una fuerte palmada en la espalda—. Ahora lo que viene es todo cuesta abajo, pero hemos de darnos prisa porque se acerca una tormenta. —Señala unas nubes negras a poniente—. Es un paso abrupto y peligroso, debes mirar dónde pones el pie; más de uno se ha caído al vacío.

—Es bueno saberlo.

Noah no tiene palabras para agradecer al juglar que le sacara de aquella posada, y desde entonces ha cuidado de él como si fueran familia. Se entristece cuando piensa en el vendedor de reliquias, aunque se ha jurado a sí mismo no apostar jamás. Jonas era un buen hombre, no merecía acabar así, tirado como un perro. Humillado y abandonado. Como tampoco Laia merecía el final que tuvo. Noah va comprendiendo que la vida no es justa, y que cada día que pasa es una victoria.

Además ya ha matado a dos hombres, ambos por necesidad, pero esas muertes pesan en su joven alma.

Al menos no ha parado de viajar, eso es probablemente lo que le ha dado más ánimos. El juglar, al igual que Jonas, no está mucho tiempo en el mismo lugar. Va de celebración en celebración, actuando en mercados, tabernas y festejos. Y cambia de ubicación para que su presencia no se torne aburrida.

—Viajando es como uno logra una mirada propia del mundo. Pero no te equivoques, porque también te ves obligado a renunciar a muchas cosas. La principal puede que sea tener una familia, o el no sentirte ya en casa en ningún sitio.

—Eso lo entiendo, es un precio alto —comenta Noah.

—Para mí no es un precio ni una elección; es una obligación.

—O quizá sea nuestro destino.

—Cierto, muchacho. Como buen viajero, mi único equipaje son los sueños y la curiosidad. Y tú vas sobrado de ambos, ¿no?

Llegan a una profunda garganta que deben salvar cruzando por una pasarela de madera.

—¿No pretenderás que pasemos por ahí?

—Este es el puente del Diablo —le dice.

—Alentador nombre.

—*Audaces fortuna iuvat* —cita el juglar—. Como el Reuss es tan difícil de vadear, se cuenta que nadie lograba construir un paso y que las gentes de la montaña convocaron al Diablo para que levantara un puente.

—Nunca se me hubiera ocurrido esa solución.

—A cambio, el Diablo pidió recibir el alma del primero que cruzara el puente, y los montañeses decidieron enviar a un perro al que arrojaron un trozo de pan.

—Eso tampoco, la verdad.

—Al Diablo no le sentó bien el engaño, así que desprendió una roca con la intención de lanzarla contra el puente y destruirlo, pero un pastor dibujó una cruz sobre la piedra y el Diablo tuvo que soltarla. La roca está allí todavía —dice señalando el fondo de la garganta.

—¿Crees que es buena idea contarme esto antes de cruzar?

—Bueno, ya casi lo hemos cruzado.

Noah mira a sus pies y se da la vuelta sorprendido.

—¿Me has distraído a conciencia para pasarlo?

—Nunca te fíes de un artista —dice riéndose.

Por fin alcanzan una calzada principal. Los que llegan del norte lo hacen a través de dos grandes rutas: por Venecia o por Milán, y ambas convergen en Bolonia. Toman un camino secundario para evitar toparse con las tropas francesas o con mercenarios, pues han escuchado decir a unos pastores que Milán está siendo asediada. Y tras varios días entran en el valle del río Avno.

—A partir de aquí es mejor que nos separemos.

—Anselmo, me gustaría seguir contigo, podría ayudarte...

—¿A mí? ¿A qué?

—No sé, algo podré hacer.

—Mira, eres un buen muchacho y te agradezco que quieras seguir conmigo, pero si algo he aprendido en la vida es que hay que ser práctico. Tú no sirves como juglar, tienes un aspecto demasiado… triste.

—Puedo ser más animado, contar historias, bailar y saltar —e intenta realizar una pirueta, pero es tan torpe que por poco se cae.

—Noah, déjalo. Te he ayudado cuanto he podido, y ahora cada uno debe seguir su camino.

—Pero ¿a dónde voy a ir? No soy de aquí.

—Ni yo, ¿y? El descubrimiento solo es posible si nos adentramos en lo desconocido, como los héroes griegos, ¿recuerdas? ¿Ves aquella montaña? Yo la subí hace años porque deseaba contemplar el paisaje desde ese lugar, el más alto de este valle. La gente cree que solo se viaja por motivos religiosos, militares o comerciales. Pero no. Hay quienes lo hacemos por el mero placer de descubrir lo que nos depara el camino. Dijiste que te apasionaban los libros de viajes, ¿cierto?

—Sí, así es.

—En un libro de viajes, el narrador no solo habla de las gentes que va conociendo, de su cultura, su arte, su paisaje, sino que al mismo tiempo, en lo que escribe, refleja su propio pensamiento. Al describir a los otros se describe a sí mismo. Por eso viajamos, para comprendernos mejor.

—¿Quieres decir que debo viajar solo para conocerme a mí mismo?

—¡Exacto! Y algún día me lo agradecerás —insiste el juglar.

—No lo creo.

—Nos empeñamos en vivir en ciudades, pero en realidad somos nómadas. El estado natural del hombre es el movimiento. ¿Sabes que andamos al ritmo de los latidos de nuestro corazón?

—Déjame acompañarte, Anselmo. Puedo ser como tú, aprenderé si me enseñas.

—Tienes demasiado peso sobre tus espaldas. No serás feliz hasta que te liberes de él, y un juglar triste está condenado al fracaso.

—¿Liberarme? ¿Me estás diciendo que debo olvidar?

—Olvidar es tentador. Eso ya lo sabía Homero, el más grande

de los poetas griegos. En la *Odisea*, Ulises y sus hombres navegan de vuelta a su hogar después de diez años combatiendo en la famosa guerra de Troya. El regreso no es sencillo, y en una de sus aventuras arriban a una isla cuyos pacíficos habitantes se alimentan de un fruto desconocido que crece en un hermoso árbol. Quien lo toma cae en un placentero olvido.

—¿Lo olvidaban todo?

—Piensa que esos hombres venían de una guerra que había durado una década. El fruto les hacía perder la noción de quiénes eran y lo que habían hecho. Los convertía en gente sin pasado, sin ataduras, sin traumas, sin dolor.

—Una fábula maravillosa.

—No creas, porque lo primero que sucede es que los hombres de Ulises ya no quieren navegar. El olvido rompe la unión entre el ayer y el mañana, solo existe el hoy.

—¿Entonces?

—Ulises sabía de la trascendencia de recordar, de conocer el pasado. Y, a la vez, él quería ser recordado en el futuro. Sin memoria… no existe nada, ¿comprendes? —Le coge por los hombros—. Tú tienes que encontrar tu propio camino. Mira, ¿ves esas montañas? Son los Apeninos. Detrás está la Toscana. Continúa en esa dirección hasta Florencia.

—¿Por qué quieres que vaya a Florencia?

—Tú hazme caso, ve allí.

—¿Y tú?

—Mi destino es otro… Milán. Ahora está en la órbita francesa, pero un juglar siempre es bienvenido allá donde va.

—Eso parece peligroso, ¿qué vas a hacer en esa ciudad? Vayamos juntos.

—Mis motivos tengo, créeme —responde el juglar—. Y no insistas, no puedes acompañarme.

—Anselmo, ¿de dónde eres?

—De todas partes y de ninguna.

—¿Y nunca has tenido señor?

—Todos tenemos señores o señoras, algunos más altos que

otros, eso sin duda —responde con una sonrisa torcida, muy impropia de él—. Es mejor que nos separemos, sé lo que digo.

—Te agradezco lo que has hecho por mí, no pienses que soy un ingrato, pero… no puedes dejarme aquí solo.

—Te aseguro que no me debes nada, Noah —pronuncia con sinceridad—. Ahora cada uno debe seguir su propio camino.

—¿Y ya está? ¿Nunca nos volveremos a ver?

—Quién sabe, el destino dirá. —Le da un abrazo—. Suerte, Noah. Y recuerda: cada hombre debe buscar su destino.

Después se aleja mientras toca su laúd y tararea una canción de despedida.

18

Canal de la Mancha

En febrero, los fallecidos del séquito real en Flandes se cuentan ya por cientos. María está en la borda de uno de los barcos que zarpan de regreso a Castilla, alejándose de esa tierra que le ha arrebatado todo. Su marido y su mejor amiga se quedan allí. El armador ha pagado su entierro y el de tantos otros. Los fríos, la falta de alimentos, las enfermedades, los accidentes, pero también otros males de los que nadie quiere hablar, han sembrado de muertos castellanos las tierras de Flandes.

«En qué mala hora vinimos», se repite sin parar, una y otra vez.

Baja a la bodega para desahogarse sin testigos. Llora de rabia por Antonio y por Laia, y llora de pena por ella misma, porque ahora está sola. Apesadumbrada, le pide a Dios que también se la lleve a ella. Se recuesta en el lado derecho, como siempre, pero ya nadie va a ocupar el hueco que queda a la izquierda. Entre sollozos, cierra los ojos buscando el sueño, soñando no despertar.

Así pasa los días, es un alma en pena en un barco donde no es el único fantasma, pues casi todos han perdido a alguien en este viaje maldito. Van justo detrás de la vanguardia de la flota real, que vigila la costa francesa para cerciorarse de que no les sorprenda ninguna amenaza. Ya solo faltaría que los abordaran. Aunque a perro flaco todo son pulgas. Portan una carga valiosa, una que Francia rechazó: doña Margarita, la hija del archiduque de Austria, la futura esposa del príncipe Juan. La niña que pasó su infancia y su juventud como rehén de Francia tras la falsa promesa de que un día se convertiría en su reina.

Ahora lo será de Castilla y Aragón.

María recuerda aún con terror el viaje de ida, cuando estuvieron a punto de naufragar. Es hija del mar y no le agrada regresar en pleno invierno, pues es consciente de los peligros. Pero con tal de volver a casa está dispuesta a asumir el riesgo, como todos los demás. Sin embargo, jamás imaginó que sería tan grande.

Nada más dejar el puerto, los vientos los arrastran hasta las costas inglesas y deben fondear en Southampton, al sur de la isla británica, donde se demoran tres semanas interminables. El viaje es una penitencia que no cesa. Y sin Antonio se le hace aún más insufrible. Echa tanto de menos sus besos y sus caricias, su compañía, y sobre todo su facilidad para hacerla reír. La risa ha desaparecido de su vida, ¿qué síntoma de tristeza puede haber peor que ese?

En Southampton, el hambre y el frío son incluso mayores que en Flandes. Ve a muchos vender lo poco que les queda; incluso los nobles se despojan de joyas y vestidos con tal de alimentarse y sobrevivir durante aquellos días. Hasta que por fin reanudan la travesía un domingo al mediodía.

Sin embargo, las desdichas nunca vienen solas. María pocas veces ha visto el mar tan embravecido. Los tripulantes entran en pánico, hasta los marineros más curtidos parecen haber perdido la esperanza de ver otro amanecer. Ella ha aprendido que la muerte es traicionera y, más que miedo, lo que siente es un profundo desprecio hacia la parca. Le ha arrebatado a su mejor amiga y luego a su marido, así que la conoce de sobra.

Frente a ese mar enfurecido piensa en su padre, saca su colgante y agarra fuerte la esquirla de diente de ballena. Se lo arrancaron a la primera que cazó su familia hace generaciones; siempre lo porta el primogénito, pero ella es hija única. Sí, pertenece a una estirpe de balleneros, los mejores de la Cristiandad. Sin embargo, su linaje termina con ella porque no tiene hermanos que tomen el relevo.

Eso no quita para que por sus venas corra la sangre de sus ancestros. Si ha de morir hoy, que así sea, engullida por el mar. Lo prefiere a que se la coman los gusanos.

En medio de la tormenta comienza a rumorearse que la culpa es de doña Margarita, que atrae el mal fario. Pues, a sus diecisiete años, se ha desposado dos veces y, aun así, va a morir siendo todavía doncella.

Bajo cubierta, muchos toman papel y pluma y escriben su epitafio por si, en el inminente naufragio, sus cuerpos acaban flotando perdidos por el océano; si alguien los encuentra, así podrá saber quiénes son.

María, que también intuye lo inevitable, hace lo propio y se enrolla el papel en la muñeca a modo de brazalete, envuelto en un paño.

Un golpe de mar la lanza contra el suelo, el barco se zarandea como si fuera un juguete en manos de un niño. Otra embestida hace que parte de la carga se suelte y varios tripulantes quedan atrapados. María corre a una esquina y se ata con una cuerda a los tablones.

Cierra los ojos y comienza a rezar el padrenuestro.

Piensa en Antonio, pronto estarán juntos.

Una enorme ola se alza antes de caer sobre ellos y el barco es engullido por completo. Pero logra salir airoso. Entonces María sabe que no van a morir, que el destino esta vez se halla de su lado.

Se ven forzados a regresar al puerto inglés del que han zarpado. La flota se reagrupa y, sin más dilación, la mañana del martes vuelven a soltar amarras y ponen rumbo otra vez hacia el mar Cantábrico.

Aunque sufren algo de viento, encuentran calma al entrar en

el golfo de Vizcaya. El viernes divisan tierra en el horizonte, es el puerto de Laredo. Sin embargo, los vientos y las tempestades les obligan a desviarse hacia el oeste.

Es un viaje interminable.

Por fin llegan al puerto de Santander, y María percibe la misma tibia acogida que ellos tuvieron en Midelburgo cuando arribaron a esas tierras del norte. Ni los reyes Isabel y Fernando ni el príncipe Juan, futuro marido, aguardan en la ciudad a la flota real. Es verdad que los puertos de llegada son Bilbao y Laredo, pero ¿cómo no van a saber los reyes dónde está previsto que fondee su futura nuera?

Todo es extraño, pero le da igual, lo relevante para ella es que ha vuelto a casa.

María observa cómo los criados de doña Margarita hacen bajar de una de las carracas genovesas un vehículo fastuoso, profusamente decorado, y pretenden que sea el transporte que utilice la futura princesa de Asturias y de Gerona. Quizá los flamencos tienen asumida esa costumbre, pero no han entendido aún que no están en su tierra. A las pocas leguas se percatan de que no pueden seguir adelante y mandan traer grandes mulos de Vizcaya para salvar los montes de Cantabria. Castilla se halla sembrada de cordilleras y sistemas montañosos, y la corte de los Reyes Católicos es itinerante, por tanto hacen mejor servicio unas buenas mulas vizcaínas que el más lujoso de los carruajes de Flandes.

María vuelve a sus pensamientos: está sola, ha perdido a su marido y a su amiga; como antes perdió a su madre, que no soportó la pena, y antes de ella, a su padre, cuya muerte en La Navidad supuso el inicio de su desgracia.

Si él no hubiera muerto, todos estarían vivos.

Y solo hay un culpable: Cristóbal Colón.

Al pensar en él, aprieta los puños.

Le prometió a su madre que buscaría justicia para su padre, pero eso solo le ha traído más dolor.

Ya no desea justicia; la tristeza se ha quedado en la mar y una parte de ella, también. María ahora solo quiere venganza, es lo que le da fuerzas para seguir y un nuevo objetivo en la vida: matar al Almirante.

Él es el culpable de esta espiral de dolor y por ello debe morir.

LIBRO SEGUNDO
MORIR DE AMOR

RECONSTRUCCIÓN
DEL MAPA DE
PTOLOMEO
SIGLO II

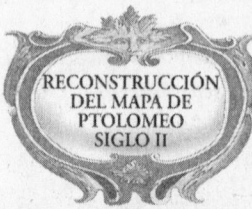

Mapamundi, Florencia, 1474.
Manustrito en
pergamino. Biblioteca
Vaticana. Ciudad del Vaticano

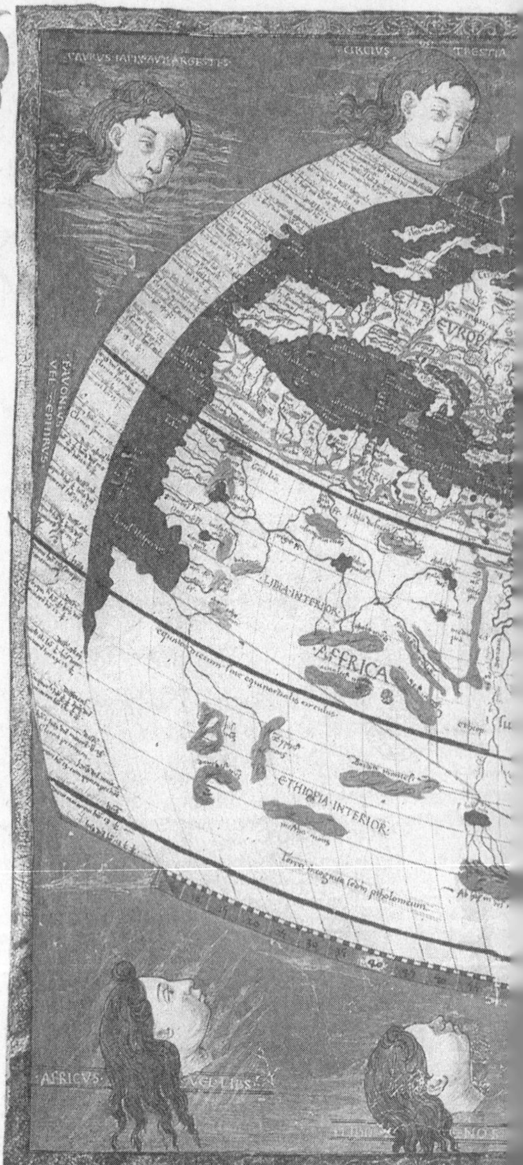

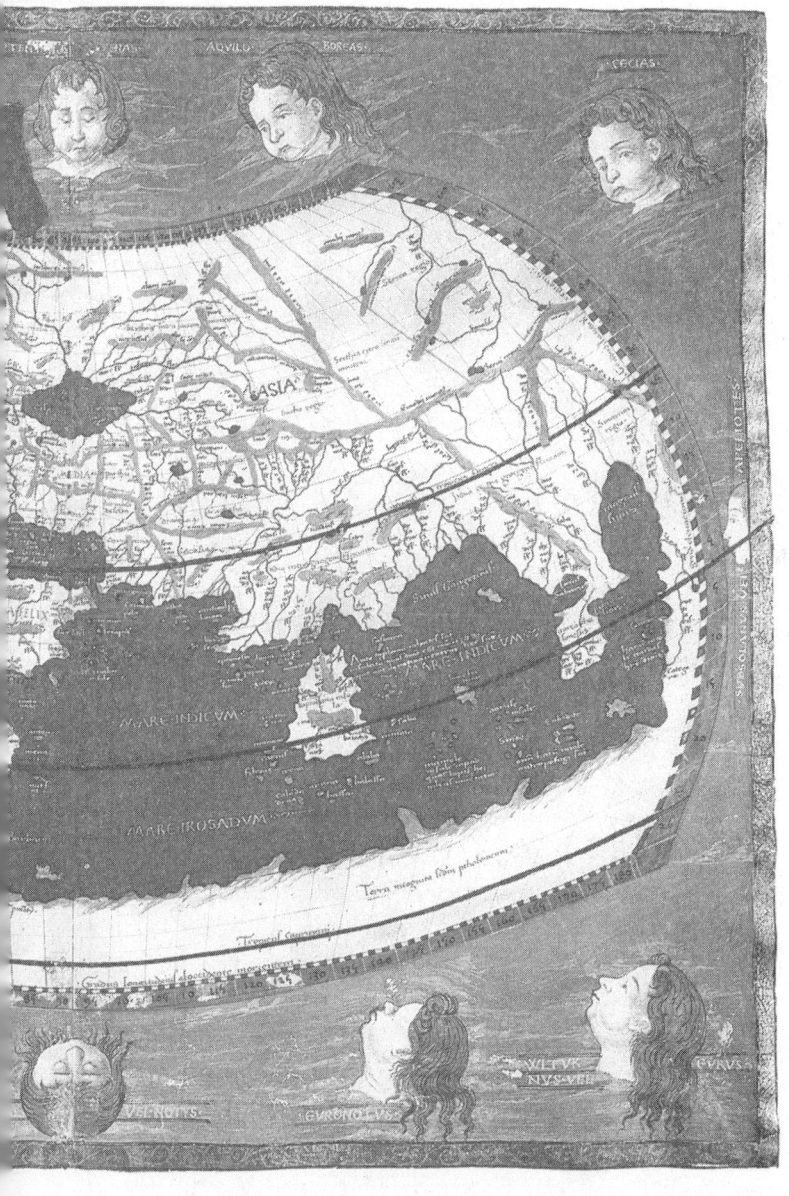

19

Reino de Castilla, primavera de 1497

El séquito de la princesa Margarita ha cruzado la cordillera Cantábrica y se aproxima a la ciudad de Burgos. Trompetas y clarines anuncian su llegada cuando se encuentran a la distancia de un tiro de arco. Son recibidos por los regidores y los alcaldes, vestidos de raso carmesí, quienes desmontan de sus caballos para besar la mano de la princesa.

Doña Margarita lleva un vestido de brocado de oro forrado con armiño y un tocado de terciopelo negro, y luce un bello collar del que pende una única y voluminosa perla. Avanza a lomos de una mula enjaezada en plata y entra por el arco de Santa María.

Es el momento del crepúsculo de la noche y la ciudad se ha iluminado de tal manera que a la comitiva real le cuesta creer lo que contemplan sus ojos. En todos los balcones y las ventanas de las casas, los ciudadanos han encendido velas. En las calles, mil quinientas antorchas marcan el itinerario y, sumadas a las de la corte, los señores y los caballeros, parecen infinitas.

Vive Dios que jamás se ha visto una entrada más gloriosa en ninguna ciudad del mundo. Pero la ocasión bien lo merece, pues quien llega a Burgos es la que un día será reina de las coronas de Castilla y Aragón.

Aguardan para escoltarla el obispo de la ciudad portando la

cruz, el cabildo y un elenco de clérigos. A modo de procesión avanzan ante la admiración de los habitantes, que se desviven por dar la bienvenida a su princesa.

Las calles se ven hermosas, adornadas con paños de raso y vistosas tapicerías. La música, los vítores y las escenas de alegría se suceden en un carrusel de emociones hasta que llegan al palacio de los Condestables, también conocido como la casa del Cordón, a escasos pasos de la catedral. Se trata del edificio más destacado de la ciudad y uno de los principales de Castilla.

En la escalinata del pórtico principal se encuentra la reina Isabel, enjoyada y con una capa de raso carmesí bordada en oro, con una diadema sobre el velo. Está deseando conocer a la que será su nuera después de los muchos esfuerzos que la han traído hasta aquí: complejas negociaciones con los embajadores del padre de la novia, Maximiliano de Austria, rey de Romanos; interferencia de sus enemigos, en especial del maldito rey de Francia; injerencias del papa Borgia; reticencias de sus hombres de confianza... Hasta su esposo, Fernando, le ha puesto en duda que esta fuera la mejor elección para el heredero.

Pero solo ella iba a decidir con quién se desposaría su único hijo varón.

Y ahora, por fin, la tiene frente a sus ojos: Margarita, su sucesora. No puede evitar que su mente vuele a lo que ella misma vivió hace casi treinta años. Era solo un año mayor que Margarita; recuerda sus nervios, pero las circunstancias eran bien distintas. Su padre y su hermano habían muerto, su madre estaba enferma y su hermanastro ocupaba entonces el trono castellano y había prohibido la boda. Fernando tuvo que atravesar Castilla disfrazado de mozo de mulas para llegar a Valladolid y casarse allí en secreto. Pero además eran primos y aún no tenían la dispensa papal para validar el matrimonio.

La partida en el tablero no pintaba bien porque los alfiles, las torres y los caballos jugaban en su contra; pero ella supo mover sus peones, ocupar el centro e ir avanzando hasta coronarse. Para ello tuvo que cambiar las reglas del juego.

En cambio, Margarita y Juan lo tienen todo a favor.

E Isabel se alegra. ¿Cómo no va a ser feliz por la boda de su hijo?

Ella conquistó la Corona, ahora deben conquistar el mundo.

A su lado en la escalinata están sus hijos: la infanta Isabel, princesa viuda de Portugal; también las infantas Catalina y María. Y, por supuesto, el príncipe, con un collar de perlas y piedras preciosas como el de su padre, el rey Fernando. Solo falta su hija Juana, ahora ya duquesa de Borgoña. Los rodean todas las damas y damiselas de la reina, dispuestas en orden y vestidas con ricos ropajes.

Al aproximarse, doña Margarita se arrodilla y procede a besarle la mano, pero Isabel no lo consiente y obliga a levantarse a la princesa para abrazarla. Los presentes rompen en un sonoro aplauso con vivas a la reina y a la princesa, lo cual no impide una interminable sucesión de reverencias entre la princesa, el príncipe y las infantas antes de entrar en la casa del Cordón y subir a la sala donde se ha instalado el trono. Los reyes toman asiento entre los príncipes, acompañados de los miembros de la corte, embajadores, nobles y caballeros.

La reina Isabel está ansiosa por hablar con su futura nuera, pero hace por ocultarlo porque no quiere que ella lo note. La observa, la lleva observando desde que la ha visto. Es joven y hermosa, realmente hermosa. Sus movimientos, sus miradas, todos sus gestos son los propios de una princesa. Ha rebuscado en sus reacciones, en sus ojos y hasta en la forma en que respira algún resquicio que haga de ella una mala elección para su hijo y no lo ha encontrado. Pero una madre nunca se da por vencida.

—Margarita, ¿es todo de vuestro agrado?

—Sí, alteza —contesta con una elegante sonrisa.

—Querréis descansar del viaje.

—No estoy cansada —responde Margarita, de nuevo sonriente.

—Claro.

—Solo estoy nerviosa por la boda.

—Como vuestra llegada ha coincidido con la Cuaresma, hemos tenido que aplazarla unos días —explica la reina.

—Por supuesto. Pero cómo no estar expectante ante el día más feliz de tu vida, ¿verdad?

Isabel asiente mientras sigue escrutándola con la mirada. Tiene que reconocer su sorpresa, ni un defecto ha visto en Margarita.

«Es imposible que una mujer sea tan perfecta», se dice a sí misma.

20

Florencia

Los tejados rojos de sus casas, los esbeltos campanarios y la inmensa cúpula de su catedral lucen desde la lejanía como antesala de lo que va a encontrar intramuros. El río Arno atraviesa la ciudad y puede cruzarse por hasta cuatro sólidos puentes. Florencia está fuertemente fortificada con una muralla jalonada por unas cincuenta torres. Al preguntar cuántas puertas hay, le dicen que once. Una vez cruza ese cinturón defensivo, se abre una urbe preciosa en todo detalle. Cada edificio es más bello que el anterior, cada plaza mejor engalanada, cada iglesia más fabulosa, y las calles rebosan de bullicio. Noah no imagina otra ciudad que pueda igualarla. Observa que los tejados cuentan con canalones que transportan el agua de lluvia hasta el río, y así mantienen las calles secas y sin barro, las cuales además están embaldosadas.

Y sin embargo hay algo extraño en el ambiente.

Más que verlo, Noah lo percibe.

Una sombra tiñe la ciudad de gris, un velo invisible cae sobre los rostros de sus habitantes, hay un repique insistente de campanas, grupos de hombres caminan muy juntos y se miran desconfiados los unos a los otros, y las mujeres van con prisa y como temerosas de algo o de alguien.

¿Qué sucede en Florencia?

Parece… embrujada.

Noah ha oído historias de ciudades que caen bajo una maldición y quedan sumidas en la penumbra, así que decide indagar. De Jonas aprendió a desenvolverse cuando llega a una ciudad nueva y a perder el miedo a preguntar, incluso si no domina el idioma. La teoría es más fácil que la práctica, pero tras dos intentonas con nulos resultados encuentra a un aguador junto al río que parece contento de que alguien se dirija a él. Enseguida se percata de que Noah es extranjero y por suerte habla algo de francés.

El hombre le cuenta que son muchos los que llegan por barco a Florencia, a través de Pisa, navegando por el río Arno. Pisa es el puerto de Florencia, esencial para recibir los productos de África, ya que la ciudad importa lana, seda y lino.

—Aunque ahora es todo más difícil, pues los barcos turcos tienen aterrorizado a todo el Mediterráneo.

Noah llega a la conclusión de que empiezan a verle las orejas al lobo de Oriente. Sin embargo, eso no explica el semblante triste y afligido de una ciudad tan hermosa y rica.

—Aquí en Florencia ahora manda Savonarola. —Al ver la cara de incomprensión de Noah, el aguador le sigue contando—: Tras la expulsión de los Médici se ha hecho con la ciudad, y la gobierna con mano de hierro y en nombre de Dios, pues ha declarado a Cristo como el rey de Florencia. Persigue cualquier atisbo de pecado, el juego, la ropa indecente y hasta la más mínima muestra de vanidad. Ya pueden ser espejos, perfumes, cosméticos, cuadros con desnudos e inmorales; y, por supuesto, libros.

—¿Libros, habéis dicho?

—Sí, ha prohibido muchos. Ándate con ojo —le advierte—, que además eres extranjero.

—Yo no hago nada pecaminoso.

—Más importante que no hacerlo es no parecerlo. Advertido estás.

Noah se queda con el consejo y camina sin rumbo por Florencia, bordea la orilla norte y cruza el puente que está más arriba de la corriente. Aunque el más relevante es el Ponte Vecchio, una bulliciosa vía cubierta de casas y tiendas. Y aguas abajo se ubica el de la Santa Trinita, con un hospicio para monjes y un conocido reloj de sol.

Entonces se percata de una humareda que se eleva hacia el cielo, teme que esté ardiendo algún edificio y corre a ayudar. Cuando llega, encuentra una inmensa hoguera donde diversas gentes lanzan todo tipo de objetos. Se acerca y descubre que algunos son muebles, que lucen en perfecto estado e incluso son de buena calidad. No sale de su asombro cuando ve a dos hombres portando un cuadro de gran formato que representa una escena con personajes musculosos. Parece valioso, y de pronto es lanzado a las llamas inmisericordes.

—Pero ¿qué están haciendo?

—¡Chis! Cállate, ¿estás loco? —le dice una mujer, temerosa de que la oigan.

A su alrededor, la gente le mira de reojo y se aleja. Noah no comprende qué ocurre, y mientras tanto la hoguera crece y crece, avivada por más cuadros, vestidos y... para su total asombro, libros y más libros.

En Florencia están quemando cientos de libros ante los ojos de todo el mundo.

¿Qué está pasando en esa ciudad?

¡Han perdido el juicio!

Entonces un hombre se abre paso entre la multitud, porta otro cuadro con ambos brazos y camina decidido hacia las llamas. Se detiene y lo observa, es una hermosa escena en el bosque, y acto seguido lo lanza al fuego sin piedad.

«Qué barbaridad», piensa Noah. «¿Qué salvaje quema un cuadro tan bello?».

—¿Quién es? —pregunta un florentino que está a su derecha.

—¿Es que no le conoces? Es un pintor muy famoso, Botticelli —responde otro que está a su lado.

Noah logra entender la frase, siente pena por él y decide abandonar tan funesto espectáculo, apesadumbrado por lo que acaba de ver.

«*Hic sunt dracones*», se dice. Esta ciudad es territorio inexplorado para él, no sabe lo que se puede encontrar a la vuelta de la esquina.

Noah necesita un lugar donde pasar la noche y llega a la taberna del Caracol, junto al Mercado Viejo. Allí hay gente de todo tipo y condición, pero incluso los más pobres tienen mejor apariencia de lo que ha visto antes en otras ciudades. Una camarera joven y agraciada se le acerca y le pregunta en una lengua que no comprende. Noah se esfuerza por hacerse entender en latín y a duras penas sale victorioso del envite.

La camarera se ríe, pero no se ha enterado de nada.

Noah sabe que necesita ayuda, y si quiere sobrevivir en sus viajes, debe aprender a buscarla. Otea a su alrededor, requiere de alguien que hable algo de flamenco, francés o alemán. Entonces se fija en un hombre robusto y le recuerda a otros que ha visto en el norte. Hace unos meses no se hubiera atrevido, pero ahora no le queda más alternativa.

—Disculpadme, ¿habláis alemán?

—Desde que nací. Bueno, desde que tenía dos o tres años, claro.

—¡Qué alegría! Soy flamenco, ¿podríais ayudarme con la camarera? No logro entenderme con ella.

—Es una lástima porque es una belleza. —Sonríe—. Aquí hablan el toscano, están orgullosos de su lengua. Si quieres hacer negocios con ellos, tienes que dominarlo.

—¿Le podéis decir que me gustaría comer?

El individuo habla con la camarera en toscano y ambos se echan a reír antes de que ella se marche con una sonrisa en el rostro.

—¿Qué le habéis contado?

—Que te la comerías a ella gustoso, pero que hoy te conformas con anguila guisada.

—¿El qué?

—Tranquilo, es una especialidad de aquí. Te gustará, créeme.

—Gracias —asiente—. Mi nombre es Noah.

—Yo soy Carlos Mannsbach, de Hamburgo.

—Estáis lejos de casa.

—Los negocios mandan y la nostalgia por el hogar es peor que el vino. Placentera, sí; embriagadora, también. Sin embargo, anula la mente de los hombres.

La camarera vuelve con la anguila. Noah mira el plato y el aspecto que tiene le hace ser escéptico. Cuando la prueba, el sabor es delicioso, y todavía le parece más sabrosa al pasarla con una copa de un vino que huele a cerezas. Carlos Mannsbach le explica que es por las especias, y entonces recuerda aquel palacio de Augsburgo y al hijo del cocinero que era amigo del vendedor de reliquias.

—Los florentinos saben disfrutar de la comida, te lo aseguro.

—¿Y con qué comerciáis? —le pregunta mientras da otro bocado.

—Con pieles del Báltico, las mejores. Aquí les encantan, sobre todo a la gente con dinero —y hace el gesto de frotarse el índice y el corazón con el pulgar.

—Nunca había estado en una ciudad tan rica y majestuosa.

—¡Y no has visto nada! Los florentinos creen que han cambiado el mundo.

—¿Por qué?

—Para ellos, después de la época de Roma, las artes habían decaído hasta el límite de lo grotesco, por no decir que estaban muertas; y los artistas toscanos las han resucitado —explica el alemán—. Con el regreso de la cultura clásica han acabado con el arte de los bárbaros.

—Eso significa que han vuelto al pasado, no que hayan creado nada nuevo.

—Es más complicado. Han encontrado en el saber antiguo la luz para crear un mundo nuevo, y esos ideales en donde mejor se reflejan es en el arte. Y eso a pesar de que la península de Italia es un territorio dividido en repúblicas como Florencia o Venecia, monarquías como Milán y Nápoles, y con el dominio papal en Roma... Pero precisamente de su rivalidad ha surgido una suerte de élite comercial que utiliza el arte como instrumento de propaganda y que ha cambiado el mundo.

Para Noah todo esto que oye es novedoso.

—Pero ¿eso es bueno?

—Sí, sí. ¡Fabuloso! Sobre todo para el comercio, que es lo que me interesa —añade Carlos Mannsbach—. Ahora todo es posible, esta ciudad está llena de oportunidades. Ya no manda la sangre ni el abolengo, sino el talento de cada cual para los negocios, el arte, la ciencia, la guerra...

—Suena demasiado bien para ser verdad.

—Ahora cada uno es responsable de su propio destino, ya no es posible escudarse en la mala suerte o en los designios de Dios —le advierte—. ¿Sabes qué es lo que los florentinos adoran por encima de todo?

—¿El dinero?

—¡No, por Dios! ¡La belleza! —responde de forma airada—. Sí, no me mires así.

—Os creo, os creo. Esta es la ciudad más hermosa que he visto jamás.

—Florencia es la ciudad del arte. Los banqueros tienen el deseo de hacer ostentación de sus fortunas, pero deben hacerlo sin que lo parezca.

—¿Es que ser rico no está bien visto?

—Absolutamente no, por eso invertir en creaciones religiosas es una manera de expiar la culpa de poseer tanta riqueza. Las grandes familias descargan su pecaminosa conciencia en preciadas obras artísticas. Unos frescos en una iglesia son la penitencia ideal, pues, de paso, permiten mostrar su riqueza y su buen gusto en público.

—No es mala solución, la verdad —afirma Noah—. Contenta a todos.

—Aquí trabajan los mejores artistas de nuestro tiempo: Masaccio, Brunelleschi, Fra Angelico, Donatello o Botticelli. Ninguno de ellos habría podido florecer sin el patrocinio de banqueros y comerciantes como los Médici, los Strozzi, los Pazzi... ¿Y sabes lo que hacen? Ya que pagan las obras de arte de las iglesias, se retratan en ellas. En los cuadros de muchos templos hay más Médici que santos.

—¿Eso es posible? Quiero decir, ¿pueden aparecer al lado de la Virgen, por ejemplo?

—Qué ingenuo eres, muchacho. Los ricos se retratan en cada uno de los cuadros que financian. Unas veces siendo ellos mismos, otras como alegorías. Yo he llegado a verlos en los rostros de los Reyes Magos o sosteniendo objetos a la mismísima Virgen.

—Supongo que el que paga, manda —murmura Noah.

—Eso en los cuadros de las iglesias, porque los que se consideran pecaminosos los reservan para el interior de sus palacios. —Carlos Mannsbach le guiña un ojo.

—¿Es una especie de coartada para esquivar a ese monje? ¿Savonarola?

—¡Chis! Cuidado, muchacho, no lo nombres en público. —Da unos golpes en la madera de la mesa—. Trae mal fario.

—Ya me estoy dando cuenta.

—Debes entender que esta ciudad es peligrosa, hay demasiadas tentaciones. Es fácil caer en alguna. El dinero corre en abundancia y hay quien luego no puede pagar sus deudas. Además, ahora... —mira a un lado y a otro y baja la voz—, hasta los curas le tienen miedo a Savonarola. Por eso yo vendo mis pieles y me marcho en cuanto puedo para el norte. Si alguna vez pasas por Hamburgo, pregunta por Mannsbach.

—Mannsbach —repite—, así lo haré. Una cosa: si no es mucho pedir, ¿podríais enseñarme algunas frases en toscano para defenderme mientras esté aquí?

—Si me invitas a un vino.

—Hecho.

En la siguiente hora y media, el comerciante de Hamburgo le enseña preguntas y respuestas rudimentarias que Noah memoriza con entusiasmo.

—El toscano es fácil, y hay escritores de renombre que ya lo usaban, como Dante o Petrarca. Aquí le dan mucha relevancia, quieren que su lengua se expanda y así se incremente el prestigio de Florencia en el extranjero —le explica—. Ahora, con el invento de la imprenta, los libros son más accesibles que nunca.

—Lo he visto durante mi viaje, en muchas ciudades hay ingenios increíbles.

—Cierto, es el futuro. Aunque lo que más se valora en Florencia es la belleza —insiste Mannsbach—. Los hombres se han dado cuenta de que, para bien o para mal, cuando mueran serán olvidados, pero en cambio quedarán sus hermosas obras. Las grandes familias de Italia, los nuevos y poderosos príncipes, los ricos comerciantes, los gobiernos de las ciudades y hasta los reyes extranjeros que las invaden están solicitando los servicios de joyeros, pintores, escultores y arquitectos. Incluso los papas se han dejado cautivar por la tentadora posibilidad de ser inmortales gracias a bellas obras.

—Así que la belleza… es lo que más ansían los florentinos. —Esas palabras le recuerdan al juglar.

—¡Exacto! —El alemán sonríe—. Veo que eres muy curioso, me gusta. Y bien, ahora cuéntame tú, ¿qué ha venido a hacer un flamenco a Florencia?

—Solo estoy de paso, soy un viajero.

—¿Un viajero? —Se le queda mirando—. Los hombres solo viajamos por tres razones: para peregrinar a lugares santos, para hacer negocios o para hacer la guerra. Y tú… fraile no pareces, y soldado, aún menos. Así que si quieres viajar, tendrá que ser para trabajar.

—Yo lo que deseo es viajar, pero mientras esté en Florencia he de sobrevivir. Un amigo me dijo que podría ganarme la vida aquí.

—¿Cómo piensas hacerlo? —inquiere Mannsbach—. Algo sabrás hacer.

—De donde provengo trabajaba en un taller de relojes y también sé de reliquias.

—Lo segundo no te lo aconsejo estando Savonarola al mando. Lo de los relojes... Bueno, sin duda es un trabajo complejo, en Florencia habrá varios talleres. Piensa que esta ciudad está repleta de las riquezas más inimaginables —dice levantando las manos.

«Suena prometedor», se dice Noah.

Avanza la noche y continúan hablando, bebiendo y riendo. Carlos Mannsbach resulta ser un personaje divertido, algo sobreactuado y con anécdotas de todo tipo.

—A los florentinos les encanta que les cuenten noticias, novedades, da igual que sea de la guerra de Francia con Aragón por Nápoles, de la ruta a las Indias de Colón o del precio de los boquerones. Y los chismorreos. ¡Ah!, eso les priva. Una confidencia sobre un vecino o un rival no tiene precio y te abre todas las puertas. No hay nada que agrade más a un florentino que una buena conversación, no importa el tema. Es la manera en la que se hacen negocios en esta ciudad.

—¿Uno debe ser parlanchín?

—¡No! Lo que hay que tener es una buena historia. Solo debes coger una cita de un escritor francés por aquí, una descripción de una catedral por allá, una historieta sobre los habitantes de donde sea por acá, y contarlo de forma que suene convincente y seguro.

—Me parece muy burdo.

—Noah, lo importante no es lo que digas, sino cómo lo digas. Ese es el secreto de cualquier vendedor. Además de tener información y, sobre todo, conocer gente. ¿Te crees que mis pieles son las mejores?

—¿No lo son?

—¡Qué va! Sin embargo, sé venderlas como si lo fueran, y a quién vendérselas. También sé de qué modo debo hablar con mis clientes, porque el tono empleado, incluso el vocabulario, es esencial. No se puede dialogar igual con una dama mayor, culta y rica que con un criado joven y analfabeto. Pero hay que ser capaz de hablar con ambos. Hay que contarles siempre lo que quieren oír. Míranos, me acabas de conocer, ¿cierto? —Noah asiente—. Si yo te pidiera algo esta misma noche, seguramente me dirías que sí.

Y entonces Noah tiene un mal presentimiento.

—De hecho, tengo un trabajo que puede interesarte.

—Eh… No sé. Como bien decís, nos acabamos de conocer. —Noah se muestra receloso.

—¿Y? Tú buscas trabajo y yo te estoy ofreciendo uno, ¿cuál es el problema? Las oportunidades hay que cogerlas al vuelo, muchacho.

—Apenas sabéis nada de mí.

—¡Exacto! Eres un recién llegado y aquí nadie te conoce —afirma Carlos Mannsbach—. Eres perfecto. Lo he sabido en cuanto te he visto, tengo muy buen ojo para las personas.

—No estoy seguro.

—Tranquilo, no es nada ilegal, soy un hombre de negocios. —Pasa su brazo por el hombro de Noah y le habla en voz baja—: Ya te he contado que los mejores artistas del mundo están en Florencia. Si pudiéramos hacernos con buenas piezas a un precio razonable, yo podría venderlas en Hamburgo por el doble.

—¿Cómo pretendéis que os ayude en eso? Me temo que no soy vuestro hombre.

—En los negocios siempre hay oportunidades, ¡siempre! Aunque solo para los que están atentos. Da lo mismo comerciar con pieles o con joyas, al final todo se reduce a comprar barato al que necesita vender y venderle caro al que ansía comprar. Todo se puede comprar y vender, todo.

—¿Qué me estáis proponiendo?

—Sé por experiencia que la mayoría de la gente habla demasiado, les da una sensación de poder, ¿sabes? Si quieres que todos se enteren de algo, cuéntaselo a alguien y dile que es un secreto —afirma—. No vale la pena tener información relevante si no la compartes con nadie. Así que hay que poner el oído en todo momento: una pequeña charla por aquí, un rumor por allá.

—Entiendo. —Noah asiente con la cabeza.

—Y, además, la gente cree que ve, pero no es así. —Niega con la cabeza—. Mirar, mira, pero eso no quiere decir que vea, que se fije en los detalles. Esa es la clave, los pequeños detalles. Cuando un hombre está desprevenido es cuando pone de manifiesto su verdadero carácter. Los mayores logros se obtienen con detalles diminutos: llegar a tiempo a una reunión, recordar una fecha, un color, un nombre. Detalles, Noah, detalles.

—¿Tendría que ser una especie de confidente? ¿De informador?

—Podríamos llamarlo así. Como nadie te conoce, pasas desapercibido.

Noah deja volar su imaginación, se queda con la mirada perdida unos instantes y se le ocurre una idea.

—Hoy me he fijado en algo al llegar.

—¡Dichosos sean tus ojos...! Si acabamos de empezar... Cuéntame, Noah —le pide con tono acelerado el comerciante alemán.

—He visto a un pintor quemando sus propios cuadros.

—Sí, a Savonarola le encantan las hogueras. Las «hogueras de las vanidades», las llaman. ¡Lo que valdrán esas obras! —exclama llevándose las manos a la cabeza.

—Os parecerá una locura, pero se me ha ocurrido que por qué quemar los cuadros originales; sería fácil deshacerse de las copias y sacar de la ciudad los auténticos.

Carlos Mannsbach le mira boquiabierto.

—Eso es... ¡brillante! —Le da una palmada en la espalda y se ríe a carcajadas—. ¡Qué ojo he tenido contigo! Ya sabía yo que no me ibas a defraudar —y le mira orgulloso de su hallazgo.

—Sería una manera de ganar todos: por un lado, no se perderían las obras; por otro lado, el artista no tendría que hacer el sacrificio de destruirlas, y luego podrían venderse en el extranjero.

—Te auguro un futuro prometedor como mercader, Noah. Me gusta —asiente con la cabeza—, me gusta mucho.

—El artista era Botticelli.

—Hummm, eso ya no me gusta tanto. —Mannsbach tuerce el gesto—. Cuentan por ahí que Botticelli es un «llorón», así es como llaman a los seguidores acérrimos de Savonarola. Es un hombre mayor y su mejor época ha pasado. Ahora solo crea obras del gusto de Savonarola.

—Qué lástima… Pero tendrá obras antiguas. En el taller donde yo trabajaba, mi maestro guardaba sus primeros relojes, aunque nunca se los enseñaba al público.

—Muchacho, ¡tienes razón! Debemos hallar la manera de convencerle —barbotea de forma enérgica.

El entusiasmo del alemán es contagioso.

—¿Y cómo lo haremos? —pregunta Noah, impaciente.

—Con Simonetta.

—¿Con quién decís? ¿Quién es Simonetta?

—Simonetta es la más hermosa de las mujeres que puedas imaginar. Botticelli y otros pintores se morían por que posara para ellos —y mueve las manos encuadrando lo que hay frente a ellos, como si fuera algo grandioso—. En cuanto llegó a Florencia, no hubo hombre en la ciudad que no se quedase prendado de ella, ¡la belleza en estado puro! Por desgracia, tan hermosa criatura falleció muy joven.

A Noah le viene a la cabeza la imagen de Laia.

—Aseguran que todas las mujeres de las obras de Botticelli poseen los rasgos de Simonetta —prosigue el mercader de Hamburgo.

—O sea que Botticelli sigue enamorado de la tal Simonetta.

—Sí, como muchos otros en Florencia. Eso es lo peligroso del amor, que cuando no es correspondido provoca una tristeza de la que es difícil librarse. Algo terrible, ¡no te enamores nunca! Pero en este caso es muy beneficioso para nuestros planes.

—Ya veo… Aunque yo creo que el amor es bonito.

—¡Bonito! —Mannsbach suelta una carcajada—. Hazme caso, Noah: no caigas en esa trampa, no te enamores, eso es el fin; peor que una enfermedad. Enamorarse no es bueno para los negocios —sentencia con rotundidad.

21

«¿Cómo podría matar a Colón?», se pregunta María mientras observa el mar Cantábrico desde la ría. «¿Cómo podría matar a uno de los hombres más célebres de la Corona de Castilla?», resopla mientras el viento bate el pelo contra su rostro. Además, antes de acabar con él, María quiere respuestas: ¿por qué dejó a su suerte a los hombres de La Navidad, sin importarle su destino? ¿Acaso el Almirante es un ser despiadado? En el fondo de su corazón, María también quiere saber por qué hay tanto misterio alrededor de aquel viaje. Todo lo que contó el marinero con el que hablaron en Flandes parecía indicar que Colón mintió, y él aseguraba que no era de fiar.

No basta con matarlo. Tiene que vengar a los treinta y nueve hombres que murieron en La Navidad, entre ellos su padre y el de su difunta amiga Laia. Dos hombres que solo querían un futuro mejor para su familia y por eso embarcaron hacia poniente. Para lograrlo debe destapar las mentiras de Colón. Está convencida de que a un hombre como él, eso le dolerá más que su propia muerte. Antes de matarlo, sacará a la luz todos sus engaños. No permitirá que Colón pase a la historia como un héroe, sino como lo que es: un embustero, un hombre cruel.

Ella nunca ha empuñado un arma. Cuando secuestraron a Azoque en Flandes, en realidad el trabajo sucio lo hizo su esposo. Él se encargó de esas faenas. No es que a ella le resulten ingratas, sino que no tiene ni la fuerza física ni las habilidades necesarias. Ojalá le hubieran enseñado a manejar un arma y a pelear como un hombre.

Pero lo primero es dar con él, después ya tendrá tiempo para encontrar la forma de matarlo.

No sabe dónde se hallará ahora el Almirante, lo más probable que en las Indias. Eso es lo primero que debe descubrir, la ubicación de su objetivo. Al igual que hacían sus ancestros con las ballenas, a las que perseguían hasta los confines del mundo. Ella debe recuperar ese instinto de cazadora que corre por sus venas. Aunque sin olvidar esa cabecita suya, que Antonio siempre decía que no paraba de maquinar.

Si está en las Indias, tiene que averiguar cuándo y dónde va a desembarcar a su vuelta. Luego sería cuestión de aguardar hasta entonces mientras urde su plan secreto.

A María le cuesta contener sus deseos de venganza, pero sabe que antes de matar a Colón hay algo importante e ineludible que tiene que hacer: visitar a su suegra y darle la terrible noticia del fallecimiento de Antonio.

Lanza un profundo suspiro.

Se le cae el alma al suelo al imaginarse el momento en que se lo comunique. No quiere plantarse delante de esa mujer y contárselo, pero se lo debe a su esposo.

Es lo correcto, así que Colón tendrá que esperar.

María se siente como una mensajera de la muerte que solo deja dolor allá por donde pasa. Al menos Laia era huérfana como ella, así que no tiene que ir a Deva.

Viaja hasta Oñate, de donde era Antonio. Ve alzarse el pico de Aitzgorri y, en lo más alto, la ermita del Santo Cristo. Su marido le contó que en ella se custodiaba un crucifijo que consideraban milagroso, pues cuando lo sacaban para venerarlo en alguna localidad, al final siempre aparecía solo en la ermita.

Al llegar, pasa por delante de la torre de los condes de Oñate y de la iglesia de San Miguel Arcángel, donde se casaron. Continúa por el río hasta la casona de su suegra. Llama a la puerta y abre ella misma, que la mira en silencio.

María se ha preparado unas palabras durante el viaje, que ahora se niegan a salir.

—No… —murmura su suegra—, no abras esa boca.

—Yo…

—¡Cállate! Dime solo dónde está su cuerpo.

María baja la cabeza, entonces su suegra se derrumba a sus pies y no encuentra lágrimas suficientes para llorar a su hijo. No deja que María la toque, y cuando se calma un poco, se levanta y vuelve a preguntarle dónde está enterrado.

—Me lo has quitado, te lo llevaste y ahora lo has dejado donde yo jamás podré ir a rezarle.

Por mucho que lo intenta, sus explicaciones solo empeoran la situación. ¿Qué culpa tendrá María de que el cuerpo de Antonio descanse en Flandes? ¿Cómo pretendía su suegra que trajera sus restos desde allí?

María sabe que con una madre no se puede, ni se debe, discutir sobre su hijo, y menos si está muerto, porque él era carne de su carne. Además, recuerda que su propia madre sufrió lo indecible al verse privada de dar sepultura a su marido, y enloqueció al no tener un cuerpo que enterrar. Eso fue lo que la mató.

Cualquier hija o esposa de marinero sabe lo que significa no tener una tumba a la que acudir. Al menos Antonio está enterrado, aunque lejos de su casa. Pero María percibe que su suegra no confía en ella y que en realidad cree que Antonio murió ahogado y el mar se tragó su cuerpo.

María pasa varios días en Oñate y hace todo lo posible por convencerla, hasta que comprende que es inútil. Su suegra la odia, piensa que le ha arrebatado a su hijo. Y no le falta razón. Laia y ella decidieron viajar a Flandes, y necesitaban a Antonio porque nunca hubieran dejado embarcar a dos mujeres solas. Era su marido, pero a él no se le había perdido nada en el norte.

¡Maldito Colón! Él tiene la culpa de todo y por eso debe matarlo.

No quiere quedarse más tiempo del necesario en Oñate porque la tristeza, una vez que te encuentra, no se marcha nunca, penetra en los poros de la piel y se convierte en parte de ti. En algunas personas el proceso es más rápido, como en la madre de Antonio, a quien la pena la ha cubierto con un velo que ya nunca la abandonará. María no quiere terminar igual que ella.

Así que ahora debe centrarse en pensar cómo averiguar el paradero de Colón. Y después de darle muchas vueltas en su cabeza, cae en la cuenta de que la princesa Margarita va camino de Burgos para casarse con el heredero de los reyes.

A esa boda asistirá la flor y nata de Castilla, y si Colón ha regresado, es probable que acuda al enlace real. Burgos está a unas diez jornadas, no tiene tiempo que perder. Aunque están en Cuaresma, durante la cual no están permitidos los matrimonios. De modo que, si se da prisa, podría llegar antes del enlace.

Pero es un camino largo para una mujer sola. Medita cómo hacerlo y no se le ocurre ninguna idea para solucionarlo. María ha viajado lejos, hasta Flandes, pero siempre acompañada.

—Quiero vengar a Antonio.

—Pues hazlo —le dice su suegra—, ¿a qué estás esperando?

—Debo ir a Burgos y no veo cómo. Una mujer sola… Me tomarían por una manceba.

—De verdad que no sé qué vio mi hijo en ti —refunfuña.

A continuación, su suegra le relata la forma de transitar por los caminos siendo una mujer indefensa: hacerlo como una peregrina.

—Gracias. Yo también me he quedado sin él.

—Pero eres joven. Yo no te pido que guardes luto a Antonio toda la vida, que eso te quede claro. No quiero que te quedes aquí, verte me recuerda que mi hijo está muerto, y yo solo quiero acordarme de cuando era un niño y estaba vivo. ¡Vete y haz lo que tengas que hacer para vengarle!

—¿Lo que sea?

—Por supuesto —responde su suegra.

22

Florencia

A los dos días, Noah se encamina decidido a la residencia de Botticelli, una humilde casa cerca del río. Nadie diría que allí vive el célebre pintor, pero Carlos Mannsbach se lo ha asegurado. La puerta se halla abierta, así que Noah entra y lo primero que ve es un espacio diáfano, un taller; aunque por el estado en el que se encuentra hace tiempo que nadie trabaja en él. Husmea por el interior, hay lienzos en blanco y en una esquina descubre uno cubierto con una sábana. Al destaparlo, observa el rostro de una joven en un pequeño fresco sobre tabla.

—¿Qué haces ahí?

Noah se gira y halla frente a él a un hombre con aspecto cansado.

—Disculpad, ¿sois Botticelli? —le pregunta.

—¿Qué quieres de mí?

—Me llamo Noah y me gustaría proponeros algo —responde en su paupérrimo toscano.

—Ahora estoy muy ocupado —y señala una tabla con el esbozo de la Virgen, que sostiene la cabeza del Niño contra la suya, mejilla con mejilla.

—Qué hermosa. —Noah se queda anonadado y piensa en su madre—. La Virgen es la madre de todos.

—Así es, muchacho.

—El amor entre una madre y un hijo es único, ¡qué maravilla! Está expresado de una manera sublime en este cuadro. —Noah mezcla la lengua toscana con el latín, y entonces se acuerda de las enseñanzas del vendedor de reliquias—. ¿Y también representa el amor de Dios y el hombre en el seno de la Iglesia?

Se hace un incómodo silencio.

—Exactamente, eso es. —Botticelli asiente—. Posees una profunda sensibilidad.

—Tuve un buen maestro. —Empieza a darse cuenta de que el comerciante de Hamburgo ha acertado con sus consejos—. Por favor, dejad que os cuente el motivo de mi visita.

—Está bien, pero más vale que valga la pena.

Noah le explica su idea de salvar algunos de sus cuadros simulando que los lanza a las hogueras de Savonarola, aunque en realidad solo serían bocetos o burdas copias que él mismo podría realizar.

—Es demasiado arriesgado. Además, he pintado docenas de Madonas con el Niño y multitud de escenas sacras. Mis cuadros mitológicos son cuatro, no sé por qué se ha armado tanto revuelo con ellos, la verdad. Savonarola está en lo cierto, debemos deshacernos de todo lo superfluo, solo así salvaremos nuestra alma.

—Pero también es una lástima que se pierda tanta belleza —insiste Noah—, aunque sea impura.

—Lo sé, cada uno de mis cuadros representa un momento de mi vida. Quemarlos es…

—El olvido —termina Noah—. Yo una vez estuve enamorado, ¿sabéis? Ella se llamaba Laia, era tan dulce y hermosa —pronuncia con la voz entrecortada—. Ha pasado tiempo y siento que la quiero igual que el primer día, pero en cambio su rostro se me va olvidando, ya dudo de sus facciones, de la forma de sus ojos, de los detalles. Y cuando veo sus obras… me recuerdan el amor que sentí por ella.

—Siento tu pérdida. —Botticelli carraspea y se queda mirándole—. Hay una cosa que sí me haría aceptar tu proposición.

—¡Por supuesto! Os escucho.

—Me gustaría volver a contemplar una de mis obras.

Noah se queda confundido.

—Es una pintura que pertenece a Lorenzo de Pierfrancesco de Médici —aclara Botticelli—. Con la llegada de Savonarola, él no está bien considerado en la ciudad, pero posee una villa extramuros, la Villa di Castello. Allí hay un cuadro mío, el primero que se pintó al óleo en Florencia, el que llaman *El nacimiento de Venus*. Quisiera verlo una última vez.

—¿Y no podéis ir solo?

—No, los hombres de Savonarola me vigilan. Y si me vieran entrar en las posesiones de un Médici…

—De acuerdo, ¿y qué gano yo a cambio?

—Te entregaré la tabla que pretendía llevar a la próxima hoguera.

Noah ha aprendido a moverse, a preguntar, a fijarse en cada detalle tal y como le indicó Carlos Mannsbach y, sobre todo, a escuchar. Aun así, no le está resultando fácil contactar con las personas adecuadas en Florencia. Es verdad que su toscano progresa a marchas forzadas, pero todo es demasiado nuevo y le lleva su tiempo hacerse con la ciudad, con el idioma, con las gentes.

Hasta que un día, cerca de la puerta de San Gallo, localiza a una criada que sirve en la Villa di Castello, y de la que obtiene el nombre de uno de los guardias del palacio. Un tal Francesco, un hombre tan barrigudo que cuesta creer que al andar pueda mantener el equilibrio sobre sus dos piernas pequeñas y delgadas, pues dan la impresión de que en cualquier momento se van a quebrar debido al peso que soportan.

No le es complicado llegar a un acuerdo con él.

Dos días después, Carlos Mannsbach facilita un carruaje a Noah, con el que recoge a escondidas a Botticelli y juntos emprenden el camino hacia la villa. Llegan con las primeras luces del alba, fuera del alcance de las miradas de los hombres de Savo-narola. El palacio se ubica al pie de las colinas que hay al noroes-te de Florencia y está rodeado de jardines; también está próximo a un acueducto romano y su nombre hace referencia a las cister-nas de agua cercanas. El edificio tiene una estructura rectangular de dos pisos, con logias y columnas de orden toscano en los la-dos menores.

Francesco les ha dado instrucciones claras y concisas de dejar el carruaje a la entrada del camino y hacer el trayecto restante a pie para no ser vistos. Él los está esperando en la puerta princi-pal junto a dos hombres más jóvenes, armados con unas picas cortas, a los que da la orden de que mantengan los ojos bien abiertos.

Botticelli no pronuncia palabra alguna y ambos le siguen al interior. Francesco les da un par de indicaciones y les dice que volverá en una hora, ni un minuto más.

Noah se gira y se percata de que el pintor ya se encamina hacia el salón que alberga su obra. Él no quiere perderlo de vista, acelera el paso y, cuando llega a su altura, se queda impresionado por lo que ven sus ojos: el retrato de una mujer desnuda sobre una concha en la orilla del mar que, con timidez, cubre sus par-tes íntimas; a su izquierda, unos vientos soplan acariciando su cabello con una lluvia de rosas, y a su derecha, una sirvienta pa-rece aguardar a la dama para vestirla.

Noah contempla a la joven mujer y se le antoja que está na-ciendo en ese mismo momento de la concha. Por más que mira, solo ve belleza.

Entonces escucha un ruido; es Francesco, que entra en la es-tancia acompañado por los otros dos guardias, pero también por otra persona.

—Sabía que tenías que ser tú.

—Pierfrancesco de Médici —pronuncia Botticelli.

Noah retiene ese nombre en su mente en cuanto lo oye.

—¿Qué haces aquí? —dice con tono más de reproche que de enfado—. Ya veo… Déjame adivinar, todavía piensas en Simonetta —y resopla—. Aún recuerdo cuando ella llegó a Florencia desde Génova, ¿qué edad tenía cuando se casó con Marco Vespucio? ¿Quince?

—Dieciséis. —Botticelli contempla el cuadro con los ojos entristecidos.

—Murió joven y hermosa. ¿Cuánto tardaste en terminar este cuadro?

—Nueve años después de su desaparición. —El pintor baja la cabeza.

—¿Y cuántos apuntes y dibujos tenías de ella? ¿En cuántas ocasiones posó para ti? ¿En cuántos cuadros la has retratado?

No responde.

—La has recreado una y otra vez, siempre joven y bella, fresca, dulce; para ti no ha envejecido lo más mínimo. Tu amor la ha conservado inmutable para toda la eternidad. Todas las mujeres que has pintado tras su muerte conservan sus rasgos.

—Así es —responde escuetamente.

—Ay, pobre Botticelli, consumido por la nostalgia y el amor… Y, además, has tenido la desgracia de heredar el apodo de tu hermano, un bebedor empedernido, bajito y con una tremenda gordura, un verdadero «Botticelli».

—Insultadme lo que queráis, pero limpiaos la boca antes de pronunciar su nombre.

—Siempre tan temperamental… ¿Sabes? Ahora tengo a un primo del marido de tu difunta amada trabajando para mí en Sevilla, Américo Vespucio. Y la verdad es que me está prestando un excelente servicio. Américo ha entablado amistad con Cristóbal Colón y con los círculos que han preparado los viajes de exploración de las nuevas rutas comerciales, y en sus cartas me informa de los avances de los españoles en sus travesías a las Indias.

—Los Médici siempre igual, maquinando.

—Florencia nos debe todo y mira cómo se lo ha pagado a mi familia. No podemos rendirnos a Savonarola, como has hecho tú. ¿Así que ahora quemas tus cuadros en sus famosas hogueras de las vanidades? Eres un traidor y, lo peor de todo, un cobarde. Si Simonetta te viera…

—¿Cómo os atrevéis? ¡Callaos o…!

—¿O qué? Debemos expulsar a ese fanático o Florencia lo pagará caro. Los castellanos y los portugueses se han repartido el mundo para ellos solos. ¿Y qué hay de nosotros? ¡Debemos reaccionar! He dejado que entraras porque tengo la esperanza de que la visión de Simonetta te haga recuperar el juicio y dejes de seguir a ese loco. ¡Tú eres Botticelli! ¡Un genio del arte!

El pintor no responde, da media vuelta y se precipita hacia la salida. Noah se une a él, temiendo que los detengan, pero nadie se opone a su marcha. Al abandonar el palacio, ve que se mete en una gruta, le sigue y descubre que toda ella se halla revestida de concreciones calcáreas y mosaicos policromados, piedras y conchas que representan máscaras grotescas. Sin embargo, lo más sorprendente son tres fuentes compuestas por una base de mármol donde se alzan figuras de animales realizadas en diferentes tipos de roca. En el centro hay una estatua de un dios pagano. Y el agua sale a chorros del suelo, de los animales y de las aves de bronce. Allí Botticelli rompe a llorar y Noah siente una profunda pena por él.

Al día siguiente, las elegantes y amplias columnatas del Mercado Viejo retumban con la intensa cacofonía de los vendedores, que alzan sus voces compitiendo entre ellos por llamar la atención de los posibles clientes. Carlos Mannsbach aguarda en una de las calles cercanas, dentro de una tienda de sedas. Noah le muestra el fresco sobre tabla que le ha entregado Botticelli, orgulloso de su hazaña.

—Sabía que podía confiar en ti. —Observa la obra—. ¡Es magnífica!

—Gracias, no ha sido nada fácil… —responde Noah, ansioso por la recompensa.

—Toma, te lo has ganado. —Pone su mano sobre el hombro

de Noah, satisfecho, y le entrega una bolsa con monedas—. Ahora debo marcharme de inmediato, no es conveniente que permanezca en Florencia con esto en mi poder.

—¿Puedo ir con vos?

—Mira, tienes talento, no cabe duda. Pero me temo que no puedo llevarte conmigo, parto ya y no hay espacio en el carruaje para nadie más que para mí, me gusta trabajar solo. Pero oye, muchacho, te auguro un gran futuro.

—Lo de Botticelli ha salido bien —le recuerda Noah.

—Sin duda, pero lo bueno, si breve, dos veces bueno. Nos volveremos a ver, eso seguro —dice dándole una palmadita en la espalda—. Acabas de llegar a Florencia, ¡disfrútala! Y recuerda: no te enamores, mira cómo ha acabado Botticelli. Antepón la belleza a todo lo demás. El amor es demasiado peligroso, querido amigo.

Carlos Mannsbach se va silbando una cancioncilla.

23

Montes vascos, Guipúzcoa

Debajo del pico de Aitzgorri se abre el paso de San Adrián, y cuando María se adentra en él siente auténtico terror. Es tan largo y profundo que no alcanza a divisar la luz al otro lado. Se detiene y piensa si es buena idea continuar. Pero no puede subir la montaña; este es el paso principal desde la Meseta hasta los Pirineos, debe cruzarlo si quiere llegar a tiempo a la ciudad de Burgos. Es la única vía que une el corazón de Castilla con los territorios ultrapirenaicos sin pasar por el reino de Navarra. También es un camino de peregrinación para ir a Santiago de Compostela, aunque los europeos prefieran el Camino Francés por ser más llano y contar con mejores infraestructuras.

«El túnel tiene que ser seguro», se dice a sí misma, y reanuda la marcha por esa gruta que amenaza con engullirla. Acongojada, camina casi doscientos pasos. Pasa por delante de algunas construcciones, entre ellas una ermita y, lo que más la impresiona, un castillo con una torre del homenaje, voladizos de madera y aspilleras. Hay varias líneas defensivas, todas abiertas a la salida que mira hacia Guipúzcoa y Navarra.

Por fin distingue el resplandor del sol y acelera el paso, ansiosa por salir de la montaña. Cuando lo logra, llena sus pulmones con aire renovado y contempla orgullosa lo que ha dejado atrás.

Prosigue hacia la ciudad de Vitoria, luego Miranda de Ebro y Pancorbo. Salva constantes subidas y desniveles, luchando contra el cansancio. El terreno se vuelve más llano y entra en el corazón de Castilla, la Meseta. Una vasta extensión cuya altitud la convierte en una especie de castillo natural, donde no hay ríos navegables que la surquen y faciliten desplazarse por ella. Por eso debe elegir bien la ruta a seguir.

Su suegra le ha explicado que algunas mujeres utilizan los caminos de peregrinación a Compostela para viajar. Si les preguntan, pueden aducir razones como su extrema devoción, que lo realizan para cumplir un voto o por mandato divino.

—Yo soy muy devota —le dijo María.

—Una mujer nunca es lo bastante devota y casta —le advirtió su suegra—. Ahora eres una peregrina, grábatelo en la cabeza.

Viajar es duro. Se aferra a sus fuerzas para no desfallecer y completar cada jornada. Y aunque pasa por peregrina, eso no la hace inmune a los peligros. Tiene que estar ojo avizor. Se percata de cómo la observan algunos hombres cuando se cruza con ellos, y ella siempre baja la mirada y acelera el paso. Que recorra una vía de peregrinos no la exime de los riesgos que entraña viajar siendo mujer, solo los disminuye y, sobre todo, impide tantas habladurías.

—Nada levanta más suspicacias en un hombre que encontrarse con una mujer sola —le recordó su suegra antes de salir de Oñate—. Enseguida buscarán una razón de lo más pueril que lo explique. Por eso, esconde bien ese diente de ballena que portas y que se vea la cruz de Cristo colgada de tu cuello.

—De acuerdo.

—Y reza, ¡reza en cada pueblo! También delante de cada peirón, ermita o cruz que veas. Muchos están vigilados, hay ojos observando quién no se detiene a orar y los castigos son terribles. Y aún peores si eres una mujer, ¡y sola!

Su suegra le explicó que las peregrinas tienen libertad para viajar. Los hombres, aunque no estén de acuerdo, no pueden prohibir ni discutir que las mujeres cumplan con su deseo de ir a la iglesia, a una ermita, a un convento próximo o emprender una peregrinación. Dejan su casa y sus obligaciones de atender a su familia y no son castigadas ni están mal consideradas por ello. Bien al contrario, merecen respeto porque el camino es penitencia, y debe hacerse en soledad, en silencio y andando.

Por fin llega a Burgos, una de las ciudades más ricas de Castilla, si no la que más. Está engalanada para la boda, si bien observa menos movimiento del que esperaba. Ahora debe averiguar si Colón acudirá a la celebración. Pregunta por los novios a una mujer pizpireta y risueña que parece tener ganas de hablar.

—Llegas tarde. Fue el día de Pascua, salieron del palacio de los Condestables.

—Yo pensé que aguardarían a que pasara la Semana Santa.

—No, se casaron el lunes siguiente al Domingo de Pascua en la catedral. La princesa estaba muy hermosa y se los veía tan enamorados. Hubo tal ruido de trompetas, tambores y otros instrumentos que era ensordecedor.

—Puedo imaginármelo —murmura María, desanimada por no haber llegado a tiempo.

—¡Oh, qué melodías, qué diversidad de cantos, qué himnos nupciales preparó el clero! Y las formaciones de la caballería, los jaeces de los caballos y los adornos de los jinetes… Parecía que aquel día se hubiesen dado cita aquí todas las riquezas de España.

María suspira, la visita a Oñate la ha retrasado.

—Los coros de niños y niñas, desde los tablados construidos en las plazas y desde las ventanas de las casas, imitaban celestes armonías. Y Burgos estaba como nunca: las calles perfumadas con tomillos y otras hierbas aromáticas, las portadas de la ciudad adornadas con ramas verdes y las paredes de las casas cubiertas de tapices flamencos.

—Y, por casualidad, ¿sabéis si asistió Cristóbal Colón?

—Sí, sí, también estaba —responde la señora burgalesa.

—¿Lo visteis?

—Bueno, no, pero oí que sí estaba. O eso creo.

—Pero ¿estáis segura o solo es una suposición?

—Es que yo me fijé en los príncipes… ¡Qué apuestos! Y seguro que tendrán muchos hijos, son tan jóvenes… Yo también lo fui —dice con nostalgia.

—Vos lucís llena de vida.

—Tonterías. Si quieres un consejo: no malgastes tu juventud. Es el bien más preciado que tenemos y no nos damos cuenta hasta que la perdemos. Ni los más ricos pueden comprarla, ni los más sabios retenerla.

—Cierto. —María se percata de que la mujer tiene una pena que le aflige el alma y le recuerda en cierta medida a su suegra—. Entonces ¿no visteis a Colón?

—Ay, pues no sé.

—¿Quién podría saberlo? —pregunta María, a punto de perder la paciencia.

—Ya se han ido casi todos. Hasta el jueves hubo festejos, con juegos de cañas, justas y muchas más cosas. Mira, ahí están los que quedan, los saltimbanquis y los músicos.

Se gira y ve un grupo de gente que carga bultos en una carreta algo destartalada.

—Estuvieron fabulosos —recalca la burgalesa—, yo hacía tiempo que no me reía tanto.

Entonces alguien llama a la señora desde un balcón.

—Debo irme. Con Dios, zagala.

—Con Dios.

María camina curiosa hacia los artistas, que están atareados recogiendo sus bártulos, y de pronto se queda mirando a uno de ellos.

—Yo te conozco —le dice—. Tú estuviste en los festejos que se celebraron antes de la partida de doña Juana para su boda en Flandes.

—Mi fama me precede, joven damisela. —Da un saltito y se cuadra como si fuera un hombre de armas al servicio del rey—. Soy el Gran Anselmo de Perpiñán.

—Yo me llamo María de Deva. ¿Vas de boda en boda?

—Y tiro porque me toca —responde entre risas—. Es una expresión de un juego muy popular entre los peregrinos del Camino de Santiago: el juego de la Oca —aclara el juglar.

—Me ha contado una señora que la boda real ha sido majestuosa, ¿tú sabes si ha asistido Cristóbal Colón?

—¿El Almirante y señor de las Indias?

—Sí, ese.

—Yo juraría que sí, déjame que lo piense bien. —El juglar simula que está haciendo memoria—. Sí, ahora lo recuerdo, estaba con sus dos hijos.

—Vaya.

María no había pensado hasta ahora que Colón pudiera tener hijos. Eso hace que dude un instante sobre sus planes. Una cosa es acabar con el culpable de la muerte de su padre y otra muy distinta es dejar a dos niños huérfanos.

—¿Estás bien? —pregunta el juglar.

—Sí, es solo que… esperaba verlo aquí. Me hacía ilusión conocer al hombre que ha descubierto la ruta a Asia por poniente.

—Loable hazaña, sin duda. Aquí se ha reunido toda la grandeza de las Españas. Sus Altezas han impresionado a los borgoñones, que en esto del lujo se creen los mejores. Pero los reinos de Aragón y Castilla se han convertido en un duro rival. Bueno, en esto y en todo. Y luego la jugada de casar al heredero con la despechada princesa Margarita, que a la segunda ha cazado un príncipe. —Hace una reverencia—. Ni yo mismo hubiera escrito un relato mejor. *Res, non verba.*

—¿Qué? —pregunta María, extrañada por el uso del latín.

—«Hechos, no palabras» —traduce el juglar—. Con esta suntuosa boda, nuestros reyes han dejado claro a todos los gobernantes cristianos su poder, y sobre todo al rey de Francia, que a partir de ahora no podrá campar a sus anchas. Hay un nuevo gallo en el corral —y mueve los brazos como si fuese uno.

—¿Eso crees?

—¡Cómo! ¿Acaso lo dudas? —Da un salto, cae juntando los

pies y se flexiona en un alarde de contorsionismo—. La princesa Margarita tenía solo dos años cuando su madre, la gran duquesa de Borgoña, murió por una desafortunada caída del caballo.

—Qué desgracia. —María se santigua.

—Un trágico accidente, no se hable más. —Gira sobre sí mismo—. Y ahí los franceses —mueve la cabeza de un lado a otro— vieron el campo abierto.

—¿Abierto para qué? —María se ríe con los movimientos y las muecas con que el juglar acompaña su relato.

—Tras la muerte de la duquesa de Borgoña, Francia se interesó en sus feudos y llamó al duque consorte, Maximiliano, entonces un personaje muy distinto al de ahora, pues tenía muchos problemas en sus territorios. —Pone una graciosa cara de enfado—. Vamos, que el rey francés le cogió por las... —Hace amago de llevarse la mano a la entrepierna—. Y le dijo que si no quería una guerra, que seguro iba a perder, tenía que comprometer a la niña de dos años con su heredero y enviarla para Francia. *Quid pro quo.*

—Con dos años.

—Sí —asiente el juglar, e imita el llanto de un niño.

—Las mujeres no somos libres ni siquiera en nuestra más tierna infancia —afirma María, y suspira enervada.

—Bien sabe Dios que estás en lo cierto.

—Pero el acuerdo se rompió.

—Claro, en cuanto encontraron un partido mejor para el príncipe francés: la duquesa de Bretaña. Doña Margarita tendría entonces once o doce años, por tanto el matrimonio no se había consumado aún. —Esta vez hace un gesto con la cintura que roza lo indecoroso.

—Qué oportuno —murmura María, poco conforme.

—Aun así, tardaron dos años más en devolvérsela a su padre... Imagino que no sabían qué hacer con ella. —Se encoge de hombros—. Y con razón... Pero he aquí que apareció el archienemigo de Francia, el rey de Aragón, junto a nuestra reina, por supuesto. —Se pone recto, alza una mano y camina como una dama de alta alcurnia—. Nuestros reyes vieron la luz, porque Maximiliano sería un valioso aliado contra Francia, y Flandes, un valioso socio comercial para Castilla. —Junta los dedos haciendo el gesto para el dinero.

—Y para Maximiliano de Austria, tras la afrenta que había recibido su hija, una manera de vengarse de Francia.

—¡Bravo! Veo que lo vas entendiendo. —El juglar aplaude la aportación de María—. Una alianza forjada con un doble enlace entre los hijos de ambos gobernantes: nuestros infantes Juana y Juan con los duques Felipe y Margarita.

—¿Cómo puede conocer un juglar estas cosas? —inquiere María, y recuerda que le decía lo mismo a su difunto marido.

—Bueno, no se lo cuentes a nadie, pero es recomendable saber qué ocurre allá donde voy. —Sonríe—. Debemos entretener a la gente con noticias, contando historias. Cómo decirlo… Somos moiras que tejemos con nuestras palabras el destino de los hombres —dice mientras imita a una hilandera.

—Ya… Vosotros los artistas no paráis de viajar. ¿No os sentís perdidos a veces? —pregunta María con mucho interés—. Quiero decir, ¿nunca pensáis en buscar una ciudad donde vivir, casaros, tener hijos?

—Viajar también puede ser tu hogar. Y lo de los hijos… Puede que ya tenga alguno por ahí, la verdad. —Se ríe y le guiña un ojo.

—Pero viajas todo el tiempo.

—Sí, los hombres llevamos viajando desde el inicio de los tiempos. Piensa que hasta los reyes están en constante movimiento, con la corte de ciudad en ciudad. Sus Altezas no tienen un hogar fijo y son la familia más importante del reino.

—Es posible… —María se queda pensativa—. Pero yo prefiero crear un hogar. Aunque mi familia pertenece a una larga estirpe de cazadores de ballenas y navegaban hasta los confines del mundo en su busca. Las ballenas también se desplazan por los mares, cambian de una estación a otra; así que tienes que seguirlas.

—Y te hubiera gustado continuar la tradición familiar, pero… eres una mujer.

—Eso parece. —María se señala el cuerpo desde el cuello hasta las rodillas—. Y sí, me duele que se haya perdido la tradición de mi familia. ¿Cómo lo has sabido?

—Por favor, si acabo de contarte mi secreto… Yo realmente lo que hago es enterarme de qué ocurre allá donde viajo, cómo son las personas que conozco y qué secretos ocultan.

—Cierto, *mea culpa*.

El juglar aplaude la locución latina.

—Bueno, piensa que los tiempos están cambiando.

—¿Lo dices porque en Castilla reina una mujer?

—En parte sí, pero no ha sido la primera, hace siglos ya lo hicieron doña Urraca y doña Berenguela. Se puede decir que ellas le abrieron el camino. Pero en el resto de la Cristiandad no es así, en Aragón no puede reinar una mujer. Y lo que nunca había hecho una mujer, ni siquiera en Castilla, es coronarse sola, sin la presencia de su marido. Ninguna dama ha tenido nunca el poder que tiene la reina Isabel en toda la Cristiandad. Fue la que conquistó el reino de Granada, la que derrotó a todos sus enemigos; y ahora ha abierto la nueva ruta hacia las Indias.

—Isabel de Castilla solo hay una.

—Hummm, ¿qué quieres decir? —inquiere el juglar mirándola pensativo.

—Que las grandes hazañas no están a mi alcance.

—Eso significa que tienes un alto fin, ¿cuál es, si puede saberse?

—Ninguno —recula María.

—Confía en mí, quizá pueda ayudarte a llevarlo a cabo.

—Lo dudo.

—O sea que es cierto que tienes una misión.

—No te confundas, yo no soy una reina —replica intentando salir airosa del embrollo.

—Ya veo… ¿Sabes jugar al ajedrez?

—No, no sé jugar —responde ella, tajante.

—Pues acaban de cambiar las reglas y ahora la figura más poderosa del juego es la única que representa a una mujer: la reina. ¿Qué te parece?

—Mucho más ha de cambiar que un simple juego para que, por ejemplo, yo pueda coger un arpón e irme al otro lado del mundo a cazar una ballena. Eso es lo que me parece. —María suelta un suspiro, busca el tacto del diente de ballena oculto entre sus ropas y lo aprieta con fuerza.

—Me has preguntado antes por el Almirante, ¿por qué?

—Me dijeron que estaba aquí y me hubiera gustado ver al hombre que ha cambiado el mundo.

—¿Piensas que es eso lo que ha hecho?

—Eso dicen. —María se encoge de hombros—. ¿Dónde crees que puede estar ahora?

—En algún puerto preparando otra flota, persiguiendo a la reina para que le autorice otro viaje, visitando a su esposa…

—¿Su esposa? ¿Colón está casado? —Otra cosa que no se había planteado María, pero si tenía dos hijos, era de esperar.

—Supongo; recuerdo que lo vi del brazo de una mujer cuando fue recibido en Barcelona al regreso de su primer viaje. Una celebración fabulosa, aquello fue un verdadero triunfo.

—¿Y dónde vive su esposa?

—Eso no lo sé —responde el juglar.

—¿Quién podría decírmelo?

—Ni siquiera podría asegurarte que siga viva. —Se la queda mirando—. ¿Por qué tienes tanto interés en conocer al Almirante? No puede ser solo por admiración. Además, viajas sola. Eso es de lo más inusual, ¿qué mujer viaja sola?

—Una peregrina.

—Por favor, tú no eres una peregrina —dice riéndose.

María guarda silencio.

—¿No quieres decírmelo?

—Quiero embarcar a las Indias —improvisa ella.

—Para eso tendrías que ir a Sevilla o a Cádiz, es más fácil que encuentres al Almirante en un gran puerto que en medio de Castilla, lejos del mar. Ahora mismo es uno de los hombres más poderosos del reino.

María tiene un momento de lucidez. No puede ir a un puerto y aguardar durante semanas o meses hasta que aparezca. ¿De qué va a comer? ¿Dónde va a dormir? Y luego, si tiene la suerte de coincidir con él, ¿cómo lo va a matar? Estará rodeado de capitanes, marineros y hombres de armas.

¿Cómo podría matar una mujer al gran Almirante de la Mar Océana?

Hasta ese instante no se había dado cuenta de lo estúpido de su idea. De pronto su mirada se entristece, le tiemblan las manos y siente ardor en la tripa.

—Nosotros viajamos ahora a Valencia. Es la ciudad más relevante de la Corona de Aragón, quizá allí puedas descubrir los planes y la ubicación de Colón.

—No es buena idea que yo continúe deambulando sola, y menos hasta Valencia… ¿Podría acompañaros?

—Hummm. —El juglar tuerce el gesto—. No es la primera vez que me piden viajar conmigo, pero yo prefiero hacerlo solo, solo en contadas ocasiones me uno a alguna compañía de artistas.

—Te lo ruego, no seré una molestia.

—No es buena idea…

—¿Qué puedo hacer para convencerte?

—Contarme tus verdaderas intenciones —insiste el juglar.

—Ya te lo he dicho, quiero embarcar a las Indias.

—¿Seguro? —El juglar la mira pensativo—. Hagamos una cosa, puedes venir a Valencia conmigo si me cuentas cómo fue el viaje de regreso desde Flandes, he oído que por poco naufragáis. Me interesa poder relatar esa historia en mis actuaciones.

—Pero… yo no te he dicho que fuera en esa flota.

—¡Por favor! Soy el Gran Anselmo de Perpiñán —proclama a los cuatro vientos con los brazos en alto.

24

Florencia

La taberna del Caracol se ha convertido en su casa. Noah lleva días buscando trabajo y no ha habido suerte; lo ha intentado en talleres, en comercios y hasta en iglesias. Pero en todos ha recibido una negativa como respuesta. Unas veces por su escaso dominio del toscano, otras porque es extranjero, aunque en la mayoría de los sitios ni siquiera le han dicho el motivo.

Se encuentra desanimado, y además echa de menos viajar, el ir de ciudad en ciudad. Anhela sus días con el vendedor de reliquias, descubriendo paisajes, gentes, sin tiempo para lamentarse ni para regodearse en sus problemas. Eso es lo que realmente desea, partir de nuevo hacia lo desconocido, descubrir el mundo para que nadie se lo tenga que contar y, sobre todo, llegar a Asia como hizo Marco Polo o, más recientemente y por poniente, Cristóbal Colón. Y eso es lo que tiene decidido hacer en cuanto le salga la menor oportunidad de enrolarse en algún viaje comercial.

En la taberna del Caracol solo le reconforta ver que hay hombres y mujeres felices. ¡Ojalá la felicidad fuera contagiosa! Pero, al parecer, solo los males y la peste se pueden propagar. Lo malo se extiende rápido; lo bueno cuesta ganarlo y es muy fácil perderlo. Por suerte, todo se cura con vino. A grandes males, más vino. Quizá por eso nadie es infeliz aquí.

O casi nadie. Porque, observando a los numerosos clientes,

se percata de que no es el único que no parece contento. Hay un joven al otro lado del local que tiene el rostro desencajado y bebe solo en una mesa. Mirándole, intenta adivinar qué desgracias se habrán cebado con él.

Siente una extraña afinidad hacia el desconocido. No sabe nada sobre él, pero el hecho de estar los dos solos y viajando por tierra extranjera le hace creer que, al menos, tienen eso en común. Que es mucho cuando no hay nada ni nadie más.

Sus miradas se cruzan y Noah piensa que ambos se reconocen en su soledad.

Y siente curiosidad.

Así que decide acercarse, ¿por qué no? Es lo que ha aprendido viajando, a desprenderse de las dudas y los prejuicios. Ahora ya no hay pájaros revoloteando en su cabeza, se han ido todos volando.

—Hola, ¿te molesta si me siento? —Su toscano va mejorando.

—No te lo aconsejo, no he tenido un buen día. —Resopla—. Ni una buena semana, ni un buen mes; ni siquiera un año aceptable. Bueno, toda mi vida es un desastre, ahora que lo pienso.

—Y yo que creía que era pesimista… Brindo por los perdedores. —Noah alza el vaso de vino—. Seremos los únicos en toda Florencia.

—No te creas, esto ya no es lo que era.

—Pues cualquiera lo diría…

—¿Tú de dónde has salido?

—De Flandes —contesta Noah.

—Un poco lejos has venido a caer.

Se hace un silencio entre los dos jóvenes.

—¿Y tú eres de cerca de aquí?

—No, mis padres son de Constantinopla, pero se marcharon cuando la ocuparon los turcos. Deambularon por distintas ciudades del Mediterráneo hasta que se asentaron en Cerdeña, y yo he venido aquí… Bueno, parecía que Florencia era el mejor lugar para triunfar, pero ya ves.

—¿No lo es?

—Hazme caso, no te dejes engañar por las apariencias, la fiesta ha llegado a su fin. Por eso bailan estos. —Señala a un par de parejas que, animadas por el vino, están canturreando una canción—. Nos han tocado malos tiempos, esto antes no era así.

—Savonarola.

—Te atreves a pronunciar su nombre... —dice complacido—. Así es, el más célebre de los predicadores apocalípticos que pregonaron los mil males por estas calles. Solo a los florentinos se les podía ocurrir poner a un cura exaltado a dirigir la ciudad.

—No veo que un hombre de Dios sea tan mala opción.

—Si se tratara de otro, es posible que no, pero Savonarola... Mira, yo antes era escultor, y he tenido que abandonar mi oficio y buscarme la vida. A ver quién encarga ahora una figura de Venus o de Afrodita. Por lo visto, representar dioses paganos es blasfemo; y olvídate de un torso desnudo, de poses indecorosas, de temas profanos y qué sé yo.

—Si te sirve de consuelo, yo tampoco tengo ocupación. De donde provengo trabajaba en un taller de relojes, pero aquí no logro ganarme la vida.

—No entiendo de relojes... ¿No sabes hacer nada más?

—He comerciado con reliquias.

—Yo en temas de la Iglesia no me meto, ¡ni loco! —dice levantando ambas manos—. Algo más sabrás hacer, ¿no?

—A mí lo que me gusta es viajar.

—¿Viajar a dónde? —inquiere el escultor, sorprendido.

—Me da igual.

—Pero ¿viajar para qué?

—Viajar por viajar, para conocer cómo es el mundo.

—Nunca había oído semejante locura. —Niega con la cabeza—. Pues mal futuro te auguro... Aunque nunca se sabe, a Dios le gusta jugar a los dados con nuestro destino.

—¿Crees en él? —pregunta Noah con interés.

—¡Cómo no voy a creer en Dios!

—No, en el destino.

—Supongo que sí. —El escultor se encoge de hombros—. Todos tenemos un camino que seguir. Y por mucho que queramos tomar otro, no podemos cambiar lo que ya está escrito.

—¿Tú encontraste el tuyo?

—Eso creía. —Dibuja una media sonrisa en su rostro.

Noah se fija en que tiene una voz grave, ancha y densa. Y en su cuello, su nuez sobresale más de lo habitual. Lo que más le llama la atención son sus manos, que están hinchadas, y sus brazos son gruesos; ha realizado mucho esfuerzo físico para tener una constitución así. Y no es solo su fortaleza, pues tiene unas facciones proporcionadas y el cabello rizado. Mirándole bien, Noah cree que, en cierto modo, tiene aspecto de héroe de la Antigüedad. Como los de las esculturas que ha mencionado y que Noah ha visto en las ciudades a su paso.

—Conozco a un pintor que antes representaba escenas... más paganas e indecorosas y ahora pinta santos, vírgenes, cristos... Tú también podrías ganarte la vida esculpiendo obras religiosas.

—Me temo que no funciona así. Cuando yo trabajo la piedra me siento poderoso, es una sensación indescriptible. —Agacha la cabeza y le pide que se acerque para hablarle en un susurro—: Miro un bloque inerte de mármol y... me habla.

—¿La piedra te habla?

—Sí, sí, ya lo creo que lo hace —afirma en voz baja, como si alguien fuera a oírlos—. Me confiesa qué quiere ser y yo solo la ayudo a conseguirlo. Ese es mi secreto, es la piedra la que guía mi mano. En realidad, yo no tengo ningún mérito.

—¿Lo dices de verdad? —Noah no sale de su asombro.

—¡Que me parta un rayo ahora mismo si miento! —alza su poderosa voz, pero enseguida recula—. Yo no esculpo lo que deseo, es el mármol el que me susurra por dónde debe ir el cincel. Ya sé que no me crees...

—No. Quiero decir que ¡sí!, que te creo.

—Si hasta una piedra tiene su propio destino, ¿por qué no vamos a tenerlo nosotros? Supongo que todos poseemos un don; para unos será cantar, para otros bordar, cazar o cocinar, por ejemplo, o correr muy rápido, no sé…

—Yo no tengo ninguno.

—Todos tenemos uno. ¿Qué es lo que más te gusta hacer? Algo habrá, ¿no?

—Vaya pregunta… —Noah cabecea.

—¿Por qué? ¿No tienes respuesta?

—Pues… —Duda antes de contestar—. A mí lo que más me gusta es… viajar.

—Y dale con viajar. —El escultor se desespera.

—Es que yo quiero ver cómo es el mundo, no que me lo cuenten.

—¡Madre mía! Y yo que pensaba que estaba poco cuerdo —dice riéndose.

—Ahora eres tú el que no me cree —advierte Noah—. En Núremberg vi un aparato que te permitía desplazarte por la tierra y el mar sin moverte de allí.

—¡Santo Dios! ¿Y qué prodigio es ese?

—Es un globo terráqueo, el primero que se ha construido. Ojalá pudieras verlo, es como tener el mundo entero al alcance de tu mano.

—¿Es un mapa? —pregunta el escultor, sorprendido.

—Es una esfera donde están dibujados todos los territorios, los mares, las ciudades y las montañas. Puedes hacerlo girar y trazar cualquier ruta, incluso la nueva que llega a Asia por poniente.

—Así que te gustan los mapas.

—Sí, también los libros de viajes y las historias de aventureros como Marco Polo o Benjamín de Tudela.

—¡Es el destino! —Le da una palmada en la espalda y luego suelta una sonora carcajada—. ¡Maldito sea! Pero te ha traído hasta aquí.

Noah no entiende a qué se refiere. El escultor apura su vino y le mira con una enorme sonrisa de felicidad dibujada en su rostro apolíneo.

—Conozco a una persona a quien quizá... podrías interesarle. —Se acerca para hablarle a la oreja—. Solo hay un pequeño problema.

—¿Cuál? ¿Qué ocurre?

—Le debo dinero —confiesa.

—Yo no tengo.

—No lo digo por eso, pero si me ve, me mata. Haremos una cosa, te acompaño hasta su casa y te digo exactamente qué debes decirle para que te proporcione trabajo.

—¿Estás seguro? —Noah recela.

—Sí, tú confía en mí. Espérame mañana a las diez frente a la catedral.

—Nos acabamos de conocer... —El tiempo que lleva en Florencia ha enseñado a Noah que todo puede ser un negocio y que es mejor hacerse de rogar.

—Lo entiendo, lo entiendo. —Se rasca la barbilla—. Me llamo Darío, ¿y tú?

—Noah.

—Ya te he dicho que soy escultor, Noah. Déjame que te invite a otro vino.

—Te lo agradezco, pero creo que no es buena idea.

—Mira, Noah, creo en el destino. El mismo que nos ha puesto hoy a los dos aquí y ha hecho que te levantes y vengas a hablar conmigo. —Darío le ofrece la mano—. ¿Qué tienes que perder?

Noah se la estrecha.

—Ya verás, te voy a llevar a un lugar fascinante.

25

Burgos

La primera parada del viaje es en Covarrubias, donde los saltimbanquis realizan una exhibición para recaudar unas monedas. Luego el juglar canta varias canciones y relata las aventuras de la princesa del hielo, que vino a casarse con un rey castellano siglos atrás, para lo cual realizó un viaje desde el reino de Noruega hasta el corazón de Castilla, a orillas del río Arlanza. El enlace respondía a la política de alianzas del rey Alfonso el Sabio, que aspiraba a coronarse emperador y necesitaba recabar apoyos en el norte de Europa.

María escucha atenta la actuación del juglar, como todos los presentes.

—Era una princesa de cabello platino y ojos tan claros que podías ahogarte en ellos —entona con voz teatral—. Llevó a cabo un largo viaje, escapando de los piratas y los innumerables peligros del mar del Norte. Hizo escala en Inglaterra y, en vez de proseguir por el mar Cantábrico, llegó por tierra cruzando Normandía, Francia y el reino de Aragón.

Ella se ve reflejada en ese periplo y no puede evitar acordarse de su marido y de Laia.

—Tan largo fue el viaje que, para cuando llegó, el monarca ya no la quería como esposa, así que le dio a elegir entre sus hermanos y la princesa del hielo acabó sus días lejos de Castilla, en

Sevilla, donde se dice que murió de melancolía, sin haber tenido descendencia y eternamente joven.

El juglar recoge vítores y halagos por doquier. Después, María y él comen juntos en una taberna y, cuando terminan, caminan hasta la colegiata, donde él insiste en entrar.

—No todos los días puede verse una tumba como la que aquí reposa, la de la princesa Cristina.

—¿La de tu historia?

—Era una viajera como tú. Nació todo lo lejos que puedas imaginarte, en la tierra del sol de medianoche, donde en verano hay luz casi todas las horas del día. En cambio, desde finales de noviembre hasta primeros de febrero, el sol nunca se eleva por encima del horizonte y las horas de luz son muy escasas.

—Me cuesta creer que haya días sin que salga el sol —comenta María.

—La princesa del hielo se halla enterrada aquí porque su esposo fue abad de esta colegiata antes de casarse con ella.

—Qué triste, entiendo que muriera de pena —dice acordándose de Antonio.

—Yo creo que murió de desamor.

—Eso es una tontería —aduce ella.

—No, no lo es. Los antiguos romanos adoraban a Venus, la diosa del amor, y cantaron y alabaron sus excelencias. El amor ocupaba el centro de su pensamiento. Se mezclaba con asuntos de alta política, como ocurrió con César, Cleopatra y Marco Antonio. ¿Te imaginas una historia así entre los reyes actuales? Pero, claro, eran otros tiempos y Roma era... Bueno, solo tienes que darle la vuelta a esa palabra.

—Es verdad. —María esboza una sonrisa de sorpresa—. No me había dado cuenta.

—El amor puede mover el mundo.

—¿Y la venganza?

—Bueno, es un sentimiento poderoso, sin duda. —El juglar suspira—. Cuando todo está perdido, ese único deseo puede mantenerte en pie. Te marca un objetivo, una meta a la que dedicar toda tu energía.

—¿Tú serías capaz de vivir para cumplir una venganza?

—La venganza es tan poderosa como peligrosa, te puede consumir por completo.

—El fuego también, y nos calentamos con él, lo usamos para cocinar o nos alumbra en la noche.

—Sí, pero siempre manteniéndonos a cierta distancia y sin alimentarlo en exceso. Con la venganza hay que tener la misma cautela. ¿Qué venganza busca una mujer como tú?

María se queda mirando el sepulcro de la princesa del hielo, convencida de que Cristina de Noruega la entendería. No sabe si decirle la verdad al juglar, si confesarle que lo que más desea en este mundo, lo que la mantiene viva, es matar a Colón.

—No puedo contarte mucho, solo que está relacionado con el amor. Lo siento.

—Tus razones tendrás. Ahora descansemos, Valencia está lejos.

Al día siguiente prosiguen el viaje. Los artistas actúan cada día en un lugar distinto, algunos con más éxito que otros. El juglar es uno de los mejores reclamos porque conoce mil y una historias, desde la de los amantes de Teruel hasta la de Juana de Arco. En un pueblo cerca de Madrid, cautiva al público recitando cómo en los bosques de Málaga se cazó un unicornio y con su cuerno se hizo una cruz que alejaba a los espíritus malignos. O que el rey Enrique IV de Castilla, llamado el Impotente, llegó a enviar emisarios a África en busca de ese animal porque se decía que una infusión con ralladura de su cuerno poseía propiedades afrodisiacas. O que cuando nació nuestro príncipe Juan se produjo un eclipse de sol…

Lo que no le cuenta a la gente, pero sí a María, es que el príncipe no fue un bebé tan hermoso y sano como hubieran deseado los reyes. Su venida al mundo se había adelantado cuatro semanas y, en consecuencia, llegó con menos peso de lo normal. Un labio leporino le impedía hablar correctamente y su constitución era endeble. Comía con dificultad, vomitaba con frecuencia y a menudo se desmayaba.

—¡Qué horror! —exclama María.

—Nadie apostaba demasiado por que tuviera una vida longeva —prosigue él—. De niño trataron de tonificar su cuerpo con extracto de pollo y tortuga para endurecer sus huesos.

—¿Lo has visto de cerca? ¿Cómo es realmente?

—¿Al príncipe? Sí, lo he visto varias veces. Es rubio y ciertamente delicado. —Cabecea con desagrado—. Apacible, de gestos corteses y, por lo que yo vi, es amante del arte y la poesía. Sin duda su madre, la reina Isabel, lo ha educado de manera inmejorable.

—Qué suerte, ojalá todos pudiéramos recibir la misma formación.

—No somos príncipes.

—Eso está claro…

—Pero hubo algo en él que me inquietó, y fue su carácter un tanto inapetente. Con catorce años tenía la iniciativa de un niño de seis, demasiado obediente, casi servicial.

—Es joven, ya aprenderá de la vida. Más ahora que se ha casado y pronto será padre.

—Un futuro rey debe tener otro carácter… No hay más que ver a sus padres —recalca el juglar—. En comparación con él, sus pajes desprendían mayor espíritu. Recuerdo a dos hermanastros de lo más singular, los hijos de Cristóbal Colón.

Cada vez que oye su nombre le hierve la sangre.

—¿Los hijos de Colón son pajes reales?

—¿Por qué te sorprende tanto?

—Es que no me los imaginaba en la corte.

—¿A los hijos de Colón? No veo por qué no. ¿Qué mejor oportunidad para intimar con el futuro rey? Colón es en estos momentos uno de los hombres más poderosos del mundo. No conozco a ningún otro que haya logrado una proeza como la suya.

—Supongo que sí —asiente María.

—Es una estrategia. Ya lo hacían en la antigua Roma, concentrar a los hijos de los grandes señores y a los de los propios enemigos. En teoría era para darles la mejor educación, y en la práctica, para retenerlos como prisioneros y que sus padres no pudieran volverse contra Roma.

—Claro… ¡Es brillante!

—Y perverso, no hemos inventado nada. Queramos o no, ¡somos romanos!

—Anselmo, ¿cómo son los hijos de Colón?

—Uno de ellos, el que se llama Hernando, es tan avispado que corrigió a su propio maestro. Seguro que hará carrera en la corte. El otro, el mayor, heredará los títulos de su padre, así que le da igual saber más o menos porque su vida está resuelta. Quién se lo iba a decir al genovés, un don nadie que ha llegado a almirante, virrey y gobernador. Los tiempos están cambiando, estamos en un mundo nuevo.

—No para todos —puntualiza María.

Días después caminan hasta Requena, aún en la Meseta, una llanura rodeada de sierras cada vez más suaves. Se van deteniendo en las poblaciones de mayor tamaño, donde montan su espectáculo para ganarse el sustento. María está agradecida de viajar con ellos, los ha acompañado desde el norte hasta las puertas del Mediterráneo. Le atrae cómo viven los artistas, viajando sin parar, cada día en un lugar distinto. Y, sobre todo, le gusta caminar, sentir la tierra bajo sus pies. Después del peligroso retorno de Flandes no tiene ganas de volver a embarcar ni aunque sea en un río.

Los saltimbanquis, los malabaristas y los músicos son gente jovial, es fácil convivir con ellos. Aunque también es consciente de que no es su sitio, ella no puede vagar de manera indefinida. Si viajó con la flota real fue con un objetivo claro; otra cuestión es que luego todos sus planes se torcieran.

Al día siguiente arriban a la plaza de Buñol, a los pies de un castillo con dos recintos separados por fosos y unidos por un puente levadizo, y con una poderosa torre en el centro dominando el paso. María se ha ido acostumbrando al paisaje, muy distinto al del norte; aquí el sol ilumina casi de forma permanente, los árboles y las plantas son de otras variedades, y hasta la gente viste distinto. Está ya en el reino de Valencia, que pertenece a la Corona de Aragón. Los habitantes de Buñol parecen estar atareados y cuesta convencerlos de que asistan a la función que darán los artistas al día siguiente. Al ver que dispone de tiempo, María decide recorrer la ciudad. En una de las calles que bajan al río se sorprende al ver que un padre y su hijo están cogiendo las hojas de unos árboles que dan buena sombra.

—¿No es una pena arrancarlas con lo bien que cubren del sol? Con el calor que hace en estas tierras…

—Así es —responde el padre—, pero hay que comer.

—No sabía que se comían.

—¿Cómo? —Ambos la miran como si hubiera dicho una barbaridad.

—Las hojas. Habéis dicho que son para comer, ¿no?

—Si eres un gusano, sí —se ríe el chico—. ¿De dónde has salido tú, muchacha?

—Del norte, de la costa del mar Cantábrico.

—Ah, claro —asiente el padre—. Esto son moreras, el alimento de los gusanos.

María no termina de comprender y ellos se dan cuenta. Con amabilidad, le explican que en Buñol, en los alrededores y también en buena parte de Valencia, en esta época trabajan con los gusanos de seda.

—Pero ¿por qué dais de comer a esos gusanos?

—¿Es que no lo sabes? Ellos fabrican la seda —le dice el hijo.

María es un poco reacia a creerles, pero pronto se percata de su sinceridad porque ve que, en efecto, son muchos los que están recogiendo hojas y realizando otros menesteres relacionados con el cultivo de los gusanos. Ella nunca ha visto un gusano de seda ni sabe nada de cómo producen su preciado tejido. Es entonces cuando el chaval, que se llama Manolín, le explica que esos gusanos se envuelven por completo en una crisálida que tejen con el hilo de seda que ellos mismos producen.

—¿Y para qué se encierran en ella?

—Para transformarse. A los cuarenta días la rompen y salen convertidos en mariposas.

María calla y mira con envidia el gusano al que alimenta Manolín; a ella también le gustaría envolverse y renacer convertida en una mujer nueva.

Más tarde se reencuentra con el juglar y comienzan a hablar.

—¿Tú sabías lo complicado que es el proceso de la seda? —le pregunta.

—Más o menos. Al fin y al cabo, todo trabajo, si se quiere hacer bien, es difícil.

—Hay cosas que todos sabemos hacer bien —comenta María.

—No te engañes, pocos tienen un don para algo. Cualquiera no puede ser buen músico, o un estimado poeta; pero tampoco un hábil carpintero o una gran costurera. Incluso un asesino tiene que tener el don de saber matar.

Entonces María se queda perpleja.

—¿Un asesino, has dicho?

—Por supuesto, matar no es fácil —le advierte.

—¿Tú crees?

—¡Pues claro! Mírate, imagina que tú quisieras matar a alguien.

—¿Por qué querría yo matar a nadie?

—Es un suponer, tranquila. Ya sé que tú eres incapaz de asesinar a nadie —responde el juglar—. Pero piénsalo por un momento, haz el esfuerzo: ¿cómo lo harías?

—Pues… —María se queda en blanco.

—¿Sabes usar una espada? ¿Un arco? Una ballesta requiere fuerza y habilidad para cargarla porque tiene un gran retroceso, saldrías disparada. Entonces, veamos, ¿una daga? Podría ser, pero deberías acercarte mucho a tu víctima y eso implica que serías fácil de capturar; y aun así, para matar con una daga se necesita destreza y acertar bien en el lugar adecuado. El individuo que intentó asesinar al rey Fernando en Barcelona erró porque clavó la daga justo donde Su Alteza llevaba un collar debajo de los ropajes.

—Bueno, el rey Fernando tuvo mucha suerte.

—Y, además, apresaron al atacante. Porque esa es otra: una cosa es matar y otra, que logres huir —comenta el juglar, muy preocupado con el tema.

—Bueno, pero a un asesino puede que eso no le importe.

—¡¿Qué?! ¿Cómo no le va a importar que le atrapen?

—Pues si su fin es mayor… —María se encoge de hombros—. Quiero decir que a lo mejor no le importa morir por su causa.

—Al de Barcelona lo torturaron, lo amputaron, lo desmembraron y mil barrabasadas más antes de quemarlo en la hoguera. ¿De verdad crees que a un asesino le da igual si lo atrapan? ¿Te gustaría sufrir semejante tormento?

María no tiene palabras.

—Imagínate que te detienen, te declaran culpable y te condenan a sufrir esos terribles castigos antes de arrojarte a una hoguera, la peor de las muertes. —El juglar resopla—. Por eso un buen asesino es tan caro: hasta para matar hay que tener talento. Y eso si solo hablamos de la técnica, porque luego está lo más difícil. Para matar hace falta mucha sangre fría.

—Eso es verdad.

—Hasta un hombre hecho y derecho duda en su primera vez, así que imagínate un primerizo imberbe.

26

Castillo de La Mota, Medina del Campo,
junio de 1497

El obispo Fonseca entra en el salón principal de la poderosa fortaleza de ladrillo rojo, avanza con su andar sereno y confiado, pues es de carácter tranquilo, más amigo de reflexionar que de alzar la voz, de los libros que de las espadas. A él le gusta pensar que es un hombre sensato, y en parte considera el sentido común como una virtud.

Quizá sea eso lo que más le agrada a la reina Isabel.

—Ilustrísima, qué gusto veros. —Su Alteza posa ambas manos en los brazos del religioso.

—De sobra sabéis que el gusto es mío. —El obispo sonríe—. Se os ve radiante.

—Soy una madre feliz.

—¿Y pronto abuela?

—No precipitemos los acontecimientos, aunque… ¿sabéis que los médicos me han recomendado que busque el modo de interrumpir los encuentros de mi hijo con su esposa? Están alarmados porque aseguran que el príncipe se entrega con demasiado entusiasmo a sus obligaciones conyugales.

—¿Cómo decís, alteza?

—Afirman que no es beneficioso para su salud. Pero yo les he dicho que lo que Dios ha unido no puede ser separado por el hombre, ni siquiera por una madre o una reina.

—Sabias palabras —asiente Fonseca.

—Es mi deseo que los príncipes permanezcan todo el verano en la corte y participen en los preparativos del viaje a Portugal, hacia donde partiremos con mi hija mayor para celebrar su nuevo matrimonio, con el rey Manuel.

—La alianza con los portugueses solo puede traernos dicha. —El obispo no disimula su alegría.

—Y… ¿os puedo contar un secreto?

—No sé si soy merecedor de semejante halago, alteza.

—Doña Margarita me ha confiado que puede estar embarazada —le confiesa.

—Ya sabía yo que esa sonrisa era de abuela, no de madre.

—No digáis nada, todavía es muy pronto. —La reina Isabel se da la vuelta y toma asiento tras su mesa de despacho.

—Eso es lo que más necesitamos ahora, pues un heredero consolidaría ese mapa de alianzas matrimoniales que tan bien han trazado vuestras altezas.

—Por el bien de nuestros reinos, he entregado lo más preciado que posee una madre: sus hijos —dice en un tono más sobrio.

—El destino de los miembros de la realeza viene marcado de antemano y escapa por completo al control de una madre —apunta Fonseca.

—Soy consciente de ello, ilustrísima. Por eso el rey Fernando y yo hemos seguido una política matrimonial con todos nuestros hijos meticulosamente organizada para aislar a nuestro peor enemigo, Francia, y a la vez aumentar nuestro poder e influencia en toda Europa y ser la mayor potencia de la Cristiandad.

—Os felicito por ello, alteza.

—Pero no habéis venido a hablar de eso —afirma la reina Isabel.

—Vos siempre tan perspicaz. —Traga saliva—. Estoy aquí por el Almirante.

—Otra vez…

—Alteza, yo os serviré con empeño mientras vos no me ceséis de mi puesto. —Fonseca intenta insuflar firmeza a sus palabras.

—No pronunciéis sandeces y soltad lo que tengáis que decir, ilustrísima.

—Os ruego que no autoricéis el tercer viaje de Colón.

—¿Por qué? Vos mismo os encargasteis de organizar el segundo, y lograsteis hacerlo en tan solo cuatro meses. Una magnífica armada de diecisiete navíos y más de mil tripulantes.

—Las cosas deben hacerse bien o no hacerse. Fue un milagro que el primer viaje a las Indias llegara a buen puerto, teniendo en cuenta que solo salieron tres naves y que una se perdió allí.

—Y por ello tenéis mi aprecio y mis felicitaciones.

—Razón por la cual ahora os pido que no autoricéis un nuevo viaje —insiste Fonseca—, porque conozco a Colón.

—El Almirante ha abierto una nueva ruta a Oriente, algo que era inimaginable. ¡Le debemos muchísimo!

—Y bien que se le ha pagado: almirante, virrey, gobernador...

—Es lo firmado, y la reina de Castilla cumple su palabra ¡siempre!

—A no ser que la otra parte la incumpla primero.

—Ilustrísima..., ¿por qué decís eso?

—Colón quiere que todo pase por sus manos, en una especie de monopolio compartido entre él y la Corona, pero el protagonismo único y directo debería recaer en vuestras altezas.

—El proyecto fue una propuesta suya.

—Sé que ha pedido que me destituyáis —afirma Fonseca con la serenidad de la que siempre hace gala.

—Igual que vuestra ilustrísima me pide lo mismo para él. —Isabel de Castilla esboza una media sonrisa—. Mirad...

—Alteza, no me debéis explicación alguna, sois la reina. Ordenad y acataré.

—Yo no hago las cosas así. —Se levanta de su silla—. Debéis entender que necesitamos llegar a las grandes ciudades de Asia y a las islas de las Especias. Y Colón es el más capacitado para hacerlo, por eso es menester que regrese allí cuanto antes.

—Es demasiada responsabilidad para un solo hombre.

La reina Isabel se le queda mirando con sus ojos claros, en una de esas frecuentes ocasiones en las que nadie sabe qué está pasando por su cabeza. Algunos dicen que su mente es como un tablero de ajedrez y que, en esos momentos, está calculando la mejor jugada. A menudo sus silencios desembocan en una aguda decisión, una de las muchas que ha tenido que tomar a lo largo de su vida. Jaque mate.

—Dos de mis hijos están desposados, pronto lo estará también la mayor. Tendré un nieto que será rey... Lo que estamos construyendo es maravilloso —concluye la reina—. Ayudadme a que sea perfecto. Las Indias, ese es nuestro siguiente objetivo.

—Por supuesto. —Fonseca baja la cabeza.

—Debemos enseñar a esas gentes inocentes la verdadera fe, liberarlos del mal. Monstrarles la justicia y los valores cristianos. Salvarlos de la brutalidad. Los hombres que viajan allí deben predicar con el ejemplo y procurar casarse con mujeres de esas tierras, esto es esencial.

—Entiendo lo que decís, pero...

—Me acabáis de decir que ordenara y que acataríais mi decisión, pues bien: deseo que Colón salga para las Indias lo antes posible.

—Y así se hará, alteza —recula su ilustrísima.

El obispo Fonseca sabe que a la reina no la mueve la codicia ni la ambición, sino la fe. Y que posee la intuición propia de los gobernantes excepcionales. Aquellos que logran cambiar el curso de la historia y dar paso a proezas inigualables.

27

Florencia

Antaño, en Lier, mientras ayudaba al señor Ziemers en el taller de relojes, él le relataba historias de viajeros de tiempos lejanos: griegos, romanos, vikingos y venecianos, que recorrieron el mundo movidos por la curiosidad y las ansias de descubrir los misterios que se ocultaban tras una montaña, un valle o más allá de una frontera. Siempre se imaginó como uno de esos aventureros que nunca desfallecían ni se daban por vencidos.

Piensa en ellos mientras observa la catedral de Florencia, son ya casi las once y a Noah la espera se le hace eterna. El escultor llega sin darle importancia al retraso. Sin embargo, Noah está preso de los nervios. Darío habla durante todo el trayecto y Noah escucha con atención, ya que pronuncia despacio y claro las palabras para que él las comprenda y pueda ir mejorando su toscano. Llegan a un sólido palacio de dos plantas y unos cuarenta pasos de fachada.

Darío se acerca a una de las ventanas y Noah ve cómo dialoga con alguien del interior que no muestra su rostro. Luego regresa junto a él.

—¿El trabajo es aquí? —Noah mira de nuevo la altura del edificio—. Esto no es una casa, ¡es un palacio!

—Sí, ¿te disgusta? Yo he cumplido mi parte, ahora es cosa tuya.

—¿Acaso te vas?

—Ya te he dicho que el dueño, si me ve, me mata, pero tú no tienes que preocuparte por nada. Nos veremos pronto, ¡suerte! —Darío le da una palmada en la espalda, le guiña el ojo y se da media vuelta.

Noah no da crédito, le ha dejado allí plantado. Se abre la puerta y sale un hombre de piel oscura que le hace una señal. Noah se queda dudando, el otro le apremia desde el palacio para que entre de una vez. Es un individuo que infunde respeto por su altura, y le hace gestos con insistencia, pidiéndole que se aproxime.

Noah resopla. ¿Y si se mete en la boca del lobo? Tiene un mal presentimiento. Mira a su espalda, Darío se ha esfumado. Él piensa que es todo muy extraño, ¿qué gana el escultor con esto? Y entonces el hombre alto da dos amplias zancadas y se planta a su lado.

—¿A qué estáis esperando? Haced el favor de entrar, no tengo todo el día.

Alea iacta est, que diría su amigo el juglar.

Entra en el edificio, donde le reciben varias esculturas clásicas. «Quizá las ha esculpido Darío», piensa. Más adelante descubre unos preciosos jarrones, brillantes candelabros… como si a cada paso estuviera más cerca de un valioso tesoro. Noah observa cada detalle, eso lo ha aprendido bien, y se percata de que el palacio está construido en torno a un patio central abierto, con cuatro columnas que sujetan una galería. A su alrededor se distribuyen distintas estancias; algunas son cámaras decoradas con brocados multicolores y en las paredes hay frescos y murales pintados.

Llegan a una escalera que se abre en su inicio, como invitando a ascender por ella. Así lo hacen y, para su sorpresa, en lo más alto se encuentra a una mujer. Es esbelta y por uno de sus hombros cae una larga melena dorada y brillante. Su figura se mece en un cautivador equilibrio. Sus muñecas están cubiertas por hermosos brazaletes y tiene las manos cruzadas. Anudada a su cintura, cuelga de una cadena una pequeña esfera dorada. Su rostro, ovalado y ligeramente ladeado, atrae la mirada de cualquiera que lo contemple.

«¿Quién será?», se pregunta.

Al pasar a su lado, no le dice nada. Noah hubiera entregado su alma por que una palabra suya le rozara. La palidez de su piel es hermosísima, solo enturbiada por sus sonrosadas mejillas. «¿Sería esto lo que sintió Botticelli al ver a Simonetta por primera vez?». Sobre su cabello descansa una tiara plateada que despeja su frente y realza unos ojos que ahora descubre verdes y aterciopelados. Noah la saluda con la mano y obtiene un leve movimiento de su cabeza pero nada de sus labios, que forman una enigmática sonrisa.

Un gato blanco de mirada azulada cruza entre las piernas de Noah; parece que este color de ojos le persigue hasta en los animales. Casi tropieza con el felino y es entonces cuando consigue obtener una risilla de ella, pero el hombre que le precede le mira con gesto serio y le indica que no se detenga. Así que deja atrás a tan delicada criatura y entran en un alargado salón, que para Noah es lo más parecido al cielo que pudiera imaginar. De las paredes de la estancia cuelgan decenas de mapas, con mesas muy amplias donde hay pergaminos enrollados, estanterías repletas de todo tipo de libros y sofisticados aparatos que llaman la atención por su complejidad.

«¿Qué lugar es este? ¿Puede que sea el que imagino en mis sueños?».

Y en medio de aquella sala ve a un caballero con anteojos, cabello plateado y corto, como la barba. Tiene la nariz pronunciada y unos labios gruesos. A su lado hay otro más joven, los dos inclinados sobre una robusta mesa donde distingue un mapa, y el primero sujeta en una mano un utensilio parecido a un compás y en la otra una regla.

—Señor, es la visita que esperabais.

—El flamenco. —El caballero lo mira desde la distancia—. Adelante, pasad. Vos debéis de ser Noah —dice en tono afable—. Yo soy el señor Vieri, y esta es mi casa, mi oficina, mi vida.

—Estoy maravillado, nunca había visto tantos mapas y libros.

—El agua que no corre se estanca. La mente que no trabaja, también —afirma Vieri—. Esto es salud, alimento para nuestra cabeza. Me han contado que sois todo un viajero, que habéis recorrido la Cristiandad de norte a sur.

Noah no sabe qué responder, anonadado por el embuste en que le ha metido Darío.

—Y que tenéis experiencia con ingenios mecánicos y sois un experto cartógrafo y lector. ¡Y que además conocéis la vida de todos los santos!

Si tuviera delante a Darío, lo estrangularía en este preciso momento. Comienza a sentir un nudo en la garganta. No sabe cuántas exageraciones más sobre su persona será capaz de soportar. Al mismo tiempo se percata de la mirada desconfiada del ayudante del señor Vieri, que no presagia nada bueno.

—Aquí damos forma al mundo, recopilamos relatos de viajeros, cartografías antiguas y modernas, cartas y documentos —explica Vieri—. Pero ante todo somos comerciantes. Marco Polo salió de Venecia hace casi dos siglos y medio, con solo diecisiete años, acompañado por su padre, su tío y dos frailes, y realizó el viaje más extraordinario de la historia de los hombres. ¿Y qué era? Un comerciante.

—Marco Polo no era solo un comerciante, era un descubridor de mundos —apunta Noah, preguntándose a dónde pretende llegar el señor Vieri.

—Vaya, un adorador del veneciano. No sois muy original, aunque supongo que es inevitable —murmura a la vez que se retira los anteojos—. Permíteme que te tutee, Noah, que eres muy joven. El viaje de Marco Polo duró cuatro años, en los cuales atravesó desiertos, cordilleras, tierras inhóspitas; encontró otras culturas, religiones, idiomas, costumbres; sorteó numerosos obstáculos, enfermedades, peligros… No solo cruzó Oriente y Asia central, sino que logró llegar hasta las ciudades del Gran Kan. Y, una vez ante él, lo deslumbró, y el Gran Kan le permitió recorrer sus vastos territorios muchos años más. Un viajero también debe ser eso.

—¿El qué exactamente?

—Un embaucador, un diplomático, alguien capaz de conquistar el corazón de aquellos a quienes conoce, ¿no te parece? Si has viajado tanto, estarás de acuerdo conmigo.

—Un viajero debe saber narrar historias —contesta pensando en el vendedor de reliquias y también en el juglar—. Es lo que la gente espera de él cuando llega a una ciudad. Es lo que le permite relacionarse, comer y dormir. Un viajero tiene que contar sus viajes.

El señor Vieri guarda silencio y, por el gesto, su ayudante parece menospreciar las palabras de Noah.

—¡Brillante! —afirma el caballero—. La mejor respuesta que podía oír. —Su ayudante se queda perplejo—. Los viajes más extraordinarios no los hacen los ejércitos, sino los mercaderes como nosotros. Es el comercio el que expande el mundo.

—¿Y vos comerciáis con mapas?

—Lo hago con cualquier producto que me reporte beneficio —puntualiza alzando su dedo índice.

A continuación, el señor Vieri se desplaza hacia una mesa más alargada donde hay un buen montón de pergaminos enrollados, rebusca hasta que elige uno y lo extiende. Después coloca dos figuras metálicas con forma de barco en cada extremo para que quede desplegado.

—Acércate, que no muerdo. ¿Qué ves aquí?

A Noah le parece que es un mapa del mundo, aunque al principio no tiene la seguridad por lo atípico de la disposición, pues es circular. Se desplaza al otro lado de la mesa para confirmar sus sospechas y luego regresa a su posición original. Ve que África no tiene océano en el sur, el mar Rojo lo han pintado de este color y han representado un enorme castillo en la parte más oriental de Asia. Hay nombres en dos colores: negro y rojo; y todo el mapa está englobado en siete círculos.

—¿Qué opinas de este mapa?

—No sabría deciros.

—¿Cómo que no sabes? Eres un viajero, algo tendrás que decir al respecto.

Noah maldice para sus adentros al escultor. «¿Qué demonios le habrá contado a este hombre?». Él lleva viajando unos meses, y antes nunca había salido de su ciudad.

—Si no sabes expresarlo en toscano, habla en francés o en germano.

—Hay muchos detalles, numerosa información, y están representados de forma precisa reinos y costas. Pero, por otro lado, África no se puede circunvalar; así que forzosamente tiene que ser anterior al momento en que los portugueses cruzaron el cabo de las Tormentas —dice recordando su visión del globo terráqueo en Núremberg y las historias del señor Ziemers.

—Ya no se llama así, ahora es el cabo de Buena Esperanza. Este mapa lo dibujó en Salzburgo un monje benedictino, Andreas Walsperger. Me lo acaban de comprar los Fugger, una de las familias de banqueros y comerciantes más rica del imperio.

—De Augsburgo, sé quiénes son.

—Impresionante. —Vieri asiente complacido.

—Pero este mapa es erróneo, porque ahora sabemos que África se puede circunvalar.

—Cierto, aunque no es culpa del benedictino ya que utilizó los datos que tenía hace cincuenta años, que es cuando lo dibujó. Este mapa posee información valiosa; los Fugger saben lo que compran, te lo aseguro. Ahora te voy a hacer otra pregunta, y piensa bien la respuesta porque de ella depende que te contrate —dice en tono serio—. ¿Por qué son valiosos los mapas?

—Porque sirven para conocer los reinos, las costas y las fronteras. —Noah contesta lo primero que le viene a la cabeza.

—No. —Vieri mueve la cabeza de un lado a otro—. Esa respuesta me la puede dar un verdulero de cualquier pueblo de la Toscana, es impropia de mi negocio.

El ayudante se ríe y Noah se queda confuso.

—Sí, no me mires así. Veo que desconoces lo que realmente es un mapa. —Vieri hace un gesto de desprecio con la mano.

—¡Es una ilusión! —reacciona Noah, y Vieri cambia su semblante—. Un mapa permite recorrer tierras lejanas que nunca pisaremos o soñar con viajes a reinos desconocidos y misteriosos. En los mapas proyectamos nuestros sueños. Ese benedictino seguro que no salió en su vida de Salzburgo, ¿verdad? Y en cambio fue capaz de dibujar el mundo porque era un soñador. Al final, soñar y viajar son las dos caras de una misma moneda.

—Interesante, pero insuficiente —señala Vieri, algo disgustado.

—Poseer un mapa es poseer lo que representa.

—Exacto. —Por primera vez aparece un brillo en los ojos de Vieri—. Desde mañana empiezas a trabajar para mí, y que no se te olvide nunca esto que te voy a decir: un mapa es muchas cosas, pero, por encima de todo, es poder.

28

Buñol

Los artistas caminan hacia un paraje que les han indicado los campesinos. Llegan hasta una ermita por donde pasa el cauce del río y lo cruzan por allí, y luego continúan por un camino a la derecha; se nota que está transitado por las pisadas y el desbroce, pero es abrupto y sinuoso. El camino les conduce hasta unas amplias charcas y una poza.

Comienzan a quitarse sus ropas y se lanzan al agua sin dudarlo. En un momento todo son risas, canciones y juegos. María se despoja de la saya y contempla el agua; no es el mar del Norte, pero vienen a ella los gritos desesperados, el golpeo de las olas, el crujido de la madera de los barcos… Y en ese instante piensa en ese gusano que se envuelve a sí mismo para transformarse.

Se sube a un saliente y salta al agua. La poza es mucho más profunda de lo que imaginaba. Desciende y desciende, tanto que llega un momento en que pierde la noción de a cuánta distancia se ha sumergido. Le empieza a faltar el aire, intenta ascender, ¡no puede! Está demasiado profundo, bucea con todas sus fuerzas, pero no llega a la superficie, ¿cuánto le falta? No puede respirar. Patalea y mueve los brazos a la desesperada, no lo conseguirá. Siente que empieza a desfallecer, se le nubla la visión y cierra los ojos. El silencio es tan absoluto que cree que quizá ya haya muerto.

Una mano coge la suya y tira de ella hacia la luz.

Saca la cabeza al exterior, la llevan a la orilla y presionan su pecho para que escupa el agua de sus pulmones. Y abre la boca todo lo que puede para que el aire llene su pecho vacío. Respira entre una terrible sensación de ahogo hasta que poco a poco se va calmando. Oye las voces y las canciones de los artistas, y ve una cara conocida.

Ella lo mira y sonríe.

Su respiración aún está alterada, y entonces se fija en una mariposa blanca que se ha posado en una roca. La observa y piensa que al menos esa ha logrado escapar de los tejedores de seda, que ese gusano ha logrado transformarse y ser libre.

—María, ¿te encuentras bien? —le pregunta el juglar.

—Ahora ya sí.

Al día siguiente dejan Buñol y, por el camino, Anselmo le cuenta todas las historias que conoce sobre la seda. Según él, el proceso de elaboración tiene más de mil años, y lo descubrieron unos espías del emperador romano de Constantinopla que lograron viajar a Catay. Por aquel entonces era secreto y estaba prohibido importar los gusanos a Occidente, así que, mediante sobornos y traiciones, lograron sacar huevos de gusanos ocultos en el interior de cañas de bambú y transportarlos al Mediterráneo. Pero los romanos tampoco desvelaron el secreto de su producción, que se encontraba en el interior del complejo del palacio de Constantinopla. La tela producida se empleaba para confeccionar las túnicas imperiales y como regalo a dignatarios extranjeros; el resto se vendía a precios desorbitados. El juglar le cuenta más relatos, entre otros que la seda la descubrió una mujer.

Al fin llegan a Valencia, y al recorrer sus calles María se da cuenta de que echaba de menos los chismorreos y las habladurías que se oyen en una ciudad, sobre todo de los viajeros que llegan por el puerto. Mientras camina, le llama la atención la utilización en puertas y ventanas de unos arcos apuntados que tienen en la clave un vértice hacia arriba.

Cuando llegan a la plaza del Mercado, los artistas se preparan para actuar y María se siente atraída por una fabulosa construcción de piedra que consta de una alta torre, dos edificios y un recinto murado. En lo más alto, a lo largo del alero, distingue unas gárgolas: mujeres con las manos en el sexo, Sansón abriendo la boca del león, monstruos abrazados a reptiles y un hombre saliendo de lo que parece una ballena.

Se queda acongojada.

La ballena tiene que ser una señal del destino. Deja al grupo de artistas y cruza intramuros, donde hay un patio con naranjos, y en la parte derecha ve que están realizando unas obras en el edificio. María pregunta y le dicen que es el Consulado del Mar, donde los cónsules de comercio celebran sus sesiones. Están colocando en la parte alta de la fachada unos medallones emparejados de personajes notables, y escucha a los operarios decir que al día siguiente traerán unos con las efigies de los Reyes Católicos.

Más adelante hay un pórtico con ese arco apuntado típico de Valencia, y observa figuras esculpidas que ella no entiende qué significado pueden tener, puesto que hay animales como la tortuga y el caracol, pero también hombres desnudos, otros tocando instrumentos musicales, lo que parece una pareja de borrachos…

Lo cruza como quien se adentra en lo desconocido.

Se queda paralizada cuando descubre un bellísimo salón que se asemeja un bosque de palmeras, con altísimas columnas que imitan los troncos de los árboles y bóvedas de crucería que recuerdan las ramas. Con el techo teñido de azul para imitar los cielos y las nervaduras de la bóveda pintadas en verde, dorado y rojo para simular las ramas de los árboles. Se respira exactitud, proporción, elevación y grandeza. Las losas del suelo son oscuras, de un mármol pulido que refleja la luz que entra por unos enormes ventanales, iluminando todo el interior. Una cenefa recorre la parte más alta de las cuatro paredes, lindando con las bóvedas, con unas inscripciones realizadas en oro sobre un fondo oscuro que recuerdan a los comerciantes el deber, como mercaderes y buenos cristianos, de no actuar con usura en el negocio, para conseguir así la vida eterna.

Indagando, descubre que hay una mesa de cambio de monedas, y se fija en un hombre mayor que espera su turno para ser recibido por un funcionario de la Lonja. Cuando lo hace, ella pone la oreja y escucha que Sus Altezas han solicitado al racionero mayor del reino, Santángel, que busque las mejores sedas de Valencia para engalanar la boda de su hija mayor, de nombre Isabel, como su madre, que se casa en septiembre con el rey de Portugal.

Y se queda con ese nombre: Santángel.

María ya tiene experiencia en enlaces reales y sabe lo que eso significa: Colón asistirá a la boda. Esta vez no puede llegar tarde, pero también recuerda las palabras del juglar: «Matar no es fácil».

Su mente no se detiene hasta que le surge una idea. Realiza unas pesquisas por la Lonja de la Seda y alguien le indica a quién tiene que dirigirse. Debe esperar su turno, lo cual se le hace eterno, pero por fin llega su momento.

—Me han dicho que debía hablar con el señor Francesch.

—Aquí me tenéis, ¿qué deseáis?

—Este edificio es magnífico.

—Es el símbolo de la nueva Valencia.

—¿Nueva? —pregunta María.

—La Valencia comercial, el puerto del Mediterráneo. Esta es ahora la ciudad más poblada de la Corona de Aragón. Esto es como un templo, pero del comercio. Aquí hay mercaderes de todo tipo, no solo de la seda.

—Veréis, yo quisiera saber si comerciáis con las Indias.

—Me temo que aún no, allí no hay demanda de seda. Además, el comercio hacia poniente es exclusivo de la Corona de Castilla.

—¿Y con Cristóbal Colón? ¿Abastecéis alguno de sus viajes, quizá?

—Definitivamente, no.

—Ya veo… —María se da cuenta de que está comiéndose una uña y se frena con disimulo—. ¿Y no tenéis previsto hacerlo?

—El comercio de Valencia se desarrolla en el Mediterráneo. Esto es la Corona de Aragón, nuestros mayores mercados son Barcelona, Nápoles, Roma; no Sevilla, ni Burgos, ni Cádiz, ni las Indias. Me temo que estáis en el lugar equivocado.

—Está claro —resopla María—. Gracias.

Se va a levantar cuando en la sala de Contratación resuena una puerta de hierro en una esquina y sale por ella un hombre con las ropas sucias y aspecto desaliñado.

—¡Buenos días, un placer estar libre de nuevo! —exclama sonriendo a los presentes—. ¡Hasta la próxima!

Se oye un murmullo, pero pronto todos vuelven a sus quehaceres como si aquella extraña escena no tuviera nada de singular.

—¿Quién era ese hombre?

—Uno nada recomendable —contesta Francesch.

—¿Por qué?

—Es la vergüenza de nuestro gremio. Un mercader amigo de las trampas, los atajos y las medias verdades. En esa torre de la que ha salido es donde se encarcela a los malos comerciantes, para dar ejemplo. Y es ya la tercera o cuarta vez que la visita.

—¿Tenéis una cárcel aquí?

—La reputación es clave en los negocios, y nosotros mismos somos los que más la cuidamos. Una fruta podrida contamina todo un cesto.

—¿Y qué ha hecho ese hombre?

—Esta vez pretendió vender tapices flamencos para la boda del príncipe Juan, con la salvedad de que eran árabes y desteñían al menor contacto con el agua. Por suerte se le detuvo a tiempo. No sé cómo lo hizo, pero había logrado audiencia real.

—Interesante… ¿Cómo se llama?

—Le dicen «el Colorao». Es un liante. Lejos es estar demasiado cerca de él. Ojalá no lo vuelva a ver, pero la cabra siempre tira al monte. A saber qué trapicheos tendrá ahora en mente.

María se despide y sale del recinto de la Lonja de la Seda. En la plaza del Mercado ve al juglar recitando mientras los saltimbanquis realizan sus acrobacias para disfrute de los valencianos. Vuelve a pensar en las palabras de Anselmo: «Hasta para matar hay que tener talento». Entonces se le ocurre algo y detiene a una señora que viene de comprar.

—Disculpad, me han robado, ¿sabéis dónde puedo denunciarlo? —le pregunta.

—Y tanto. Mirad —señala a un hombre—, ese es de la Justicia Criminal.

María se acerca decidida a un individuo que porta una espada al cinto, además de protecciones y pertrechos de hombre de armas. Le cuenta que le han quitado una bolsa con enseres, pero que no ha visto bien el rostro del ladrón. Después de varias explicaciones y lamentos, María finge interesarse en la delincuencia y los lugares más peligrosos de Valencia.

—Lo que hacemos es dar escarmientos públicos. Por ejemplo, los azotes con látigo funcionan muy bien; tenemos uno de seis colas que es muy eficaz. Lleva una bola en la punta de cada una de ellas que les deja un buen recuerdo.

—No lo dudo.

—Valencia se ha vuelto peligrosa. Hay multitud de marineros, comerciantes y artesanos, demasiados de ellos muy jóvenes, con tendencia al riesgo y que necesitan liberar su energía, muchas veces de forma violenta. Los marineros están acostumbrados a la disciplina, en un barco tienen quien les mande y obedecen, pero en tierra… son lo peor. Sin familia y en un entorno lleno de vino y mancebías… todas las noches tenemos lío.

—Entiendo —asiente María.

—A los artesanos aún los controlan los gremios, aunque a veces los asesinatos son por disputas entre los de la misma profesión, desde peleas con cuchillos entre trabajadores de curtidurías hasta ataques entre fabricantes de guantes.

—¿Se pegaron guantazos? —pregunta conteniendo la risa.

—Es un asunto muy serio —le recrimina el hombre de la autoridad—. Hace un mes, una discusión entre aprendices en una taberna resultó en una pelea callejera masiva con espadas y hachas. Uno de ellos terminó con una herida mortal en la coronilla, de un palmo de largo y tan profunda que llegaba hasta los sesos.

—Eso es terrible.

—En la mancebía, cualquier noche puede terminar en tragedia cuando alguno prefiere apuñalar a la mujer hasta matarla y salir huyendo antes que pagar lo que debe.

—Me estáis asustando. —María se lleva falsamente la mano a la boca.

—Sobre todo debéis evitar una taberna que hay cerca del Miguelete.

—¿De qué? Disculpad, soy nueva en Valencia.

—Todo el mundo conoce el Miguelete —resopla el guardia—. Mirad, es aquella torre tan alta. Se le llama así porque en la cumbre hay una campana con el nombre de este santo que protege a la ciudad de las tormentas y de todos los males. También da la señal de alarma si se avistan moros en la costa mediante una hoguera, una «falla», que decimos aquí.

—¿Y qué sucede en esa taberna?

—Sus parroquianos son poco recomendables. Dicen las malas lenguas que entre su clientela hay incluso asesinos.

—¿Eso dicen? Lo tendré en cuenta, gracias.

María se retira y va a reunirse con los artistas.

29

Florencia

El palacio del señor Vieri es espectacular. Al salón donde se encontraron por primera vez lo llaman la «sala de los mapas», y pronto se percata de que su propietario es un afamado cartógrafo, de ahí que los mapas sean uno de sus principales negocios.

El hombre alto que le abrió la puerta se llama Alessandro, es el criado del señor Vieri. Él se ha encargado de instalarle en una sencilla alcoba cerca de la cocina, así como de explicarle el funcionamiento del palacio y los horarios de trabajo.

Se incorpora de inmediato al taller de mapas, donde conoce a Stefano, el ayudante del señor Vieri. Es de su misma edad, nacido en Pisa, y le explica que se formó en la Universidad de Padua y que tuvo que pasar un duro examen para entrar a trabajar aquí.

—No entiendo por qué te ha contratado —dice con cierto desdén—. No tienes formación, es inconcebible.

—Yo también estoy sorprendido.

—Es que no es justo. —Stefano niega con la cabeza.

Tiene una forma de hablar peculiar, a veces no se le entiende bien. Es distante, aunque Noah cree que es más una pose. Le mira desde unos ojos hundidos en un rostro de pómulos marcados y una nariz chata. Y como se muestra tan arisco, prefiere no forzar las cosas con él; quizá con el paso de los días su actitud cambie.

Salvo por esa incómoda situación con Stefano, todo lo demás es fabuloso. El mundo de los mapas se le revela como un universo fantástico y un campo fecundo para hacer volar su imaginación. Ya que no va a viajar mientras esté en Florencia, no se le ocurre un trabajo mejor y más similar a recorrer el mundo que hacerlo a través de los mapas y los libros. Así que Noah no deja de pensar en lo agradecido que le está a Darío por haberle encontrado esa ocupación. En verdad, no exageraba cuando se lo dijo.

Es una labor exigente, y como la cartografía precisa de exactitud y vastos conocimientos, el señor Vieri le otorga permiso para acceder a su biblioteca privada. En ella atesora cientos de manuscritos de temas variados, autores y épocas, y Noah disfruta como un niño con su primer juguete. Se pasa las horas leyendo y aprendiendo. Pero con el tiempo le llama la atención un detalle: no hay ni un solo libro impreso en todo el palacio. Le resulta extraño y duda cuál será la razón, de modo que está esperando la ocasión oportuna para preguntarlo.

El señor Vieri le instruye en la labor del cartógrafo y sus complejidades: se deben dominar distintas materias, como las matemáticas, la astronomía y la geografía; saber de construcción de instrumentos y entender la observación de los cielos.

—Un hombre con un compás y un mapa en medio del océano sabe cómo llegar al otro lado del mundo, pues conoce de día y de noche dónde se halla y acierta a moverse por una superficie tan extensa como es el mar, donde no hay camino ni señales. Así de poderosos son los mapas. La cartografía es un asunto de Estado, porque de ella depende el gran comercio, el buen gobierno y las mejores conquistas.

—Entendido. —Noah escucha con auténtica devoción.

—Lo primero que tienes que comprender es que el universo está formado por nueve esferas, a modo de capas de una cebolla. Fuera de ellas solo está Dios. La última y más superficial da una vuelta sobre sí misma cada veinticuatro horas e impulsa a todas las demás contenidas en ella. En la octava están fijas las estrellas, y en cada una de las otras siete hay un planeta, de fuera hacia dentro: Saturno, Júpiter, Marte, el Sol, Venus, Mercurio y la Luna.

—He leído que los planetas pueden influir en el carácter de las personas.

—Sí, pero sin llegar a anular su libre albedrío. Si somos influidos por la esfera de Saturno nos volvemos melancólicos, mientras que los afectados por Marte tienen un temperamento violento; obviamente, Venus te inclina hacia el amor, y los desdichados se hallan bajo el influjo de la Luna.

—Y entonces nosotros estamos en la última, ocupando el centro de todo.

—Veo que lo entiendes —asiente Vieri—. Nuestro mundo es una esfera regida por la Fortuna. Por encima de la Luna existe un universo ordenado, eterno, perfecto y regular; por debajo de ella, nuestro mundo es variable y, en muchos sentidos, caótico. Las siete capas son transparentes, para que veamos las estrellas, y cada una representa una nota musical y, al girar, crean una bonita melodía: la música de las esferas.

—Pero no la oímos.

—Me temo que no podemos, tenemos demasiado ruido —se lamenta—. Los extremos de la Tierra son inhabitables a causa del frío y el centro a causa del calor. Solo las dos partes del medio, al mezclarse en ellas el frío y el calor, pueden ser habitadas. Nosotros lo hacemos en una de las dos, donde se hallan los tres continentes: Asia, África y Europa, en torno al mar Mediterráneo, con el centro en Jerusalén.

—¿Y las Indias?

—Allí existen toda clase de pueblos extraños que habitan en desiertos lejanos y cordilleras remotas. Están los pigmeos, seres diminutos que viven en las montañas y guerrean contra las grullas; y también otros que corren a mucha velocidad gracias a que cuentan con un solo pie pero de gran tamaño. Y hay una isla con hombres sin cabeza, que tienen los ojos en los hombros y la boca en el pecho.

—¿Cómo es posible que sepáis todo eso? —pregunta Noah, abrumado—. ¿Habéis estado allí?

—No, me lo han contado los viajeros a lo largo de siglos y a través de los libros.

Noah tuerce el gesto pero no dice nada.

—El papiro, el pergamino y el papel son poderosos, muchacho.

—¿El papel? Disculpadme, señor Vieri, pero todos son materiales quebradizos, fáciles de prender, que se deterioran con la humedad y el paso del tiempo.

—El discurso pronunciado por el mejor senador de Roma, el diálogo del más sabio de los griegos o la palabra de un apóstol no perduran. Pero lo que escribas en una hoja, lo que plasmes con esa tinta que impregna el papel, eso adquiere un poder inmenso e inmortal. —Acompaña las palabras moviendo las manos, cambiando la entonación y gesticulando, como hacía el juglar cuando contaba sus historias—. Se perpetuará por los siglos de los siglos, será leído y releído por hombres y mujeres de todos los reinos. Los libros son la herramienta más poderosa que poseemos para dominar el mundo, y los libros de viajes nos permiten conocerlo.

Noah se queda impactado por la respuesta del señor Vieri y lanza un profundo suspiro.

—No seas impaciente, irás comprendiéndolo poco a poco.

—Eso espero, señor Vieri. A mí me encantaría escribir un libro de viajes.

—¡Vaya, vaya! Así que tienes alma de escritor, qué maravilla. Eres una caja de sorpresas, Noah —y se ríe—. No obstante, debes saber que los viajeros son mentirosos por naturaleza, exageran sus experiencias.

—¿Mentirosos? —Noah piensa en todas las historias que ha oído del juglar, del vendedor de reliquias y del comerciante alemán los meses anteriores.

—Ya lo hizo Homero con Ulises al contar su odisea, pues juntó un poco de verdad, otro tanto de mentira y mucho de fantasía. Todo relato es una ficción y, por consiguiente, el escritor puede, y debe, añadir lo que considere oportuno para dotarlo de belleza.

—¿Belleza?

—La belleza en el arte, en la arquitectura, en la literatura y, por supuesto, en la vida cotidiana da forma al mundo. Es peligroso sustituirla por la vulgaridad de lo funcional, lo útil, lo sencillo. Sin la búsqueda de la belleza, la vida no tiene sentido. La belleza no es un capricho, es una necesidad.

—Como una luz.

—¡Claro! La vida está llena de sufrimiento y caos, y la belleza es una llamada de la perfección, de Dios. Si buscamos la belleza, encontraremos la felicidad. Por eso es tan importante; no hay nada que deteste más que la fealdad.

Noah piensa en el palacio donde están y ahora entiende por qué es tan hermoso: sus tapices, sus libros, sus jarrones, hasta la preciosa hija del señor Vieri. Todo es de exquisita belleza allí dentro.

Para Noah las dependencias del palacio son incontables y cuando visita los almacenes siente que es como viajar a otro lugar porque buena parte del edificio está enfocado a los negocios comerciales del señor Vieri. Aprovecha su incursión en ellos para curiosear e interesarse por los productos que atesoran. Le llaman la atención unos tejidos teñidos de un precioso azul, y al lado encuentra unas pequeñas piedras del mismo color. Toma una en sus manos y la examina con detenimiento.

—Es lapislázuli —dicen a su espalda, y a Noah se le resbala, aunque reacciona y logra cogerla antes de que impacte contra el suelo.

Es la primera vez que escucha su voz. Habla de forma pausada, cuidando la respiración. Es un tono agudo, femenino, firme.

La hija del señor Vieri parece una escultura clásica de las que ha visto decorando la ciudad, con unas manos finas que acentúan su elegancia y delicadeza. En su pecho se dibujan unos senos firmes y torneados, las caderas levemente marcadas, y de sus sandalias asoman unos dedos perfectos que él no puede dejar de mirar.

—Disculpad, no quería…

—¿Espiar? —responde ella.

—Por supuesto que no. Tenéis que creerme… —Noah es un manojo de nervios, la sola posibilidad de que le acusen y le echen del palacio le aterra—. Es que nunca había visto un azul tan intenso como este.

Noah siente que su torpeza no le está ayudando a salir indemne.

—El color azul es símbolo de pureza y de salud. Esta piedra es una rareza que proviene de las montañas del Pamir, más allá de Oriente, antes de llegar al techo del mundo. Ya en el antiguo Egipto era apreciada y adornaba las máscaras funerarias de los faraones.

—Eso suena inquietante…

—Ahora el lapislázuli es un pigmento muy codiciado que se emplea en la pintura. —La joven coge una de esas pequeñas piedras aplanadas—. Su precio en su forma más pura supera en más de cuatro veces el del oro.

—No tenía ni idea —y deja de inmediato la piedra.

—Lo utilizan muchos pintores para el color azul de los ojos.

—¿De verdad?

—¿Conoces a Leonardo da Vinci? Pues es uno de sus colores predilectos, se lo encarga directamente a mi padre. Los reyes de Francia fueron los primeros en poner de moda este azul en sus vestimentas hace un par de siglos.

—Es bello, sin duda. A todos nos gusta la belleza. Creo que la necesitamos, la buscamos, la deseamos. Hay muchos tipos de belleza: un atardecer es bello, un vestido, una comida, un libro, una persona…

Noah acaba de poner en práctica lo aprendido escuchando al

señor Vieri y, por primera vez, le parece que ha captado realmente la atención de la joven.

Ella levanta la vista y le mira a los ojos, parece complacida por esas últimas palabras.

—La belleza nos hace mejores —afirma—, nos inspira, nos cura, nos hace amar. Hay quienes anhelan el dinero o el poder, pero se equivocan; el mayor fin es la belleza.

Noah no tiene duda alguna de que es hija de su padre. La obsesión por la belleza es hereditaria en esta familia, y teme que también lo sea en toda Florencia.

—Los artistas lo saben, y los que compran sus cuadros, también —prosigue ella—. Todos los ricos mercaderes de Florencia quieren rodearse de belleza en sus palacios —y sonríe.

Más que una sonrisa, es una caricia, porque Noah puede sentirla sobre su piel. Nunca antes le había acariciado una sonrisa. Contemplando a la joven piensa que tiene razón, que la belleza es maravillosa.

—Debo irme, ha sido un placer conversar contigo. Por cierto, ahora que trabajas para mi padre, te voy a dar un consejo: no se puede usar un mapa antiguo para explorar un Mundo Nuevo, ¿entiendes, Noah?

No está seguro de ello, en parte porque al escuchar su propio nombre en esos labios siente como si le estuviera besando y se queda aturdido. La hija del señor Vieri se da la vuelta y se marcha. Entonces cae en la cuenta de que él no le ha dicho cómo se llama, aunque ella ya lo sabía.

Pero ¿cómo se llama ella? ¿Cómo se llama la mujer que, a partir de ahora, le robará el sueño cada noche?

30

Valencia

El juglar y el resto de la compañía deben abandonar ya Valencia y María solo tiene palabras de agradecimiento para ellos después de las semanas que ha pasado a su lado. Ojalá vuelvan a encontrarse pronto. A ella la acogen en Buñol los padres de Manolín, los recolectores de moreras, con los que ha congeniado y no le cobran mucho por una cama y la comida.

Al día siguiente, se procura una capa oscura con capucha que la oculta por completo. Se arma de valor y, al atardecer, camina hacia la torre del Miguelete, justo en el momento en que la campana que le da nombre dobla anunciando la hora. Espera que eso sea un buen presagio.

Una mujer no debe entrar sola en una taberna, y menos una mujer decente. Pero María ya no tiene a su esposo y hay muchas cosas que va a tener que aprender a hacer por sí misma. Se santigua y reza a san Miguel antes de traspasar el umbral.

Es menos oscura de lo que se esperaba, y también más pequeña. Solo hay una fila de mesas, todas con hombres comiendo y bebiendo. Se acerca a una camarera, una mujer entrada en años, de pelo largo y plateado, y con unos ojos que parecen saltar de su rostro cuando la miran.

—¿Qué narices quieres tú?

—Yo… —María intenta no titubear—. Un vino.

—¿Un vino? Pero ¿acaso te crees que soy tonta? Aquí no vengas en busca de hombres, que esto no es un burdel.

—No, no es eso.

—Ya. ¿Qué quieres entonces? O me lo dices o te echo yo misma.

—Busco... —inspira—, busco a alguien que me pueda resolver un problema grave, de los que hay que mancharse las manos..

—¿Estás segura? —La mujer se da la vuelta, toma un vaso y le sirve el vino. Luego se la queda mirando—. ¿No te lo vas a beber?

—Sí, claro. —María da un trago y siente fuego en el pecho.

—¿Tienes problemas con tu marido? ¿No te trata bien?

—Soy viuda.

—Brindo por eso. —Ahora es la camarera la que se echa un trago—. Lo mejor que me pasó a mí es que se muriera mi esposo.

—Yo quería a mi marido.

—Y yo también quería al mío, ¿tú qué te crees? —le dice desafiante—. Mira, con lo cándida que te veo, vale más que hables con el viejo.

—¿Con quién? —María escruta al personal de la taberna.

—El del fondo.

—¿El que viste con un jubón rojo?

—El mismo. Eh —la coge del brazo—, no te dejes engañar por su apariencia. Ese fue hombre de armas, luchó en Italia con las compañías del rey. Al parecer, le hirieron y lo mandaron de vuelta. No es que sea más honesto ni piadoso que el resto de los que hay aquí, pero al menos cumple su palabra, eso te lo aseguro.

—¿Por qué se dedica a esto?

—¿A qué? —pregunta la camarera.

—Pues... a matar gente.

—¡Vaya tontería! —Se ríe—. De algo tendrá que vivir el pobre, digo yo, ¿no?

—Por supuesto. ¿Y su nombre?

—Olivares.

María le da otro trago al vino para armarse de valor y camina hacia el fondo de la taberna. El hombre del jubón rojo está hablando con otro más joven, que al verla llegar sonríe, la mira de arriba abajo, asiente y los deja solos.

—¿Sois Olivares?

—Imagino que te ha enviado la camarera, ¿qué se te ha perdido a ti por aquí?

—Pues… —María se acobarda un poco.

—¿Qué? A ver, ¿es por tu marido?

—Soy viuda.

—Muy joven para eso. Pero si no tienes marido, tampoco hay amantes. —Olivares la observa—. ¿A quién quiere matar una mosquita muerta como tú?

—Ni se os ocurra llamarme así —le corta de inmediato, armándose de valor.

—Bueno, pues tú dirás, ¿qué quieres de mí?

—No quiero que matéis a nadie —responde María, que tiene la sensación de que todos en la taberna la están mirando.

—Me lo estás poniendo muy difícil, ¿por qué no vas al grano?

—Quiero que me enseñéis a matar.

—¡¿Qué?! —Olivares suelta una sonora carcajada.

—Sí, no os riais. Soy yo la que tiene que matar a alguien, no vos.

Olivares guarda silencio y se la queda mirando, toma su vaso de vino y se ríe de nuevo antes de echar un trago.

—¿Es un hombre? Al que quieres matar, ¿es un hombre?

—Sí, lo es.

—¿Joven? ¿Fuerte? ¿Sabe luchar?

—Ya tendrá más de cuarenta, es navegante y ha viajado muy lejos, a tierras peligrosas. Así que imagino que sí.

—Pero ¿tú te has visto? Eres menuda, y nunca has sostenido un arma, ¿a que no? Y pretendes matar a un hombre hecho y derecho, que habrá matado más veces de las que recuerde. No tienes nada que hacer. Dime quién es, fijemos una cantidad y yo lo haré.

—No, tengo que matarlo yo —afirma con rotundidad.

—¿Por qué?

—Porque él mató a mi padre y al de mi mejor amiga, y mi marido y ella también han muerto por su culpa. ¿Os valen esas razones? —pronuncia alto y claro.

—Chis, tranquilízate.

—¿Podéis enseñarme cómo hacerlo, sí o no?

—Nunca nadie me ha pedido que le enseñe a matar, y menos una mujer —recalca él.

—Siempre hay una primera vez, ¿no os parece?

—No sé, esto es muy raro. —Olivares se rasca la barbilla—. Y a mí no me gustan las complicaciones.

—¿Qué complicación puede haber en enseñarme? No os mancharéis las manos, ni arriesgaréis la vida ni sufriréis ninguna otra molestia.

—Mira, muchacha, no me convence. Mejor, búscate a otro.

—¿Es porque soy una mujer? ¿Es por eso?

—¡Pues claro que lo es!

—Pensaba que un hombre de armas lo entendería —recalca ella.

—¿Entender el qué?

—El valor del honor, la importancia de la palabra dada. He jurado matar a esa persona y debo hacerlo con mis propias manos. Creía que vos habíais estado en la guerra, ¿no sabéis lo que es el honor?

—Por supuesto que lo sé, no tienes ni idea de con quién estás hablando —afirma indignado—. Soy Javier Olivares, piquero de la compañía segunda del coronel Germán de Leyva —y se estira el jubón—. Te instruiré, ¡maldita sea! Pero tendrás que pagarme por adelantado.

María saca una bolsa con los sueldos del viaje a Flandes y, antes de dejarla sobre la mesa, le mira a los ojos.

—Se trata de un hombre importante, no tendré muchas oportunidades de estar cerca de él.

—Para matar solo hace falta una —responde Olivares.

María le da entonces la bolsa. Él la coge y la sopesa.

—Hay de sobra, ¿cuándo empezamos? —pregunta ella.

—Dentro de dos días. Junto al puente hay un molino, nos veremos allí. Ven con esa misma capa y descubriremos si tienes la mano tan ágil como la lengua.

31

Florencia

Para Noah, las jornadas en el palacio del señor Vieri son intensas y apasionantes, pero aquel día Stefano y él reciben un encargo de suma trascendencia que les hace salir a la calle. Con el paso de los días, Stefano ya no se muestra tan distante con él. Se trataba más de una pose, como él suponía.

Llegan hasta la catedral y a Noah se le va la vista a la prodigiosa cúpula de Brunelleschi.

—Estuvo años inacabada —comenta Stefano con su peculiar deje. Noah ya se dio cuenta de que tiene un defecto en el labio inferior—. En Pisa siempre se decía que los florentinos no podrían cerrar el tambor y que cuando caía un rayo en la cúpula era un castigo por la soberbia de su construcción.

—¿Tú crees eso?

—Hay que reconocer que esta cúpula cambió el mundo —afirma orgulloso.

—Es espectacular y enorme, pero ¿cambiar el mundo? Eso es algo exagerado...

—Es que ningún proyecto parecía lo bastante sólido para culminarla, y el poder y el prestigio de Florencia estaban en juego.

—Pero eso no es razón para asegurar que cambió el mundo —musita Noah, poco convencido.

—Brunelleschi demostró a los hombres que lo imposible era posible. Esta cúpula abre las mentes de todos los que la admiran y eso crea un efecto en cadena que nos ha llevado al inicio de una nueva era. Su construcción fue épica, como lo fueron las grandes obras de la Antigüedad. Representa la capacidad del hombre de superarse a sí mismo ante los retos que se le presentan en la vida. Es la prueba viva de que si eres capaz de imaginarlo, puedes conseguirlo.

Y precisamente Noah deja volar su imaginación, y recrea en su mente la cúpula en el tiempo en que se estaba construyendo, los infinitos andamios, la lluvia cayendo sobre los artesanos, los mil y un problemas, las gentes burlándose de Brunelleschi. Entonces lo comprende. Stefano está en lo cierto: si algo puede imaginarse es que puede hacerse. ¡Tiene sentido!

—Brunelleschi cambió el sistema constructivo recurriendo al mundo clásico. Halló en el pasado las respuestas del presente y las claves para el futuro. Es como un renacimiento —continúa Stefano.

—Encontró en el pasado la luz —añade Noah.

—Es curioso que digas eso, porque hay un gnomon que ilumina el interior, proyecta la sombra del sol para hacer mediciones. Es de Toscanelli, un astrónomo y matemático que ayudó en los cálculos de la cúpula.

—¿Cómo sabes todo eso?

—Toscanelli es un nombre que el señor Vieri menciona con frecuencia —responde Stefano—. Ideó un proyecto y se lo presentó al rey de Portugal, la revolucionaria idea de que se podía llegar a Asia a través del Océano. Él fue el primero en plantearlo y justificarlo, pero… no le creyeron.

—¡Pues tenía razón! Colón…

—Ya lo sé, ahora parece fácil. Sin embargo, a Toscanelli nadie le tomó en serio. Imagínate si Florencia hubiera sufragado una expedición antes que la de Colón…

—¿Y por qué lo nombra el señor Vieri?

—Porque para esa nueva ruta dibujó un mapa, y lleva tiempo buscándolo —dice Stefano, evidenciando su problema al hablar.

—Un mapa... Me encantaría verlo.

—Y a mí. Piensa que todo empezó aquí, en Florencia. Lejos de la oscuridad y la barbarie de los siglos precedentes, se intentó buscar la luz y se produjo un inmenso cambio en el interior de los hombres: el arte, la ciencia, la arquitectura... Y ahora está teniendo lugar el segundo cambio, en el exterior. Este doble cambio transformará para siempre todo lo que conocemos. Y sí, empezó en esta cúpula que nadie sabía cómo cerrar. El mapa de Toscanelli es lo mismo, indica una ruta que nadie había navegado en miles de años.

Noah se da cuenta de que Stefano posee una inteligencia y sensibilidad prodigiosa, y comprende por qué trabaja en el palacio.

—¿Un mapa tan importante como esta colosal cúpula?

—Nos ha descubierto un Mundo Nuevo. *Mundus Novus*.

En ese momento Noah se tensa. ¿Y si esas palabras que pronunció el asesino de Laia tuvieran algo que ver con lo que acababa de decir Stefano? Imposible saberlo ya, pero se han convertido en una maldición que le persigue: «*Mundus Novus*». Entonces regresa a lo más oscuro de su mente la imagen del fantasma de los ojos azules.

Continúan su camino y de pronto oyen un rugido. Noah se pone en guardia.

—Tranquilo, solo es un león enjaulado. —Stefano señala con una sonrisa el centro de la piazza della Signoria.

—¿Qué hace aquí un león?

—Es uno de los símbolos de Florencia, y a menudo traen uno para impresionar a los forasteros como tú.

—Es que no había visto ninguno. —Noah se queda obnubilado contemplando la fiera.

—Anda, vamos, que llegamos tarde.

Prosiguen hasta un palacio que parece más antiguo que el del señor Vieri, no cabe duda de que el interior ha vivido tiempos mejores. Los recibe una anciana que se mueve con ayuda de un bastón; está tan encorvada que su tren superior casi forma un ángulo recto con el inferior. A Noah le aflige ver a una persona en ese estado. A pesar de sus limitaciones, la anciana los conduce por el palacio hasta una pequeña salita iluminada por una ventana, y sobre una mesa hay un mapa.

Stefano se aproxima y lo revisa.

—Ven —le pide a Noah—. ¿Qué te parece?

—«D'Ailly» —lee.

—Sí, escribió su obra basándose en autores de la Antigüedad como Aristóteles y Ptolomeo, y en escritores árabes como Averroes o Avicena. Mira, esta ilustración es un mapa *Orbis Terrarum*.

—Un mapa OT —dice con asombro Noah.

—D'Ailly consideraba que existía una simetría en la configuración de los continentes.

—¿Simetría? —pregunta extrañado ante la mirada de la anciana, que permanece callada.

—Así es. Dios no puede haber creado el mundo asimétrico, no sería acorde con su perfección. El mundo es esférico porque la esfera es perfección, y también simétrico.

—Esférico sí, pero ¿dónde está la simetría?

—Aquí viene lo más interesante. D'Ailly planteó que existían cuatro continentes, dos en el norte y dos en el sur; o bien, vistos desde otra perspectiva, dos en el este y dos en el oeste. Esto da como resultado un continente al norte, que es Europa, y otro al sur, que es África, ambos en el lado este del globo. En el lado oeste, un continente al norte, que es Asia, y una extensión de tierra que debe encontrarse al sur.

—Un continente desconocido —atisba a pronunciar Noah—. Colón.

—Sí, Colón creyó poder llegar al sur de Asia. Ahora parece que está enmarañado abriéndose camino por numerosas islas, buscando la manera de alcanzar Cipango y los territorios meridionales de Asia.

—Siempre me he preguntado cómo los habitantes del sur

pueden vivir con la cabeza abajo y los pies arriba, sin precipitarse al vacío.

—No tengo ni la más remota idea, Noah.

—¿Y esto? —Señala una zona coloreada en medio de Asia, con la figura de un rey cristiano.

—Hace unos cuatrocientos años se tuvo noticia de la existencia de un reino cristiano en el Lejano Oriente, más allá de las regiones ocupadas por los musulmanes, más allá de las tierras que los cruzados habían intentado arrebatar a los infieles. Allí florecía un reino cristiano con un monarca descendiente de los Reyes Magos, el Preste Juan.

Noah piensa de inmediato en el sepulcro de la catedral de Colonia y en las reliquias de las tres majestades de Oriente.

—¿Existe ese reino todavía?

—Eso parece, pero nadie ha llegado hasta él. Y ahora que los turcos controlan Constantinopla es imposible, a no ser… —señala la parte derecha del mapa—, que viajemos por poniente como Colón y lleguemos a Oriente. Porque si existe un reino cristiano más allá de las tierras dominadas por los musulmanes, podría ser un valioso aliado para la reconquista de Tierra Santa.

—¿Por eso quiere este mapa el señor Vieri?

—¡Él quiere todos los mapas! Pero ahora que Colón ha encontrado esa nueva ruta, los mapas antiguos se tambalean y hay que replantearlos. Por eso es tan importante recopilar este. El señor Vieri siempre dice que todo viajero es un buscador y, a la vez, que todo viajero está perdido.

Mirando el mapa, Noah no deja de pensar en lo extraordinario del viaje de Cristóbal Colón.

32

La Alhambra, verano de 1497

El obispo Fonseca aguarda en el interior del palacio de La Alhambra. Se encuentra allí porque el reino de Granada fue conquistado con mucho esfuerzo, pero la conversión de sus habitantes al Cristianismo es ardua y compleja. En una de sus hermosas salas recibe a un fraile, que llega con rostro cansado.

—¿Os encontráis bien?

—Me temo que no, ilustrísima reverendísima. Y no lo digo por mis dolores, que esos los llevo como penitencia por mi fracaso.

—¿Fracaso? ¿De qué estáis hablando?

—Regresé de las Indias antes de lo acordado —dice el fraile con gesto taciturno—, y ese hecho perturba mi alma.

—Me pusieron al corriente de vuestro regreso. ¿Y cuál es la razón de que anticiparais vuestra vuelta sin cumplir la misión que se os había encomendado?

—Que mi alma no podía soportarlo más.

—¿Soportar el qué?

—Mi labor consistía en llevar la fe a las Indias, y por eso fui el primer religioso que embarcó y pisó aquellas lejanas tierras.

—Una gran responsabilidad.

—Y una mayor frustración, ilustrísima.

—La labor llevará su tiempo.

—¡Será eterna, razón del interés que implica el Almirante en ella!

—Creía que Cristóbal Colón era un devoto cristiano.

—Quizá lo sea aquí, pero allí se olvidó pronto de la palabra de Cristo. Me temo que tenía otras prioridades más… terrenales —explica el fraile torciendo el gesto.

—Explicaos.

—Riqueza, poder y, sobre todo, reconocimiento y fama. Eso es lo que mueve a Colón. La fe está muy lejos de sus motivaciones.

—Pero es la labor principal, el motivo por el que los reyes han financiado y puesto su empeño en la empresa de las Indias. Es nuestro deber salvar todas esas almas inocentes.

—Es un deber que requiere mucho esfuerzo, ¿cómo llevar la palabra de Dios a quien habla una lengua salvaje?

El obispo se queda pensativo.

—¿Cómo van a comprender nada si ni siquiera entienden las palabras? —insiste el fraile.

—Quizá no hemos sido plenamente conscientes de esa problemática.

—Ilustrísima, sois el responsable de los temas de las Indias, por eso recurro a vuestra persona, por si está en vuestra mano impedir que se organice un tercer viaje y se repita el fracaso.

—Hacéis bien en acudir a mí, hermano —asiente el obispo, que se muestra comprensivo.

—Yo sentí una gran impotencia, no sabéis cómo lamento haber logrado resultados tan exiguos. Pero nunca había estado ante hombres y mujeres tan distintos a nosotros, ¿cómo enseñarles la palabra de Dios?

—Enseñando primero nuestra lengua a algunos de ellos y luego la fe, y que sean esos mismos los que evangelicen al resto.

—Pero… ¡esa es una magnífica idea! Es precisamente la falta de entendimiento lo que complicaba mi labor allí. Si entendieran la palabra de Cristo, la aceptarían sin problema.

El obispo Fonseca asiente.

—Una última pregunta, ya que habéis visto a Colón gobernando esas tierras y explorándolas. ¿Qué opinión os merece?

—Sobre el Almirante... —El fraile se aturulla.

—¿Tan difícil es la pregunta?

—No, lo complicado es dar la respuesta. —Resopla—. Cristóbal Colón es ciertamente astuto y peligroso.

—¿Peligroso? ¿En qué sentido?

—Cómo explicarlo para que me entendáis. —Medita unos instantes—. Es un hombre demasiado ambicioso, demasiado listo y con demasiado poder. Su palabra podría embaucar a cualquiera, o engañarle. Pero, por otra parte...

—¿Sí? ¡Continuad!

—Solo un hombre así hubiera logrado llevarnos a las Indias —concluye el fraile.

El obispo Fonseca le da las gracias y el fraile, tras despedirse, abandona la sala del palacio.

33

Valencia

María lleva la capa puesta, aunque con el clima tan cálido y en horas diurnas le parece excesiva. Pero ahí está, en un paraje algo alejado y solitario, junto al molino que hay bajo el puente del río Turia.

Olivares la aguarda junto a la orilla, con el mismo jubón rojo que llevaba en la taberna desabrochado hasta la cintura. María le observa mejor a plena luz del día, está delgado pero fuerte, tiene la tez morena y el pelo lleno de canas. Luce varias cicatrices en el rostro, pequeñas, que no lo afean, y también le asoman otras más marcadas en el pecho.

—¡Has venido! Yo pensaba que iba a madrugar en balde.

—Ya somos dos.

—Bien, espero que esa lengua tan afilada que tienes no sea lo único que sepas usar. ¿Has cogido alguna vez un arma?

—El arpón de cazar ballenas de mi abuelo.

—Bueno, quizá nos sirva. Algo de ellos llevarás en la sangre, aunque seas una mujer —matiza, ante el desagrado de ella—. Comencemos por el principio, ¿por qué quieres matar?

—No entiendo la pregunta.

—Pues empezamos bien —se lamenta Olivares.

—Entiendo que os interese saber a quién, pero no el porqué.

—El primer fallo que puedes cometer es no tener una razón.

Muchos novatos piensan que es suficiente con elegir a la víctima. Craso error. Lo más importante es el motivo. Sin este, el asesinato se transforma en un simple ataque de locura —comenta Olivares mientras da unos pasos en torno a ella.

—Vengar la muerte de dos hombres inocentes.

—Perfecto. ¿Lo ves? No era tan difícil. Tranquila, no es necesario que un juglar cante tus razones. Al contrario, conviene pasar desapercibido. Ten siempre en mente esa motivación, pero jamás la desveles.

—Eso es obvio.

—¿Obvio? En la vida nada es obvio —puntualiza Olivares—. Si odias a tu víctima es una ventaja, porque obtendrás mayor placer y beneficio con su muerte. Esto es clave, ya que llegado el momento no puedes dudar. Debes despreciarlo, desear quitarle la vida con todas tus fuerzas.

—Lo odio, con toda mi alma.

—Eso está bien. —Olivares asiente complacido—. Por desgracia, cada vez más asesinos actúan sin haber hecho un buen plan antes. Resultado: la horca. El otro día, uno mató a su vecino porque creía que estaba amancebado con su esposa. No hay que matar nunca así, en un arrebato. Un asesinato es como el buen vino: hay que dejarlo reposar, hay que dormir con él. Así se va creando expectación.

—De acuerdo. —María empieza a imaginar en su mente todos los pasos.

—Ahora, el arma. Tenemos una víctima, un motivo y tienes que madurar la idea del asesinato en tu mente. En tu caso, falta la parte práctica. Dicen que en los negocios lo importante es el fin y no los medios, pero en nuestro gremio las cosas no funcionan así. La manera de cometer el asesinato ha de escogerse tomando en cuenta las características de la víctima. Si se quiere acabar con un espadachín, el método nunca debe ser la espada. Si se trata de un individuo obeso, no podrás envenenarlo con facilidad.

—Es un hombre que sabrá defenderse.

—¿Y te estará esperando? —pregunta Olivares.

—No.

—Esto nos lleva al siguiente punto: el escenario. La elección del escenario está relacionada con el método que usarás para matarle —continúa Olivares con precisión—. Y para saber dónde lo matarás, es menester conocer las costumbres de la víctima.

—Es un personaje público.

—Eso lo complica en gran medida.

—Si fuera fácil, no estaría aquí con vos —recalca María, que tiene la tentación de morderse las uñas, nerviosa ante tantas preguntas.

—Deberás buscar el lugar más tranquilo y retirado posible.

—Eso es sencillo de decir, pero ¿cómo lo hago?

—Veamos, ¿podrías seducirle?

—¡¿Qué?! De ninguna manera, me da... ¡Me repugna solo de pensarlo!

—¿Te conoce?

—No, y además es un hombre poderoso, no podría acercarme a él con esas intenciones.

—Pues entonces tendrás que engañarlo, que acceda a estar contigo a solas por otro motivo. Quizá por alguna información que él desee obtener.

—Eso... Uf. —María resopla—. ¿Qué podría ofrecerle que él anhele?

—Deberás encontrarlo, es fundamental. Tú tienes que elegir el lugar para matarlo, nunca lo olvides.

—Lo haré —afirma decidida.

—Ahora nos interesa decidir el arma. Teniendo en cuenta lo que hemos hablado, descarto el envenenamiento y, claro está, la espada, la ballesta, el arco... Necesitas un cuchillo.

—¿Una daga?

—Una daga pequeña podría ser.

La deja allí sin decir nada y va hacia el molino. Para su sorpresa, el molinero y su mujer están dentro. Olivares les pide algo y vuelve.

—Este es un cuchillo que se usa para tareas sencillas. Vamos a afilar su punta, no su filo. Te voy a enseñar a clavarla, no a rebanar.

Olivares lleva consigo una piedra y un lingote de metal con los que comienza a afilar el cuchillo.

—Ya está. Ahora observa. —Se sitúa junto al tronco de un árbol—. Deberás ponerte detrás cuando él se halle de espaldas. Clavárselo así es más difícil, por tanto flexiona el codo y aguarda. Hay que acompañar los movimientos de tu víctima: cuando comience a girarse hacia ti, tú inicias el acercamiento de tu mano. Toma, prueba.

María coge el cuchillo, le parece mentira que algo tan pequeño pueda matar a una persona. Ella se había hecho a la idea de una daga más grande o una espada.

—Debes elegir bien dónde lo clavas —y se señala la tripa—, esta es la zona más blanda. Tendrás que hundir el cuchillo hasta que los dedos se metan en la carne, ¡cuanto más, mejor!, y dar un empujón, con fuerza, para clavarlo bien adentro.

—De acuerdo —afirma concentrada.

—Y luego girarlo dentro de él. Sí, no me mires así. Es esencial, de lo contrario la herida podría no ser letal. Pero si la hoja gira en las tripas, dalo por muerto.

—Lo haré.

—Deberás sacar el arma antes de que se abalance sobre ti —prosigue mientras le marca los movimientos y los tiempos—. ¡No pierdas nunca el cuchillo!

—¿Y si se queda atorado dentro de él?

—No lo hará porque la punta está afilada, saldrá más fácilmente de lo que ha entrado. Otra cosa importante: no te asustes si grita, blasfema o te toca. Y debes estar preparada por si intenta agarrarte del cuello. Así que entras, giras y sales rápido. No consigues nada por tener más tiempo la hoja dentro. El daño es el mismo.

—Hay que ser rápida.

—Exacto, lo ideal sería que le causaras al menos dos heridas.

—¡Apuñalarlo dos veces! —resopla María, agobiada.

—Eso puede ser un problema, lo sé. Haremos una cosa. —Se pone delante de ella con los pies abiertos, coge la muñeca de María y acerca el cuchillo a su estómago—. Lo clavas la primera vez y lo sacas rápido, él se inclinará hacia ti por inercia y porque querrá agarrarte. Entonces tú te echas a un lado. ¡Hazlo!

María gira su cuerpo hacia la derecha.

—Eso es, ahora tienes mi costado libre. —Coge de nuevo su muñeca—. Ahí tendrás que dar la segunda puñalada. No podrá defenderse, pero la zona es más estrecha. Tienes que atinar, no puedes fallar.

María hace el movimiento.

—¡Eh, cuidado! —Olivares se aparta.

—Lo siento.

—No he sobrevivido a los campos de batalla para que ahora me deje tirado una mujer a la orilla del río.

—Tendré más cuidado —se disculpa de nuevo María.

—Después de la segunda cuchillada, te vas. Sin mirar atrás.

—Quiero ver cómo muere.

—No, él ya está muerto. Lo que quieres es que no te prendan y te ahorquen.

—¿Y si no muere?

—Si lo haces tal y como te he enseñado, morirá. Dos cuchilladas a esa altura son definitivas, pero no inmediatas. Por eso debes huir sin demora, ¿me escuchas?

—Sí, os escucho.

—Dos estocadas y te vas, ¿entendido?

María asiente.

—Quiero oírtelo decir.

—Le clavo el cuchillo dos veces y me voy sin mirarle.

—Eso es. Llevarás guantes y un pañuelo en un bolsillo. Conforme te vas, lo sacas y te limpias si tienes sangre en la ropa. Luego envuelves el arma y te deshaces de ella y de los guantes a la primera oportunidad que tengas. Donde sea, eso da igual. Te cubres con la capa y abandonas la escena con paso firme, pero sin correr, sin llamar la atención. No te detienes con nadie hasta que no estés lejos, entonces te quitas la capa y continúas.

—Es complicado —resopla.

—Claro que lo es, por eso practicarás todos los días con el cuchillo. Tienes que sentirlo de forma natural en tu mano. Y necesitas ganar fuerza, así que empezarás con una piedra. —Se va al río, trae una y se la pone en la mano—. Haz este movimiento.

Describe un arco a baja altura. María lo imita.

—Repítelo, otra vez.

—¿Cuántas?

—Hasta que te duela.

—Muy alentador… —murmura María.

—Para terminar, cuando llegue el día, te encontrarás excitada ante la perspectiva de matar, pero no hay que anticiparse. Aquí es donde muchos lo echan todo a perder. Acuéstate temprano la noche anterior, levántate a una buena hora y no hagas nada que pueda afectar a tu desempeño como asesina, me refiero a que no hagas esfuerzos físicos.

María no imaginaba semejante retahíla de normas.

—Come ligero y no bebas mucha agua, porque no podrás ir a evacuar. Cuida todos los detalles, intenta averiguar qué tiempo va a hacer, no vaya a ser que llueva o haga un calor insufrible. Y otra cosa importante: asegúrate de que no haya ninguna celebración ese día en el lugar elegido.

—¿Algo más?

—Sí. Yo que tú practicaría antes con un desconocido.

—¿Que mate a otra persona? —María le mira con el rostro desencajado.

—Sí, eso te daría agilidad y confianza.

—No pienso matar a nadie que no se lo merezca. —Aprieta el mango del cuchillo en su mano.

—Como quieras, pero yo en tu lugar lo haría. Elige a algún desgraciado, un viejo que esté enfermo o lisiado. Hazme caso, me lo agradecerás.

—Eso es despiadado.

—Por eso debes tener un buen motivo, recuérdalo.

—Pero vos no lo tenéis.

—Yo no creo en el bien y el mal, pero sé que hay circunstancias que te obligan a actuar. De pronto el destino te pone en un campo de batalla junto a mil hombres como tú y tienes que matar o morir. Eso es lo que debes grabarte a fuego: matar o morir. Solo así serás una asesina.

«Matar o morir», repite ella para sus adentros.

Agarra bien la empuñadura del cuchillo, cruje los dientes, aprieta los labios y hace una mueca de esfuerzo a la vez que su pulso se acelera.

Lo siguiente sucede tan rápido que solo puede ser fruto del instinto: flexiona las rodillas, gira sobre su pie derecho y describe un arco con su brazo; la hoja afilada vuela buscando el cuello de Olivares, que se dobla hacia atrás y logra esquivar que le rebane el pescuezo, aunque no puede evitar un pequeño corte en la barbilla.

Luego se rehace, saca una daga y se pone en guardia ante María.

El uno frente al otro, desafiantes ambos.

Permanecen mirándose, con la respiración entrecortada.

Entonces él sonríe.

—Muy bien, quizá sí seas una buena asesina.

34

Florencia

Ha quedado en la taberna del Caracol con Darío. Al final, Noah se ha aficionado al vino y a la anguila guisada de ese lugar. También le gusta el personal, al que poco a poco siente como familiar, pues se repiten con asiduidad los mismos rostros.

—No sé cómo agradecerte que me ayudaras a encontrar trabajo.

—Somos amigos, ¿no? —Darío sonríe.

—Cuando nos conocimos no lo éramos.

Cada uno bebe de su vaso de vino.

—Pero me caíste bien. Calo a las personas, ¿sabes? Es un don; las observo, intercambio un par de frases y… ¡plas! —da una palmada—, ya sé de qué pie cojean.

—Pues qué suerte tuve de caerte bien —añade Noah.

—Te recuerdo que fuiste tú el que viniste a mí.

—Brindo por ello. —Vuelven a beber—. ¿Has estado dentro del palacio? ¿En la sala de los mapas?

—He oído hablar de esa sala —responde Darío asintiendo con la cabeza.

—¡Es increíble! Bueno, allí dentro todo lo es. El otro día vi unas gemas azules que son para hacer pigmentos, ¿te lo puedes creer?

—En Florencia, ningún mercader comercia con un solo objeto, ¡ninguno! —responde Darío mientras mastica, y luego da otro trago para pasar la comida—. En la parte baja del palacio hay almacenes porque también mercadean con tejidos y otros productos más peculiares, como guantes perfumados y unos extraños brebajes que se guardan en unos pequeños recipientes metálicos en forma de esfera.

—Como la que porta la hija del señor Vieri.

—Te has fijado en ella…

—¿Cómo no hacerlo? Es una criatura preciosa.

—Me refería a la pieza de orfebrería —precisa Darío, contrariado.

—Eh… Sí, claro —responde ruborizado—. ¿Es que tú no has visto a su hija? Yo diría que es el tesoro más valioso que hay dentro de ese palacio. —Hasta el propio Noah se sorprende por lo que acaba de decir.

Darío lo mira en silencio y eso le hace sentirse todavía más avergonzado.

—Noah, ten cuidado. ¿O es que te crees que el señor Vieri va a permitir que su hija y tú…? Me ha costado mucho que entraras allí, no vayas a echarlo todo a perder por una mujer inalcanzable.

—Tienes razón, no sé en qué estaba pensando.

—No pasa nada. —Su amigo le consuela dándole una palmada en la espalda—. ¿De qué hablábamos? Ah, sí, de los recipientes esféricos donde guardan las sustancias fragantes que el señor Vieri trae de muy lejos.

—¿Y para qué son exactamente?

—Los vestidos y los trajes lujosos se lavan poco por miedo a que se estropeen. Además, suelen llevar pieles cosidas que a veces huelen mal. Así que para disimular el olor usan esas esferas.

—Me sorprende todo lo que se vende en Florencia, nunca lo hubiera imaginado.

—Un florentino que no se dedique al comercio, que no haya viajado por el mundo y después haya regresado tras haberse enriquecido, es un hombre que no merece ningún tipo de respeto.

—Oye, Darío, de viajar quería hablarte precisamente. Exageraste todo lo que te conté. No soy un viajero tan experimentado, ni sé tanto sobre santos, ni…

—Chis —le interrumpe—. Te ha contratado, ¿no? Pues déjalo estar, lo importante es entrar. El señor Vieri es un hombre reservado, ¿no te has dado cuenta de que nadie le llama nunca por su nombre?

—Es cierto. ¿Cómo se llama?

—Es un secreto —responde Darío, y sigue comiendo.

—¿Por qué razón? No puede ser un nombre tan horrible.

—Lo es, al menos en Italia. Tiene un nombre prohibido; dicen que aquí no se ha usado desde hace más de mil años.

—¿Cuál? —Noah está totalmente intrigado.

—Aníbal, como el general cartaginés que llegó a las puertas de Roma. Es un nombre maldito desde entonces, nadie se atreve a ponérselo a sus hijos. Significa «quien goza del favor de Baal», un dios antiguo.

—Increíble.

—Ahora tengo una sorpresa para ti. —Se levanta—. Bébete eso, ¡venga!

—¿A dónde vamos?

—Lo tienes que preguntar todo, Noah. Ya lo verás, hay una Florencia que todavía no conoces.

Salen de manera apresurada de la taberna del Caracol y se encaminan hacia el barrio Santo Spirito. Darío le cuenta que es famoso por sus tabernas, donde se celebran las mejores fiestas de toda Florencia. Su amigo avanza decidido, conoce las calles. Tuercen un par de veces, van a tal velocidad que Noah se desorienta. Y llegan a un portal robusto, sin ninguna singularidad. El escultor golpea dos veces y la puerta se abre; asoma una mujer que viste con poco recato, mostrando gran parte de sus senos.

—Darío, cuánto tiempo. ¿Y tu amigo?

—Ojo con él, es del norte.

—Hummm, eso me agrada. Vamos, pasad, que se escapa el gato.

Acceden y recorren un zaguán hasta otra puerta que da a un pasillo. Al final del mismo, otra puerta cerrada que se les abre y dentro... se encuentra una taberna, pero no al uso. Está profusamente decorada con tapices, hay plantas, una música agradable; es casi como una cena en un palacio. Y el olor es intenso, dulce y embriagador.

—¿Te gusta?

—Pero ¿qué es esto? ¿A dónde me has traído?

—¡Al Paraíso! —Se ríe—. Los hijos de las grandes familias no pueden frecuentar los mismos tugurios que tú o yo, o al menos no deberían; así que buscan espacios más discretos, lejos de los ojos de Savonarola. Aquí están en compañía de pintores, poetas, músicos... Se puede hablar de cualquier tema. Cuando cruzas esas puertas nadie te juzga, eres libre.

—¿Y cómo has conseguido acceder aquí?

—Ya te lo he dicho antes: en la vida lo importante es entrar, lo de menos es el cómo. Una vez dentro, nadie pregunta porque muchos tampoco han entrado de las maneras más honradas. Recuérdalo.

—Ya veo.

—Disimula. —Señala a un individuo en una esquina—. Ese es Nicolás Maquiavelo, un hombre muy cercano al poder. Dicen que es inteligente y astuto a la par que burlón e irreverente, capaz de mezclar con maestría un concienzudo análisis político o un refinado halago con comentarios picantes sobre sus aventuras cortesanas.

—¿Lo conoces?

—Sí. Acerquémonos a él, pero con discreción.

Darío y Maquiavelo se saludan, hablan en un toscano cerrado que a Noah le cuesta seguir. Luego pasan a un ritmo más pausado y el escultor comienza a contarle maravillas sobre Noah y sus conocimientos sobre mapas y viajes. En ese momento, una mujer que está junto a una columna abofetea a un caballero, se da la vuelta y lo deja allí plantado, provocando las risas del resto del personal.

—Pobre —se ríe Darío—, esa dama es toda una fiera.

—Yo valoro mucho el arrojo de los hombres que se lanzan a la conquista de una mujer difícil —apunta Maquiavelo—. En cierto modo, es como tomar el poder.

—¿De verdad lo pensáis? —inquiere el escultor.

—El amor es una guerra, y el matrimonio es una condena para el hombre y para la mujer. En el cortejo, tu pareja es tu rival. Hay que estar dispuesto a todo para vencerla. En cambio, una vez casados... Sé de una mujer que se inventó una pócima para engañar a su esposo, borracho e impotente, mientras un amante la ayudaba en secreto a tener un heredero, de modo que, cuando naciera el niño, el marido creyera que era suyo y así afianzar su matrimonio. ¿Hizo bien?

—¿Ella? Pues depende de cómo fuera el amante —bromea Darío.

—Mirad a vuestro alrededor, hay más maridos que solteros. Pocos ven lo que somos, pero todos ven lo que aparentamos. Es el mismo principio que en el poder: debes aparentar una cosa distinta a la que realmente eres para poder sobrevivir.

—Lo que no saben estos maridos es que hay un doble placer en engañar al que engaña —añade Darío—. Mientras ellos están aquí, ¿con quién están sus esposas?

—Brindo por eso. —Maquiavelo alza su copa—. Yo me dedico a estudiar a los hombres para encontrar su punto débil. En la política, en el amor y en la vida, todo se reduce a planear cómo obtener lo que deseamos con los recursos que poseemos. Así de simple y de complicado.

—¿Y si no deseas el amor? ¿Y si lo que quieres es evitarlo? —pregunta Noah mientras observa que el hombre que antes recibió la bofetada parece estar engatusando de nuevo a la dama.

—Siempre puedes hacerte sacerdote, muchacho. Aunque no creo que sirva de mucho. —Ríe Maquiavelo—. Hay quienes pretenden cerrar las puertas al amor y al deseo, pero todavía no se han construido murallas tan altas que impidan su entrada. Y cuando el amor entra rompiendo todas las barreras, exige los más duros sacrificios a aquellos que quisieron renegar de él. En el amor, y en todo, la perseverancia es una de las claves, porque incluso una derrota se puede transformar en una victoria.

—¿Cómo es posible tal cosa? —insiste Noah.

—Porque los hechos son irrefutables, pero su interpretación no. Depende de la perspectiva con que se observen. Así pues, hay que saber mirar por oriente y por poniente.

—Noah, no sabía que te interesara tanto el amor… —comenta Darío.

—Un amor trágico, de eso adolece tu amigo, ¿verdad? Ya os he dicho que mi trabajo es observar y encontrar los puntos débiles. ¿Un amor antiguo? ¿Qué pasó?

—Nada.

—Amigo mío, has de saber que mentir es un arte que no se debe tomar a la ligera. Precisa de mucha práctica, estudio y talento; y créeme que no veo esas dotes en ti. Te han roto el corazón, mal asunto.

—Ella murió.

—Lo siento, Noah —dice Darío, compungido.

—Todos moriremos, esa no es razón para tanta tristeza. —Maquiavelo bebe de su copa—. Yo no temo a la muerte, más bien la celebraré cuando me llegue la hora.

—¿Pensáis ir al cielo? —inquiere Darío.

—Nada más lejos de mis intenciones, es el infierno el que me espera. El demonio no es tan negro como lo pintan. Toda la eternidad junto a Alejandro, Julio César o Carlomagno; a un hombre brillante solo pueden esperarle las llamas del averno. El cielo es para aburridas mujeres piadosas, pobres desgraciados que no han tenido ocasión de pecar y niños que se fueron demasiado pronto.

Noah se queda boquiabierto ante semejante afirmación.

—Ya lo dijo Dante en la *Divina Comedia*: «Alégrate, Florencia, pues eres tan grande que tu nombre vuela por mar y tierra, y es famoso en todo el infierno».

—¿Preferís la maldad?

—No te engañes, Noah, el hombre es malo por naturaleza. Solo hará el bien si lo precisa, si le obligan, si obtiene algo a cambio.

—Pues eso no suena muy alentador...

—Un objetivo, esa es la clave de la vida: tener un objetivo. Miradnos, Italia fue la cuna del mayor imperio conocido y ahora es un territorio plagado de señores que pelean entre sí. No tener un fin común fomenta la desunión y nos hace débiles —exhorta Maquiavelo—; en cambio, al oeste hay unos reyes que predican todo lo contrario. Unidad, amigos, eso es lo que necesitamos. Y una nueva monarquía, centralizada y autoritaria.

Dejan a Maquiavelo hablando con unos mercaderes que interrumpen su conversación y se retiran a por más vino.

—Es muy intenso —comenta Noah—. ¿De qué monarcas hablaba?

—Supongo que de los Reyes Católicos. Ven por aquí, que hay música.

La noche se alarga hasta el alba, y Noah regresa al palacio sin tiempo para dormir. Su salida nocturna no le va a servir de excusa para no acudir hoy a la sala de los mapas, así que intenta disimular su cansancio, temeroso de que Stefano se percate de su falta de sueño, o el mismo señor Vieri. Para más inri, se presenta un día de mucho trabajo. Así pasa una larga jornada que se le hace insufrible, y está ansioso por que llegue la noche para recuperar el sueño perdido por culpa de Darío. Cuando se acerca la hora de finalizar, un hombre mayor, con una tonsura que le deja apenas unos dedos de cabello, entra en la sala de los mapas.

Noah se halla solo porque Stefano se ha ido a realizar unas entregas de libros.

—¿Puedo ayudaros?

—Ojalá pudieras de verdad, joven. —Resopla—. Supongo que el señor Vieri no está. Es una lástima, me queda tan poco tiempo ya.

—¿Cómo decís? —Noah no le entiende bien, no sabe si por el cansancio que padece o por la voz apagada del visitante.

—¿Podrías entregarle este documento?

—Por supuesto. De parte de quién le digo.

—De Vespasiano, el librero.

—¿Tenéis una librería?

—Tenía, y era la mejor del mundo. Aunque la cerré hace casi dos décadas. Ahora soy muy viejo, ya no puedo ni leer. Pero en otro tiempo, ¡ay, en otro tiempo!, los hombres más ricos y poderosos ofrecían fortunas por mis libros.

—¿Y qué pasó? —Ha despertado la atención de un Noah soñoliento.

—Que llegó ese artilugio demoniaco, la imprenta, y el negocio cambió. Así que lo dejé, pero seguí creando la biblioteca del conde de Urbino, un hombre admirable.

—El señor Vieri solo tiene libros manuscritos.

—¡Como debe ser! Los copistas e iluminadores más ilustres trabajaron para mí. Mi taller produjo suntuosas obras para bibliotecas de nobles como la de los Médici, los Sforza, los aragoneses y esta misma, así como para ricos señores extranjeros, entre ellos el rey de Hungría.

En ese momento llega el señor Vieri, de forma apresurada y con la respiración entrecortada.

—Querido amigo, no he podido venir antes. —Se funden en un abrazo—. ¿Lo has traído?

—Sí, prefiero que lo tengas tú.

—¿Cómo lo has conseguido? —inquiere Vieri con la emoción dibujada en los ojos.

—Me ha costado casi una vida… y me queda tan poco tiempo que estaré más tranquilo si tú te encargas de custodiarlo.

—Noah, ¿puedes dejarnos, por favor?

No es una pregunta, el tono indica una orden, y el señor Vieri no suele usarlo nunca con él. Noah obedece y sale de la sala de los mapas, pero conforme cruza la puerta se queda parado, no cierra del todo y acerca la oreja a la rendija.

—Aquí lo tienes. —Le entrega lo que parece un mapa—. El Toscanelli.

Entonces recuerda su conversación con Stefano frente al Duomo. Toscanelli construyó el gnomon de la catedral y fue el primero que dijo que se podía llegar a Asia por poniente. El señor Vieri se arrodilla frente a una de las paredes, pero, como está de espaldas a la puerta, Noah no puede ver bien lo que hace.

Es consciente de que no debería estar espiando y se marcha antes de que le descubran.

35

Florencia

El señor Vieri le ha pedido que acompañe a su hija a buscar unos libros. Noah la espera impaciente, todavía no sabe cuál es su nombre. No se atreve a preguntarle a Stefano por ella, y cuando lo ha intentado con Alessandro, no ha logrado encontrar el modo de que no pareciera descarado. Incluso ha dado pie al señor Vieri para que se lo revelase, sin éxito; solo le queda la opción de preguntarle a Darío la próxima vez que se encuentren.

La joven aparece enfundada en un vestido verde y liviano, con un chaleco de filigrana de oros con forma de armadura, y unos guantes subiendo por sus antebrazos desnudos. Su pelo forma un complejo entramado de trenzas. Se saludan y se ponen en camino.

—Mi padre dice que has viajado mucho.

—Bueno, no tanto.

—Eso creo yo —afirma ella, para su sorpresa—. Si eres un viajero, ¿qué haces encerrado en un palacio?

Le abruma la sinceridad y lo acertado de su pregunta.

—Me estoy formando en cartografía y deseo adquirir conocimientos de otras disciplinas.

—Puedes pasarte toda la vida haciendo eso…

—También estoy ahorrando, vuestro padre paga bien.

—Me suena a otra evasiva —y baja la mirada, como perdiendo el interés en su acompañante.

—No se lo he dicho a nadie aún, pero emprenderé un viaje.

—¿A dónde, si puede saberse? —inquiere alzando de nuevo sus ojos hacia él.

—A Asia, a las tierras que conoció Marco Polo. Ahora que es posible llegar a ellas por poniente gracias a Cristóbal Colón —responde Noah con seguridad.

—Interesante, ¿y por qué no habías dicho nada hasta ahora?

—Temía importunar a vuestro padre. Además, aún no sé qué ruta tomaré. Oriente está bloqueado por los turcos, podría circunvalar África con los portugueses o ir hacia poniente con los castellanos.

—Yo elegiría la primera, me fío más de los portugueses.

Continúan conversando hasta que llegan al río, desde donde se divisa el Ponte Vecchio, y allí giran hacia el sur. Se detienen delante de una casa en cuyos bajos hay un almacén con diferentes mercancías. La hija del señor Vieri pregunta a un hombre espigado, que les hace pasar al interior y los conduce a una salita con dos enormes baúles llenos de libros.

—Guárdame los guantes. —Se los da a Noah y él percibe que están perfumados.

Comienza a ojear los volúmenes. Noah no le quita la visita de encima.

—¿Qué estás mirando? —pregunta ella.

Noah se ruboriza, no sabe qué decir para salir airoso de la situación.

—Nunca había visto un vestido completamente verde —responde al fin.

—El color verde es el más difícil de conseguir. Hay que aplicar cobre a una tela teñida en amarillo o mezclar tintes azules con amarillo.

—Es un color caro.

—No es eso, lo relevante es su significado. El verde es un color volátil, dura poco aplicado a los tejidos, así que se puede usar pocas veces. Representa la primavera, la juventud; hay quienes dicen que también la inmadurez, de ahí viene lo de que los jóvenes estamos aún «verdes» para ciertas cosas.

—Vaya, sois una experta en el simbolismo de los colores —se sorprende Noah.

—Estás hablando con la hija de un mercader de paños. El blanco evidencia fe y castidad; el azul, fidelidad; el rojo, amor; el negro, penitencia; el amarillo, hostilidad y mentira, y el verde, esperanza.

—Creo que la esperanza es uno de los sentimientos más bonitos que existen.

La hija del señor Vieri se ríe mientras sigue ojeando algunos libros.

—Lo es, cierto.

—Entonces el verde es mi color —afirma Noah.

—Ten cuidado, porque el verde no es un color puro. No es atrayente como el rojo, ni profundo como el azul, ni vibrante como el amarillo; tampoco es severo como el negro, ni trascendente como el blanco. Es una mezcla, y eso está mal visto por la Iglesia. Aunque también dicen que los negocios florecientes son de color verde. Es el color de los comerciantes, los banqueros y los propietarios de nuevos negocios.

—Entonces también es vuestro color.

—Ahora Florencia es negra. Los seguidores de Savonarola critican cualquier indumentaria, comparan los peinados elaborados con los cuernos de los diablos y las colas de los vestidos con los rabos de los animales. Los Médici cometieron el mayor error de su vida cuando pusieron al lobo a cuidar del rebaño...

—¿Y cómo logró llegar al poder?

—Florencia se hallaba sumida en una profunda crisis económica por la caída de Constantinopla: bancos en quiebra, talleres que cerraban sus puertas y una parte considerable de la población pasando hambre. En ese clima de malestar aparecieron numerosos predicadores que denunciaban los excesos de los ricos y, al mismo tiempo, pretendían guiar al pueblo hacia una vida más cristiana y pura.

—Y Savonarola era el mejor de ellos.

—Es obvio que sí. Ejerce un inmenso magnetismo sobre el pueblo: utiliza con habilidad profecías y visiones, clama contra el lujo y la corrupción de los poderosos y denuncia los abusos del alto clero y del papa.

—Y los Médici, ¿cómo no lo evitaron? —pregunta Noah—. Es lo que no logro entender...

—Creyeron que podrían controlarlo y que, por su parte, Savonarola controlaría al pueblo. En lo primero se equivocaron, pero no en lo segundo. Es probable que las cosas no hubiesen llegado tan lejos sin la invasión francesa.

—¿Los franceses le apoyan?

—El rey de Francia ansía el trono de Nápoles. Entró en Italia al frente de un ejército, se abrió paso hacia el sur y cercó Florencia. El cabeza de familia de los Médici acababa de fallecer, y su primogénito y sucesor era joven e inexperto. Se presentó ante el monarca francés y llegó a un acuerdo muy desfavorable. De inmediato, el pueblo y los comerciantes pidieron su cabeza porque lo consideraron un traidor.

—Y Savonarola se alzó como la solución... —Noah resopla—. Situaciones desesperadas, medidas desesperadas.

—Pero... eso va a cambiar —dice con lágrimas asomando a sus ojos.

—¿Cambiar? ¿Cómo?

—Bueno, creo que me he puesto muy seria —y se limpia con un pañuelo.

—No, en absoluto.

—Dan ganas de irse de aquí. —Le brillan los ojos y su sonrisa es más clara que nunca.

—¿Iros a dónde?

—Al otro lado del mundo... A un lugar verde. —Se ríe al retomar el tema de los colores.

—¿Y podéis confiar en el verde?

—Es un color que duda de sí mismo y termina perdiéndose, como la juventud. —Y añade en voz más baja—: También es mortal; más de un tintorero ha muerto durante su preparación, asfixiado por un veneno que contiene el cobre. Es un color traicionero, que en cualquier momento pasa de lo vivo y luminoso a lo opaco y lo sobrio perdiendo su brillo, como el enamoramiento.

Noah la mira obnubilado y ella sonríe de nuevo. Solo por esa sonrisa ha merecido la pena el día de hoy. Entonces la joven toma uno de los libros entre las manos y se acerca a la luz que entra por un ventanuco.

—Boccaccio —pronuncia, y Noah se queda callado—. Junto a Dante Alighieri y Petrarca, los tres son los grandes precursores de la literatura en toscano en lugar de en latín. Esta obra suya es el *Decamerón*.

—No lo conozco, ¿qué cuenta?

—¿De verdad quieres saberlo?

—Es lo que más deseo en este preciso momento.

—Vaya… —La joven asiente con la cabeza—. Está bien. En esta obra, la peste asola Florencia, sus habitantes quedan confinados y nadie puede salir a la calle. Pero diez jóvenes huyen a una villa, donde a cada uno se le permite ser rey o reina por un día, en el cual debe decidir el argumento de los diez relatos que todos los miembros del grupo contarán al resto.

—Menuda historia… La peste tuvo que ser algo terrible.

—Para escribirlo, Boccaccio buscó manuscritos antiguos ocultos en bibliotecas monásticas de todo el mundo. Y estuvo toda su vida enamorado de una mujer llamada Fiammetta, que aparece en muchos de sus libros. —Hace una de sus deliciosas pausas y Noah piensa que comprende a Boccaccio en esto último—. Un amor no correspondido, dicen que esos son los más auténticos.

—Como Botticelli. Desear lo que no puedes tener, un amor que crece y crece porque nunca puede saciarse.

Ahora es ella quien guarda silencio. Ambos lo hacen. Y se miran. Nunca, en toda su vida, una mujer le había mirado así.

—No sé vuestro nombre —confiesa Noah.

La joven se echa a reír con una larga carcajada. Él se lamenta por habérselo confesado, ¡qué tonto ha sido!

—Lo siento, pero… no me he atrevido a preguntároslo antes y no se lo he escuchado decir a nadie.

—No pasa nada, Noah —dice todavía riéndose.

—Pensaréis que soy un estúpido.

—Giulia, me llamo Giulia. Ahora sigamos buscando más libros.

36

Valencia

María está en una ciudad rica e influyente. La familia Borgia proviene de este reino y el actual papa es el segundo con este apellido que sientan en el trono de san Pedro, el cual amenazan con hacer suyo en propiedad. Manolín la acompaña por sus bulliciosas calles, cuando de pronto sale corriendo hacia un callejón. Ella se percata y le llama, sin embargo él hace oídos sordos. Así que lo sigue hasta un almacén de donde sale un olor extraño e intenso, más bien desagradable. María asoma la cabeza al interior y descubre al crío observando un peculiar tubo de metal, grueso y labrado.

—¿Qué haces aquí? Te estaba llamando.

Entonces ve cómo meten unas bolas de aspecto pesado dentro del artilugio.

—¿Qué es eso?

—Una lombarda, señora —responde un hombre taciturno.

Se gira y descubre a otro individuo entregándole un pequeño paquete a Manolín, que asiente y sale del local. María le sigue disgustada.

—¿Qué estabas haciendo? ¿Qué llevas ahí?

—Es una cosa mía —responde el chaval.

—¿Tuya? Manolín, ¡quieto! Vas a decirme ahora mismo qué es eso.

—Pólvora —responde cabizbajo.

—¿Qué es la pólvora?

—Es una mezcla de salitre, azufre y carbón vegetal —explica Manolín.

—¿Cómo sabe eso alguien tan pequeño como tú?

—También sé que arde muy rápido si la prendes; pero si la sabes usar, hace explotar objetos y sirve para lanzar proyectiles.

—¿Has dicho «explotar»?

Él asiente con la cabeza.

—¿Y se puede saber qué pretendes hacer tú con esa pólvora?

—Estoy aprendiendo a usarla, de mayor quiero ser artillero. Ahora los ejércitos llevan piezas de artillería y lanzan pesadas bolas que hacen caer las murallas.

—¡Estás loco! —exclama María—. Eso tiene que ser peligrosísimo.

—No, si sabes cómo hacerlo. No le digas nada a mi padre, por favor —dice mientras oculta el paquete dentro de sus ropas.

—Bueno, ya hablaremos de eso. Ahora vamos, que tenemos tajo —responde ella, poco convencida de lo que acaba de oír.

María se está entrenando para matar a Colón, pero solo tendrá la oportunidad si antes halla el modo de asistir a la boda real de la infanta Isabel con el rey de Portugal, lo cual se antoja difícil. Las enseñanzas de Olivares también le están siendo útiles en ese sentido, y ha tenido una idea que ahora está decidida a llevar a cabo.

Ha preguntado por el Colorao en la plaza del Mercado y en varias parroquias, hasta que un carpintero le ha dicho dónde podía hallarse. Busca al mercader y divisa su silueta alejándose en dirección a la catedral. Sale tras él y lo alcanza justo delante de una venta de vino.

—Disculpadme, ¿sois al que llaman el Colorao?

El susodicho la mira con desconfianza, aunque pronto cambia de actitud y sonríe.

—He debido de hacer algo muy bueno en otra vida, mi señora.

—¿Por qué?

—Por permitirme Dios una visión tan bella como la vuestra.

—Vaya… —María intenta digerir el halago—. Gracias, pero no es necesaria tanta lisonja. Yo quiero plantearos un negocio.

—Qué sorpresa. —Se rasca la nariz—. ¿De qué negocio estamos hablando? Soy un hombre muy ocupado, ahora mismo iba a una reunión importante.

—Hace pocos días que habéis salido de la torre donde encierran a los mercaderes que deshonran al gremio.

—Hummm, sí, un contratiempo, no cabe duda.

—A mí eso me da igual. Tengo una idea que puede reportar muchas ganancias.

—En tal caso, soy todo oídos. —De pronto se muestra más receptivo.

—La infanta Isabel se vuelve a casar después del verano, con el monarca de Portugal.

—Ojalá esta vez tenga más suerte y no se le muera el portugués.

—Quiero asistir a su boda.

—Muy bien… ¿Y qué se supone que pinto yo en todo eso?

—Han pedido la mejor seda para la celebración. Eso supone una oportunidad para lucrarse, ¿no os parece?

—Interesante. Sois una caja de sorpresas, ¿cuál es vuestro nombre?

—María. ¿Vos seríais capaz de suministrar la seda para la boda?

—No es fácil, el gremio de la seda es el más poderoso de Valencia. —Se frota las sienes con los dedos—. Pero sí, podría hacerse. ¿Y cómo pensáis hacer el reparto de los beneficios?

—Yo solo quiero asistir a la boda real.

—Hay algo personal en esto, mal asunto. —La mira haciendo unos gestos extraños con la boca—. Los negocios, para que salgan bien, solo deben ser eso: negocios; no se pueden mezclar con asuntos de celos, de amor u otros de tres al cuarto.

—¿Y de venganza?

—La venganza es distinta: concreta, clara y sin tonterías. —Asiente con la cabeza—. ¿Y de quién os queréis vengar?

—Eso ya es asunto mío.

—No, si vamos a ser socios —advierte el mercader.

—Cuando mi asistencia a la boda esté asegurada, entonces os lo contaré.

—Queréis suministrar la seda para la boda real —murmura el Colorao después de escucharla—. Bien, entonces quiero saber a través de quién lo vais a lograr.

—De Santángel, sé que Sus Altezas le han solicitado que busque las mejores sedas de Valencia para engalanar la boda de su hija mayor.

—¿Y cómo sabéis que os las comprará a vos? ¿Conocéis a Santángel? No le conocéis, ¿verdad? —insiste el Colorao.

—De eso me encargo yo. He visto la Lonja de la Seda, ese comercio mueve mucho dinero. También he visto a multitud de italianos en Valencia, y no hay que ser un lince para suponer que están aquí por la seda y que se están lucrando. Y me he percatado de las precarias condiciones en las que trabajan los que se dedican a la recolección de los gusanos.

—¿Qué estáis insinuando? —pregunta intrigado.

—Unos extranjeros no deberían beneficiarse de la seda de Valencia.

—Ya os entiendo. —La señala con el dedo—. Es cierto que el gremio de la seda está controlado por los genoveses y eso levanta muchas suspicacias en Valencia. Podríamos valernos de eso, pero habría que lograr un buen precio.

—¿Y si nos saltáramos al gremio? —sugiere María—. ¿Es eso posible?

—Menuda pieza estáis hecha... —Se ríe—. Para mí sí, pero os advierto que tiene sus riesgos.

—¿Y qué no los tiene? ¿Somos socios o no? —Ella estira la mano.

—Lo somos —asiente él, y acepta el trato.

—Una última cosa… —María saca el cuchillo afilado y se lo pone en el costado—. Si me engañas, te mataré.

—Recoge eso, guapa, lo he entendido.

María obedece y esboza una sonrisa.

—¿Cuál es el siguiente paso?

—Sígueme —responde el Colorao.

Se dirigen a la calle del gremio de la seda e indagan hasta que dan con un taller donde trabajan media docena de mujeres. Allí observan los tejidos; hay seda blanca, damascos…

—Hola, ¿puedo serviros en algo? —pregunta una de ellas, con el pelo ondulado y suelto.

—Son unas telas preciosas, hay mucha variedad —responde María, y entonces le llama la atención un tejido más denso—. ¿Qué es esto?

—Terciopelo. Está cubierto de pelo corto, parece como vello. Te gusta, ¿verdad?

—Sí, qué sensación tan suave —y lo acaricia con los dedos.

—Y el tinte destaca mucho en él. Se puede variar el color del hilo, producir el hilo de varias longitudes y entretejer con seda plana, con hilo sin cortar, con una base de tejido dorado… Hay liso sin decoración y labrado.

—Qué barbaridad. —María curiosea otros rollos de terciopelo que hay menos a la vista.

—En Valencia siempre hemos tenido el brocado, un satén briscado con oro y plata de forma que el metal remata los motivos que dibuja la trama.

—Así que es seda, pero decorada con hilos de oro y plata. Será cara.

—Mucho.

—¿Y a vosotras os pagan bien por ella? —interviene el Colorao.

—Anda este, ¡vaya pregunta! ¿Y a ti qué te importa?

—Perdona, sí nos interesa —ataja María—. Este taller es de un sedero del gremio, y seguro que es genovés. ¿Os paga por tejido, por horas…?

—Y tú cuántas preguntas haces…

—Nos paga por semanas —comenta otra mujer que está tejiendo.

—Nos tiene aquí de sol a sol… —dice otra con tono de reproche—, con el calor que hace en este condenado taller. Y luego, además, seguimos tejiendo en nuestras casas.

—¿Y eso por qué?

—Para sacarnos unas monedas extra, que nos vienen muy bien. Le pagamos la seda y hacemos algún tejido que vendemos nosotras mismas —responde la mujer de pelo ondulado—. Ojalá pudiéramos trabajar en casa siempre, nos iría mejor; pero aquí estamos.

—¿Y os lo permiten?

—Pues claro, que se atrevan a prohibírnoslo. Antes, que nos suban el sueldo los genoveses.

—No nos hemos presentado, ella es María y yo Íñigo —dice el Colorao—. Nos gustaría proponeros algo.

—Yo soy la Nuri. ¿Qué nos vais a proponer vosotros dos? —pregunta mirándolos de arriba abajo.

—¿Qué os parece si os traemos nosotros directamente las madejas de seda? Podréis tejerlas en casa y ganar más dinero sin tener que trabajar para los genoveses.

—¿Y cuánto tenemos que pagaros por ellas? —quiere saber la Nuri.

—Nada —responde el Colorao—. Al contrario, os pagaremos nosotros por lo que elaboréis. Solo tendréis que darnos algo de tiempo para vender una parte y sacar ese dinero.

—No sé… Tú no eres del gremio —le dice una de las mayores.

—No, yo no fabrico tejidos, comercio con seda bruta y con tejidos ya terminados. Pero no recojo seda, ni la transporto, ni hilo, ni tejo, ni tiño.

La Nuri le mira fijamente y después dirige sus ojos a María.

—¿Sabes dónde te metes, muchacha? —le pregunta—. ¿Qué piensa tu marido o tu padre de esto?

—Ambos están muertos, y yo en peores situaciones he estado.

—Vaya con la mosquita muerta, si tiene narices y todo.

Se hace un silencio. El Colorao se sonroja de verdad ante la reacción de María.

—Así que seríamos clientes y proveedores vuestros al mismo tiempo —resume la Nuri.

—Lo beneficioso para vosotras es que no arriesgáis, no pagáis nada, no os movéis de vuestra casa y os abonamos por cada trabajo —explica el Colorao—. ¿Hay trato?

—Tendremos que sacar muchas horas.

—El esfuerzo valdrá la pena. —María da un paso al frente—. Lo que os voy a contar ahora es un secreto; si se corre la voz, el negocio se caerá y perderemos todos, ¿entendido?

Todas asienten con la cabeza.

—Vamos a confeccionar la seda para la boda de la infanta Isabel con el rey de Portugal.

Las mujeres comienzan a cuchichear entre risas y aceptan al momento, tras lo cual ellos dos abandonan el taller.

—Estamos prometiendo algo que no es seguro —le advierte el Colorao.

—Ya te dije que eso es cosa mía.

—Más vale que tengas razón —apostilla con un resoplido.

—Vamos a ser dueños tanto de la materia prima como del producto final, es una treta para no tener que pasar por el gremio de la seda, ¿verdad?

—Exacto, pero no me has respondido.

—Sigamos con lo tuyo, que ya me encargaré yo de lo que me toca a mí.

Hablan con los campesinos que crían los gusanos de seda, que tampoco están contentos con el trato que reciben y, además, pagan un tributo excesivo sobre el cultivo de las moreras. Negocian con las hilanderas, casi todas mujeres, las cuales también se aseguran de que los gusanos de seda estén bien alimentados con sus hojas de morera picadas y alejados del frío para hilar el hilo de sus capullos. Después de mucho dialogar y escuchar los pros y los contras de su trabajo, pactan con ellas el que consideran un precio justo por la seda bruta. Luego llegan a un acuerdo con unos transportistas para que lleven la seda virgen de Buñol a Valencia.

Al día siguiente ponen en marcha su plan, ayudados por Manolín, que hace los recados, y su padre, que se ocupa de tratar con los campesinos, las hilanderas y los transportistas. El Colorao registra la llegada de la materia prima, las madejas de hilo de seda, en la Lonja de la Seda. A continuación venden una pequeña parte en la ciudad para cumplir con las exigencias de la regulación de la Lonja y todo lo demás lo distribuyen por los hogares de las tejedoras para que fabriquen los tejidos. Luego los almacenan en un espacio que ha conseguido el Colorao, y vuelven a poner una pequeña parte a la venta para cumplir con las normas de la Lonja.

Llegan a la calle de los tinteros y allí también se lanzan en busca de proveedores. El color más demandado siempre es el rojo. De los tres colorantes que se utilizan para la seda, la cochinilla es el mejor, pero es más difícil de conseguir y casi nadie lo usa en Valencia. Aun así, María se empeña en que tiene que ser ese y le proporcionan un contacto cerca del puerto.

Allí localizan a un mercader de pigmentos y se interesan por la cochinilla.

—Se ha encarecido mucho desde que cayó Constantinopla, ya que viene de Asia —comenta él—. Pero la que yo vendo es de aquí.

—¿De dónde?

—La pregunta ofende. Si te lo dijera, perdería la exclusividad.

—¿A qué precio me la vas a dejar? —quiere saber María.

Se lo dice y ella se queda boquiabierta.

—¿Cómo pretendes que paguemos semejante cantidad?

—Es lo que hay.

—No puedo, imposible. —Niega con la cabeza.

—Pues ya está todo hablado. Pero para que veas lo relevante

que es el tinte, hay un color tan deseado que vale una auténtica fortuna: el púrpura de Tiro, el color de los emperadores, tan legendario que forjó imperios y derribó reyes. El púrpura de Tiro fue exhibido por los más privilegiados durante milenios, pues era símbolo de fuerza, soberanía y riqueza. Costaba más de tres veces su peso en oro.

—¿Cómo es exactamente?

—Un púrpura rojizo intenso, como el de la sangre coagulada. De aspecto brillante cuando se expone a la luz y resistente a la decoloración. Nadie sabe ya cómo fabricarlo.

—¿Y eso por qué? ¿De dónde sale?

—Ese pigmento tan célebre no proviene de una hermosa piedra preciosa, como el lapislázuli, sino de un fluido transparente que producían unos caracoles marinos.

—¿Son babas de caracol? —María le mira desconfiada.

—Sí, de miles de ellos. Existían recetas secretas para extraer y procesar el tinte que se perdieron al caer Constantinopla, porque se fabricaba en la ciudad de Tiro, en la zona oriental del Mediterráneo. Y también cuentan que los caracoles desaparecieron.

—Asombroso, todo por un color.

—Vivimos en un mundo de apariencias, de símbolos, de imágenes, donde el color es primordial. Lástima que no puedas pagarlo.

37

Florencia

Noah cruza por el Ponte Vecchio, que es literalmente un mercado donde hay un poco de todo: zapateros, cambistas, barberos… Y también bancas donde se vende carne; el olor es nauseabundo porque se mezclan con los pescaderos, y los curtidores y sus pieles, que antes de venderlas las empapan en agua del Arno y orines. A la mitad del puente hay un mirador por donde los carniceros se deshacen de los desperdicios. Los florentinos aseguran que se ha perdido la cuenta de cuántas veces se ha reconstruido desde que los romanos unieran las dos orillas. Su peculiaridad radica en su uso comercial; dicen que los primeros puestos se establecieron allí porque el puente estaba exento del pago de impuestos. Cuando un vendedor no podía satisfacer sus deudas, los alguaciles rompían su banca, lo que provocaba su «bancarrota» y tenían que marcharse.

Noah tiene malas experiencias con los puentes, así que no le agrada pasar más tiempo del necesario sobre ninguno de ellos.

Al llegar al palacio, Stefano se halla en la sala de los mapas con el semblante serio y no le presta atención. Noah pone la palma de su mano sobre su mesa.

—Quita, estoy trabajando. ¿Dónde estabas tú? ¿Con Giulia?

—¿De qué estás hablando?

—Ya me has oído. —Stefano se le queda mirando fijamente.

—No tengo ninguna intención con ella, es la hija del señor

Vieri, a quien le estaré eternamente agradecido por la oportunidad que me ha dado. Los libros, los mapas, eso es lo único que me importa.

—Giulia es inalcanzable para cualquiera de nosotros, ¿entiendes?

Noah está convencido de que Stefano habla desde el lado más sombrío y peligroso del amor: los celos, que pueden dominar el corazón de un hombre y convertirlo en un monstruo.

—Haz lo que quieras, yo solo deseo trabajar en paz. Pero como provoques cualquier problema, ¡cualquiera!, no te lo perdonaré. —Baja la mirada y prosigue con su tarea.

—Stefano, yo deseo lo mismo que tú. Me maravilla lo que hacemos aquí, jamás lo pondría en peligro ni haría nada que importunara al señor Vieri. Créeme. Por favor, confía en mí.

—Mira… —Resopla—. He notado cómo la miras y, aunque sea casi inevitable, voy a darte un consejo: deja de pensar en ella. Es lo mejor para ti, para todos.

Noah asiente, se retira a otra mesa y retoma sus labores. La mañana transcurre con normalidad. Antes de comer, Noah termina de dibujar un mapa de la costa occidental de África y sube al despacho del señor Vieri para preguntarle por unas distancias dudosas. Al llegar oye gritos, parece una discusión. Acerca el oído a la puerta y escucha tras ella.

—Ya te dije que la guerra no es buena para los negocios, crea demasiada incertidumbre —dice Vieri.

—¿Y qué vais a hacer, padre? ¿Vais a seguir de brazos cruzados mientras ese loco nos gobierna?

La puerta se abre de forma repentina y Noah a duras penas puede apartarse. Giulia sale enojada, pasa a su lado ignorándole y su padre sale tras ella.

—¡Dejadme en paz, padre!

El señor Vieri se detiene y, al ver a Noah, le mira apesadumbrado.

—Tiene el carácter de su madre. —Suspira—. Pude con una, pero no sé si podré también con la otra.

—Sea lo que sea, se le pasará.

—No, no lo hará. Tú no la conoces. —Resopla, se da la vuelta y se encierra de nuevo en su despacho privado.

Avanzan los meses y Noah está cada vez más feliz en Florencia. Muestra una enorme capacidad de trabajo, es el primero en llegar a la sala de los mapas y el último en irse. Cuando cae el sol, se alumbra con lámparas de aceite de ballena. La cartografía más compleja son los mapas portulanos, que muestran listas de puertos, sus distancias, rumbos y direcciones de la rosa de los vientos para desplazarse entre ellos. La mayoría trazados sobre pergamino, piel de cordero, de ternera non nata.

Después de cada viaje que se realiza a las Indias, a la vuelta hay que hacer actualizaciones y correcciones en la cartografía. Debido a los nuevos descubrimientos, es la labor más recurrente de Noah. Está viviendo una época en que cada barco que llega a un puerto de Portugal o de Castilla cambia los mapas.

Él disfruta con su trabajo, pero echa de menos viajar. Y recuerda los días que pasó con el vendedor de reliquias o con el juglar recorriendo ciudades y paisajes, ascendiendo montañas por el mero hecho de subirlas. Él quería viajar para conocer el mundo, para que nadie se lo contara, y ahora está dejando que los que escribieron esos libros le cuenten cómo es.

Lo está viendo a través de los ojos de otros, no con los suyos.

¿Por qué sigue en Florencia? ¿Por qué no sale hacia los confines de Asia? Ya tiene dinero suficiente para partir, ¿qué razón hay entonces para permanecer allí? ¿Qué le retiene?

Suspira.

Giulia.

Él no lo quiere reconocer, pero es ella.

No es que esté perdiendo el tiempo, todo lo contrario; leyendo ha descubierto que los antiguos ya percibían que se podía llegar a Asia por Occidente, que más allá de las Columnas de Hércules, del cabo Finisterre, de las costas de Hispania, hay islas como Antillia y San Brandán, y por qué no la Atlántida, de la que hablaba Platón.

Noah lee y lee, y cuanto más lo hace, más aumentan sus ansias de viajar e imitar a los grandes viajeros, en especial a Cristóbal Colón.

Una tarde que está trabajando con Stefano, oyen unas voces en la escalera, acuden rápido y encuentran al señor Vieri con unos clientes.

—¡Eso no son libros! —exclama enervado.

—Claro que lo son, se hacen a cientos y…

—He dicho que no, ¡de ninguna manera! Jamás entrará en mi biblioteca un libro hecho con tipos de metal, ¡antes me quito la vida!

Los visitantes se marchan disgustados, y Alessandro los escolta hasta la puerta.

—¿Qué le pasa? —pregunta Noah a Stefano.

—Déjalo, ni se te ocurra nombrarle los libros impresos. Los odia con toda su alma.

—Pero ¿por qué?

—Te aconsejo que no saques el tema si no quieres que te eche como a esos dos.

Vuelve a sus lecturas, ensimismado en las numerosas referencias que encuentra acerca de la mayor biblioteca de la Antigüedad, la de Alejandría, ciudad que fundó en Egipto el legendario Alejandro Magno. Fue la urbe más influyente durante siglos, sustituyendo a Atenas. A la muerte de Alejandro, el trono de Egipto lo ocupó el rey Ptolomeo, que edificó la biblioteca y pidió a soberanos y gobernantes que enviaran a Alejandría obras de poetas, médicos, historiadores, filósofos y sabios. Lograron reunir setecientos mil papiros. Noah descubre que el nombre griego para papiro es *biblos*, de donde surge la palabra «biblioteca». Los papiros se enrollaban alrededor de un bastón, y cada obra podía estar formada por varios rollos, *volumen* en latín.

Cazadores de libros de todos los reinos se pusieron a rastrear los principales mercados del mundo mediterráneo y compraban a precio de oro todos los manuscritos que encontraban, y si no podían comprarlos, los conseguían por cualquier medio, pues el fin lo justificaba, hasta el punto de que hubo robos, sobornos y asesinatos. Por si fuera poco, cuando un navío arribaba al puerto de Alejandría, los soldados subían al barco en busca de manuscritos que confiscaban sin ningún miramiento.

Nunca los libros fueron tan deseados.

Por Alejandría pasaron los mayores sabios, como Eratóstenes, que dirigió la biblioteca durante casi medio siglo. Como entendía de todas las disciplinas, sus compañeros le pusieron un apodo, «Beta», es decir, «el Segundo», porque una persona que ocupa su tiempo en tantas materias no puede ser excelente en cada una de ellas.

Y Noah se queda perplejo con lo que descubre a continuación: Eratóstenes calculó el diámetro de la Tierra. «¿Cómo pudo hacerlo?», se pregunta.

En cuanto ve al señor Vieri, le asalta para que le aclare esa duda.

—Eratóstenes… Hoy en día nadie se acuerda de él —le responde a la vez que guarda sus inseparables anteojos—. Por supuesto, partió de que la Tierra es esférica y que los rayos del Sol llegan paralelos a su superficie. Buscó dos ciudades situadas en el mismo meridiano, una era Alejandría y la otra Asuán, ambas en Egipto, bañadas por el Nilo.

—De acuerdo. ¿Y entonces…?

—Midió la distancia entre ambas, para lo cual preguntó a los caravaneros que comerciaban entre ambas ciudades.

—Por ahora todo es bastante lógico.

—Después debía medir el ángulo de inclinación del Sol en Alejandría con respecto a la vertical, y para ello utilizó un sencillo gnomon, una estaca vertical colocada sobre una base horizontal.

—¿Como el que hay aquí en la catedral, el de Toscanelli?

—Sí, es la misma idea —responde Vieri—. Pero Eratóstenes hizo uso de un gnomon particular, el obelisco de Alejandría; con él calculó el ángulo de inclinación del Sol con respecto a la vertical en el mediodía del solsticio de verano, y el obelisco no proyectaba sombra alguna.

Noah coge un papel y hace un dibujo del proceso según esos datos.

—Uno de sus colaboradores de la biblioteca se desplazó a Asuán y repitió la medición con una caña del Nilo, a la misma hora, y obtuvo un ángulo. Si ambas hubieran proyectado la misma sombra o ninguna, habría significado que la Tierra era plana.

—Muy hábil.

—Con este sistema Eratóstenes creó el concepto de «meridiano», el que han usado portugueses y españoles para dividir el mundo en dos y repartírselo, ¡manda narices! Y, para colmo, el papa Borgia lo ha firmado con una bula.

—Eso es cierto —asiente Noah.

—El problema de Eratóstenes, y la razón de que nadie le recuerde, es que, tiempo después, un griego llamado Posidonio realizó un cálculo distinto y Ptolomeo lo dio por bueno. El mundo es casi la mitad de lo que Eratóstenes suponía, ¡nadie es perfecto!

—¿Y la biblioteca se perdió?

—Sí, pero los libros poseen la cualidad de sobrevivir a los hombres. Bibliotecas como esta han permitido salvaguardar el germen y el desarrollo de la civilización frente a la barbarie. Los monasterios han llevado a cabo durante siglos un colosal esfuerzo por mantener viva la herencia de la cultura clásica transcribiendo y preservando los manuscritos. Y ahora unos iluminados creen que una máquina con letras de metal puede sustituir la mano de un hombre.

Noah recuerda el consejo de Stefano y no dice nada al respecto.

Termina el día con los ojos enrojecidos por haber estado forzando la vista, después de leer sobre las constelaciones tiene la necesidad de contemplarlas. Por suerte, el señor Vieri posee un mirador en la azotea del palacio; es un espacio abierto y, en las noches despejadas, se pueden contemplar las estrellas. Noah coge una recia manta y se tumba en el suelo. Observa los siete puntos luminosos que conforman la Osa Menor, y más allá la estrella polar, que marca siempre el norte, con la que se orientan los viajeros y los navegantes.

Entonces oye unas pisadas.

Teme que sea Stefano que viene a importunarle. Pero es Giulia, con el gato blanco entre sus brazos. Lo suelta y el felino salta al suelo con agilidad.

Desde el momento en que la ve, el cerebro deja de guiar sus movimientos y solo siente el latido, cada vez más fuerte, de su corazón. Está deslumbrante con ese vestido azul y dorado.

—¿Estás buscando la estrella que guio a los Reyes Magos? —pregunta Giulia.

—Ojalá supiera cuál es.

—Así que lo has descubierto —afirma ella.

—¿El qué?

—Mi lugar secreto. Mi madre me subía de pequeña a este mirador para ver las estrellas y mi padre nos contaba sus historias. Desde que ella murió, él no ha vuelto a venir.

—Pero vos sí.

—Así es, aunque no tengo a nadie que me cuente sus historias —pronuncia con un halo de melancolía al que resulta difícil resistirse—. Dime, ¿por qué te gustan tanto los mapas? Mi padre dice que nunca ha tenido un ayudante tan entusiasta como tú.

—Me gusta conocer dónde estoy, cómo es el mundo donde vivimos.

—Hummm, por tu tono de voz creo que hay otra razón —le dice Giulia, como si fuera capaz de leer su mente.

—La verdad es que sí. En muchos mapas, sobre todo antiguos, los lugares desconocidos están marcados con una frase que me fascina. —Resopla y se detiene.

Giulia le mira intrigada.

—Continúa.

—Es una advertencia para los marineros y los exploradores. Indica que ahí no sabemos qué ocurre, que podemos encontrar un Nuevo Mundo en el que habiten hombres, mujeres y animales nunca vistos.

—¿Y qué frase es esa?

—*Hic sunt dracones.*

—«Aquí hay dragones» —traduce ella.

—Sí. —Asiente con la cabeza, algo avergonzado por la confesión.

—Me gusta: *Hic sunt dracones.*

—¿Y vos? ¿La echáis mucho de menos? A vuestra madre, quiero decir. ¿Por eso subís aquí?

Giulia lanza un largo suspiro.

—Eso significa que sí —afirma Noah.

—Supongo que todo tiene un inicio y un fin, pero no debería ser así. ¿Por qué no podemos vivir para siempre? Perdona, es una tontería.

—No, no lo es. —Baja la vista hasta los pies de Giulia y observa sus delicados dedos sobresaliendo de sus sandalias—. Hace poco leí que el primer viajero de la historia fue el rey de Uruk, Gilgamesh. Se embarcó en una aventura hasta el confín del mundo, donde nunca había llegado nadie, en busca de la inmortalidad. Creía que en el fondo del mar había una planta espinosa que si hería tus manos al cogerla, te otorgaba la inmortalidad.

—¿Lo logró?

—No, lo que hizo fue aprender que la inmortalidad es un don exclusivo de Dios y que es una insensatez aspirar a ella. Pero nuestros hechos, esos sí perduran.

—Me gusta cómo ves el mundo, Noah.

—¿Ah, sí? ¿Y cómo lo veo?

—Con ojos tristes de poeta.

38

Valencia

María practica a todas horas con el cuchillo y también levantando la piedra para coger fuerza en los brazos. Sin embargo, no piensa matar a nadie para sentirse más segura, de ninguna manera. Aunque eso la inquieta, ¿y si luego todo sale mal por su inexperiencia? Y dándole mil vueltas, llega a una solución. Acude a un establo y pregunta si hay algún animal al que vayan a sacrificar. El dueño, un hombre bizco, le habla de un cerdo que no engorda y supone que tiene alguna enfermedad, así que lo va a matar porque teme que contagie al resto.

—Déjame sacrificarlo a mí.

—¿Por qué? —le pregunta el hombre.

—Nunca lo he hecho.

—Me da mal fario, es raro.

—Toma. —Le da una moneda.

—Todo tuyo.

María mira al cerdo y saca el cuchillo con disimulo, como ha aprendido. Nota el tacto del mango, sus dedos ya se han hecho a él de tanto practicar. Lo observa dubitativa, nunca ha matado un animal. Se acerca decidida y clava la hoja tal y como le ha enseñado Olivares. Se sorprende de lo profundo que penetra y del gruñido del animal, que se retuerce intentando huir. No había contado con eso. «¿Y si Colón grita? ¿Y si se retuerce como este gorrino?».

Vuelve a clavarle la hoja.

«¿Por qué no está muerto? ¿Por qué sigue moviéndose?».

Recuerda que Olivares le advirtió que esto podía suceder. Además, ella se ha quedado mirando, cuando le dijo que debía irse rápido. Ahora lo entiende, verlo agonizar es peligroso. Observa sus manos, están manchadas de sangre. No se ha puesto los guantes como le indicó.

—¿Qué haces? —El dueño se acerca—. ¡Córtale el pescuezo! Así no se va a morir en todo el día.

—Quería hacerlo así.

—¿Qué? ¡Largo de aquí, loca del demonio!

María sale huyendo entre lágrimas de impotencia. No está preparada ni es tan fácil, necesita más tiempo.

La Nuri está tejiendo en un taller de carpinteros que pertenece a un amante suyo, un hombrecillo esmirriado que contrasta con la hermosura de carnes de la hilandera. Juntos hacen una pareja singular y bastante graciosa. Pero María descubre que todo lo que el hombre tiene de poca enjundia también lo tiene de trabajador e ingenioso, así que, siguiendo las instrucciones de su amada, ha logrado construir un telar.

—Pero no quiero problemas —les dice.

—¿Qué problemas vas a tener? —inquiere la Nuri al tiempo que le acaricia una mejilla.

—Yo solo lo digo, que luego vienen las preguntas. Prefiero no saber nada.

—Venga, no seas agorero. Esta noche te veo y se te quita esa tontería que llevas encima.

María se ríe con la extraña pareja. Es consciente de que hay que domar a la fortuna cuando no es propicia y aprovecharla cuando viene de cara, como en ese momento. Como buena hija de marinero, sabe que el viento de cara tarde o temprano se termina. Por eso cree que la vida o es una aventura o no es nada.

María ya ha averiguado dónde vive Santángel y allá que se dirige sin vacilar. Un criado la hace esperar en un patio interior, se sienta en un banco y aguarda durante más de una hora, en la cual nadie le dirige la palabra ni le da explicaciones. Por fin viene a por ella el mismo criado y la conduce hasta un salón del que cuelga un tapiz con la escena del asedio a un castillo. Ocupa toda la pared, mide dos personas de alto y una docena de pasos de largo.

—Son los cruzados tomando Jerusalén —dice Santángel, que aparece por una puerta lateral.

—Tuvieron que morir muchos.

—Sin duda. Los asaltos a las murallas son sangrientos, por eso hay tanto rojo en el tapiz. En la liturgia, el rojo hace alusión a la sangre de Cristo, la sangre del sacrificio; es también el color del fuego y representa lo divino, es Dios mismo. Al igual que el Espíritu Santo se muestra como una llama.

—Sé que tenéis el encargo de proveer de seda la boda de la infanta Isabel con el rey de Portugal. —María decide ser directa.

—¿Y vos cómo sabéis tal cosa?

—Eso no importa.

—Bueno, eso debo decidirlo yo. No os conozco. —Santángel hace una mueca de sonrisa—. ¿Quién sois? ¿A qué habéis venido?

—Me llamo María y trabajo para un mercader de seda.

—Entiendo… —dice, no muy convencido—. Y queréis venderme vuestra seda para la boda. —Se acerca a su escritorio y busca algo sobre la mesa—. No me interesa.

—Señor, vos organizasteis el viaje de la infanta Juana a Flandes.

—No, ese fue mi padre —le responde—. Está ahora en la corte.

—Yo estuve en esa flota, acompañé a doña Juana y volví con doña Margarita —dice con pena, acordándose de sus fatalidades—. Mi esposo falleció en aquellas tierras lejanas, y he de decir que regresé viva de milagro.

—Lo lamento, ese viaje fue muy desafortunado. Cuando la princesa Margarita arribó a Santander, la villa se encontraba en un momento de máximo apogeo por ser puerto directo con Flandes. Sin embargo, la llegada de doña Margarita y su séquito trajo la peste.

—¡Santo Dios! Mi marido murió enfermo… Nunca supe qué le vino.

—Pues ya podéis haceros una idea. Alegraos de estar viva. Santander ha quedado asolada y tardará mucho tiempo en reponerse de la pestilencia. Todo el territorio montañés, entre la costa y la meseta, sufrió el azote de la enfermedad.

María no puede evitar pensar que se salvó de milagro.

—Y volviendo a lo que os ha traído aquí, lamento deciros que llegáis tarde, ya tengo un proveedor. La Lonja de la Seda me facilitó al mejor de Valencia.

—No, eso es imposible, porque los mejores de Valencia somos nosotros —pronuncia María con firmeza.

—Agradezco vuestro ofrecimiento. De haberlo sabido, no os hubiera hecho esperar. Siento que hayáis perdido vuestro valioso tiempo. Y ahora, si me disculpáis, tengo asuntos urgentes que me reclaman.

—Supongo que querréis causar grata impresión a la reina y a vuestro padre, que ha delegado este encargo en vos, si no me equivoco. Tened en cuenta que Su Alteza desea deslumbrar a su nuevo yerno, nada más y nada menos que el rey portugués. ¿De verdad creéis que vais a lograrlo con la seda que habéis elegido?

—Decidme —refunfuña—, ¿por qué es mejor vuestra seda? ¿Viene de Oriente? No, la confeccionan aquí en Valencia, como todas. ¿Tiene acaso un tinte extraordinario, un púrpura o un rojo intenso?

—Lo tiene, el rojo más intenso que jamás hayáis visto —asegura señalando el tapiz con la mirada.

Santángel se la queda mirando, por fin ha captado su interés.

—¿Eso es verdad?

—Yo nunca miento, odio la mentira —afirma con una convicción arrolladora.

—Traedme una muestra, quiero verlo. Y tendrá que ser rápido.

—Por supuesto. —María se da la vuelta, pero de inmediato se gira para despedirse—. Gracias.

Abandona el palacio dudando de si ha hecho lo correcto. Lo que ha dicho no es del todo cierto, no tiene ese tinte rojo; o, al menos, no todavía. ¿Cómo podrá cumplir su promesa? Seguro que el juglar tendría un proverbio latino para este preciso momento.

Va directa al puerto y busca al vendedor de tintes, que sonríe al verla llegar.

—Sabía que volverías.

—No puedo pagar el precio que me diste, por eso quiero llegar a un acuerdo.

—Lo siento, pero no. El precio es el que es, este tinte rojo es el mejor que existe. Además, sé que no estáis dentro del gremio. Eso no me incumbe, tranquila. Sin embargo, es otra razón para no cerrar ningún trato contigo —la interrumpe el vendedor.

—Te estás equivocando —insiste María—. Tú también eres nuevo, los maestros sederos de Valencia tienen ya sus proveedores, no puedes enfrentarte a ellos. Ambos nos la estamos jugando en nuestros negocios. Puede que tengas el mejor tinte, pero aquí sigues. No te lo compran, no se fían de ti y no quieren más competencia —sentencia—. Pero yo soy tu solución, porque voy a tejer la seda para la boda de la infanta Isabel y el rey de Portugal.

—Eso cambia las cosas…

—Si me vendes el tinte, mis tejidos llamarán la atención y la gente se preguntará cómo logré ese increíble tono de rojo. Y una vez que me labre una buena reputación, tú podrás ofrecer el pigmento a los grandes mercaderes de seda.

—Entonces sería una alianza momentánea.

—Como todas. Hoy haces el amor y mañana, la guerra —dice María.

El mercader se ríe con la ocurrencia.

—Está bien —y se estrechan la mano.

39

Florencia

Aquel día, cuando Noah entra en la sala de los mapas, ve que el señor Vieri está acompañado de un hombre de unos treinta años, bien afeitado, con el pelo oscuro ligeramente ondulado, nariz un poco aguileña, y ojos agudos, con una mirada decidida.

—Noah, pasa. Te voy a presentar a un estudiante de la Universidad de Bolonia, aunque él es de… Disculpa, ¿de dónde has dicho que eras?

—Torún, una ciudad comercial en el norte del reino de Polonia —añade el invitado.

—Eso es. Él se llama Copérnico, Nicolás Copérnico.

Se saludan cortésmente.

—Aquí donde lo ves, es canónigo del cabildo de Frombork, sede del obispado de Varmia, regido por su tío —añade Vieri—. Y es un estudioso del firmamento. Precisamente me estaba comentando que ha divisado un eclipse durante el cual la Luna ha cubierto a una estrella.

—Aldebarán, en la constelación de Tauro.

—Sus mediciones contradicen los cálculos de Ptolomeo sobre la variación de la distancia de la Luna y la Tierra en su giro —explica Vieri.

—¿Es eso cierto? —pregunta Noah.

—Aún es pronto para afirmarlo con rotundidad —responde Copérnico.

—A mí también me gustaría revisar el cálculo del tamaño de la Tierra de Ptolomeo, usando el gnomon de Toscanelli de la catedral —y se gira hacia Vieri.

—¡Es una fantástica idea! —interviene Copérnico—. Bolonia está en el mismo meridiano que Florencia, yo podría hacer la medición allí, en la basílica de San Petronio hay otro gnomon. ¿Podemos organizarlo, señor Vieri?

—Me alegra que hayáis congeniado tan bien, es realmente sorprendente. Ya hablaremos de esa medición. Y te agradezco la visita, Nicolás. A partir de ahora nos mantendremos en contacto —y se estrechan la mano.

—Un placer conocerte, Noah.

—Gracias, señor.

Acto seguido llega Alessandro y acompaña a Copérnico a la puerta. Noah y el señor Vieri se quedan a solas.

—¿Os ha molestado mi idea del gnomon de Toscanelli?

—Al contrario, estoy orgulloso de que tengas iniciativa, Noah. —Se le queda mirando—. Ese hombre que acaba de irse, Copérnico..., no se lo digas a nadie, pero tiene una idea revolucionaria que, si es cierta, cambiará el mundo y, al mismo tiempo, si llegara a publicarla algún día..., sería su fin.

Noah se queda perplejo.

—No es conveniente que entables amistad con él, es peligroso. Y no le inmiscuyas en ningún proyecto, busca otra ayuda para esa medición que deseas hacer.

Pocas veces ha visto Noah al señor Vieri mostrarse así de tajante.

A la semana siguiente, Darío accede a ayudarle, por alocada que sea la idea, así que alquila un caballo y parte hacia Verona. Es el mediodía del solsticio de verano, un rayo de sol pasa a través de un orificio formado por una placa de bronce situado a doscientos setenta pies de altura, dentro del tambor de la linterna de la cúpula del Duomo de Florencia, y forma un círculo de luz en el suelo de mármol de la capilla de la Cruz. Noah apunta los grados que proyecta la posición del Sol.

Ese mismo día, a cincuenta leguas de Florencia, en Verona, Darío se ha asentado en una colina cerca del lago de Garda. Ha llevado consigo una vara de siete pies que ha clavado en el suelo tal y como le ha explicado Noah; y al mediodía, con el sol en su cenit, ha medido la proyección de su sombra.

Mientras aguarda su regreso, hay una celebración en Florencia y un grupo de saltimbanquis ha montado un espectáculo en una plaza cercana al Duomo. Es extraño que Savonarola lo haya permitido, pero al parecer es una fecha ineludible en las tradiciones toscanas. Hay música de gaitas y trompetas, acróbatas y bailarines, y florentinos de todas las edades y clases sociales. Entonces un equilibrista se coloca en posición invertida con ambas manos apoyadas en la punta de dos espadas. El público lo aclama, entregado por completo. Un saltimbanqui trepa por la rejería de un balcón y realiza unas piruetas en el aire antes de caer sobre los dos pies, rodar por el suelo, dar una voltereta y luego hacer una rueda lateral para terminar con un salto con tirabuzón sobre los hombros de otro de sus compañeros.

¡Es increíble!

—¡Noah! —le llama uno de los juglares, que nada más reconocerle camina presto hacia él—. ¡Dichosos sean mis ojos!

—El Gran Anselmo de Perpiñán, ¿qué haces tú aquí?

—No es lo que crees, me he unido a este grupo solo de manera temporal. En breve regreso a Castilla. Pero es que hay una bailarina… —Dirige su mirada a una joven morena que se contorsiona como si fuera una muñeca de trapo—. Bueno, ya la ves…

Noah se echa a reír.

—¿Qué tal por aquí? No pensaba encontrarte aún en Florencia, te hacía viajando hacia Asia.

—Trabajo en un negocio de mapas y manuscritos antiguos. La verdad es que es un buen oficio.

—Así que con mapas. Interesante es, desde luego. —Se queda pensando.

—¿Y tú? ¿Has dado muchas vueltas?

—Eso siempre. Fui a los reinos de Castilla y Aragón, luego marché a Portugal; de vuelta a Castilla, y ahora de nuevo en la Toscana. *Nihil novum sub sole.*

—«Nada nuevo bajo el sol».

—¡Bravo! —El juglar le da una palmada en el hombro.

—¡Anselmo! —grita uno de los saltimbanquis—. ¡Vamos!

—El deber me reclama. Estaremos varios días aquí. Nos hospedamos cerca, en el barrio de los tinteros, en una fonda que se llama El Gato Verde. Ven y me cuentas de esos mapas tuyos. Me alegro de verte, Noah.

—Lo mismo digo.

Noah se queda un rato más disfrutando del espectáculo, hay un hombre que hace bailar a un perro amaestrado al son de una flauta. No puede evitar contemplar a la contorsionista y se percata de cómo el juglar y ella se miran. Con una sonrisa en el rostro, deja la animación y continúa hacia el corazón de Florencia.

Esa misma tarde, aguarda a las afueras del palacio a que Giulia salga a dar un paseo. Suele hacerlo a la misma hora. Y, en efecto, la joven sale oculta bajo una capa oscura. Solo sus penetrantes ojos y la sutil forma en que se mueve la delatan.

Noah corre a forzar el encuentro.

—¿Giulia?

La figura bajo la capa se detiene; no alza la vista ni pronuncia palabra, lo cual extraña a Noah.

—¿Cómo sabes que soy yo?

—Supongo que lo he intuido por... vuestro perfume —miente.

Entonces se abre ligeramente la capucha.

—Nadie debe saber que me has visto, Noah. ¡Prométemelo!

—¿Por qué? ¿Os sucede algo?

—No debería decírtelo.

—¿Decirme el qué? Giulia, podéis confiar en mí.

—No, ¡confía tú en mí! Déjame y no digas nada.

Noah no sabe qué hacer, pero deja que prosiga su camino. Se queda solo y confundido; desea ir tras ella y averiguar qué ocurre. Giulia es así, misteriosa e independiente, y teme que se enfade si averigua que la está siguiendo, ya conoce su fuerte carácter. No piensa entrar en el palacio, así que se dirige al barrio de los tinteros.

Llega a la taberna El Gato Verde y la encuentra muy animada, corre el vino y los trapecistas y los músicos le dan un ambiente festivo.

—Amigo mío, la vida es lo que sucede mientras nos movemos —afirma el juglar—. La naturaleza del hombre reside en el movimiento, pues la calma absoluta no es otra cosa que la muerte. Por eso antaño éramos nómadas y ahora, viajeros.

—No todo el mundo viaja como tú.

—Cierto, y tampoco todos aman ni ríen, allá cada cual. Aunque no solo el hombre viaja, también los animales. Los salmones migran a aguas dulces al final del verano; las grandes ballenas abandonan el norte con la llegada del frío; las aves siguen las estaciones…

—Yo ahora mismo estoy bien aquí. —Noah suspira.

—Hummm. —El juglar estira el cuello y le mira con desconfianza—. ¿Cómo se llama?

—¿Cómo se llama quién?

—Por favor, soy el hombre que más sabe del amor en este antro, a mí no puedes ocultármelo. La mujer que te ha robado el corazón… y la razón que te retiene en Florencia, ¿quién es?

—Pero… No… no es nadie.

—Podemos estar así toda la noche. Noah, me debes la vida, confiesa —y le hace la señal de Cristo.

—¡Estate quieto, que te van a ver!

—Pues entonces desembucha —dice apuntándole con el dedo índice.

—Sé que es una estupidez, pero… —Resopla—. Es una mujer… ¡increíble! Y aunque te suene a exageración, nada más verla sentí como si nos conociéramos de siempre. Como si me estuviera esperando, como si nos uniera un hilo invisible… Qué tonterías estoy diciendo.

—Para nada. —Anselmo bebe de su vaso de vino.

—¿De verdad crees eso? —inquiere Noah, asombrado.

—El mayor de los amores es el de dos almas gemelas que se encuentran. Ahí no son necesarias las pruebas, ni la conquista, ni mostrar devoción, ni los regalos. Todo eso sobra entre ellos. Las almas se reconocen, se unen y… —Hace una pausa—. Este es el problema: se prende un fuego entre ellas, que suele consumirlas en un destino trágico.

—¿Por qué tiene que ser trágico?

—Un amor así no se somete a la razón. A los dos enamorados les da todo igual, no atienden ni a estamentos, ni a su religión, ni a su situación antes de encontrarse. Pueden provocar una guerra, romper su matrimonio, acabar con su familia, hundir el negocio… ¿Conoces la historia de Paris y Helena? ¿La guerra de Troya?

—Sí, claro.

—Pues ahí tienes lo que puede suceder cuando dos almas gemelas se encuentran. Solo obedecen al corazón. Un amor así exige eterna fidelidad; por tanto, solo la muerte puede separarlas.

—Eso no puede ser, debe haber algún modo de… —Noah está abatido.

—Lo siento. —El juglar echa un brazo por el hombro de su amigo—. Yo he cantado mil historias de amor, por eso sé que el amor es la razón de nuestra existencia, la ilusión luminosa que vence todas las reglas de la razón. En medio de la guerra que habían provocado, Paris y Helena seguían siendo dos enamorados que querían estar juntos a pesar de todo. Sin embargo, su final estaba escrito y no iba a ser feliz. Cuando los aqueos invadieron Troya utilizando un caballo de madera y arrasaron la ciudad hasta los cimientos, Paris fue asesinado y Helena fue llevada de vuelta con su marido.

—Solo la muerte podía separarlos. —En ese momento, Noah recuerda a Laia.

—Yo creo que hay almas que tienen una similitud natural, y que el amor es la fuerza que las atrae. Noah, si de verdad la quieres, lucha por ella.

—Es fácil decirlo…

—No digo que sea sencillo; al contrario, sé lo difícil que puede llegar a ser. No hay demonio peor que el amor: Sansón fue tentado y gozaba de la más prodigiosa fuerza, Salomón fue seducido a pesar de su enorme sabiduría y Hércules era el hombre más fuerte que ha existido y no pudo romper las flechas de Cupido.

—Eso no me anima.

—No es cuestión de ánimo, Noah.

—Pero yo la amo.

—¿La amas o la deseas? Son cosas bien diferentes, pues no todo lo que se ama se desea, ni todo lo que se desea se ama.

—No sé qué hacer…

—Ya veo lo mal que estás en el amor. —El juglar alza ambas manos y cambia de tema—: Pero en cambio estás feliz con tu trabajo… ¿Mapas, has dicho? ¿Por qué?

—Porque cada vez que un barco portugués o castellano entra en puerto se transforma el mundo y hay que actualizar los mapas que tenemos; pero a veces también hay que redescubrir los antiguos y olvidados.

—¿Ah, sí? ¿Por qué motivo mirar viejos mapas?

—Un sabio florentino que murió no hace mucho, Toscanelli, planeó el viaje de Colón con veinte años de antelación.

—¿En serio? Has dicho que se llamaba Tos…

—Toscanelli —repite Noah.

—Qué interesante. ¿Y qué fue de él?

—Se lo presentó al rey de Portugal y, de manera incomprensible, el monarca lo desestimó, aunque se cree que Toscanelli llegó a dibujar un mapa con la ruta.

—¿Y tú has visto ese mapa?

—No, pero si alguien puede tenerlo, ese es mi maestro, el señor Vieri.

—Fascinante. Así que ahora también buscas mapas perdidos.

—A veces. —Suspira.

—Noah, enamorado. —Al juglar le brillan más que nunca sus ojos azulados—. Vamos, bebamos más vino y sigue contándome cosas de esos mapas.

40

Valencia

María entra en el palacio de Santángel, donde la hacen esperar un rato hasta que le dan paso. Con un paquete envuelto bajo el brazo, camina con pisadas firmes sobre el suelo de ladrillos de barro cocido mientras la conducen a donde será recibida por el noble, que en ese momento se encuentra en su despacho ojeando unos documentos. Cuando está frente a él, abre su mercancía y extiende en la mesa una fabulosa seda de un color rojo intenso y brillante.

Santángel resopla, deja los papeles y coge la tela entre sus manos. La escruta sin decir nada, se levanta y se acerca a uno de los ventanales que iluminan con generosidad su despacho. La luz del sol hace que la tela luzca más bella si cabe.

—¿Y bien? —pregunta María.

—Sois una mujer obstinada, no cabe duda.

—Eso me es irrelevante, ¿compraréis mi seda?

—E impaciente… —Se ríe—. ¡Demonios! Lo haré.

—El precio ha subido.

—¿Y eso por qué?

—Debisteis comprarla antes. Hay que arriesgarse, señor Santángel —le dice con descaro.

—¿Y cuánto va a costarme ahora?

—Solo añadiré un extra: que me llevéis con vos a la boda real.

—¿Qué estáis diciendo? No está en mi mano cumplir semejante petición.

—También soy una mujer que no bromea, por si aún no os habéis dado cuenta —le advierte María.

—Pero... ¡es una boda real! ¿Cómo voy a llevaros?

—Disponéis de recursos, ya se os ocurrirá el modo —contesta muy segura de sí misma—. No quiero estar en la catedral, pero sí en las celebraciones.

—Eso no es posible, ¡de ninguna manera! —exclama Santángel, enervado—. Mi padre no estará de acuerdo.

—Entonces olvidaos de mi seda. —Toma la muestra, se da media vuelta y sus pisadas firmes vuelven a resonar.

—¡Maldita sea! ¡Está bien! Mujer de mil demonios... Pero la necesito ya.

María evita girarse para que Santángel no vea su sonrisa de felicidad.

Las telas se envían de inmediato y ellos salen rápido para Castilla, pues la boda se ha fijado para finales de septiembre en Valencia de Alcántara, en la frontera con Portugal.

El viaje es largo y se hace cansino. María entiende que no es lo mismo viajar con el juglar y los saltimbanquis que con transportistas, criados y los hombres de armas que acompañan a Santángel. Pero tiene algo a lo que aferrarse en los momentos más difíciles: saber que por fin estará cerca de Colón. En su bolsillo izquierdo lleva el pequeño cuchillo; todos los días, cuando cae la noche, se aleja del grupo y practica con él los movimientos. Busca una piedra y ejercita sus músculos, ensaya una y otra vez. Tiene ya la seguridad y la destreza suficientes para matar a Colón y vengar a su padre y al de Laia.

Los días pasan despacio y el viaje parece no terminar nunca; ciudades, aldeas y señoríos se agolpan a su paso. Y una tarde el cielo retumba como si fuera a romperse y a los truenos les suceden relámpagos y se desata un aguacero diluviano que inunda campos y anega los caminos. La tormenta obliga a buscar refugio en una paridera y les hace perder dos días de marcha.

Los reyes y la infanta han salido de Salamanca, dejando allí al príncipe Juan, que se encuentra indispuesto y le conviene descansar. Así que, muy a su pesar, no podrá asistir al inicio de la boda.

Isabel de Castilla ha entrado en Valencia de Alcántara acompañando a su hija en el desfile. Ahora está exhausta, cansada de disimular sus sentimientos. Está preocupada por su ángel, su amado hijo Juan, teme por su salud y aguarda noticias de Salamanca que no llegan. En cambio, debe cumplir lo que se espera de ella frente a una multitud de gente, porque eso es lo que hace la mayor parte del tiempo, actuar para quienes la observan.

Su Alteza confía en que se reponga y llegue a los festejos de los días siguientes. El enlace real va a celebrarse en la iglesia de Nuestra Señora de Rocamador. La reina Isabel contempla la explanada frente al templo, repleta de invitados, engalanada, pero lejos de la magnificencia que lució Burgos para la boda del príncipe Juan y doña Margarita. Y, sin embargo, tiene una importancia estratégica capital al unir la Corona de Portugal con las de Castilla y Aragón.

En el banquete nupcial, a un lado, observa a su hija y percibe que no es feliz con esta su segunda boda. Echa de menos a Fernando, han decidido que es mejor que regresara a Salamanca a velar por la salud de su hijo y la mantuviera puntualmente informada. Allí también está su nuera Margarita. A ver si al final van a ser ciertas las advertencias de los médicos y su hijo ha yacido en exceso con ella. Cuando la conoció no le encontró ni un solo defecto, pero Isabel estaba convencida de que debía tenerlo. ¿Es posible que su nuera haya exigido tanto a su hijo en sus obligaciones maritales que lo haya dejado exhausto y haya enfermado por eso?

A Dios ruega que no sea verdad, y no puede serlo si Juan es

hijo de su padre, pues Fernando en esa faceta es incansable. Pensar en su marido y no tenerle a su lado aún hace la situación menos llevadera y solo aumenta la inquietud. Ahora comprende al obispo Fonseca: no hay nada peor que la incertidumbre.

Ninguno de los allí presentes puede llegar a comprender lo que siente ella, que tan bien disimula, pues ante todo es reina, y esta boda es una cuestión de Estado. La alianza con Portugal es una de las bases de sus ambiciosos planes; sin esta pata, todo el castillo podría tambalearse y caer. Por eso mantiene la compostura ante las más altas personalidades allí presentes, la flor y nata de la realeza, la nobleza, el alto clero y los ricos burgueses. No va a darles la satisfacción de verla flaquear.

A la reina de Castilla nadie puede verla mostrar debilidad alguna, ni aunque esté sola y pendiente de la salud de su ángel.

Todos la miran. Llevan observándola desde que era una niña: primero con indiferencia, luego con desprecio, también con admiración, después con preocupación, más tarde con odio y ahora con miedo.

Las posibilidades de que ella fuera reina de Castilla eran prácticamente nulas, y las de su esposo tampoco eran mucho mejores. Tuvieron que darse tantas circunstancias insólitas para que ambos se casaran y se sentaran en el trono, que la única explicación plausible es que actuó una fuerza superior. No hay otra razón creíble, era el destino, era la voluntad de Nuestro Señor. Y si Él puso tanto esfuerzo en ello, por un buen motivo debía ser.

«Por Dios Santo, que regrese ya Fernando con nuestro hijo», piensa para sus adentros mientras su hija se casa con el rey de Portugal.

41

Valencia de Alcántara

Cuando María y Santángel llegan, los festejos del enlace real llevan varios días celebrándose, suerte que se enviaron las telas con tiempo. Al verlas engalanando las calles, a María le da un pálpito de alegría el corazón. A pesar del retraso, ahora solo le preocupa encontrar a Colón entre los invitados y cumplir su objetivo.

Los aguarda Luis de Santángel, el padre. Está enojado por el retraso, pero también por la presencia de María.

—¿Cómo has osado traer a esta mujer a la boda real? ¿En qué estás pensando, hijo?

—Era eso o no nos facilitaba las telas, padre.

—¡Será posible! Una mujer no puede embaucarte así, y menos una que juega a ser mercader. Hijo mío, que eres un Santángel, ¡por Dios Santo! Y, además, llegáis tarde. —Cabecea de un lado a otro.

Su hijo le sigue dando justificaciones, pero no sirven de nada. Y Luis de Santángel le explica que deben presentar sus respetos a la reina y disculparse por el retraso.

—¿Yo también puedo presentarme a Su Alteza? —pregunta María.

—Qué remedio, vuestra obra engalana esta boda. Y si mi hijo os ha traído, al menos que haya sido para algo.

María se siente complacida, también nerviosa y expectante. Conocer a los reyes no entraba en sus planes.

Ella y Santángel acceden por una puerta con un amplio arco apuntado, recorren una galería hasta un salón en cuyas paredes cuelgan tapices de batallas y de ahí pasan a otro más discreto. Allí tienen que aguardar y a María la espera se le hace eterna, ha de contenerse para no morderse las uñas. Hasta que por fin les abren las puertas. Santángel padre les hace una señal y él entra primero.

Es un salón regio, blasones de Castilla y Aragón cuelgan del techo y tapices con escenas de caza y banquetes cubren las paredes; en el suelo, una alfombra con motivos geométricos les lleva hasta un espléndido trono. Allí aguarda sentada la reina Isabel de Castilla, acompañada por otra mujer, Beatriz Galindo.

A María se le ha pasado el disgusto de que no esté también el rey. Mira de reojo a la reina y se queda embelesada con su porte. La espalda muy recta contra el respaldo, un vestido blanco, largo y ajustado, de su cuello cuelga un collar con flechas y sobre su cabello rubio luce una corona.

—Alteza. —Santángel padre se inclina, su hijo y ella le imitan.

—Vuestras mercedes sea bienvenidas, gracias por acudir al enlace de mi hija. He sabido que a vuestro hijo le ha retrasado una terrible tormenta.

Santángel hijo explica los pormenores de lo acontecido en el camino. En ese momento, María no es plenamente consciente de que está ante la monarca más poderosa de la Cristiandad. ¿Quién se lo iba a decir? Hasta ahí ha tenido que llegar para poder encontrar a Colón.

—¿Quién os acompaña? —Hace una señal a María para que avance hasta ella—. Dejadme adivinar: es la responsable de la confección de las maravillosas telas que adornan la boda, ¿cierto?

—Así es, alteza —responde Santángel padre.

—¿Vuestro nombre?

—María de Deva, para servir a Su Alteza —y hace una reverencia.

—Me sorprende y me agrada que sea una mujer la que haya logrado este resultado, ¿verdad, Beatriz?

—Desde luego, alteza.

—Gracias, y también son mujeres las que los han tejido. Además, cuentan que fue una mujer quien inventó la seda.

Santángel padre se enerva y le hace una señal para que se calle.

—¿Eso es cierto? Nunca lo había oído.

—Me lo contó un juglar —afirma María, que mira temerosa a Santángel.

—Las historias que narran los juglares despiertan mi interés. —La reina sonríe.

—Pues, según él, un emperador de Catay encomendó a su esposa que descubriera por qué las hojas de morera de su jardín desaparecían misteriosamente. La emperatriz indagó hasta que averiguó que unos gusanos blancos se las comían y luego formaban unos capullos de los que, al cabo de unos días, salían convertidos en mariposas.

—Conozco la manera en que se produce la seda —dice la reina, restándole importancia.

—¿Y sabéis que a la emperatriz se le cayó por accidente en su taza de té uno de los capullos que cogió?

Santángel hijo la mira con una expresión que denota estupefacción y su padre enmudece ante el atrevimiento de María. Solo la dama que acompaña a Isabel, Beatriz, que se mantiene en un discreto segundo plano, disimula una sonrisa de satisfacción.

—Lo tomó en su mano y, movida por la curiosidad, lo abrió: la crisálida había muerto a causa del calor, pero de él salía una hebra muy fina, suave y brillante. Se le ocurrió que, juntando unos cuantos capullos, el hilo sería lo bastante fuerte como para confeccionar bonitas prendas para el emperador. Tras varios intentos, finalmente consiguió tejer un precioso pañuelo de seda para su esposo.

—Sé que durante más de dos mil años Catay guardó el secreto de la seda, bajo amenaza de pena de muerte a todo aquel que

osara desvelarlo. —Las palabras de la reina resuenan poderosas—. Conocer el pasado es esencial para comprender el presente, todo buen gobernante lo sabe. ¿Y cuál es el final de vuestro
relato? ¿Cómo llegó el secreto de la seda a la Cristiandad?

—Gracias a dos monjes que viajaron desde Constantinopla
hasta Catay y escondieron en sus bastones de bambú unos huevos de gusanos de seda, burlando así la vigilancia. A su regreso,
desvelaron el secreto mejor guardado de la historia.

—Hoy no esperaba oír un relato tan curioso, ha sido una
grata sorpresa.

—Siempre a vuestra disposición, alteza —responde María.

Entonces entra en la sala un religioso de poblada barba.

—Fonseca, podéis pasar. ¿Qué nuevas traéis? —se interesa la
reina.

—Lamento importunaros durante el enlace.

—Seguro que tenéis una buena razón, ¿traéis noticias de Salamanca? ¿Cómo está mi hijo?

—Me temo que no, mi premura es otra. Majestad, debéis saber que me está siendo laborioso encontrar quien financie el
nuevo viaje del Almirante.

María tiene que contenerse al oír estas palabras.

—¿Por qué razón, ilustrísima?

El recién llegado hace un gesto con la mano pidiendo permiso para aproximarse más a la reina. Esta asiente con la cabeza y
el religioso se acerca lo suficiente para hablarle en voz baja, sin
que el resto los escuchen. María asiente curiosa a la conversación
entre susurros, pero poco a poco van elevando la voz y comienzan a ser inteligibles a sus oídos.

—Los que sufragaron el segundo viaje quedaron descontentos con los resultados, y ya sabéis que existen testimonios de
algunos hombres muy respetables que fueron con él en los que
denuncian su modo de proceder. Todo tipo de quejas, abusos y
acusaciones de mal gobierno. De ambición desmedida, o de haber tomado decisiones erróneas. De ocultar información, de no
respetar vuestras órdenes. Y de cosas peores —afirma Fonseca

sin ocultar su malestar—. Y aun así, en vuestra bondad infinita, le habéis mantenido la confianza, alteza.

—Don Santángel, aquí presente, sabe mejor que nadie que le concedimos los títulos de almirante, virrey y gobernador de las islas y tierra firme de la Mar Océana, con todas las facultades y prerrogativas a ellos inherentes. —Su Alteza ha subido ya sus palabras a un tono casi normal—. Soy la reina, pero no estoy por encima de la ley. Se firmó lo que se firmó en las capitulaciones y Colón nos llevó hasta las Indias. No seré yo quien le quite sus merecimientos, ni tampoco dejaré que otros lo hagan.

—Pero, majestad, lo seguís defendiendo a pesar de las acusaciones.

—Y no me arrepiento. ¿Qué más queréis, ilustrísima?

—Ruego a Su Alteza que reconsidere la posibilidad de abrir las expediciones a nuevos exploradores.

María no da crédito a que esté siendo testigo de esta conversación.

—Ya conocéis mi respuesta a esa cuestión. —El rostro de la reina permanece inmutable.

—Las palabras conquistan durante un tiempo; sin embargo, los hechos… Esos sí nos ganan o nos pierden para siempre.

—Y los hechos son los hechos —sentencia Isabel—. Quiero hablar con vos a solas, Fonseca. Podéis retiraros, Santángel. Os estoy agradecida por los tejidos. Y a vos, María de Deva.

Los tres hacen una leve inclinación y abandonan la estancia.

—Uno de mis espías me habló de la existencia de un mapa con la ruta a las Indias, uno anterior al de Colón. —La reina se queda pensativa—. No le concedí importancia… hasta ahora. Vuestra insistencia, ilustrísima, me ha hecho reflexionar.

—¿Qué os preocupa? —inquiere Fonseca.

—Es urgente que alcancemos las islas de las Especias y las ricas ciudades de Asia, temo que otros puedan adelantarse. He sabido que ingleses y portugueses han probado a llegar por una ruta más al norte que la de Colón, sin éxito por el momento. ¿Y si Colón sabía cómo llegar a las islas pero no a tierra firme? —duda la reina.

—Por eso deberíamos abrir la ruta a otros capitanes, que en Castilla los hay y muy buenos —le recuerda Fonseca—. Hay que prepararse para lo peor y esperar lo mejor.

—Debemos lealtad a Colón. He de pediros que terminéis de organizar lo antes posible el tercer viaje, no abriré las Indias a otros capitanes. Ahora, si me disculpáis, debo regresar a las celebraciones de los esponsales de mi hija.

—Así se hará, alteza —responde con desilusión el obispo.

Fuera del salón regio, Santángel padre acelera el paso hasta estar lo suficientemente alejado y se encara con su hijo.

—No quiero volver a ver a esta mujer en mi vida —señala a María—. ¿Cómo has podido interpelar a la reina? ¿Quién te crees que eres, miserable? Y tú, hijo, ¿en qué estabas pensando confiando en ella? No voy a estar siempre para sacarte las castañas del fuego, ya es hora de que aprendas a valerte por ti mismo. El apellido Santángel te queda grande.

42

Florencia

Con los datos de la medición y la distancia recorrida, Darío regresa a la capital de la Toscana.

—Noah, esta me la debes. ¡Una semana de viaje!

—Es importante, créeme.

—No lo dudo —responde reticente el escultor.

A continuación, Noah se encierra en la sala de los mapas con todos los datos recogidos. Se rodea de compases, reglas y tablas de medición. Una cosa que admira Noah de Eratóstenes es que no tuviera ninguna duda de la esfericidad de la Tierra, algo que ahora resulta evidente, pero que en su época era difícil de demostrar. Una vez concluidos sus cálculos, tiene la imperiosa necesidad de hablar con el señor Vieri, a quien le cuenta lo que ha descubierto siguiendo los pasos del legendario director de la biblioteca de Alejandría.

—Así que crees que Eratóstenes tenía razón y el diámetro de la Tierra es de unas siete mil leguas y no de cinco mil cuatrocientas leguas, que es lo que se deduce de los cálculos de Colón y Ptolomeo. Y entonces ¿dónde se supone que han llegado los castellanos? Porque en medio de la nada no están, ¡te lo aseguro!

—Eso no lo sé. —Resopla—. Pero os aseguro que mis cálculos son correctos.

—Tranquilo, Noah. Hoy cualquier marinero sabe más del mundo que Platón y Aristóteles. Nos movemos entre creencias, muchas veces erróneas. Platón es un sobrenombre que significa «ancho» en griego antiguo, porque tenía unas fornidas espaldas resultado de los años dedicados a fortalecerse para la práctica de la lucha.

—¿Platón era luchador?

—Lo era. Como ves, uno de los mayores sabios de la historia es llamado por su admirable aspecto físico, no por su inteligencia. Lo que quiero que entiendas es que los cálculos no lo son todo, hay que saber interpretarlos. ¡Eso es lo realmente difícil!

—Los números no mienten.

—Por supuesto que no, pero nuestra mente puede errar; y se la puede engañar —apunta Vieri y guarda sus anteojos—. A veces la realidad es la que es, no podemos forzarla. Te sucede lo mismo que a Copérnico, ¿recuerdas?

Noah se desilusiona al ver el poco aprecio del señor Vieri por sus cálculos. Más tarde, cuando vuelve a reunirse con Darío, este le pide un gran favor a cambio del esfuerzo realizado para la medición:

—Quiero estudiar unos libros con dibujos de esculturas romanas que hay en la biblioteca del señor Vieri.

—No puedo sacarlos —se excusa Noah.

—Lo sé, pero sí dejarme abierta la puerta del patio y la de la biblioteca. Solo tienes que vigilar que nadie asciende por la escalera hasta la medianoche.

—Darío…, no me pidas eso, por favor.

—Ya sabes que le debo dinero y como me encuentre allí me mata. Necesito estudiar unos modelos; los libros no van a salir de la biblioteca, ¡te lo juro!

—Me vas a meter en un lío.

Pero Noah sabe que no puede negarse. Así que accede, le deja paso y vigila hasta la hora convenida. Todo parece salir bien, porque a la mañana siguiente la biblioteca está impoluta, como si Darío no hubiera estado fisgando en ella. Por desgracia, es un favor que le pide en varias ocasiones más. Una penitencia que Noah no tiene más remedio que pagar.

Mientras tanto, la vida sigue igual en Florencia. Noah regresa al palacio cuando sale Giulia, que viste elegante y sobria. Ha ocultado su figura bajo un manto oscuro y un tocado cubre su hermosa melena. Lo cierto es que Giulia tiene que esforzarse para no llamar la atención, y esa tarde se ha tomado evidentes molestias para que así sea.

Cruza por delante del Duomo, pero ni se gira para admirar las puertas del baptisterio, ni la torre, ni la cúpula. Nadie pasa por allí sin alzar la vista. Giulia camina confusa, con la mente en otra parte. Continúa hacia el Palazzo della Signoria y entra.

«¿Qué hace Giulia Vieri en la sede del gobierno?».

Él espera paciente, quizá ha acudido allí para realizar un trámite rápido.

Pero no.

Giulia está más de dos horas dentro y, cuando sale, lo hace con un paso mucho más decidido, con la cabeza alta y el gesto más seguro. Se dirige a la zona de los cambistas y entra en el local de uno de ellos.

Noah aguarda y no puede evitar preguntarse a qué se debe el periplo de la joven dama. Entonces ella sale de nuevo y reinicia su marcha, esta vez por calles más sinuosas. Tras dos giros, Noah deja de verla. Se afana en encontrar su silueta entre la gente que puebla esas vías más humildes y hacinadas.

No da con ella, la ha perdido.

—¿Por qué me estás siguiendo? —Giulia se halla a su espalda.

—Yo no os estaba…

—Ni se te ocurra mentirme —le amenaza.

—Lo siento, estaba preocupado. Os vi y pensé que podíais tener problemas.

—Estúpido, te has jugado la vida por nada. Hombres… —dice con desprecio.

—Giulia…

—¡Cállate!

Noah se queda acongojado.

—Tenéis razón, no tengo excusa. Solo puedo defender mi culpa, porque es una virtud: la de preocuparme por vos, aun a sabiendas de que ello me depare vuestro desprecio.

Se hace el silencio.

—Maldito seas, ya te dije que tenías ojos tristes de poeta. —Giulia cierra los labios, los mueve a un lado y a otro—. ¿Puedo confiar en ti?

—Por supuesto, ¿es que acaso lo dudáis?

—Ven conmigo, pero no se te ocurra abrir la boca y mucho menos llamar la atención, ¿entendido? Esto no es un juego como… Bueno, haz solo lo que yo te pida.

Giulia retoma el paso y avanzan con rapidez hasta uno de los lugares más altos de Florencia, cerca de la iglesia de San Miniato al Monte.

—San Miniato fue el primer mártir de la ciudad, era un eremita y lo decapitaron durante la persecución contra los cristianos del emperador Decio. Después de su ejecución, se levantó, cogió su cabeza y volvió al monte donde estaba su cueva de ermitaño. Ahora es la cripta de esta iglesia.

—No es la primera historia que oigo sobre una cabeza.

Entonces aparece un grupo de hombres que los rodean, Noah teme lo peor e intenta proteger a Giulia colocándose delante, pero ella lo aparta y camina hacia ellos.

—¿Qué hacemos con él? Puede ponerlo todo en peligro —comenta uno.

—Ni siquiera sabe qué está pasando —replica Giulia—. Yo respondo por él.

—Razón de más —afirma otro.

Noah no sale de su asombro, Giulia los conoce.

—Quiero hablar con él —dice un individuo de mayor edad que surge por detrás, de escasa estatura y que viste con elegancia.

El resto se echa a un lado, incluida Giulia. El susodicho le hace un gesto a Noah para que le siga, camina hasta el borde de la colina y juntos contemplan la vista de la ciudad desde la iglesia.

—¿Sabes quiénes somos?

—Opositores a Savonarola, ¿verdad?

—No solo eso. Somos florentinos, de linajes antiguos. Nuestros antepasados convirtieron Florencia en el centro del mundo. No luchamos contra Savonarola, eso sería reducir nuestra causa; defendemos Florencia, eso es lo que hacemos.

—Pretendéis derrocarle.

—Sí, pero no para tomar el poder, sino para liberar la ciudad.

—Quiero ayudaros a acabar con él —añade Noah con firmeza.

—No eres florentino, ¿qué más te da?

—Sé lo que es perderlo todo, sé lo que es la injusticia.

—No sabes nada —musita el anciano—. Estás aquí por ella, ¿crees que no lo sé?

Noah mira un instante a Giulia.

—Eso es verdad, tengo miedo de que le suceda algo malo.

—El miedo es como el fuego, te va quemando por dentro. Si lo controlas, entras en calor; pero si, por el contrario, llega a dominarte, te quemará.

—Puedo controlarlo —afirma Noah—. Soy extranjero, cierto, por eso no comprendo cómo un fraile fanático se ha convertido en el líder de la república más rica de Italia y ha osado enfrentarse al mismísimo papa. Yo también quiero derrocarle, ¿qué más os dan los motivos? No deberíais renunciar a cualquier ayuda, no creo que estéis en condiciones…

—Solo eres un estorbo —sentencia el anciano—. Te perdonamos la vida, pero olvida lo que has escuchado y vete de aquí. Te estaremos vigilando. Si abres la boca, te cortaremos la lengua.

—Él no hablará —alza la voz Giulia—. ¿Verdad, Noah?

—No lo haré.

—Más le vale. —El anciano se da la vuelta y la mira—. Te hago responsable a ti —dice señalándola—. Giulia, te creía más lista.

43

Valencia de Alcántara

María no lamenta sus palabras ante la reina, aunque sabe que no debería haber hablado, pues ella es una plebeya. Sin embargo, aún le hubiera gustado hacerlo más y contarle a Su Alteza lo que piensa de Colón. Sin embargo, hizo bien en contenerse, pues le hubiera costado un severo castigo.

Todo acto tiene sus consecuencias y lo que realmente lamenta es haber puesto en un brete a Santángel con su padre, no era su intención. Pero lo hecho, hecho está.

Ahora María palpa la empuñadura del cuchillo en su bolsillo izquierdo, cada vez siente más cercano el momento de consumar su venganza. Lo que no esperaba era tanto gentío en las celebraciones por la boda real. Por mucho que lo intenta y se esfuerza, los días siguientes no encuentra a Colón entre los asistentes al enlace. No es el único ausente en la boda, todo el mundo comienza a comentar la falta del rey Fernando y, por supuesto, la del príncipe Juan y su esposa.

—No puedes hablarle así a la reina —le recrimina Santángel, que a pesar de todo no la ha abandonado a su suerte.

—Siento haberte causado problemas, te has portado muy bien conmigo. No tienes por qué seguir ayudándome.

—Lo sé.

—Lamento lo que te dijo tu padre.

—Se le pasará, él es muy visceral.

María no puede confesarle que a lo que ella realmente ha venido es a matar a Colón. Y a eso dedica todo su tiempo; como aún quedan días de festejos, espera dar con él tarde o temprano, y en ello pone todo su esmero.

Hacen noche en una de las casas habilitadas para hospedaje y por la mañana la despierta el repicar incesante de campanas de todas las iglesias. Eso es mala señal, alguien importante de la ciudad ha debido de fallecer esta noche. Las gentes corren a reunirse en la plaza del mercado, hay soldados y un oficial real se ha subido a un pedestal para que todos puedan verle. Golpean sus picas contra el suelo, haciendo callar al vulgo.

—La semana pasada, el 4 de octubre del año mil cuatrocientos noventa y siete, a la edad de diecinueve años, ha fallecido en Salamanca don Juan de Trastámara y Trastámara, príncipe de Asturias y Gerona, heredero de Sus Altezas doña Isabel y don Fernando, los Reyes Católicos.

María no da crédito.

La consternación es tal que muchos rompen a llorar. Ha muerto el único varón de la dinastía Trastámara. ¡Qué terrible desgracia!

Algo se remueve en el interior de María y no puede evitar acordarse de Laia y de su propio esposo. Y de ese viaje en el que trajeron a la princesa para que se uniera en santo matrimonio con el recién fallecido. ¿Qué será ahora de doña Margarita?

Se guarda un luto riguroso, la gente se encuentra tan apenada que no sale a las calles salvo para lo imprescindible. Se suceden las misas y los rezos por el alma del difunto príncipe. El duelo en las coronas de Castilla y Aragón durará días, pero ella está convencida de que el recuerdo de la pérdida sobrevivirá al paso de los años, pues representa todas las expectativas fallidas que se depositaron sobre los endebles hombros del heredero.

«Pero, si ha sido durante las celebraciones de la boda de su hermana, ¿cómo lo han ocultado?».

Corre a encontrarse con Santángel, que está igual de consternado que ella, que todos.

—Y ahora, ¿quién es el heredero de las dos coronas? —le pregunta a Santángel.

—Pues... —Resopla—. Te lo puedo decir porque ya se ha hecho oficial. Doña Margarita, en una suerte de milagro, está encinta del difunto príncipe.

—¡No!

—Un extraño avatar del destino, un niño que nacerá huérfano de padre. Dios aprieta, pero no ahoga. Ese es el legado del pobre príncipe Juan: un hijo que será rey.

A María le parece muy triste. Un hijo póstumo del que quizá el jovencísimo príncipe no sabía nada cuando murió.

Se avecinan tiempos complicados hasta que ese niño nazca.

Se clausuran las celebraciones y todos los invitados se marchan; si Colón estaba aquí o pretendía venir, ya da igual.

A María le pueden los demonios, ha fracasado. Se promete a sí misma que aunque sea lo último que haga en su vida, logrará dar con Colón y cumplir su objetivo.

Pero ¿cómo?

Santángel ya no puede ayudarla más y no sirve de nada regresar a Valencia con él. Necesita dar un giro a la situación, cambiar de estrategia, y cree saber quién puede ayudarla: alguien que odie a Colón tanto como ella.

44

Florencia

Por las calles Noah se cruza con multitud de mujeres, la mayoría trabajadoras. Las hay que sirven en palacios, nodrizas, hilanderas; otras cosen o venden ropa blanca y, por supuesto, también hay camareras. Muy de tanto en tanto se deja ver alguna gran señora, entonces es cuando la trascendencia que dan los florentinos a vestir bien adquiere todo su significado: vestidos de seda recamados en oro, corpiños ajustados, cuellos altos, sandalias de cuero y esplendorosas joyas que relucen sobre su pálida piel. Son objeto de admiración, pues les privan estos alardes de belleza. Si bien con Savonarola se han vuelto más recatados, siguen formando parte de la idiosincrasia florentina.

Y entonces la ve a ella: Giulia.

Camina hacia el Mercado Nuevo enfundada en un corpiño de damasco, con un collar rojo, un cinturón dorado y una amplia y vaporosa falda larga que se mueve con el viento para disfrute de todo el que la contempla pasar. Verla bajar la escalinata del palacio es uno de los mejores momentos del día para Noah. Pero por las calles, con la luz del astro rey iluminando todo su ser, es un espectáculo inigualable.

Giulia va directa hacia él y no tiene dónde esconderse.

—Noah, qué sorpresa.

—Agradable, espero.

—Oportuna —responde ella—. ¿Quieres acompañarme?

—¿A dónde?

—No temas, voy a misa. No está bien que una dama vaya sola por estas calles.

Noah asiente. ¿Es que acaso puede negarse?

Se dirigen a una iglesia con una fachada singular, en mármol blanco y verde oscuro. Tiene una serie de nichos a ambos lados de la puerta, que en el derecho continúan por un recinto que conforma lo que parece un cementerio. Es Santa Maria Novella, y la altura y la luminosidad de su interior la hacen aún más bella.

Cuando Giulia se arrodilla para santiguarse, su falda se expande como una flor en primavera. Ahora que sabe la relevancia que tienen los colores para ella, e interpreta que el damasco es el color del amor y la alegría.

Mientras está sentada en el banco del templo, entre tanta gente, Noah aprovecha para mirarla sin recato. Lleva el cabello recogido en alto, pero dos rizos rebeldes escapan de una estola que porta sobre los hombros, caen hacia el collar rojo que recorre su cuello y le secuestran la mirada. Ella no aparta la vista del altar hasta que se levanta para comulgar, sin inmutarse, con la cabeza baja, aunque a él le da la sensación de que está alerta de todo lo que sucede a su alrededor.

Cuando termina la liturgia, Giulia tarda en retirarse un tiempo más de lo necesario. No es la única, más mujeres lo hacen; casualmente, todas son jóvenes y lucen hermosos vestidos y sus mejores joyas.

La ha perdido de vista un segundo y Giulia ha desaparecido. La busca con la mirada de forma desesperada y la encuentra en la puerta de la iglesia. Se levanta torpemente y corre hacia ella. Cuando sale, le deslumbra el sol del exterior y vuelve a perderla. Da varios pasos hacia el cementerio por si estuviera allí.

No está.

Vuelve a la portada del templo y mira en el interior de sus tres naves.

—Son cortesanas —dice ella desde detrás del umbral.

—¿Cómo decís?

—Las mujeres que mirabas antes. Ahora reciben a los mensajeros de los señores que están interesados en ellas —le responde—. Me gusta quedarme y observarlas.

Noah se da la vuelta y, en efecto, así es.

—Usan el templo como escaparate —añade Giulia.

—Pero…

—En Florencia todo se vende y las cortesanas son caras. Son mujeres de vasta cultura que pueden recitar un hermoso soneto, cantar una bella canción, tocar el laúd y demostrar unas habilidades en el dormitorio que ni siquiera puedes imaginar.

Noah se queda boquiabierto.

—¿Sabes? No solo los hombres realizáis largos y peligrosos viajes, también las mujeres viajamos. ¿Cuál es el primer libro de viajes?

—Giulia, es *El libro de las maravillas* de Marco Polo.

—Falso. Egeria, una viajera de la antigua Hispania, fue la primera que dejó testimonio escrito de su increíble recorrido por tierras del Imperio romano. Mi padre me regaló ese manuscrito cuando yo tenía doce años.

—¿Y quién era esa tal Egeria?

—Su viaje abarcó la práctica totalidad del Imperio romano porque su intención era visitar todos los lugares que santa Helena de Constantinopla había recuperado para el Cristianismo un siglo antes. Partiendo desde algún punto de la provincia de Gallaecia, atravesó el sur de la Galia y el norte de Italia, y cruzó en barco el mar Adriático hasta llegar a Constantinopla. Desde ahí fue a Jerusalén, donde permaneció durante tres años visitando los lugares bíblicos, y después viajó a Egipto, donde visitó Alejandría, cruzó el Nilo y llegó hasta el mar Rojo. En su viaje de regreso también conoció Mesopotamia, y fue de nuevo a Constantinopla, desde donde escribió su última carta, en la que decía que intentaría volver a su tierra «si tengo fuerzas».

—Me recuerda a mi libro de viajes favorito, el de un judío del reino de Navarra, Benjamín de Tudela.

—Mi padre suele decir que somos los libros que leemos.

—Vuestro padre es muy sabio.

—También dice que los viajeros son espíritus curiosos; que desean conocer, que tienen necesidad de verdad. —Se le queda mirando—. Noah, no me falles. El momento de la lucha se aproxima, Florencia pronto volverá a ser libre.

Acto seguido, Giulia se gira y remonta la calle hacia el Duomo, contoneando las caderas de tal modo que muy pocos hombres pueden evitar la tentación de mirarla.

Giulia se está convirtiendo en una obsesión para Noah. Hasta el punto de que su sueño por viajar, y su trabajo con los mapas y los libros, entra en disputa cada día con su anhelo de cruzarse con ella por los pasillos del palacio. Cada vez busca más encuentros casuales. Agazapado junto a la escalera principal, aguarda como un lobo a su presa para abordarla en cuanto salga de su madriguera. Pero en esta ocasión el que aparece es el señor Vieri, que se tambalea y busca donde apoyarse.

—¿Estáis bien? —Noah corre a su auxilio.

—Tranquilo, son los años, que no perdonan.

—Señor Vieri, no digáis eso, lucís espléndidamente.

—No es oro todo lo que reluce, te lo aseguro —se queja con desánimo—. Para un mercader, viajar es esencial y yo hace mucho que no lo hago; y eso es malo para los negocios.

—Podéis mandar a otro que os ayude —sugiere Noah.

—¿A quién? Alessandro es mis ojos, lo necesito aquí; Stefano es muy erudito, pero si le sacara de estas cuatro paredes, estaría perdido. Mi hija, en cambio… Ya conoces a Giulia, es brava y valiente. Pero una mujer no puede viajar sola, de ninguna manera, a no ser que sea una peregrina. —Se le queda mirando—. Noah, tú has viajado mucho.

—No tanto…

—Claro que sí. Sé que no tenías los conocimientos teóricos para trabajar con los mapas, pero sí los prácticos. Siempre he pensado que sabe más un hombre que viaja que otro más inteligente pero que se queda en su casa.

—Gracias, señor.

—Yo, cuando preparaba un nuevo viaje, sentía la felicidad de partir. ¿Tú también? Por la atracción de lo desconocido, las aventuras que me aguardaban… Luego, una vez en camino, los miedos desaparecían y comenzaba a disfrutar del viaje.

—Os entiendo perfectamente —afirma Noah.

—No hay mayor prisión que la rutina, saber qué harás mañana, porque es lo mismo que ayer y antes de ayer. A veces la corriente es demasiado fuerte y el viento sopla en contra… y uno ya no tiene las mismas fuerzas que antaño. —Deja la mirada fija, una mirada de amargura—. Te voy a contar un secreto. Cuando yo era joven copié un mapa que portaba en su valija el embajador de Constantinopla, nada más y nada menos que de la *Cosmografía* de Ptolomeo, la cual solo se conocía por leyendas y relatos.

—¿Fuisteis vos?

—Sí, olvidada desde tiempo inmemorial, pero buscada por reyes y papas. Añadí al mapa las tierras modernas que no constaban en él. —Sonríe—. Entonces yo no era consciente de que el mundo iba a cambiar tanto. Nunca los mapas han sido tan trascendentales como lo son ahora que se ha llegado a Asia por poniente. Los confines del mundo, desconocidos y misteriosos, están por fin al alcance. Pero todavía no los ha dibujado nadie, y esa era mi mayor ilusión, concebir un mapa de este Nuevo Mundo.

—¿Cómo que «era»? ¿Qué ocurre? ¿Tenéis problemas con Savonarola?

—No, no es por él. Es por los turcos. Han cortado nuestro comercio con los mercaderes que nos vendían las fragancias para los perfumes.

—¿No se pueden conseguir en otro reino?

—Quizá en Portugal, pero a qué precio —contesta Vieri—. Ese comercio es esencial para mis negocios. Son los excedentes de mis otras empresas los que posibilitan mantener la biblioteca y la sala de los mapas.

—Pero también los vendéis.

—Ahora que el mundo está cambiando… los viejos mapas interesan a pocos. El futuro precisa de un cartógrafo osado que recorra la nueva ruta a Occidente y también la de África al Índico para poder dibujar el mundo correctamente. Por desgracia, nos falta información para ello. Y sin los perfumes, este palacio desaparecerá.

—¿Y si fuese yo a por la mercancía?

—¡¿Qué estás diciendo?! Hay que llegar al Báltico, lo cual es complejo. No tengo contactos allí, sería ir a tientas. Esas tierras del norte son terribles.

—¿Y el monje polaco, Copérnico? ¿No es un tío suyo obispo allí? ¿Tiene costa su diócesis?

—La tiene —asiente Vieri, pensativo.

—Dejad que yo haga ese viaje, confiad en mí.

—¿Lo harías? Será peligroso.

—Eso y mucho más, dejadme que os ayude. Es lo mínimo después de todo lo que vos habéis hecho por mí.

—Contactaré con Copérnico y estudiaremos el viaje. Suponiendo que nos ayude, no será fácil. Y tendrás que llevar una escolta. —Se rasca la nuca—. Pero primero hablemos con Copérnico, le necesitamos para que su tío nos apoye.

Noah se marcha orgulloso y a la vez nervioso. Se aceleran los preparativos y antes de partir quiere hablar con Giulia. Es consciente de que la ruta estará llena de peligros y no piensa marcharse sin declararle lo que siente por ella.

Quiere pillarla por sorpresa, se ha encargado de que crea que hoy estará todo el día ocupado preparando el viaje. Y se las ha ingeniado para que el señor Vieri y Stefano estén fuera de palacio; hasta ha logrado que Alessandro se desplace hasta la otra punta de la ciudad para traer unos enseres imprescindibles para la partida.

Están solos, Giulia y él, pero ella no lo sabe aún.

Ha comprado unas rosas rojas y aguarda agazapado a que Giulia baje por la escalera del palacio. Por fin aparece. Esta mañana viste de amarillo, nunca la ha visto envuelta en ese color. Tan hermosa como siempre.

De pronto, el gato blanco se pone a ronronear entre sus piernas.

Le tiembla el pulso, no consigue salir de su escondite. Giulia pisa el último peldaño y sigue hacia la puerta.

Ha llegado el momento, es ahora o nunca.

En ese instante Giulia abre la puerta y en el umbral está ¿Darío?

Es una visita inesperada, nunca le ha visto dentro del palacio. Observa cómo su amigo entra y Giulia da varios pasos hacia atrás. Sus miradas están clavadas la una en la otra.

¿Se conocen?

A Giulia se le ilumina el rostro, Darío corre hacia ella y se besan.

Noah deja de existir durante unos segundos. Se vuelve pequeño, casi insignificante. Quiere gritar, pero no le salen las palabras de la garganta. Tampoco puede respirar, se ahoga… Tiene que apoyarse en una columna, las rosas se desprenden de su mano y caen convirtiéndose en un charco de pétalos.

Darío se gira y se percata de su presencia. Giulia sigue comiéndole a besos, intenta zafarse de ella, pero la joven prosigue por su cuello hasta que, alarmado, la detiene y le señala hacia donde está Noah tambaleándose.

Giulia lo mira entonces, es una mirada fría.

—Lo siento, Noah. —Darío se separa de su amada.

—¿Qué me habéis hecho? ¡Tú sabías que yo la amaba!

—Noah, no es lo que piensas.

—¡Os he visto con mis propios ojos! —y por fin articula un grito que recorre la escalera y llega hasta la sala de los mapas y la biblioteca.

—No lo entiendes. ¿Cómo crees que lograste trabajar aquí? Yo le pedí a Giulia que convenciera a su padre. De lo contrario,

¿de qué ibas tú a entrar al servicio del señor Vieri? Le contó lo que deseaba oír sobre un nuevo ayudante y ha estado apoyándote todo este tiempo.

—¡No me lo puedo creer! Eso no justifica nada. ¿Por qué no me dijiste que estabas enamorado de ella? ¿Y por qué me ayudaste a entrar en este palacio? ¿Qué ganabais con que yo estuviera aquí?

La pareja se mira de reojo, temerosa de responder, pero ella quiere hacerlo.

—Giulia, ¡no! Ya es demasiado tarde —afirma Darío.

«¿Tarde? ¿Tarde para qué?», se pregunta Noah.

Un puñado de hombres armados irrumpen en el palacio por la fuerza.

—Es él, el conspirador contra Savonarola —afirma Darío señalándole.

De repente Noah lo entiende todo.

Y se siente engañado, utilizado, traicionado.

45

Convento de San Antonio de Padua,
octubre de 1497

Desde la ventana de su habitación, la reina puede ver el altar mayor de la iglesia. Acaba de leer la carta que le han entregado, firmada por su esposo, Fernando, informándole de la terrible noticia. De rodillas sobre el suelo, rota de tristeza, ora por el alma de su difunto hijo y llora. Sí, llora como una valiente, porque debe serlo ahora.

Llaman a la puerta y entran.

—Isabel. —El rey cierra y avanza despacio hacia ella. Se agacha y la abraza.

—No he podido contártelo antes, la boda debía celebrarse. Lo entiendes, ¿verdad? —le susurra al oído—. He creído también que era mejor que lo leyeras primero, las palabras de tinta son menos dolorosas. Si te lo decía de mis labios, sabía que iba a ser más doloroso.

—¡Era nuestro hijo! ¡Mi ángel! —grita desesperada y se zafa de Fernando.

La reina llora sin consuelo y su marido la abraza con todas sus fuerzas.

—¿Sufrió?

—No, se fue en paz —miente Fernando, que oculta el dolor

por la muerte de su vástago, aunque la reina sabe que está tan roto por dentro como ella.

Las fechas siguientes Isabel de Castilla es un fantasma, no quiere ver a nadie, ni siquiera al rey Fernando. El dolor es infinito, como un fuego insaciable que amenaza con devorarla. La reina no tiene ninguna intención en apagarlo, al contrario. Con calma, aviva su duelo día a día desde que falleció el príncipe. No es una enfermedad de la que desee curarse lo antes posible y volver a su vida anterior. Eso ya nunca será posible, porque ha muerto su hijo y con él se ha ido también parte de ella.

Quiere estar en soledad con su tristeza y su dolor.

Ella estaba preparada para afrontar su propia muerte, pero jamás la de su hijo. Si la muerte de un padre, aunque muy dolorosa, sigue las leyes naturales y es un acontecimiento que podemos anticipar en la mayoría de los casos, la de un hijo marca un antes y un después y te deja sumida en el desconcierto más absoluto. Por eso la poderosa reina de Castilla ahora tiene miedo.

Isabel quiere llorar, estar sola y llorar.

Es lo que hace hasta que se traslada a Ávila; el cuerpo del príncipe descansará en el Real Monasterio de Santo Tomás.

Y entonces sucede un milagro. El rey le da una nueva que no por deseada, es menos sorprendente. Su nuera, la princesa Margarita, está embarazada de su difunto hijo.

Ella ya lo intuía desde hacía tiempo, estaba casi segura de ello.

La noticia le devuelve las fuerzas, no todo está perdido.

Ahora necesita que ese embarazo llegue a buen término y sea un niño. Un nieto para la reina.

Un nuevo príncipe.

LIBRO TERCERO
LA RUTA DEL ÁMBAR

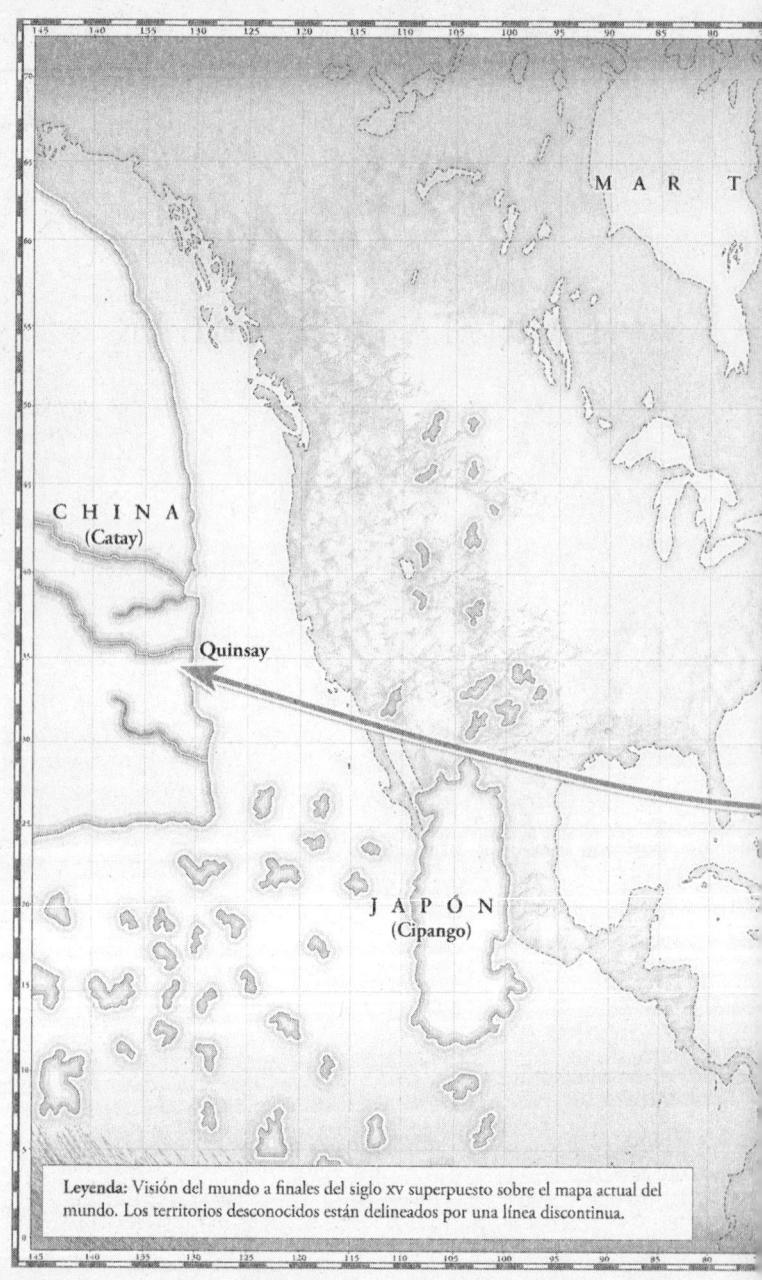

Leyenda: Visión del mundo a finales del siglo XV superpuesto sobre el mapa actual del mundo. Los territorios desconocidos están delineados por una línea discontinua.

LA RUTA DE
LAS INDIAS
TOSCANELLI
1477

B R O S O

LISBOA

Antillia

Canarias

Cabo Verde

46

Florencia

Noah aguarda en la prisión, un lúgubre lugar donde no deja de rumiar cómo le han traicionado. Recuerda el momento en la taberna del Caracol cuando se acercó a Darío, la sensación de tener algo en común, de verse identificado con su soledad. Qué equivocado estaba.

¿Y Giulia? Se le encoge el corazón solo de pensar en ella. ¿Cómo no lo vio venir? Con la de veces que el comerciante alemán le dijo que no se enamorara, ¡qué razón tenía! Esas salidas del palacio, el secretismo, los malditos detalles en los que no se fijó… Creyó que se debían a las maquinaciones contra Savonarola, pero era todo más mezquino y sencillo: Giulia necesitaba una manera de verse con Darío sin levantar las sospechas de su padre. Y él fue utilizado para tal menester, sirviendo de coartada, de excusa y ahora para cargar con las culpas.

No tiene apetito, y aunque lo tuviera tampoco comería la bazofia que les han dado. Noah es un alma en pena, un moribundo. Este es su lugar, con los desheredados; muertos de hambre, ladrones y bandidos; criminales, violadores y vagabundos.

Así pasan los días. En su celda hay tres hombres más. Un viejo que no deja de rezar, como si eso fuera a servirle de algo, y que murmura a todas horas que se aproxima el final de Florencia. Un grandullón que tararea una especie de canción de cuna, al que parece que se le ha ido la mollera. Y, por último, un joven-zuelo al que han debido de pillar en algún hurto y, aunque es callado, tiene pinta de ser peligroso.

Llega un cuarto hombre. Viste a la moda florentina, de me-diana edad, con gesto distinto al resto, como si estar allí no le asustara.

Se sienta a su lado, mira la comida y tampoco se la come.

Noah recuerda por un instante las viandas que le preparaba su madre, el pan que tanto le gustaba, las frutas de su vecino. Su feliz infancia, quién iba a imaginarse entonces que al hacerse hombre todo serían calamidades. Qué poco valoramos nuestros primeros años, cuánto anhelamos crecer y hacernos adultos, ¿y para qué? ¿No es más feliz cualquier niño?

—¿Alguna vez has visto un unicornio? —le pregunta el re-cién llegado, y Noah cree haber oído mal—. No me refiero a verlo en pinturas o en tapices, sino uno de verdad —puntuali-za—. Ya sabes, una de esas criaturas con forma de caballo, pezu-ñas hendidas, barba de chivo y, por supuesto, un enorme cuerno en espiral saliendo de su frente.

—No, lo siento.

—Yo sí lo he visto. Una vez, fue solo un instante. —Se vuel-ve para clavar sus ojos en los de Noah—. Me miró fijamente como estoy haciendo ahora yo contigo. Y… —Da una palmada que sobresalta a Noah—… desapareció. Fue increíble.

Noah asiente y le rehúsa la mirada. Está claro que el nuevo tampoco está muy cabal.

—Pocos han visto un unicornio. —Se acerca un poco más a Noah—. Lo sé, lo sé, cuesta creerlo. Pero yo lo tuve frente a mis ojos y te puedo asegurar que es el animal más maravilloso que existe.

—Ya imagino —resopla Noah, que lo último que quiere en este momento es que alguien le dé conversación.

—Dicen que su cuerno posee poderes mágicos, que es capaz de hacer que el agua hierva; o que, si se remoja en una bebida o se añade a la comida, neutraliza el veneno que pudiera contener.

Por eso son tan codiciados por los reyes de todos los reinos. Para evitar morir envenenados por sus enemigos, todo gobernante desea un cuerno de unicornio.

—No creo que ahora mismo nos fuera útil, si bien es verdad que podríamos morir si nos comemos esa porquería. —Noah señala la comida—. Aunque lo mismo da, porque de todos modos lo haremos en el cadalso, así que me dan igual tus historias de unicornios.

—O en la hoguera.

—¿En la hoguera?

—Ah, ¿no lo sabías? A los que conspiran contra Savonarola los queman vivos.

Noah se estremece. Por supuesto que ha barajado la posibilidad de morir, casi la da por hecho; pero ahorcado, no quemado vivo. Esa es una muerte horrible, la peor. Solo de pensarlo siente que se queda sin aire. La carne derritiéndose, el olor insoportable, el dolor, los gritos de la gente…

—¿Te gustaría ver un unicornio?

Él hace oídos sordos, sigue abrumado por su negro futuro y su imagen en medio de las llamas. No puede morir así, es mejor rajarse uno mismo el cuello. No le pueden condenar a la hoguera por un delito que no ha cometido. El señor Vieri le ayudará… o no, porque hacerlo sería incriminar a su hija.

Entonces cae en la cuenta de lo solo que está y de que sí es posible que lo acusen de traición y lo quemen vivo.

—¿Me escuchas? Un unicornio, ¿te gustaría contemplarlo? —pregunta sonriente el nuevo preso, con lo que la situación se vuelve todavía más desesperante.

A Noah le falta el aire, se levanta, se dirige al portón y lo golpea. Primero sin convicción, pero entonces sus compañeros de celda gritan y se ríen. Y Noah insiste con todas sus fuerzas, sus puños impactan una y otra vez contra la madera, y los presos gritan y gritan cada vez más alto.

La celda se convierte en una jaula de grillos exaltados que patalean, ríen y lloran al mismo tiempo. La puerta se abre y entra el carcelero blasfemando y amenazando, alza su mano empuñando una vara y la lanza contra Noah, pero alguien la agarra y la detiene. Es la mano del preso más joven, que acto seguido lo derriba de un tremendo puñetazo, le arrebata la vara y, cuando entra un segundo guardia, le rompe la nariz de un golpe seco y le atiza en el costado; luego se gira y remata al otro con un puntapié en el estómago.

—¡Vamos! —Y le hace una señal.

Noah no reacciona, está paralizado.

—No hay tiempo. —El hombre de los unicornios se levanta y tira de su brazo—. Noah, hay que salir de aquí.

—¿Cómo sabes mi nombre?

—Aún tienes amigos en Florencia, no tientes a tu destino. —Le agarra con fuerza—. Haz todo lo que te digamos y saldremos de aquí con vida.

47

Ávila, finales del año 1497

El obispo Fonseca es quizá de los hombres más preocupados por la situación del reino, porque solo el maligno es capaz de crear tanto desconcierto e incertidumbre como el que ha provocado la muerte del príncipe Juan. Es de vital importancia restaurar el orden, y con esa esperanza acude a la audiencia real.

Al presentarse frente a la reina, teme cómo se encuentre de ánimos Su Alteza. Pero en principio la ve con buen aspecto, aunque no duda que el dolor está a flor de piel, por mucho que intente disimularlo.

—Alteza, lamento profundamente la pérdida del príncipe.

—Os lo agradezco, ilustrísima.

—Y deseo que el embarazo de la princesa llegue a buen término y pronto tengáis un nieto varón.

—Gracias, ahora habladme del nuevo viaje de Cristóbal Colón —reclama la reina.

—Ya os avisé de que me está costando encontrar financiación y capitanes.

—Vuestra tarea es encomiable. Las Indias es una labor que requiere mucho esfuerzo y os he dejado con una carga excesivamente pesada para un solo hombre, como bien dijisteis.

—En absoluto, alteza. Me habéis honrado, que no es lo mismo —contesta Fonseca.

—Agradezco vuestro sacrificio y por eso he dispuesto que ya no soportéis en soledad esta labor y dispongáis de ayuda.

—Disculpad, alteza, ¿qué queréis decir?

—Compartiréis la responsabilidad de los asuntos de Indias.

—Qué gran noticia —pronuncia Fonseca con la boca pequeña—. ¿Y quién va a ser mi ayudante?

—No será una mera ayuda, la compartiréis por completo.

—Ah, mejor aún… ¿Y quién va a aliviar mi carga?

—Don Antonio de Torres.

—¿El secretario del Almirante? —Fonseca no da crédito a lo que acaba de escuchar.

—Hay que encontrar el paso a las islas de las Especias, a Catay y Cipango. El Almirante necesita más apoyo, así que seguiréis a cargo de los temas de las Indias, si bien ya no tenéis mando único. El segundo viaje no logró los objetivos esperados, como vos mismo expusisteis. Y el tercero se ha retrasado en exceso.

—Entiendo…

—Fonseca, os estimo, vos os encargasteis de concertar el matrimonio entre mi hija Juana y Felipe; y el del príncipe… —a la reina le cuesta pronunciar el nombre de su difunto hijo— Juan con doña Margarita. También de la organización del segundo viaje de Colón y la gestión de los nuevos territorios. Un hombre nuevo os será de inestimable ayuda. Además, tenéis demasiados recelos hacia el Almirante y eso no beneficia en absoluto a nuestro objetivo.

—Porque creo que él solo busca enriquecerse, mientras que yo deseo asegurar el protagonismo de la Corona en la empresa de las Indias. Cristóbal Colón pone por delante sus intereses privados.

—Todo eso ya está hablado —responde la reina—. Ilustrísima, el Almirante nos ha llevado hasta allí, no lo olvidéis.

—¿Y dónde está ahora?

—Ha partido al sur —responde Isabel—, los preparativos le requieren. Ahora dejadme, no están siendo unas semanas fáciles para mí.

—Por supuesto, alteza.

El obispo Fonseca se marcha y camina por las calles de Ávila rumiando contra Colón. Sale extramuros y observa la muralla de la ciudad.

Él es un hombre reflexivo, meticuloso y pragmático, cree que por eso Su Alteza lo eligió para organizar los asuntos de las Indias después del primer viaje del Almirante. Ha hecho un buen trabajo, de eso no tiene dudas. El problema es precisamente Colón; él sí que le plantea desconfianza, y si hay algo que detesta el obispo es la incertidumbre. El mundo debe regirse por reglas claras y concisas; la confusión y el desconcierto no son divinos. En un mundo regido por Dios, no hay cabida para la fortuna ni el destino; son elementos que llevan al caos, y no existe nada más diabólico que el caos. Y Colón le transmite todas esas inseguridades e inquietudes.

El Almirante es un problema.

—Perdón, ¿ilustrísima?

El obispo Fonseca se gira despacio y encuentra a una joven que se arrodilla. Él le acerca la mano para que le bese el anillo.

—¿Quién eres?

—Una humilde mujer. Mi nombre es María de Deva, me visteis cuando tenía audiencia con la reina durante la boda real.

—Cierto, con los Santángel —asiente.

—Aquel día sentí que recelabais del Almirante y vengo buscándoos. Deseo hablar con vos, ilustrísima.

—¿Conmigo?

—Sí, me ha costado encontraros. He tenido que andar un largo camino desde que os vi en la boda.

—¿Y viajáis sola? —El obispo la mira con recelo—. Una mujer no debe andar por los caminos sin compañía.

—Soy devota y he sido peregrina, sé los riesgos del viaje. Pero no me queda otra alternativa, porque también soy viuda y huérfana.

—No comparto el que una mujer viaje sola. —Fonseca cruza las manos.

—Es por un motivo de peso, ilustrísima.

—¿Cuál, si puede saberse?

—¿Sabríais decirme dónde está Colón ahora? —pregunta ella.

—Muchacha, ¿quién te crees que eres para osar preguntarme algo que no es de tu incumbencia? —responde con desdén y cierto amargor en la voz.

María se queda callada, pero reacciona rápido.

—¿Apreciáis a Colón, ilustrísima?

—Vaya pregunta… —refunfuña.

—No lo hacéis, se os nota. Y lo sé porque el sentimiento es mutuo.

—Por su culpa me han privado de mi cargo de responsable de los asuntos de Indias. Aunque lo que me preocupa es su ambición desmedida, ese hombre es un peligro para la Corona y nadie lo ve.

—Yo sí, ilustrísima.

—¿Por qué te estoy contando esto a ti? ¡Déjame en paz o llamo a los guardias!

—Puedo ayudaros.

—¿Ayudarme? —dice incrédulo.

Ahora es el obispo Fonseca el que guarda silencio, observa a la mujer y percibe un brillo inusual en el fondo de sus ojos. El prelado conoce las emociones humanas, ha escuchado miles de confesiones, ha escrutado los rostros de las personas cuando se abren a la verdad; puede reconocer los sentimientos ocultos en los lugares más recónditos del alma. Y sabe lo que significa ese brillo en las pupilas, tan intenso que podría cegar a quien lo posee.

—Sea lo que sea lo que te haya hecho —dice Fonseca—, ese hombre tiene el favor de la reina y pronto partirá de nuevo a las Indias, así que poco podemos hacer ninguno de los dos.

—Yo sí puedo, si me decís dónde está.

Al obispo Fonseca le agrada la determinación de la mujer y piensa que quizá pueda serle útil.

—En Cádiz, o mejor en Sevilla, preparando una nueva flota. ¿Por qué lo buscas?

—Porque pienso como vos, ese hombre esconde demasiado y alguien debe hacer algo.

—Pero tú solo eres una mujer, ¿qué puedes hacer frente al almirante de la Mar Océana, gobernador y virrey de las Indias?

—No os quepa duda de que haré todo lo que esté en mi mano —responde María con un aplomo más propio de un caballero que de una joven humilde—. Vos deberíais hacer lo mismo, cueste lo que cueste.

—Tu visita ha sido muy reveladora —asiente Fonseca—. Que Dios te ayude en tu misión, tienes mi bendición. —Y hace el signo de la cruz delante de María.

Ella asiente y se marcha.

El obispo se queda pensativo, mirándola: esa mujer le acaba de dar una lección. Tiene razón, él no puede rendirse.

48

La Toscana

Ha nevado, el manto blanco de la nieve le recuerda a Lier; cómo echa de menos patinar en sus canales helados. Noah conduce un carruaje que porta un cargamento de tejidos, pues el señor Vieri no se ha demorado en organizar la expedición comercial y, en cuanto supo que lo habían apresado, aceleró los preparativos e hizo que lo liberasen.

No tuvo que explicarle la traición de Giulia, porque ella también había engañado a su propio padre, aunque el señor Vieri hace recaer toda la culpa en Darío. Al parecer, ya le había prohibido poner un pie en palacio y que viera a su hija, y lo que no sabía Noah era que llevaban juntos casi un año.

Por eso querían que alguien inofensivo ocupara el puesto vacante de ayudante, para manipularlo y favorecer sus encuentros. Sin quererlo, Noah ha sido utilizado para desviar la atención de la gente del palacio; para que Darío estuviera al tanto de lo que sucedía dentro, en especial con Giulia, y para que hubiera un culpable si los hombres de Savonarola llegaban a descubrir que un miembro del palacio Vieri era un opositor a su causa.

—Fue idea de Giulia —le dijo Vieri antes de partir.

—¿El qué?

—Este viaje. Ella dijo que podrías hacerlo, mi hija me convenció.

—¡No! Fue idea mía.

—Te equivocas. Pero no te culpes, Giulia tiene esa habilidad. ¿No te habías dado cuenta?

—¿De qué estáis hablando?

—Consigue que los hombres hagan lo que ella desea sin ni siquiera pedírselo —le respondió Vieri.

Noah se quedó mudo.

—Menos con ese escultor; con el maldito Darío es todo lo contrario. Es él quien la manipula, por eso le prohibí verlo... Y de nada ha servido.

Noah prefirió no odiarla ni maldecir su nombre. El odio solo servía para echar sal en las heridas.

—Ahora te necesito. Todo se desmorona y mi situación es desesperada, preciso el ingrediente principal de mis perfumes: el ámbar gris —añadió Vieri.

Noah nunca había oído hablar de ese producto.

—¿No pretenderéis que todavía os ayude?

—Te he sacado de la prisión y tu cabeza tiene precio, y muy alto. —Vieri lo cogió por los hombros—. Tráeme el ámbar gris y me encargaré de que seas un hombre libre.

Noah pensó que tenía que ser obra del destino, solo él podía ponerle en semejante tesitura. Y prometió no volver a oponerse a sus designios, nunca más. Así que ha emprendido el viaje en busca de ese misterioso producto.

No va solo, en el carruaje va montado el florentino Giuseppe. Según le ha contado el señor Vieri antes de salir de Florencia, es un comerciante experto que le va a ayudar con la transacción. Además, también los escoltan dos hombres armados.

Kristiansen es danés; alto y corpulento, tiene unos hombros interminables, unos brazos robustos y un enorme pecho. Viste completamente de negro, con refuerzos de cuero en los hombros, los antebrazos y el abdomen, a modo de armadura. Al cinto porta una espada y de su cuello cuelga una cruz plateada; le recuerda a uno de esos antiguos monjes que luchaban en las cruzadas. En su cabello corto y bien rasurado, al igual que en su barba, ya se vislumbran canas. Todo en él es serenidad y, al mismo tiempo, parece que semejante cuerpo contiene tal fuerza que es mejor no hacerla brotar.

A su compañero ya lo conoce, es el joven violento que le liberó de la prisión. De aspecto muy opuesto al otro, poca estatura, rubio y con el cabello largo hasta los hombros. De bastante menor edad, tiene unos ojos tan azules que parecen pintados con lapislázuli. También viste de negro, pero solo lleva una hombrera y un brazal en el brazo izquierdo. Colgado de su hombro, pende un arco más alto que él, y el carcaj con las flechas se lo sujeta al cinto. Se llama Ray y, por lo que le ha contado Giuseppe, es escocés.

Forman una pareja curiosa por la diferencia de edad, de envergadura y de origen; son callados, austeros y, a tenor de lo que hizo Ray en la cárcel, saben hacer bien su trabajo. Noah no objeta su presencia, todo lo contrario. Sabe que allí donde van les esperan mil peligros y que toda ayuda es poca.

Giuseppe es un hombre mayor, con el cuello ancho y corto, y su rasgo más característico son unas cejas gruesas, oscuras y espesas que se le comen media cara.

Salen de Florencia y Noah no puede evitar pensar en Giulia. Ahora tiene la impresión de que la joven era capaz de leer sus intenciones con solo mirarlo. Ha sido cruel, pues ha jugado con su corazón. Giulia sabía perfectamente que él la amaba. Es más, Noah todavía la quiere y piensa que aún tiene una oportunidad. Giulia se dará cuenta de su error, quizá ya lo haya hecho. Darío es el culpable de todo y si él regresa con éxito, con la ayuda del señor Vieri, podrá recuperarla.

«¡Soy un estúpido! ¿Cómo puedo pensar en eso?».

«¿Y si no es amor? ¿Y si lo que siento es solo deseo?».

«Giulia me ha engañado, ¡debo olvidarla!», se reafirma.

Dejan atrás las aguas del Arno y las murallas de Florencia para tomar el camino que los conducirá a Bolonia. Y entonces la ve sobre una colina.

«Sí, ¡es Giulia!».

Lleva el cabello recogido en una gruesa trenza que le asoma por la espalda y va embutida en su abrigo de piel blanca: cruzado, de cuello alto, con los hombros puntiagudos; ajustado a su cintura y cayendo por debajo de las rodillas; rígido y a buen seguro pesado, por lo poco que se mueve con el viento.

Ella lo mira desde lo alto, poderosa y desafiante.

Siente las pupilas de Giulia clavarse en él como dagas afiladas que le abren la carne para desentrañar sus sentimientos, ocultos entre huesos y sangre. Noah ha decidido protegerlos allá donde nadie pueda encontrarlos nunca.

Está roto de dolor.

Solo quiere alejarse lo más rápido posible, sin embargo los ojos de Giulia son como anclas y no puede dejar de mirarlos. Siente la tentación de detener el carruaje y echar a correr hacia ella.

«¿Y si está arrepentida de sus actos? ¿Y si ha cambiado de opinión? ¿Y si ha descubierto que me ama a mí y no a Darío?».

Por un instante piensa que aún está a tiempo de recuperarla.

«¡Idiota! No se puede recuperar aquello que nunca se ha tenido, porque Giulia nunca ha sido tuya», se dice a sí mismo.

Vuelve la vista al frente, Florencia es el pasado. Aun así, se gira una última vez pero ya no ve a Giulia. Sus lágrimas caen y se tiñen con la tierra y el dolor, embarrando su camino.

El carruaje continúa alejándose y avanzan sumidos en el silencio de la noche. Con las primeras luces, Noah observa a los mercenarios, que cabalgan sobre dos corceles de guerra negros y robustos. Apenas conversan el uno con el otro, es evidente que entre ellos se entienden con solo mirarse. A veces cree que usan un lenguaje secreto de gestos y signos, sin necesidad de hablarse. Aunque quizá lo que más destaca en ellos es su fuerza contenida, no hay que ser muy avispado para intuir que es mejor no tener problemas con ninguno de los dos. Todo lo contrario que Giuseppe, a quien no le presupone ninguna destreza con las armas. No se imagina a nadie menos amenazante que el comerciante florentino. Que además habla por los codos. Noah no quiere charlar, no tiene ánimo. Se abstrae, como cuando era niño, con la vocecilla de Giuseppe relatando una y mil anécdotas.

Entonces comienza a sentir el viento en el rostro y de pronto recupera la ilusión. ¡Está viajando! Por fin ha regresado a los caminos. Lo que tanto añoraba, esa emoción latiendo dentro de él... Vuelve a ser un viajero.

Tras varias jornadas, cruzan los montes Apeninos por un paso y divisan un extraño paisaje al pie de las colinas. Es una ciudad amurallada, dentro de la cual se distinguen dos ríos y lo que parece una extensa red de canales de agua. No obstante, lo más significativo son sus torres. No los torreones de sus murallas, que también los hay, sino las torres del interior, tan altas y esbeltas que algunas parecen desafiar la lógica. Hay más de un centenar, es difícil calcularlas, un sinfín de agujas que miran al cielo y convierten esa ciudad en la más peculiar que han visto nunca sus ojos.

—Es Bolonia —dice Giuseppe—. Yo también puse esa cara la primera vez que la vi hace muchos años.

Noah intenta disimular su asombro. Conforme se aproximan, las torres parecen multiplicarse y ser cada vez más altas, como un enorme bosque de árboles pétreos que buscan de manera desesperada el sol.

El señor Vieri lo ha organizado todo con tanta premura como eficacia, y Giuseppe le dice que Nicolás Copérnico los espera en el edificio principal de la universidad, que está considerada la más antigua del mundo. Es uno de los grandes templos del saber, al que acuden eruditos en lógica, filosofía, matemáticas y medicina.

El mercader se queda custodiando la preciada mercancía junto a los escoltas, quienes no abandonan su voto de silencio. Noah está cada vez más convencido de que son monjes armados, como los antiguos templarios de los que se oyen tantas historias.

Nicolás Copérnico lo recibe con afabilidad, está más risueño que en Florencia. Aprovecha para explicarle brevemente algunos aspectos de la universidad y después van a comer dentro de la propia institución, en un refectorio.

—Torún se encuentra a orillas del río Vístula —le explica Copérnico—. Cuando yo nací, ya había concluido la guerra en la que el reino de Polonia, en alianza con Lituania, luchó contra la Orden Teutónica por el control de la región. En esa guerra, ciudades de la Hansa como Torún optaron por apoyar al rey de Polonia, quien prometió respetar su tradicional independencia frente al autoritarismo de la Orden Teutónica.

—Recuerdo haber oído hablar sobre la Hansa en mi ciudad.

—Es una agrupación de ciudades comerciales del norte. Allí debéis dirigiros para encontrar el ámbar gris.

—¿Y vuestro tío es el gobernador de Narnia?

—¡Varmia! Y también es arzobispo, por lo que posee todo el poder. Ha tenido que hacer frente a diversas ofensivas armadas de la Orden Teutónica, que trataba de reconquistar el territorio, así como a varios intentos polacos de minar su independencia. Él sabe mantener el equilibrio, que no es nada fácil. Me envió a estudiar a Cracovia y ahora me ha hecho venir a Bolonia para completar mi formación.

—¿Conocéis la ruta que vamos a seguir? —Noah extiende un mapa que le ha proporcionado el señor Vieri.

—Sí, debéis llegar al puerto de Danzig, pero el Báltico es peligroso.

—Más lo es el Mediterráneo; en el norte no hay turcos, ni piratas berberiscos ni egipcios.

—Cierto, sin embargo hay otros peligros que no salen en los mapas…, seres de los que solo habrás oído hablar en los libros —afirma con tono serio—. Ten cuidado, Noah, ese mar y las tierras orientales no se parecen en nada a las que conocéis.

—Lo tendré, pero recordad que yo también soy del norte.

—Por eso te eligió el señor Vieri.

Noah prefiere no replicar a eso.

—Pasaremos la noche en Bolonia y mañana seguiremos hacia el norte.

—Bien, porque tengo que enseñarte algo antes de que partas.

Noah ignoraba que Bolonia es una ciudad surcada por decenas de canales, y le recuerdan a su Flandes natal. Él ha oído hablar de los canales de Venecia, pero al ver los de Bolonia no puede imaginarse una ciudad más influenciada por ellos que esta.

—Mis tres hermanos y yo quedamos huérfanos a temprana edad y fuimos acogidos por mi tío. He seguido sus pasos, pero mi gran pasión es la astronomía: el firmamento. ¿Tú observas el cielo?

—Como todos, lo miro buscando a Dios.

—Dios está en todas partes, y en el cielo hay estrellas, hay planetas y está el Sol… Cuando leo los textos antiguos no comprendo qué ha sucedido.

—¿A qué os referís? —pregunta Noah.

—Han pasado casi dos mil años, pero existen ideas que se plantearon entonces y se han olvidado durante todo este tiempo, ¿cómo es posible?

—Supongo que es como con los mapas, ¿os habéis dado cuenta de que no conocemos el mundo en el que vivimos? Por ejemplo, la ruta a las Indias: el señor Vieri está convencido de que ya se conocía hace mil o mil quinientos años. Entonces ¿por qué nadie se había lanzado a explorarla?

Suben por la escalera interior de una de las torres de la ciudad hasta la terraza superior, donde hay una serie de máquinas, libros y documentos.

—Eso mismo pienso yo de la astronomía, nunca puedes dar nada por supuesto. La verdad suele esconderse entre la maraña de mentiras, rumores y confusiones. Esa es mi mejor herramienta de trabajo. —Señala un astrolabio—. Reproduce la posición de las estrellas en el cielo con respecto a la proyección de la esfera terrestre, lo que permite medir las alturas del Sol y las estrellas.

—El señor Vieri no me dijo en qué trabajabais exactamente.

—La Tierra es el centro del universo, y los planetas, el Sol, la Luna y las estrellas se encuentran en esferas fijas que giran en torno a la Tierra. No obstante, algunos planetas como Venus y, sobre todo, Marte describen trayectorias errantes en el cielo. Es decir, unas veces se mueven hacia adelante y otras hacia atrás, lo cual está en flagrante contradicción con las teorías de Aristóteles, que aseguraba que todos los movimientos y las formas del cielo eran círculos perfectos. Ptolomeo aceptó las teorías de Aristóteles y nada se ha cuestionado desde entonces.

—Es curioso lo que decís, porque los *mappae mundi* tampoco han cambiado desde Ptolomeo, ni su medida del diámetro de la Tierra.

—¿Crees que esos mapas podrían ser erróneos? —pregunta Copérnico.

—Vos mismo me incitasteis a repetir el cálculo de Eratóstenes: su medida parece correcta; lo que supondría que el mundo es mucho más grande de lo que imaginamos.

—Si eso es cierto, Colón no hubiera podido llegar a Asia, pues se habría ahogado en el Océano —recalca Copérnico.

—Exacto. ¿Y cómo puede ser que sí llegara?

—¿Y cómo puede ser que Marte avance y luego retroceda?

—Quizá ya lo sepáis, pero la distancia a Catay que usamos la sabemos por un griego que a su vez la conoció por un mercader fenicio que nunca llegó hasta allí —prosigue Noah.

—Pero si Colón ha llegado y el cálculo de Eratóstenes también es correcto…, entonces ambas opciones no son posibles al mismo tiempo —recapituló Copérnico.

—El señor Vieri me dijo una vez que hay cosas que son imposibles hasta que son inevitables. ¿Cómo pueden estar en lo cierto Colón y Eratóstenes? Es una pregunta sin solución.

—Seguro que lo descubrirás.

—¿Yo? ¡Qué decís! Yo no tengo…

—¿El qué no tienes? Talento te sobra, lo que debes encontrar es la fuerza para llevarlo a cabo y no perder nunca la esperanza. Noah, la esperanza es lo más valioso que poseemos.

49

Toledo, invierno de 1498

Acabado el luto en las coronas de Castilla y Aragón, el juglar retoma sus andanzas, esta vez en solitario, y viaja hasta la legendaria Toledo, ciudad protegida por el cauce encajonado del río Tajo, que la rodea por tres de sus flancos, y con su Alcázar dominándola en lo alto.

Cruza el puente de Alcántara y se adentra en las calles de la que fue la capital del reino visigodo, y que sigue siendo la ciudad más emblemática de Castilla. Las leyendas y los misterios que atesora pesan como los mejores sillares de sus muros, no en vano sus calles han visto pasar a emperadores romanos, reyes godos, califas, emires y, por supuesto, los más notables reyes castellanos.

La corte, a pesar de ser itinerante, suele visitar Toledo con frecuencia. Anselmo de Perpiñán tiene dudas de cómo se hallarán de ánimo Sus Altezas, pero confía en la fortaleza de su espíritu.

Aguarda en las afueras del Alcázar y ve salir a Beatriz Galindo, la maestra de latín de la reina. En esta ocasión va acompañada de otra mujer de edad similar, aunque viste más sobria, tiene el cabello más oscuro y es de mayor estatura.

—Dichosos mis ojos al ver tanta belleza —las saluda el juglar quitándose el sombrero y haciendo una reverencia.

Las dos damas sonríen complacidas.

—Anselmo de Perpiñán, ¡qué sorpresa! —lo nombra Beatriz Galindo.

—Grata, espero. —Sonríe—. Debo confesar que esperaba veros, he de hablar con… —y mide sus palabras.

—Gadea es de plena confianza, mía y de la reina —responde Beatriz—. Es una buena amiga y la mejor jugadora de ajedrez del reino.

—Un juego maravilloso, sin duda. Se cuentan muchas historias sobre él.

—Lo sé —responde Gadea con rotundidad.

—Gadea es nacida en esta ciudad tan fabulosa —afirma Beatriz.

—Entonces os estoy entreteniendo, seguro que iba a enseñaros su hogar.

—Me temo que eso no es posible, fue pasto de las llamas cuando era niña —confiesa ella, pero sin tristeza en la voz.

—Qué lástima. —El juglar se queda pensativo—. Los incendios son terribles…

—¡No habléis ahora de eso! —lo interrumpe Beatriz—. Supongo que venís al convite. Vuestro talento será bienvenido en estos días, a buen seguro animará a la familia real, que sigue muy afectada, como ya podéis imaginar.

—Nada me agradaría más que aliviar las penas de Sus Altezas.

Beatriz Galindo y Gadea lo acompañan hasta el interior del Alcázar. En uno de los salones hay dispuesto un banquete en el que no han escatimado ningún detalle, y también hay músicos que tocan una canción conocida. El juglar pronto se hace notar, aparece dando un par de brincos y ejecuta unas piruetas con las que se gana al público, que aplaude su entrada.

Aunque no todos. En un extremo descubre unos ojos disonantes que pertenecen a un viejo conocido, un bufón de la corte cuyo apodo es Cabezagato. Ha tenido varios encontronazos con él a lo largo de los años, algunos de ellos de peso. Se detestan. El juglar piensa que los bufones, en especial Cabezagato, creen que la corte es terreno exclusivo de ellos y que los juglares y demás artistas deben circunscribirse al vulgo en ferias, mercados y ejecuciones.

Siempre que puede le evita, pues en más de una ocasión han estado a punto de llegar a las manos. Anselmo sabe que no conviene enfrentarse a un bufón; son traicioneros y, al estar tan próximos al poder, no es raro que se vean envueltos en conspiraciones políticas. Debe andarse con ojo con él esta noche en el Alcázar.

El juglar cuenta una divertida anécdota sobre la conquista de Granada que encandila a los presentes. Después continúa con unas cancioncillas populares, que son muy aplaudidas, y luego llega el plato fuerte: toma su laúd, toca varios acordes y empieza su espectáculo.

—«Tanto monta Isabel como Fernando» —alza su escénica voz—. Tal vez no sepáis que este lema de nuestros queridos reyes hace alusión al legendario conquistador Alejandro Magno y a un célebre nudo.

Entonces Anselmo de Perpiñán saca una soga con un nudo bien visible.

—¿Un nudo? —pregunta una voz.

—Tenemos un sordo entre el público. —Se oyen risas generales—. Sí, caballero. Lo que habéis oído… Ah, bueno, que estáis sordo. —Más risas—. Cuentan que cuando Alejandro Magno llegó al primer templo que encontró al otro lado del Mediterráneo, halló un yugo atado por un intrincado nudo igual que este. —Lo levanta para que todos lo vean—. Se decía que quien lo desatase sería señor de toda Asia. —Hace una pausa y anima a varios hombres a que tomen la soga y prueben, en balde, a deshacerlo—. Jamás nadie había logrado liberarlo.

—¡Esos son unos inútiles, dejadme a mí! —Otro hombre llega remangándose, observa el nudo y comienza a moverlo sin fortuna alguna—. ¡Maldita sea! ¿Quién demonios ha enredado esto?

—Caballero —le llama la atención el juglar al ver que sigue obcecado en su empeño—, ¡el espectáculo debe continuar!

El hombre se marcha rumiando improperios.

El juglar pide a dos guardias que sujeten la cuerda. Estos dudan, pero, tras recibir la aprobación de un superior, acceden.

—Alejandro Magno se plantó ante el nudo: miró a un lado, miró a otro —describe acompañando sus palabras con gestos—; miró por arriba, miró por abajo. Dio un paso atrás... —Le roba la espada a uno de los soldados—, ¡y lo cortó!

El filo cae sobre el nudo y lo deshace. El público que le rodea se queda boquiabierto y el hombre de armas, desencajado.

—Y pronunció: «Tanto monta cortar como desatar».

Los aplausos y los vítores rompen la quietud que presidía el salón, pero el juglar tiene que dar un salto y esquivar al guardia enfurecido que pretende hacerle pagar la ofensa de birlarle su arma.

—Hay que resolver el problema, por difícil que sea, no importa el cómo —explica el juglar mientras sortea los platos de los postres que van saliendo de la cocina para escapar de su perseguidor, ante las risas del personal.

Luego se aproxima a un carcaj con flechas y lo toma también.

—El rey Fernando hizo de esta cita su divisa junto con el yugo, pues la «Y» es la inicial de Isabel. —Se sube a lo alto de una ventana, desde donde puede respirar tranquilo—. Y la reina, en correspondencia, ha hecho lo propio en su divisa con un haz de flechas, por la «F» de Fernando. Porque una flecha se puede partir... —dice al tiempo que coge una y la rompe con las dos manos.

Entonces se cuelga de la viga, provocando más risas entre los comensales, que creen que es parte del espectáculo, para luego saltar y caer dando una voltereta. Le sirve de poco, pues medio cuerpo de guardia lo rodea desafiante.

—Pero muchas juntas, ¡no! —Las agarra todas e intenta romperlas, incluso con ayuda de su rodilla, sin lograrlo—. Lo mismo sucede con los reinos de Sus Altezas: por separado son débiles, pero unidos ¡son invencibles!

El público estalla en aplausos y el juglar da un par de saltos más hasta alcanzar lo alto de una pila de toneles de vino. Allí se sienta con las piernas colgando sobre las cabezas de la guardia real.

—El rey le regaló a Isabel un lujoso collar de rubíes morados y Su Alteza le ha añadido dieciséis flechas, pasándose a llamar el «collar de las flechas». —Y señala a la reina Isabel, que preside la mesa real en un extremo del salón.

Ella se pone en pie y muestra la joya, para el delirio de sus cortesanos. Ante el clamor a favor del juglar, los guardias abandonan su propósito. La velada concluye tarde y los invitados se retiran complacidos del salón regio. Entonces Beatriz Galindo le pide a Anselmo que aguarde en una sala contigua. Al poco tiempo, aparece la reina con sus hijas, las infantas Catalina y María, que llegan visiblemente emocionadas.

—Mis hijas se han vuelto locas de alegría al veros, y buena falta les hace con las desdichas que hemos tenido.

—Lamento vuestra pérdida, alteza.

—Y yo os lo agradezco. —Pasa sus brazos por los hombros de las niñas—. La vida puede ser muy cruel con una madre. ¿Tenéis hijos, Anselmo?

—No, alteza.

—Yo desconocía lo que era el miedo hasta que fui madre. Ahora tengo miedo todos los días y la reina de Castilla no puede tener miedo.

—Yo encuentro consuelo en los versos de Jorge Manrique: «Nuestras vidas son los ríos que van a dar en la mar, que es el morir».

—Hermoso, son las *Coplas por la muerte de su padre*. Conozco los versos de Jorge Manrique, fue uno de mis mejores y más leales caballeros. Hijas mías, ¿queríais preguntarle algo al Gran Anselmo de Perpiñán?

—Sí —responde con timidez la menor—. ¿Dónde habéis estado?

—Pues en muchos lugares, mi señora.

—¿Cuáles? Decidme, no os quedéis callado.

—En Florencia, en Valencia y en Lisboa, que es una ciudad fabulosa donde los portugueses saben apreciar un buen espectáculo. Allí llegan noticias de África y de la India, donde hay animales fabulosos, especias y extrañas comidas.

—¿Y qué cuentan de esos lugares lejanos? —inquiere ahora la mayor.

—Muchas cosas. Oí de boca de unos marineros que un capitán llamado Cabral sigue la ruta recién inaugurada por Vasco da Gama alrededor de África.

—Tenemos noticia de esa expedición, son trece barcos —sonríe la reina.

—Y también sabréis que, mientras navegaba a lo largo de la costa africana, se adentró en el Océano en busca de vientos que le empujaran hacia el sur y se desvió accidentalmente de su ruta...

La reina cambia el gesto.

—No, eso no nos consta, ¿estáis seguro?

—Por supuesto, alteza. Contaron que, después de cruzar el Océano, arribó a lo que creyeron que era una isla de gran tamaño y que se hallaba dentro de la demarcación portuguesa del Tratado de Tordesillas. La exploraron y llegaron a la conclusión de que no era una isla.

—¿Qué más oísteis?

—Poco, la flota portuguesa regresó a África para continuar su viaje hacia la India.

—Es muy sospechoso —murmura la reina—, no me creo que llegaran por error a las Indias. No se desviaron de su ruta, sino que ocultaron sus intenciones. Estoy convencida de que pretendían explorar las tierras al sur.

—Es probable, alteza —asiente el juglar.

—El Almirante partirá de nuevo pronto. Debe encontrar de una vez el paso a Catay, Cipango y las islas de las Especias. ¡Obispo Fonseca!

El obispo da un paso adelante, entre las sombras apenas se le veía.

—Hay que saber dónde han llegado los portugueses. ¡Traedme un mapa!

—¿Un mapa, alteza?

—Sí, ya me habéis oído. Reunid todas las cartas, diarios de a bordo e información de todas nuestras expediciones, así como de las portuguesas.

—Alteza, ¿cómo vamos a hacer eso? —pregunta Fonseca con el rostro desencajado.

—¿Acaso os lo tengo que explicar? Este hombre ha logrado datos más valiosos que todos mis espías. ¿Qué están haciendo ellos?

—No lo sé…

—¡Pues averiguadlo!

—Por supuesto, pero… —Fonseca no encuentra las palabras, o quizá el valor para decirlas—. Alteza, vuestra hija mayor es ahora reina de Portugal. Conviene estar a bien con los portugueses, vuestro yerno es su rey.

—Ilustrísima, ya no sois el responsable único de los asuntos de Indias, pero no sabía que a cambio os había puesto en el consejo de Estado.

—Vuestra alteza no lo ha hecho, pero…

—Se acabaron los peros, obedeced. Quiero un mapa, el mejor mapa que haya existido jamás de todo el mundo conocido. Buscad quién pueda hacerlo y aseguraos de que realiza bien su trabajo.

—Como ordenéis.

—Gracias, Anselmo, por amenizar la cena y divertir a mis hijas.

El juglar asiente con la cabeza, se despide cortésmente y abandona la sala regia. En el salón ya están limpiando los restos del convite; los nobles y ricoshombres se han retirado, solo quedan criados y sirvientes. Prosigue hasta salir de la fortaleza y, una vez en el exterior, se asoma a la cortada para contemplar las luces de la ciudad.

—Vaya, vaya… Siempre apareces cuando menos falta haces —dice una voz a su espalda.

Se gira y descubre un rostro conocido, el de un hombrecillo de baja estatura, encorvado y con aspecto cómico.

Un bufón, pero no uno cualquiera: Cabezagato.

—Qué sorpresa —dice Anselmo.

—Estamos de luto, ¿no lo sabías?

—Ya ha finalizado.

—Has aprovechado que nos habían pedido paralizar los espectáculos y las actuaciones en la corte, por respeto al difunto príncipe Juan, para colarte y montar ese horror que haces tú saltando y cantando. Sin talento, ni inteligencia ni gracia.

—Pues les ha gustado, sobre todo a las infantas y a la reina. —Anselmo sonríe.

La mirada del bufón se enciende, pero en ese momento aparecen de nuevo Beatriz Galindo y su acompañante, Gadea.

—Habéis estado magnífico —le dice la primera.

—Gracias.

—¿Qué hacéis aquí solo? —le pregunta Gadea.

El juglar desvía sus ojos hacia donde estaba el bufón pero, incomprensiblemente, ya no está ahí.

—Debemos retirarnos, es tarde —advierte Beatriz Galindo— y de noche todas las calles son peligrosas.

—Cuánta razón tenéis —murmura él—. Os acompaño.

—No es necesario.

—Insisto. —Y lanza una última mirada buscando a Mauricio Cabezagato.

Ha desaparecido.

50

Bolonia

Prosiguen su viaje hacia el norte, cruzan el río Po cerca de la ciudad de Ferrara, continúan hacia su desembocadura, que forma un colorido delta, y llegan a la primera ciudad de la costa del mar Adriático.

—¿Ves ese león rampante esculpido sobre la puerta? Es solo el principio —masculla Giuseppe haciendo gala de sus conocimientos.

—Es el símbolo de Venecia —pronuncia Noah, emocionado—, la maravillosa Venecia.

—Desde que cayó Constantinopla, las cosas no les van tan bien como antaño —explica Giuseppe negando con la cabeza.

—¿Creéis que habrá guerra con el Turco?

—No me gusta la guerra, es un negocio lleno de riesgos, interrumpe el comercio ¡y te matan! Por eso los florentinos, y los italianos en general, preferimos que mueran otros en nuestro lugar. —Mira a Kristiansen y a Ray—. Te aseguro que no hay escasez de hombres de armas en busca de trabajo, como puedes comprobar. No son leales ni a reyes ni a papas, sino al que les paga. ¿Qué hay mejor que eso?

Los mercenarios no abren la boca; sin embargo, a base de observarlos, Noah ha encontrado sutiles diferencias entre ellos.

El danés parece en calma en todo momento, como si nada pudiera alterarle; mientras que Ray tiene siempre el gesto agitado, quizá porque es más joven. Es como si se contuviera, pero ¿contenerse de qué? Con esa cruz que cuelga del cuello de Kristiansen, vuelve a pensar en los caballeros templarios de antaño, que siempre iban en parejas, maestro y aprendiz. Y eran los mejores empuñando la espada.

Deja a un lado sus fabulaciones cuando divisa Venecia en el horizonte, en la laguna, en el norte del mar Adriático. Construida sobre un archipiélago de cien pequeñas islas unidas por infinidad de puentes.

—Venecia es donde se unen todos los mundos, un centro crucial entre el norte y el sur, entre los mundos griego y latino, cristiano y musulmán —comenta Giuseppe—. Tiene ya más de cien mil habitantes, ¡qué barbaridad, a dónde iremos a parar! ¿Quién puede vivir entre tanta gente?

Giuseppe agita las riendas, se desvían y dejan la ciudad a un lado.

—¿Qué hacéis? —Noah no puede creerlo—. ¿Es que no vamos a entrar en Venecia?

—No —responde Kristiansen.

—¿Habéis perdido la cabeza? Estamos delante de la ciudad más rica del mundo.

—Por si lo has olvidado, nuestro viaje tiene otra meta —le advierte Kristiansen alzando una voz autoritaria.

—Pero… Venecia está ahí, es una parada.

—No lo es —responde de nuevo el mercenario.

—Muchacho, lo primero es lo primero —interfiere Giuseppe—. Venecia no va a moverse de ahí, ya la visitarás en otro momento.

—No puedo creerlo. —Noah resopla enervado.

—Tranquilo, ¿sabes por qué se construyó Venecia? —retoma el florentino mientras siguen avanzando—. Por la necesidad de escapar de las invasiones bárbaras de hace mil años. Cuando cayó el Imperio romano, muchos buscaron un refugio para sobrevivir. No había legiones que detuvieran a los bárbaros, ni murallas ni fosos ni torres. Y vinieron aquí, a una laguna donde no había nada. Para construir cimientos sólidos en los que asentar los edificios, clavaron en el suelo fangoso miles de pilotes de madera, que no se pudre ni se corrompe, siempre y cuando permanezca debajo del agua.

Noah deja volar su imaginación y recrea el proceso en su mente.

—Venecia es inaccesible, es un escondite, una ratonera, nos haría perder tiempo y recursos —dice con tono pausado, no de reprimenda, sino el que otorga estar convencido de lo que se afirma.

—La he dibujado en mis mapas y he oído tantas historias sobre ella...

—Y quieres visitarla, ¡claro que sí! Y a mí también me gustaría. Pero este viaje es largo y difícil, no podemos entretenernos. Un buen mercader debe ser como los nómadas del desierto. —Ahora hay melancolía en su voz—. Quienes solo los conocen de oídas, creen que un nómada no tiene casa.

—Eso es un error, un nómada es aquel que puede levantar su casa en cualquier lugar —apunta Noah.

—Eso es, y ser mercader es una elección, una forma de vida, de libertad.

—¿De libertad?

—Sí, ser libre para hacer lo que quieras, pero siendo consciente de cuál es tu destino final. No todo el que vaga por el mundo está perdido.

Esa noche, bajo el manto infinito de las estrellas, Noah vuelve a pensar en Giulia aunque le duela. Quizá conocerla y ser traicionado por ella era parte de su destino, porque es lo que le ha obligado a hacer este viaje y se lo agradece. Él había olvidado esta sensación, el ansia por conocer lugares nuevos.

Medita sobre ello mientras mira las estrellas, las mismas que todos vemos allá donde estemos; da igual que sea su hermana en Lier, Nicolás Copérnico en su observatorio en Bolonia o Giulia desde dondequiera que esté ahora. El cielo es el mismo en cualquier lugar, también en las Indias. Una vez que ha despertado de nuevo su pasión por viajar, su imaginación está desatada. Sueña que navega hacia poniente, en busca de las tierras de Asia de las que habla Marco Polo.

El amanecer le sorprende, las estrellas han dejado paso a las primeras luces del día. Y en esa penumbra tenue observa que Kristiansen y Ray se levantan y se marchan del campamento.

«¿A dónde van?».

Siente un pálpito, se incorpora con sigilo y va tras ellos.

Los encuentra en un claro en el bosque. Están uno frente al otro, con las espadas desenfundadas. En silencio, observándose. Entonces Ray alza su arma y ataca de improviso a Kristiansen, que bloquea tres ataques rápidos y agresivos de su compañero.

Este no se detiene, insiste y arremete con feroces estoques que el danés esquiva con diestros movimientos. Ray hace girar su filo en el aire y busca el cuello de su contrincante, y no lo roza por un par de dedos.

«¿Qué hace? ¡Van a matarse!».

Noah asistió una vez a un torneo que organizaron junto al palacio ducal de Lier, al que asistieron algunos de los mejores espadachines de Flandes, y ni por asomo luchaban con tanta fiereza y destreza.

Ray da un fabuloso salto en el aire y cae blandiendo su espada con todas sus fuerzas, pero Kristiansen se agacha, flexiona las rodillas y coloca su filo en posición horizontal para amortiguar el salvaje ataque.

Noah no hace ningún ruido y, aun así, de repente los mercenarios dirigen sus miradas hacia donde él se oculta, como si fueran capaces de intuir que está ahí.

Se agacha rápido, todavía no es plenamente de día y con suerte no le habrán visto. Permanece inmóvil, aguardando que el chocar de las espadas regrese, pero no oye nada. No puede permanecer por más tiempo quieto, así que se arrastra por el suelo y, cuando cree haberse alejado lo suficiente, se incorpora y echa a correr.

Entonces llega al campamento y encuentra que Kristiansen, Ray y Giuseppe están recogiendo sus enseres.

Noah se queda petrificado.

—Buenos días —le dice Giuseppe—, has madrugado.

—Sí —responde, y mira a los mercenarios.

—¿Qué te ocurre? —insiste el mercader florentino.

Noah intenta disimular y hace como si no hubiera visto nada.

—¡Vamos! Nos queda mucho camino.

Pasada una semana llegan a una ciudad rodeada de colinas y atrapada por el meandro de un río. Después continúan hasta la orilla de un enorme lago, casi un mar entre los Alpes y la llanura; hay varias poblaciones en torno a la enorme mancha de agua, con las altas montañas al fondo. El lago tiene un profundo color azul celeste que contrasta con el verde de la vegetación que lo rodea, y cuenta con pequeñas islas en su interior.

Conforme avanzan, Giuseppe mezcla sus amplios conocimientos de viajero con las leyendas sobre unicornios de las que tanto le gusta alardear, da igual si es en una taberna o sobre el asiento de la carreta mientras hacen camino.

—Los unicornios son venerados desde muy antiguo, pero como son tan difíciles de ver creyeron erróneamente que su largo cuerno procedía de unos animales que los griegos llamaban *monoceros*: unas bestias con un solo cuerno, el cuerpo de un caballo, la cabeza de un ciervo, los pies de un elefante y la cola de un jabalí.

—Qué horribles. —Se espanta Noah.

—Emitían una especie de mugido grave y tenían un cuerno negro de seis palmos de largo en medio de la frente; era imposible capturarlos vivos. Marco Polo los buscó en la India y los encontró, pero no eran unicornios, pues su cuerno era mucho más pequeño.

Noah se imagina al célebre viajero veneciano en busca de los unicornios.

Cada jornada buscan una posada o un refugio donde cenar y pasar la noche. Al calor del fuego Giuseppe y Noah conversan, mientras los mercenarios se retiran pronto a descansar.

—Yo llevo sangre de mercaderes. Nací en una aldea toscana, San Pancrazio, y allí todo el mundo se dedica al tejido de la seda. Parte de mi familia se marchó a Lisboa e hizo fortuna con la trata de esclavos.

—¿Esclavos? —Noah tuerce el gesto—. Eso nunca ha sido de mi agrado.

—Ni del mío, pero da mucho dinero y eso sí me gusta. Eso nos gusta a todos. —Giuseppe se ríe.

—Ya…, pero es un negocio horrendo y miserable.

—Que alguien tiene que hacer, ¿o te crees que no hay esclavos cristianos en Bagdad, El Cairo o Argel? —replica Giuseppe—. Luego, un primo mío expandió el negocio y se estableció en Sevilla, donde recibía los esclavos desde Lisboa. Se hizo de oro, el muy canalla. Y también comerció con un preciado tinte rojo.

—¿Y qué tal le fue?

—¡Ganó más dinero aún! Siguió haciendo negocios, en especial con un Médici, Lorenzo de Pierfrancesco. Mi primo es su delegado en Sevilla —comenta—. Él y otro florentino, Américo Vespucio, que sigue por allí.

—¿Vespucio? Pero ese es familia del marido de Simonetta, la musa de Botticelli.

—Exacto, son primos. Ya veo que has oído hablar de ella… Si la hubieras conocido… Era la criatura más hermosa que ha pisado la tierra, un verdadero ángel.

—Ya me lo han contado. A Pierfrancesco lo conozco, es un hombre complicado.

—Todos los Médici lo son —afirma Giuseppe—. Mira, no se lo digas a nadie, pero cuando ese genovés, Colón, preparaba su primer viaje a las Indias, los monarcas españoles solo financiaron una parte. Él tenía que aportar medio millón de maravedís y no tenía ni un triste florín. ¿Y sabes quién se lo prestó? Sí, mi primo.

—Pues sí que le va bien en los negocios...

—Le iba, los últimos le salieron mal y luego murió. En su testamento dejó escrito que Colón le debía ciento ochenta mil maravedís.

—¿Cristóbal Colón? No puede ser.

—Lo que oyes.

Es lo último que dice antes de quedarse dormido. Noah lo mira pensativo, luego lo levanta con ayuda del dueño de la casa donde duermen esa noche y lo lleva hasta su jergón. Para entonces Giuseppe ya ronca como un oso.

Por la mañana, el mercader florentino no muestra síntomas de resaca, luce tan dicharachero como de costumbre. Los mercenarios cabalgan en silencio, aunque de vez en cuando se adelantan para asegurarse de que no hay peligros en el camino. Otras veces, Ray desaparece y nadie sabe dónde ha ido. Noah empieza a mirarlos con recelo: ¿por qué el señor Vieri habrá contratado a dos individuos tan distintos y misteriosos?

Giuseppe continúa día tras día con su verborrea. Noah supone que todos los comerciantes son así, deben practicar constantemente su don para convencer y persuadir a sus clientes. Noah prefiere eso al perpetuo silencio de los mercenarios.

Entonces aparece Kristiansen por su derecha y Ray por su izquierda, y Noah intenta disimular su angustia. Siente que los dos jinetes lo observan. Él mira al frente y no aparta los ojos del camino, cada vez más empinado. Frente a ellos, las cimas blancas y pronunciadas de los Alpes.

Pasados unos días alcanzan un paso, descienden por un pronunciado camino y atraviesan unas colinas, hasta que al cabo de una semana llegan a un amplio valle. Se detienen en un mesón donde comen unas truchas que cría el propio mesonero. En el interior se ven numerosos viajeros y también camareras jóvenes y hermosas, que charlan y beben con los clientes haciendo que el ambiente sea de jolgorio y disfrute.

Giuseppe comienza a flirtear con una de ellas mientras le pega de nuevo al vino. Por el contrario, Kristiansen y Ray se mantienen abstemios y distantes, como siempre. Van a pasar la noche allí. Noah agradece la comida y el ambiente alegre, pero lo que más desea es retirarse y escribir sus notas de viaje.

Tras reanudar el camino alcanzan Innsbruck, el mejor lugar para cruzar el río Eno, o *Inn*, que es como se pronuncia en alemán. Y *brunck* quiere decir «puente».

—No se complicaron mucho para ponerle nombre —murmura Giuseppe.

Esa misma noche nieva en la ciudad y sopla un viento helador. Los mercenarios vigilan la carga por turnos y Noah aguarda a que llegue Giuseppe. Como se demora y él está desvelado, sale de la habitación de la posada en la que se alojan y ve caer la nieve. En ese momento divisa dos siluetas en la calle; una es la de Giuseppe y la otra, anónima. Caminan juntas y conversando, se detienen todavía lejos de la posada y el desconocido le entrega algo al florentino, tras lo cual se dan la mano.

Noah regresa al jergón y aguarda a que Giuseppe entre.

—¡Estás despierto! No sabes qué frío hace ahí fuera.

—¿Y por qué habéis tardado tanto entonces?

—Bueno, necesitaba despejarme un poco.

—¿Habéis visto a alguien?

—¿Cómo? ¿A quién quieres que vea?

—A Kristiansen o Ray, ¿a quién si no?

—Ah, claro. No, no los he visto. Yo no me preocuparía por ellos, durmamos.

Al día siguiente el invierno ha llegado, tarde pero por fin está aquí. Así que deciden permanecer en Innsbruck la semana entera o quizá más, hasta que mejore el tiempo.

51

Villa de Madrid, inicios de 1498

Doña Margarita ha sufrido un aborto y ha perdido al hijo del difunto príncipe Juan. Muchos no pueden creer la noticia, ¡qué cruel puede llegar a ser el destino! Primero ha perdido al amor de su vida y después ha fracasado en la tarea póstuma que el príncipe le encomendó: traer al mundo a su heredero y salvar a la casa Trastámara de la extinción. La dinastía que durante ciento cincuenta años ha reinado en Castilla y casi un siglo en Aragón llegará a su fin cuando los Reyes Católicos ya no estén. Será la casa Avis de Portugal la que la sustituya en el trono.

El futuro que se le presenta a la pobre princesa es retirarse a un convento o volver a casarse. Pero ni siquiera podrá elegirlo, pues su padre, el archiduque Maximiliano, ha ordenado su regreso a Flandes.

El obispo Fonseca camina cabizbajo, él en persona negoció la doble boda real con los hijos del archiduque de Austria y rey de Romanos. La mitad de ese proyecto se ha desmoronado, la más importante. Aun así, él sigue creyendo en el orden, siempre hay una manera de evitar el maligno caos. Reza por el alma del niño nonato y la del príncipe, que les dejó hace meses.

La reina Isabel estará destrozada, y recuerda que la última reunión con ella terminó de la peor manera, pues él fue sustituido y ahora Colón tiene las manos libres para hacer y deshacer en las Indias.

De lo que se ha dado cuenta es de que no puede ir contra el Almirante en presencia de la reina. Tiene que ser más hábil, quizá esa mujer tan obstinada le sea útil. Es cierto que ella es un simple peón, pero un buen jugador de ajedrez sabe que los peones son la clave; hay que saber situarlos con destreza, ocupando los escaques convenientes. Si eso se consigue, un peón puede ser decisivo en la partida.

Fonseca no puede quitarse de la cabeza el brillo de sus ojos, tal determinación ya la quisiera él en los hombres que le sirven y no en los de esa joven descarada. Pero ¿y si ella es la enviada del Señor para restituir el orden? Los designios de Dios son inescrutables.

No obstante, él lleva semanas maquinando un plan para reconducir parte del caos que se ha generado y que tanto le aflige.

Su sustituto como responsable máximo de los temas de las Indias es un hombre de confianza de Colón, Antonio de Torres, perteneciente a una familia muy vinculada a Sus Altezas, desde su padre hasta sus hermanos. Acompañó al Almirante en el segundo viaje y regresó antes que él, trayendo, entre otras cosas, la noticia de que seguía vivo, con lo que desbarató su intento de que la reina abriera las Indias a los viajes de otros capitanes. ¡En qué mala hora llegó!

Ahora el obispo lo está esperando. Por fin lo ve aparecer y va hacia él para fingir un encuentro casual.

—¿Ilustrísima? ¿Sois vos? —pregunta Antonio de Torres al verlo despistado.

—¡Qué sorpresa!

—Ya lo creo. —Tuerce el gesto—. Quería disculparme por si mi nombramiento os ha importunado. Habéis realizado una labor muy valiosa, sobre todo en la organización del segundo viaje, sujeto a tanta premura y teniendo en cuenta el gran número de barcos y personas.

—Solo hacía mi trabajo.

—Sin duda, pero he de decir que muy bien hecho.

—Estoy contento con vuestro nombramiento. Con vos al mando todo será más fácil, alguien que ha estado tan cerca de Colón... Fuisteis su secretario, ¿cierto?

—El Almirante ha tenido un generoso gesto confiando en mí.

—Pero... creía que era la reina quien os había nombrado, no sabía que el Almirante también tenía esa facultad entre sus múltiples cargos y honores.

—Quería decir Su Alteza, disculpadme.

—Por supuesto —asiente el obispo Fonseca—. Yo solo quiero poner toda mi experiencia en las Indias al servicio de la Corona y del Almirante. Si os puedo ser de ayuda... ¿Necesitáis informes de mi labor?

—Solicitaré vuestra ayuda si fuera necesario.

—¿Quizá sobre el oro que llega?

—¿Oro? —Antonio de Torres le mira extrañado.

—Sí, claro, ¿no os ha informado el Almirante?

—Buscamos oro en las Indias, pero... no se halló una cantidad relevante.

—No es eso lo que tengo oído. Yo soy obispo, en nada puedo lucrarme, pero vos sois laico, y como representante de las Indias os corresponde un buen porcentaje de las ganancias.

—¿Qué me estáis diciendo? ¿Es eso verdad? —A Antonio de Torres comienzan a brillarle los ojos.

—Sin duda.

—¿Y cómo he de proceder?

—Pedidlo y se os concederá.

—¿Y cómo no lo pedís vos? —aduce Antonio de Torres.

—Mi recompensa será una diócesis mejor... o quizá algún día ser cardenal, ¡Dios lo quiera! Los sueños de un sacerdote son los que son. Seguro que lo entendéis.

—Por supuesto.

—Y espero que sea pronto. La lástima es que os quedaréis solo en los asuntos de Indias y tendréis aún más trabajo.

—Pero entonces la recompensa debería ser mayor.

—En efecto —responde el obispo Fonseca, feliz de haber sembrado una semilla de avaricia que está viendo germinar incluso antes de lo esperado.

52

Sevilla, primavera de 1498

Después de la infinita desgracia de perder a su único hijo varón y al nieto heredero, María piensa en cómo estará ahora la reina Isabel tras el anuncio de que su hija mayor está embarazada y le puede a dar la alegría de un nieto varón que unirá las tres coronas. No cree que eso logre sanarla del todo, pero al menos mitigará su dolor.

«Dios aprieta, pero no ahoga», se dice. Y de manera inevitable reflexiona sobre si ella será madre algún día. Antonio y ella decidieron esperar hasta haber hecho justicia, y mira lo que sucedió.

Acaba de llegar a Sevilla y se sorprende de que sea una ciudad tan distinta a las del norte, cerrada por una sucesión de murallas de varias épocas y con una catedral en obras, un puente de barcas y una torre albarrana vigilando el puerto sobre el río Guadalquivir, donde se acumulan los barcos que lo remontan. Esto le parece lo más curioso. ¿No sería más conveniente un puerto de mar que uno fluvial, tan lejos de la costa? Y es lo primero que le pregunta a un comerciante de ganado, que entra como ella en Sevilla y le asegura que conoce bien la ciudad.

—La costa de Huelva está demasiado lejos de las rutas terrestres que comunican con el resto de Castilla, y además esas son tierras de señorío que no pertenecen a la Corona.

—¿Y no hay otro puerto en el sur?

—Sanlúcar de Barrameda, pero no es abrigado. Quizá Cádiz, con su bahía, pero es una ciudad pequeña, también aislada de todo, casi una isla, y expuesta a los ataques por mar.

—En pocas palabras, no son seguros —se adelanta ella.

—Entiendes del mar.

—Mi padre era ballenero.

—Pues entonces ya lo sabes: Sevilla es un puerto bien comunicado por tierra, a solo veinte leguas del Océano, protegido de los ataques e incluso del contrabando.

—¿Nunca ha sido atacada?

—Cuentan que sí. Cuando los árabes dominaban todo lo que ven ahora tus ojos, vinieron unos guerreros de muy al norte, remontaron el río y saquearon la ciudad. Pero eran otros tiempos.

—¿Sabéis si Colón está en Sevilla?

—Algo he oído.

María le agradece la información y recorre el puerto con una sola idea en la cabeza: cruzar su vista con la de Colón. Cuando lo haga, debe mantener la calma y no sacar el cuchillo. Ha de recordar las enseñanzas de Olivares: un buen asesino no puede dejarse llevar, tiene que elegir el momento y el lugar; nada de improvisar, es un trabajo y hay que cumplir unas reglas para llegar a buen puerto, nunca mejor dicho.

El problema es que no logra encontrar a su objetivo, pero no desiste y recorre la ciudad en su busca. Ya ha perdido el miedo a viajar sola, sigue usando la excusa de que es una peregrina en Sevilla. En este caso, una que viaja para admirar su catedral, aún sin terminar, de la que ya dicen que es la más grande de toda la Cristiandad. Empezó a construirse hace casi setenta años en el lugar que ocupaba la antigua mezquita, que fue consagrada como catedral después de la conquista.

María nunca ha estado ante un edificio tan colosal. No quiere ni imaginarse la cantidad de recursos, hombres y dinero que han tenido que dispensarse para tan magna obra. Una señora le cuenta que buena parte se ha financiado con indulgencias de Roma, con limosnas y con aportaciones de parroquias.

—Muchos voluntarios colaboraban durante unas semanas en la construcción del templo porque así se les perdonaban los pecados.

—Muy práctico.

Para María es clave recopilar información del templo por si en algún momento es interrogada sobre qué hace sola en Sevilla. Cuantos más datos recuerde de la catedral, más convincente será la explicación de su peregrinaje.

Se aloja en la hospedería del Real Monasterio de San Clemente, de la Orden del Císter. Allí las hermanas la acogen ilusionadas por que una mujer haya llegado desde Bilbao en peregrinaje para rezar en la mayor catedral del mundo.

Durante el día indaga sobre Colón y muchos dicen haberlo visto, por lo que va de un lado a otro, que si a un almacén, a un armador o a las Atarazanas Reales. También se desplaza a los Alcázares Reales, donde nadie sabe nada del Almirante. Y por fin da con alguien que tiene información sobre él y su nuevo viaje a las Indias.

Es un florentino que arma y aprovisiona barcos, y que al parecer trabaja para un mercader de su tierra, un Médici que invierte en los viajes de Colón.

—¿Sois Américo Vespucio?

—Así es, ¿quién sois vos?

—Mi nombre es María y estoy buscando a Colón. Al almirante Colón, quiero decir, disculpad.

—¿Y a razón de qué? —La mira desconfiado.

Tendrá unos cuarenta años, es delgado y conserva ya poco pelo y canoso, pero se le ve fuerte y con buena salud.

—Me gustaría embarcar a las Indias y he oído que anda preparando un nuevo viaje.

—Así es, pero se ha complicado.

—¿Y eso por qué?

—Me temo que no puedo decíroslo —responde Américo Vespucio.

—Vengo desde muy lejos, os ruego que me ayudéis a dar con

el Almirante —insiste María—. Ir a las Indias fue la última voluntad de mi difunto esposo, se lo debo.

—Lo que sí puedo deciros es que al final Colón no saldrá de Sevilla.

—Qué contratiempo, me habían asegurado que lo haría.

—Creo que no le gusta remontar el Guadalquivir. Hay que atravesar marismas poco profundas que no permiten buques de gran tonelaje, y además está el obstáculo de la barrera de arena de Sanlúcar, que obliga a los barcos a maniobrar con sumo cuidado y no demasiado peso; más de uno ha naufragado en dicha zona.

—Pero si lo navegan cientos —advierte ella, poco convencida de esas explicaciones—. Existen otras razones para que se haya ido de Sevilla, ¿verdad?

—Sois muy aguda.

—Haced el favor de ayudarme, os lo ruego de nuevo —le pide con voz dulce.

—Está bien… —Se rasca la coronilla y sucumbe al poder de persuasión de María—. No se lo contéis a nadie, pero el Almirante tiene varios acreedores muy descontentos y luego hay alguno que se la tiene jurada, sobre todo el tal Juan Rodríguez de Triana.

—¿Quién es ese?

—Un marinero que iba en la Pinta, la carabela más rápida de las tres que fueron en el primer viaje del Almirante.

—¿Y qué pasa con él?

—Pues que fue el primero en gritar «¡Tierra!» aquel doce de octubre del año noventa y dos, pero no el primero en verla —puntualiza Vespucio.

—¿Y quién fue? ¿Otro marinero?

—No…, fue el Almirante.

—¿Colón vio tierra antes que ningún otro marinero? —se extraña María.

—Es más complicado que eso. Después de que el de Triana diera la alarma, el Almirante aseguró haber divisado una luz la noche anterior y reclamó la recompensa por haber sido el primero.

—¿Tan jugosa era?

—Pues diez mil maravedís y un jubón de seda.

—¡Vaya! ¿Y Colón se peleó con un marinero por esa recompensa?

—Bueno, tanto como pelearse… El Almirante ordenó y fue obedecido. Además, la Pinta se separó pronto de las otras dos y tardaron en volver a encontrarse. Pero Juan Rodríguez no estaba conforme y a su regreso reclamó la recompensa a la Corona. Dicen que desde entonces va por ahí criticando al Almirante. También se dio la circunstancia de que alguien confundió su nombre y en su reclamación lo llamaron Rodrigo, al transcribir mal su apellido, y ahora todo el mundo lo llama así.

—¿Y Juan, o Rodrigo, o como se llame, quiere vengarse de Colón?

—Ha amenazado con matarlo. ¿Os imagináis? Matar a Colón, ¿quién en su sano juicio pensaría siquiera algo así?

—Cierto, ¿quién? —disimula María.

—Con lo que ese hombre ha hecho por este reino —afirma Vespucio con pesadumbre en la voz.

—¿Y por eso Colón se ha ido de Sevilla? ¿Porque teme a Rodrigo de Triana?

—Además de por lo otro. Pero sí, también por eso. ¿Quién no se iría sabiendo que quieren matarle?

—Supongo que tiene sentido —responde María—. Y entonces ¿dónde va a zarpar?

—De Sanlúcar.

—Creía que era un puerto poco abrigado.

—Y mi abuelo creía que si navegabas hacia poniente te caerías por una gran cascada o te comería un monstruo marino —se jacta Vespucio—. Las cosas cambian muy rápido hoy en día y, que yo sepa, vos no sois marinera.

—Entendido —asiente María algo avergonzada.

—Antes Castilla era el fin del mundo y el antiguo reino de

Sevilla, el último extremo de la Cristiandad. En cambio, ahora está en el centro. Si no, ¿qué haríamos aquí el Almirante o yo mismo? —reflexiona en alto Vespucio.

—¿Vos también queréis viajar a las Indias?

—Sí, para cartografiarlas y, sobre todo, para identificar qué productos valiosos puede haber. Soy comerciante y ahora el mejor lugar para hacerse rico es este.

María maldice su suerte, Colón ha vuelto a escaparse.

Pero al mismo tiempo piensa que ese tal Rodrigo de Triana puede resultarle útil para matar a Colón.

53

Valle del Danubio

Tras varias semanas retenidos por el gélido tiempo que parece no haberse enterado de que el invierno ya ha terminado, reanudan la marcha y alcanzan el Danubio, cuyo curso remontan durante días. Llegan a Viena, una ciudad no muy grande pero que en cambio posee un castillo monumental. Se aprecia que la ciudad se está transformando ahora que alberga la corte de Maximiliano de Austria.

—Dentro hay un cuerno de unicornio —afirma Giuseppe de pronto—. Allí —señala el castillo—, uno enorme.

—No os creo. —Noah muestra su escepticismo.

—Lo juro —dice levantando la mano derecha—. Solo pueden ser cazados con la ayuda de una virgen.

—Algo de eso me han contado, pero sigo sin creérmelo.

—¡Blasfemia! —alza la voz con tono dramático—. Los unicornios son tan reales como tú o yo. El unicornio, a pesar de su intemperancia y su falta de control, olvida su ferocidad ante una hermosa doncella que le ofrece su amor; dejando de lado todo temor, se sienta a su lado y se duerme en su regazo, y así es como los cazadores lo atrapan.

Noah se imagina como si él mismo fuera ese animal en el regazo de Giulia, que lo apacigua y lo acaricia para luego encerrarlo en prisión.

—Sí, y la doncella le da de mamar, lo sé —murmura.

—Te equivocas, eso son habladurías. ¿Cómo va a mamar una bestia del pecho de una doncella? ¿Qué barbaridad es esa? La doncella le ofrece sus senos porque lo que en realidad ejerce una atracción sobre el unicornio es el dulce aroma que desprende la virginidad femenina, y le causa tal deleite que lo lleva a sumirse en el sueño.

—Me contasteis que una vez visteis uno.

—Así es, fue el mejor momento de mi vida —asiente complacido—. Desde entonces sueño con él. Y juro que un día tendré entre mis manos un cuerno de unicornio.

—Giuseppe, ¿es que acaso pensáis cazar uno?

—Uno no, decenas de ellos —contesta con una gran sonrisa.

—¡Estáis loco!

—Eso es lo que tú te piensas. Y que sepas que el cuerno de unicornio no es el único tesoro del castillo de Viena, sus muros también albergan el Santo Grial. Lo trajeron al ducado de Borgoña durante una de las cruzadas, cuando saquearon Constantinopla, y lo heredó la casa de Austria.

Conforme pasan los meses, en las palabras que ha ido escuchando de Giuseppe se acumulan leyendas e historias de variada índole, como si estuvieran alejándose cada vez más de la civilización y entrando en tierras extrañas y repletas de misterios.

Ante sí tiene un paisaje de colinas verdes y bosques sin fin, donde el agua y los animales abundan como en ningún otro lugar. Tierras vastas, salvajes y peligrosas. Unos lugareños les cuentan que el clima es tan duro que todos los inviernos mueren hombres congelados en los caminos; y que los osos, ante la falta de alimento, salen de los bosques y atacan a las gentes en sus propias casas, sorprendiéndolos mientras duermen plácidamente en sus jergones.

—¿Un oso entrando en tu cama? ¡Válgame Dios! ¿Qué tierra es esta? —se indigna Giuseppe.

Hacen noche cerca de los montes Cárpatos, llegan a Brno y después cruzan Moravia, que pertenece al reino de Bohemia, y continúan en dirección a Polonia. Avanzan hacia los límites orientales de la Cristiandad, tierras de enormes ríos, bosques interminables y extensiones inabarcables con la vista. Territorios en los que los romanos no osaron entrar, un mundo de espacios inmensos donde instaurar una autoridad fuerte que los gobierne parece una quimera.

—Hacia oriente nos encontraríamos pronto con aliados de los turcos y más allá, con ellos mismos.

—¿Tan cerca están?

—Cada vez más. ¿No lo percibes?

—¿El qué?

—El miedo —responde Giuseppe—. Mira los rostros de estas gentes, saben que el enemigo se acerca cada día un poco más. No será hoy, tampoco mañana, pero vendrá. Quizá ellos no lo vean, ni sus hijos, sin embargo sus nietos… ¡sabe Dios a qué se enfrentarán!

Esa noche Noah baja a por agua y encuentra a Ray solo en la posada donde duermen. Le extraña no ver la alargada sombra de Kristiansen a su lado. Se acerca, pero él le rehúsa la mirada. Aun así, Noah coge dos vasos, los rellena de vino y le ofrece uno. Ray contempla el vaso sin inmutarse, Noah lo sostiene para que lo coja.

—No voy a envenenarte, tranquilo.

Finalmente, Ray acepta y se lo bebe de un trago. Al estirar el cuello, asoma una cicatriz con forma de serpiente por su cuello.

—¿Dónde te hiciste eso?

Se lo oculta de inmediato, no contesta y se levanta para irse.

—Espera, no pretendía importunarte. Podías haber muerto si sube un poco más.

Ray lo mira. Noah aprovecha y le sirve otro vaso de vino. El mercenario otea a su alrededor como buscando a alguien y se sienta de nuevo.

—Fue en Trondheim.

—El arzobispado católico más lejano de Occidente.

—Donde las noches son blancas en verano y los días breves en invierno —interrumpe Kristiansen, y pone la mano sobre el hombro de Ray—. Un oso le atacó en un fiordo. Iba desarmado, la zarpa le alcanzó de lleno; un dedo más y le hubiera segado la vida. Como recuerdo, una esquirla de la zarpa se le quedó dentro del pecho. Los escoceses son cabezones y él no quiere extirpársela.

—Estás lejos de casa —le dice Noah directamente a Ray.

—Abandoné Escocia para unirme a los arqueros de las Highlands que servían al rey de Francia. Hace ya mucho de aquello, no vale la pena luchar por un rey extranjero.

—Sois muy distintos. Tú eres danés, ¿no? —Kristiansen asiente—. ¿Cómo habéis terminado juntos?

—Nos conocimos frente a la tumba del apóstol Santiago el Mayor, en el fin del mundo. Llegamos allí a través de Francia, cruzamos los Pirineos y atravesamos Navarra, Castilla y Galicia.

—Habéis viajado mucho.

—Hemos estado en el mar Negro, en las últimas posesiones de Génova tras la caída de Constantinopla. En la costa de Crimea, en la desembocadura del Don, donde los turcos me tomaron por un espía cristiano, acto penado con la muerte —relata Kristiansen.

—Pero aquí estás, vivo.

—Dios me protege, nos protege a los dos. —Mira orgulloso a Ray.

—¿Qué sois, monjes? —inquiere Noah, esperanzado de haber logrado por fin su confianza para que hablen.

—Somos los últimos giróvagos.

—Monjes errantes… y vagabundos —pronuncia Noah con miedo. Ha leído sobre ellos, pero nunca pensó que llegaría a encontrarse no con uno, sino con dos.

—En la regla de San Benito se nos describe de una forma más bien peyorativa. —Y cita de memoria—: «La cuarta clase de monjes es la de los que se llaman giróvagos, porque se pasan la vida girando por diversos países, hospedándose tres o cuatro días en cada monasterio. Siempre están de viaje, nunca estables, sirven a su propia voluntad y a los placeres de la gula: en todo son peores que los sarabaítas. De su estilo de vida tan lamentable es mejor callar que hablar».

—Leí que vuestra práctica fue prohibida hace mil años.

—Ya te lo he dicho, somos los últimos.

—¿Y sois mercenarios? —inquiere Noah.

—De alguna manera hemos de ganarnos la vida. Si queremos seguir viajando, este es el camino. —Lanza una mirada a Ray y este se incorpora—. Hay que hacer guardia, esta tierra es peligrosa.

Se marchan y Noah se queda pensativo, y concluye que en una travesía nadie es quien parece ser. Da igual que sea un escultor florentino, un callado hombre de armas o la más hermosa dama. Y en ese momento, sin saber por qué, viene a su mente la imagen de Simonetta que Botticelli pintó en aquella oda a Venus, la alegoría del resurgimiento.

Y sonríe antes de terminar el vino e irse a dormir.

Días después llegan a Cracovia, una ciudad próspera que se halla en la orilla de un río navegable por el cual transportan todo tipo de mercancías. Siguen varias jornadas más y por fin entran en la diócesis de Varmia, pero el tiempo empeora y deben refugiarse en un molino de grano. Tardan en reanudar el viaje, y al final de ese mes alcanzan la laguna del Vístula, una masa de agua dulce junto al mar Báltico y separada del golfo de Danzig por una lengua de arena. Y por último divisan Frombork y su catedral, edificada sobre una colina fortificada. Ante sus muros aguardan durante horas, hasta que son recibidos por el arzobispo, el tío de Nicolás Copérnico.

El prelado luce una amplia tonsura y viste de forma oficiosa. Es un hombre alto y con una presencia poderosa, acentuada por unos ojos grandes y oscuros. Giuseppe se acerca a él, le besa el anillo y le ofrece un presente. Son unos delicados guantes perfumados, de cuero y piel de zorro. El arzobispo se muestra complacido.

—¿Cómo se encuentra mi querido sobrino Nicolás? —pregunta en alemán.

Giuseppe le da un codazo sutil a Noah para que responda.

—Estupendamente, os manda saludos.

—¿No ha terminado aún sus estudios?

—Se dedica a ellos en cuerpo y alma, excelencia. Anhela regresar pronto a Varmia para ayudaros en su gobierno.

—Me agradan vuestras palabras. Mi sobrino me envió una carta contándome el objetivo de vuestro viaje. Para obtener el ámbar gris deberéis cruzar el Báltico, y he dispuesto una embarcación para tal menester; os espera en el puerto.

—Os estamos muy agradecidos, excelencia.

—El ámbar gris es escaso. Las corrientes marinas lo arrastran a las costas solo cuando hay tormentas. Con un viento determinado se puede pescar ámbar hasta con redes; no obstante, pocos conocen esta circunstancia y saben anticiparse.

—Sabemos de la dificultad de conseguirlo y por eso apreciamos tanto vuestra inestimable ayuda, excelencia —contesta Noah antes de hacer una reverencia.

—Solo una advertencia —dice con un tono autoritario, propio de un hombre poderoso y sabio—: el Báltico no es como el Mediterráneo, sus frías aguas mantienen con vida a seres que ya no veis por el sur. No son aguas para forasteros, las habitan monstruos y sirenas.

—Con la ayuda de Dios, confiamos en que lograremos cruzarlas y nuestra fe nos protegerá de historias paganas y leyendas.

Giuseppe le da otro codazo, esta vez para que se calle.

—Soy arzobispo, aquí nadie mejor que yo conoce la palabra del Señor —responde de forma que Noah teme haberse excedido—. No obstante, también sé que una tierra sin leyendas moriría de frío.

54

Sevilla, Semana Santa de 1498

El río Guadalquivir da sentido a Sevilla: la protege, le da la vida, permite el comercio…; en definitiva, es el gran protagonista de la ciudad. Incluso forma parte de sus defensas, pues las murallas y las torres albarranas, como la Torre del Oro, la de la Plata y la del Bronce, se conectan hasta llegar al Alcázar que, junto a la disposición de la atarazana, dotan a la ciudad de una inmejorable protección. Entre el río y las murallas, más concretamente entre la Torre del Oro y el puente de barcas, se sitúa el Arenal, el corazón de Sevilla por su intensa actividad. Este espacio alberga las infraestructuras necesarias para la navegación tales como almacenes, talleres para reparar los barcos, tonelería, lonja de pescado, mercados y puestos… Y por supuesto posadas, tabernas y la mancebía.

María se queda boquiabierta al ver la cantidad de productos que desembarcan, cómo unos traen paños y se llevan aceite, otros cargan vino y venden hierro. Es digno de admiración el trasiego de los que vienen y van.

Se queda mirando una carabela y se pregunta cómo se puede cruzar el Océano en ese cascarón de nuez y qué tipo de gentes son capaces de una hazaña así. Y piensa en su padre y lo que tuvo que sufrir navegando hasta donde nadie se había atrevido, a una tierra desconocida, sin llevar con él nada más que la ilusión de buscar un futuro mejor para ella y su madre.

Al otro lado del río se halla Triana, lugar de ocio y refresco, barrio de artesanos y pescadores, donde se ubican unos astilleros que solo realizan reparaciones. Aquí le han dicho que podría encontrar al grumete que vio tierra en el primer viaje de Colón.

No sabe cómo buscarlo, si por su verdadero nombre, Juan Rodríguez, o por su apodo tras el viaje, Rodrigo de Triana.

—Sí, lo conozco —le dice un armador—. Es piloto, y muy bueno.

—¿Dónde puedo encontrarlo?

—Creo que iba a navegar pronto. —El hombre tose—. Mira, ¿ves esa carabela de ahí? Pues igual allí te informan mejor.

María asiente, agradece las señas y se despide. Camina por el astillero y pregunta a un marinero que está subiendo toneles al barco.

—¡Rodrigo! —grita—. Baja, que preguntan por ti.

Al poco desciende por la pasarela un hombre moreno, de rostro atractivo y andares decididos. María se queda embobada mirándolo, hacía mucho que nadie la impresionaba de ese modo. Es una sensación que creía olvidada y, de pronto, se nota insegura y nerviosa.

—¿Qué se te ofrece? —Tiene un acento peculiar, que no ha oído antes.

—¿Eres...? —No sabe cómo llamarlo—. Busco al primer hombre que avistó las Indias.

—Vaya, es por eso... —Resopla—. Lo siento, pero te equivocas, ese fue Colón.

Se da la vuelta enervado, dispuesto a marcharse.

—Espera, yo sé que fuiste tú.

Él se detiene de espaldas a María.

—Necesito hablar contigo.

—¿De qué? —pregunta sin volverse.

—De Colón.

—¡No menciones ese nombre! Nada tengo que hablar sobre él. Y ahora déjame en paz, tengo trabajo.

—El fuerte de La Navidad. Te suena, ¿verdad?

Entonces se vuelve hacia ella, con el rostro visiblemente compungido.

—¿Quién demonios eres tú?

—La hija de uno de los treinta y nueve desgraciados que Colón dejó morir allí.

María muestra ahora tanta seguridad y aplomo que Rodrigo de Triana enmudece.

Luego reacciona, la coge del brazo y se la lleva lejos de la carabela. Ella no se resiste, el cuchillo que oculta le da una extraña seguridad. Nunca había pensado en usarlo contra nadie que no fuera Colón, pero en este momento se da cuenta de que ya no es una mujer indefensa.

Se detienen en un claro junto al río.

—Yo iba en la Pinta, no tengo nada que ver con lo que sucedió en La Navidad. Estábamos bordeando una gran isla cuando la Santa María encalló y decidieron construir el fuerte con sus pertrechos.

—Lo sé, volvisteis a juntaros con Colón cuando la Niña ya había zarpado, condenando a mi padre y al resto a una muerte segura. ¿Sabes qué les sucedió?

—He oído que fallecieron todos, y no he vuelto a embarcar a las Indias. Ni lo haré mientras ese bellaco de Colón lo gobierne todo.

—¿Qué ocurrió cuando visteis por primera vez aquellas islas?

—Han pasado ya años… —Resopla—. Yo era grumete y el mejor vigía que se pudiera encontrar. Sabía diferenciar los vencejos de las gaviotas, las ballenas piloto de los delfines, simples pescadores de temibles piratas; incluso distinguía ventolinas puntuales de los vientos que te llevaban en volandas a las Indias.

—Por eso te subían a la cofa.

—Estábamos desesperados, ya habíamos sufrido varios intentos de amotinamiento, que solo el mayor de los Pinzón, mi capitán, logró evitar. Él me pidió que durmiera en la cofa si era preciso, porque o encontrábamos tierra o sería el fin.

—Y lo hiciste, fuiste el protagonista de una inmensa gesta —le recuerda María.

—Ese viaje me cambió hasta el nombre: ahora soy Rodrigo de Triana. Fue un error de un escribano de la Corte cuando redactó en Barcelona el diario de a bordo. ¡Qué casualidad! Yo creo que fue un truco de Colón para hacerme desaparecer.

—No me extrañaría nada… ¿Y qué paso exactamente aquel día en las Indias?

—Yo grité «¡Tierra!» desde lo alto del palo mayor de la Pinta. Fue como un trueno rasgando el firmamento, como un eco dentro de una caverna multiplicado por mil, como cuando un bebé llega a este mundo y llora por primera vez.

—¿Y entonces? —pregunta María, expectante.

—Colón contó que la noche anterior vio lumbres en la lejanía. Pensó que quizá estaba ofuscado por la necesidad y dudó de si era realmente tierra lo que veía.

—¿Y tú qué crees?

—Que diez mil maravedís son una pequeña fortuna, y que no vio más luces que las de la Pinta porque, al ser más rápida, siempre íbamos por delante.

—Lo siento.

—Y yo lo que les sucedió a tu padre y al resto. Lamento no haber podido ayudarlos, nos separamos de ellos precisamente porque mi capitán no soportaba más a Colón. Sin los hermanos Pinzón, él nunca hubiera llegado a las Indias… Y tampoco sin la gente de la tierra de Huelva.

—Ni sin los vascos y los otros marinos del Cantábrico que iban en la Santa María —recalca María.

—Exacto, todos ellos verdaderos marinos y armadores; no como Colón, un aventurero iluminado. Los Pinzón lograron los barcos, el dinero y que se enrolara la tripulación, porque solo con Colón no se habrían apuntado ni los condenados a muerte.

—Pero reclamaste tus derechos una vez pisaste Castilla.

—Y tanto, ante los mismísimos reyes, y fui completamente ignorado. Tal fue mi frustración que… renegué de la fe católica y abracé la de Mahoma, que ya conocí durante mi niñez, cuando Granada aún era reino nazarí.

—¿Eres musulmán? —pregunta María.

—No, he vuelto de nuevo a la fe de Cristo y no quiero pensar más en lo que me sucedió con Colón.

—Yo no puedo hacer tal cosa, pero quiero vengar a mi padre; a él y al resto de los hombres que murieron por culpa de Colón.

—No sabes lo que dices, es almirante, virrey y gobernador. He oído que zarpa en breve hacia las Indias, su tercer viaje. Cuando logre llegar a las islas de las Especias, será uno de los hombres más ricos del mundo.

—No permitiré tal cosa —afirma María con firmeza.

—¿Y cómo vas a impedirlo?

—Rodrigo, voy a matar a Colón. ¿Quieres ayudarme?

55

El Báltico

Siglos atrás, los comerciantes de las ciudades del norte de Alemania, conscientes de las dificultades y los peligros que limitaban sus transacciones, se unieron en una liga para protegerse y coordinarse. Fue un éxito y la Hansa se ha expandido a todo el Báltico y ha llegado hasta Londres, incluso cuenta con contactos comerciales en puertos del mar Cantábrico. Aunque no vive sus mejores días, sigue asegurando el comercio. Sus barcos surcan el Báltico cargados de trigo, ámbar, pieles y otras mercancías.

Según avanza hacia el norte, para Noah es como si estuviera recorriendo los mapas que estudiaba en el palacio del señor Vieri, pero ahora lo hace en primera persona, con todo lo que eso implica. Sus compañeros ignoran la aversión que le tiene a estar en estructuras de madera sobre superficies de agua, da igual si son ríos, embalses o mares. Hace de tripas corazón y, cuando pone el pie en los tablones, la embarcación se balancea y él recuerda todos sus temores sobre las estructuras de madera sobre el agua, por supuesto más que fundados, pero la pasión por viajar y llegar al punto más lejano que ha pisado hasta ahora le da fuerzas.

Remontan el Báltico durante varios días. Noah deja volar su fantasía y se imagina ser Cristóbal Colón navegando por el Océano camino de las Indias. Este es un mar oscuro y tenebroso donde ven sombras extrañas. Ya les habían advertido que en sus aguas moran todo tipo de criaturas. Una fría mañana, giran con el viento lejos de la costa hasta un paso entre una isla y la entrada a un golfo, donde encuentran el puerto de la ciudad de Riga. La frontera oriental de la Cristiandad es un lugar aislado y peligroso, hasta sus iglesias son distintas, con curiosas cúpulas.

—El señor de Moscú está añadiendo vastos territorios a sus dominios aprovechando la debilidad de la Hansa —comenta Giuseppe.

Una vez en tierra, y después de varias indagaciones, obtienen el contacto de un mercader de pieles que posee una tienda junto a la muralla. Allí se dirigen Giuseppe y Noah mientras los mercenarios custodian la mercancía. El mercader es ruso, un hombre fornido de facciones rudas, pelo más bien rojizo y piel oscura, lo cual le sorprende. Tiene la nariz chata y una poblada barba, más densa que la de Kristiansen, y abundante vello en el pecho y los brazos.

—Buscamos ámbar gris —le dice Noah en alemán.

El hombre parece no entenderlo.

—Hemos traído un cargamento de tejidos de Florencia, estamos dispuestos a intercambiarlos —añade Noah.

—¿Cuánto ámbar gris queréis? —pronuncia el mercader en un alemán tosco.

—Todo el que podamos cargar.

—El ámbar gris es caro.

—Nuestros tejidos también, puedes ganar mucho dinero con ellos.

—Aquí comerciamos con pieles que calientan del frío: de zorro, de marta, de armiño, de lobo o de castor.

—Pero también os llegan mercancías raras de Oriente, ¿a que sí? —interviene Giuseppe, muy afable—. Seguro que podemos llegar a un acuerdo.

—Quiero ver los tejidos.

Salen al exterior y Noah se los muestra. Comienzan a negociar y al cabo de un rato cierran el trato. En dos días llegará el cargamento de ámbar gris.

—No es buena idea permanecer aquí ese tiempo —dice el

mercenario danés—. Conozco estas tierras. —Niega con la cabeza y repite—: No es buena idea.

—Solo serán dos días, ya nos hemos comprometido. —Noah resopla—. ¿Qué pensáis, Giuseppe?

—Que tiene razón, a mí tampoco me gusta la idea. Hablaré con el ruso para confirmar que no hay peligro.

Noah se gira y observa a Giuseppe cuando se dirige al comerciante. Al principio este no se muestra receptivo, pero poco a poco el florentino parece entenderse con el eslavo. Se estrechan la mano y Giuseppe vuelve con ellos.

—¿Algún problema? —se interesa Noah.

El florentino niega con la cabeza y sigue caminando.

—Solo quería asegurarme de que los términos estaban claros. Con esta gente es mejor ir sobre seguro. —Entonces frena el paso y coge del brazo a Noah—. No me fío de nadie aquí, tampoco de esos dos. —Señala a los mercenarios.

—Son nuestra escolta.

—Ocultan algo —insiste Giuseppe—, vigílalos bien por mí. Yo debo controlar el negocio y necesito que alguien de confianza me cubra la espalda. ¿Puedo contar contigo?

—Sabe Dios que sí.

—Bien, Noah. Solo dos días más y luego nos iremos. —Y le da una palmada en el hombro.

Las cuarenta y ocho horas se le hacen eternas en Riga. Pronto será verano y están en una latitud muy septentrional; disfrutan de un cielo tan luminoso que hasta después del atardecer hay luz suficiente para trabajar, lo cual aprovechan los diferentes gremios de la ciudad. La posada en la que aguardan es austera, fría y con pocos lujos, nada que ver con las que han frecuentado durante el largo viaje. Las gentes son distintas por completo, en especial las mujeres: lucen una belleza inusual. Sus ojos pueden ser azules como un lago, oscuros como la noche o pueden tener un mágico tinte verde; poseen una nariz recta, su cara es un óvalo perfecto y, por lo que ha podido ver, tienen un carácter por un lado suave y agradable, y por otro, fuerte y desinteresado.

Se le viene la imagen de Giulia con su vestido de damasco, sus guantes perfumados y la tiara sobre su hermosa melena.

«¿Dónde estarán ahora Giulia y Darío? ¿Qué estarán haciendo?».

Eso mejor no quiere ni pensarlo. Los problemas quedaron en Florencia, quizá el amor también. El olvido es más fácil cuando uno hace lo que le apasiona, que en su caso es viajar, y cada destino le ofrece nuevos recuerdos que atesorar.

La noche es extraña con tan pocas horas de sol. A decir verdad, todo lo es en Riga. Se desvela por la emoción de hallarse en un lugar tan singular y decide salir a la calle. Quién le iba a decir a él que navegaría por el Báltico, o que viviría en Florencia, o que cruzaría Europa de sur a norte…

Se imagina volando sobre las nubes y contemplando la Tierra como si de un mapa se tratara, pero abandona su ensoñación cuando ve que Kristiansen y Ray salen de la posada. Caminan hasta el establo. Noah se oculta tras unos sacos y los espía. Hablan durante largo tiempo, luego se ponen a preparar los caballos, después afilan sus armas. Giuseppe tenía razón, pretenden traicionarlos.

Entonces Ray mira en su dirección. Noah se oculta de inmediato y se tapa la boca. Oye unos pasos, cada vez más cerca. Ahora una respiración, le va a descubrir.

Se queda todo lo inmóvil que puede y suelta el aire muy despacio.

Más pasos y ruidos, no se atreve a moverse durante un buen rato. Cuando asoma la cabeza parece que no hay nadie, pero no se fía y mide todos sus movimientos antes de salir de allí. Ya es de día en Riga, va a llegar tarde al intercambio.

«¿Dónde están los mercenarios?», se pregunta.

Acude a la tienda del mercader ruso y se alegra de ver allí a Giuseppe, aunque tiene cara de circunstancias.

—¿Dónde te has metido, por Dios santo? —le recrimina a la vez que le da un par de golpecitos en la espalda—. ¿En qué estabas pensando? Anda, ven y no metas la pata.

El mercader ruso está molesto por el retraso y Noah no tiene ocasión de prevenir a Giuseppe sobre lo que ha descubierto.

El carruaje con los tejidos está allí y también los mercenarios, que bajan de sus monturas. Entonces Noah se ve sin escapatoria; debe avisar a Giuseppe, aunque no cree que se atrevan a hacer nada delante de tanta gente, ¿no?

«¿Y si nos matan a todos y se quedan con las dos mercancías?».

—Es un buen día para hacer negocios —afirma el mercader de Riga.

—¿Tienes el ámbar gris? —inquiere Giuseppe, expectante.

—Lo que habéis venido a buscar está ahí.

Hace una señal y un par de hombres empujan una abultada carreta cubierta por unas mantas. Noah lleva tanto tiempo esperando este momento, tanto camino recorrido y tantos lugares visitados, que siente una mezcla de alivio y tristeza.

Los secuaces del mercader ruso destapan la mercancía y Noah descubre unos monstruos marinos cuyo tamaño es tres veces el de un hombre. Dos colmillos sobresalen de su boca; uno no destaca apenas y el otro es desproporcionado, larguísimo, y se retuerce sobre sí mismo.

—¿Qué demonios es esto? —pregunta Noah, alterado, y mira a los mercenarios.

Kristiansen desenfunda su espada y Ray tensa el arco.

Se da cuenta de que los hombres que lo rodean portan largos cuchillos, ¡es una trampa! Están compinchados con ellos.

—Los tejidos están ahí, ¿por qué nos hacéis esto?

—Lo siento, Noah —oye a su espalda—. Es una oportunidad demasiado buena para dejarla escapar.

—¿Giuseppe?

De pronto, Kristiansen y Ray se encuentran rodeados por una docena de hombres armados con espadas y picas. Sí, es una trampa, pero no le han traicionado los mercenarios. ¡Ha sido Giuseppe!

—El señor Vieri es un pobre viejo, ha perdido su olfato para los negocios —dice el florentino—. Los mapas antiguos ya no sirven y sus manuscritos se han quedado obsoletos con el invento de la imprenta. Y el comercio del perfume no es lo bastante lucrativo. En cambio…, esto que ves es fabuloso.

Noah observa de nuevo a esos seres, mezcla de peces y de animales terrestres, con ese colmillo exagerado y llamativo. Ignora qué pretende hacer Giuseppe con ellos.

—No sabes lo que son, ¿verdad? —le pregunta mientras de fondo se oye chocar las espadas de los mercenarios—. Son unicornios.

—¿Unicornios?

—Sí, amigo mío.

—¡No son unicornios! —exclama Noah.

—Eso lo dices tú. Cuando les arranque ese cuerno y diga que pertenecía a un unicornio, todos me creerán.

—Pero… ¿qué locura es esta? Son solo animales del mar.

—¿Recuerdas lo que dijo el tío de tu amigo Copérnico? Que una tierra sin leyendas se moriría de frío, y aquí hace mucho frío, Noah.

A escasos pasos, Kristiansen blande la espada contra otras dos que le atacan al mismo tiempo. Mientras, Ray derriba a un atacante y le secciona el cuello, para después sortear una pica y rodar por el suelo hasta chocar contra otro rival que le lanza un estoque a la altura de la cintura, que esquiva con un ágil movimiento. Acto seguido contraataca y le raja el rostro desde el ojo hasta la mandíbula.

—Nos habéis vendido —le recrimina Noah, enojado.

—Solo son negocios. —Se hace a un lado y toma asiento en la carreta que porta los extraños animales—. Estos bichos provienen de Groenlandia, donde son arrastrados por las olas hasta las playas. Un avispado comerciante se dio cuenta de que podía sacar beneficio de esas piezas de marfil. Así que se envían a Europa a través de una red que pasa por Noruega, y cuando llegan a los comerciantes alemanes, dan por hecho que son cuernos de unicornio, codiciados por príncipes, reyes y papas.

—¡Es todo mentira! —grita desesperado.

—Adiós, Noah.

Los dos hombres armados con cuchillos rodean a Noah mientras Giuseppe se aleja con tranquilidad.

Él no sabe pelear, no como los mercenarios, ni tiene armas con las que defenderse; tampoco sabe a dónde podría huir si sale corriendo. Está perdido.

Mientras, Kristiansen hace girar su espada en el aire de manera intimidatoria ante dos oponentes a su derecha, para luego desplazarse a la izquierda y bloquear el ataque de una pica, desarmar a su dueño al golpearla con el pie y meterle un palmo de acero en el pecho.

Para entonces, el mercader ruso ya ha tomado posesión de la preciada carga de tejidos y se marcha con ella, dejando que sus hombres terminen el trabajo. Sin embargo, Ray no está dispuesto a irse al otro mundo esta mañana y avanza entre una maraña de enemigos, desviando ataques y esquivando filos, hasta que logra trepar a su caballo y tomar las riendas del de Kristiansen. Azuza a su montura y hace retroceder a sus rivales cuando el animal se alza sobre sus dos patas traseras. Sale presto hacia su compañero, que sube a su caballo con agilidad. Ahora ambos pueden salvar la vida y escapar de allí.

Noah esquiva una cuchillada, pero le atacan por el otro flanco y le hacen un corte en el brazo. Suelta un grito de dolor y ve cómo brota la sangre de la herida. Tanto viajar para morir en tierra extraña, sin nadie que lo llore ni lo recuerde, por unos falsos cuernos de unicornio. Para eso hubiera preferido morir en Lier aquel día con Laia…

Entonces una mano aparece desde lo alto.

—¡Agárrate! ¡Vamos!

Kristiansen tira de él y lo sube a su espalda mientras Ray lanza varias flechas para mantener a raya a los hombres del ruso, hasta que Kristiansen endereza su caballo y los tres salen de allí al galope. Noah pierde el conocimiento, pero su sangre va dejando un rastro rojo sobre el frío y blanco suelo de Riga.

56

Sanlúcar de Barrameda, finales de mayo de 1498

La ribera de Sanlúcar está acostumbrada a recibir y ver partir naves porque es un enclave esencial en la desembocadura del Guadalquivir y el golfo de Cádiz, un punto estratégico en las navegaciones entre el Mediterráneo y el Océano, entre Europa y África, y ahora entre Castilla y las Indias. Aprovecha su situación geográfica y el tráfico comercial de Sevilla, pero su aduana opera de forma independiente, ya que es lugar de señorío.

—Ese es el castillo de Santiago. —Rodrigo de Triana señala la fortaleza que vigila la ciudad—. Es propiedad del duque de Medina Sidonia. No se construyó como defensa, desde él no se controla la desembocadura del Guadalquivir, sino para resguardarse de los otros señores rivales por el control de las costas de Castilla, o incluso del rey. Mientras Colón esté dentro de sus muros, olvídate de intentar nada.

El frenesí en la orilla del Guadalquivir es espectacular. Hay ocho barcos aprovisionándose con todo tipo de mercancías, algunos se están terminando de pintar y hay uno que destaca porque están cargando en él unos fardos con armas.

María y Rodrigo avanzan entre el barullo de marineros, tripulantes, carpinteros y toneleros que llenan el puerto de Sanlúcar. Se detienen a la altura del barco más grande y él se queda mirando su proa.

—¿Qué sucede? —inquiere María.

—Está ahí.

María toma aire y alza la vista, repasa la cubierta de la embarcación; hay mucha gente, todos hombres. Mira una y otra vez, buscándolo con ansiedad.

—No lo veo.

—Te aseguro que era él. —El rostro de Rodrigo revela temor.

—Tranquilo. —María le coge la mano y con la otra vuelve su cara hacia ella—. Vamos a vengarnos. No le tengas miedo, lo vamos a matar.

Él asiente y ella sonríe, sus miradas se quedan entrelazadas y María piensa que ojalá permanecieran así para siempre. Observa los labios de Rodrigo, hace mucho que no besa a nadie. Alza los ojos y se percata de cómo la mira él; también hace demasiado que un hombre no la mira de ese modo.

—Vosotros, ¡quitaos de en medio! —dice una voz autoritaria.

Se giran y ven a un hombretón que carga un cofre en el hombro.

—Llevo los libros del Almirante, haceos a un lado —les ordena.

—¿Necesitáis ayuda? —pregunta rápido Rodrigo—. Dejadme que os eche una mano. —Toma otro de los bultos—. ¿Cuándo parte el Almirante con la flota?

—A primera hora de mañana —responde mientras avanzan hasta la rampa del barco.

—Entonces tenéis mucho trabajo —añade a la vez que le ayuda a subirlo los bultos—. ¿Y el Almirante? ¿También anda supervisando los últimos preparativos?

—Ahora se dirige al castillo, pero seguro que mañana está aquí en cuanto despunte el alba.

—¿De verdad?

—El capitán tiene que ser el primero en subir a su barco el día que zarpa.

Cuando terminan, Rodrigo regresa con María, que le aguarda junto a la orilla, y le relata lo que ha descubierto. Juntos trazan el plan y buscan un lugar donde ocultarse por la noche que les permita vigilar el barco pero sin ser vistos por los guardias del duque de Medina Sidonia.

Encuentran un taller de redes a pocos pasos de donde fondean los barcos y desde allí se divisa la nave capitana en la que irá Colón. Al caer la noche, aprovechan para colarse dentro. Es un espacio demasiado pequeño para dos personas, las redes ocupan gran parte de él y para vigilar tienen que mirar por las aberturas que dejan los tablones.

María está nerviosa, lleva mucho tiempo esperando este momento y, a la vez, tiene miedo de que algo salga mal. Se alegra de no estar sola, Rodrigo le da las fuerzas que le faltan. Y más que eso, el joven grumete que viajó a las Indias es ahora un hombre que despierta todos sus sentidos, hasta los más íntimos.

Están los dos solos, tan juntos que oyen sus propios latidos. Es el mes de mayo y las temperaturas ya son altas incluso de noche, y más ahí dentro.

—¿Estás bien? —pregunta Rodrigo.

—Sí, es que… hace mucho calor.

—Cierto. —Y entonces se quita la camisa.

Apenas hay luz, así que ella no puede ver bien su torso.

—¿Qué haces? No puedes quedarte así… —se queja, más acalorada todavía y con la respiración entrecortada.

—¿Seguro que estás bien, María?

—Me estoy mareando aquí dentro.

—Llevas demasiada ropa…

—¡No pienso quitármela!

—Yo lo digo por ti. Si prefieres asfixiarte es problema tuyo, pero ahora no podemos salir. ¿Tienes miedo de mí?

—¡Lo que tengo es vergüenza! Soy una mujer honrada, no como tú.

—Tienes miedo —insiste Rodrigo.

María resopla y, finalmente, claudica y se desprende de su saya.

Más frescos, mantienen la vigilancia. Las horas pasan y no hay novedad, el sueño ataca con fuerza. De pronto, oyen unas pisadas que se aproximan. Cada vez más cerca, se detienen a un palmo de ellos. Contienen la respiración, el tiempo se para dentro del cobertizo. Hasta que las pisadas retumban de nuevo, pero esta vez alejándose.

María respira aliviada y se inclina, y sin querer su nariz toca la de Rodrigo. En ese instante, los labios de ambos se desean y se dan un beso, después otro, y otro más largo. A los labios les siguen las manos, y María recorre con sus dedos la interminable espalda de Rodrigo. La poca ropa que llevan les sobra y, aunque apenas pueden moverse en ese espacio tan reducido, hallan la forma de desnudarse.

Hacía tanto tiempo que María no se entregaba a un hombre que lo siente como si fuera la primera vez. Está ardiente de deseo y quiere más besos, más caricias, más… ¡Lo quiere todo! Y así se funden como si fueran uno solo y luego se duermen abrazados.

Una campana resuena en sus oídos, María abre los ojos y encuentra los de Rodrigo.

—¡Buenos días! —dice él.

Los primeros rayos de sol entran por las aberturas de la casamata.

—¿Cómo que buenos días? —María se aparta de él—. ¿Qué hora es?

—Pues por la luz y la gente que se oye…

—¿Qué gente? —Se viste de manera apresurada—. Rodrigo, ¿dónde está Colón?

—No lo sé, me acabo de despertar.

—¡Qué! —María sale de inmediato al exterior.

Ya ha amanecido, apenas hay cuatro o cinco hombres rondando por el puerto. Mira la nao capitana, nadie en la rampa, ni en la cubierta, pero… hay una figura en la popa.

No hace falta que nadie le diga que es Cristóbal Colón.

Ni tampoco que ya es demasiado tarde para intentar matarlo.

57

Toledo, verano de 1498

El obispo Fonseca aguarda frente al salón regio y reflexiona sobre los numerosos avatares que han sufrido los reyes. Primero
fallece el príncipe Juan, y la esperanza recae en que su esposa
doña Margarita está embarazada. Después ella pierde ese hijo y
regresa, viuda y sola, a Flandes. La primogénita, Isabel, se casa
con el rey de Portugal. Una vez malograda la descendencia del
príncipe, Isabel pasa a ser la heredera de Castilla y Aragón, además de reina de Portugal. Y, cosas de la vida, por fin es posible la
tan ansiada unión de las tres coronas. No hay mal que por bien
no venga. Además, está encinta y pronto dará a luz.

Poco a poco regresa el orden y se aleja el espectro del caos.
¿O no?

Porque las Cortes de Toledo sí han reconocido a la infanta
Isabel como heredera de Castilla y ha recibido el título de princesa de Asturias. Sin embargo, las Cortes de Zaragoza se niegan a concederle el título de princesa de Gerona por ser mujer,
ya que en la Corona de Aragón las mujeres no pueden reinar,
solo transmitir los derechos al trono a sus descendientes. El
debate sobre la sucesión de Aragón se está alargando varios
meses, en los cuales la princesa está llevando adelante su embarazo. Se acerca la fecha señalada y todos abogan por que las
Cortes aragonesas lleguen a una conclusión lo antes posible, y

el que más el obispo Fonseca, pues tanta indecisión le quita el sueño.

Confía en que la inminente llegada a este mundo del futuro nieto, esperemos que varón, haya animado a la reina Isabel, porque ha sido convocado y no sabe todavía la razón. No lleva bien la incertidumbre y la espera se le está haciendo eterna. «¿Qué querrá Su Alteza de mí?».

Ha rezado mucho por toda la familia real y en especial por su nieto, que será el heredero de las coronas de Castilla, Aragón y Portugal. Cualquiera se hace una idea de lo que eso significa.

Los guardias reales golpean con sus picas el suelo de mármol y la puerta se abre. Junto a los tapices con batallas, los antorcheros se suceden hasta el trono que ocupa la reina Isabel, la mujer más poderosa del mundo.

El obispo Fonseca hace una leve reverencia.

—He destituido a don Antonio de Torres de su puesto —anuncia Su Alteza, sin paños calientes.

—Lamento oír eso, alteza. Pensaba que iba a liberarme de mi pesada tarea en los asuntos de Indias. —Fonseca intenta mostrarse comedido.

—Lo siento, pero no podrá ser.

—Disculpadme, alteza, pero yo prefiero hacerme a un lado. Es un trabajo ingrato y difícil.

—Lo sé, por eso debo pediros que volváis a ocuparos de esa labor con el mismo empeño que habéis demostrado hasta ahora.

—¿Y don Antonio de Torres?

—No contaréis con su ayuda. Menuda sanguijuela, pretendía lucrarse a costa de la Corona —pronuncia enervada.

—¡Qué me decís, alteza! Parecía un hombre correcto y leal.

—¡Un avaricioso es lo que es! —alza la voz la reina.

—Un pecado fatal, cierto es.

—No quiero oír su nombre de nuevo, os repongo en vuestro puesto. Sois de nuevo el único responsable de los asuntos de Indias —afirma con rotundidad.

—Siempre a vuestro servicio, alteza. Cristóbal Colón zarpó

de Sanlúcar de Barrameda el treinta de mayo y este tercer viaje lo componen seis navíos, tripulados por doscientos veintiséis hombres.

—Es increíble vuestra profesionalidad, ilustrísima.

—Mi labor es serviros. Si me lo permitís, este viaje del Almirante es una excelente noticia, sin duda, pero al mismo tiempo Su Alteza debería dar su autorización a una serie de expediciones privadas que partirían este mismo año rumbo a las Indias, en cuanto se les concediera el permiso.

—Fonseca, sabéis que el Almirante es el único que posee el privilegio de viajar a las Indias.

—Os recuerdo, alteza, que firmasteis una cédula real abriendo las expediciones a otros capitanes.

—Porque en ese momento no sabíamos si Colón seguía con vida.

—Lo sé, pero dicha cédula no ha sido cancelada, por lo que continúa en vigor.

—Pero es obvio que el Almirante está vivo —insiste la reina.

—Y nos alegramos por ello, por supuesto. Pero la realidad es que sería beneficioso para la Corona que otros buenos cristianos, dispuestos a arriesgar su vida y su dinero, pudieran partir.

—¿Están dispuestos a sufragar enteramente sus viajes?

—Así es, alteza, en su totalidad. Y sería conveniente que otros ojos verificaran los informes del Almirante sobre las enormes riquezas de las Indias, así como su extensión y la aptitud de los indios.

La reina Isabel medita la decisión. Desde que era una niña ha lidiado con todo tipo de disyuntivas, y algunas mucho peores que la que ahora le atañe. Aprendió pronto a medir sus pasos, a saber esperar el momento adecuado, a valorar los pros y los contras. Y, como en el ajedrez, a anticipar las consecuencias de sus movimientos y los de sus adversarios. Eso es lo que está haciendo ahora.

—No os concedo mi permiso para hacer valer la cédula que firmé —concluye, para desgracia del obispo—. Lo que sí quiero son informes de los pasos que da la flota que ha zarpado desde Sanlúcar.

—Por supuesto, alteza.

—Y también del Almirante. Quiero estar al corriente de su periplo, que no nos suceda como en el segundo viaje, que lo dimos por muerto.

—He sido informado de que, tras arribar a las islas Canarias, la flota se dividió: tres barcos enfilaron hacia La Española, mientras que los otros tres, al mando del Almirante, se dirigieron al sudoeste en dirección a las islas de Cabo Verde.

—¿Con qué motivo? —inquiere Su Alteza.

—El propósito de este nuevo rumbo es cruzar la línea del ecuador, alcanzar la tierra firme que se avistó en las exploraciones del viaje anterior y encontrar el camino a las islas de las Especias.

—De acuerdo, que Dios le ayude a ello.

El obispo Fonseca se retira, contento por su victoria sobre Antonio de Torres y también por la respuesta de la reina a su insistencia de abrir las exploraciones al mando de otros que no sean Colón. Es cierto que no ha accedido, pero por primera vez ha dudado. Y en la duda está el principio del cambio. Él lo sabe bien: la incertidumbre nos debilita, siempre es así.

58

Sevilla

María no se perdona el error que cometió en Sanlúcar. ¿Cómo pudo ser tan estúpida? Echar a perder el mejor momento para matar a Colón por... acostarse con un hombre al que apenas conoce. Cada vez que lo piensa se la llevan los demonios. ¡Maldito Rodrigo de Triana o como quiera que se llame!

¡Maldito sea!

Pero la culpa no fue de él. La única responsable es ella misma, ¡y lo sabe! Eso la enerva todavía más. Después de todas las lecciones de Olivares, ¿cómo es posible que cometiera semejante equivocación?

Colón ha partido en un nuevo viaje. A saber cuándo volverá, si es que lo hace.

No ha parado de lamentarse por ello, y de Rodrigo de Triana no ha querido saber nada, por mucho que este se disculpara, por mucho que le prometiera que la ayudaría a cumplir su deseo, por mil halagos y palabras que le dedicara... No quiere volver a verlo.

¡Una y no más, santo Tomás!

Ha regresado a Sevilla, donde ha estado indagando si va a salir alguna otra flota hacia las Indias. Su idea es embarcarse en ella y dar caza a Colón. Descubre que hay varias preparadas, pero aguardan a que la reina dé su consentimiento. Por lo que cuentan en el Arenal, va conociendo más sobre aquellas lejanas tierras donde murieron su padre y el de Laia, y está cada vez más convencida de la imprudencia de esos viajes. «Ir a territorios extraños a los que nadie nos ha invitado, ¿para qué?». Porque en Sevilla hablan de oro, de las exóticas mujeres que allí viven, de los esclavos que pueden hacerse, aunque la reina ha prohibido su tráfico, y de lograr riquezas. Pero María es la única que considera que aquellas tierras ya tienen dueños y no cree que estén felices con la llegada de tantos barcos.

Con el paso de las semanas también se entera de la triste historia de los indios que trajo Colón en el segundo de sus viajes, pues casi todos perecieron por unas u otras razones. A ella estos viajes le parecen emocionantes, pero también piensa en las consecuencias que tienen para los que habitan allí.

Llega un momento en que permanecer en Sevilla no le supone ningún avance en sus planes, así que, antes de que acabe el año, pone rumbo a Valencia. Ha pensado que Santángel podría ayudarla; no se le ocurre nadie más a quien recurrir. Pero cuando llega a Valencia no lo encuentra porque está de viaje, lo que sí descubre es que su padre ha fallecido. Decide esperarlo; seguro que ahora que es el cabeza de familia tiene que pasar más tiempo en la corte.

Nunca se perdonará haber dejado escapar a Colón, pero ha decidido buscar la forma de resarcirse de su error. Antes o después regresará. Tardará uno o dos años, pero lo hará, y esta vez ella estará preparada y no volverá a fallar. Si bien es verdad que debe empezar a trabajar ya para cuando llegue el momento.

La espera para hablar con Santángel se le hace eterna y teme represalias de la Lonja de la Seda, así que se resguarda en Buñol con Manolín y su padre, que la reciben de nuevo encantados. Allí pasa unas semanas hasta que tiene noticias de que Santángel ya está de vuelta y María regresa a Valencia. En la ciudad han encendido unas hogueras, lo mismo que se hace en su tierra por San Sebastián y San Antón. Las de los valencianos son mayores, ya que aprovechan para quemar sacos de virutas almacenados durante todo el año y otros sobrantes de sus trabajos, además de muebles viejos. Es la ocasión de hacer limpieza en los talleres antes de que aumenten los encargos.

María se queda maravillada por cómo las llamas iluminan la noche. El fuego posee una cualidad purificadora y la gente de Valencia se arremolina en torno a las hogueras, canta y baila mientras las llamaradas ascienden hacia las estrellas. Además, el fuego tiene una poderosa fuerza de atracción, es hipnótico, te hace aproximarte a él a pesar del peligro. Hay quienes se acercan tanto que se sitúan al límite, un paso más y se quemarían.

Uno de esos temerarios es María, que extiende la palma de su mano y siente el calor en su piel. Entonces escucha una voz que le resulta familiar, se gira y camina hasta un grupo que rodea a un hombre que está contando que hoy Valencia se parece a la Roma de Nerón.

—Él prendió fuego a Roma —relata el juglar captando la atención de los valencianos—. A Nerón le horrorizaba el mal gusto de los edificios antiguos, la angostura y la irregularidad de las calles, y por eso hizo que las llamas devoraran la ciudad.

A continuación, toma una silla rota y la lanza a la hoguera más cercana, ante los efusivos aplausos del público.

—Los estragos duraron seis días y seis noches, durante los cuales ardieron innumerables casas y el fuego consumió las moradas de los antiguos generales, adornadas aún con los despojos del enemigo, así como los templos consagrados a los dioses y los monumentos construidos en honor a las conquistas.

Ante la virulencia que van tomando las hogueras, algunas gentes se asustan y comienzan a temer que también Valencia arda esa misma noche; hay quienes incluso sollozan, y los niños pequeños se agarran fuerte a la mano de sus padres.

—Hubo romanos que se arrojaron a las llamas… —El juglar da un salto y cae justo a un dedo de la hoguera provocando gritos de estupor. Luego hace un giro acrobático, regresa con dos zancadas y trepa por la reja de una ventana—. Nerón subió al punto más alto, desde donde podía abarcar con la vista la mayor parte del incendio, y cantó la ruina de Roma.

Anselmo de Perpiñán toca su laúd y deleita a los presentes con la canción.

El público le dedica un sonoro aplauso y le lanza monedas, que recoge gustoso.

María está deseando hablar con él, porque hacía mucho que no lo veía, pero entonces alguien la agarra del brazo.

—¡Un momento! ¿Qué hacéis? —intenta zafarse.

—Señora, tranquilizaos.

—¿Cómo que me tranquilice? ¡Soltadme! —Su mano aferra el cuchillo bajo sus ropas, por si necesitara hacer uso de él.

—Quedáis detenida por mandato de la Lonja de la Seda.

—Eso no es posible.

—Solo cumplimos órdenes, debéis acompañarnos —le dice un hombre fornido.

María resopla y busca serenarse, todas las miradas están puestas en ella.

—¿Qué ocurre? —pregunta Anselmo—. ¿Por qué os la lleváis?

—Debe venir a la Lonja de la Seda.

—¿Y no puede ir por su propio pie?

—Sí, pero debe hacerlo ya.

—María, ve con ellos, seguro que todo irá bien. —El juglar le coge la mano para sosegarla, pero enseguida los separan.

Toman la dirección de la Lonja, cruzan el patio de los Naranjos y el pórtico de los Pecados. Una vez en la sala de Contratación, la llevan ante la mesa del oficial con el que habló el primer día que estuvo allí.

Él alza despacio la vista hasta que sus miradas se encuentran.

—¡Vos! —Tras la sorpresa, inspira hondo.

—Sí, ¡yo! —afirma con rotundidad María—. ¿Para qué me habéis traído aquí?

—Lo cierto es que llevamos meses buscándoos. Señora viuda de Antonio de Oñate, ¿de verdad creíais que no nos daríamos cuenta de lo que hicisteis?

María guarda silencio.

—Vendisteis tejidos que vos misma confeccionasteis. Sin pertenecer al gremio, no está permitido hacer tal cosa.

—Cumplí la ley, he…

—¡No! Lo que habéis hecho es esquivar la ley, que es muy distinto. Habéis buscado la manera de mercadear sin pertenecer al gremio de la seda.

—Yo no fabriqué los tejidos, se los compraba a…

—Unas tejedoras a las que les proporcionasteis las madejas de seda, ¡ya lo sabemos! ¿Os creéis que somos idiotas?

—No les cobré por las madejas y les pagué por los tejidos. Ellas no trabajaban para mí, cumplí las ordenanzas.

—Es que ese es el problema, las obligasteis a saltarse la ley. Esas hilanderas y tejedoras no pueden vender tejidos, deben trabajar para un maestro sedero. Siempre se ha hecho la vista gorda si una tejedora vendía en su tiempo libre algún tejido para ganarse unas monedas. Sin embargo, vos habéis llevado eso al límite y lo habéis convertido en el día a día de esas mujeres.

—No es verdad.

—¡Por supuesto que lo es! ¿Cómo se os ocurre asociaros con el Colorao? —Por primera vez, alza la voz—. Os creéis muy lista; de hecho, sois demasiado lista para ser una mujer. —Niega con la cabeza—. ¡Guardias! ¡Encerradla en una celda de la torre!

Dos hombres armados agarran a María y se la llevan presa.

59

Costa del mar Báltico

Noah y los giróvagos se han refugiado para pasar el invierno, ya que estas tierras tan al norte se quedan incomunicadas por la nieve y el frío. Están en una humilde casa aislada, fuera de toda mirada, aunque se mantienen en alerta por si el ruso y sus secuaces los encuentran. Pero parece que ni ellos se mueven en esta época del año.

Tantos días juntos hacen que entre ellos surja una inesperada amistad y que Noah cada vez los valore más. Le sorprende su forma de vida, pero al mismo tiempo envidia que puedan viajar a donde quieran y se tengan el uno al otro. Noah no quiere volver a estar solo; desea viajar, pero no en soledad.

Le cuentan muchas historias y, cómo no, entre ellas hay una sobre el unicornio, que resulta ser el símbolo del reino de Escocia. Ray le explica que es un animal salvaje, temible e indomable, como el pueblo escocés y su legendario héroe, el impetuoso William Wallace, quien fue engañado y entregado a los ingleses en Glasgow. Allí lo juzgaron y lo condenaron a muerte por traición al rey de Inglaterra, ofensa que no se castigó con una ejecución discreta: lo desnudaron, lo ataron a unos caballos y lo arrastraron durante horas por las calles de Londres; luego lo ahorcaron a una altura insuficiente para partirle el cuello y lo descolgaron antes de que se ahogase. Lo abrieron en canal y, aún vivo, le extirparon el corazón, el hígado, los pulmones y los intestinos para quemarlos ante él. Por último, lo decapitaron. Después, su cabeza fue clavada en una lanza y colocada en el puente de Londres.

—Muy amigables estos ingleses… —Noah ha sentido una arcada con solo imaginarse la escena y ha pensado que le persiguen las historias sobre cabezas.

—Para que veas lo que hemos tenido que sufrir los escoceses. ¿Ahora entiendes por qué los unicornios son el símbolo de Escocia? Son animales puros y nobles que prefieren morir antes que ser capturados, y solo pueden atraparse…

—Con una doncella virgen —añade Noah—. Eso ya lo sé.

—Es una vil ofensa que ese florentino pretenda hacer pasar por cuernos de unicornio los colmillos de esos monstruos marinos —recalca Ray, airado, y saca una moneda con la silueta del animal—. Mira, en Escocia los unicornios son sagrados, están hasta en nuestro dinero. En muchos pueblos y ciudades existe una cruz, la *Mercat Cross*, que señala el lugar en que se celebra el mercado, y en ella se cuelgan los anuncios públicos. Consiste en una base de piedra y un pilar, y está coronada por la figura de un unicornio, como en Edimburgo o Stirling.

Noah cree que le ha caído encima la maldición de los unicornios porque, da igual quién le acompañe, siempre le terminan sermoneando sobre este animal, como si no hubiera otro en la faz de la tierra. Y lo peor es que nunca ha visto uno vivo.

Con el deshielo, dejan su escondite y se alejan de las inmediaciones de Riga, temerosos de que los hombres del ruso vayan a por ellos. Por el Báltico toman una ruta distinta a la de ida; esta vez siguen la costa noruega hasta llegar a otra plaza de la Hansa, Malmö, que resulta ser el lugar de nacimiento de Kristiansen. Es una ciudad comercial, sobre todo de arenques. El símbolo de Malmö es un grifo, otra de esas bestias difíciles de ver, pero al menos no es un unicornio. El grifo es una especie de águila gigante cuya parte posterior es la de un león con una larga cola.

Kristiansen tiene amigos allí que los ayudan y también les proporcionan información. Al parecer han llegado a oídos de algún marino rumores sobre una extraña mercancía que viaja desde Riga con destino a Hamburgo.

No lo dudan, dejan Malmö y navegan hacia el estuario del río Elba, en la costa de Frisia, un territorio repleto de diques construidos para detener las tormentas y las mareas. El estuario es un mar de islas de dunas arenosas en el que sobresale el faro de Neuwerk, que les guía hacia el puerto de Hamburgo, el cual controla todo el norte de Alemania.

La Hansa nació de una alianza entre Lübeck y Hamburgo, y ahora esta ciudad es conocida en todo el mundo por su cerveza. Aquí se elabora la mejor y más duradera, y su venta está vinculada a su prosperidad. Las calles están abarrotadas de comerciantes de otras ciudades de la Hansa.

—¿Cómo vamos a encontrar aquí a Giuseppe? —inquiere Ray, irritado al verse rodeado por la multitud.

—Un cargamento de cuernos de unicornio no pasa desapercibido —responde Kristiansen—. Hay que dar con algún mercader relevante de Hamburgo para averiguar algo.

—¡No son cuernos de unicornio! —replica Noah alzando la voz entre el barullo—. Y creo que sé cómo hacerlo.

Aprovecha su buen alemán para indagar y, aunque le cuesta, al final de la mañana consigue una pista fiable. Regresa con los mercenarios con una dirección y juntos se dirigen a un barrio extramuros, conocido en Hamburgo por ser frecuentado por piratas del Báltico. Noah no se hubiera adentrado entre sus calles solo, allí hay todo tipo de personajes poco recomendables. Pregunta varias veces, pero hasta que no enseña unas monedas no logra la información que precisa. Eso los lleva a un almacén cerca del río, que por el olor no cabe duda de que es de pieles.

Hay tres hombres. Noah va directo hacia uno de ellos, el cual no sale de su asombro al verlo llegar.

—¿Noah? ¡No puede ser! —exclama Carlos Mannsbach.

No veía al comerciante alemán desde sus primeros días en Florencia, cuando consiguieron la tabla de Botticelli.

—¡Menuda sorpresa! ¿Qué haces tú por aquí?

—He venido a veros —dice Noah, y se funden en un abrazo.

—Noah de Lier, ¡increíble!

—Os veo bien. Más gordo, pero bien. —Se ríen.

—Estás muy lejos de Florencia y llevas escolta, y de la buena. —Mannsbach echa un ojo a los giróvagos.

—Necesito información sobre un comerciante que ha pasado por aquí estos días.

—¿Con qué mercancía?

—Cuernos de unicornio.

—¡Qué! ¿Estás de broma?

—Mirad a ese hombre —señala a Kristiansen—, ¿vos creéis que tiene aspecto de bromear?

—La verdad es que no mucho.

—¿Podéis ayudarme?

—¿Tienes otro Botticelli?

—¡Ojalá!

Carlos Mannsbach los acompaña de nuevo intramuros. Sin duda conoce la ciudad. Visitan varios almacenes, donde el comerciante se afana en obtener información. Hamburgo empieza a ser más amigable; el bullicio de su comercio no pierde intensidad, pero Noah se adapta a ella conforme la va recorriendo. Le llama la atención su devoción por la cerveza y una curiosa ley que protege a los cisnes, que impone duros castigos para quien los mate, los insulte o se los coma. La razón es un antiguo augurio que vaticinó que Hamburgo sería libre y miembro de la Hansa mientras los cisnes vivieran en sus aguas.

—Lo tengo. —Carlos Mannsbach llega ante ellos sonriente.

—¿De verdad? ¿Habéis localizado a Giuseppe?

—Primero tenemos que hablar. Un cargamento entero de cuernos de unicornio, ¿en serio? ¡Estamos hablando de una fortuna!

—No son cuernos de u-ni-cor-ni-o —pronuncia Noah muy despacio.

—Bueno, bueno, eso lo sabéis vosotros y nadie más.

—De ninguna manera, os lo advierto.

—Alto ahí, Noah. Esto es muy sencillo: si la quieres, la información es a cambio de que yo me quede con los cuernos de… Bueno, de lo que sea, a mí tanto me da.

—Ray —dice Noah, y luego se retira.

—¿Qué ocurre? —pregunta Mannsbach mientras el mercenario se acerca a él.

—Soy escocés.

—Estupendo, una tierra apasionante.

—¿Sabéis cuál es el animal sagrado de Escocia?

—Hummm, me pillas. —El comerciante sigue mostrándose gracioso y poco intimidado por el arquero—. ¿El zorro? ¿La foca? Hummm, ¡no! Déjame adivinar, ¡el cerdo! —Y se echa a reír.

Ray da dos pasos atrás, toma una flecha de su carcaj y dispara. La punta rasga el hombro del abrigo de Mannsbach y se clava en el tronco de un árbol a su espalda.

—¡Animal! ¿Qué haces? —grita Mannsbach.

Ray dispara de nuevo, esta vez la flecha pasa por debajo de sus piernas.

—¡Por Dios! Detén a este loco escocés.

Noah se aproxima al comerciante.

—El unicornio es el símbolo de Escocia —le susurra al oído—. Ahora decidme dónde se esconde Giuseppe.

—Recuerda que yo fui el primero en echarte el ojo. ¿Sabes lo que estás haciendo?

—Me han traicionado demasiadas veces como para no saberlo. Venga, tenemos prisa.

—Como mejor se aprende es de nuestros propios errores. Tenías potencial cuando te conocí, sin duda, pero eras muy inocente. Veo que has espabilado mucho. —Sonríe—. No hay que fiarse nunca de nadie, me alegro de que hayas aprendido eso.

60

Valencia

La torre de la Lonja de la Seda es donde encierran a los malos mercaderes, la vergüenza de todos los gremios. Que en este caso sea una mujer se habrá convertido en la comidilla de la ciudad.

María lleva allí días y la reclusión se le hace insoportable.

Las horas caen lentamente, son un suplicio.

Desde su celda, escucha el bullicio de la Lonja y eso la enerva aún más. La torre une el Consulado del Mar con la sala de la Contratación a través de una capilla que tiene en su planta baja. Las celdas se ubican en las plantas más altas, a las que se accede por una escalera de caracol con un ojo en el centro por el que se ve toda la ascensión.

En la más terrible soledad, recuerda la sensación de libertad cuando se bañaba en las playas de Deva y Lequeitio. Y también la escena de su niñez que se repetía cada primavera: aplacados los terribles temporales del invierno atlántico, los capitanes vascos reunían a sus tripulaciones y daban la orden de largar amarras. Decenas de chalupas partían a alta mar a la caza de la ballena. No es fácil pescar esos monstruos, de un tamaño colosal y con un orificio en la cabeza por el que expulsan agua a más altura que el campanario de una iglesia.

En las últimas décadas, tanto los vascos como los franceses, ingleses y holandeses habían esquilmado las aguas cantábricas.

Los ejemplares de la llamada «ballena de los vascos» eran cada vez más escasos. Así que su abuelo, su padre y otros balleneros se aventuraron, a bordo de naos y carabelas, más al norte, llegando a Islandia y más allá.

Ellos le contaron que el canto de las ballenas es el más potente que existe y que siempre estaban atentos, pues puede oírse a muchas leguas de distancia. También recuerda que su abuelo le hablaba de unas tierras llamadas Ternua, a las que llegaban en una travesía por el Océano que duraba alrededor de un mes. Decía que aquellas eran tierras yermas y que apenas proporcionaban leña para calentarse y algunas especies de caza. Allí escalaban a los riscos más altos y escrutaban las aguas para divisar los soplos de las ballenas. Cuando estas aparecían, se subían a las chalupas y comenzaba la captura.

Primero atacaban a las crías, porque era más fácil y también porque así evitaban que las madres huyeran, ya que, esperanzadas en recuperar a su vástago, iban directas hacia ellos.

Era el momento culminante, en el cual los marineros vascos desplegaban su legendario coraje. Sus arpones llegaban a medir como tres hombres de alto, forjados con el mejor hierro que existe, el de Vizcaya. Combinando su heredada destreza y su fuerza, los lanzaban intentando atravesar la dura piel de la ballena, que parecía más resistente que las mejores armaduras toledanas.

Cuando lo conseguían, tenía lugar una batalla sin cuartel, pues el animal se sumergía arrastrando la chalupa. Los marineros forcejeaban para que no lograse liberarse y, al emerger de nuevo, sus coletazos buscaban hundir las embarcaciones; entonces ellos usaban unos arcos más pequeños y afilados para desangrar a la poderosa bestia. El animal, herido de muerte, era todavía más peligroso. Debían resistir sus últimas embestidas, rezando para que las heridas y el agotamiento hicieran mella en él.

María siempre ha querido realizar ese largo viaje en busca de las ballenas. A veces en sueños oye cómo la llaman con su potente canto, y entonces aprieta contra su pecho el diente que le regaló su abuelo y que porta como amuleto.

Encerrada en la torre de la Lonja de la Seda, tiene tiempo para imaginar ese viaje, pero también el último que realizó su padre. Una aventura todavía mayor, de la que no le pudo relatar nada porque no regresó.

«Mataré a Colón», repite para sus adentros.

Ese deseo de venganza es lo que le da fuerzas.

Pero sabe que solo con eso no bastará para hacer justicia por los treinta y nueve hombres que abandonó en La Navidad, entre ellos su padre y el de su amiga Laia. Todo el mundo lo admira, durante generaciones será venerado por cómo cruzó el Océano, igual que ella venera a sus ancestros. Se ha obsesionado en matar a Colón, cuando lo que debe hacer realmente es desenmascararlo de manera pública. Que todos conozcan su verdadero rostro; de lo contrario, él habrá vencido.

María se halla más convencida que nunca de que solo ella puede sacar a la luz las mentiras de Colón. Ese es su destino, por eso no puede desfallecer ahora. Solo el obispo Fonseca la entiende. «¿Es que nadie en este reino se da cuenta de las maquinaciones e injusticias provocadas por el Almirante?». No solo tiene que matarlo, también debe acabar con su legado.

Las noches son eternas en la prisión. No puede pensar todo el tiempo en su venganza o se volverá loca. Aunque le cueste admitirlo, la noche que pasó con Rodrigo de Triana vuelve a su mente una y otra vez. No sabe por qué, pero tiene un sueño recurrente en el cual el grumete viene a rescatarla y huyen juntos por el Mediterráneo.

¡Manda narices! Ahora le echa de menos. Aquella noche en el puerto… perdió a Colón, pero ganó algo a cambio que no se atreve a calificar.

El cerrojo produce un chirrido desagradable al liberarse y la puerta de la celda se abre de pronto, como si la empujara un golpe de viento de levante.

Ve a Santángel y respira aliviada.

—María, ¿qué has hecho?

—Nada.

—¡Nada!

—Los mercaderes me la han jugado.

—Más bien tú a ellos, he visto todo de lo que te acusan. ¿De verdad creías que iban a quedarse de brazos cruzados después de engañarlos?

—No he incumplido las ordenanzas.

—Has hecho algo peor, dañar su ego —afirma Santángel—. Una mujer ha sido más lista que ellos en sus negocios. Se sienten humillados y quieren hacértelo pagar bien caro. Y además te juntaste con uno al que conocen por sus muchas tropelías. ¡Menuda ocurrencia!

—Lo sé —afirma cabizbaja.

—¿Y se puede saber por qué has regresado a Valencia? Después de escaparte a la boda real, vienes de nuevo aquí sabiendo que te la tenían jurada. ¡No doy crédito! —Santángel se desgañita.

—Sé lo de vuestro padre, mis condolencias.

—Gracias…, no le caíais muy bien.

—Ya me di cuenta —sonríe María—. Ayudadme, por favor. He perdido la cuenta de los días que llevo aquí encerrada.

—Eso es imposible ahora. ¿Te haces una idea de la posición en la que me has dejado?

—La culpa es solo mía, he fallado… Lo eché todo a perder en Sanlúcar.

—¡Te fuiste hasta Cádiz! ¡Sola! Miedo me da preguntar para qué. —Resopla.

—¿Me vais a dejar aquí?

—María, te aprecio más de lo que crees. Porque te tengo por una persona justa, admiro tu valor y tu determinación. Pero no me jugaré la reputación del apellido Santángel por ti, y menos ahora que mi padre ha muerto —pronuncia antes de abandonar la celda.

María se acurruca en el jergón y piensa en la fragilidad del ser humano, que se dobla ante los golpes de la vida, cada vez más, hasta que al final termina vencido y se acostumbra a vivir así, doblegado por las adversidades. Solo unos pocos resisten firmes, erguidos, con el riesgo de quebrarse por la mitad.

Ella siente que está a punto de oír el crac de que se ha roto para siempre.

En cambio, lo que escucha es una explosión que retumba en toda la torre, los mismísimos cimientos crujen, María se tambalea y por poco pierde el equilibrio.

«¿Qué ocurre? ¿Están atacando Valencia?».

No ha oído la campana del Miguelete avisando de la llegada de enemigos.

Una nube de humo asciende por la escalera y se mete en la celda. María busca el aire del ventanuco, asustada ante la posibilidad de morir asfixiada, cuando una nueva explosión revienta la puerta que la mantiene prisionera. El ruido es ensordecedor, esta vez cae al suelo, un intenso pitido le estalla en la cabeza y por un instante no sabe dónde está. Alguien tira de ella, la cogen por los brazos y la sacan a rastras; sus piernas golpean contra cada peldaño de la escalera de caracol. Todo es humo, polvo y olor a quemado. A duras penas logra salir de la torre y llegar al patio de los Naranjos. Apenas hay luz, todavía es de noche. El aire limpio que respira es una bendición.

Tose sin parar y mira a la persona que la acaba de liberar.

—¡Manolín! —Ve que también está su padre—. ¿Qué habéis hecho?

—Ya te dije que sabía usar la pólvora.

Como si se tratase de su ángel de la guarda, el muchacho le sirve de apoyo para salir de la Lonja y perderse por las calles, aprovechando la confusión que se ha creado con las explosiones. Un carruaje aguarda y Manolín la ayuda a entrar. María ya respira mejor, pero el pitido dentro de su cabeza no desaparece y le produce un dolor intenso. Alza la vista y descubre la mirada cómplice de Santángel.

—¡Vamos! No hay tiempo que perder.

61

Santángel mira a un lado y a otro sin parar, como si temiera que los fueran a asaltar. María se ha percatado de que lleva la espada al cinto y no deja de manosear su empuñadura. El carruaje avanza a toda velocidad por las estrechas calles de Valencia hasta que llegan a su palacio. Una vez dentro, una criada de pelo rizado y caderas anchas la ayuda a darse un baño. María no sabía lo que se sentía al sumergirse en agua caliente. La criada le lava el cabello y le frota la espalda, y a ella le invade una mezcla de culpabilidad, por permitir que alguien esté a su servicio, y de alegría, por disfrutar de un lujo al alcance de nobles y grandes mercaderes.

Sale del baño como si fuera una mujer nueva y se planta frente a las diversas ropas que la criada ha dispuesto sobre la cama. Todos son hermosos vestidos con los que María no ha sido siquiera capaz de soñar: uno dorado, otro blanco y el tercero, cuyo tejido reconoce de inmediato, es de terciopelo teñido con cochinilla.

Minutos después, embutida en el ceñido vestido rojo, se presenta en el despacho de Santángel.

—Dichosos los ojos, sabía que elegirías ese color.

—Al final me habéis salvado.

—Ya te dije que no podía arriesgar mi apellido para sacarte de la torre de la Lonja, pero hay otros métodos y la ayuda de ese muchacho ha sido inestimable. —Hace una pausa—. Aún no entiendo por qué has vuelto, exponiéndote a ser detenida.

—Lo siento, no pensé que fuera a pasar.

—¡Exactamente! No lo pensaste. Ahora cuéntame la verdad, llevas ocultándome tus intenciones desde que te conocí. Creo que es lo menos que puedes hacer después de todo lo que he hecho por ti.

María resopla, Santángel tiene razón, se lo debe. Así que le cuenta que busca poder hablar con el Almirante porque desea saber qué les ocurrió a su padre y a otro hombre, que embarcaron juntos en el primer viaje de Colón y murieron en las Indias. Sin entrar en más detalles. Santángel escucha paciente y concentrado hasta que termina.

—No sé por qué me preocupo por ti.

Se hace un silencio.

—¿Y por qué lo hacéis? —pregunta María.

—Hay actos que no determina la razón, sino el corazón… ¡Olvídalo! No me mires así. —Santángel resopla y se lleva las manos al rostro—. Tú y yo somos de mundos distintos, por desgracia.

—¿Estáis insinuando que nosotros…?

—¡Nada! Fallecido mi padre, tengo responsabilidades ineludibles; esta es la última vez que nos veremos. Ahora escúchame bien, tengo algo que contarte sobre el Almirante. Mi padre financió ese primer viaje y nadie sabía más sobre ese proyecto que él. —Su tono ha cambiado, ahora es mucho más duro.

Se toma su tiempo y cuenta a María que le explicó que el Colón que regresó no era el mismo que partió a las Indias.

—¿Por qué? —insiste ella.

—Me comentó que el Almirante no siguió las instrucciones de Su Alteza. En el proyecto de llegar a las Indias, la reina Isabel, secundada por el rey, siempre puso en primer lugar cristianizar aquellas lejanas tierras.

—En vez del oro o las especias.

—Los Reyes Católicos no son unos mercaderes venecianos o florentinos, ni unos conquistadores como Alejandro Magno o Julio César. Ellos tienen una irrefutable responsabilidad con la fe, ese es el objetivo que los mueve. Aquí mismo tienes la muestra: conquistaron el reino de Granada y expulsaron a los judíos de sus territorios.

—Y Colón no comparte esa prioridad, ¿cierto? —insinúa María.

—Mi padre me dijo que el Almirante no piensa como un monarca porque no lo es. Sus Altezas creen que descubrir nuevas tierras habitadas es una oportunidad para ampliar sus reinos, para llevar la fe, para convertirse en los reyes más importantes de la Cristiandad. Eso el Almirante no lo ve, y tampoco lo entiende.

—Colón solo ve bienes y títulos.

—¡Exacto! Ha buscado oro sin encontrar el suficiente, las especias se hallan más lejos, no había ricas ciudades; con lo único que puede comerciar es con los propios indios.

—Esclavos.

—Esclavos —repite Santángel—. Pero la reina los reconoció como sus vasallos y desea cristianizarlos, por lo que no pueden ser esclavizados.

—Según tengo oído, en las Indias no siempre se hace caso a lo que se predica desde Castilla. Y no parece que Colón sea el hombre más adecuado para expandir la palabra del Señor —añade María—. Nadie duda de que es un navegante fabuloso; sin embargo, no está claro que sea un buen administrador y menos aún un gobernador aceptable.

—En eso he de estar de acuerdo. El Almirante desobedeció a la reina y trajo a cuatrocientos indios esclavizados en el segundo viaje, con la excusa de que habían sido apresados tras una batalla. Por supuesto, la reina no lo toleró y mandó liberarlos, si bien es cierto que casi ninguno sobrevivió a las penurias del viaje y el frío de Castilla.

—Qué desgracia.

—Verás, María, mi padre convenció a la reina de que el viaje era posible, por eso la primera carta que envió Colón con la noticia de la nueva ruta fue a él, no a Sus Altezas. Y después la recibieron todas las cortes europeas. Esa carta trajo muchos que-braderos de cabeza a mi padre.

—¿Por qué motivo?

—Muchos no entendieron que él la recibiera antes que los propios reyes, y luego nunca supo quién la mandó imprimir.

—¿Imprimir?

—Sí, ya sabes que ahora hay un invento que permite hacer libros a cientos. También cualquier otro documento. Una vez que se compone en el taller, unas máquinas lo imprimen. Alguien tomó la carta de mi padre e hizo cientos de copias.

—Pero la carta estaba en posesión de vuestro padre —recalca María.

—El Almirante pudo enviar más copias… —responde Santángel—. El caso es que la carta anunciaba la nueva ruta al rico Oriente y los primeros en saberlo deberían haber sido los reyes.

—¿Estáis seguro de que no la filtró vuestro padre?

—¡Por supuesto que no! Tendría que haber sido un secreto y, al hacerse pública, eso puso a mi padre en una situación complicada. Él no tuvo nada que ver.

—¿A quién podía interesarle que lo supiera todo el mundo?

—No lo sé… —Santángel es un manojo de nervios—. No debería estar hablando de esto contigo.

—Soy una mujer acusada por los gremios, mi credibilidad es nula. Si quisiera contar algo, no me creería nadie, así que estad tranquilo. Además, jamás os traicionaría después de todo lo que habéis hecho por mí. De todas formas, un marinero llamado Azoque, que fue con mi padre en ese viaje, ya me habló de esa carta hace unos años.

—Yo… Nunca he entendido por qué se imprimió y se hizo pública. A quien podía interesarle era a los enemigos de la Corona: los franceses, los portugueses, los turcos… Estamos hablando de una nueva ruta, de que se puede cruzar el Océano. Nadie había creído eso posible, ¡nunca! Un descubrimiento así supone rectificar todos los mapas, cambiar las estrategias, y coloca a Castilla en el centro del tablero. ¡Si hasta el papa ha dividido el mundo entre castellanos y portugueses!

—¿Y a Colón le beneficiaba que esa carta fuera pública?

—¿En qué le iba a beneficiar a él?

—Sé que mintió en las fechas y que no estaba en Canarias cuando la escribió, sino en las Azores.

—¿En unas islas portuguesas? ¿Cómo lo sabes?

—Ya os he dicho que conocí a un marinero que regresó del primer viaje, Azoque, y él me habló de esa carta —contesta María—. También sé que el Almirante llevaba dos cuadernos de navegación con anotaciones distintas: las reales y las que enseñaba a sus capitanes para que no perdieran la confianza en él.

—Me sorprende que sepas tantas cosas.

—Llevo muchos años persiguiendo la verdad. Al parecer, trataron de amotinarse dos veces. Y otra cosa que sospechaban es que conocía demasiado bien la ruta y lo que se iba a encontrar.

—¿Eso qué significa? —pregunta él.

—No estoy segura, pero todos los que han tenido contacto con Colón en las Indias afirman que oculta algo. ¿Y sabéis que además le robó el mérito de ser el primero en divisar tierra a un grumete?

—Hubo un pleito, pero lo ganó el Almirante.

—¡Cómo no! Algo así es vil y revelador de su personalidad, ¿no os parece? Lo que más rabia me da es que ha vuelto a zarpar a las Indias. Si regresa, lo hará dentro de varios años y seguramente será aún más poderoso que ahora. Se me ha escapado por estúpida —pronuncia María con rabia.

—Ni que fueras a matarlo.

—¿Qué? —Se queda paralizada un instante—. ¿Cómo voy a matarlo yo?

—Es una forma de hablar. Pero tienes razón, si vuelve… y logra alcanzar las islas de las Especias o Catay, será todavía más rico. Ya lo viste en la audiencia real. Da igual las noticias que lleguen, los testimonios, las quejas, las muertes… Su Alteza sigue confiando en él.

—Sí, me di cuenta. ¿Y por qué lo hace?

—¿Cómo que por qué? El Almirante ha hecho algo increíble, nadie había llegado a Asia por Occidente. Todos los expertos aseguraban que era irrealizable y él…, bueno, fue el único que lo vio posible, y la reina Isabel, la única que lo creyó.

—Si pudiera hablar con la reina…

—¡Ni se te ocurra pensarlo! Ahora olvídate de eso y centrémonos en tus problemas más cercanos. —Santángel cambia de asunto—. Te gusta demasiado jugar con fuego y tarde o temprano te acabarás quemando. Los mercaderes de la seda han puesto precio a tu cabeza. Manolín te sacó de la torre usando la pólvora, pero irán a por ti y ahí no creo que pueda ayudarte sin comprometer mi posición. ¿Qué vas a hacer?

—La verdad es que no lo sé.

—Aquí estás sentenciada, te aconsejo no permanecer un minuto más en esta ciudad.

María observa el despacho y entonces fija la vista en un papel desplegado sobre la mesa, con dibujos, nombres, banderas; hay también animales, castillos y símbolos.

—¿Eso es un mapa?

—Sí, aunque no es el más actual que existe —responde Santángel—. Y antes de que me lo preguntes, sí, aparecen las islas a las que ha llegado Colón.

—La Española, ¿cuál es?

—Pues esta de aquí. —Santángel la señala.

María siente una mezcla de ilusión y tristeza; por primera vez tiene la sensación de saber dónde murió su padre, aunque lo esté viendo en un mapa. Observa el contorno minúsculo de la isla y otro nombre escrito.

—«La Isabela» —lee en alto.

—Es la primera ciudad que Colón ha fundado en las Indias, en La Española.

—¿Y La Navidad?

—No sé a qué te refieres —responde extrañado—, ¿qué Navidad?

—La Navidad es el primer asentamiento que se creó, donde se quedaron los treinta y nueve hombres que Colón abandonó en el primer viaje, en un fuerte que construyeron con los restos de la nao Santa María cuando encalló en la costa.

—Ahora lo recuerdo, mi padre me habló de ello. Creo que apenas duró un año, por eso no aparece en este mapa.

María suspira, da un paso atrás y observa el mapa en toda su dimensión.

—Pero debería estar. Es lo menos que se merecen esos hombres, que un mapa recuerde dónde estuvo el primer asentamiento cristiano en esas tierras.

Llaman a la puerta y entra uno de los criados.

—Disculpad que os interrumpa, señor, pero ha sucedido algo terrible.

—Hablad.

—Es la reina de Portugal. Ha alumbrado un niño en Zaragoza al que han llamado Miguel.

—¡Bendito sea Dios! ¡Un varón! ¡El príncipe que unirá España y Portugal!

—Mi señor —solloza—, la reina de Portugal ha fallecido apenas una hora después del parto.

62

Valencia

María no da crédito a la noticia: ha muerto la reina consorte de Portugal, la hija mayor de los Reyes Católicos. ¡Es desolador! Y al poco de dar a luz a su primer y único hijo.

María piensa en Su Alteza; la reina ha perdido otro vástago, esta vez la hija que llevaba su nombre. Dar sepelio a un segundo hijo en tan corto plazo ha tenido que ser un golpe terrible. Ha oído que ha enfermado y está encamada, que su vida corre serio peligro, y la reina misma así lo cree. Son demasiadas muertes seguidas: su madre, dos de sus hijos, el embarazo malogrado. Al menos tiene al niño que unirá las dos coronas, Miguel, al que todos llaman ya «Miguel de la Paz» porque pondrá fin a la rivalidad entre España y Portugal. El pequeño infante ha quedado bajo la tutela de sus abuelos, los Reyes Católicos, como claro indicio de la voluntad por parte de Isabel y Fernando de controlar su futuro. Ese niño es ahora mismo el tesoro más valioso del mundo.

De nuevo, la desolación recorre todas las ciudades del reino, las gentes están consternadas. En Valencia se suceden las misas por el alma de la difunta. Son días de luto y tristeza. María sigue oculta en el palacio de Santángel, sin asomarse a los ventanales, con la angustia de que en cualquier momento vayan a prenderla. Paseando por el palacio encuentra una salita donde hay una

mesa baja con cojines alrededor y, sobre ella, un tablero de ajedrez. Santángel está ahí sentado, solo y en silencio, moviendo las
figuras como si estuviera jugando contra un adversario invisible.
Ella ha oído decir que el ajedrez es mucho más que un juego.

—¿Sabes jugar? —pregunta Santángel sin apartar la vista del
tablero.

—Disculpad, no pretendía molestaros.

—Toma asiento, por favor.

—No sé jugar —dice María.

—A mí me enseñó mi padre, primero al ajedrez antiguo y
luego al moderno, con los nuevos movimientos de la reina.

—A mí, en cambio, mi padre me enseñó a pescar.

—Yo no sé pescar. —Santángel la mira y sonríe—. El tiempo
que uno pasa con su padre es importante, no se olvida.

—Le echáis de menos, como yo al mío.

Santángel desplaza la figura de la reina de un extremo a otro
del tablero.

—Ya lo tengo todo preparado, saldrás mañana a primera
hora.

—¿A dónde?

—Al puerto, es la mejor opción. Y es la última vez que te
ayudo. No regreses a Valencia, ¿entendido?

—Pero...

—No, María. Te están buscando y pronto darán contigo si
permaneces aquí.

—De acuerdo. Pero antes de irme tengo que haceros una última pregunta.

—Me lo temía, algún día te va a explotar esa cabeza tuya de
tanto darles vueltas a las cosas —dice negando Santángel.

—La carta que envió Colón a vuestro padre nada más llegar
del primer viaje: me contasteis que, a los pocos días, recibieron
una copia en las cortes de Europa. Ya me quedó claro que vuestro padre no tuvo nada que ver, pero alguien sería el responsable.
Esa carta era la primera que anunciaba el éxito de Colón y la ruta
a Asia por poniente.

—¿Sigues con eso, María? —Resopla—. Sí, no hubo soberano que no supiera de la noticia, hasta el mismísimo papa Borgia la recibió. Como te dije, mi padre nunca entendió cómo ni por qué.

—En vuestra opinión, si hubiera sido Colón, ¿qué ganaba haciéndola pública? —insiste María.

—Pues no sé... Reconocimiento, desde luego. En esa carta queda claro que él es el artífice y protagonista de encontrar la ruta. Eso implicaba que los títulos y las concesiones que firmaron los reyes antes de su partida debían ser respetados.

—¿Temía que se los quitaran?

—Sin duda, nunca un rey cristiano había dado tanto poder a un hombre que no pertenece a la nobleza como la reina Isabel al Almirante.

—¿Y a Sus Altezas no les importunó esa carta? ¿No se lo reprocharon a Colón?

—Eso ya no lo sé —contesta con desánimo Santángel.

—¿Y vuestro padre no os contó nada más?

—Mi padre hablaba poco de los asuntos de Estado. Pero sobre el Almirante siempre comentaba que, cuando regresó a España del primer viaje, estaba exultante, era la viva imagen del triunfo. No olvidemos que le habían rechazado, humillado, se habían reído de él..., y aun así defendió su proyecto durante casi dos décadas.

—Veinte años esperando...

—¿Te das cuenta de todo lo que supuso para él? Su vida giraba en torno a ese viaje, regresar triunfante era su mayor aspiración.

—Pero los reyes tampoco alzaron la voz contra él por llegar primero a Lisboa y por la difusión de la carta.

—¿Cómo iban a ir contra el hombre que les acababa de hacer el inmenso regalo de convertirlos en los señores de nuevas tierras? Esa nueva ruta permite llegar más rápido y seguro a Asia por poniente que por oriente. Cuando el Almirante llegó a Barcelona a mediados de abril del año noventa y tres, los monarcas lo recibieron con todos los honores, para lo cual el rey Fernando salió de casa por primera vez tras el atentado.

—¿Atentado? —María lo mira sobrecogida.

—¿Eso no lo sabías? Pues casi le rajan el cuello en Barcelona, un poco más y no lo cuenta. Supongo que en Castilla pasó desapercibido, pero en Aragón fue una tragedia terrible. Imagina lo que hubiera pasado si nuestro rey es asesinado.

—Yo era jovencita entonces. —María niega con la cabeza, aunque luego recuerda que Olivares sí le habló de ese atentado frustrado cuando la adiestró como asesina.

—Pues yo estuve allí, mi padre no quiso que me perdiera el acontecimiento. El Almirante fue agasajado por Sus Altezas, quienes escucharon asombrados los detalles del viaje. Y también hablaron de los millones de vidas que corrían el riesgo de condenarse si no se evangelizaba a los indios, pues se habían encontrado muestras de idolatría y sacrificios diabólicos para venerar a Satán.

—Colón sabía que los indios eran peligrosos, lo supo desde el primer momento. —María siente un pinchazo en el corazón, aprieta los puños y contiene la respiración.

—Según él, eran dóciles y sencillos, como niños.

—Pero acabáis de decir que los presentó como adoradores del demonio.

—Sí, pero aseguró que era por ignorancia, que no eran violentos sino apacibles —recalca Santángel, y mueve el rey negro, que está amenazado por un peón.

—No me parecen nada apacibles la idolatría y los sacrificios. Si Colón ocultó muchas cosas en su primer viaje, ¿qué no haría en el segundo o estará haciendo ahora en el tercero?

—María…, ¿qué ocurre? Esta insistencia en Colón es excesiva; una cosa es querer saber qué les pasó a tu padre y a su amigo y otra lanzar acusaciones infundadas contra el Almirante.

María baja la cabeza y se lleva la mano al pecho en busca del diente de ballena. Nota su tacto y eso le da la serenidad que precisa para este crucial momento.

—La carta, ayudadme a averiguar quién la imprimió y la difundió. Sé que hay algo sobre ella que os habéis guardado, ¿verdad?

—Eres tan testaruda… —Santángel se queda con las manos en la nuca—. El uso del castellano es impropio de una carta impresa. Tal vez se hizo demasiado deprisa, o cayó en manos de alguien inexperto o que no sabía escribir bien.

—Ya veo… ¿Y qué más?

—Tal y como se indica en ella, la carta se imprimió en Barcelona. Ese es un buen dato, porque el Almirante tuvo que hacerla llegar hasta allí y alguien buscó una imprenta. Si supiéramos cuál fue, quizá descubriésemos la verdad.

—La verdad —repite ella, y en sus labios esa palabra parece poderosa.

—María, no puedo ayudarte más. Ahora lo que debes hacer es marcharte aprovechando la coyuntura. La desgraciada muerte de la reina de Portugal tiene a todos confundidos. Sal de Valencia antes de que los mercaderes te encuentren aquí.

Entonces Santángel deja la partida de ajedrez, se acerca a un estante y toma un manojo de documentos. Busca uno y se dirige a su escritorio, coge el sello familiar, calienta algo de cera y lo cierra con lacre.

—No lo abras hasta que estés fuera de Valencia. —Se lo va a entregar, pero no lo hace—. ¿Entendido?

—Sí.

—¿Tengo tu palabra?

—La tenéis.

—De acuerdo. —Se lo da por fin—. No te metas en más problemas, por favor.

—Lo intentaré —responde María.

Se quedan mirándose fijamente. Por un momento María piensa que va a besarla, pero Santángel da un paso atrás y se aleja para siempre de ella.

A la mañana siguiente abandona el palacio y lamenta no poder despedirse de Manolín y de su padre, sería peligroso. El puerto valenciano se halla a rebosar de embarcaciones, bultos y marinos. Lleva una capa oscura y oculta su rostro bajo una capucha, como le enseñó Olivares. María ya no es solo la hija de un ballenero ni una comerciante de seda, ahora sabe cómo pasar desapercibida.

Pregunta por su barco y sube a bordo de una galera que viene de Pisa, hace escala en Mallorca para descargar valiosos tejidos y recoge seda para llevarla a Barcelona. El Mediterráneo occidental todavía es un rico mercado, con un comercio fluido entre los principales puertos.

La galera se encuentra repleta de mercancías, pero no hay demasiados pasajeros. Se acomoda en un banco que hay a estribor, donde deposita las escasas pertenencias que porta. Lo más valioso son las monedas que lleva atadas dentro de su vestido. La embarcación zarpa pronto, dejan Valencia rumbo nordeste. Entonces se acerca a la popa, saca la carta lacrada, rompe el sello y se dispone a leerla.

Es como si ese trozo de papel fuera su destino.

De pronto, unos chillidos llaman la atención de todos a bordo. María se asoma a babor y ve un grupo de delfines. Casi se escuchan como una melodía, pero nada que ver con lo que le contaba su abuelo sobre el canto de las ballenas.

Se despista y un golpe de viento le arranca la carta de las manos y la hace volar por la cubierta. María corre desesperada a recuperarla; si cae al agua, la perderá para siempre. Una angustia horrible se apodera de ella. El papel sube y baja a merced del viento, amenaza con irse al mar, pero luego cambia de dirección y se queda atrapado en un cabo.

Ahora tiene la carta al alcance, pero vuelve a soplar y sale volando.

La ha perdido.

O no.

Aparece una mano providencial y la atrapa justo antes de que caiga al Mediterráneo.

El hombre que la ha recuperado se la da.

—Gracias —dice ella, y levanta la cabeza.

Por su aspecto es un marinero, en cierto modo le recuerda a Rodrigo de Triana. De hecho, se da la vuelta y vuelve a sus quehaceres en cubierta.

María lo mira y cierra los ojos; piensa en la noche que pasó junto al primer hombre que divisó tierra en las Indias. Se le escapó la oportunidad de matar a Colón, pero… empieza a creer que también perdió otra cosa. El recuerdo de aquella noche se ha ido haciendo más dulce cada día y, aunque le cuesta admitirlo, le gustaría volver a ver a Rodrigo.

Abre los ojos, mira la carta en su mano y lee la primera línea. Una fecha y un lugar: «14 de marzo de 1493, Islas Canarias».

Sigue leyendo…

¡Es la primera carta de Colón tras su regreso de las Indias!

No puede creerlo.

63

Villa de Madrid, primavera de 1499

En La Española, el almirante Colón ha nombrado a su hermano gobernador de la isla y lo ha dejado en la capital, Santo Domingo, llamada así en honor a su padre. Luego él ha zarpado hacia el sur, en busca del ansiado paso hacia la tierra firme de Asia.

Las siguientes noticias que llegan son preocupantes: un grupo de españoles se rebelaron contra la autoridad del nuevo gobernador y se replegaron hacia el interior de la isla. Las motivaciones son extensas: por un lado, la mala administración de los Colón y, por otro, el poco oro encontrado, a pesar de que se prometió que lo había en abundancia cuando los tripulantes del tercer viaje embarcaron en Sanlúcar. Ahora la mitad de los españoles se han unido a la revuelta, y además han logrado el apoyo de un buen número de indios y de casi la totalidad de las villas y las fortalezas de la isla.

El caos tan temido por el obispo Fonseca se ha adueñado de las Indias, donde ha encontrado un fértil caldo de cultivo.

Los reyes escuchan la retahíla de quejas y agravios del gobierno del Almirante que les lee el obispo Fonseca. Después, la reina Isabel guarda silencio y se queda con la mirada perdida.

—Alteza —reclama su atención Fonseca—, alteza.

—Sí, ilustrísima.

—No podemos tolerar el desgobierno, esto es mucho más

grave que la ausencia de resultados, los malos usos o la falta de evangelización. Estamos hablando de una revuelta de toda la isla contra el representante de la Corona.

La reina no suele mostrarse tan dubitativa nunca, y menos en asuntos de esta índole. Si hubiera acontecido en Castilla, ya habría mandado a sus huestes y hubieran rodado cabezas.

El obispo Fonseca ha aprendido a manejarse con Su Alteza en los asuntos de Indias y de Colón, y no va a presionarla. La respuesta debe provenir de ella.

—Fonseca, esto es intolerable. ¿Qué aconsejáis?

—Nombrar de inmediato un juez y enviarlo a las Indias.

—Tenéis mi aprobación. ¿Qué más?

—Ante tal fatalidad, la situación exige también que ese juez sea nombrado gobernador de las Indias en sustitución de Cristóbal Colón.

Su Alteza vuelve a guardar silencio y el obispo Fonseca, al no recibir una negativa inmediata por parte de ella, entiende que por fin ha llegado el momento que tanto tiempo lleva anhelando, así que decide continuar.

—Las quejas contra su administración son continuadas y de suma gravedad: ha provocado una rebelión, no ha puesto fin a la esclavización de los indios, el descontento de los que allí van es evidente y cada vez son más los que vuelven con las manos vacías. Y, además, sigue sin lograr llegar a tierra firme.

—Lo sé, en nada carecéis de razón. ¿Tenéis a alguien en mente?

—No he pensado en ningún nombre, alteza —miente.

—Pues hacedlo, ilustrísima.

—Quizá, se me ocurre uno muy válido: Francisco de Bobadilla —responde Fonseca.

—Tengo oído que es un hombre acusado de violento.

—Habladurías interesadas. En cualquier caso, la situación en las Indias demanda firmeza y mano dura.

—De acuerdo, pero Bobadilla no partirá hacia La Española hasta que no lleguen —ordena la reina de Castilla.

—Pero, alteza… No entiendo, ¿quién debe llegar?

—Ilustrísima, ya sabíamos lo de la revuelta.

—¿Cómo? Quiero decir, las cartas acaban de llegar.

—La Corona recibió una hace unas semanas informando del levantamiento.

—No tenía constancia.

—Porque no pasó por vuestras manos —afirma la reina Isabel, ante la sorpresa de Fonseca.

—¿Y quién es el remitente?

—El Almirante, por supuesto.

Ahora es el obispo Fonseca el que se queda pensativo, hasta que se da cuenta de la maniobra y maldice para sus adentros la astucia de Colón.

—Esperaremos la llegada de las alegaciones de ambas partes —reitera la reina.

—Como ordenéis —masculla Fonseca.

Colón se ha anticipado. Sabedor de que los rebeldes pedirían amparo a la reina a través de él mismo, el Almirante envió una carta dirigida a Su Alteza antes que ellos. De tal manera que, a ojos de la Corona, Colón es el agraviado y quien ha pedido la intervención real en La Española. Pero solo ha ganado tiempo, porque cuando lleguen las alegaciones de los rebeldes, si llegan, cambiarán las tornas. Hay que esperar y rezar para que no se pierdan de camino a Castilla. No obstante, el obispo Fonseca esta vez intenta una última jugada.

—Alteza, creo que deberíais replantearos abrir las Indias a otros capitanes.

—Ya hemos hablado antes de esto.

—Lo sé, pero la situación ha cambiado. Dado el desgobierno que cunde en las Indias, apremia enviar otras gentes. Con independencia de la revuelta —aclara el obispo—. No podemos detener la exploración de aquellas tierras hasta que se solucionen estos problemas. Hemos de pensar en los intereses de la Corona.

El rey Fernando está atento a la conversación y, aunque siempre se muestra muy prudente en los asuntos de Indias, puesto que son de Castilla, en esta ocasión decide tomar la palabra.

—Isabel, creo que debemos estudiar la petición del obispo.

La reina le mira enojada.

—Está bien, lo pensaremos. Podéis retiraros, ilustrísima.

El obispo Fonseca se da la vuelta intentando ocultar su sonrisa de satisfacción.

64

Salamanca, semanas después

El juglar sabe que en una posada transitada puede obtener preciada información de los más diversos temas. Al fin y al cabo,
los mensajeros y los correos también comen y duermen, y el
vino hace milagros soltando las lenguas de los cansados viajeros.

—El obispo Fonseca ha realizado una jugada maestra en las
Indias: primero ha enviado a Bobadilla, un hombre sin escrúpu-
los, y ahora a Alonso de Ojeda, un joven temperamental y ambicioso.

—Entonces es cierto lo que dicen: la reina por fin ha dado
permiso para que otros capitanes partan hacia las Indias —comenta el juglar.

—La cédula que firmó cuando creía muerto al Almirante y
que nunca anuló se ha puesto en práctica. ¡Lo que ha trabajado
el obispo para lograrlo!

Todo esto le cuenta al juglar uno de los hombres a las órdenes de Fonseca mientras se mojan el gaznate con vino en una
posada.

—¿Qué sabes de ese tal Ojeda? —inquiere Anselmo.

—Es más fiero aún que Bobadilla. Alonso de Ojeda ya embarcó con Colón en su segundo viaje. Allí defendió de manera
heroica una fortaleza y venció a los temibles caníbales del inte-

rior de La Española. Y también salió victorioso en otras batallas que se libraron años atrás en la isla.

—Desconocía que hubiera habido batallas allí —dice el juglar, sorprendido.

—La cosa está mal, eso de que eran indios inocentes y dóciles es una tomadura de pelo —comenta el informante—. Ojeda es muy bueno en lo suyo: ¡la guerra! Es pequeño de estatura, pero nadie le gana en agilidad y es muy hábil con todas las armas. Si bien le pierde el genio, porque es pendenciero, pero también valiente hasta la temeridad y vengativo hasta la crueldad.

—¿Tanto?

—Y más. Pero es buen creyente y el obispo le tiene en alta estima por ello. Creo que ha sabido ver en él una ambición que puede serle útil para anular el poder de Colón.

—¿Por qué quiere Fonseca tal cosa? —Anselmo no se esperaba ese comentario.

—Porque no siente ningún aprecio por el Almirante, y no le ha mandado solo a Ojeda. Lo acompaña Juan de la Cosa, el propietario de uno de los barcos que hizo el primer viaje; fue también en el segundo y tiene cuentas pendientes con el Almirante. Y también va Américo Vespucio, que al parecer sabe mucho de las deudas de Colón y de negocios, como buen florentino.

—Interesante, un trío peligroso. —El juglar le entrega unas monedas—. No te las gastes rápido.

—Eso ya es cosa mía. —Le guiña un ojo y se levanta de la mesa.

Anselmo de Perpiñán se queda pensativo, pero de pronto siente que alguien lo está observando. Pasea la vista por la taberna buscando la mirada culpable y encuentra unos ojos que conoce demasiado bien. En excesivas ocasiones su dueño le ha robado una historia, o ha hablado mal de su persona a un gobernante, o le ha quitado un escenario relevante. Aunque sea tan pequeño como un niño, no hay hombre con el corazón más oscuro.

Es cierto que los juglares y los bufones nunca se han llevado bien, pero Anselmo los odia. Los bufones solo intentan ser graciosos y casi siempre ejercen su oficio en palacios ante los reyes, en castillos ante la nobleza e incluso ante el clero. No se consideran dignos del pueblo, solo de los más poderosos. Mucha gente cree que no están cuerdos, pero no es verdad. Lo que sí es cierto es que cualquier bufón es tan ruin que se hace pasar por loco, payaso, acróbata o juglar para ganarse el beneplácito del público. No tienen ningún escrúpulo ni el mínimo principio, son egoístas y peligrosos.

Anselmo ha conocido bufones de toda condición: un monje excomulgado por tener relaciones prohibidas con monjas, un campesino gracioso que sedujo a un noble con sus tonterías e incluso un hijo bastardo de un noble. Pero el que ahora contemplan sus ojos es el peor de todos: Mauricio Cabezagato.

Y camina hacia él.

—Pero si es Anselmito de *Perpinán*.

—¡Perpiñán! ¡Anselmo de Perpiñán!

—Eso mismo. —Se ríe—. Ya te he visto confabulando. ¿Ese no era uno de los hombres del obispo Fonseca?

El juglar le lanza una mirada de odio, pero Cabezagato no se amilana.

—No sé yo qué le parecerá a Su Ilustrísima que esté hablando con un juglar... ¿Tú qué crees?

—Creo que no sabes lo que dices y que no deberías meterte en asuntos de mayores.

—Serás miserable —le amenaza—. Tú sí que no sabes nada.

—Los bufones, mucho ladrar y poco morder —dice Anselmo a la vez que hace el gesto con la mano.

—¡Me cago en...! —Tal que un niño pequeño, el bufón se pone rojo de ira, aprieta los puños y los dientes—. Fonseca no puede ver al Almirante ni de espaldas, se la tiene bien jurada.

—¿Seguro? Mira que no sé si creerte...

—Dicen por ahí que Colón, para conseguir apoyos en el clero, fue contando que su ruta era la oportunidad de Castilla de convertirse en el faro de la Cristiandad —explica el bufón.

—¿Eso es cierto?

—Su proyecto no solo consiste en llegar a las islas de las Especias y encontrar ricas ciudades y tesoros, sino en algo mucho más trascendental: evangelizar a millones de almas, extender la fe a todo el orbe, alcanzar Jerusalén por oriente, ¿te imaginas eso? Pues así convenció a media curia castellana, a los franciscanos, al confesor de la reina, a frailes de postín, a obispos…

—Pensaba que a quien había convencido era a la reina.

—Pero para llegar a ella usó a los curas y le contó a Su Alteza que podía servir a Cristo como nunca antes ningún rey lo había hecho. Colón prometió a los reyes que serían los soberanos de Tierra Santa, título que ya poseen por la dinastía aragonesa, más simbólico que en la práctica, obviamente. Pero es que a Jerusalén también se puede llegar desde el otro lado, ¿entiendes, juglar de tres al cuarto? No sé para qué pierdo el tiempo contigo.

—Es una idea interesante —asiente manteniendo los labios apretados—: expandir el catolicismo y recuperar Tierra Santa, aunque no como en las cruzadas, sino desde los confines de mundo.

—Estamos en los albores de una nueva era en la que los juglares sobráis, así que más te vale que te busques otro trabajo. O, mejor aún, embárcate para dondequiera que haya llegado Colón; como allí no hablan castellano, quizá los nativos aprecien tus tonterías.

—¿Por qué dices dondequiera que haya llegado?

Cabezagato tuerce el gesto.

—No lo entenderías.

—Ya veo… —pronuncia Anselmo con desdén.

—¿Qué ves tú?

—Pues que no sabes de lo que hablas, ¡eso veo! Lo dicho, mucho ladrar y poco morder.

—¡Serás bellaco! Qué más da que te lo diga, si no vas a comprenderlo —musita el bufón.

—Que no te creo, ¡que no sabes nada!

—¡Rufián! —Cabezagato baja la voz y se acerca al juglar—. Mira, en los círculos importantes de mercaderes de Sevilla, sobre todo de florentinos y genoveses, se dice que Colón no ha llegado a Asia sino a...

—¿A dónde?

—Eso otro día, Anselmito de *Perpinán*.

—¡Perpiñán! ¡Anselmo de Perpiñán!

El bufón se echa a reír y le hace una burla antes de marcharse.

65

Amberes

La ciudad se ubica en una llanura, a la derecha de un río plagado de molinos dotados de ingenios mecánicos que permiten orientarlos en función de dónde sople el viento. Amberes está en pleno crecimiento, hay casas en construcción allá donde miren, con el trajín de albañiles y carpinteros que ello implica; incluso la catedral tiene una de las torres a medio levantar.

Noah tiene sentimientos enfrentados al encontrarse de nuevo en su tierra. Agradece oír su idioma, los olores familiares, los sabores… Pero, por otro lado, ha pasado tanto tiempo y ha vivido tantas cosas que se siente otra persona.

Se entera de que el duque de Borgoña y la infanta española que se casaron en Lier ya son padres de tres criaturas, y el último en nacer es un varón al que han llamado Carlos en honor a su legendario abuelo, Carlos el Temerario. Noah recuerda la fastuosa comitiva de la novia y cómo adelantaron el enlace para poder yacer juntos cuanto antes. ¿Seguirá tan intenso su amor?

Aquella boda le hace pensar en Laia y en aquel fantasma de ojos azules.

Ahora le cuesta recordar con nitidez lo que ocurrió aquel fatídico día. Conserva imágenes de estar patinando sobre hielo, de las risas de Laia, pero luego su memoria se transforma en una neblina en la que solo oye el eco de las palabras que pronunció el asesino de Laia: «*Mundus Novus*», y ve las pupilas azules de aquel hombre que huyó.

Se halla tan cerca de su casa y de su familia que le tienta ir a visitarlos y contarles todo lo que ha pasado desde aquella noche que lo sacaron del taller de Ziemers para que se marchara con el vendedor de reliquias. Pero Kristiansen y Ray están con él y no puede dejarlos para irse a Lier. Tienen una cuenta que saldar.

Los tres juntos llegan al puerto; hay mucho mercader inglés y portugués, pero ellos buscan al florentino. Para Noah es sencillo informarse en su propia tierra y le dan la pista de un comerciante que acaba de cerrar un trato con unos ingleses: está en una posada junto al camino a Gante. Allá que se dirigen y lo hallan sentado a una mesa.

Giuseppe.

Se le ve imperturbable y pausado, todo lo contrario a como es. Al reconocerlos, no intenta huir ni llamar la atención; incompresiblemente, no hace nada.

—¿Estáis vivos? ¡Y me habéis encontrado! —dice con una media sonrisa—. Eso sí que no me lo esperaba por nada del mundo. Eres bueno, Noah, muy bueno.

Ray desenfunda su espada, pero su mentor le detiene.

—¡Sois un traidor! —le espeta Noah—. Decidme, ¿dónde están los cuernos?

—Lo soy, y los cuernos se los han llevado. —Se encoge de hombros—. A mí también me han engañado. Los negocios son así, unas veces se gana y otras se pierde.

Noah y los mercenarios se miran, incrédulos.

—Intentasteis matarnos en Riga. —Noah apoya la palma de las manos sobre la mesa.

—Bueno, cosas que pasan.

—¿Cómo decís? —No da crédito.

—¿Qué querías que hiciera? Era mi oportunidad de hacerme rico, y vosotros hubierais hecho lo mismo —afirma señalándolos con el dedo índice—. Sí, no me miréis así.

—¡Será posible! Decidme dónde están los cuernos… —repite Noah.

—De unicornio.

—¡No son de unicornio! —le advierte Ray.

—Tranquilo —interviene Kristiansen para calmarlo.

—Se los han llevado los ingleses; me prometieron un botín y cuando me he despertado ya no estaban. Malditos piratas, eso es lo que son, unos piratas que rapiñan y vuelven corriendo a su isla. Siempre lo han sido y siempre lo serán.

—No os creemos —afirma Noah.

—A mí me da igual lo que creáis —continúa Giuseppe con su verborrea habitual—. Me echaron algo en el vino y descubrieron dónde los escondía. Cuando he ido por la mañana, ya no estaban ahí y su barco había zarpado. —Da un golpe sobre la mesa—. Perdón, perdón —dice frotándose el puño.

—Mentís. —Ray se muerde la lengua.

—No, me temo que esta vez dice la verdad. ¿Qué hacemos con él? —pregunta Kristiansen, resignado.

—¡Matarlo! —responde Ray.

—Eso no serviría de nada.

—Yo pienso como Ray —añade Noah, y lo señala—. Él lo intentó con nosotros, es justo pagarle con la misma moneda.

—Eh, ¡alto ahí! —Giuseppe hace amago de levantarse y Kristiansen lo empuja de nuevo contra su silla—. De acuerdo, pero cometeréis un terrible error si me hacéis daño.

—¿Y eso por qué? —El escocés está ansioso por rebanarle el cuello.

—Pues porque podemos llegar a un acuerdo beneficioso para todos.

Indignado al ver su descaro, Ray se lanza a por él, pero Kristiansen lo detiene.

—Tienes que controlar ese genio, amigo —dice Giuseppe—. Os propongo un trato: información a cambio de que me perdonéis la vida y olvidemos el incidente de Riga. —Cruza las manos y las lleva a la altura de la barbilla.

—Cretino... —Ray no da crédito.

—¿Qué información? —pregunta Noah, más pragmático.

—¡Qué haces! No se te ocurra escucharle, por esa boca solo salen mentiras y veneno —protesta el escocés.

—Una información que vale la pena, os doy mi palabra.

—¡Su palabra! Tiene que ser una broma.

—Ray, basta. —Kristiansen le lanza una mirada que le hace callarse y serenarse.

—Eso lo juzgaré yo —afirma Noah—. Si es así, os perdonaremos la vida. Pero si no, Ray os usará de diana para las flechas de su carcaj.

—Qué alentador... —Giuseppe se frota las manos—. Para que veáis que soy un hombre de buena fe, acepto el trato.

—Hablad —le ordena Kristiansen.

—Enviarnos a por ámbar gris fue algo desesperado. Nunca lo hubiéramos logrado, eso tenedlo muy claro.

—Nos está engañando —se oye decir a Ray.

—Creo que el señor Vieri lo hizo para ganar tiempo con sus acreedores, pero dudo que confiara en que lo lográramos. Esa es la estima que te tiene tu querido señor Vieri: te utilizó. Necesitaba mandar a alguien que no le importara perder. Qué mejor que un tonto enamorado de su hija, que además estaba acusado de ser un opositor a Savonarola.

—¿Cómo sabéis vos todo eso? —le pregunta Noah.

—Y vosotros dos... —Señala a los mercenarios—. No veréis un florín por el viaje. Por eso yo intenté cobrarme lo mío, así que no me juzguéis con tanta ligereza. Si no fuera por los malditos piratas ingleses, ahora sería rico. Así que bien está lo que hice.

—Noah —Kristiansen le coge del brazo—, es un embustero.

—¿Y si esta vez dice la verdad?

—Ten cuidado —le advierte el danés.

—Además, hay un espía en el palacio del señor Vieri —añade Giuseppe—. Hubo un momento en que se me pasó por la cabeza que podías ser tú..., qué ingenuo fui.

—¿Quién es ese espía?

—A tanto no llego, pero sé que busca un mapa que posee Vieri y que está relacionado con esa ruta que han abierto los castellanos a Asia por poniente.

Noah enmudece ante la revelación de Giuseppe.

—¿Sabes algo de ese mapa, Noah? —inquiere Kristiansen.

—Es posible que sí.

El mercenario le mantiene la mirada, asiente y se dirige a Giuseppe.

—Si nos habéis engañado, volveremos a por vos.

—De nada y suerte, la necesitaréis.

Kristiansen coge del brazo a Noah y se lo lleva a un extremo de la posada.

—Escúchame: sé lo que estás pensando, pero, si dice la verdad, es mejor no regresar a Florencia.

—Tengo que volver.

—No lo hagas, te recuerdo que te iban a quemar en la hoguera. Tú eres como nosotros, un viajero. A los que viven anclados a la tierra, en sus casas, sus castillos y sus monasterios, no les gustan aquellos que estamos tres o cuatro días en cada sitio. ¿Y sabes por qué? Porque no tenemos señor, a nadie servimos. Somos libres y eso es algo que no puede soportar alguien que está enjaulado. Mientras todos los que les rodean viven como ellos, lo aceptan, hasta disfrutan de su prisión. Pero si ven a alguien libre, entonces necesitan apresarlo para que no les ponga frente a un espejo y vean cómo es su vida realmente.

—Por eso vosotros tenéis tan mala fama —afirma Noah.

—No solo nosotros, cualquiera que no posea un hogar fijo. Y debemos ayudarnos.

—Os agradezco lo que habéis hecho por mí, sobre todo durante los meses en Riga —resalta Noah, emocionado—. Pero yo debo regresar a Florencia; tengo asuntos pendientes y sé cuál es el mapa que ha mencionado Giuseppe.

—Entonces iremos contigo.

Giuseppe se despide desafiante; ellos salen de la posada y

ponen rumbo al sur. A Noah le apena dejar su tierra de nuevo y no aprovechar esta oportunidad para hacer una visita furtiva a Lier, quizá en plena noche, asomarse a la puerta de su casa y ver cómo están sus padres y su hermana pequeña, Cloe. Pero no puede hacer eso ahora.

Conviviendo con los giróvagos, Noah ha aprendido otra forma de viajar, una más austera, sencilla y pura; evitando las pobladas ciudades, buscando cobijo en pequeños lugares. Tras varias semanas, cruzan el Rin y siguen camino hacia los todopoderosos Alpes. Pero llegan durante un otoño que parece invierno y la prudencia invita a aguardar a la primavera. Sin embargo, Noah no está por la labor de perder ni un segundo. Recuerda cuando el juglar le hizo pasar por el puente del Diablo; cruzar en invierno es una temeridad, más aún cuando llegan y los pasos principales se hallan bloqueados. No pueden usarlos, tardarán semanas en abrirse.

—Podemos ir por la vía de Aníbal —murmura Ray.

—Eso mismo estaba pensando yo —dice Kristiansen con el gesto preocupado.

—¿De qué estáis hablando?

—Aníbal fue un general cartaginés que puso en jaque a Roma y a punto estuvo de acabar con ella. Cruzó los Alpes en invierno con un inmenso ejército en el que había unos cuarenta elefantes. Pero no eligieron la ruta más fácil; para evitar un ataque, optaron por el collado de la Traversette, que se encuentra a casi tres mil metros sobre el nivel del mar y es un sendero dificultoso.

—¿Cómo pretendéis cruzar por ahí?

—Ya lo hemos hecho otras veces. Un pastor de la zona nos contó la ruta secreta de Aníbal, muy pocos la conocen.

—¿Y cómo estáis tan seguros de que se podrá pasar?

—Porque ese sendero lo utilizan para el contrabando, pero tendremos que pagar un peaje a sus propietarios —explica Kristiansen.

—No tenemos dinero.

—Entonces habrá que usar la espada.

Noah decide no preguntar más. Ascienden el macizo montañoso por un camino que a priori parece una osadía, aunque poco a poco se descubre como una vía accesible. Justo entonces, dos hombres les salen al paso y, desde unos riscos, ven que otros dos los vigilan.

No hay tiempo de intercambiar palabras. Kristiansen lanza un silbido y Ray saca su arco, derriba a uno de ellos, rueda por la nieve y vuelve a tensar el arco para hacer diana en el otro. Mientras, el danés desenfunda y corre hacia los hombres de los riscos. Cruza su acero con el primero, una, dos y tres veces, hasta que gira su muñeca media vuelta y le da un tajo mortal en el cuello. El segundo busca su cabeza, pero Kristiansen se agacha y le clava la hoja de su arma en el estómago, saliendo la punta por la espalda.

—¡Rápido! Antes de que vengan más —ordena Kristiansen.

Los tres reanudan la marcha y coronan el paso, para luego descender por el lado sur. Al cabo de unos días logran llegar a la península de Italia sin más escaramuzas y continúan sin perder ni un instante hasta que, dos semanas después, divisan Florencia.

Entran en la ciudad del río Arno por una de las puertas de la muralla, cruzan el Ponte Vecchio y se dirigen al palacio del señor Vieri. En la ciudad todo aparenta estar igual y, al mismo tiempo, también se percibe que ha cambiado algo, no a primera vista, pero sí en el ambiente. Han pasado muchos meses desde que salió huyendo.

Noah empuja la puerta del palacio y esta se abre sin dificultad, lo cual es extraño porque debería estar cerrada. Kristiansen hace un gesto a Ray, que da un paso al frente, posa su mano derecha sobre la empuñadura de su espada y se adentra en el palacio. Le sigue Noah y Kristiansen va el último. Caminan por el zaguán, donde están las columnas, los capiteles y las esculturas clásicas; en cambio, no hay ni rastro de los tapices, los jarrones ni otros objetos de valor.

Tampoco se ve a nadie. «¿Dónde está Alessandro?».

Suben la escalera que conduce al piso superior y rememora

la primera vez que contempló a Giulia. Es como si el palacio llevara años abandonado. Ve algunos muebles caídos y llenos de polvo, los ventanales están cerrados, hay un fuerte olor a humedad, el frío es terrible y parece deshabitado.

El gato blanco de ojos azules sale de una habitación, se detiene y le mira en silencio. Es curioso que sea la mascota de Giulia la que los reciba. No les bufa, solo los observa. Los gatos saben guardar las distancias. Noah quiere pensar que quizá le ha echado de menos.

La puerta por donde ha salido luce entreabierta. El animal parece esperar que él vaya hacia allí y Noah lo hace. Es el despacho del señor Vieri. Noah asoma la cabeza y ve los muros que albergan los enormes ventanales de la fachada, pero las estanterías que llegaban hasta el techo rebosantes de libros, mapas y documentos ahora están vacías. Por el suelo está desparramado el tesoro que su dueño reunió en toda una vida de búsqueda de cómo es el mundo.

«¿Qué ha sucedido aquí? ¿Por qué han tirado los libros y los mapas?».

Ray comprueba que no haya nadie, Kristiansen debe de andar oculto entre las sombras. Es Noah quien avanza unos pasos y al entrar distingue una figura sentada de espaldas.

—¿Señor Vieri?

No responde, tampoco se mueve.

Noah avanza despacio y posa su mano en el hombro del individuo.

No reacciona.

Lo bordea con cuidado y se encuentra con sus ojos apagados, en los que hay un inmenso vacío.

Es Stefano y está muerto.

66

Florencia

A Stefano le han cortado el cuello y también tiene marcas de golpes. Se ha resistido, ha luchado, pero no le ha servido de nada.

Pobre hombre. A Noah siempre le pareció un hombre inteligente.

—Es reciente —dice Ray, que lo examina de cerca—. El cuerpo todavía no ha empezado a descomponerse.

—¿Quién lo habrá matado? —murmura Noah—. Giuseppe dijo que había un espía aquí dentro y por lo visto decía la verdad. ¿Habrá sido el señor Vieri?

—No demos nada por sentado todavía. —Kristiansen observa el cuerpo.

Lo que está claro es que han llegado tarde para salvar el palacio. A Noah le extraña que un hombre con sus conocimientos y contactos no haya sido capaz de revertir su situación económica, por grave que fuera. Pero una cosa es la ruina del negocio y otra muy distinta que hayan matado a Stefano.

El señor Vieri ha sido su maestro y Noah se siente mal consigo mismo por pensar en términos negativos sobre su persona. De él ha aprendido muchas cosas, todas buenas: le ha inculcado la relevancia y los secretos del comercio; el poder de la palabra, los libros y las bibliotecas; y, por encima de todo, le ha enseñado la trascendencia de los mapas, que no solo consisten en representar el mundo, sino en interpretarlo y poseerlo.

Se dirige a la sala de los mapas y también está totalmente revuelta; ve libros y documentos esparcidos por el suelo sin orden ni concierto. Solo hay dos explicaciones para hacer algo así: o eran unos vándalos o buscaban algo.

Quizá han matado a Stefano porque no supo decir dónde se escondía el mapa que mencionó Giuseppe. Pero ¿y si Stefano era el espía? Puede que él lo estuviera buscando y le sorprendieran unos ladrones. Todo son conjeturas que no llevan a ninguna parte.

—Tenían que buscar algo valioso para dejar esto así, Noah —afirma Ray a su espalda.

Noah camina hasta el lugar donde un día vio al señor Vieri arrodillarse, frente a una de las paredes de su despacho. Sigue su instinto y da un golpe en el suelo con el pie y escucha el vacío que oculta. Se agacha, toma una daga de Ray, mete la punta entre las tablas y arranca una de ellas. Introduce la mano y extrae dos documentos enrollados y una bolsa, que por lo que pesa es fácil adivinar que está llena de monedas.

—Esto es nuestra paga —dice Kristiansen a la vez que coge la bolsa—. Hemos cumplido nuestra palabra: fuimos y regresamos del Báltico.

—Yo he de encontrar al señor Vieri y hacer justicia.

Kristiansen se lo queda mirando.

—¿Justicia? ¿Qué justicia? No sabes qué ha sucedido aquí.

—Por eso mismo, quiero saberlo.

—Te hemos ayudado, pero no debemos permanecer en ningún lugar. Menos aún en Florencia, esta ciudad es demasiado grande. El viaje es nuestro camino, Noah. Y también el tuyo, no lo olvides.

—Noah, ven con nosotros o terminarás como ese que hemos encontrado —añade Ray—. Quienes lo hayan matado puede que estén vigilando el palacio a la espera de que entre alguien. Estarán al llegar, ¡vámonos!

—No puedo, este mapa es mi camino.

—¿Estás seguro, Noah? —insiste Kristiansen.

—Sí —responde con rotundidad.

—Entonces nos separamos aquí. Cada uno debe seguir su destino.

Kristiansen se cubre con su capa negra y abandona la sala. Ray le sigue, pero antes de perderlo de vista le dirige una última mirada de despedida. Los giróvagos se marchan y Noah siente una profunda desazón. En el fondo, sabe que tienen razón. El gato aparece de nuevo y maúlla, como si también le estuviera diciendo que saliese de allí.

Sin embargo, Noah se acerca a una mesa y desenrolla el documento. Es un *mapa mundi* con una ruta a Asia que cruza el Océano, la seguida por Colón, pero el mapa es anterior... ¡Es el mapa de Toscanelli! Lo observa como si fuera un verdadero cuerno de unicornio o una reliquia de los Reyes Magos.

Tiene una cuadrícula que representa 180 grados, y aparentemente cada espacio son 5 grados. En medio del Océano están dibujadas las islas de Antillia y San Brandán, a diez y doce espacios de Lisboa respectivamente, aunque Colón no las ha encontrado todavía. A otros diez espacios está la gran isla de Cipango, y después aparecen una serie de islas menores hasta llegar a Quinsay, en Catay, la que Marco Polo consideró la mayor ciudad del mundo. Aquí Toscanelli estima que la distancia de Lisboa a Cipango son veintiséis espacios, es decir, 130 grados de la esfera terrestre.

Noah se percata de que está ante la representación cartográfica del viaje de Cristóbal Colón, pero fechado más de veinte años antes de llevarlo a cabo.

«¿Y ahora qué?», se pregunta.

Resopla y se esfuerza por seguir un razonamiento lógico.

«El mapa no es correcto porque se ha empleado la medida del mundo de Ptolomeo y no la de Eratóstenes. Y además, Colón no ha encontrado esas islas legendarias en medio del mar».

Mira y piensa, piensa y mira.

«Desafiar a Ptolomeo en un mapa es arriesgado, supone enfrentarse a gigantes, sirenas, cíclopes y todo tipo de criaturas del inframundo. Por no hablar de la violencia de los vientos, la altura de las olas, las densas tinieblas y un sinnúmero de monstruos».

Se ve incapaz de sacar algo en claro.

«¿A dónde ha llegado Colón? ¿A las islas menores de Asia que están dibujadas en este mapa? Hummm, podría ser. Pero no, porque Asia está más lejos, porque el mundo es más grande».

Quizá el otro documento arroje algo de luz. Lo toma y ve que es una carta escrita en Lisboa, de Américo Vespucio a Pierfrancesco de Médici. ¡No puede ser! El dueño del cuadro de Botticelli. Y de Américo Vespucio ya ha oído hablar antes, al Médici y a Giuseppe. Es el primo del marido de Simonetta, se encuentra en Castilla y, al parecer, está muy involucrado en los viajes a las Indias y manda información confidencial a Florencia.

¡Es un espía de los Médici!

No se puede fiar de nadie, cualquiera puede ser un traidor o un colaborador del enemigo. En esta carta informa de los avances de los portugueses y de los castellanos con pelos y señales. Y de que por fin ha logrado embarcar para las Indias en el primer viaje que la reina ha permitido a un capitán que no sea el Almirante. Y que no está seguro de dónde están asentándose los castellanos. Que está convencido de que se trata de un *Mundus Novus*.

Escucha un chasquido en el pasillo, ha dejado la puerta abierta. Corre y la cierra, pero la fuerzan desde el otro lado con tanta violencia que se abre de nuevo y le golpea en la frente haciéndole caer. Aturdido, se levanta y busca una salida.

Uno de los ventanales.

Ahora o nunca.

Lo abre y se dispone a saltar desde el segundo piso del palacio.

Una mano lo agarra por el tobillo y su mentón se estrella contra el alféizar. Esta vez rueda por el suelo. Una bota se dirige a su cara…

—¿Noah? —Se detiene en el último momento y ve cómo la mano que antes lo amenazaba ahora le ayuda a incorporarse.

—¿Alessandro? —Reconoce al criado del palacio—. ¡Santo Dios! ¿Por qué me atacas?

—Has vuelto, ¡quién iba a imaginárselo!

—Me lo hubiera pensado mejor de saber que tendría este recibimiento. ¿Qué ha pasado aquí? He visto a Stefano, ¡lo han matado! ¿Y dónde está el señor Vieri?

Oyen unos ruidos.

—Sígueme. ¡Corre, Noah! ¡Corre!

67

Florencia

Ray tenía razón cuando le avisó de que el palacio estaría vigilado, pero ¿qué podía hacer? Tenía que arriesgarse, de lo contrario nunca averiguará qué ha sucedido.

Noah ya sabe que la vida es un viaje incierto, que conoces dónde lo comienzas pero no por dónde te va a llevar, ni mucho menos dónde lo terminarás. Ni los lugares por los que pasarás ni las personas que te cruzarás en el camino. Que habrá obstáculos difíciles de salvar, empinadas montañas, profundos valles, desolados parajes y furiosas tormentas. Que el desánimo será más peligroso que el cansancio, y que debes aprender a sobreponerte a los reveses, a sortear las trampas y a mirar siempre adelante.

A no rendirte.

Así que ahora corre por las calles de Florencia tras Alessandro, que resulta ser más veloz de lo que imaginaba.

Tuercen una esquina y otra, pasan entre un grupo de jóvenes que están de celebración y les gritan algún improperio. Prosiguen por la orilla del Arno, más atestada de gente que nunca. Noah se reafirma en lo que ha pensado a su llegada: Florencia está distinta.

Alessandro se detiene al llegar a un almacén, le indica con el dedo índice que guarde silencio y que lo siga. Como si no fuera lo que está haciendo hasta ahora. Desde que se conocieron, apenas intercambiaban algún saludo y poco más. Y, sin embargo, aquí se halla ahora, cosas del destino.

Abre una pesada puerta que da a un amplio espacio vacío, Noah se percata de que huele a tintes, seguramente fue un taller de tejidos. Hay unas escaleras empinadas que conducen a un altillo. Cuesta creer que sean seguras y que lo acertado sea subirlas, aunque llegados a este punto, ¿qué es una decisión acertada?

Acceden a un pequeño cuarto en el que hay otra puerta que los lleva a una estancia más arreglada, y de ahí pasan a un dormitorio con una cama junto a un ventanuco. Hay varias lámparas de aceite encendidas, pero no se ve con claridad.

—¿Por qué me has traído aquí? —quiere saber Noah.

—Es un lugar seguro. Hace tiempo que… abandoné el palacio, aunque sigo vigilándolo.

—Y no eres el único, por lo visto. ¿Quién ha matado a Stefano?

—Bandidos, saqueadores, viejos enemigos, los nuevos que mandan… No lo sé. Las cosas están muy revueltas en Florencia. Noah, te fuiste ¡hace más de un año! ¿Te das cuenta? Te dimos por muerto.

—El viaje al Báltico no salió como pensábamos. Me quedé allí meses aislado y luego tuve que solucionar un problema antes de regresar. Supe que el rey de Francia falleció y que Savonarola se quedó sin su ayuda.

—Así es, las alianzas cambiaron y el ejército francés se retiró. Y sin los franceses aquí, llegó el momento del papa Borgia. Prohibió a Savonarola que siguiera predicando tras acusarlo de propagar falsas doctrinas. El dominico se convirtió en un rebelde que desobedecía a Roma y eso el papa no podía tolerarlo. Lo excomulgó, y aun así Savonarola siguió celebrando misa y predicando, por lo que el sumo pontífice decidió enfrentarse a Florencia y obligarla a que le entregase al fraile.

—¿El papa Borgia contra Florencia? —murmura Noah.

—No, contra Savonarola, que es distinto. El papa amenazó

con confiscar las propiedades que los mercaderes florentinos poseen en los Estados Pontificios, así que las grandes familias de comerciantes y banqueros retiraron su apoyo a Savonarola. Sus seguidores eran cada vez menos y, al mismo tiempo, cada vez más extremistas.

—Pocos y malos.

—¡Lo peor! Enseguida llegaron a Florencia los delegados del sumo pontífice, que instruyeron un breve proceso durante el cual Savonarola fue sometido a tortura. Lo acusaron de herejía y, como era de esperar, lo condenaron a muerte. Tras ser ahorcado, su cuerpo ardió en una gran hoguera en la piazza della Signoria y sus cenizas fueron arrojadas al Arno.

Noah recuerda lo que le contó Ray sobre el noble escocés que luchó contra los ingleses, Wallace.

—Pero hace ya mucho de todo eso… —se lamenta Alessandro—. Ahora hay un gobernador, uno de sus hombres de confianza, Maquiavelo. Y Florencia busca su sitio entre los nuevos competidores, pues los portugueses y los castellanos han abierto nuevas rutas a Asia. El comercio está cambiando y muchos han quebrado.

—¿Así que vigilas el palacio?

—Cuando te he visto no podía creerlo, y además con los mercenarios. Quise preveniros antes de que entrarais, pero vi movimiento enseguida. —Hace una pausa—. ¿Lo tienes?

—¿El qué?

—El mapa de Toscanelli, alguien filtró que estaba en el palacio. —Ambos se quedan callados—. No te fías de mí, ¿verdad? Te acabo de salvar y me conoces.

—No tanto, nunca hablaste mucho conmigo —replica Noah.

—Te has vuelto desconfiado, eso está bien.

—Alessandro, no esperes que te dé las gracias por haberme salvado. Sé que el señor Vieri me utilizó y tú eras su criado, tenías que saberlo.

—¿Su criado? No te diste cuenta, ¿verdad? —inquiere Alessandro, para sorpresa de Noah—. ¿Por qué crees que el señor

Vieri usaba anteojos? Se ha pasado la vida leyendo libros y escrutando mapas, demasiadas veces a la luz de una vela durante noches enteras. Eso tiene un precio.

—¿Insinúas… que se estaba quedando ciego? ¡No es posible! ¿Cómo iba a hacer entonces para leer libros o consultar los mapas?

—Es suficiente, Alessandro —dice una voz inesperada.

Noah la reconoce.

Del lado más oscuro del salón, como un arpa olvidada, silenciosa y cubierta de polvo, surge quien menos se espera. Respira con dificultad y Alessandro corre a ayudarle, lo coge del brazo y caminan juntos hacia él. El señor Vieri se apoya en un bastón, ha envejecido mucho y lleva los ojos vendados.

—Noah, ojalá pudiera verte.

Ha leído historias sobre hombres que regresan de entre los muertos, conoce la resurrección de Lázaro a manos de Cristo: «Levántate y anda». Sin embargo, nunca ha visto a un muerto resucitar ante sus ojos. Y a buen seguro que ahora, ante él, por su demacrado aspecto, hay un alma en pena que bien podría venir del inframundo.

—Señor Vieri… —Noah lanza un suspiro—. Pensé que habíais…

—¿Muerto? No voy a dejar que me entierren tan fácilmente, muchacho. —Sonríe—. Tu voz es distinta. Supongo que el viaje ha sido duro, pero te ha curtido y has madurado. Yo siempre supe que volverías. ¿Encontraste el ámbar gris?

—Sí, pero Giuseppe nos traicionó.

—Ya lo sé —responde mientras busca asiento en una silla de respaldo alto.

—¿Lo sabéis? —Noah se queda mirándolo. Parece que para él, en vez de meses, hubieran pasado años.

—Un cargamento de cuernos de unicornio no pasa desapercibido para un buen comerciante. Siento haberte puesto en sus manos, nunca imaginé que haría algo así. Y creí que los mercenarios te protegerían, son de los mejores.

—Les ha entregado el dinero que ocultabais, señor —le interrumpe Alessandro.

—Ellos han hecho su trabajo, era lo justo —se excusa Noah.

—Tranquilo, si hay algo que no toleran los mercenarios es no cobrar, así que tarde o temprano habrían dado conmigo. Es mejor así, de esta forma nadie sabe que sigo vivo.

Observándole y por sus palabras, Noah se hace una idea de la gravedad de la situación en la que se halla el señor Vieri.

—No te aflijas, aunque hubieras traído la mercancía ya es demasiado tarde. —Abre la palma de las manos para mostrar que ya no le queda nada—. Noah, hay que saber aceptar el destino. Todo tiene su tiempo, y el mío, por desgracia, ha pasado.

Noah no añade nada.

—El tuyo acaba de empezar, que hayas regresado es una señal. Y por eso estás aquí, para que yo pueda cumplir mi último designio y descansar por fin en paz.

—¿De qué estáis hablando?

—Ya sabes que los portugueses han llegado a las Indias dando la vuelta a África y que los castellanos lo han hecho por poniente, y supongo que habrás leído la carta de Vespucio a Médici. Es cuestión de tiempo que el comercio se desvíe del Mediterráneo a esas nuevas rutas…

—Y que Florencia, Venecia y Génova pierdan su posición privilegiada —le interrumpe Noah.

—No exactamente, siempre hemos sabido adaptarnos a las nuevas circunstancias. La cuestión es identificar cuáles son exactamente y adelantarse a sus efectos. La gente ansía las especias, la seda, los perfumes, el oro y las joyas, y por supuesto el dinero, pero se equivocan, todo eso son minucias. Lo realmente valioso…

—Es la información. —Noah sonríe, porque siempre se lo ha oído decir.

—La ruta por África está consolidada, ya que los portugueses tienen asentamientos en toda la costa africana. No obstante, la castellana es más directa, si bien hay que cruzar el Océano. El problema es que no sabemos exactamente dónde se están asentando los castellanos, como cuenta Vespucio. Quizá lo averigüe ahora que ha logrado viajar a las Indias.

—Señor Vieri, Eratóstenes tenía razón. El mundo es más grande de lo que Cristóbal Colón cree, ojalá pudiera advertir al Almirante de ello.

—Sigues firme en esa idea… Eso es bueno, uno debe luchar por lo que cree —asiente el viejo florentino—. Es posible que estés en lo cierto, pero hace falta más información. El mayor tesoro que existe es el conocimiento: mapas, libros… Una carta puede valer más que todo un reino… —Le cuesta hablar en algunos momentos—. Para que Florencia sobreviva, debe participar en este mundo nuevo que se está creando.

—El papa Borgia ha dividido la esfera terrestre entre los castellanos y los portugueses —le recuerda Noah—. Nada puede hacer allí Florencia ni ninguna otra.

—Bueno, todo es revisable. Sabemos que los ingleses ya han llegado a tierra firme más al norte que los castellanos, y los franceses estarán al acecho… —le corrige Vieri—. La cuestión es que esa ruta por occidente… ha generado muchas dudas, y la incertidumbre no es del agrado de ningún comerciante, te lo aseguro, no es buena para hacer negocios.

—¿A qué dudas os referís?

—Las noticias que llegan de los viajes de Colón son confusas. Hemos querido indagar más sobre su persona y los informes hablan de él como alguien astuto, persuasivo y ambicioso, y sobre todo misterioso. Y también peligroso, muy peligroso.

—¿No creéis en su ruta?

—Es quizá la mayor proeza de la historia, pero ¿a dónde ha llegado exactamente? ¿Cómo lo ha conseguido? ¿Y qué va a suceder ahora? Porque luego está el asunto de los Reyes Católicos, como los ha intitulado su paisano, el papa Borgia. Sus Católicas Majestades, uniendo sus dos reinos, han creado una nueva corona que amenaza el equilibrio de la Cristiandad.

—¿Qué queréis decir?

—Hace veinte años, la reina Isabel era solo una princesa rebelde en un reino en bancarrota, asolado por las disputas nobiliarias, en plena guerra civil y con un rey impotente —se jacta Vieri—. Ahora es la soberana de una corona poderosa que domina el Mediterráneo occidental y el Océano; que ha incorporado los reinos de Granada y de Nápoles, y las islas Canarias; que ha cerrado alianzas matrimoniales con Inglaterra, Austria, Portugal y Flandes; que tiene al papa de su lado y, por si todo esto fuera poco, posee una nueva ruta comercial hacia Asia.

—Dicho así resulta aterrador.

—Y su nieto heredará la corona portuguesa y todas sus posesiones y riquezas. En verdad da miedo pensar en qué puede llegar a convertirse.

—Un mundo nuevo.

—¡Exacto! —El débil señor Vieri alza la voz—. Pero que una sola corona pueda ostentar tanto poder es peligroso.

—¿Y entonces?

—Los estados de Italia somos la luz del mundo, Noah. Hemos preservado la herencia de la antigua Roma y, llegado el momento, la hemos liberado para que ilumine a todos. El comercio ha resurgido a nuestro amparo, han crecido las ciudades, hemos difundido la cultura, las ocupaciones son más variadas y el hombre tiene mejores oportunidades para ascender en la vida.

—Eso es cierto, señor Vieri.

—La era de los señores agoniza, el hombre común está quedando libre de la servidumbre. Todo es posible, Noah. Dios nos ha creado, pero nosotros también tenemos la facultad de crear. Y no me refiero a las artes o a la fabricación de ingenios. Podemos no solo crear un mundo nuevo, sino sobre todo un mundo mejor.

—Estoy de acuerdo, pero ¿por qué habéis ocultado el mapa de Toscanelli? ¡Es erróneo!

—La redondez de la Tierra es un hecho probado desde la Antigüedad, pero la duda, ¡la gran duda!, ha sido siempre el tamaño de las aguas del Océano hasta Asia.

—Señor, hice el cálculo de Eratóstenes y el tamaño de la Tierra es el que él dio.

—Noah, hay que andarse con ojo, quizá estemos en el momento más trascendental de la historia. Y todo empezó porque Colón usó el mapa de Toscanelli, donde dicha distancia resultaba asequible, para convencer a la reina de Castilla... Aunque todo indica que es incorrecta.

—¿Ha usado ese mapa? ¡Entonces reconocéis que es errónea! —Noah se queda pensativo—. ¿O qué queréis decir exactamente?

—Sabes que Toscanelli nació aquí, en Florencia, hace ya casi un siglo. Él fue el primero que concibió la idea de utilizar una ruta que atravesara el Océano en dirección oeste para alcanzar las islas de las Especias. Toscanelli creyó en la ruta porque estaba influenciado por el desastre de la caída de Constantinopla. En el año cincuenta y tres, su padre se arruinó, como muchas de las familias más ricas de Florencia, Venecia o Pisa. Si alguien ha querido siempre hallar una ruta alternativa a Oriente, la India y China, hemos sido los florentinos.

—Así que Toscanelli no trabajaba solo por el bien de los portugueses, sino que había algo de venganza en sus cálculos.

—No menosprecies ese sentimiento... Bien encauzada, la venganza es poderosa —advierte Vieri—. Pero fue el rey portugués el que solicitó a Toscanelli el estudio de esa ruta, porque Portugal ya estaba pensando en ella y recopilando información sobre si era viable.

—Pero los portugueses desecharon la ruta, y no suelen equivocarse en asuntos de navegación —añade Noah—. Son los mejores marinos del mundo.

—Cierto, y almacenaron todo su conocimiento en la fortaleza de Sagres, frente al Océano, desde la que organizaban sus expediciones, antes de llevarse todo ese saber a Lisboa. Extiende el mapa de Toscanelli.

Noah obedece.

—Este mapa divide el Océano, a partir de Lisboa, en veintiséis espacios que corresponden a 130 grados terrestres, hasta llegar a Asia continental —explica Vieri—. Seguramente da por buenos los 30 grados de longitud que Marco Polo añadió al extremo oriental de Catay.

—Tiene sentido.

—Ahora viene un tema clave, Noah. La base de estos cálculos de Toscanelli fue la traducción árabe de la *Cosmografía* de Ptolomeo. Pero cometió el error de no darse cuenta de que la milla árabe es más larga que la italiana.

—Pero una milla es milla —recalca Noah—. Quiero decir que son mil pasos de un mismo pie: empieza a contar cuando el pie izquierdo avanza, y el paso se completa cuando ese mismo pie debe volver a moverse.

—Esa es la milla romana, y la italiana es prácticamente igual. Pero la árabe no, porque no es una medida que usaran inicialmente. Así que hay que ser muy precavido cuando se consulta un libro traducido del árabe.

Noah, muy atento a todo lo que explica el señor Vieri, asiente con la cabeza, hasta que recuerda que su maestro no puede verle.

—Entendido —dice enseguida.

—Un sabio árabe que vivió hace seis siglos, el geógrafo Alfragano, midió también el diámetro de la Tierra. Ha sido muy traducido, lo que hace que muchos cartógrafos actuales se equivoquen.

—Comprendo, al final siempre es el mismo problema: las distancias.

—Así es. Ahora debes captar bien esto... La clave de este mapa de Toscanelli es que sitúa Cipango a una distancia accesible desde Lisboa.

—Pero no es verdad... Cipango, Catay, la India ¡están más lejos!

—¡Chis! Calla y escúchame bien. No lo has comprendido, Noah. Te estoy diciendo que, según este mapa, es viable llegar a Asia desde Portugal. ¿Qué significa eso?

Noah mira el mapa y se toma unos segundos antes de responder.

—Que el mapa de Toscanelli no es correcto, pero sí es muy útil si quieres convencer a alguien de la ruta por poniente.

—¡Bravo, Noah! ¿Qué más?

—Que no convenció a los portugueses, pero sí le sirvió a Cristóbal Colón para convencer a los castellanos.

—Lo cual no era nada fácil —puntualiza Vieri—. La reina de Castilla es famosa por su inteligencia y además cuenta con sabios y expertos que la asesoran, algunos de ellos muy brillantes. Como bien has dicho, a los portugueses no logró engañarlos.

—Falta algo más. Colón no solo tenía este mapa, ¿verdad?

—Muy bien, Noah. ¿Qué más pudo usar para convencer a la reina de Castilla y a sus consejeros?

—No lo sé…

—Pues eso es lo que debes averiguar.

—¿Por qué debo averiguarlo? —pregunta con incredulidad.

—No pretenderás que lo haga yo, ¡a mis años! Mira, Noah, mis negocios han quebrado, mi palacio está vacío, mi biblioteca desparramada por el suelo, mis mapas… —Suspira—. No me queda nada de todo lo que he ido atesorando a lo largo de mi vida. Solo este mapa, por el que tanto he luchado hasta encontrarlo. Incluso Stefano ha muerto por querer mantenerlo oculto.

—Lo sé.

—Cada uno de nosotros tiene su destino o camino en este mundo, llámalo como quieras. Yo cumplí el mío y nos ha traído hasta aquí. Ahora te paso el relevo y tú debes llevar a cabo el tuyo —explica Vieri—. Noah, siento cómo te utilizó mi hija, pero más daño me ha hecho a mí marchándose con ese infame escultor, te lo aseguro.

Noah tuerce el gesto, como si le doliera pensar en Giulia.

—Ve a los dominios de los Reyes Católicos lo antes posible, solo allí podrás entender qué está pasando con esa ruta a las Indias.

—Esto sobrepasa mis capacidades. No puedo llegar a Castilla y preguntar por algo tan relevante. Soy extranjero, me será imposible indagar nada.

—Te hacía más osado, Noah. Vienes de Flandes, has recorrido media Europa, has vivido en Florencia, has viajado hasta los confines del Báltico y conoces todos los mapas del mundo. No hay nadie más preparado que tú para averiguar la verdad sobre el viaje de Cristóbal Colón.

—Hay algo más que todavía no me habéis dicho, ¿verdad?

—Noah ha aprendido a desconfiar de todos.

—Espléndido, cómo has cambiado. —Vieri asiente orgulloso—. Cuando Colón regresó de su primer viaje, escribió una carta dirigida al escribano de ración de la Corona de Aragón, Luis de Santángel, no a los reyes, en la que explicaba el éxito de su misión.

—¿Por qué no a los monarcas?

El señor Vieri sonríe, como hacía antaño. En ese momento parece rejuvenecer.

—Los reyes accedieron a las exageradas pretensiones de Colón al nombrarlo Almirante de la Mar Océana. Él controlaría el tráfico marítimo y, con los títulos de virrey y gobernador, el terrestre. Solo los pájaros escaparían a su dominio. Pero había una trampa: cuando los reyes firmaron las capitulaciones, ¡no tenían ni un maravedí!

—¿Y cómo es eso posible?

—Porque llevaban largos años de guerra con Granada y las arcas reales se hallaban vacías.

—¿Y quién financió el viaje?

—Una parte el propio Colón, que tuvo que pedir un préstamo que aún tiene que devolver.

—Eso lo sé —afirma al recordar lo que le contó Giuseppe—, a un banquero florentino.

—Otra parte la aportaron los otros capitanes, los hermanos Pinzón, y la gente del puerto de donde salió la expedición. Aunque el grueso de los costes los asumió la Corona, pero con otro préstamo. Y solo había alguien capaz de aportar ese dinero: los judíos. A ellos han recurrido los reyes de Castilla y Aragón para sufragar sus aventuras durante siglos.

—Ha sido casi la última corona europea en hacerlo. Franceses, ingleses y alemanes hace mucho que los expulsaron de sus territorios.

—Ellos solo han obligado a irse a los que no estaban dispuestos a convertirse a la verdadera fe. La familia de Luis de Santángel es conversa, hace tiempo que se entregó al Cristianismo. Pero la sangre no es agua, y con ese préstamo logró limpiarla para siempre. Tal fue su aportación al viaje que Cristóbal Colón le envió a él la primera carta anunciando su éxito.

—Su sangre no es pura, pero el dinero lo arregla todo…

—Por desgracia, Luis de Santángel falleció. Y también fue determinante en el primer viaje porque Colón, tras entrevistarse con los reyes y no lograr su apoyo, decidió ofrecer sus servicios al monarca francés.

—¿A Francia? ¿Al enemigo de los Reyes Católicos?

—Fue Santángel quien consiguió que los reyes volvieran a escuchar al navegante y él mismo se ofreció para financiar el proyecto —explica Vieri—, con lo que propició que los monarcas accedieran a las pretenciosas condiciones de Colón. Así que el Almirante le debe que los reyes aceptaran su plan y la financiación de este. Empieza a buscar por el hijo de Santángel, algo importante sabrá acerca de ese viaje.

—No he dicho que vaya a hacerlo. —Se muestra escéptico.

—Noah, no tienes elección… ¿A que no? Deseas descubrir la verdad de esa ruta, conocer cuál es la medida del mundo.

—Quiero preguntaros algo antes. —Noah duda, pero al final se decide—: ¿Sabéis algo de Giulia?

—De mi hija no, pero del otro sí. —Resopla—. Darío es ahora un escultor reconocido; muerto Savonarola, su arte es apreciado de nuevo. Ha hecho dinero y la ha abandonado. Giulia es muy orgullosa, así que se ha marchado de Florencia.

—¿A dónde?

—Noah, ¿no seguirás enamorado de ella?

—Por supuesto que no.

—De todas formas, ignoro dónde se halla ahora —confiesa Vieri—. Olvídate de Giulia y céntrate en tu destino.

—De acuerdo, iré a los dominios de los Reyes Católicos.

—Y no olvides que Colón es un mercader, sabe cómo funcionan los negocios. Si un hombre tan rico como Santángel le apoyó, es porque tenía información importante. A los reyes y al clero se les puede engatusar con milongas, pero no a un comerciante. Noah, ¡busca al hijo de Santángel! Tiene que saber cosas de su padre… Y recuerda que tú eres un viajero, encuentra esa ruta. Descubre cómo es el mundo y, cuando lo sepas, dibújalo en un mapa. Entonces, el mundo entero será tuyo.

LIBRO CUARTO
EL REY HERMOSO

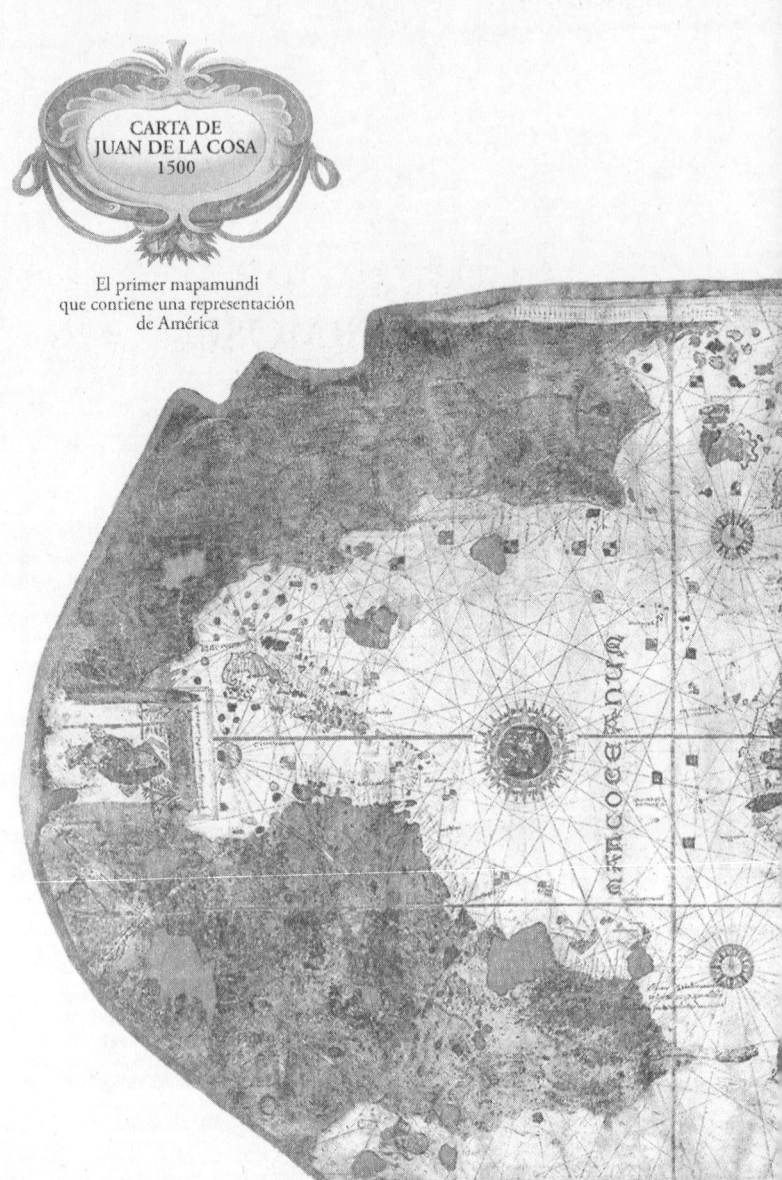

CARTA DE
JUAN DE LA COSA
1500

El primer mapamundi
que contiene una representación
de América

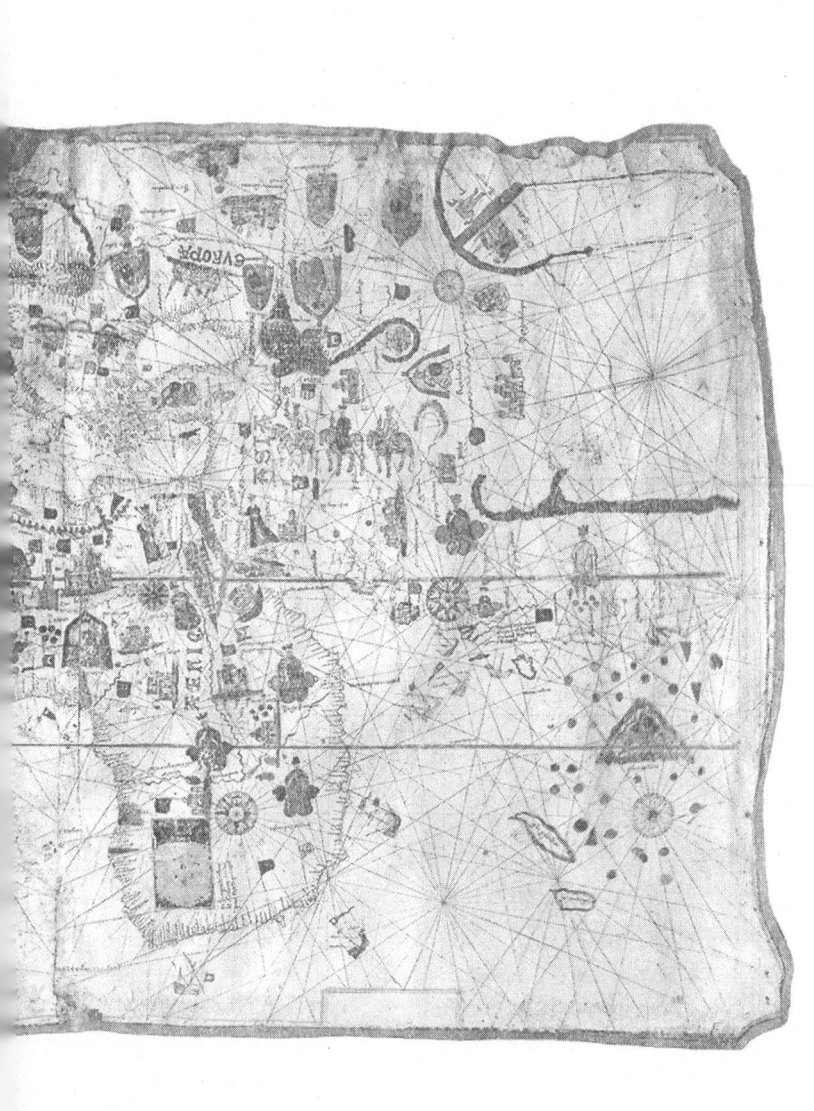

68

Badajoz, septiembre de 1500

Anselmo de Perpiñán ha actuado en la ciudad de Badajoz, cerca de la frontera con Portugal. Allí siempre se escuchan rumores de lo que acontece en el reino vecino sobre cómo marchan los viajes a las Indias circunvalando África y otros sucesos. Luego se ha detenido en Mérida, donde ha tenido peor suerte con sus canciones, porque ha llegado una noticia inesperada y terrible, quizá la más desafortunada: ha muerto el nieto de los reyes, Miguel de la Paz, heredero de Castilla, Aragón y Portugal. Se acaba de esfumar la tan ansiada unión de las tres coronas.

Al juglar se le pone mal cuerpo, camina como ausente por la calzada de piedra mientras cavila sobre lo voluble que es la vida y lo cercana que está siempre la muerte. Y pensando y repasando la descendencia de los reyes, llega a la conclusión de que la siguiente en la línea de sucesión es doña Juana. Que está en el norte, en las frías tierras de Flandes, adonde la mandaron para casarse con Felipe, el duque de Borgoña, y de la que casi nadie se acordaba... ¡hasta ahora!

El juglar llega a Medellín. La villa se encuentra coronada en lo más alto por una poderosa fortaleza, y es que este lugar fue cabeza de un condado que durante las guerras civiles de Castilla apoyó al bando contrario de la actual reina Isabel.

Allí se hace una idea de las consecuencias de haberse atrevido a oponerse a Su Alteza y ser derrotado. En este caso fue otra mujer, la hija del mayor enemigo que ha tenido nunca la reina. Muchos ya han olvidado que hubo un tiempo en que la que hoy se sienta en el trono era una joven infanta que tenía en contra a la alta nobleza y al rey de Castilla, y también al de Portugal, y que consiguió vencerlos a todos.

Pero esa es otra historia.

Medellín no fue la única que se opuso en las guerras por la sucesión de la Corona de Castilla; todas estas tierras apoyaron a los enemigos de Isabel, y eso todavía se recuerda.

Con la nueva noticia le entra prisa por viajar hasta donde está la corte, en Zaragoza. Es un momento de suma incertidumbre para la Corona. Cruza un puente de piedra sillar sobre el río Guadiana; dicen que es romano y que la villa se fundó sobre un campamento militar. Lo que no esperaba encontrar el juglar era una estampa tan impresionante… A la sombra de la fortaleza y a los pies de una iglesia dedicada a Santiago, aprovechando el desnivel natural del monte donde se asienta, se levanta una antigua estructura. Es difícil saber de qué se trata porque está medio enterrada, pero, viniendo de Mérida, sospecha que es un teatro romano. Cuando entra en una taberna pregunta por esas ruinas.

—Es un circo romano —afirma un sacerdote.

—Para hacer carreras de cuadrigas. —Y el juglar agita las manos como si llevara las riendas.

—No le hagas caso, el padre no sabe lo que dice —comenta un jovencísimo muchacho.

—¡Será posible! Hernán, toda la vida se ha dicho que era un circo.

—Pues mal dicho, padre. Hacedme caso a mí, que he estudiado y sé cómo eran los circos romanos. Lo que asoma bajo el castillo es un teatro.

—Un artista como yo tiene que inclinarse por el teatro, como entenderéis.

—¡Bien dicho! Una copa de vino para nuestro amigo.

El sacerdote refunfuña, aunque no hace ascos al vino. El juglar observa cómo el tal Hernán lo rebaja con agua. Se le aprecia una elegancia sobria, viste jubón negro y de su cuello cuelgan dos medallas doradas, una de la Virgen con el Niño.

—Los juglares tenéis fama de alegres y tú en cambio traes cara de funeral.

—Me he enterado de lo del nieto de los reyes y se me han quitado las ganas de jolgorio, perdonadme —responde ladeando la cabeza.

—No hay nada que perdonar —dice el sacerdote—. ¡Qué desgracia más grande! Pobre criatura, que Dios la acoja en su seno. —Se santigua—. Amén.

—Amén —repiten los presentes.

—De todas formas se agradece que nos visites, ya habrá tiempo para canciones —añade el joven Hernán, que parece inteligente y domina los tiempos.

El juglar se da cuenta de que es bienhablado, buen conversador y posee un fino sentido del humor. Le cuenta que su abuelo fue alcaide del castillo, que su familia luchó contra la reina en las guerras civiles y que perdieron cargos y mercedes. Y que él no cree que los hijos deban heredar los pecados de los padres y los abuelos. Así que anda ilusionado con los reyes actuales.

—Yo deseo partir a las Indias, ahora que por fin Sus Altezas han abierto la ruta a otros capitanes.

—¿Eso cuándo ha sido?

—Hace unos meses. Y parece ser que un navío trae de allí al Almirante para juzgarlo por mal gobierno y no sé qué más delitos.

—No tenía ni idea —confiesa el juglar.

—Sin ir más lejos, estuve a punto de embarcar en una expedición en la que ha ido gente competente que ya viajó antes con el Almirante, como Juan de la Cosa y Américo Vespucio. A mí no me desaniman los rumores que oigo de esas tierras. —Hernán pone mala cara.

—¿Qué clase de rumores?

—Me han llegado noticias peliagudas. —Baja el tono de

voz—. En agosto mandaron a un nuevo gobernador, Bobadilla. Un mal bicho, era comendador de la Orden de Calatrava en Guadalajara y se alzaron contra él por sus abusos, obligándolo a huir. Y a pesar de estos antecedentes, Bobadilla ha sido designado por los reyes para juzgar a Colón y sustituirlo como gobernador de las Indias.

—Imagino que buscaron a alguien a quien no le temblara la mano… Pero no sé yo si se habrá excedido —apunta Anselmo.

—Bien es verdad que el Almirante realizó una inmensa hazaña siendo el primero en llegar, pero desde entonces casi no se ha avanzado en las conquistas ni se ha sacado provecho de esas tierras, y Bobadilla no es la solución. Ahora Sus Altezas deben enviar a otra clase de hombres.

—¿Y de qué clase, si puede saberse?

—Pues como la mía. —Se ríe—. Gente dispuesta a conquistar territorios. Colón es un marinero y Bobadilla, un hombre de mira corta.

El juglar, que ha aprendido a juzgar a la gente de manera rápida y no suele equivocarse, se percata de que la mirada del joven Hernán rebosa de ambición a pesar de que solo es un mozalbete. Y piensa que no le falta razón en lo que comenta.

—¿Y vais a intentar embarcar?

—Lo haré, y más pronto que tarde oiréis hablar de las hazañas de Hernán Cortés.

Tras meditarlo unos instantes, Anselmo cambia de opinión y decide no ir a la corte, que seguirá de luto. Si el Almirante viene preso, es una fantástica oportunidad para visitarlo y hablar con él. Nunca ha estado más vulnerable, seguro que también resentido y con ganas de dar su versión de lo acontecido. El juglar se frota las manos imaginando lo que puede sonsacarle. Solo ha de encontrar la manera de abordarlo y en eso él es el mejor.

69

Barcelona

La ciudad está dividida en dos por la antigua muralla. A un lado se ubica el arrabal, poco poblado y con amplitud de espacio, donde se asientan los agricultores; y en el otro, el barrio antiguo, muy habitado y con calles estrechas, donde están los comerciantes y los artesanos. Y luego, cerca del mar, viven los marineros y los pescadores.

A María le ha costado un mundo llegar a Barcelona. Una tempestad la arrojo hacia el sur de las islas Baleares y después tuvieron que navegar hacia Levante para huir de unos piratas berberiscos que pretendían abordarlos. Avatares de los viajes, parece que cada vez que sube a un barco tienen que sucederle calamidades, da igual si es en el canal de la Mancha o en el Mediterráneo. No quiere ni imaginarse si lo hiciera en el Océano. Está claro que prefiere moverse por los caminos.

Lo importante es que, aunque mucho más tarde de lo esperado, ya está en Barcelona y ha comenzado a indagar por las inmediaciones de la plaza de Santiago. Le indican que vaya a la Rambla, la cual no es un mero accidente geográfico fuera de las viejas murallas de Barcelona, sino parte de la defensa militar, pues la recorre en toda su extensión. A su vez, la Rambla también es un obstáculo que impidió durante largo tiempo el crecimiento urbano por el lado de poniente. Hasta que el fuerte empuje demográfico y eco-

nómico sobrepasó los primitivos límites fortificados y se construyó una nueva muralla que incluyó los barrios que se habían ido
formando con el paso de los años, sobre todo en torno a la iglesia
de Santa María del Pino y la colegiata de Santa Ana.

Barcelona le parece una ciudad más cerrada que Valencia.
Dentro de la muralla que aquí llaman «de los romanos», las calles son angostas, hay exceso de población y María piensa que le
costará aclimatarse a ella. Duda que sea conveniente alojarse en
una posada, es peligroso para una mujer sola. Tampoco conoce
a nadie que le pueda dar cobijo. Entonces recuerda la historia de
Egeria, la mujer viajera. Una peregrina, ¡eso es! Como hizo en
Sevilla, decide buscar refugio en algún convento femenino que
hospede a peregrinas que lleguen al puerto de Barcelona, camino
de algún lugar santo.

Visita tres cenobios, sin mucho éxito. El cuarto es el monasterio de San Pedro de las Puellas, fácil de identificar porque le
han dicho que tiene un campanario al que llaman la *torre dels
Ocells*, la «torre de los Pájaros». La monja que la recibe impresiona por su volumen y por rasgos bastos, que parecen tallados
con cuatro golpes mal dados de cincel, como si su rostro estuviera inacabado. Además, es parca en palabras. María le cuenta la
historia de Egeria, la peregrina que recorrió el mundo conocido
en época romana, pero eso no conmueve a la monja de rostro
pétreo, que la despacha de malos modos.

«Qué complicado es encontrar alojamiento en Barcelona».

Decide esperar, así que se arma de paciencia y se sitúa tras
unos pinos desde donde controla el acceso al monasterio. Pasan
las horas y empieza a creer que solo la desesperación puede mo-
tivar esta pérdida de tiempo, pues aguarda no sabe qué. A María
no se le ocurre qué más puede hacer, quizá deba abandonar y
admitir la derrota.

Entonces ve acercarse a una mujer que no viste el hábito de
religiosa. María sale envalentonada antes de que entre y se pierda
dentro de los gruesos muros del monasterio defendido por la
enorme monja de piedra.

—Perdonad, ¿conocéis a alguna religiosa de este monasterio?

—¿Por qué lo preguntas? —La mujer no se achica por la intromisión, pero su rostro sí muestra desconfianza. Es una señora bien vestida, con aspecto de pudiente, el pelo recogido y ropa oscura de un tejido de buena calidad.

—Acabo de llegar a Barcelona y necesito un refugio para varias noches. He venido buscando a un familiar, un impresor. Estaré pocos días, lo que me cueste dar con él.

—¿No tienes marido?

—Murió. —No hace falta que siga mintiendo, el rostro de María se perturba con una tristeza tan sincera que sobrecoge a la mujer—. Falleció en Flandes, acompañamos a la infanta Juana a su boda con Felipe de Habsburgo.

—¿Estuvisteis en la boda real?

—Mmm, sí. —Vuelve a mentir al percibir el interés de la señora.

—He oído que doña Juana es ahora la heredera tras morir el pobre príncipe Miguel, tan pequeño él. ¡Qué desgracia!

—Sí, los duques de Borgoña son ahora los herederos, ¡ver para creer!

—¿Y cómo es Flandes? Dicen que la gente viste con muchos lujos.

A María se le ilumina el rostro y comienza a describirle Midelburgo como si fuera el cielo celestial, y no una ciénaga donde murieron tantas y tantas buenas gentes, de frío, hambre y enfermedades, mientras esperaban a una princesa que no llegaba nunca. Eso lo ha aprendido del juglar: una buena historia puede abrirte las puertas de cualquier lugar.

—No se hable más, te vienes a mi casa. Desde que mis hijos se desposaron, tengo demasiadas habitaciones vacías. Pero tú tienes que seguir contándome detalles de la boda de los príncipes.

María sonríe victoriosa, nunca imaginó que el enlace real podría interesarle a alguien hasta ese punto. Y tras aquella boda, le relata sus andanzas tanto en el viaje de ida como en el de vuelta.

Doña Mercedes, que así se llama la señora, perdió a su marido hace diez años y se la ve ansiosa por oír noticias, y sobre todo por tener compañía.

Con un sitio donde dormir y comer caliente todo se percibe mejor. Al día siguiente sale temprano a indagar y regresa a casa de doña Mercedes a tiempo para pasar la tarde con ella; la señora incluso le cocina unos buñuelos que son una delicia. Pero debe encontrar al impresor de la carta de Colón a Santángel, por lo que a la mañana siguiente vuelve a madrugar para ir en su busca.

Así toda la semana, porque la imprenta es un negocio en auge. Como proviene de Baviera, la mayoría de los maestros son alemanes o discípulos de ellos. María se emociona cuando entra en el primer taller que visita. Se queda absorta viendo cómo imprimen una y otra página, los formatos, los renglones, las prensas, las tintas… ¡Es un espectáculo! Y, finalmente, los pliegos.

Sin embargo, la carta no se imprimió en ese taller, ni en el próximo que visita. En los días sucesivos continúa la búsqueda, pero acaba siendo infructuosa y decepcionante para ella.

Desanimada, María baja sola hacia la Ribera. Contemplar el mar siempre la reconforta. Puede cambiar de hogar: Bilbao, Flandes, Valencia, Sanlúcar, Barcelona…, pero ella necesita el mar. Siente que le da fuerzas para vivir, que está unida a él por un colón umbilical y que si lo cortasen se moriría. Piensa de nuevo en las historias de su abuelo, en los cazadores de ballenas, en las tierras lejanas del norte y en La Española, esa isla donde se quedaron treinta y nueve pobres hombres. Saca su colgante de diente de ballena y lo frota, como si fuera una reliquia de las que conservan en las catedrales.

—¿Qué es eso? —pregunta una voz a su espalda.

María esconde su amuleto de inmediato y se da la vuelta, en alerta.

Frente a ella ve a un hombre con aspecto de extranjero, del norte, con una mirada llena de matices y penetrante, que la atrapa y despierta su interés por descifrarla. María nunca le ha sostenido la mirada así a nadie que acaba de conocer. Y al mismo tiempo siente que no es la primera vez que ve esos ojos.

Consigue soltarse de su embrujo y entonces puede observarlo mejor. Su físico no destaca por nada en particular, ni bueno ni malo; en cambio, tiene una posee que le llama la atención por el misterio que desprende.

—Tranquila —dice Noah con la palma de las manos abierta.

Sin embargo, ella se gira y se aleja sin mediar palabra alguna.

—Espera, no te vayas.

Noah se planta delante y María intenta esquivarlo, pero él se mueve a derecha e izquierda para impedírselo.

—¿Qué estás haciendo? —Se enerva ella.

—Solo quiero que hablemos —responde Noah con tono firme.

—Yo no deseo nada contigo. No sé quién o qué te piensas que soy, pero te aseguro que te equivocas, así que déjame pasar.

En ese momento cruza una carreta llena de fardos y María aprovecha la distracción para salir huyendo. No sabe por qué lo hace, pero algo en su interior le dice que corra, que ese hombre es peligroso.

—¡Espera! —grita Noah tras ella.

En la carrera, María esquiva a varios transeúntes, gira hacia la playa y se mete por un mercado de pescado. Noah intenta salvar los obstáculos, pero casi choca contra un carro cargado de arenques. La pierde de vista un momento y luego la divisa subiendo hacia las atarazanas. Tiene que acelerar para alcanzarla y poco a poco se va acercando, hasta que agarra el brazo de María y la retiene. Ella se defiende golpeándolo con fuerza en el pecho y tirándole del pelo, lo que provoca que grite de dolor y la suelte antes de caer de rodillas. María aprovecha para propinarle una violenta patada en el estómago que le hace retorcerse, pero Noah la agarra del pie y ya no lo suelta.

—¡Basta! Sé que buscas una carta —dice él, dolorido, mientras ella patalea—. No quiero hacerte daño, ¡para! —Se levanta y alza su brazo amenazante—. Quieta, hablemos. He estado con

Santángel y ya me advirtió que no te fiarías de mí, que eras lista y que tendría que convencerte.

—¿Convencerme de qué?

—De que puedo ayudarte. —La suelta y se hace a un lado—. Si quieres irte, allá tú, no seré yo quien te lo impida. ¡Vete!

María lo observa con desconfianza. «¿Quién es este hombre? ¿Será verdad que lo envía Santángel?». Hay algo en él que la confunde y le provoca una extraña sensación de… ¿curiosidad? Como si necesitara saber más de él. Por otra parte, María no sale de su asombro: ¿cómo es que Santángel le ha contado todo eso sobre ella? No es propio de él.

—Me dijo que te diera tiempo para asimilarlo, así que no tengas prisa. Según lo veo yo —continúa Noah—, no puede ser casualidad que dos personas busquen lo mismo, en el mismo lugar y al mismo tiempo sin ni siquiera conocerse. Eso solo puede ser una cosa.

—El destino de las narices, no me digas más.

—Si tienes una razón mejor, estoy deseando oírla. —Noah le sostiene la mirada.

—No puedo creerlo… —María apoya las manos en las caderas—. ¿De verdad esperas que después de abalanzarte sobre mí y soltarme esta bobada yo voy a …, a caer en tus brazos? ¿O qué tienes pensado exactamente?

—Nada de eso. La cuestión es que yo también estoy seguro de que Colón miente. Utilizó un mapa erróneo y sus cálculos están equivocados. Y esa carta que buscas le dio fama en toda Europa.

—¿Cómo sabes tú…? Me da igual lo que me digas.

—¡Estamos en un mundo nuevo! —alza la voz Noah—. La circunvalación hasta la India y la ruta a poniente han cambiado la realidad para siempre; pero también el auge del comercio, los ingenios mecánicos, el arte, la arquitectura… En Florencia hay maravillas que no podrías imaginar si no las ves con tus propios ojos.

—¿Por qué me cuentas todo eso?

—Porque los tiempos oscuros de los bárbaros han llegado a

su fin; estoy harto de unicornios, de secretos y de leyendas. Y un mundo nuevo no puede iniciarse con una mentira como la de Colón.

—Una mentira… —repite ella sorprendida, pero le da la espalda y echa a andar.

—He viajado mucho para llegar hasta aquí. Nací lejos, en Flandes, pero desde que abandoné mi tierra mis pies han recorrido…

—¿Has dicho Flandes? —María se detiene e inspira hondo—. No me gusta Flandes.

—Eso es porque no conoces Lier.

La sangre se le hiela a María, se marea y se tambalea. Noah intenta agarrarla, pero ella no deja que la toque y se aparta de él como si tuviera la peste.

—¿Lier? No puede ser cierto.

—¿Has estado allí? ¡Vaya sorpresa!

—Por poco me muero en esa maldita tierra tuya —musita ella—. Mi marido falleció allí, y a mi mejor amiga la mataron en tu querida Lier.

—Un momento…, ¿qué es eso de que la mataron? —A Noah se le encoge el corazón—. ¿Cómo…, cómo se llamaba tu amiga?

—¿Qué más te da?

—¿Có-mo se lla-ma-ba tu a-mi-ga? —insiste alzando la voz y separando las sílabas para que se le entienda perfectamente.

—¡Laia! Mi amiga se llamaba Laia, ¿contento? —responde enrabietada.

El tiempo se detiene en Barcelona mientras una galera se hace al Mediterráneo y una gaviota suelta un graznido.

—Yo estaba con ella, Laia murió en mis brazos.

70

Cádiz

—Venía en cubierta encadenado por voluntad propia en señal de protesta, pues pensaba que se había cometido con él un atropello flagrante. Una mordaza de hierro fundido, con dos argollas atadas a los tobillos. Pero seguro que al Almirante de la Mar Océana le dolía más la humillación de llegar preso al puerto de Cádiz.

»Desde el piloto hasta el grumete, todos se deshacían en atenciones con el protagonista de una hazaña sin precedentes, que había conseguido por méritos propios y cuyo nombre debía pasar a la posteridad con letras de oro.

»Su fatigada mirada era más que elocuente de la profunda decepción que embargaba todo su ser. Todos los que le rodeaban le profesaban un gran respeto y admiración.

Así había logrado el juglar recrear la llegada de Colón a Cádiz después de hablar con unos y otros. Por desgracia, cuando Anselmo pisó la ciudad, ya lo habían liberado, pero dejó una suculenta huella durante su estancia como cautivo. Ha sido una ardua labor de investigación en la que ha demostrado ser avispado para quedarse con los detalles más jugosos, porque sin duda la encarcelación del Almirante era un acontecimiento a todas luces llamativo y sorprendente. Pocas veces un hombre con tanto poder y gloria termina con sus huesos en el calabozo.

Y todo a causa de la negligencia de su gobierno en las Indias, pero el juglar está convencido de que el temperamento cruel y los aires de grandeza de Bobadilla, animado por los poderes otorgados por la Corona, también han ayudado mucho a que Colón haya terminado así. Los reyes querían mano dura en las Indias, y quizá se hayan excedido mandando a semejante elemento al otro lado del mundo.

Anselmo decide aprovechar para sonsacar información a los marineros y los retornados de las Indias, pues se oyen mil historias de aquellos lares y ya nadie sabe qué es verdad, exageración o ensoñación. Y él tiene habilidad para ir juntando piezas y tirar del hilo de la verdad, demasiadas veces oculta entre una maraña de mentiras y malentendidos. Y conforme escucha las confesiones de unos y otros, comienza a formarse una idea nítida en su mente. Son varios los que aseguran que el Almirante ha llegado a una tierra firme inmensa, pero que no ha hallado el paso a las grandes ciudades de Asia, ni muestras de riquezas ni grandes imperios.

«Eso no tiene sentido», se dice Anselmo. «Si ha pisado tierra firme es que por fin ha arribado al continente de Asia. Pero si no ha encontrado ciudades ni riquezas, ¿en qué parte de Asia ha estado?».

El juglar necesita respuestas y decide indagar más por las tabernas de Cádiz. Y la suerte le lleva a conocer a uno de los carceleros del Almirante durante el viaje de regreso. Comienza a charlar con él y alaba la grandeza de haber ido a las Indias, pero poco a poco va desviando la conversación hacia donde le interesa.

—El Almirante se lo tiene bien merecido.

—¿Tan malo ha sido? —inquiere el juglar.

—¡Peor! En La Española, se negaba a repartir los alimentos guardados en los almacenes para revenderlos después a precios desorbitados.

—¡Qué sinvergüenza! —añade el juglar.

—Lo que oyes. Y las hay peores: obligaba a indios y castellanos a buscar oro para él, y al que no entregaba la cantidad que estipulaba se lo hacía pagar.

—¿Como un tributo?

—Yo lo llamo un abuso. También efectuaba subastas de esclavos. Y la misma semana que llegó Bobadilla, el Almirante había ahorcado a siete de los nuestros y cinco más esperaban su turno para ser ajusticiados.

—Qué barbaridad. —El juglar pide más vino para su informante.

—Es incapaz de administrar justicia debidamente; tan pronto ordenaba matar a un acusado de organizar un motín como mandaba cortar orejas, mano o nariz a otros por robar dos escasas fanegas de pan.

—Ya veo cómo estaba el percal por allí…

—¿Y sabes lo que peor lleva el Almirante?

—No, cuéntame —reclama el juglar con interés.

—Que le recuerden que hace bien poco era un don nadie. Si a alguien se le ocurre propagar cualquier chismorreo sobre su origen humilde o el de su familia, que se prepare, porque todo castigo le parece poco.

—¿Reniega de su origen?

—A toda costa. Quiere que solo se hable de él como almirante, y que nada se sepa sobre dónde nació y a qué se ha dedicado antes de pisar las Indias.

—Supongo que toda familia noble se remonta a un momento en que uno de sus ancestros hizo una notable hazaña que le otorgó esa condición —murmura el juglar.

—A nadie le gusta que revuelvan en su familia. Pasa lo mismo con los conversos; empiezan a escarbar y al que parecía más católico que el papa le sacan un bisabuelo judío.

Anselmo no puede estar más de acuerdo con el carcelero.

Se despide de él y pasea por el puerto de Cádiz mientras en su cabeza se agolpan las preguntas: ¿qué sucederá ahora con Colón?, ¿qué decidirá hacer la reina Isabel con un hombre que le ha dado tanto, pero que también la ha defraudado?

«El Almirante es como un gato, siempre cae de pie», concluye el juglar.

Antes de salir se entera de la reciente boda del rey portugués con otra hija de los Reyes Católicos. Parece que los monarcas quieren que una hija suya se siente en el reino portugués como sea y que la alianza sea segura. Fallecidos Isabel y su hijo Miguel, han optado por la siguiente.

71

Barcelona

La vida en un instante, la ves pasar como un espectador, como si no fueras el protagonista. Es una chispa fugaz, pero posee la intensidad de una tormenta en alta mar. Y en ese momento, esa incomprensible vida cobra sentido, todo el que puede tener nuestra efímera existencia en este mundo.

Eso es lo que siente María. Acaba de ver su vida pasar frente a ella y de pronto tiene un significado.

—Tú eres el flamenco al que acusaron de matarla, ¿verdad?

—Sí, pero yo no lo hice —aclara Noah—. No me creerás, pero... fue un fantasma, un fantasma con los ojos azules.

—¿Un fantasma?

—Así lo recuerdo, así lo veo en mis pesadillas. No le vi el rostro, y por eso aún me atormenta.

María lo observa en silencio. Noah tiene la mirada contenida y todo su cuerpo en tensión.

—¿Por qué estabas con Laia cuando murió?

Ahora su conversación es más calmada y todo lo que les rodea se ha difuminado para ellos.

—Llevábamos unos días viéndonos, desde la noche que se cayó el puente... —Las pupilas de Noah se iluminan—. ¡Tú estabas allí! En el puente, ahora te recuerdo.

—Sí, yo también a ti. Laia no me quiso decir quién eras, pero se la veía muy feliz esos días. —María se relaja y baja la vista—. ¿Qué sucedió exactamente aquella noche? ¿Por qué la mataron?

Noah resopla, se pasa la mano derecha por el rostro y mira a los ojos de la joven. Es distinta a Laia, también es más mayor. Lo cual es una tontería, porque Laia tendría ahora su misma edad, pero en su memoria siempre será una jovencilla. Hacía tiempo que no hablaba de aquella fatídica noche y siente que debe hacerlo, que se lo debe a Laia. Así que le relata con pelos y señales todo lo que recuerda.

María escucha atenta cada una de las palabras que salen de los labios de Noah. Cuando él termina, se toma unos instantes antes de hablar.

—*Mundus Novus*.

—Sí, eso fue lo que dijo el asesino con su último aliento —confirma Noah.

—Pero... —Hace memoria—. Eso mismo fue lo que mencionó Azoque.

—¿Quién?

—Un marinero que... —Duda si decirle toda la verdad—. Un marinero del primer viaje de Colón, que también estaba en Lier.

—¿Cómo? —Noah recula un paso hacia atrás, como temeroso de algo—. ¿Por qué iban a decir lo mismo?

—No lo sé.

El rostro de Noah se estremece.

—La carta de Vespucio también habla de un Nuevo Mundo —dice pensativo.

—Yo conozco a ese hombre, le vi en Sevilla.

—Es un florentino, marino y comerciante, y... un espía de Pierfrancesco de Médici, a quien informa de todas las novedades de los viajes de Colón a las Indias y de los avances de los portugueses.

—¿Has dicho Colón? —María no puede creer que también ahora salga a colación ese maldito nombre—. ¿Me estás diciendo que pueden estar relacionados?

—A Lier fuisteis muchos castellanos, según dices hasta gente que viajó a las Indias. Y todos mencionan lo mismo: el hombre de Lier, el marinero Azoque, Vespucio y… Colón. —Noah resopla—. Yo no creo en las casualidades.

—¿Eso qué quiere decir?

—Que algo pasa, o ha pasado —recula Noah—. No sé, pero son demasiadas coincidencias. Tiene que ser el destino.

—¡Qué!

—Piénsalo bien, de repente estamos rodeados de circunstancias relacionadas unas con otras.

—Yo perdí a mi amiga y luego a mi marido, sufrí todo tipo de calamidades en tu tierra —narra María—, y ahora aquí estamos. El destino dices, ¡pamplinas!

—¿Y cómo si no hemos terminado tú y yo encontrándonos en Barcelona?

—Eso sí me preocupa. —María se aparta un mechón de pelo que le ha caído por la frente—. Has dicho que has hablado con Santángel, ¿por qué?

—Quiero averiguar a dónde ha llegado Colón realmente.

Cada vez que oye su nombre, María siente una punzada en el estómago.

—Se lo prometí a mi maestro y pienso cumplir mi palabra —insiste Noah—. Ya te he dicho que el Almirante utilizó un mapa de un florentino, Toscanelli, para que su proyecto tuviera argumentos, pero los cálculos son erróneos.

—Yo estoy convencida de que Colón miente, y quiero que salga a la luz la verdad. ¡Que diga todo lo que sabe!

—¿Mentir? —Noah se sorprende—. Yo no sé si miente, pero sí creo que está equivocado en las mediciones y las distancias. Pero aun así su hazaña es memorable —pronuncia con admiración.

—Eso ya lo veremos…

—Santángel me ha dicho que sigues la pista de la carta que se envió desde Barcelona a todas las cortes europeas.

—Así es, quien mandó imprimirla y enviarla tuvo que ser Colón o alguien que tiene mucho que contar. Cuando lo averigüe, se lo haré saber a la reina y confío en que ella obligará a Colón a confesar los secretos que tiene —explica María, y al momento se percata de que quizá haya hablado más de la cuenta.

—¿Qué avances has hecho con la carta?

—Pues más bien ninguno. Llevo muchos días aquí y nada.

—Déjame que te ayude —afirma Noah.

—¿Cómo sé que me puedo fiar de ti?

—Supongo que no puedes, pero a mí me han traicionado, y duele tanto que no pienso hacer que nadie pase por algo tan horrible. No es justo.

María no esperaba esa respuesta y le agrada, suena sincera. Se lo piensa; aunque puede parecer un riesgo, lo cierto es que no tiene nada que perder, porque nada ha descubierto desde que está en Barcelona.

—De acuerdo, puedes acompañarme. Hoy buscaré más impresores en el arrabal.

Juntos dejan la Ribera y suben hacia la ciudad vieja hasta llegar a la Porta Ferrissa, que dispone de unas barras de hierro para cerrarla, las cuales los barceloneses utilizan para medir los tejidos que se venden en los comercios cercanos.

Noah conoce que Barcelona es un nudo de comunicaciones clave en el Mediterráneo, pues enlaza por tierra y por mar con las ciudades más importantes de la Corona de Aragón: Zaragoza, Cagliari, Mallorca, Nápoles y Valencia. Lo que explica que vea tantos viajeros, y por los acentos y las formas de vestir intuye que muchos son italianos. Ha oído que los capitanes de esta tierra son tan osados que no hay galera ni nave que se atreva a surcar el mar sin un salvoconducto de la Corona; ni siquiera los peces se aventuran a asomar a la superficie sin llevar en la cola la insignia del rey de Aragón.

Sin embargo, lo más interesante que tiene ante sí es esta mujer: María.

Entre sus muchos compañeros de viaje nunca ha habido una dama. Es algo nuevo, demasiado nuevo.

María tiene la piel tostada por el sol, nada que ver con la palidez de Giulia. Sus ojos almendrados son marrones con destellos verdosos. En su mejilla izquierda, el protagonista es un solitario lunar. Y su pelo es castaño oscuro, muy liso. Es dueña de una figura esbelta, pero no demasiado llamativa. Al fijarse en sus manos, se percata de que las uñas están irregulares, sin duda se las muerde con frecuencia.

Le parece reservada, de una fuerza contenida. Y desde luego es una mujer decidida, conversa con unos y con otros, pregunta, sonríe y sabe cómo hablarle a la gente. Noah la observa en segundo plano, él no domina el idioma con la soltura de la que ella hace gala. Y le hace gracia cómo gesticula.

Al final de la jornada, las indagaciones los llevan al otro lado de la Rambla, cerca de la puerta de la Boquería. Varios vecinos han tenido a bien explicarles que pertenece a la parroquia de Santa María de Pino, consagrada hace solo medio siglo. Se percibe que es un barrio animado, que alberga a numerosos comerciantes y agricultores que cultivan las huertas del otro lado de la muralla. Al estar cerca de una de las entradas a la ciudad y en un barrio nuevo, ha visto que allí se concentran gentes de vida alegre, de moral más ligera de lo que al clero le gustaría. Pero, al mismo tiempo, es un lugar perfecto para nuevos negocios como el de la imprenta.

Noah se detiene, frente a él hay un panfleto clavado en un muro.

Está impreso.

Llama a María y lo señala.

—Debemos averiguar quién ha impreso esto.

Ella le mira, asiente y acto seguido se separan. Cada uno por su lado, recorren el barrio. Noah comienza a fisgar buscando alguna evidencia o a quién poder preguntar. No es tarea fácil, pero sabe que observando los detalles siempre se termina por encontrar lo que se busca. Él ha aprendido a ser paciente, a controlar esos pájaros que revolotean en su cabeza y a transformarlos en aves astutas que lo ven todo. En cambio, María es inquieta, siempre en movimiento. La vigila desde lejos, no se parece en nada a Giulia, tan comedida, tan misteriosa, tan atrayente. María es transparente, intuitiva y alegre.

Le viene a la mente la imagen de Laia. O al menos lo que recuerda de ella, que es más bien poco. No se había dado cuenta hasta ahora, pero la joven que conoció se ha ido difuminando. Su cabello a veces es castaño y otras rubio; sabe que sus ojos eran alargados, y cree que podrían ser claros, pero no define su color. Se ha ido olvidando de cómo era Laia, tiene más una sensación que una imagen nítida. Ahora que está junto a su amiga, en cierto modo es como si también estuviera junto a Laia. Entonces se acuerda del puente y de los jóvenes príncipes en su noche de bodas; y después del bosque, y la sangre, y el dolor.

Ya no quiere recordar más. Quizá sea mejor olvidar.

Ve a María dialogando con un hombre mayor, con aspecto de comerciante, que gesticula y habla mucho, y que lleva unos libros bajo el brazo. Noah sonríe, ni él mismo lo hubiera elegido mejor.

Ella le llama y Noah va a su encuentro.

—Este buen hombre se llama Martin y dice que hay dos talleres aquí cerca que han podido imprimir el panfleto.

Noah intenta preguntarle si ambos ya estaban funcionando a principios del año 1493. Sin embargo, no domina el idioma y resulta tan gracioso lo mal que habla que se echan a reír. Lástima que al final no les aporte ninguna información reseñable.

Se despiden de él y siguen buscando los dos juntos. En una tienda de tejidos, María derrocha unos conocimientos sobre las telas y su elaboración que harían las delicias de muchos florentinos. Y allí logra un nombre: Pere Posa, que es clérigo e impresor, y una dirección: el Hospital de la Santa Creu, una nueva institución donde las autoridades han agrupado los seis hospitales que ya existían en Barcelona.

Se dirigen hacia allí y descubren que lo conforman diferentes edificios situados en torno a un amplio patio. María hace gala de sus nervios a cada instante. Noah observa que no para de moverse, incluso cuando está quieta sus piernas tiemblan; se frota las manos con asiduidad, mira a un lado y a otro, su respiración está acelerada. Y se muerde las uñas en un acto reflejo que a duras penas logra controlar.

Vuelven a preguntar por el impresor a una monja que carga con sábanas limpias para los enfermos y les da unas indicaciones que los llevan hasta un hombre que está sentado frente a la iglesia. Es bajito y enjuto, poca cosa, lleva la ropa manchada de lo que parece algún tinte oscuro y tiene la tez morena.

—Disculpad, señor, ¿vos sois Pere Posa? —inquiere Noah mezclando varias lenguas.

—Para lo bueno sí. Para lo malo, mejor no.

Noah no sabe si ha entendido bien la frase.

—¿El impresor? —interviene María, más decidida.

—Eso es que venís a encargarme una publicación, me alegro.

—No, veréis... —María busca las palabras adecuadas—. Él viene de Florencia, trabaja con manuscritos, y sabemos que vos utilizáis ese artilugio moderno, la imprenta.

—En efecto, yo me aventuré en un negocio nuevo y desconocido: la impresión de libros. Quién se iba a imaginar hace solo treinta años que los libros se escribirían con la ayuda de una máquina. ¿Me entendéis, señora?

—Ya lo creo que sí.

—No, no estoy seguro. ¿Entendéis la revolución que es? Estamos haciendo libros a cientos, si no a miles.

—Lo sabemos —responde Noah.

—¡Que no! Que no nos damos cuenta. Mi padre, que en paz descanse —dice y se santigua—, se levantaría de su tumba si supiera que los libros ya no se copian a mano, sino que se imprimen.

Noah recuerda los recelos del señor Vieri hacia, según él, esa manera tan irrespetuosa de escribir libros.

—Los tiempos están cambiando rápido, se nos está abriendo un mundo nuevo —prosigue Pere Posa—. Publico en catalán, latín y castellano. Me enorgullezco de haber impreso textos de Ramon Llull y de muchos religiosos, como no puede ser de otra manera.

—¿Y textos menores? ¿Alguna carta?

—Sí, también cartas, panfletos, hojas con la vida de los santos...

—¿Y una carta de Colón?

En ese momento su rostro se torna más severo y guarda silencio por primera vez. Es un silencio profundo, pesado, una plúmbea losa que ha caído del cielo sepultando todas las palabras que antes revoloteaban en su boca. Es como si se hubiera quedado mudo o le hubieran cortado la lengua. Pere Posa es, de repente, una tumba.

—¿La imprimisteis vos? —María insiste, sorprendida por el cambio—. Me refiero a la carta que anunciaba su regreso después de su primer viaje a Asia.

—¿Por qué me preguntáis por eso? —rompe su silencio Pere Posa.

—Hacia principios de abril del año noventa y tres se imprimió aquí, en Barcelona, una carta en castellano, copia de la original dirigida a Luis de Santángel.

El impresor calla de nuevo.

—Unas semanas más tarde se publicó en Roma una traducción al latín de ese mismo documento, que se difundió rápidamente por toda Europa.

—¿Y esa carta lleva señalado el impresor? —pregunta Pere Posa.

—No, está escrita en castellano, fechada a quince de febrero y enviada desde Lisboa el catorce de marzo. Y no se sabe quién ordenó imprimirla ni dónde se hizo.

—Entonces sigo sin saber por qué pensáis que fue en mi taller —contesta de una forma extraña, casi sin mover los labios, frotándose las manos, nervioso, y balanceando la cabeza al mismo tiempo—. Y aquí, en Barcelona.

—Porque los reyes estaban en la ciudad en aquellas fechas. El rey Fernando aún se hallaba convaleciente de su intento de asesinato, que fue en diciembre del año noventa y dos.

El impresor se pasa la mano por la nuca, está incómodo.

—Solo queremos saber quién hizo el encargo de imprimirla —insiste María, sin éxito.

—Mirad. —Los señala con un dedo de forma amenazante—. Si no dejáis de increparme, os denunciaré a las autoridades.

—Vos la imprimisteis —le acusa María alzando la voz—. Hemos comparado la carta impresa con otras publicaciones de vuestro taller y la calidad tipográfica es muy inferior, ¿por qué? ¿Teníais prisa en hacerlo?

Noah se queda sorprendido ante los recursos de María.

—Hay erratas y faltan espacios en blanco. Puede que eso se deba a la prontitud, a la necesidad de imprimirla cuanto antes…

—¡Será posible! ¿Quién sois vos para hablarme así?

—¿Por qué lo negáis?

—¡No lo entendéis! —grita el impresor a la cara de María.

—¿El qué no entiendo? —Ella no se deja avasallar.

—No se os ocurra ir diciendo nada de mí, me vais a traer la ruina —responde menos agresivo, con la respiración entrecortada—. ¡Marchaos de aquí! —alza de nuevo la voz, y luego se aplaca por temor a que alguien esté escuchando.

—Vuestros gestos os delatan. No estáis mintiendo, sino que os aterra la verdad —afirma Noah—. Vos no aprobasteis ese trabajo, no lleva vuestro sello, y eso que nada os hubiera dado más prestigio que todo el mundo supiera que la carta que anuncia el descubrimiento de la ruta de poniente había sido impresa en el taller Posa de Barcelona.

—Ya os he dicho que yo no la mandé imprimir.

—Fue un trabajo secreto y vos lo sabéis. Por eso las erratas: la hicieron con celeridad operarios que no dominaban esa lengua. —Noah no le deja ni respirar.

—Yo no he dicho eso.

—Tampoco lo negáis.

—¿A quién tenéis tanto miedo? —lo acorrala María.

El impresor los mira con rabia, nervioso y asfixiado por las preguntas. Los aparta con las manos para marcharse, pero se detiene a los pocos pasos y se gira hacia ellos.

—No tenéis ni idea de dónde os habéis metido —dice antes de alejarse.

María y Noah se quedan mirándose.

—Puede que él no quiera hablar, pero encontraremos a alguien que no tenga tanto miedo —afirma Noah.

72

Barcelona

Llevan varios días indagando, pero todos los caminos conducen de nuevo al taller de Pere Posa. Así que llega el día en que deciden aguardar frente a esa imprenta hasta que se hace de noche y ven cómo su dueño sale y se aleja. Todavía hay una tenue luz dentro, Noah se acerca y llama. Han decidido que sea él quien lo haga, una mujer no resultaría tan convincente. Tiene el problema del idioma, pero María le explica lo que debe decir y acuerdan que explique que él proviene de una isla que pertenece a la Corona de Aragón. Tarda en abrir un hombre mayor, enjuto y encorvado, con las ropas sucias de tinta y que se limpia las manos con un trapo que también está manchado.

—¿Qué deseáis?

—Mi nombre es Giuseppe y soy de Cerdeña —miente Noah y comienza a mezclar el toscano con lo que sabe de castellano y catalán—. Me han dicho que este es el taller más antiguo de Barcelona.

—El dueño se acaba de ir. —Se gira para volver a cerrar.

—¡Qué lástima! Pero ¿es cierto?

—Yo llevo dieciséis años trabajando aquí. Este no solo es el taller de impresión más antiguo de Barcelona, sino el mejor de la Corona. —Da un paso más al interior, pero Noah pone su mano sobre la puerta.

—¿Vos recordáis el ruin intento de matar al rey en el año noventa y dos?

—¡Por Dios! —Se santigua—. ¡Cómo no! ¿A santo de qué me preguntáis eso?

—El culpable fue capturado y ejecutado.

—¡Ese malnacido! ¡Ardió en la hoguera entre terribles sufrimientos!

—Se sospecha que puede estar preparándose un nuevo ataque a Su Alteza en su próxima visita a Barcelona.

—¡No es posible! —Al hombre le cambia la cara del susto.

—Yo trabajo para el Consejo Real y estoy buscando a los conspiradores.

—¿No pensaréis que yo tengo algo que ver? Os juro por lo más sagrado que jamás una idea así ha rondado mi cabeza. —Y hace ademán de arrodillarse.

—Lo sé, lo sé. —Noah lo levanta antes de que hinque la rodilla—. Pero podéis ayudarme.

—¿Yo? Sí, sí, claro. ¿Qué necesitáis?

—¿Recordáis cuando llegó el Almirante a Barcelona en la primavera del año noventa y tres, a la vuelta de su primer viaje? —le pregunta Noah.

—Por supuesto, fue al poco del atentado. Barcelona nunca ha estado tan engalanada como aquel día, imposible olvidarlo.

—Unos días antes se imprimió aquí una carta del propio Almirante.

—Sí, lo recuerdo también.

—Estupendo. —Noah hace esfuerzos para ocultar su alegría—. Esto que os voy a preguntar no debéis hablarlo con nadie, con absolutamente nadie. ¿Quién trajo la carta?

—¿Qué tiene que ver eso con el que intentó matar al rey?

—Yo no puedo contestar ninguna pregunta, sois vos quien debe responder a las mías. —Noah intenta usar el tono más autoritario del que es capaz.

—Mi jefe se disgustó mucho con aquello, ¿sabéis? —El viejo se pone nervioso.

—¿El señor Pere Posa os pidió que no dijerais nada?

—Sí, lo hizo.

—Entiendo, pero debéis contármelo. Nadie más lo sabrá, os lo garantizo. Y estaréis ayudando a salvar la vida del rey Fernando.

—Si se entera, me echa —dice atemorizado—. ¿Y a dónde va a ir un viejo como yo, que solo sabe de impresión? Los libros son mi vida, ¿entendéis?

—Os lo repito, el señor Pere Posa no sabrá nada. —Trata de apaciguarlo Noah—. ¿Os acordáis de cómo se imprimió la carta?

—¡Y tanto! Teníamos poco trabajo aquellos días y nos iban a dar un descanso, cuando el jefe nos mandó venir a todos de noche.

—¿De noche?

—Sí, había un encargo de lo más extraño.

—¿Qué tenía de extraño? —insiste Noah, conteniendo la emoción por la puerta que se le acaba de abrir.

—Había que imprimir un documento, sin sello del taller, sin hacer preguntas y, lo más importante, en muy poco tiempo. El oficial que supervisaba los textos en castellano no estaba, así que tuvo que hacerlo el de los escritos en latín y catalán.

—¿Cumplisteis con el encargo en el plazo convenido?

—¡Y tanto! Nos lo pagaron a precio de oro. —Se lleva la mano a la cara.

—¿Y quién pagó eso?

—El dueño no nos lo dijo, pero... —Mira a un lado y a otro—. Yo escuché algo.

—Decidme qué fue lo que oísteis.

—Pues que era urgente de necesidad, que o la imprimíamos esa noche o se podía perder el descubrimiento.

—¿Y quién decía eso?

—No sé más. —Se agarra a la puerta, cambia de actitud y se pone a la defensiva.

—Necesito conocer el nombre de la persona que trajo la carta.

—Os lo repito, no lo sé. Pero… —Se interrumpe, como pensando lo que va a decir—. Años después vino un hombre haciendo estas mismas preguntas y echando pestes de Colón.

—¿Quién era?

—Venía de Zaragoza, había ido con el Almirante a las Indias, pero se volvió porque no comulgaba con él. Estaba muy enervado, la verdad.

—¿Recordáis su nombre?

—Sí, era Pedro… Pedro de Margarit. Ahora, si me disculpáis, tengo trabajo y el señor Pere puede regresar en cualquier momento. Le gusta aparecer de improviso para comprobar si estamos trabajando o no.

El hombre cierra la puerta y Noah se retira, deseoso de contarle a María lo que ha descubierto.

Ella se ha quedado agazapada tras unos árboles, haciendo guardia por si se acercaba Pere Posa o cualquier otra visita inoportuna. Noah la pone al corriente de inmediato.

—Busquemos a ese hombre en Zaragoza.

—¿Busquemos?

—Sí, ¿no quieres ayudarme? —inquiere María.

Noah se deja querer.

—Está bien, iremos a Zaragoza.

Se presta a acompañarla a la casa donde se hospeda, pues no es conveniente que una mujer vaya sola por Barcelona a horas tan oscuras. Es un trayecto corto que hacen en silencio, pero es un tiempo que Noah disfruta. Desde que fue con Giulia a la iglesia, no ha vuelto a caminar junto a una mujer y había olvidado lo placentera que puede ser esa sencilla acción.

Cuando llegan a la casa, Noah se queda mirando a María hasta que su silueta se pierde en el interior. Pasan unos instantes y sigue inmóvil, a pesar de que sabe que ella no va a salir de nuevo. Ve aparecer la luz de una vela en una ventana del piso superior y una figura se dibuja en la ventana.

Ahí permanece observándola, hasta que se apaga.

73

Sevilla, enero de 1502

En noviembre del año anterior, don Felipe y doña Juana emprendieron camino por tierra desde Bruselas. A su entrada en Castilla, se han ensanchado las carreteras al paso del inmenso cortejo, jalonadas por miles de soldados vizcaínos, alaveses y guipuzcoanos armados con lanzas. Es una comitiva impresionante, encabezada por ciento cincuenta de los legendarios arqueros de Borgoña, que conforman la escolta de los príncipes. Todos con estandartes blancos con el aspa de San Andrés en rojo. Les siguen los pajes, trompeteros y tambores, los heraldos, los portadores del Toisón de Oro, los embajadores, la aristocracia flamenca, obispos y hasta el arzobispo de Besançon. Y a la comitiva se han sumado numerosos nobles en cuanto han cruzado la frontera francesa.

Hace cinco días estuvieron en Vitoria y cuentan que se agolpó tanta gente en sus calles que no se podía pasar por ellas. Hasta las ocho de la noche no lograron cruzar el umbral de la Casa del Cordón, el palacio de la calle Cuchillería, el más importante de la ciudad y donde descansaban esa noche para partir al día siguiente hacia Miranda de Ebro.

La reina Isabel ha escuchado las noticias y ahora medita en el cuarto del Príncipe, el dormitorio que mandaron construir dentro de los Alcázares Reales de Sevilla, donde ella misma trajo al mundo a su amado hijo Juan, que en paz descanse.

No deja de pensar que no estaría en esta tesitura si no hubieran acontecido tantas desgracias: el fallecimiento de su único hijo varón, el aborto de doña Margarita, la pérdida de su hija Isabel tras dar a luz y la muerte de su nieto Miguel con solo año y medio de vida.

La siguiente en la línea sucesoria es su hija Juana. Ella no es el problema; en cambio, su yerno Felipe, sí.

El rey Fernando entra en el cuarto.

—Isabel, sigues pensando en él, en Juan.

—¿Acaso tú no? —Y se levanta de la cama donde nació su hijo.

—Claro que sí, pero problemas mayores nos acucian ahora.

Fernando de Aragón es de elevada estatura, piel clara, miembros bien formados, rostro un poco lleno, ojos negros y agudos. Tiene un gesto contenido cuando reposa, su sonrisa es dulce y cautivadora. Se le ve paciente, firme y seguro, y cuando calla parece mantener una reserva de poder en los labios propia de los grandes reyes.

—Ese malnacido de nuestro yerno ha retrasado el viaje todo lo que ha podido —dice la reina, indignada—. Se atrevió a alegar falta de dinero y propuso que lo pagáramos nosotros si tanta prisa nos corría, ¡qué atrevimiento!

—Debemos actuar con prudencia. La política, como el mundo, no es un terreno plano y da muchas vueltas. Las alianzas son solo acuerdos temporales que sirven para conseguir un objetivo, y alcanzado este es mejor replantearlas o darlas por finalizadas.

—No sé cómo puedes estar tan tranquilo, Fernando.

—Debemos negociar con nuestra hija y su marido.

—¿Negociar? ¡Nosotros somos los reyes! —exclama alzando la voz.

—Isabel, debes guardar la calma. Tú no eres así.

—Es por culpa de ese maldito borgoñés, me hierve la sangre cuando pienso que tiene más ganas de ir al infierno que de venir a Castilla.

—Ha querido marcar los tiempos, es listo.

—Pero no nos han hecho caso ni en el itinerario. Felipe no ha accedido a un viaje por mar desde Flandes, solo por tierra, y el rey francés los ha recibido encantado.

—Quizá fuera lo más seguro. Y, quién sabe, puede que ahora mejoren nuestras relaciones con el francés.

—¡Fernando! ¿Cómo puedes decir eso? Precisamente tú. ¿Cómo puede el rey de Aragón hablar bien de Francia? Lo ha hecho a propósito, es una ofensa. Nuestro yerno se aliará con nuestro peor enemigo.

—¡Sí, es una ofensa! —El rey alza los brazos—. ¿Y qué quieres que diga? Felipe es el padre de los únicos nietos que tenemos.

—Que han nacido todos en el extranjero y ni siquiera hablan nuestra lengua.

—Isabel… —Fernando resopla.

—No me gusta cuando me nombras así.

—¿Cómo?

—Ha salido a final de año a sabiendas de que el invierno le obligaría a detenerse y así tener tiempo para confabular con el rey de Francia contra nosotros. Sabe Dios de qué han hablado esos dos, ¡nuestro yerno es más francés que el vino de Borgoña!

—¿Sabes que el rey de Francia le ha puesto el sobrenombre de «Hermoso»? ¡El rey hermoso! —exclama Fernando con desprecio.

—¡Todavía no es rey de nada! Esos dos se han pasado el invierno de fiesta en fiesta. ¿Y qué celebraban? ¡La muerte de nuestro nieto Miguel!

—Isabel, debemos lidiar con ello —intenta apaciguar los nervios de su esposa—, van a ser los herederos.

—Fernando, no puedo.

—Isabel…

—¡No y no! Me han informado de que, al enterarse de su muerte, sus gritos de alegría en Bruselas retumbaron por toda la Cristiandad. En vez de guardar luto, Felipe se presentó como príncipe de Asturias al día siguiente.

—Sí, es ambicioso. Pero si no lo vimos antes, ahora ya es tarde.

—Tarde no es. De verdad que me hierve la sangre de pensar que le pueda ofrecer a Francia sabe Dios qué.

—¿Y qué hacemos?

—Juana, debemos lograr que sea nuestra hija la que reine. Para ello necesitamos que la nobleza solo la obedezca a ella. Los nobles han de entender que Juana es la reina de Castilla y Felipe su consorte.

—Como ocurre ahora con nosotros, ¿no?

—Fernando, no estoy para sutilezas. ¿Te recuerdo que en Aragón las mujeres no pueden reinar?

—Esa es otra cuestión, ya me ocuparé de ello. ¿Y tú te fías de los nobles?

—Nos han sido leales desde hace casi treinta años —responde la reina.

—Pero antes no lo eran, y nuestra monarquía nada tiene que ver con la de tu hermanastro o tu padre, cuando eran los nobles los que realmente gobernaban. ¿Quién nos asegura que no prefieren volver a aquellos tiempos en que podían poner y quitar reyes en Castilla?

—Fernando, eso ha cambiado para siempre, estamos en un mundo nuevo. Mira todo lo que hemos logrado, no podemos perderlo —le advierte.

—Espero que tengas razón. Porque cuando llegue la hora de mostrar su lealtad a la Corona, ni tú ni yo estaremos aquí, y Juana estará sola, rodeada de todos ellos.

Llaman a la puerta y entra un mensajero, hace una reverencia y entrega un sobre lacrado a la reina, tras lo cual se marcha. Su Alteza rompe el sello y lee con atención, frunce el ceño y guarda la carta.

—¿Qué sucede? ¿Noticias de tus espías?

—Yo no tengo espías como tú, sino informantes, más eficaces y menos costosos.

—Llámalos como quieras. ¿Qué ocurre?

—Tenemos que encontrar el paso a las islas de las Especias, voy a financiar un nuevo viaje del Almirante.

—¿Otro más? ¡Ya van cuatro!

—¡Y los que hagan falta, Fernando!

74

Toledo

Doña Juana y don Felipe, archiduques de Austria y condes de Borgoña, han tardado seis meses en llegar a Toledo desde Flandes. Su paso por villas y ciudades ha sido todo un acontecimiento, una auténtica exhibición de lujo y poder.

El pueblo está acostumbrado a los desplazamientos de la corte, sin embargo esto es diferente. Es la primera vez que don Felipe pisa Castilla y Aragón, pues él y doña Juana van a ser nombrados príncipes herederos de ambas coronas.

Es bien sabido que la itinerancia de la corte es una manera de establecer vínculos entre los monarcas y sus súbditos, de reafirmar su legitimidad, y también una oportunidad para las ciudades de que juren fueros y prebendas, afianzando la relación. Todo el mundo se echa a la calle, engalana sus casas y se divierte con los juegos y las fanfarrias que se organizan en su honor.

Pero que se trate de los herederos al trono, que además viven en Flandes, le da un extra de exotismo y curiosidad. «¿Estos serán los próximos reyes?», se pregunta la gente al verlos pasar. Hace pocas fechas era una quimera, y ahora la realidad es la que es: una muerte tras otra los ha llevado en volandas hasta situarse a solo un escalón de la corona.

Ver para creer.

Anselmo de Perpiñán contempla el exterior del templo, que

destaca por la blancura de su piedra. Se ha congregado una multitud llegada de todos los rincones del reino con motivo de la celebración del nombramiento de los nuevos herederos. Se oye música en cada esquina y hay un teatro de títeres muy animado frente al consistorio. El juglar se dirige a la que para él es la mejor ubicación, pero es difícil avanzar con tantos artistas. Y se enerva cuando descubre que también hay una actuación frente a la puerta de los Leones, su lugar preferido de la ciudad.

Resopla, al parecer todos sus competidores se hallan hoy en Toledo. No obstante, asoma la cabeza entre el gentío para ver quién provoca tantos aplausos. Y cuando lo descubre, no da crédito: el bufón da dos volteretas y cae de manera torpe, robando risas al público.

Es Cabezagato.

Su archienemigo comienza a relatar una historia que Anselmo conoce a las mil maravillas y eso hace que le hierva la sangre. «Sube el tono, inútil», dice para sí Anselmo. «Por Dios santo, muévete y escenifica lo que estás contando». El juglar, desesperado, se lleva las manos a la cabeza.

—Fanfarrón —espeta Anselmo en alto, ya que varios se vuelven al oírlo.

Le da igual, es una tropelía de actuación lo que acaba de presenciar. Un juglar es un artista dotado de multitud de habilidades, no un grotesco personaje que se las da de gracioso y no posee el mínimo talento para contar una historia que entretenga al público.

Anselmo se marcha enojado y busca una taberna donde ahogar las penas. Quizá esta noche tenga más suerte; ahora no tiene sentido, hay demasiada competencia.

—Bueno, bueno, a quién tenemos aquí, si es el Pequeño Anselmo de *Perpinán*.

—¡Perpiñán!

—¿Y qué más da? Lo que cuenta es que has disfrutado de mi talento, ¿verdad? —se jacta Cabezagato.

Anselmo se lamenta de que le haya visto.

—Yo, por el contrario, no te he oído actuar —añade el bufón.

—Me he entretenido y he llegado algo tarde.

—¿Algo? —Suelta una risa burlona—. Un poco más y llegas para la coronación en vez de para la ceremonia de proclamación de los herederos. —Y ahora se ríe de forma grotesca.

—Tenía asuntos importantes, no como otros.

—Seguro que sí —asiente Cabezagato—. No pasa nada por admitir que tu vida es una pérdida de tiempo, recorriendo polvorientos caminos y actuando en cualquier villa de tres al cuarto. En cambio, un grande como yo se codea con el poder y debe elegir dónde compartir su talento ante la alta demanda de mi persona. Hasta el almirante Colón me ha reclamado para ir a las Indias.

—Los temas de las Indias están muy lejos de tu alcance.

—Ya quisieran muchos saber lo que yo sé, que estas orejas lo oyen todo —dice al tiempo que se las señala.

Anselmo se queda mirándolo, siente una profunda aversión hacia él, pero ¿y si tiene razón? Cabezagato se mueve con soltura entre condes, marqueses, obispos y grandes comerciantes. Los bufones siempre han sabido arrimarse al poder, como los perros a sus amos.

—A mí me parece que Colón es un farsante, no me creo nada.

—¡Qué dices! —Se indigna el bufón.

—¿Cómo sabemos que ha llegado a donde él dice? No sé, no sé.

—Exacto, tú qué vas a saber si eres un simple juglar.

—Estuve en Cádiz al poco de que él llegara con los grilletes puestos y no te vi por allí.

—A buenas horas llegas tú. No lo sabes, ¿verdad? Acaba de embarcar de nuevo para las Indias. —Se ríe—. Anselmo, Anselmo, qué perdido estás.

—Eso ya lo sabía.

—Sí, ya lo veo. —Sigue riéndose—. Y también sabrás que ya

no es gobernador ni virrey, como firmó en las capitulaciones. Solo conserva el título de Almirante, que ya es mucho para él, viniendo de donde venía.

—¿A qué te refieres? —inquiere el juglar.

—Colón era un simple mercader con mucho pasado que ocultar, un marinero sin fortuna, y se ha convertido en un gran señor. ¿Cuándo se ha visto cosa igual? ¿Cómo logró que los reyes le concedieran semejantes mercedes antes siquiera de zarpar?

—Pues…

—¿Lo ves? No tienes ni idea, Anselmito —se jacta.

—Y tú tampoco.

—Ya te gustaría saber lo que yo sé.

—Pues demuéstramelo —le reta el juglar—. ¿O me vas a contar otra vez el cuento ese de que quieren llegar a Tierra Santa desde el otro lado?

—Colón les ha engañado.

—¿A los reyes? Permíteme que lo dude.

—Estás en tu derecho. —Se resiste el bufón.

—A ver, dime: ¿en qué les ha engañado?

—No.

—¡Maldito seas!

Anselmo da un paso hacia él; entonces Cabezagato saca una daga que ocultaba entre sus ropas.

—¿A dónde vas, juglar? —lo amenaza con su punta.

—Tranquilo, Mauricio.

—Ahora me llamas por mi nombre, ¿ya no soy Cabezagato?

—Esto es una tontería —dice levantando ambos brazos—. Dejemos las armas en paz.

—¿O qué? Dime, juglar, ¿qué pasará si no?

—Nada. —Anselmo, resignado, baja la mirada.

El bufón sonríe, y aún lo hace más cuando ve que comienza a sollozar.

—¡No! ¿De verdad estás llorando? ¡Qué vergüenza! —Resopla a la vez que baja la guardia.

En ese momento, Anselmo reacciona y se abalanza sobre él, le quita la daga y se la pone en el pescuezo.

—Vaya, vaya, Cabezagato, cómo pueden cambiar las cosas, ¿no crees?

—Un momento, yo no iba a hacerte daño —dice asustado.

—Pues nadie lo diría al ver esta daga tan afilada. —Se la acerca más a la piel.

—¡Suéltame, te lo ruego! ¿Qué quieres saber?

—Colón. Cuéntame eso que rumias sin pronunciar: ¿qué oculta el Almirante?

—No lo sé.

—Por favor, si antes estabas presumiendo de ello en mi cara. Cabezagato, tienes que decírmelo, si no… —Y le hace un sutil corte en la mejilla.

—De acuerdo, pero no me hagas nada. —Resopla—. Esto que te voy a decir lo saben muy pocas personas: Colón no ha llegado a Asia.

—¿Dónde, entonces?

—Eso es lo bueno, nadie lo sabe. Ahora que han empezado a viajar otros capitanes, se oyen historias de una costa interminable, de desembocaduras de ríos mucho mayores al mayor que se conoce.

—Un *Mundus Novus*.

—Eso es, ¿cómo lo sabes? —se extraña el bufón.

—Porque no me estás contando nada nuevo. —Le aprieta más la hoja contra la carne—. Vamos, dime algo que no sepa, Cabezagato.

—Por lo visto hay un mapa.

—¿De qué mapa estás hablando?

—No lo sé, unos dicen que lo tienen los portugueses y otros que la reina, pero al parecer en él se ve el mundo tal y como en verdad es. Ese mapa vale una fortuna, quien lo posea puede negociar con cualquier rey y obtener más títulos y riquezas que las que logró el propio Colón en las capitulaciones.

—Y convertirse en un señor…

Anselmo baja la guardia mientras se pierde en sus ensoñaciones de grandeza y el bufón, mucho más hábil de lo que su aspecto da a entender, se zafa de él.

—Anselmito, Anselmito —se jacta de nuevo—, tus aires de grandeza te delatan. Tú eres un pobre juglar y siempre lo serás. —Suelta una carajada antes de alejarse corriendo con sus peculiares andares.

El juglar guarda la daga, ya habrá tiempo de ajustar cuentas con el bufón.

75

Valle del Ebro

Noah y María salen de Barcelona al alba, tienen por delante unas setenta leguas de camino a pie. Un buen trecho, nada que no hayan hecho ambos antes. Al principio se mantienen callados, pero, conforme van dejando atrás pueblos y paisajes, inician una conversación fluida. Da la sensación de que se conocieran de siempre. Uno y otro relatan peripecias y aventuras de sus viajes. Noah le habla de unicornios, del significado de los colores y le cuenta historias de reliquias absurdas, mientras que por la noche le enseña las estrellas del firmamento como si fuera su amigo Copérnico. Por su parte, María le explica detalles de las ballenas o del negocio de la seda y los tintes. Y también que ha viajado como peregrina y que ha llegado a los puertos de Sevilla y de Cádiz.

La manera en que Noah la mira rompe todas las defensas de María y provoca que su cabeza dé vueltas como una ruleta. Ella se niega a reconocer que Noah la pone del revés con sus frases desordenadas por el desconocimiento del idioma y con su acento extranjero, pero sobre todo con sus historias empapadas de viajes y sueños, que calan en el corazón de María como agua en tierra sedienta.

—El tiempo pasa rápido —dice Noah—. Por eso me gustan los relojes, por la falsa sensación de que puedes controlarlo.

—¿Para qué ibas a querer controlarlo?

—Para detenerlo cuando eres feliz y acelerarlo cuando llegan las desgracias.

—Tú has viajado porque has querido, porque te gusta. En cambio, yo lo he hecho por necesidad. —Se lleva la mano a su amuleto—. Como las ballenas que recorren inmensas distancias en busca de alimento.

—Hay mil razones para viajar.

—¿De verdad crees que se puede parar el tiempo?

—Mi maestro relojero, el señor Ziemers, creía que sí. Y en Florencia conocí a un pintor, Botticelli, que se enamoró de una mujer que no le correspondió y que murió joven. Pues bien, él la retrataba en todo cuadro que le era posible y solo contemplando su rostro era feliz.

—Detuvo el tiempo para su amada.

—Sí, yo creo que la pintaba para no olvidarla nunca.

Tras varias jornadas divisan la ciudad de Zaragoza. Es el corazón de los reinos de Fernando el Católico, fuertemente protegida por sólidas murallas y tres ríos, uno de ellos muy caudaloso, el Ebro, que describe varios meandros vigilados desde un castillo. Lo cruzan por un largo puente de piedra y entran por la puerta del Ángel, que se ve nueva y está situada al norte, entre el palacio Arzobispal, donde la primogénita de los Reyes Católicos murió después de dar a luz a su hijo, Miguel de la Paz, y la Lonja, el centro de su pujante comercio. El Ángel Custodio es el patrón de Zaragoza, que vela para que las pestes y las epidemias no azoten sus calles y para que, si los enemigos la acechan, estos sufran todo tipo de calamidades. Casualmente la ciudad está celebrando una festividad, así que se encuentra engalanada para los festejos.

Una vez intramuros, preguntan cerca de la catedral de San Salvador, luego pasan bajo un arco con un mirador y siguen por una calle que sin duda es el antiguo *Cardus Maximus*, uno de los dos ejes perpendiculares que configuraban toda ciudad romana. Hasta que, como en Barcelona, salen de las murallas más antiguas y entonces se abre una nueva ciudad que a Noah le recuerda a Florencia debido a la cantidad y la exuberancia de sus palacios, y también por su efervescencia comercial. Están en la calle que llaman del Coso, que era el antiguo foso de la muralla romana y ahora se configura como la más hermosa que pueda imaginarse. A María le parece tan ancha que calcula que por ella pasan hasta seis carruajes juntos.

Recorren otra calle amplia que conduce hasta otra puerta. A su derecha se abre una plazuela donde se ha aglutinado la multitud en torno a unos artistas que están haciendo las delicias de los zaragozanos.

María siente curiosidad y asoma la cabeza entre varios espectadores que están esperando detrás de un hombre que se halla de espaldas. Entonces arrancan a tocar unos músicos, él realiza un giro completo y salta. El juglar alza la voz y comienza un relato. Al concluir, el público aplaude a rabiar y le lanzan monedas y vítores. María y Noah aguardan a que se despeje la plazuela y caminan hacia él.

—Anselmo de Perpiñán —le saluda Noah con un efusivo abrazo.

—¡Cómo! ¿Le conoces? —María se queda boquiabierta y también lo abraza.

—¿Y tú? —Noah está perplejo.

—Y yo os conozco a los dos —interviene Anselmo—. Qué alegría veros ¿juntos?

María y Noah se miran ruborizados, sin salir de su asombro.

—No estamos juntos, es decir… —María se aturulla con la respuesta—. Me está acompañando.

—Es el destino, ¿verdad, Noah? —Anselmo sonríe—. Pero ¿qué hacéis aquí juntos? Perdón, haciéndoos compañía.

—Es una larga historia —contesta María.

—Esas son mis preferidas. Por algo soy un juglar, el Gran Anselmo de Perpiñán —dice alzando las dos manos—. Contadme, que me tenéis en ascuas.

—Buscamos a un hombre llamado Pedro de Margarit —responde Noah.

—Eso dejádmelo a mí.

El juglar se da media vuelta y en dos zancadas llega hasta un grupo de mujeres con las que comienza a conversar.

—¿Dé que lo conoces? —inquiere María, que sigue sin creérselo.

—Me fue de enorme ayuda cuando estuve en apuros hace unos años, podría decirse que me salvó la vida. No me conocía de nada y… la verdad es que fue un ángel caído del cielo en ese momento. Y luego me echó una mano en Florencia. Un hombre fabuloso. ¿Y tú?

—Sí que lo es. Me lo encontré también en un momento difícil y me ayudó a elegir mi camino —afirma María mientras lo ve alejarse—. ¿A dónde irá ahora?

—Ni idea. Conociéndolo, es capaz de cualquier cosa.

Al poco rato regresa con la misma vitalidad y energía. Les cuenta que Pedro de Margarit proviene de un linaje importante, que siempre ha sido fiel al rey Fernando, como lo fue a su padre. Estuvo a su lado en el sitio de Granada y embarcó en el segundo viaje de Colón como jefe militar de la expedición.

—¿Qué asunto tenéis vosotros con él? —pregunta el juglar, inquieto.

—Es una larga historia —contesta de nuevo María.

—¿De verdad tengo que repetirte que esas son mis favoritas?

—Colón miente —dice María apretando los puños.

—No está cerca de las islas de las Especias, ni de Cipango o Catay —añade Noah.

—Entonces ¿dónde creéis que está? —pregunta el juglar, sorprendido.

—No lo sabemos aún, pero estamos recopilando pruebas de sus mentiras —continúa María, bajando la voz por si alguien más puede oírlos.

Anselmo no duda de lo que dicen y los ayuda a dar con Pedro de Margarit. Después se despide de ellos, pero antes los apremia para verse de nuevo mientras estén en Zaragoza, pues él va a actuar durante todas las celebraciones.

Con las indicaciones que logra el juglar, se dirigen hasta el espléndido castillo de la Aljafería, antaño corte de los reyes musulmanes que dieron a conocer la ciudad en todo el mundo por su riqueza y esplendor. Tras mucho preguntar y esperar, encuentran a Pedro de Margarit en la capilla de San Jorge. Es un hombre pelirrojo como el bronce, de rostro agradable, con un grueso cuello en el que abunda la barba mientras que su barbilla está partida por una fisura en forma de Y. Se halla enfrascado en algún asunto referente a unos conversos.

Ellos aguardan mirando los naranjos del patio del castillo, que a María le recuerdan a los que abundan en Valencia, y escuchando caer el agua en la alberca. Cuando termina, Pedro de Margarit los saluda y atiende con mucho respeto.

—Ahora los problemas con los judíos ya están encauzados en Zaragoza, pero unos conversos llegaron a asesinar en la catedral al inquisidor general de Aragón. —Y se santigua.

—Qué barbaridad —se escandaliza María—. Espero que se encontrara a los culpables.

—Por supuesto, a todos. Y se les castigó como es debido. Al que le hundió la daga en el cuello, le amputaron las manos estando vivo y las clavaron en la puerta de la Diputación del Reino. Luego arrastraron su cuerpo por las calles hasta el Ebro para ahogarlo, tras lo cual lo llevaron a la plaza del Mercado y allí lo descuartizaron.

Sin duda, otro ajusticiamiento digno de la colección de Noah, que ya no sabe cuál es el peor de todos los que ha oído.

Cuando entran en materia, es evidente que a Pedro de Margarit no le agrada oír hablar del Almirante. No obstante, se le ve un hombre inteligente y no rehúsa contestar a sus preguntas.

—Colón describió a los habitantes de esas islas como gente mansa, tranquila y de gran sencillez —les cuenta mientras mira la imagen de san Jorge que preside la capilla—. ¡Y eso es una enorme mentira! Ahí empezaron los males.

—¿Son violentos? —inquiere María.

—Son hombres, ese es el problema. Y aquellas son sus tierras, ¿qué esperáis que hagan? ¡Pues defenderlas! —responde Pedro de Margarit—. Pero Colón no advirtió de ello; al contrario, encandiló a los reyes con la posibilidad de salvar millones de almas inocentes.

—Eso es bueno. Sois hombre de fe, ¿qué mejor que salvar sus almas?

—Sí, sí, nadie quiere salvar más almas que yo. Pero ¿os dais cuenta de lo difícil que es? Aquellas gentes no hablan nuestra lengua, su forma de vida difiere por completo de la nuestra. Nunca han visto una cruz —explica elevando la voz y con mucha pasión—. De todos modos, todo esto se puede superar si hay voluntad, pero es que a Colón lo que realmente le fascinó de aquellos indios fue el oro que colgaba de sus pendientes, no sus almas.

—Quiere enriquecerse —dice Noah en voz baja, intentando respetar lo sagrado del lugar.

—Lo que Colón anhela por encima de cualquier cosa es poder y títulos, convertirse en noble. Como todo hombre que no lo es, para qué nos vamos a engañar —comenta contrariado—. Para lograrlo debe cumplir con lo que juró y perjuró que encontraría en su viaje: riqueza y las grandes ciudades de Asia. Es así de sencillo.

—Pero Colón ha encontrado muy poco oro y ninguna ciudad.

—Para su desgracia y la nuestra —sentencia Pedro de Margarit—. En su segundo viaje dispuso de muchos más medios, barcos y hombres, gracias a la intachable organización del obispo Fonseca. Prometió riquezas, y al llegar decretó que todo indio de más de catorce años de edad tenía que entregar cierta cantidad de oro cada tres meses.

—Y no fue así.

—No, esa tierra no es lo que Colón prometió. Aquellas gentes son inocentes y simples, no valoran el oro, ¿cómo van a encontrarlo?

—¿Conocéis la carta de Colón en la que anunció su éxito al

regreso del primer viaje, la que se imprimió y se envió a todas las cortes? —interviene María.

—La dichosa carta... —Suspira Pedro de Margarit.

—Esa carta se ideó en el viaje de vuelta y se mandó desde Lisboa. Pensamos que pudo ser parte de un plan para que el mérito recayera en él, no en la reina Isabel ni en la Corona de Castilla —sugiere Noah.

—¿Tenéis pruebas de tal cosa?

—No, pero sabemos que vos también buscasteis al impresor.

—Sin pruebas, nada se puede hacer.

—Pero la reina debe saber de las mentiras de Colón —afirma María con decisión.

—Ahora mismo los reyes tienen problemas más importantes que unas remotas islas. ¡Que Dios nos coja confesados si ese borgoñón sube al trono de Castilla y Aragón! —Se santigua dos veces—. Yo ya estoy desvinculado de las Indias, no puedo ayudaros. Siento que hayáis venido hasta Zaragoza para esto. —Hace un gesto y aparece un novicio—. Ahora, si me disculpáis, tengo asuntos que tratar.

—El fuerte de La Navidad.

—¿Cómo decís? —Pedro de Margarit se gira hacia María.

—Ya me habéis oído.

—Sí, por supuesto que os he oído.

Con otro gesto indica al novicio que vuelva a retirarse. De pronto los observa más serio, y entrecruza los dedos haciendo crujir sus huesecillos.

—¿A qué viene ahora lo de La Navidad?

—Murieron treinta y nueve cristianos, solos, abandonados y entre salvajes.

—Yo no sé de ese tema...

—Nadie sabe nada, ¿verdad? —María no le deja terminar—. Apelo a vuestra alma, don Pedro, ayudadnos a salvar la memoria de esos pobres cristianos. Colón no les dio justicia, ¡se olvidó de ellos!

—Yo no sé qué les ocurrió... —Se le ve incómodo.

—Algo tenéis que saber, fue en el segundo viaje. —María no le da tregua—. Vos teníais un puesto militar relevante. ¿Quién mató a esos hombres? ¿Por qué no se buscó y se castigó a sus asesinos?

—No lo sé.

—¿No os da vergüenza? ¿Dónde está vuestra alma cristiana? Quizá es la vuestra la que debamos salvar.

—¡Basta! —La voz de Pedro de Margarit retumba en la capilla y hasta la talla de san Jorge parece alterada—. Sé que murieron todos, y no niego que pude hacer más por averiguar qué sucedió, pero Colón no nos dio información y dijo que era mejor olvidarlo.

—¿Olvidarlo? Aquello no le venía bien, quiso pasar página. No fuera a ser que treinta y nueve muertos estropearan su viaje y la posibilidad de convertirse en un gran señor, ¿es eso?

—Pues, probablemente, sí —responde firme Pedro de Margarit.

—¿Y lo sabe la reina?

—Me preguntáis cosas que ignoro, señora —se defiende—. De verdad que no sé más, pero ¿no veis que yo mismo me marché de allí en cuanto vi la situación y el modo en que gobernaba Colón aquellas islas? ¡Si hasta le han apresado! Y aunque le ha liberado la reina, ya no es virrey ni gobernador.

—Creo que los tres estamos en el mismo barco. —Noah pone un poco de paz—. Es la reina Isabel la que debe abrir los ojos y ver que Colón la ha estado engañando.

—En eso estoy de acuerdo —asiente Pedro Margarit.

—Ayudadnos, pues.

—Debéis entender que la reina ahora no tiene fuerzas para encargarse de las Indias. Con todas sus desgracias familiares y los problemas que le va a acarrear su yerno, el duque de Borgoña. Desconozco qué sucedió en La Navidad, pero sabe Dios que me apena profundamente. Y me alegraría que consiguierais demostrar que Colón miente, pero yo no puedo ayudaros. Lo siento, esa es la verdad. Sin embargo…

—¿Qué ibais a decir? —le pregunta María, expectante.

—En Zaragoza hay alguien que tal vez sí pueda hacerlo. Le comprometo si revelo su nombre, ¿cómo sé que vais a mantenerlo en secreto? —inquiere Pedro de Margarit.

—Tenéis nuestra palabra —responde Noah.

—¿Y vuestra palabra es válida?

—Lo es —afirma María—. Juramos no decírselo a nadie.

—Estáis en una capilla, esto es lugar sagrado —les advierte—. Debéis jurar por Dios, Nuestro Señor, que no pronunciaréis este nombre ante nadie.

—Lo juro —pronuncian al unísono María y Noah, que se miran sorprendidos por su compenetración.

—Que así sea. Id a hablar con el impresor Pablo Hurus, decidle que os envío yo.

76

Zaragoza

María y Noah están emocionados, por fin hay alguien que puede ayudarlos a saber la verdad sobre Colón. Pasan por una iglesia de ladrillo, de la que apenas se ve su esbelta torre porque se esconde tras la fachada, pero posee una tribuna que recorre toda la parte superior.

Noah golpea una piedra haciéndola rodar hacia ella. María repite el golpeo mientras siguen andando, pasándosela de uno a otra, sonriendo con cada toque.

—¿Qué historia es esa de La Navidad y los treinta y nueve hombres que dices murieron allí?

María se detiene y suspira. Piensa unos instantes y al final le cuenta que Colón los abandonó en su primer viaje y que nadie sabe cómo ni por qué murieron. Pero no le dice que uno de ellos era su padre y otro el de Laia.

—Yo no sabía nada de esa historia, ni sospechaba que Colón pudiera haber hecho nada malo ni mentido.

—Pues ya ves que sí —añade María.

Noah está perplejo con lo que está descubriendo de su admirado Almirante.

Llegan a la calle del Coso y la cruzan sorteando los numerosos carruajes que la recorren, para adentrarse de nuevo en la parte antigua de la ciudad. Los festejos continúan y hay gente por todas partes, así que se detienen junto a una torre esbelta y exenta, con un reloj en su parte más alta. No pertenece a ningún templo, así que debe tratarse de una construcción civil.

—El reloj —señala Noah—. Es un invento de los nuevos tiempos.

—Nunca mejor dicho.

—A partir de ahora regirá nuestras vidas, sobre todo en las ciudades. La exactitud de la hora va a ser esencial en los negocios, las reuniones, las ceremonias, en todo. La gente ya no tendrá excusa para llegar tarde.

—¡Qué obsesión tienes con el tiempo, Noah! —El juglar aparece por sorpresa—. Es así desde que lo conozco. El tiempo y los relojes lo vuelven loco, qué le vamos a hacer —le dice a María a la vez que le da una palmada a Noah en la espalda—. Por vuestras caras deduzco que ha ido bien.

—Más o menos —responde él.

—¿Y qué habéis averiguado?

—Veras… —María busca las palabras que no les comprometan.

—Nada en concreto, más de lo mismo.

—¿Ya está? Pero si os he visto dando patadas a una piedra como unos críos.

—Bueno… —Ahora es Noah quien no sabe qué decir.

—Eso son cosas nuestras, nosotros… —María lo mira de refilón—. Pues eso, son cosas nuestras.

—¿Vosotros dos? —Anselmo los señala.

—Nosotros dos, ¿qué? —contesta María.

—No, nada, solo que… —El juglar da un salto y sonríe.

—Ahora nos vamos, ¿verdad, Noah?

—¿A dónde? Quizá os pueda acompañar.

—Es mejor que vayamos solos. —Noah le guiña un ojo.

—¡Ah! Por supuesto. —Anselmo se ríe—. Pues que os vaya bonito, pareja. —Hace una reverencia para despedirse de ellos.

—¿Por qué no le has dicho nada? —murmura Noah cuando ya se han alejado.

—Hemos hecho un juramento ante Dios, no pienso romperlo a la primera oportunidad.

—Pero es Anselmo.

—Ya lo sé. Cuando volvamos a verlo, se lo contamos y ya está. Ahora ¡vamos a ver a ese Pablo Hurus! Otro impresor, espero que tengamos más suerte.

—Primero comamos algo, es tarde.

Entran en un lugar llamado la Posada de las Almas, comen cordero asado y beben vino de Borja; allí les dicen que el taller de imprenta que buscan está cerca de la calle del Coso. Se ponen en camino y descubren que la librería es un establecimiento elegante, con estanterías de madera labrada y libros con cuidadas encuadernaciones. Está limpia y tiene un olor dulce. María jamás había entrado en una librería ni había visto tantas obras juntas. Cuando aprendió a leer, lo hizo con un libro piadoso sobre la Virgen. Su madre siempre le decía que leer le salvaría la vida algún día, aunque ella nunca entendió por qué pensaba tal cosa.

Noah observa un libro que luce a la vista del público, *Viaje de la Tierra Santa,* de Bernardo de Breidenbach. Pide permiso para hojearlo a un señor de ojos hundidos que está ordenando unos papeles. Este asiente, y él se queda deslumbrado por la calidad de la impresión y los grabados.

—Bernardo de Breidenbach es deán de Maguncia —dice el tendero, con un acento que le suena a alemán—. Su libro es a un tiempo relato de viaje y peregrinaje, de impresiones sobre el paisaje, las culturas y las gentes, así como de reflexiones de su autor. La traducción es de un hidalgo de nuestro reino.

—Los grabados son fabulosos, ¡qué maravilla!

—Me agrada oír eso, hemos puesto mucho esfuerzo en imprimirlo. —Es un hombre alto y espigado, con una barba puntiaguda que le llega hasta la cintura—. Yo soy Pablo Hurus y esta es la tienda de mi taller; imprimimos solo lo que me entusiasma.

—Pues tenéis un gusto excelente.

—Se agradece el cumplido. —El librero se centra ahora en

María—. Uno de nuestros mayores éxitos es una colección de biografías de mujeres históricas y míticas escrita por un autor florentino.

—¿Os referís a Boccaccio?

—Vaya, qué sorpresa, pero si lo conocéis. Es la primera obra dedicada única y exclusivamente a las mujeres. —Hurus coge el volumen de una estantería y se lo muestra—. Él creía en el poder redentor del amor, y habla de almas perdidas que solo pueden ser curadas si alguien las ama.

—Tenéis auténticas joyas aquí —continúa Noah.

—Es mi trabajo. Los libros conquistarán el mundo, ¡creedme! —dice alzando el dedo índice para darle énfasis a la afirmación—. Hasta el mismísimo Gran Almirante fue mercader de libros en Portugal. No es casualidad que encontrara la nueva ruta a las Indias, no señor. El que mucho lee, mucho sabe.

María y Noah se buscan con la mirada, ahora empiezan a entender por qué les ha mandado aquí Pedro de Margarit.

—¿Puedo saber a qué habéis venido exactamente?

—Pedro de Margarit nos ha dicho que podríais ayudarnos —responde Noah.

—No quiero problemas, no debería haberos dado mi nombre.

—Hemos jurado no revelárselo a nadie. Creemos que Cristóbal Colón ha engañado a todos, que no está en Asia y…

—Que abandonó a su suerte a treinta y nueve hombres en su primer viaje —salta María—, y que a su regreso los halló a todos muertos y no hizo nada por ellos. Además de que es un mal gobernante que oculta muchos secretos.

—No puedo ayudaros, yo no tengo nada que ver con eso.

—¡Yo sí! Mi padre era uno de esos treinta y nueve inocentes que confiaron en Colón. Ese mentiroso ha engañado a la reina y siempre se sale con la suya. Buscamos hacer justicia, señor Hurus. Si sois un buen cristiano, debéis ayudarnos.

Noah no da crédito a lo que acaba de escuchar y la mira boquiabierto. «Esta mujer no solo busca la verdad», piensa. Y se da cuenta de que la motiva una razón mucho más profunda y poderosa.

—¿Por qué tenéis tanto miedo? —insiste María.

—Porque soy de la misma opinión, por eso. Si Colón no ha llegado a Asia, ¿dónde está? ¿Pensáis que eso no es peligroso? Hay alguien espiando donde menos te lo esperas.

—No somos espías y no hablaremos con nadie de vos, tanto si nos ayudáis como si no —afirma Noah, y busca a María con la mirada. Ella asiente con la cabeza—. Pero os rogamos que nos digáis lo que sabéis.

—Demasiado riesgo.

—¿Y si os enseño algo que no habéis visto nunca? —insinúa Noah—. Un mapa secreto.

—¿De qué estáis hablando?

—Vos sois impresor y un amante de los libros, seguro que valorareis lo que os estoy ofreciendo. Más aún si seguís los pasos del Almirante.

El impresor lo medita y finalmente acepta.

—Pero antes quiero ver ese mapa.

Noah saca una hoja cuidadosamente doblada que oculta entre sus ropas y la extiende sobre la mesa.

—¿Hace falta que os lo explique?

—Esto es… fabuloso. —Hurus lo examina como si fuera un mapa del tesoro.

Noah deja que lo estudie un tiempo prudencial. Da varios pasos por la librería ante la mirada de María, que también aguarda paciente.

—El mapa de Toscanelli, anterior a la hazaña de Cristóbal Colón. Pensaba que era solo un mito.

—Ya veis que no. Hemos cumplido, ahora os toca a vos. —Noah va al grano.

—Mirad, no tenemos pruebas de que los antiguos conocieran la ruta de poniente, pero no me cuesta creer que un osado romano, o un audaz comerciante fenicio, incluso un héroe griego, embriagado de imprudencia e imaginación y con la mente envuelta en las fantásticas historias de sus innumerables dioses, un buen día se embarcara rumbo al mar Tenebroso y llegara hasta el otro lado.

—En eso estamos de acuerdo. —Noah también se lo ha planteado muchas veces.

—Cosa bien distinta es que luego regresara y lo contara, y que esa increíble historia haya llegado hasta nosotros en alguno de estos libros. Tened en cuenta que la mayor parte del saber griego se perdió, no conservamos todos sus escritos; tampoco los de sus viajes.

Hurus busca un pergamino enrollado en una estantería, lo despliega y lo lee por encima.

—De hecho, un viajero griego ubicó una isla a seis días de navegación desde Britania hacia poniente. Las leyendas del pueblo irlandés sitúan el Paraíso al otro lado de la Mar Océana. Curioso, ¿verdad? Hay un monje irlandés que llegó a una extraña tierra llamada O'Brasil. En su viaje encontró montañas de cristal, enormes bestias marinas y finalmente esa maravillosa isla, oculta tras una niebla espesa, con árboles de frutas nunca vistas y deliciosas, y animales con la más sabrosa carne.

—Otros la llaman la Antillia. —Noah piensa otra vez en esa misteriosa isla que ha visto en algunos mapas, no siempre en la misma posición—. Pero es un mito.

—Bueno, de todo hay en la viña del Señor. ¿Habéis oído hablar de Islandia?

—Sí, claro.

—Para llegar a Islandia desde Irlanda, hay que hacer una parada intermedia en unas islas pequeñas llamadas Feroe, y desde allí se continúa el viaje. Hay monjes que llegaron más allá de Islandia, a una isla que llaman Groenlandia, la «tierra verde», ahora fría como el hielo. Pero de ambas fueron expulsados por un pueblo terrible, unos salvajes que arrasaban con todo lo que veían, en especial con los templos santos: los vikingos.

—¿Los templos? —Se alarma María—. ¡Santo Dios!

—Sí, ansiaban sus riquezas y despreciaban a Cristo. Eran extraordinarios navegantes, ahí residía su poder: atacaban y se replegaban sin dar opción al contraataque, y golpeaban de nuevo allí donde no había defensa. El caso es que, como Groenlandia estaba a cuatro días de navegación desde Islandia, se decidió colonizarla y fue cristianizada. Incluso el papa nombró a un obispo. Sin embargo, los asentamientos no sobrevivieron. Hace unos años, el papa Borgia reprochó a los obispos escandinavos haber descuidado su deber y nombró a un benedictino obispo de Groenlandia y Vinlandia.

—¿Habéis dicho Vinlandia? ¿La «tierra del vino»? —Noah muestra interés—. He leído sobre ese territorio, pero ¿dónde está?

—Cuentan que, en torno al año mil, un joven zarpó de Noruega rumbo a Islandia para reunirse con su padre. Al llegar le informaron de que se había marchado a Groenlandia, así que se dirigió hacia allí. El viaje era complicado y se desvió de la ruta. Se extravió durante largo tiempo, hasta que oteó una costa; la recorrieron sin encontrar nada más allá de bosque, y al cuarto día decidieron retornar al punto de partida.

—¿Y ya está? —inquiere Noah.

—Por supuesto que no. La noticia de nuevas tierras corrió como el viento entre los norteños y decidieron explorarlas. Se adentraron en ellas y llegaron a la conclusión de que era un territorio sin nada que ofrecer. Siguieron costeando, con iguales nefastos resultados, y la llamaron Vinlandia. Se dice que al final desistieron. Sea como fuere, hace siglos de aquello.

—Yo sé de esas tierras que mencionáis —interviene María—, pero con otro nombre: Ternua. Mi familia pertenece a una estirpe de balleneros vascos que se remonta a siglos atrás. Cazaron ballenas en todo el Cantábrico y, cuando se agotaron, salieron a buscarlas más al norte. Sus relatos hablan de tierras como las que habéis descrito.

—¿Estáis hablando de llegar a Asia por el norte? —pregunta Noah.

—Exacto, en una latitud más septentrional que la de Colón,

a tierras quizá menos ricas que Catay o Cipango. Sin bien esa comunidad no perduró. Los daneses y los noruegos preferían el pillaje antes que construir asentamientos perdurables y cortaron la vía para impedir la llegada de nuevos monjes.

—¿Cómo conocéis todo esto? —A Noah, Hurus comienza a recordarle al señor Vieri, si no fuera porque le encanta gesticular con las manos y moverse de un lado a otro, como si no pudiera estarse quieto.

—Antes que impresor soy lector, y he podido leer viejos cantares. Si llegaron al Asia septentrional, los vikingos solo hallaron lo mismo que en sus tierras: interminables extensiones de bosque, ríos y costa. No había ciudades ni monasterios que profanar. Así que se dieron la vuelta y empezaron a saquear la Cristiandad. Arribaron a Galicia y bordearon la costa hacia el sur; incluso osaron atacar Sevilla tras remontar el Guadalquivir, ¡qué barbaridad! Luego dejaron atrás las columnas de Hércules y entraron en el Mediterráneo. ¡Si la antigua Roma los hubiera visto penetrar en su mar! Y fue cuando tomaron enclaves en Sicilia y Nápoles…

—De haberlo sabido, Colón también podría haber cogido esa ruta del norte —le interrumpe María para reconducir la conversación.

—El Almirante conocía esas historias. Él viajó hasta Islandia buscando esta misma información, por eso os lo cuento.

—Sigo sin comprender cómo sabéis todo esto. —Noah no da crédito.

—Distribuyo mis libros a gentes de la corte y también he facilitado alguno al propio Almirante, a quien le apasionan. Ya os he contado que en sus inicios comerció con ellos en Portugal, cuando empezaba a perfilar su proyecto. ¿Quién se iba a imaginar entonces que llegaría a donde está ahora?

—De hecho, presentó su proyecto al rey portugués, pero este lo rechazó —añade Noah.

—No solo eso, se casó con una portuguesa de familia noble, aunque venida a menos. Pero ya se sabe que no es fácil emparentar con la nobleza.

—Colón no era nadie, ¿cómo lo logró?

—Buena pregunta, es un misterio —responde el impresor—. Vivió varios años en los dominios de su suegro: Porto Santo, una isla de Madeira. Dicen… —Duda un instante, pero al final se decide—. Dicen que allí lo planeó todo.

—¿En Porto Santo?

—¿Dónde mejor? Son las últimas islas antes de llegar a Asia.

—¿Qué más sabéis sobre la estancia de Colón en Portugal? —pregunta María con interés.

—Dejadme que os cuente algo. —Hurus vuelve a desplazarse por su taller—. Hace décadas hubo un infante portugués que soñaba con las minas de oro de Guinea y con las del mítico reino del Preste Juan.

—¡El descendiente de los Reyes Magos!

—En efecto. El infante mandó construir un lugar donde organizar, intercambiar y fomentar todos los saberes conocidos de la navegación. Lo ubicó en una punta rodeada por el Océano.

—El castillo de Sagres —menciona Noah, que lo recuerda de sus charlas con el señor Vieri.

—Allí, el infante Enrique juntó a los mejores cartógrafos, capitanes y pilotos. Y también perfeccionó los únicos barcos capaces de surcar el Océano, las carabelas. Su empeño por encontrar nuevas rutas comerciales por mar hizo de Portugal el reino más rico, el más próspero, el de mayor futuro de todo el orbe cristiano.

—He leído mucho sobre él, sin saber qué es cierto, qué es mito y qué exageración.

—Lo que a todas luces es verdad es que puso las bases para que ahora Portugal haya circunvalado África, haya llegado al Índico y esté transformando el mundo. No ha sido Venecia, ni Francia, ni Florencia, sino Portugal.

—Y nosotros —puntualiza María.

—Cierto, Castilla y Portugal, nadie más —continúa Hurus, que parece deseoso de seguir contando—. Ellos están descubriendo el mundo y, por lo tanto, ellos se lo van a repartir.

—Ya han trazado una raya en medio del Océano —recalca Noah—, una mitad del mundo para cada uno.

—El infante Enrique es el culpable de todo lo que está sucediendo ahora. Estaba obsesionado con la navegación: conquistó la ciudad norteafricana de Ceuta, patrocinó viajes de exploración con el objetivo de fundar colonias en el Atlántico septentrional y África occidental. ¡Un adelantado a su tiempo! También encargó el diseño de un nuevo tipo de barco que pudiera navegar tanto a favor como en contra del viento, y que fuera capaz de explorar costas rocosas peligrosas, canales interiores y el Océano abierto.

—La carabela. —María sonríe.

—Sí, con la vela latina, que permite navegar incluso contra el viento, en zigzag. Por un lado, sus barcos descubrieron la isla de Porto Santo y tomaron posesión de Madeira. Por otro, exploraron África occidental buscando el acceso a redes comerciales en el interior y su oro, evitando a los musulmanes. Pero encontró un gran obstáculo: doblar el cabo Bojador y regresar con los vientos en contra y las corrientes desfavorables. Además de la creencia de que las aguas más allá del cabo eran atacadas por tormentas, nieblas y terribles monstruos marinos.

—Les costó años. —Noah ha estudiado ese trayecto en el palacio del señor Vieri—. Solo con una arriesgada ruta lejos de la línea de costa africana, los portugueses vieron que podían regresar felizmente a puerto. Luego también doblarían el cabo de Buena Esperanza en el sur de África y llegarían al Índico y a Asia. Después de todo eso, lo que sigo sin entender es cómo los portugueses rechazaron el viaje de Colón, no tiene sentido. Ahora el mundo entero sería suyo.

—Eso solo lo pueden responder ellos, tendréis que ir a preguntárselo.

—Vaya solución —se lamenta Noah—, nos presentamos en el castillo de Sagres y pedimos sus mapas y sus cartas.

—Los romanos consideraban que la punta de Sagres poseía el mayor atardecer que existe, donde el sol se hunde en el borde del mundo. Desde sus almenas se vigila la navegación entre el Océano y el Mediterráneo, pues el cambio de régimen de vientos obligaba a los navíos a pasar frente al castillo.

—¿Y los portugueses guardan allí sus mapas y sus documentos? —inquiere María.

—Antes era el lugar más protegido del reino, y he oído que en el centro de su patio de armas hay una rosa de los vientos de doscientos pies de diámetro con la que marcaban los rumbos de navegación. Pero hace años se trasladó todo a Lisboa. Se centralizó en la capital, en un edificio que llaman la Casa de Indias. Debéis ir allí y buscar un mapa.

—¿Un mapa? —Noah no puede creer lo que está oyendo.

—Sí, un mapa del mundo. Con todos los descubrimientos de los portugueses y de sus espías en Castilla. Pero andaos con ojo, en el reino de Portugal robar un mapa está castigado con la muerte.

Cuando cae la noche en Zaragoza, María y Noah regresan a la Posada de las Almas. Él quiere preguntarle por lo que ha contado de su padre, pero no encuentra ni las palabras ni el momento. Deberá esperar, pero no demasiado.

Zaragoza

Hurus resopla en cuanto la pareja abandona su tienda. Ahora quiere estar solo. Bien sabe Dios que ha hecho lo correcto contándoles lo que sabe, pero le gusta su vida tranquila en esta ciudad de Zaragoza. Él viaja con los libros que lee; en ellos recorre el mundo, descubre maravillas y personajes increíbles. Ni en toda una vida pateando los caminos podría llegar a conocer una pequeña parte de los lugares que viven en estas páginas. Son viajes de papel donde Hurus elige el ritmo y el tiempo, donde entremezcla sus pensamientos con las palabras tejiendo mundos propios.

Él no puede ser más feliz que entre libros.

Se abre la puerta. Ha olvidado cerrarla, pero ya es tarde para atender a clientes hoy.

Entonces oye que echan el cerrojo.

Cuando se gira, ya hay una daga en su cuello.

—Vas a contarme palabra por palabra lo que les has dicho a esos dos, ¿entendido?

Hurus está tan asustado que no puede ni hablar.

—¿Que si me has oído?

—Sí.

El impresor le relata toda la conversación, incluso que Noah porta un mapa.

—¿Qué mapa?

—Uno con la ruta del almirante Colón.

—¿No será el mapa de Toscanelli?

Hurus le da todos los detalles que recuerda, pero aun así teme que el encapuchado lo mate. Lo ve en sus ojos azules, por un instante cree que va a hacerlo. Que el filo de su daga resbalará por su piel dibujando un hilo de sangre, pero nota que le tiembla el pulso en el momento decisivo y finalmente le perdona la vida y se marcha.

Cree que es un milagro, que Dios o algún santo ha intercedido por él.

O que ha tenido suerte, ese desconocido no era en verdad un asesino.

Poco después, el mismo hombre se encuentra en la Posada de las Almas. Observa escondido a Noah y María, que cenan antes de retirarse a las habitaciones que hay en la planta alta. Pregunta dónde duerme cada uno de ellos, sube detrás y aguarda en la oscuridad del pasillo. Ahí permanece hasta que se abre una de las puertas y sale Noah. El hombre ha preguntado antes al dueño y sabe de antemano que en esta posada no hay una jarra de agua y una jofaina en el cuarto para que los viajeros se laven los pies, las manos y la cara, sino que lo dejan todo en medio del pasillo.

Con agilidad y sigilo, se cuela en la habitación de Noah, prende su bolsa y sale corriendo justo antes de que regrese.

Cuando Noah vuelve a entrar, nota una sensación extraña. Presiente que alguien ha estado allí, porque la estancia no está tal y como la había dejado. Comprueba sus pertenencias y sale de dudas: le acaban de robar.

Por suerte, el dinero y el mapa de Toscanelli los lleva siempre consigo.

78

Lisboa

Cuenta la leyenda que Ulises fundó esta ciudad en su viaje de regreso a casa tras diez años luchando en la guerra de Troya. En Portugal reina Manuel, de nuevo yerno de los Reyes Católicos al casarse con otra de sus hijas, María. El deseo de una paz entre los dos reinos es firme, y también su rivalidad por dominar el mar y el comercio y, por tanto, el mundo.

A Lisboa la llaman «reina de los mares y de las especias». Es la ciudad más bulliciosa que ha visitado nunca Noah, y por sus calles descubre animales que no ha visto antes, fragancias y hasta colores nuevos.

La pareja de viajeros camina hacia el barrio de la Alfama, bajo la imponente vigilancia del castillo de San Jorge. Observan la fachada de la catedral de Santa María Maior, edificada sobre una mezquita musulmana y en cuyo interior descansan los restos de san Vicente, patrón de la ciudad. Según la leyenda, dos cuervos acompañaron al ataúd del santo en su viaje hasta aquí, motivo por el cual los cuervos se han incorporado al escudo de Lisboa. A Noah esta ciudad le recuerda a Florencia en todo lo bueno, pero además cree que no tiene nada de lo malo: no se ven barrios enteros dedicados a la elaboración de tejidos ni el río baja repleto de porquerías, ni otras calamidades florentinas.

—Creo que Lisboa es la ciudad más sobresaliente que he pisado jamás. —Y no se atreve a decir que lo mejor de todo es que la está visitando con ella.

—Durante mucho tiempo he viajado sola, eso es difícil para una mujer. No tenía tiempo de fijarme en los palacios, me bastaba con seguir con vida.

—Puedo imaginármelo —añade Noah, que la observa con disimulo.

—Permíteme que lo dude. Antes viajaba con mi marido, pero desde que soy viuda me las he tenido que ingeniar.

—Espero estar siendo una buena compañía.

—No está mal. —Sonríe.

—¿Cómo que no está mal?

—Tampoco es que vayas saltando y animando como el juglar.

—¿Prefieres que te acompañe él? Seguro que estaría encantado.

—No, me gusta estar contigo. —Se ruboriza—. Hacemos un buen equipo.

—Eso es verdad.

Noah se detiene y se queda mirándola fijamente.

Se acerca a ella y busca sus labios.

Su primer beso.

No podía ser en un lugar más especial que Lisboa.

Noah nunca se había dejado llevar así, ni con Laia ni mucho menos con Giulia. Él es el primero en sorprenderse por su acción.

—Igual estamos llamando la atención, Noah —susurra.

—Perdón. —Recupera la compostura—. Tienes razón, debemos andarnos con ojo. Nos conviene pasar desapercibidos en estas calles.

Sin embargo, no puede hacer como si no hubiera pasado nada. ¡Se han besado! Ha sido breve, pero no quiere que el sabor de ese beso desaparezca de sus labios. Noah la mira, pero ella no dice nada y él no sabe cómo comportarse ahora.

—Nunca había olido estos aromas. —María inspira con fuerza y le saca de sus pensamientos.

Noah interpreta que ella quiere que actúe con naturalidad y es lo que hace.

—Los portugueses ahora importan la pimienta y la canela y dicen que pronto superarán a los venecianos en el comercio de las especias.

María ha oído hablar de ellas, de su inmenso valor, superior al oro, pero nunca ha estado tan cerca de su influjo como en Lisboa. Parece mentira que las especias muevan el mundo, pero lo hacen.

Con discreción, preguntan por la Casa de Indias y llegan a la conclusión de que es un lugar muy vigilado, donde es difícil entrar.

—Allí dentro custodian el Padrón Real —les dice un mercader genovés—. Es un inmenso mapa en el que van añadiendo los nuevos descubrimientos de los portugueses.

Ellos se miran, tiene que ser el que les indicó el impresor de Zaragoza.

—Un mapa en constante actualización, nunca había oído tal cosa —comenta Noah, emocionado.

—Dicen que cuelga del techo en la sala de los mapas, el lugar más protegido del reino. —Se encoge de hombros—. No creo que ni vosotros ni yo lo veamos nunca.

—Si alguien tuviera ese mapa...

—Tendría un poder increíble. El Padrón Real incluye el registro completo de los descubrimientos portugueses, tanto públicos como secretos. La Casa de Indias dibuja mapas menores basados en él para el uso de los navegantes al servicio real, que deben proteger con su vida. En caso de que su barco sea abordado o naufrague, tienen la orden prioritaria de destruirlo.

—La información es poder, eso decía alguien que conocí.

—No le faltaba razón. He oído que un espía sobornó a un cartógrafo portugués para hacerse con una réplica y enviarla a Italia. Sé que han reforzado la guardia y que es imposible acercarse a la Casa de Indias, y menos aún a la sala de los mapas.

—¿Y vos sabéis de algún cartógrafo o capitán portugués que estuviera dispuesto a hablar? —inquiere María.

—Ya os digo que eso es imposible. En Portugal, los mapas se protegen con la vida. No sé qué tramáis, pero andaos con ojo o terminaréis mal.

Dejan al mercader genovés y se quedan mirando el castillo de San Jorge, que preside Lisboa.

—¿Qué hacemos, María?

—Pues qué vamos a hacer, seguir buscando. Haz lo que quieras, pero yo no voy a rendirme, ¿entiendes?

Noah se queda perplejo ante la determinación de la joven.

—Al final parece que todo esto va de mapas. Tu mapa misterioso, ese que le mostraste al impresor de Zaragoza, ¿es tan valioso como dijo?

—Sí, porque es anterior al viaje de Colón, pero concuerda en todo con lo que él expuso.

—¿Y entonces?

—El Almirante tenía que conocerlo, no hay otra explicación.

En el puerto buscan las tabernas que frecuentan los marineros, pues saben de su tendencia a soltar la lengua con ayuda del vino. Entran en una y toman asiento, escrutando al personal.

No es tarea fácil, pues las tabernas en Lisboa están a rebosar y en cualquiera de ellas se cuentan historias de ultramar. Es evidente que la fortuna sonríe a este reino, porque allí se oye hablar de cargamentos de nuez moscada y clavo de flor, de oro llegado de Guinea, de esclavos y de productos que Noah ni siquiera conoce.

Y entonces la ve, al fondo, como una visión.

«No es posible», se dice a sí mismo.

Los pájaros han vuelto a su cabeza, tiene que sacarlos de ahí. Cierra los ojos, se rasca el pelo con las dos manos, inspira hondo y los vuelve a abrir.

«No está, solo ha sido una ilusión».

Por un momento ha creído ver a Giulia. Respira aliviado.

Él y María se acercan a un marino. Tiene la piel surcada de

profundas arrugas que forman abultados pliegues en su rostro, pero lo que más les llama la atención es un animal que está sentado a su lado en la mesa.

—Curiosa criatura —dice Noah.

—Es un mono, de las Indias.

—¿Habéis estado en ellas?

—Tres veces —responde mostrándole tres dedos, casualmente los únicos que le quedan en esa mano.

—Muchas son esas.

—Espero cumplir la cuarta, como Colón.

—¿Lo conocéis? —interviene María.

—Sí, de cuando vivía aquí, en Lisboa.

—¿Y qué opináis del Almirante? —insiste ella.

—Almirante… No me hagáis reír. ¿Sabéis que fue un pirata? Lo que oís, por eso ha ocultado su pasado. Se dice genovés, pero ha llenado su juventud de misterio y nadie conoce su patria de origen. Cualquiera puede ser genovés.

—¿Un pirata? —repite Noah.

—Sí, en el Mediterráneo atacaba los barcos… aragoneses —afirma—. Así que ahora entenderéis por qué lo oculta. Servía a los intereses de un pretendiente al trono de Nápoles, enemigo de Aragón.

—Algunos pecados de juventud —sugiere María.

—No sé si el rey Fernando sería tan generoso en su calificativo.

—Pero ¿de dónde procede entonces? —pregunta ella.

—Mil veces lo intenté averiguar, hasta que me di por vencido. Bien que lo esconde. Y si lo hace, por algo será —asiente el hombre de los tres dedos.

Poco más les cuenta el marinero.

Deciden pasar la noche en una posada de la Alfama, pero esta vez no piensan separarse, así que cogen una única habitación. Entran y, tras cerrar la puerta, ambos se quedan mirando la cama, en silencio.

—Dormiré en el suelo —dice Noah.

—Gracias.

—A no ser que…

—Está mejor así, Noah.

—Sí, claro —dice cabizbajo, y piensa que quizá ella se arrepiente del beso.

Aquel día que Noah partió de Florencia hacia Bolonia, cuando vio a Giulia sobre un monte, decidió cerrar su corazón. Era la única manera de olvidarla y continuar. Así ha permanecido desde entonces y le ha ido bien. Abrirlo ahora no estaba en sus planes, pero el destino es caprichoso y María… Él cree que merece la pena hacerlo por ella. Aunque suponga exponerse de nuevo a los peligros del amor.

Hace lo posible por acomodarse en una esquina, pero está en vilo. Y no por la molestia de dormir en el suelo, sino porque no puede quitarse de la cabeza que María yace tan cerca de él. «¿Estará dormida?», se pregunta. Se concentra para percibir su respiración, pero no oye nada. Se remueve nervioso e intenta conciliar el sueño, sin éxito.

—¿Te pasa algo? —le pregunta María desde la cama.

—No —responde de manera escueta.

—Duérmete, mañana tenemos mucho trabajo.

«Como si fuera tan fácil», dice para sí mismo.

Al día siguiente bajan a la calle temprano. Noah apenas ha pegado ojo; en cambio, a María se la ve tan resuelta como de costumbre. Comen pescado y fruta, luego siguen indagando por el puerto. Sin mucha suerte, dicho sea de paso. Aun así dan con un mercader de esclavos que les asegura que conoció a Colón y fueron amigos, pero no les aporta nada relevante. A los dos días les hablan de un viejo cartógrafo que trabajó en la fortaleza de Sagres antes de que cerrara y van en su busca. Vive junto al río, en una casa humilde protegida por dos perros tan grandes como mansos. El anciano tiene una vistosa barba que se concentra en la barbilla y se divide en dos justo en su mitad, lo que le da una apariencia algo desafiante.

Su primera reacción es echarlos de su propiedad, pero conforme le hablan de mapas y viajes, su actitud se hace más amigable y les invita a entrar.

—Ya nadie me pregunta por estas cosas, hace muchos años que dejé el castillo de Sagres. Todo ha cambiado, el mundo es otro. Pero nosotros lo empezamos, sin nosotros no hubiera sido posible. Cuando yo era joven, la gente aún creía en dragones.

—*Hic sunt dracones* —pronuncia Noah.

—¡En cuántos mapas he visto escrita esa frase! —Sonríe el viejo cartógrafo.

Le hablan de la ruta de poniente y de Colón.

—Estoy al corriente de cómo el Almirante fue recopilando información aquí y allá, uniendo rumores y detalles inconexos, hasta cancioncillas y leyendas, pero que juntos contaban una historia. Además, leyó todo lo que se había escrito sobre antiguos viajeros, islas perdidas y extraños naufragios.

Noah se emociona escuchándolo hablar.

—Colón construyó una teoría e intentó proveerla de un aparato científico para vendérsela al rey de Portugal —continúa con una lucidez impropia de su edad, a la vez que los perros se le acercan para que los acaricie.

—Pues eso es lo que queremos saber. ¿Cuáles fueron sus argumentos? ¿Cómo es que logró convencer a la reina de Castilla pero no al rey de Portugal? Aquí tenían más información, ¿cómo se les pudo escapar esa ruta?

—El plan de Colón era claro: si la Tierra es esférica, navegando hacia occidente se podía llega a Asia antes que nosotros bordeando África. Según él, era posible en pocos días y apoyándose en ciertas islas localizadas en el Océano.

—Pero las islas de las Especias están demasiado lejos de nosotros por poniente —alude Noah con seguridad.

—No, si la proporción de tierra habitada es más extensa de lo que se cree —puntualiza el portugués—. Primero, Catay debe extenderse hacia el este mucho más de lo que creemos, y eso implicaría que la distancia entre la península ibérica y Asia por mar es a su vez muy pequeña.

—Conozco esa teoría de que Asia es más extensa —dice Noah alzando la palma de sus manos—, pero nadie puede demostrarlo.

—Es una teoría que se apoya en sabios como Aristóteles, Séneca y el profeta Esdras: la Tierra está formada por seis partes de tierra y una de agua.

—¿Un profeta? —Noah no sale de su asombro—. Eso no es científico. Esa proporción no se ha medido, ¿de dónde sacáis estas ideas?

—De Colón.

—¿Es eso cierto? —interviene María.

—Por eso os lo cuento. Colón estaba totalmente convencido de la proporción del profeta Esdras.

—Ya veo… Desde luego, primer problema solucionado: si hay más tierra, hay menos agua —afirma Noah mostrándose reacio.

—Pero Colón debía aportar la extensión de la Mar Océana en grados, para lo cual tenía los mapas derivados de Ptolomeo y, seguramente, algún otro.

—¿Vos creéis que tenía algún secreto? —María ha tenido que retomar la conversación porque Noah no puede disimular su malestar.

—No me cabe duda. Colón explicó que seguía a Marco Polo en todo lo relativo al Gran Kan, a la tierra firme asiática y en especial a la isla de Cipango. Marco Polo añadió 30 grados de longitud a la medida dada por Ptolomeo al extremo oriental de Catay. Por tanto, a Colón le salía que la parte habitada del mundo es de 225 grados de los 360 que tiene una esfera, con lo cual el mar Tenebroso era más pequeño. Sin embargo, añadió otros 45 grados de extensión sumando un poco de aquí y de allí, buscando siempre la teoría que más le convenía, por improbable que fuera. Lo que al final le dio 270 grados y un Océano de solo 90 grados.

—¿Solo 90 grados? —Noah resopla y calla de nuevo.

—Eso juró y perjuró, sacando a colación escritos de Ptolomeo y de otros sabios antiguos. De esta manera logró que sonara convincente.

—¿Qué piensas, Noah?

Él se queda mirando a María en silencio.

Puede escuchar los pájaros dentro de su cabeza, se frota la cara con ambas manos y luego los ojos antes de contestar.

—Hay un florentino, Toscanelli, que consideraba que la distancia de Lisboa a Cipango era de 130 grados de la esfera terrestre —explica Noah—. Ni siquiera él se atrevió a dar una distancia tan pequeña. ¡90 grados! Y además utilizando la medida del mundo de Ptolomeo, que es casi la mitad de la real. Si Cipango está tan cerca, ¿cómo no ha llegado nadie antes? ¡La teoría de Colón es una barbaridad!

—Bueno... —El viejo cartógrafo suspira—. Que yo sepa, aún no ha demostrado que haya llegado a la isla de Cipango.

—Sabéis que miente.

—Un manipulador puede retorcer los datos hasta que le favorezcan. Incluso solo con 90 grados, era demasiada distancia antes de que Colón hiciera el viaje —añade—, a no ser que aceptemos que existen islas en medio, las cuales yo jamás he visto. Así que terminó afirmando que las primeras tierras de Oriente se hallaban justo en el límite máximo que podía recorrer una embarcación. Eso le servía en caso de que tampoco existieran estas islas misteriosas.

—La distancia, los grados, las islas... —Noah cabecea—. El Almirante lo pensó todo muy bien, solucionó cada problema teórico para que nadie pudiera rebatirle con argumentos científicos.

—Colón hablaba de avistamientos y supersticiones de marineros, de muestras de madera labrada que escupía el Océano de vez en cuando, de las leyendas irlandesas, vikingas y también de los balleneros vascos, que habíamos escuchado sin darles importancia. Pero él supo vender todo eso como evidencias reales.

—Sigo sin entenderlo —comenta María.

—Lo que para todos los que trabajábamos en la fortaleza de Sagres solo eran leyendas, rumores y documentos de dudosa procedencia, para Colón eran verdades. Además disponía de un mapa que, según nos explicó, fue copiado en secreto aquí, en Lisboa. ¿Y sabéis lo de su suegro?

—Logró casarse con una familia noble venida a menos.

—Colón eligió muy bien a su esposa, pues además de que era hija de un noble, este también era navegante y gobernador de la isla de Porto Santo, el punto más al norte y al este del archipiélago de Madeira. Allí se fue a vivir el Almirante. Su suegro tenía cartas náuticas e información muy relevante acerca de los vientos y las corrientes favorables.

—Qué oportuno —murmura Noah.

—Todo eso junto sonaba maravilloso, creíble, hasta irrefutable. Suficiente para muchos. A cada cual le decía lo que quería oír, pero porque tenía argumentos para hacerlo. Ya os lo he dicho, preparó su proyecto para que no tuviera ni un solo punto débil y así convencer a todo el que lo oyera, fuera sacerdote, sabio, marino, noble, hasta un rey… o una reina. —Sonríe el anciano cartógrafo.

—Pero no al rey de Portugal —puntualiza María.

—¿Qué necesidad tenía nuestro monarca de involucrarse en un proyecto dudoso, cuando Asia estaba al alcance de su mano bordeando África? En cambio, la reina de Castilla… He oído hablar de ella, dicen que es pasional y atrevida; seguramente tenía más necesidad de creer en Colón. De todos modos, nuestro rey mandó un par de expediciones por poniente para asegurarse de que no se equivocaba, y ninguna encontró nada.

—Una última pregunta, ¿la expresión *Mundus Novus* os dice algo?

—No, nada en especial.

Noah resopla, cabizbajo.

—Si queréis saber más… —El anciano lanza un suspiro—. Los mapas son uno de los mayores tesoros de Portugal. La información sobre las rutas a Asia es codiciada y muy valiosa. Podría poneros en contacto con alguien, pero es caro y peligroso, muy peligroso.

—Tengo algo de dinero, y no creo que sea más peligroso de lo que he vivido ya —se aventura María.

—¿Por qué os interesa tanto este asunto? ¿Qué queréis demostrar? Colón ha tenido éxito, no entiendo qué perseguís con esto.

—¡La verdad! —exclama ella.

—María... —Noah intenta detenerla.

—Colón no ha podido llegar a Asia y queremos demostrarlo. Si vos amáis vuestro trabajo, ayudadnos. Os lo ruego.

—¿La verdad?

—Así es.

—Hay un hombre que comercia con información valiosa, lo conozco porque su padre trabajó conmigo en el castillo de Sagres. Suele pasarse por la taberna de la Sirena Verde, pero solo los martes. Llevad dinero y andaos con ojo.

79

Lisboa

El anciano se prepara una infusión y piensa en la pareja que acaba de irse. Se alegra de que por fin alguien dude de los éxitos de Colón. No le gustaría morir sin saber la verdad sobre la ruta hacia poniente. Recuerda cuando era más joven y añora los tiempos en la fortaleza de Sagres, organizando viajes, dibujando mapas, descubriendo el mundo.

Llaman a la puerta, hacía tiempo que no tenía tantas visitas en un mismo día.

Al abrirla descubre a un encapuchado que entra de forma violenta.

—¿Quién sois? ¡Salid de mi casa!

—¡Callaos!

—Si venís a robarme, os habéis equivocado de sitio, no tengo nada de valor.

—Yo creo que sí —le replica—. Decidme exactamente lo que habéis hablado con esa pareja que acaba de marcharse.

El cartógrafo no tiene edad ni fuerzas para resistirse. Le queda poco de vida, pero por eso mismo quiere conservarla. Le cuenta todo lo que recuerda, deseando que el visitante se vaya cuanto antes.

—¿Os han preguntado por el *Mundus Novus*?

—Sí, pero no he sabido qué decirles.

—Y el mapa de Toscanelli, ¿lo llevaban con ellos?

—¡Qué! No, no…, os lo aseguro. —El anciano niega varias veces.

Entonces aparecen los dos enormes perros y empiezan a gruñir. El asaltante no se atreve a hacerles frente, toma al cartógrafo por el cuello y le amenaza con una daga.

—Haced que se vayan si no queréis que os mate.

—No se irán si creen que me vais a hacer daño.

—Lo haré si no los sacáis de aquí, ¡ya! —El encapuchado parece dudar—. Vamos, moveos. —Lo lleva hacia la puerta del dormitorio—. Decidles que entren.

El anciano los llama y entran sin dejar de amenazar al desconocido, que empuja al viejo con ellos y luego bloquea la puerta con una mesa. Después sale corriendo de la casa.

80

Alcalá de Henares, finales de 1502

El nuevo orden sucesorio no deja dormir a la reina. Ahora el futuro está en manos de su hija Juana y, por tanto, de su yerno.

Huérfana de padre, Isabel creció apartada de la corte, en una Castilla en ruinas, y vio cómo el reino se sumergía en una guerra civil que acabó con su querido hermano. Siendo muy joven tuvo que pelear contra todo y contra todos; no le quedó otra opción que casarse en secreto y por ello sufrió mil penalidades; pero logró sentarse en el trono y conquistar el reino de Granada, que llevaba doscientos años resistiendo; unió Castilla y Aragón; conquistó las islas Canarias; ha logrado que solo la única fe verdadera se rece en sus reinos; ha llegado a las Indias por poniente; sentó las bases para la unión con Portugal, y para una alianza con Inglaterra y Austria. Y ahora tiene que asistir impertérrita a que su ingente esfuerzo, todo su legado, vaya a recaer en su yerno…, un borgoñés.

Le faltan lágrimas para llorar.

Ha asumido que la casa Trastámara llegará a su fin cuando ella y su esposo ya no estén, pero no puede permitir que Felipe de Habsburgo se apropie de sus logros.

¡De ninguna manera!

Ella morirá, sin embargo su plan continuará. Quizá no vea en vida a uno de sus nietos dominar el mundo, pero está convencida de que así será. Y desde lo alto de los cielos sonreirá feliz.

No obstante, no va a ser sencillo con su maldito yerno de por medio.

El rey Fernando tuvo que usar toda su capacidad de persuasión con él para convencerlo del peligro de regresar a Flandes, atravesando además el reino de Francia, que es su peor enemigo, y con su hija Juana a punto de dar a luz.

¡Solo faltaría que su nieto naciera en París y fuera francés!

Isabel pide que le lleven una tila para calmarse, pues siente los nervios desbocados.

Felipe el Hermoso, como le llamó el rey de Francia y él mismo ha popularizado, pues le encanta ese sobrenombre, es peor que su peor enemigo. Es una úlcera creciendo en su interior que amenaza con destruirlo todo.

¡Rey! ¡Se cree que va a ser el rey de Castilla!

«¡Por encima de mi cadáver!», piensa la reina.

Ese es el problema, que Isabel sabe que, en cuanto ella muera, el borgoñés pasará por encima de su cadáver para quitarle la corona a su hija, y a su marido si se opone, para ponérsela sobre esa maldita cabeza suya.

Y lo peor de todo es que él no ama Castilla, solo hay que verlo. Es la primera vez que pisa el reino y le pican las venas de los pies, le hierve la sangre en el cuerpo y no puede estarse quieto en ningún sitio, de lo ansioso que está por irse.

Isabel ya está curada de espanto y, mientras ella viva, el borgoñés no tiene nada que hacer. Así que finalmente decidió marcharse solo, a finales de año. ¿A qué viene ese empeño en viajar durante el invierno y cruzar los Pirineos cubiertos de nieve?

Ojalá lo sepulte un alud o se ahogue en el vino francés que tanto le gusta.

Isabel no comprende a su yerno.

Y ya tampoco a su hija Juana. Hay que ver lo que ha cambiado desde que se marchó a su boda. Las mujeres suelen cambiar cuando se convierten en esposas, pero ¿hasta ese punto?

A su hija solo la retiene una panza enorme, pues parece a punto de estallar. Pero Isabel lo siente como una victoria. Su hija está con ella y su nieto nacerá en Castilla. La reina sonríe porque ella lo vive como un logro, al igual que otros: el día de su boda con Fernando, cuando se coronó reina de Castilla, su entrada en la Alhambra de Granada o cuando recibió a Cristóbal Colón en Barcelona.

En cambio, su hija Juana llora.

Llora y llora por los rincones, como un alma en pena.

En el mes de marzo Juana da a luz a un hijo al que llama Fernando en honor a su padre, el rey de Aragón. Un príncipe que nace en Castilla, como debe ser. Juana tiene dos hijas más y un hijo, Carlos, pero todos han nacido en Flandes.

La reina siente una alegría infinita en su maltrecho corazón. Tiene un buen presentimiento con él, le es inevitable pensar en su hijo Juan y su nieto Miguel. Este nieto que acaba de nacer es una luz de esperanza en una larga noche. Porque todos sus planes de sucesión, trazados con meticulosidad y un esfuerzo extremo, se han roto en mil pedazos y solo su sollozante hija puede volver a unirlos. Ahora debe asegurarse de que sea así. Tiene mucho trabajo por delante y piensa dedicarle hasta su último suspiro. Cada vez está más débil y los años y los achaques pesan, pero menos que el deber de una reina, una madre y una abuela.

Para evitar problemas, ha dejado a su hija en el castillo de La Mota, en Medina del Campo, custodiada por hombres de su entera confianza, y ella se ha trasladado a Segovia para atender asuntos de Estado.

Fonseca entra en el salón del Alcázar.

—Alteza, me habéis hecho llamar.

—¿Hay noticias del cuarto viaje de Cristóbal Colón?

—Me han llegado informes de que el Almirante se halla en una tierra que los nativos llaman Panamá, siguiendo un curso prometedor que podría ser el ansiado paso a las islas de las Especias.

—¡Dios os oiga! —exclama la reina—. ¿Y qué se sabe de nuestro espía en Lisboa?

—Todavía nada.

—Yo sí he recibido carta de otro de mis informantes, que también se encuentra en Lisboa siguiendo una pista nueva.

—¿De quién se trata, alteza?

—Debe permanecer en el anonimato. Quizá os espíe un día a vos, ilustrísima.

—¿A mí? —pregunta asustado.

—Solo si tuvierais algo que ocultar, pero estoy convencida de que no es así.

—Por supuesto que no. —Traga saliva.

Llaman a la puerta, la reina tarda en responder y entonces se repiten unos golpes insistentes.

—¿Se puede saber qué ocurre? ¡Abrid! —alza la voz la reina—. Y que Dios se apiade del insensato que aparezca tras ella.

Uno de los guardias obedece.

Un mensajero entra y se arrodilla.

—Mi señora.

—¿A qué se debe tanta urgencia?

—Es vuestra hija, la princesa Juana. —Alza la cabeza—. Debéis acudir de inmediato a Medina del Campo, alteza.

La reina escucha atenta la alarma y siente un dolor inmenso en el pecho. Pero, lejos de amedrentarse, manda preparar una litera para partir sin demora hacia el castillo de La Mota. Y le pide al obispo Fonseca que la acompañe.

El viaje se hace a la mayor rapidez, que es más bien poca.

Cuando llegan a la fortaleza, la reina se encuentra a su hija medio desnuda, debajo de una mesa, pataleando como una salvaje y gritando que la guardia baje el puente levadizo porque quiere irse a Flandes con su marido.

—¡Dejadnos! —ordena la reina.

—Alteza —interviene Fonseca—, no es conveniente que...

—He dicho que nos dejéis, ¡no queráis que lo repita!

Su orden se acata al momento y madre e hija se quedan a solas.

—Juana, soy yo. Sal de ahí para que podamos hablar, por favor.

—¿Hablar? ¿Hablar de qué, madre? Quiero regresar a Flandes.

—Acabas de dar a luz, Juana. Tienes que reposar y cuidar de tu hijo Fernando.

—Me quedé aquí cuando partió mi esposo, mi hijo ha nacido en Castilla y lleva el nombre de mi padre. Ya he cumplido vuestros deseos, ¿no os parece?

—Hija, no son mis deseos, se trata de lo mejor para todos, para ti y para el niño.

—¿Qué sabréis vos de lo que es lo mejor para mí?

—Juana…

—Queríais un nieto, pues ya lo tenéis. Os lo podéis quedar, no pienso llevármelo a Flandes.

—¿De qué estás hablando?

—Educadlo como os plazca, ¡hacedlo! ¿No ansiabais tanto un nieto castellano?

—Juana, un día serás reina de Castilla y de Aragón. Debes comportarte como tal.

—¿De verdad creéis eso?

—No te entiendo.

—Yo creo que sí, madre. Sabéis perfectamente qué ocurrirá cuando vos hayáis muerto —advierte con voz firme—. Ahora quiero irme. Si me retenéis contra mi voluntad, será mucho peor. Como muy bien decís, seré la próxima reina. Haré y desharé como me plazca.

81

Lisboa

Han tenido que esperar a que llegue el martes, el día indicado. Noah no ha querido perder el tiempo y ha aprovechado para indagar qué se dice de Colón en Lisboa, pero ha avanzado poco y mal en sus pesquisas.

—¿Te sucede algo? —María aparece por su espalda—. Tienes mala cara.

—Estoy bien, es solo que…, cuando dibujaba mapas en Florencia, admiraba a Colón y ahora… ¿Por qué es tan complicado todo lo tiene que ver con él?

—Qué me vas a contar a mí.

—¿Y no te frustra?

—Por supuesto, pero no me dejo abatir. De lo contrario, hace años que me hubiera rendido —responde María con la mirada brillante.

—¿Años?

—Sí, años. Y no soy la única. Colón es así, cuando crees que lo tienes cerca, se te escapa con alguna treta, un viaje, una casualidad. Es como ese fantasma de ojos azules que mencionaste. —María se encoge de hombros.

—¿Y de dónde sacas las fuerzas para no abandonar?

—Cada uno debe encontrarlas en algo que le importe, en eso no te puedo ayudar.

—¿Y tú dónde las encuentras? —insiste Noah.

—En la venganza.

—¿Qué estás diciendo? —No se esperaba esa respuesta tan sincera—. ¿Es por lo de La Navidad? ¿Por lo de los treinta y nueve hombres que murieron allí?

—Sí. —A María se le entrecorta la voz.

—Dijiste que tu padre era uno de ellos. No quiero incomodarte con preguntas, pero entiendo que quieras que salga a la luz la verdad de lo que allí sucedió.

María inspira hondo y los ojos se le llenan de lágrimas que no deja salir, pero terminan haciéndolo y bajan por sus mejillas. No se las limpia, sino que mira a Noah con el rostro compungido, en un arrebato de sinceridad.

—El día que supe que mi padre había muerto, para mí fue como echar el ancla a babor, con un extremo en la argolla y el otro en mi corazón. Todo se detuvo, fue como si las estrellas se apagasen y el cielo ya no escuchara.

—Como una sirena varada.

—El padre de Laia también era uno de ellos. Colón los abandonó, no tuvo compasión. Es un ambicioso y un déspota. No me extraña que lo hayan traído preso, pero siempre consigue salir airoso de todos los trances. Hasta que yo…

—Hasta que tú, ¿qué?

—Lo mate.

—¿Pretendes quitarle la vida? ¡A Cristóbal Colón!

—¡Chis! —María le reclama que baje la voz—. Sí, y me da igual lo que pienses. —Se seca las lágrimas con la mano y muestra toda la indiferencia de la que es capaz.

—Es una locura. ¡Matar a Colón!

—¿Quieres hablar más bajo? No te necesito para eso. Puedo y tengo que hacerlo sola.

—Matar a una persona es horrible, créeme. María, no creo que debas hacerlo.

—Una vez lo tuve cerca, pero me equivoqué —se lamenta María—. No volverá a pasarme, te lo aseguro.

—Quiero ayudarte a descubrir la verdad, pero no a matar, y menos todavía a Cristóbal Colón —afirma Noah.

—Y yo tampoco quiero que nadie mate por mí. Nos hemos conocido hace poco... No puedo arrastrarte en esto, no me debes nada.

—Eso lo decido yo.

—Noah... Y tú, ¿por qué haces esto? ¿Por qué persigues a Colón? —le pregunta con el gesto contrariado.

—Yo siempre he deseado viajar, ya soñaba con recorrer los caminos cuando era niño. Nunca había salido de mi ciudad y ahora soy feliz moviéndome de un lado a otro, descubriendo lugares como esta maravillosa Lisboa y a gentes como tú.

—No has respondido a mi pregunta.

—Quiero saber cómo es el mundo, por primera vez podemos conocerlo. Los mayores sabios de la historia estaban equivocados, porque creo que es mucho más grande y quedan muchos territorios por descubrir. Viajar es mi mayor deseo.

—Me gusta esa pasión con la que hablas de viajar —dice María asintiendo con la cabeza y esboza algo parecido a una sonrisa.

—Cuando..., ya sabes, cuando hagas lo que tienes que hacer, quizá podríamos viajar lejos los dos juntos.

—Quizá. —Acaricia la mejilla de Noah con la yema de los dedos—. Ahora debemos irnos, ha llegado el día.

Salen a la calle y dejan la Alfama para descender hacia el puerto, donde se suceden las tabernas. María pregunta varias veces hasta que se detienen en la puerta de la Sirena Verde, un lugar muy poco recomendable a simple vista.

El interior no desmerece de la fachada, tiene pinta de ser la peor taberna de Lisboa. María se dirige a una camarera muy lozana, hablan entre ellas y, acto seguido, caminan por el local atestado de marineros y comerciantes hasta una mesa donde hay dos comensales.

—El de la izquierda —susurra Noah.

El hombre lleva una camisa blanca con las mangas subidas y

deja ver unos musculosos brazos con varios tatuajes. Es extremadamente corpulento, incluso su cuello es grueso y fuerte.

—Tiene que ser ese —murmura Noah—. Vamos.

—Espera —María lo detiene—. Mira al otro. Ese no es portugués, es castellano, del norte.

—¿Cómo lo sabes?

—Lo sé.

María se da la vuelta y pregunta a la camarera, que le cuenta que no sabe quién es, que lleva poco por aquí. Y que tiene una alcoba alquilada allí mismo, en la planta de arriba, al fondo. Observan como habla con el portugués un buen rato. Lo hace de forma sigilosa, sin llamar la atención. Hasta que finalmente le deja y se encamina hacia el piso de arriba. Esperan a que suba a su cuarto y María no duda ni un instante: María hace una señal a Noah y lo siguen, localizan la habitación y llaman a la puerta. No contesta nadie. María alza la voz y le pide que abra.

Sigue sin responder nadie y ella golpea la puerta con fuerza.

—¡Queremos hablar con vos!

Entonces se entreabre y asoma un hombre en la cuarentena, con una barba recortada, las mejillas rasuradas y un sencillo bigote.

—¿Quiénes sois? ¿Qué queréis de mí?

—Solo preguntaros por un mapa.

—¡Ni hablar!

Intenta cerrar la puerta de nuevo, pero la mano de Noah se lo impide.

82

Lisboa

María enciende el fuego de la chimenea, lo aviva y echa unos troncos de olivo. Frente al hogar hay una mesa sencilla de madera y tres sillas donde se acomodan. A María el hombre le resulta un tanto familiar; tiene el cabello moreno y rizado, oculto bajo un gorro rojo.

—¿Quién sois? —inquiere Noah.

—Eso mismo podría preguntaros yo.

—Sois castellano, del norte por vuestro acento —interviene María al reconocer su forma de hablar—. ¿Buscáis información de las Indias en Lisboa?

El hombre no responde.

—Hablad, maldito. ¿Quién os manda?

—Ninguno de los tres estamos en casa y dudo que tengáis señor más alto que yo, así que no aceptaré preguntas vuestras.

Noah y María se miran sorprendidos.

—Hagamos una cosa, os contaremos algo y vos haréis lo mismo. ¿Os parece, *quid pro quo*? —pronuncia Noah como si fuera el juglar—. Nos han hablado de un mapa que los portugueses guardan con sumo celo, en él registran todos sus descubrimientos, incluso los más secretos.

—¿El Padrón Real?

Noah asiente.

—¿Y pensáis que yo tengo acceso a él? —Suelta una carcajada—. Estáis dando palos de ciego. Ningún extranjero puede verlo, solo los grandes capitanes portugueses; y si alguien osa desvelar información sobre él, lo ahorcan.

—Nos han dicho que un italiano ha logrado copiarlo.

—Yo no sé nada de eso. ¿Y para quién trabajáis vosotros dos?

—Eso no os interesa —interviene Noah, enervado.

—Tranquilo. —Le para ella—. Para nosotros mismos, es algo personal. ¿Qué deseáis averiguar de las Indias y por qué?

—Soy marinero desde que nací, pero eso no podéis entenderlo si no os habéis impregnado de la humedad del Cantábrico por la mañana, ni subido al monte Buciero y llegado al faro del Caballo para ver el fondo del mar transparentado por las aguas.

—¡A mí no me habléis del Cantábrico, que soy vasca! De una larga estirpe de balleneros, así que andaos con ojo, os lo advierto.

—Y yo he diseñado barcos y dibujado rosas de los vientos sobre océanos desconocidos, y he leído las nubes en medio del mar Tenebroso. Mi nombre es Juan de la Cosa, cartógrafo y piloto mayor de Su Alteza Isabel de Castilla. Soy comerciante y armador, y era propietario de la nao Santa María, con la que vi las Indias por primera vez junto al almirante Colón.

—¿Qué habéis dicho? ¿La Santa María era vuestra? ¿La que se hundió en el primer viaje?

—Para mi desgracia y mi ruina…

—Con sus restos se levantó el fuerte de La Navidad.

A Juan de la Cosa se le tuerce el gesto al oír ese nombre y no dice nada.

—Hicisteis ese viaje y abandonasteis allí a treinta y nueve hombres a su suerte.

—Eso no es verdad, se dejaron víveres y armas.

—Murieron todos. —María ya no puede detenerse y se altera—. ¿Qué les pasó a los treinta y nueve de La Navidad?

—Tú misma lo has dicho, murieron antes de que regresáramos en el segundo viaje.

—¿También ibais en el segundo viaje? ¿Cuántas veces habéis estado en las Indias? —interviene Noah, pero María le corta de inmediato.

—¡No! Decidme primero cómo murieron los hombres de La Navidad.

—Eso… yo no lo sé.

—¡Mentís! —María se alza sobre los dedos de sus pies y golpea con los puños la mesa, parece una fiera a punto de atacar a su víctima—. Tened la decencia de decir a una hija cómo murió su padre, al que abandonasteis en una isla perdida, en medio del Océano, donde nunca antes había estado un alma cristiana.

De pronto, toma un cuchillo de cocina que hay a su alcance y apunta amenazante al de Santoña.

—¡Sé usarlo! Si no me creéis, dadme un motivo para sacaros de la duda.

A Juan de la Cosa se le abren tanto los ojos que la expresión de su rostro es la viva imagen del pánico.

—María, escúchame, tranquila. —Noah le habla con toda la prudencia de la que es capaz, sin atreverse a tocarla—. Mírame.

Ella no responde, hasta el último punto de su piel está tenso; es como un volcán a punto de entrar en ebullición.

—Escúchame, María —insiste—. Vamos a hablar, seguro que nos lo va a contar. Decid lo que sepáis —le pide Noah a Juan de la Cosa—, por vuestro propio bien.

—Pero es que yo no sé nada.

María se lanza a cortarle el cuello y Noah a duras penas logra detenerla y arrebatarle el cuchillo. Luego la rodea con sus brazos y la retiene, momento que Juan de la Cosa aprovecha para intentar huir.

Ella patalea y muerde con rabia la mano de Noah, que suelta un grito de dolor y la libera. Recupera el cuchillo y se abalanza sobre Juan de la Cosa, lo derriba contra el suelo y pone la hoja rozando su garganta.

—¡Te lo diré! —Juan de la Cosa siente que va a morir—. ¡Te lo diré!

María respira con dificultad y Noah se levanta dolorido.

—Tardamos casi un año en volver. Perdida la Santa María, me enrolé como un tripulante más. Me quedé sin nada cuando encalló.

—¿Y de quién fue la culpa?

—De un grumete que no avistó un banco de arena. Se quedó dormido y el resto estábamos... —resopla— de celebración. Era Nochebuena, ¡no me mires así!

—¿Estabais borrachos cuando vuestro barco encalló?

—¡Era Nochebuena! Habíamos sido los primeros en cruzar el mar Tenebroso, era como si hubiéramos resucitado de entre los muertos.

—Continuad —le apremia Noah, resignado.

—Los arrecifes de coral destrozaron el casco de mi nao. Nos vimos obligados a evacuar hacia la Niña, pues la otra carabela, la Pinta, nos había dejado. Su capitán, un Pinzón, se había ido por su cuenta a buscar oro.

—¿No se podía reparar?

—Ojalá, pero no. La mayoría de las provisiones estaban en ella; pudimos salvarlas con ayuda de los indios, que nos trataron muy bien tras el desastre y luego nos proporcionaron comida en abundancia. Como ha dicho ella, se construyó un fuerte. El día dos de enero nos marchamos y dejamos allí a esos hombres. Tenían mucha comida, semillas, armas; la idea era que La Navidad creciera y almacenara oro para cuando regresáramos.

María le mira con los ojos llenos de rabia.

—Volvisteis en el segundo viaje —insiste Noah.

—Estaba arruinado. Soy cartógrafo, además de armador, y vi la posibilidad de resarcirme. Fui con la misión de trazar el mapa de las tierras que visitáramos. Creí que podría hacer fortuna.

—¿Qué pasó en La Navidad?

—Cuando llegamos, todos estaban muertos. El Almirante había dejado al mando a un primo de la mujer con la que había tenido su segundo hijo, de apellido Arana. Se comentaron muchas cosas.

—¿Cuáles?

—De todo, pero en realidad nadie sabía nada. El Almirante ordenó silencio y…

—¿Y qué? —alza la voz María.

—Nos dijo que debíamos olvidar aquel lugar, que estaba maldito. Así que nos fuimos más al este y fundamos una ciudad, La Isabela.

—¿Por qué estaba maldito? —pregunta Noah.

—No lo sé, lo juro. Pero nos prohibió visitarlo y hablar sobre La Navidad.

—¿Por qué hizo Colón tal cosa? —pregunta Noah, todavía dolorido.

—Ignoro qué ocurrió en aquellos once meses que estuvieron solos en las Indias, pero tuvo que ser terrible. Murieron todos, ¡todos!

—¿Y por qué Colón no buscó a los responsables? —insiste María, presionando más la hoja contra la piel.

—En ese segundo viaje yo ya no tenía voz y no bajé a tierra en La Navidad. Además, discutí con Colón porque obligó a la tripulación a firmar el reconocimiento de que el territorio que entonces se llamó Juana, lo que ahora se llama Cuba, era una península de Asia. ¡Y yo y muchos ya sabíamos que era una isla!

—¿Confundió tierra firme con una isla? —pregunta Noah, desconfiado.

—Eso no se puede confundir.

—Entonces ¿por qué lo hizo?

—No lo sé. Nadie sabe lo que pasaba por su cabeza.

—Algo más tuvisteis que oír de lo que pasó en La Navidad —musita María.

—Te juro que no, eso solo lo sabe Colón —responde Juan de la Cosa.

—No os creo —afirma María, amenazante—. ¡Mentiroso!

—Él lo ocultó, como muchas otras cosas. No podía permitir que la noticia llegara a la corte, les había contado a los reyes que los indios eran pacíficos, inocentes… ¿Cómo explicar que habían masacrado a treinta y nueve súbditos de Su Alteza?

—Así que… lo dejó pasar. ¿Es eso lo que queréis decir? —pregunta Noah.

—El Almirante tenía otras prioridades. Os acabo de decir que él había asegurado que los indios eran pacíficos.

—¡Claro! Y esas muertes hubieran ensombrecido su éxito —asiente Noah—. ¡Qué sinvergüenza!

Se hace un tenue silencio.

—Sabéis algo más, ¡hablad! —María no se da por satisfecha.

—No, no… Lo juro.

Noah lo mira fijamente.

—Muy bien, pero otras cosas sí sabréis. ¿Qué hacéis aquí? Decid la verdad, por vuestro bien.

—Yo… soy espía de la reina Isabel. Su Alteza tiene confidentes en las cortes europeas y también envía a agentes como yo para asuntos especiales —confiesa Juan de la Cosa—. Os estoy diciendo la verdad, ¡soy un espía de la reina!

83

Lisboa

Un encapuchado entra en la taberna, da un par de monedas a la misma camarera con la que han hablado hace poco María y Noah y esta le señala primero al marinero de los tatuajes y luego el piso de arriba.

El visitante avanza hasta donde está el portugués, se sienta de espaldas a la camarera y se quita la capucha de tal forma que solo él puede verle el rostro.

—Tu cara me suena, yo te he visto antes por algún lado —dice el fornido portugués.

—Es posible, viajo mucho.

—¿Y qué quieres tú?

—Háblame de ese que ha venido a verte antes.

—¿Por qué iba a hacerlo? —El marinero se muestra desconfiado.

—Seguro que llegamos a un acuerdo. —Saca unas monedas.

—Eso ya me gusta más, ¿qué quieres saber? —Le relata lo que le ha contado a Juan de la Cosa con pelos y señales—. Y él no es el único que ha venido curioseando.

—¿Una pareja extranjera? —pregunta el encapuchado.

—No, una mujer.

84

Lisboa

Noah se entiende con Juan de la Cosa, como también lo hizo con el anciano de la fortaleza de Sagres. Se nota que son cartógrafos y que los mapas y los viajes son su pasión. Así que Juan de la Cosa confiesa que su misión consiste en recopilar información de los viajes y los descubrimientos de los portugueses por todo el mundo. Es la primera vez que realiza labores de espionaje, pero es habitual que la Corona recurra a viajeros para espiar a los demás reinos: puede ser un embajador, un comerciante, un marino, un clérigo…, cualquiera es susceptible de hacerlo.

—Quizá sea verdad, María. Los monarcas tienen una tupida red de informantes y espías por todas partes; el más insospechado puede trabajar a sueldo para uno de ellos. Él ha viajado a las Indias y conoce a Colón, no es tan descabellado. Y si no, ¿qué está haciendo aquí, en Lisboa?

—Gracias. —Juan de la Cosa respira aliviado.

—No os equivoquéis, ahora os conviene colaborar —dice Noah en tono conciliador—. Si no queréis que deje que María os degüelle, tenéis que ayudarnos. Estamos siguiendo la pista del primer viaje de Colón porque sabemos que no llegasteis a Asia.

—¿Eso qué quiere decir?

—Que las distancias de Colón son erróneas. El mundo es más grande de lo que él cree, ya lo calculó Eratóstenes.

—¿Eratóstenes? Pero eso fue antes de que naciera Nuestro Señor, y además Ptolomeo lo contradice.

—Ptolomeo puede estar equivocado. —Noah parece muy seguro de lo que dice—. Eratóstenes no ha sido el único en dar un diámetro de la Tierra mayor que el de Ptolomeo. Después hubo un sabio árabe, Alfragano, que hace seis siglos y medio estableció un diámetro parecido al de Eratóstenes, y Colón conocía los datos de Alfragano. De hecho, creo que pudo malinterpretarlos al confundir las millas árabes con las millas italianas.

—¿Millas árabes e italianas? —inquiere María.

—Sí, la milla italiana es prácticamente igual que la romana. En cambio, los árabes no usaban esa medida, así que la suya es mayor —explica Juan de la Cosa—. Si Colón pensó que eran similares, dedujo que la distancia de Alfragano era menor de lo que realmente sentenció el árabe.

—¿Por qué se confía ciegamente en Colón?

—¿Ciegamente? —Juan de la Cosa resopla—. Sobre lo que os voy a contar ahora no podéis decir ni una palabra —les advierte—. Cuando el Almirante se presentó en Castilla con su teoría, la reina Isabel convocó una comisión en Salamanca para que estudiara el proyecto y este fue rebatido con rigor. Por ejemplo, a la afirmación de la existencia de islas en medio del Océano, según Colón a unas cuatrocientas leguas de las costas castellanas, la comisión opuso testimonios de marineros y de viajes que la negaban.

—La famosa Antillia, que aparece en muchos mapas… —comenta Noah—. Pero no existe, es una leyenda.

—En segundo lugar, las medidas del grado terrestre, y en consecuencia las del diámetro de la Tierra que esgrimió el Almirante, fueron desdeñadas por erróneas. El mundo tiene forma de esfera y por tanto se divide en 360 grados, y cada uno tiene una extensión de ochenta y siete millas y media o sesenta y dos millas y media, según se siga a Eratóstenes o a Ptolomeo. Los sabios no se pusieron de acuerdo en cuál de ellos está en lo cierto, pero lo que a todas luces resulta imposible es la medida que aportó Colón, todavía menor: cincuenta y seis millas y dos tercios, que tomó del árabe Alfragano. Y sí, le hicieron la observación de que las millas árabes eran más largas que las italianas que él venía manejando.

—Luego Colón conocía el error de las millas. —Se alarma Noah—. Entonces no lo entiendo.

—Esa ha sido siempre la principal discusión: la medida del mundo. Y fue lo que llevó a los miembros de la comisión a rechazar el proyecto. Nunca estuvieron sobre la mesa los cálculos de Eratóstenes. No hizo falta, se aceptaron las teorías de Ptolomeo sobre las dimensiones de la esfera terrestre porque incluso con ellas el viaje de Colón era inviable.

—Sigo sin verlo claro. —Noah entrelaza los dedos y extiende los pulgares—. Si utilizando las medidas de Ptolomeo, que son erróneas, no se validó el viaje, ¿qué pasó entonces?

—Colón aseguró que tenía indicios de que Asia es más grande de lo que creemos y, por tanto, Catay y Cipango eran alcanzables por poniente.

—Aun así, la junta desechó el plan de Colón —insiste Noah.

—Por supuesto, por completo. Pero no la reina Isabel —recalca Juan de la Cosa—. Más bien lo aplazó y le puso una asignación al Almirante a cambio de que aguardara mejores tiempos. Su Alteza estuvo muchos años manteniéndolo y él, esperando.

—¿Por qué hizo tal cosa la reina? —pregunta ahora María.

—Ya he hablado demasiado.

—¿Tenía Colón un mapa?

—¡He dicho que ya vale! ¿Qué más os da eso?

—Importa porque ese mapa no era correcto. —Noah abre su bolsa y despliega un mapa, ante el asombro de Juan de la Cosa—. Este es el mapa de Toscanelli, los portugueses también lo tenían y creían que era erróneo. De alguna manera, Colón lo obtuvo y lo usó para su primer viaje, ¿verdad?

Juan de la Cosa se inclina para estudiarlo, pasa sus dedos por el pergamino y hace cálculos y dibuja líneas imaginarias en su cabeza.

—¿Cómo es posible? Se cree que la única copia estaba en posesión del rey de Portugal.

—Es un secreto, nadie sabe que existe este —afirma Noah.

Juan de la Cosa sigue examinándolo: los grados, las distancias, la representación de la isla de la Antillia en medio del Océano, la posición de Catay y Cipango.

—Este mapa no hace más que apoyar a Colón.

—Y tanto, porque creo que logró copiarlo y lo uso para convencer a la reina de Castilla.

—Él encontró tierra donde juró y perjuró que la habría —afirma Juan de la Cosa—. ¿Quiénes sois vosotros para ponerlo ahora en duda? Cuando hay miles de personas que han viajado ya a las Indias por esa ruta, que según vosotros es errónea.

—Yo no digo que la ruta no exista, solo que las medidas son erróneas. Ptolomeo se equivocó y Toscanelli le siguió, y a este el Almirante. Eratóstenes y Alfragano estaban en lo cierto, ¡el mundo es mucho más grande de lo que creemos! Y, en cambio, lo hemos ido haciendo más pequeño sobre el papel, a nuestra conveniencia.

—¡Culpa de Colón! —exclama María.

—Mirad, él es intocable. Incluso cuando lo trajeron prisionero, la reina lo liberó y le ha dado una nueva expedición. Su Alteza confía en él para llegar a Asia y las islas de las Especias.

—¿Cómo puede la reina creer con tanta devoción en él?

—Tiene amigos cerca de ella, que de alguna manera intercedieron desde el principio para que no descartara su proyecto, a pesar del dictamen negativo de los expertos.

—¿Qué amigos?

—Digamos que el Almirante tiene un don para rodearse de religiosos con influencia, y también de nobles.

—¿Y él estuvo esperando durante años? —María sigue sorprendida.

—Sí, la guerra de Granada estaba próxima a su fin, lo que disipaba uno de los principales obstáculos de los años precedentes. Además, Colón había ganado para su causa muchos más adeptos y eran cada vez más poderosos.

—Entre ellos, Luis de Santángel —menciona María.

—Sí, un converso con mucho poder. Pero no solo él, esta vez hubo más opiniones favorables en la junta, aunque no las suficientes para imponerse a los que seguían mostrándose en contra, los cosmógrafos y los marinos que sabían que las medidas eran erróneas, y por eso se determinó de nuevo que el proyecto era inviable.

—Sigo sin entender qué sucedió entonces. —Noah niega con la cabeza.

—La determinación del Almirante era tal que dejó plantada a la reina y se fue de la negociación, convencido de que sería escuchado en Francia. Él sabía que no podía imponerse a los expertos. Mientras ellos tuvieran voz y voto, el viaje no se llevaría a cabo.

—Ahí intervino Santángel.

—Así es, Santángel y el confesor de la reina hablaron con Su Alteza y la convencieron de cambiar de parecer. Y ella tuvo que pedirle que regresara, ¡a un humilde extranjero sin rango ni beneficio!

—¡La reina de Castilla suplicando a un simple comerciante! —A María le puede el enfado—. No tiene sentido.

—Y además dictaminó que el asunto fuera tratado solo por dos personas favorables, y por fin aprobaron el proyecto.

—Cuesta creer que contara con apoyos tan influyentes siendo extranjero y sin tener formación, ni títulos, ni dinero. —Se desespera Noah—. Aun así, sigo sin ver claro por qué decidieron sufragar el viaje.

—Eso solo pueden responderlo la reina Isabel y los que más firmemente lo apoyaron. Ahora sí que os he contado mucho más de lo que debería; creo que sois gentes justas, así que os ruego que cumpláis y me liberéis.

—Cuando Colón dejó Portugal, ¿a dónde fue primero en Castilla?

—A Palos, una zona costera limítrofe con Portugal. Allí hay un convento franciscano, La Rábida, y coincidió con un clérigo que fue esencial en su éxito: fray Marchena. Sin su ayuda, jamás hubiera llegado a reunirse con los reyes. El Almirante abandonó Lisboa en secreto. Y además lo hizo por mar, para no tener que presentar papeles. Temía que no le dejaran salir del reino porque podía pasar información confidencial al enemigo, a Castilla.

Dos golpes en la puerta, los tres se miran alarmados.

—¡Abrid a la justicia!

85

Lisboa

Noah reacciona y voltea una mesa para bloquear la puerta. En ese momento comienzan a zarandearla desde el exterior con algún objeto contundente. No resistirá mucho.

—¡Os han seguido! —exclama Juan de la Cosa.

—No es posible... —niega María—. ¿Quién nos iba a seguir? Solo fuimos a ver al viejo cartógrafo.

—Dudo que él tenga nada que ver. Les habrá alertado el de la taberna —añade Noah.

—¿Qué cartógrafo? —insiste Juan de la Cosa.

—¡Ahora eso da igual! ¿Cómo podemos salir de aquí?

—¡La ventana! —señala María—. Es la única escapatoria.

Saltan por ella. Da a una galería y al fondo hay una escalera que ha tenido días mejores. Parece que conduce a un altillo. Noah la tantea antes de pisar y, no muy convencido, pone un pie. Toda la estructura cruje. Pone el otro, ahora es más estable.

Se oye cómo derriban la puerta atrancada, no hay tiempo que perder. Uno a uno, suben la escalera, que además es empinada y no tiene asideras para agarrarse. En lo más alto hay una trampilla, está cerrada.

—Noah, ábrela.

—¡Que la abra! ¿Cómo?

—¡Empuja, leches!

—Maldita sea. —Lo intenta con las manos, pero no cede. Entonces empuja con el hombro y lo que consigue es quedarse dolorido.

Las voces de sus perseguidores están cada vez más cerca.

Noah vuelve a maldecir su suerte y golpea con todas sus fuerzas con el otro hombro hasta que la trampilla se libera. Sube rápido y ayuda al resto a hacer lo propio; luego arrastran un baúl para bloquearla.

Están en el sobrado del edificio, solo hay algún mueble viejo. El techo es bajo y no pueden caminar erguidos. En un extremo hay dos vanos abiertos. María se asoma y no dice nada. Pero Noah pone el grito en el cielo.

—No podemos saltar desde aquí, nos mataremos.

Comienzan a golpear la trampilla, el baúl se tambalea aunque aguanta.

—¿Qué haces? —Noah llama la atención a María, que ha salido al tejado.

—¿Se te ocurre algo mejor?

Abajo hay un corral. María salta y cae sobre las tejas. Se levanta sin muestras de haberse lastimado.

—No queda otra. —Noah se lanza y rueda por el tejado hasta el límite, pero logra agarrarse antes de irse al suelo.

La trampilla se libera y asoma la cabeza de un hombre armado lanzando improperios. Juan de la Cosa salta e impacta con los dos pies sobre el tejado, que no soporta su peso y se derrumba. Una tierra fangosa amortigua el golpe. Cuando abre los ojos, cree que se ha partido todos los huesos, pero ve que puede mover las piernas. Tiene el rostro pringoso y algo en la boca que intenta escupir. Logra incorporarse, y entonces un caballo relincha y le empuja de nuevo contra el suelo del establo.

—¡Caballos! —María baja a toda prisa por el agujero.

Noah la sigue. Corren a buscar las sillas y no pierden un instante en pertrechar a las monturas.

Noah y Juan de la Cosa montan dos yeguas blancas y María, un potro oscuro. Salen del establo al galope, ante la sorpresa de los vecinos que se han congregado al oír los saltos y el ruido. Logran esquivarlos y se dirigen hacia una calle principal. Noah no puede creer que vayan a salir indemnes de esta. De pronto, una vara larga intenta derribarlo, tira de las riendas y se salva. Mira atrás. María le ha copiado la maniobra y Juan de la Cosa también, pero aparece otra vara que le golpea en el hombro y lo derriba.

—¡No! —Noah detiene su caballo y se gira.

—¡Ayudadme! —grita Juan de la Cosa, que se levanta mientras su caballo galopa en otra dirección—. ¡Por favor!

—Alto, Noah. —María lo empuja hacia delante—. Ya es tarde, no podemos hacer nada por él.

—Hay algo que no os he contado… ¡Un mapa! ¡Yo he dibujado un mapa para la reina!

—¿De qué está hablando?

—Noah, es mentira, ¡no vayas!

—Un mapa con todos los descubrimientos castellanos y portugueses, es la clave que buscáis. —Juan de la Cosa corre hacia ellos, pero sus perseguidores aparecen a caballo tras él.

—Hay que irse —insiste María.

—Pero descubrirán que es un espía y ese mapa…

—No, Noah, ¡vamos!

María arrea a su potro para escapar y Noah va tras ella.

Desde el otro lado de la calle, un encapuchado con los ojos azules los observa.

86

Costa de Huelva

En el extremo occidental del reino de Castilla hay una amplia ensenada en la desembocadura del río Tinto, un puerto natural al abrigo de los vientos y las corrientes, donde se ubica localidad de Palos. Allí, en la madrugada del 3 de agosto de 1492, Cristóbal Colón asistió a misa en la iglesia y después se encaminó hacia el muelle, del que partió en busca de una nueva ruta hasta Asia a través del Océano.

La dimensión de la ensenada permite el acceso de las naves al interior del puerto sin necesidad de avanzar en barcos más pequeños para la carga y descarga. Sobre todo de las carabelas, que tienen poco fondeo. Hay un enorme edificio en el centro del puerto que sirve de bodegón, fonda y almacén, donde están obligados a tener siempre alimentos frescos y pan para los marineros y los mercaderes que llegan a Palos desde Inglaterra, Italia, Flandes, Valencia y otros puertos castellanos.

Recorriendo el puerto de Palos, María observa a Noah. Lleva haciéndolo desde que lo conoció en Barcelona y ha llegado a la conclusión de que no se parece a su difunto esposo, Antonio. No posee su serenidad, que tan bien le hacía y que apaciguaba su naturaleza impulsiva; al contrario, Noah es curioso y muchas veces está como ausente. En el fondo se asemeja más a ella, y eso no sabe si es bueno. Cuando dos personas son parecidas, magnifican los detalles positivos de su carácter. Pero, por otro lado, también hacen más profundas sus dudas y temores. Sin un contrapeso, sin nadie que la haga estar con los pies en el suelo, María teme volar demasiado alto en sus ideas y terminar mal. Juntos serían capaces de grandes momentos, pero también de terribles equivocaciones.

Comen unas sardinas en la playa, frente al mar. Noah no está acostumbrado a comer pescado hecho a la brasa en la misma orilla, en Flandes sería impensable.

Va a coger otra sardina y toca sin querer la mano de María, y ella, en vez de apartarla, entrelaza sus dedos y ambos se quedan mirando sus manos unidas. María suelta una risa.

—¿Qué pasa? ¿Te molesta?

—No. —Niega ella con la cabeza, y siguen con las manos entrelazadas.

María deja entonces la mirada perdida en el Océano. Ella necesita la brisa del mar para respirar; llena sus pulmones de sal para luego poder resistir tierra adentro, como cuando las ballenas suben a la superficie para tomar aire y vuelven a sumergirse en las profundidades. Pero hacía mucho tiempo que no lo contemplaba acompañada y eso la hace feliz, es una sensación que había olvidado. La conexión que siente con Noah es cada vez más fuerte.

—Me gusta observarte cuando miras el mar.

—¿Y eso por qué?

—Te quedas pensativa, ausente y en silencio, con el batir de las olas en los oídos. No sé si me escuchas o no. Pero da igual, tus ojos miran al infinito y tu boca…

—¿Qué le pasa a mi boca?

—Seguro que tus labios saben a sal.

—¿Es que has olvidado a qué saben, Noah?

Ahora se miran fijamente.

Y se besan.

Sin soltarse las manos.

Pasan unos pescadores por delante de ellos, riéndose por haberlos sorprendido besándose. María se ruboriza y Noah no puede evitar echarse a reír.

Siguen sin separar sus manos.

Vuelven a mirarse.

—¿Ya confías en mí? —le pregunta Noah.

Ella asiente.

—Tu padre y el de Laia viajaron con Colón, murieron allí y no sabes ni cómo ni cuándo.

—Ni dónde están sus restos —añade ella, visiblemente incómoda—. Debemos irnos, Noah. Tenemos mucho que investigar en Palos.

María se levanta de la arena y finalmente sus dedos se sueltan. Noah teme haberla molestado, pero entonces ella vuelve a cogerle la mano y juntos caminan de nuevo hacia el pueblo con una sensación de felicidad que no pueden ocultar cuando comienzan a indagar y preguntan a las gentes por Colón y su viaje.

—La ruta a las Indias no ha traído nada bueno a Palos —musita una mujer que cose unas redes.

—¿Y eso cómo puede ser?

—Porque se han marchado muchos. Los armadores, los artesanos y los marineros emigran a las Indias y a Sevilla, donde han puesto eso moderno que llaman la Casa de la Contratación. Las flotas ahora salen de Sevilla o de Cádiz.

—Cuesta creer que el origen del gran viaje no haya sido recompensado.

—En Palos contábamos con una de las flotas más numerosas de Castilla, con patente de corso, así que podíamos arremeter contra barcos o poblaciones enemigas, y antes había mucha entrada de esclavos y mercancías que traían de las de incursiones por África. Hasta lo de las Indias, aquí estaban los mejores armadores del sur de Castilla.

—Estas gentes no están contentas con la nueva ruta, los ha arruinado —murmura Noah cuando se alejan unos pasos.

—Sí, se siente enseguida en el ambiente del puerto.

—Eso es bueno.

—¿Qué es bueno? —María se detiene en seco—. ¿Por qué va a ser bueno?

—Chis, no llames la atención. —La coge del brazo para que lo siga—. Están resentidos y tienen que saber cosas.

Los capitanes que acompañaron a Colón fueron los hermanos Pinzón y son oriundos de Palos, así que Noah indaga sobre ellos.

—Sin los hermanos Pinzón, la historia hubiese sido muy distinta —dice un hombre entrado en años—. Los marineros de Palos dominan el Océano, nadie sabe más que nosotros de vientos y corrientes; y los Pinzón eran excelentes.

—¿Eran?

—Murieron dos de ellos, solo vive el tercero, que sigue viajando a las Indias. Lo conozco desde que era un crío, era el más osado de los tres. Aunque el mejor capitán era el mayor, que en paz descanse. —Se santigua—. Siempre que viene me cuenta historias de allá. Yo ya soy viejo para navegar.

—¿Y os ha contado algo de Colón?

—Valiente personaje. —Y suelta una única carcajada seca.

—Ha sido el primero en llegar a las Indias por poniente, una proeza.

—Sin duda. Pero a mí no me engañan: la clave de la gesta de Colón son los vientos. Creen que fondeó en las islas Canarias para aprovisionarse, ¡qué va! Los vientos… —Sopla—. La navegación se basa en aprovechar los vientos, ni más ni menos.

—Pero los vientos son peculiares, cambiantes, extraños —enumera Noah.

—Los marineros de otros reinos están acostumbrados a los vientos del Mediterráneo y del norte, que son confusos y cambiantes. Sin embargo, los que navegamos por la Mar Océana sabemos que existen vientos permanentes.

—Un viento permanente… implica una ruta fija.

—Así es. Para circunvalar África hay que seguir las corrientes que te llevan a Guinea, se toma una ruta costera con vientos de nordeste. Pero para volver hay que alejarse de la costa y coger otros vientos que soplan todo el año.

—Colón no siguió la ruta más directa a Asia, sino que bajó a la zona de aguas tranquilas y buscó unos vientos constantes —asiente Noah.

—¡Exacto! Puso a sus naves listas para recibir vientos de popa y simplemente se dejó llevar. Fue en volandas hasta Asia.

—Eso no es fruto del destino —murmura mirando a María.

—¡Qué dices! Eso solo puede hacerse si se sabe de antemano. Y en el regreso hizo lo mismo pero al revés: subió tan al norte como le fue necesario para encontrar los mismos vientos de esa corriente, pero en sentido opuesto, los que soplan hacia las Azores.

—Claro, por esa razón llegó antes a ellas —asiente Noah.

El marinero no les cuenta más.

—Una vez me hablaron de los Pinzón —comenta María—. Ellos detuvieron un motín en medio del Océano. Me contaron que estaban dispuestos a deponer a Colón, pero que los metió en su camarote y les contó algo.

—¿El qué?

—No sé, pero les cambió por completo.

Caminan hasta el convento de La Rábida. María no puede entrar y aguarda a Noah en el exterior mientras él intenta conseguir algo de información. La Rábida es un cenobio franciscano, y lo recibe un fraile que lo lleva en presencia del prior, a quien pregunta por la visita de Colón hace más de veinte años.

—Yo no estaba aquí entonces, pero sé que Cristóbal Colón pidió asilo junto con su hijo Diego.

—¿Sabéis de algún fraile que estuviera presente?

—Sí, Colón entabló amistad con fray Marchena, uno de nuestros hermanos.

—¿Y está ahora aquí? —inquiere Noah.

—Por supuesto, goza de buena salud. Le llamamos el Estrellero, por su afición a la astronomía.

—Qué interesante. —A Noah este dato le parece prometedor.

—Supongo… —responde el prior, menos convencido—. Esta

es una tierra de marineros; gentes nobles y trabajadoras, pero iletradas. No hay escuelas, solo este convento. Nuestra labor, además de religiosa, es educativa. Y también jurídica, ya que, debido a nuestra reputación e imparcialidad, somos árbitros en las disputas entre vecinos de Palos, Moguer, Huelva o Ayamonte.

—¿Podría ver al padre Marchena?

—No veo por qué no, acompañadme. Es un hombre afable, muy cordial, siempre rodeado de libros y con sus estrellas.

Noah sigue al prior por las dependencias monásticas hasta llegar a una pequeña biblioteca. Le señala a un monje mayor, con una poblada barba castaña y que viste un hábito holgado. Se presenta ante él y el padre Marchena lo recibe con gusto.

—Tengo entendido que Colón os debe buena parte del éxito de su proyecto.

—No pienso hablar con nadie del Almirante —afirma el fraile.

—Tengo un amigo polaco que estudia las estrellas como vos, me contó que divisó un eclipse durante el cual la Luna cubrió una estrella; era en la constelación de Tauro... Alde..

—Aldebarán.

—¡Eso es! También había divisado a Marte avanzar y luego retroceder.

El fraile pone cara de asombro, pero también de curiosidad.

—Yo no hice nada de valor con el Almirante. —De pronto está dispuesto a hablar—. Solo unir dos puntos inconexos, nada más.

—Hay que saber trazar esa línea —asiente Noah—. Fuisteis el primero en Castilla en oír su plan. ¡Y le creísteis!

—¿Por qué no iba a hacerlo?

—Colón era extranjero, nadie lo conocía, y vos no sois marinero... Perdonadme, pero me parece extraño vuestro apoyo incondicional.

—Cierto es que no sé de mareas ni de vientos, y tampoco de carabelas. Pero sí de las estrellas. Este convento es un lugar especial para ellas, que no os cofunda su austeridad. Está construido sobre un santuario fenicio donde los marineros organizaban sus travesías.

—Los fenicios eran los mejores marinos de la Antigüedad.

—Y aquí llegó un día un náufrago inglés que, en agradecimiento por salvarse, fundó una ermita consagrada a la Virgen.

—Ya empiezo a entender que era un lugar propicio para una historia como la de Colón. —Noah se percata de que el padre Marchena es un hombre peculiar—. Como si le hubiera traído el destino.

—Más bien Dios, Nuestro Señor —aduce él—. Aquí nos dejó a su hijo Diego, y sí, aquí encontró mi apoyo y el de mis hermanos franciscanos.

—¿Su hijo sigue aquí?

—Está en la corte, ha sido paje real. Colón se lo llevó a Córdoba cuando se trasladó a esa ciudad para reunirse con la reina Isabel y… luego tuvo otro hijo allí con una cordobesa.

—Así que Colón tiene dos hijos. Y cuando regresa de sus viajes, ¿vive en Córdoba?

—Eso no lo sé, pero la madre de su hijo pequeño sí.

—¿Y sabéis su nombre?

—Me temo que no, solo que es de modesta posición y que el Almirante reconoció al niño y le dio el apellido: Hernando Colón. Yo le ayudé en sus ambiciones marítimas, pero nada sé de su vida personal ni me importa.

—Colón, recién llegado a Castilla, extranjero y con aspecto de aventurero, logra que le reciban Sus Majestades. ¿Cómo lo consiguió?

—Yo lo acompañé personalmente y solicité audiencia real, y él hizo amistad con el confesor de la reina y el obispo de Palencia, entre otros —responde el fraile sin darle importancia, con una serenidad sencilla.

—Vuestro apoyo le abrió todas esas puertas.

—La fe es poderosa, capaz de mover altas montañas. Sin embargo, lo pronunciáis como si fuera algo malvado o injusto. Olvidáis que Colón estuvo detrás de la reina ocho años hasta que salió rumbo a las Indias.

—Al contrario, esperar tantos años me parece una locura. Hay que estar muy seguro de los propios argumentos —advierte Noah, que no sabe bien cómo actuar frente a la paz que irradia fray Marchena—. Tuvo que enfrentarse a una comisión de expertos en Salamanca y expuso su proyecto como hizo años atrás con los portugueses, y con el mismo talón de Aquiles: la distancia a Asia por poniente. Sé que Colón aceptó la medida del diámetro de la Tierra de Ptolomeo, pero le sumó más grados a Catay y también a Cipango, y finalmente aseguró que se podía arribar a una isla intermedia donde hacer escala. Tal isla nunca apareció y tampoco ha llegado a las ricas ciudades que prometió.

—Pero el Almirante estaba en lo cierto, existe tierra justamente donde predijo.

—Eso es lo más asombroso: llegó a donde quería al primer intento. —Noah se encoge de hombros.

—¿Qué estáis insinuando y os causa tanto recelo decir?

—¿Qué os dijo Colón para convenceros? —replica Noah con otra pregunta, al modo de María.

No responde.

Entonces Noah abre su bolsa y saca el mapa de Toscanelli, lo extiende sobre la mesa y estudia la reacción del padre Marchena.

—¿Os es familiar?

—Sí.

—¿Y bien? —pregunta Noah.

—Nadie creyó a Colón, pero él no se rindió; perseveró, insistió y nunca abandonó su idea. Por eso triunfó, por tener fe. Tampoco creyeron a Cristo y lo crucificaron.

Noah se queda impactado con la comparación.

—Os mintió —dice en un tono más serio—, sus cálculos son erróneos. Este mapa lo dibujó antes que él Toscanelli, un florentino. Colón usó una copia, que robó o copió en Lisboa, para convenceros, ¿verdad?

—Creo que ya es suficiente.

—¡No está en Asia!

—Ah, claro. —El fraile por fin pierde la compostura—. ¿Y dónde se supone que se hallan él y los hombres que después han seguido esa ruta?

Noah no sabe si responder.

—¡Lo veis! Marchaos, no quiero veros más.

—Creo que es un *Mundus Novus*.

—¿Un Nuevo Mundo? ¡Por Dios santo! Marchaos ahora mismo de aquí, no tengo tiempo para estas tonterías.

Noah asiente, recoge el mapa y abandona la estancia. Sale del convento y va hacia donde le espera María.

—¿Y bien? —pregunta ella, expectante.

—Mal asunto, no ha soltado prenda.

—Yo he seguido preguntando por el pueblo. Echan pestes de la nueva institución que han creado los reyes, la Casa de la Contratación. Aseguran que se está centralizando todo allí.

—¿Y qué sugieres? —pregunta Noah.

—Podemos ir a Sevilla y hablar con su responsable. Si le contamos que Juan de la Cosa está preso en Lisboa, quizá podamos lograr algo a cambio.

—No me convence. —Noah se rasca la barbilla—. Colón hizo un buen matrimonio en Portugal al emparentar con la hija de un noble que, aunque venido a menos, le permitió el acceso a información de los viajes portugueses. En Castilla le fue más difícil. Llegó a Córdoba siguiendo a los reyes y allí se enamoró de una cordobesa con la que tuvo un segundo hijo, de nombre Hernando.

—Pero ¿no se casó con ella? —inquiere María.

—El fraile no me ha sabido decir su nombre, ni si están casados o no; pero quizá esa mujer sepa cosas.

—Bueno, el Colón que regresó de las Indias se parecía poco al que partió. Ahora es noble, rico, poderoso…, ¿cómo iba a casarse con una mujer modesta? —murmura María, disgustada—. Esa cordobesa puede saber mucho.

—¿Y el mapa de Juan de la Cosa? Podría hallarse protegido en la Casa de la Contratación.

—No sabemos si era cierto, pudo engañarnos.

—Yo creo que decía la verdad —afirma Noah, convencido.

—Entonces dividámonos: tú a Sevilla y yo a Córdoba. Luego iremos a hablar con la reina.

—¿Quieres que nos separemos? —pregunta él, nervioso.

—Noah… No, ¡claro que no! Pero… es lo mejor si queremos avanzar, ¿no crees?

—Supongo que sí.

—¿Cómo daremos con la reina y lograremos audiencia? Eso es prácticamente imposible —se pregunta María en voz alta—. Seguro que pasa las fechas navideñas en un lugar concreto, no será difícil averiguarlo. Nos veremos allí y luego yo me encargaré de que Su Alteza nos reciba, pero antes hay que conseguir más información.

María se percata de que Noah no sigue sus palabras, sino que está apenado o enfadado.

—Noah, no vamos a separarnos hasta mañana —recalca María—, aún nos queda esta noche.

—¿Eso significa que…?

—¿Necesitas que te haga un mapa para entender a dónde quiero llegar?

—María, tú eres viuda, ya has estado casada. Pero yo nunca he…

—¿No has…? Vaya, no lo hubiera imaginado. —María se muerde la lengua—. Perdona, Noah. No sé qué decir…

—Te parece extraño en un hombre, ¿verdad?

—Sí, pero me gusta. Busquemos una habitación para pasar la noche y no te preocupes por eso. —Le da un beso—. ¿Te parece bien?

—Por supuesto.

Y ambos se ríen.

87

Monasterio de La Rábida

Fray Marchena se sienta en la silla de su celda, toma la pluma y comienza a escribir una carta. Aunque lo hace con suma rapidez, su caligrafía es cuidada y legible. Él piensa que la letra dice mucho de la persona que la escribe.

Cuando termina, la sella con lacre y baja al claustro del monasterio, sale del recinto y busca en Palos a un emisario que la lleve con urgencia a la corte.

Él fue el primer hombre de Castilla que creyó en Cristóbal Colón. Lo puso en contacto con nobles, con el confesor de la reina y con otros influyentes monjes franciscanos. También ayudó a que los hermanos Pinzón y la gente de Palos hicieran suya la empresa y la apoyaran con todos los medios disponibles.

Está muy orgulloso de ello, de haber contribuido a una hazaña tan prodigiosa.

Sin embargo, ese joven ha sembrado la duda en su corazón.

¿Y si el Almirante no ha llegado a Asia?

No cree que pueda haberse equivocado, pero su deber con Dios y con Castilla es informar de ello.

Solo espera que todo sean conjeturas.

¡Reza a Dios por que ese joven esté equivocado!

Aunque lo ha dejado sumido en la incertidumbre, pues es cierto que en los últimos años han surgido dudas sobre el Almirante, a quien trajeron preso y despojaron de algunos de sus principales títulos, y todavía no ha llegado a las islas de las Especias, ni a Cipango ni a Catay. Pero no cree que les haya mentido, eso sería terrible. De todos modos, su deber es informar para que se tomen las decisiones oportunas y es lo que está haciendo.

88

Valencia

El bufón avanza despacio por el pasillo del palacio, pues sus pequeñas piernas no le permiten ir más rápido. El criado le abre una puerta de roble y él entra en el despacho de Santángel.

—Gracias por recibirme —le dice Cabezagato.

—Fuiste muy insistente, pero no me ha quedado claro aún para qué quieres verme. Así que tú dirás.

—He oído que hay una pareja que anda preguntando por un lado y por otro acerca del Almirante y, muy especialmente, por la carta que se publicó anunciando el regreso exitoso de su primer viaje. ¿Sabéis a cuál me refiero?

—Mi padre la recibió el primero —contesta Santángel.

—Exacto —asiente complacido Cabezagato—. Lejos de bastarles con eso, han mencionado algo de mapas secretos y de unos pobres desgraciados que murieron allí. Al parecer, los hombres que quedaron en las Indias en el primer viaje fueron todos asesinados. ¿Sabíais algo al respecto?

—Los treinta y nueve, sí, murieron todos. Una desgracia.

—Lo es, sin duda.

—¿Y por qué me hablas de esto a mí? —inquiere Santángel.

—Porque la mujer asistió con vos a las celebraciones de la

boda de la infanta Isabel con el rey de Portugal. Ya podéis imaginar mi sorpresa al saberlo.

—¿Ahora te dedicas a espiar? No sabía que estaba entre las atribuciones de un bufón.

—Digamos que me gusta estar informado y que tengo amigos, algunos muy poderosos. Eso lo entendéis, ¿verdad?

Santángel no puede disimular su malestar.

—¿Quiénes son esos dos? —inquiere el bufón, que a pesar de su escasa presencia física imprime a sus palabras fuerza y determinación.

—Nadie relevante —responde Santángel.

—Pues para no serlo, bien que se mueven. ¿Qué están buscando? Y no me digáis que no sabéis nada, por favor. Soy corto de piernas, no tonto.

—Me visitaron, pero no puedo decirte mucho sobre sus intenciones. Creo que desconfían de los viajes del Almirante y buscan la verdad.

—Uy, uy… La verdad, un propósito loable pero poco rentable. Me han dicho que a ella la ayudasteis a escapar de la prisión de la Lonja de la Seda, ¿qué pensarían los mercaderes de Valencia si se enteraran?

Santángel resopla, enojado.

—¿Por qué os arriesgáis por una mujer sin título ni beneficio? ¿Es que acaso es vuestra amante?

—¡Por favor! No te sobrepases, solo eres un bufón —le amenaza.

—No me subestiméis… Además, yo no tengo nada contra vuestra persona.

—Dime, ¿qué buscas tú con todo esto?

—¿Yo? La verdad también —responde el bufón—. Pero sigo sin saber qué buscan esos dos.

—Quieren demostrar que el Almirante ha mentido y no está en Asia —confiesa Santángel, resignado y ansioso por que el bufón se vaya de su despacho.

—¿Habéis oído algo de un mapa secreto? Decidme lo que sabéis y me marcharé.

Se hace un silencio.

—Os lo juro —insiste Cabezagato.

Santángel resopla y cuenta lo que sabe sobre María y Noah.

89

Sevilla

Anochece lento, aún hay luz para observar el alto campanario de la catedral desde la lejanía. Una muralla rodea toda la ciudad, con un arenal que la separa del río. Al otro lado, el arrabal. Y al fondo, una torre defensiva de apariencia dorada, casi sobre el cauce, parece proteger el puerto.

Ha tardado varios días en llegar, un camino duro en el que no ha dejado de pensar en María y la última noche que pasaron juntos. Tiene su olor metido dentro de él, el sabor a sal de su piel, el tacto de su cuerpo y el eco de sus susurros al oído.

Era la primera vez y no deja de pensar en ella. Rememora en su mente cada caricia, cada beso, cada movimiento.

La echa tanto de menos… Ha sido un tormento alejarse de ella, ¡justamente ahora! Y, sin embargo, los recuerdos de la despedida son tan fuertes que la siente caminando a su lado. Le duele en el alma su ausencia y sueña con el reencuentro lo antes posible. Pero, para eso, primero tiene una misión que cumplir.

Hace noche en una posada cerca de la puerta de Carmona, donde se mezcla con los lugareños. Si bien es verdad que lo que allí abundan son gentes de otras tierras; sin duda, Sevilla está en auge, pues hay mercaderes llegados de todos los rincones: genoveses, alemanes, venecianos y también florentinos, cómo no.

Durante varios días, recopila información y se percata de que acceder a la Casa de la Contratación es una tarea imposible. La institución se ha creado a semejanza de la de Lisboa y un extranjero como él, sin recomendaciones ni contactos, tiene vetada la entrada.

Aun así, lo intenta, y para ello se identifica como comerciante de cuernos de unicornio y relata algunas de las más sorprendentes historias sobre estos animales que ha oído en sus viajes. Su propósito es que se convenzan del lucrativo negocio de cazarlos en Asia y traerlos por la nueva ruta. El hombre que lo escucha, asombrado por lo que oye, no tiene más remedio que llamar a su superior, que se enoja y lo toma por un cantamañanas. Así que Noah opta por mencionar a Juan de la Cosa, pero eso, lejos de mejorar la situación, la empeora y tiene que marcharse de inmediato ante la amenaza de ser denunciado por espía.

Noah regresa frustrado a la posada, come un pescado frito y sube a descansar. Abre la puerta de su cuarto y presiente algo extraño. A base de viajar, de caer en trampas y estar en situaciones comprometidas, ha desarrollado una singular capacidad para percibir el peligro. Sin embargo, la habitación está vacía y es demasiado pequeña para que nadie pueda esconderse.

La respuesta se halla sobre el jergón, en una carta.

Noah la toma y la lee:

Hic sunt dracones.

Se le encoge el corazón. «¿Quién ha escrito esto?».

Sé lo que estás buscando. Colón obtuvo dinero para su primer viaje de diferentes prestamistas, en especial de los florentinos. ¿Por qué le prestaron el dinero cuando la empresa era tan arriesgada?

«Tiene razón», piensa Noah.

No hay que ver a Colón como un aventurero, ni un marino, ni un cosmógrafo. Así nunca hubiera tenido éxito. Era un mercader, por eso se entendieron los prestamistas con él. Les aseguró beneficios a todos los que participaran, desde la reina a los armadores de los barcos, pasando por frailes y banqueros. Y cumplió.

El mapa de Juan de la Cosa está en el Puerto de Santa María, en el castillo de San Marcos. Nadie tiene acceso a él sin permiso de la reina.

Mañana al atardecer en la Torre del Oro.

Esa noche, Noah no quita ojo de la puerta y la pasa en vela pensando quién puede haberle escrito esa intrigante nota.

Córdoba

A tenor de algunas construcciones, todavía es evidente que fue una notable ciudad romana, donde nació el célebre senador Séneca. También fue la capital del califato de los omeyas, y su mezquita, reconvertida en catedral pero respetando su origen, es una de las maravillas de Occidente. María ha recorrido sus calles preguntando por la mujer con la que Colón tuvo a su segundo hijo. Creía que vivía en la misma ciudad, pero le ha costado dar con alguien que le dijera su nombre y luego con otros que le aseguraran que vivía en la sierra, en Santa María de Trassierra.

La aldea está a cierta distancia de Córdoba, en un valle por el que pasa un afluente del río Guadalquivir, encajonada entre montañas de frondosos bosques de encinas, al inicio de Sierra Morena. Allí hay una casona de piedra de fachada alargada.

Beatriz Enríquez de Arana recibe a María y la hace pasar a una sala. Tiene una treintena de años pero luce mayor. De una delgadez insana, con el cabello oscuro como el carbón y recogido en un moño alto, posee unos ojos huidizos, como si estuvieran cubiertos por un velo imaginario. Es dueña de una belleza escondida o quizá ya perdida. Lo que María siente mirándola es cierta pena, porque si hay una cosa que Beatriz desprende es una infinita tristeza, que se ha pegado a su piel como el sudor.

—Hacía mucho que no recibía visitas.

—No deseo importunaros, Beatriz. Sé que tenéis un hijo, y seguro que es avispado y hermoso.

—Hernando. —Se le ilumina el rostro, pero solo un breve instante—. Es bonito tener a alguien que te cuide, ¿verdad? Y también lo es cuidar a alguien, pero ninguna de las dos cosas tengo yo —dice con desasosiego.

—Lo es.

—No sé nada de él. Su padre se lo ha llevado al otro lado del mundo —contesta conteniendo las lágrimas—. Solo tiene trece años. ¡Dios mío!, como le pase algo…

—Cuidará de él, es su padre. Pero no es vuestro marido, ¿no es cierto?

—Eso solo nos incumbe a nosotros y a Dios. —Y se santigua.

María se pregunta cómo es que, si no están casados y siendo él viudo, Colón no ha contraído matrimonio con la hija de algún noble. Con su éxito y sus títulos, los reyes le hubieran buscado la mejor esposa y se hubiera fortalecido su posición en la corte. No tiene respuesta y decide seguir indagando.

—Colón es un fabuloso marino, os traerá a vuestro hijo de vuelta sano y salvo. Confiad en él.

—Sí, confiar… —dice con desdén.

María no pasa por alto ese detalle y se dispone a utilizarlo.

—Lo conocisteis siendo muy joven, ¿cuántos años teníais? ¿Dieciocho? ¿Diecinueve?

—Veinte años.

—Eso fue en …

—En el año ochenta y siete, hace ya mucho. Colón vivió en esta casa conmigo y por las tardes recorríamos un sendero jalonado de pequeñas cascadas y saltos de agua, alternados con suaves remansos, que siguen el curso de arroyo. A Cristóbal le gustaba contarme historias mientras pasábamos por los molinos que hay a lo largo del cauce.

—Seguro que fueron días bonitos.

—A veces venía con nosotros su hijo Diego. El pobre niño

estaba desamparado sin el calor de una madre. Yo se lo di, lo quiero como si fuera mío.

—No lo dudo.

—También dábamos esos paseos cuando quedé encinta y después con Hernando en brazos —cuenta con la mirada pérdida.

María se los imagina y ve a Colón con otros ojos, con los de Beatriz, y eso desmonta todo lo que creía sobre él. Y le hace dudar, quizá todo este tiempo haya estado equivocada. Una cosa es hacer justicia, otra bien distinta a la venganza.

—Este lugar es precioso. Un amigo mío dice que sería fabuloso detener el tiempo cuando nos sentimos felices.

—Ese amigo tuyo tiene que ser un soñador; ojalá fuera posible eso que dice. —Beatriz se queda absorta en sus pensamientos—. Recuerdo que otros días caminábamos hasta el acueducto romano que llevaba el agua hasta Medina Azahara. Nos deteníamos en la fuente del Elefante, un surtidor que tiene la forma de ese animal, esculpido en piedra caliza gris. Cristóbal me explicó que, cuando los romanos vencieron a los cartaginenses, estos abandonaron a sus elefantes.

—¿Elefantes en Córdoba?

—Cosas más raras se han visto. Como la gente de aquí no sabía qué hacer con ellos y era un problema mantenerlos en los establos, los soltaron por esta sierra. Y aquí convivieron con los lugareños, hasta que los animales perecieron y unos pastores trajeron esta fuente de algún palacio cordobés para rendirles homenaje y que siempre hubiera un elefante por estas montañas. A Hernando le encantaba subir hasta la fuente cuando era pequeño.

—¿Cuándo nació vuestro hijo?

—El día de la Asunción de la Virgen María, el quince de agosto del año ochenta y ocho. Le pusimos su nombre en honor al rey de Aragón. —De pronto cambia el gesto de su rostro—. ¿Por qué me preguntas tales cosas?

—Os seré sincera. —María junta las manos a la altura de su barbilla—. Creo que Colón mintió a la reina Isabel.

—Cristóbal cumplió su palabra, llegó a Asia por poniente. Eso es de todos conocido.

María observa una estantería en la que hay unos libros.

—Veo que sabéis leer.

Ella asiente.

—Tengo entendido que Colón ama los libros, que incluso fue mercader, ¿me equivoco?

—El Cristóbal que yo conocí se parece poco al que ahora se sienta con reyes, cruza el Océano y manda sobre tierras lejanas. A duras penas teníamos para comer —confiesa con cierta vergüenza—. Él vivía esperando.

—¿A que los reyes aceptaran su proyecto?

—Sí, la entrevista con los monarcas se demoró años. La guerra de Granada lo retuvo aquí, pues los cuantiosos gastos de la conquista absorbían el pensamiento y la actividad regia. De cuando en cuando Colón recibía dinero de la reina para que pudiera subsistir y él proseguía en su peregrinaje a la corte mendigando una audiencia. Si Cristóbal acudía a Sevilla, Sus Altezas habían salido para Salamanca. Si visitaba Valladolid, ya estaban en Ávila.

—La corte siempre está en movimiento, los reyes tienen que hacerse sentir en todos los rincones de sus reinos —afirma María buscando la mayor proximidad con Beatriz—. Tuvo que ser duro.

María se sorprende recreando esos años de espera. Colón tuvo mucho mérito: aguardó, insistió y no se dio por vencido nunca. Hay que reconocerle que luchó por su sueño...

—Para él, mucho. No teníamos suficiente, así que vendía mapas y manuscritos, ¡hasta libros de molde! Y se le daba de maravilla, puesto que sabía mucho de letras y de cartografía. Y era un hábil vendedor. Cristóbal es muy listo, siempre lo ha sido. Y también trabajador y luchador.

—Seguro que os narró sus viajes como marino y sus aventuras. Tuvisteis que ser de las primeras en escuchar sus planes y sus teorías, y también os contaría detalles que no ha dicho a nadie más.

—No sé…

—Seguro que sí, haced memoria.

—Cristóbal tenía sus secretos —aduce la cordobesa.

—En la intimidad de la cama, un hombre y una mujer no tienen secretos, Beatriz.

—¡El lecho es sagrado! —exclama indignada.

—No, si compromete el futuro de la Corona y de la reina de Castilla. ¿Cómo sabía Colón que encontraría tierra?

—¡Qué! Yo esas cosas no las sé.

—Beatriz, hay mucho en juego. Sé que Colón se ha equivocado en las distancias. También sé que tenía dos diarios de a bordo con distintas mediciones, que sabía exactamente la ruta, su duración y lo que encontraría, como si ya hubiera estado allí. Decidme la verdad, ¡por vuestra reina!, ¿cómo sabía Colón que había tierra a esa distancia?

—No… no lo sé. —Le tiemblan las manos y se le dilatan las pupilas.

—¿Por qué lo defendéis? Os ha abandonado, os ha arrancado a vuestro hijo, ¿cómo podéis ser leal a un hombre que os trata así?

—Por mi hijo. Hernando ha sido paje real, ha tenido a los mejores preceptores, los mejores cuidados. Mi hijo será alguien importante, por eso. ¿Y quién crees que paga mi casa?

—No podéis traicionarlo…

—Nunca más vería a mi hijo y me quedaría sin nada.

—Beatriz, estáis sola —dice con dureza María—. Solo quiero ayudar a la reina y también a Colón. Tarde o temprano la verdad se sabrá y entonces sí que os quedaréis sin nada. Pensad en el futuro de vuestro hijo Hernando cuando se sepa que su padre ha mentido.

—No lo entiendes.

—Pues explicádmelo.

—No puedo.

María suspira e intenta calmarse.

—Perdonad mi atrevimiento, ¿vos sois huérfana?

—Sí, pero ¿a qué viene eso? ¿Y cómo lo has deducido?

—Es algo que se queda grabado en el corazón, por eso lo sé. —María se lleva la mano al pecho—. Entonces sabéis lo que es perder a un padre siendo niña, pero no lo que se siente al desconocer cómo ha muerto, ni mucho menos al no poder enterrarlo ni llorarlo.

—¿De qué estás hablando?

—Mi padre embarcó en el primer viaje de Colón —responde con lágrimas en los ojos—, pero nunca volvió.

Beatriz la mira con temor, como si supiese lo que viene ahora.

—Se quedó allí, en La Española, en el fuerte de La Navidad.

—¡No!

—Era uno de los treinta y nueve hombres que confiaron en Colón y murieron allí solos, abandonados de toda razón. Beatriz, quiero saber quién mató a mi padre y dónde está enterrado. Seguro que entendéis lo que eso significa para una hija.

—Mejor de lo que crees.

—¿Por qué decís eso?

—Mi primo, Diego de Arana, él se quedó como gobernador de La Navidad. Tenía mi misma edad… Yo le convencí para embarcar. Nunca me lo perdonaré.

—Entonces sabéis lo que ocurrió, ¿verdad? ¿Quién mató a los treinta y nueve?

—Dijeron que unos indios —responde Beatriz, nerviosa.

—¿Y por qué Colón no buscó a los asesinos y los ajustició? Él sabía que los indios no eran tan pacíficos como hizo creer a todos. Dejó allí a sus hombres, sabedor del peligro que corrían, porque estaba ansioso por regresar y no cabían todos en la única carabela que le quedaba.

—¿Insinúas que Cristóbal los condenó a muerte?

—Beatriz, no sobrevivió ninguno, y no se sabe nada de cómo murieron y dónde los enterraron, si es que lo hicieron. ¿Por qué Colón no buscó y castigó a los culpables? ¡Decidme! Y ni se os ocurra contestar que no lo sabéis.

María se acerca a ella y la coge de los brazos.

—¡No lo sé! —Beatriz se tapa el rostro con las manos—. Colón me abandonó después de su segundo viaje, ¡no he vuelto a hablar con él! —Cuando descubre su cara, las lágrimas corren por sus mejillas pero su gesto es serio—. Te diré algo que sí me contó de su primer viaje.

91

Sevilla

Noah camina hasta la Torre del Oro. Es cierto que tiene una apariencia dorada, seguramente por la mezcla de mortero de cal y paja prensada que la recubre.

«Quien me ha dejado la carta tiene que ser peligroso, ¿quién será?», se pregunta.

Desde la base de la torre mira al cielo de Sevilla y, al bajar la vista, ve una carabela remontando el Guadalquivir. Tanto hablar sobre barcos y resulta que odia subirse a ellos. Recuerda el viaje por el Báltico y aquel mar helado, los cuernos de unicornio y a los mercenarios batiéndose por salvar la vida. No ha pasado tanto tiempo y, en cambio, parece que fuera en otra vida.

Imagina que en eso consiste viajar, en vivir muchas vidas en muchos lugares.

—*Hic sunt dracones* —dice una voz dulce a su espalda.

Tienen que ser los pájaros, que otra vez han anidado en su cabeza y le hacen oír cosas que no son. Entonces se da la vuelta y la ve frente a él. Sobre sus cabezas graznan las gaviotas, pero esos no son sus pájaros porque están libres.

—Hola, Noah, cuánto tiempo —prosigue en toscano.

Él se resiste a creer lo que ven sus ojos.

—Antes eras más hablador…

—Hola, Giulia.

Noah ha soñado con volver a encontrarse con su querida madre; con su hermana Cloe hecha una mujer, casada y con hijos; con su padre sintiéndose orgulloso de todo lo que ha viajado su hijo; con el viejo Ziemers para contarle todos los relojes que ha visto en su deambular por estos caminos de Dios..., pero nunca con volver a estar frente a Giulia.

Y, sin embargo, aquí está ella, a dos pasos de distancia.

La mira en silencio.

«¡Qué bella es!».

«¿Qué otra mujer es capaz de acariciarte sin tocarte?».

«¿De hacerte feliz con solo mirarte?».

Baja la mirada y ve los dedos de sus pies asomando por sus sandalias. Eso no ha cambiado; sí su pelo, que lleva recogido en un tocado. Y sus adornos, que esta vez son plateados. En su vestido sobresalen unas hombreras marcadas; es sobrio y negro, con una capa del mismo tono. Noah nunca la vio vestir de oscuro en Florencia. ¿Qué querrá decir eso en alguien que tan bien maneja la simbología de los colores?

—Entiendo que no quieras hablarme.

—Sí quiero hablarte, Giulia. Pero ¿qué quieres que te diga?

—Tienes razón. Lo primero que debes oír de mis labios es una disculpa.

—Creo que es tarde para eso, ¿no te parece?

—Sí, para qué nos vamos a engañar —afirma conteniendo la mirada.

—¿Dónde está Darío?

—En Florencia, se ha convertido en un célebre escultor.

—Giulia, ¿qué haces aquí? —Noah frunce el ceño.

—Vivo aquí. No me mires así, es la verdad. Vine para cumplir el último deseo de mi padre antes de morir. Sí, falleció hace unos meses.

—Lo siento —dice apenado—. Cuando lo vi ya no parecía encontrarse bien.

—Gracias. Sufrió muchos disgustos, y me hago responsable por ello. Mi padre me insistió en que Sevilla posee un fabuloso futuro ahora que han abierto la Casa de la Contratación y todos los viajes a las Indias salen de su puerto.

Mirándola, Noah ya no se siente tan seguro de su indiferencia hacia ella y comienza a flaquear.

—Nosotros siempre nos opusimos a Savonarola: yo con más efusividad, mi padre con más cabeza y Darío con más pasión.

—¿Por qué me cuentas eso ahora?

—Siento no haber sido franca contigo entonces y haberte utilizado, pero Darío solo entraba al palacio para organizar las acciones que debían derrocar a Savonarola.

—Os vi besándoos.

—Sí, pero… eso era secundario.

—¿Quieres decir que lo que hacías realmente era conspirar contra el tirano y que, de vez en cuando, caías en los brazos de Darío?

—Sí, y nunca debimos inmiscuirte. Pero… —Giulia resopla—. La cuestión es que alguien traicionó a mi padre y contó que estaba en posesión del mapa de Toscanelli. Solo los que estábamos en palacio lo sabíamos, por eso éramos tan pocos. Noah, sigo sin saber cómo, pero aquí en Castilla recibieron información sobre las actividades de mi padre. ¿Quién pudo filtrarlas? Eso nos colocó en una situación compleja. ¿Tú comentaste tu trabajo con algún castellano?

—¡No! —exclama indignado—. Pero ¿qué es esto? Primero me manipulas y ahora me acusas de espía, ¿de verdad, Giulia?

—Perdona, como te he dicho, solo quiero ayudarte. Sé lo que estás buscando, tengo confidentes en la Casa de la Contratación y me advirtieron de tu llegada. Cuando me dijeron que se había presentado un hombre llamado Noah, vine corriendo a buscarte.

—¿Para qué?

—Estás intentando demostrar que Colón no ha llegado a las Indias, porque la Tierra es más grande de lo que él asegura y, por tanto, Asia está más lejos. Tienes el mapa de Toscanelli de mi padre y estuviste en Lisboa con Juan de la Cosa, en Palos con fray Marchena y…

—Vale, ya es suficiente.

—¿Por qué haces esto? Ir contra Colón es poco inteligente.

—Eso es asunto mío —contesta Noah.

—Colón convenció a la reina Isabel, y eso no lo hace cualquiera. Su Alteza no solo es inteligente y astuta, es culta y sobre todo intuitiva; no se dejaría impresionar por un embaucador. Ella siempre ha escuchado los consejos de los que más saben de cada tema; así pues, no pudo engañarla.

—No quiero hablar de esto contigo, Giulia.

—De todas formas, tras aprobar el proyecto de Colón…, ¿te das cuenta de lo que firmaron los reyes? Una cosa es que Colón convenciera a la reina hablándole de meridianos, Ptolomeo, Toscanelli y quien tú quieras, y otra que ella accediera a nombrarlo almirante, virrey y gobernador perpetuo de las tierras que hallase.

—Es excesivo, ¿y?

—Nunca los cargos de almirante y virrey se han concentrado en una única persona, ¿por qué habría de hacerse con un extranjero sin rango como Colón? Por no hablar de sus pretensiones económicas, ¡totalmente desorbitadas!

Noah se da cuenta de que Giulia no le mira como lo hacía en Florencia. Ahora es como si sus ojos ya no pudieran penetrar dentro de su mente. Y entonces recuerda lo que le advirtió su padre, que Giulia consigue que los hombres hagan lo que ella desea sin siquiera pedírselo.

A Noah no le volverá a pasar.

Está convencido de que con todo lo que ha vivido ya ha dejado atrás al muchacho de los pájaros en la cabeza de Lier, y también al joven manipulable y enamoradizo de Florencia.

—Lo que te voy a contar lo sabe poca gente —continúa Giulia—. A Colón le costó Dios y ayuda que su tercer viaje saliera adelante, pero lo logró, como siempre. Y esta vez viajó más al sur, llegó a la desembocadura de un inmenso río que él creyó el Ganges de la India, o el mismísimo paraíso terrenal. Semejante desembocadura…, sin rastro de Catay, Cipango, ni las tierras del Kan, el oro y la especiería…

—Habla claro, Giulia, ¿qué quieres decir?

—¿Y si esas tierras son… realmente nuevas?

Noah se queda callado, mirándola.

—Giulia, ya no puedo fiarme de ti.

—Lo comprendo, pero solo quiero que me perdones. Te lo juro —dice apenada.

A Noah le cuesta mantenerse ajeno a sus ojos y finalmente claudica.

—Están en un Nuevo Mundo, Giulia, no en Asia. *Mundus Novus*. Un continente separado de Asia por… otro océano. —Noah inspira hondo—. Es la única explicación. Incluso Colón no puede ser tan necio para no verlo.

—El Almirante lo niega, y no se puede ir en contra del hombre que ha cambiado el mundo —le advierte Giulia.

—Eso es cierto. —Ahora es como si ella lo espoleara—. Quizá la razón sea que no puede admitir que su teoría es errónea y todo su plan no es real, que se ha equivocado desde el principio. Eso supondría poner fin a su sueño, aparte de quedar como un imbécil al tener que reconocer que solo ha tenido suerte. Y si esto es así, las capitulaciones podrían anularse. Él firmó llegar a Asia, no a otro continente. No habría cumplido su parte del contrato.

—Lo perdería todo, sus títulos y sus posesiones. Es una posibilidad si las capitulaciones se declararan nulas —dice a la vez que asiente—. Bravo, Noah.

—Giulia, ¿por qué apareces ahora? —pregunta mirándola fijamente.

—No ha sido solo ahora. Te vi en Lisboa.

—¡Eras tú! En la taberna, ¿verdad? ¿Qué hacías allí?

—Lo mismo que tú. Soy florentina, yo también he aprendido a moverme. No te buscaba a ti, solo información comercial. Pero te encontré y me llevé una alegría; lo que ya no me alegró tanto fue ver que estabas con otra mujer…

—Giulia.

—No, estás en tu derecho. —Le pide que no se acerque levantando la mano—. Pero allí descubrí que alguien os seguía.

—¿Cómo que nos seguía?

—Un hombre con capa que se ocultaba bajo una capucha habló con el marinero de la taberna. Sea quien sea, es peligroso.

—No sé... Me cuesta creerlo. ¿Quién me va a seguir?

—En eso no puedo ayudarte, pero sí en otra cosa. Sé que no has podido acceder a la Casa de la Contratación.

—Y tú sí puedes, ¿verdad? —Se anima Noah.

—Ojalá, pero no. No somos los únicos que hemos dudado de Colón. También los hermanos Pinzón, los capitanes de las carabelas que fueron con él en su primer viaje.

—Están muertos.

—Los dos mayores sí, pero el menor acaba de llegar de las Indias. En cuanto la reina dio permiso a otros capitanes, fue de los primeros en zarpar —afirma entusiasmada—. Vive en Triana, junto al castillo de San Jorge.

—Sigo sin entender por qué me ayudas. —Ahora la mira con los ojos empañados de tristeza.

—Noah, siento mucho haberte utilizado en Florencia. ¿Podrás perdonarme? De verdad que lo necesito, por favor. Me equivoqué, solo tenía en la cabeza derrocar a Savonarola y no medí el daño que te hacía.

—*Excusatio non petita, accusatio manifesta* —afirma él—. No, Giulia, no te perdono.

—Lo entiendo —pronuncia Giulia con una desolación que, lejos de empañar su belleza, la hace relucir más—. Haz lo que tengas que hacer, pero que sepas que yo estaré aquí.

—¿Esperándome? Giulia, ya es tarde para nosotros.

—Ah, es por esa mujer. ¿Dónde está? Al no verla, pensé que ya no estabas con ella. ¿La quieres?

Noah asiente.

—Sí, la amo.

92

Santa María de Trassierra

Beatriz Enríquez de Arana prepara una infusión para sosegar su alma. Corre un viento agradable en la sierra que hace más llevadero el hastío del verano en Córdoba.

—Mi sustento y el de mi hijo dependen de la dicha de Cristóbal.

—Confiad en mí, Beatriz.

—Cuando lo conocí… era maravilloso. Un hombre inquieto, sabio; me contaba mil historias que había leído y escuchado. Me hablaba del Gran Kan, del reino perdido del Preste Juan, de Marco Polo. Cada noche era una aventura distinta. Se sabía los nombres de las estrellas, hasta dibujaba animales con ellas en el firmamento.

—Suena precioso.

—Cristóbal era apasionado, elocuente, y a veces me parecía que sus proyectos de llegar a Asia por occidente eran una locura. Pero yo lo amaba, ¡lo amaba tanto! Y era tan joven… Como tú ahora —dice, para sorpresa de María—. Me veo reflejada en ti, es como si fueras mi yo de hace quince años. —Suspira—. Pensarás que soy una tonta.

—Nada más lejos de la realidad. Beatriz, si pudierais, ¿qué le diríais a vuestro yo de hace quince años?

—Eso no iba a cambiar nada —responde—. ¡Te lo digo a ti! ¡Sé feliz!

—Yo solo quiero saber qué le pasó a mi padre.

—La felicidad se viste con trajes muy diversos. —Resopla Beatriz—. Cristóbal aguardó años a que la reina Isabel aceptara su proyecto. Y cuando partió, yo me quedé sola a cargo de Diego y de mi hijo Hernando.

—Hasta el regreso triunfal de Colón tras el descubrimiento de las nuevas tierras. Estoy convencida de que vuestra situación cambió en ese momento.

—Sí. Lo primero que hizo fue cederme el importe que le entregaron Sus Altezas por ser el primer tripulante en ver tierra. Lo acusaron de haberle quitado ese privilegio a un grumete, pero él demostró con un testimonio notarial que había sido él.

María se muerde la lengua para no contradecirla.

—Entonces, tras su éxito, sí mejoró vuestra vida.

—Al principio mucho, hasta participé de la aclamación general del gentío a Cristóbal a su paso por Córdoba. Y la reina en persona me felicitó por lo bien que había educado a Diego y a Hernando. Pero luego todo cambió, supongo que por culpa de la fama, el poder… Llámalo como quieras.

—¿Colón os abandonó?

—Ya lo había hecho cuando partió. A su regreso, lo que hizo fue llevarse a los niños a la corte para que se educaran con el príncipe. ¡Qué más puede pedir una madre! Luego, supongo que se olvidó de mí, ya tenía otras prioridades. Cristóbal ha nacido para cambiar el mundo, no puedo ser tan egoísta de querer quedármelo para mí, no me pertenece.

—Entonces ¿no tenéis contacto?

—No hemos vuelto a hablar. Yo tampoco sé qué le ocurrió a mi primo Arana y a los otros hombres que se quedaron en La Navidad.

—Beatriz —dice María con un tono cálido y cercano—, ¿qué sabéis del viaje? Colón logró convencer a hombres ilustres del reino, altos clérigos, nobles de renombre, sabios, ricos mercaderes, secretarios reales y a los propios reyes. Sé que la reina Isabel posee una inteligencia fuera de lo común, y el rey también. ¿Cómo lo hizo? ¿Por qué tenía una copia del mapa de Toscanelli?

—Cristóbal lo sabía, eso es todo. Te equivocas pensando que convenció a los reyes con medidas, distancias, libros, mapas… ¡Nada de eso!

—Entonces ¿qué? No puede reducirse a una cuestión de tener fe en él, y no me creo que embaucase a tanta gente notable.

—Cristóbal es locuaz, insistente, paciente, e irradia una seguridad en sí mismo a la que es difícil resistirse. Pero no fue eso lo que convenció a tan ilustres hombres y a la reina. —Le tiembla la voz—. Él no les contó que podía llegar a las Indias por occidente. Los reyes de España no firmaron un acuerdo para el descubrimiento de una nueva ruta.

—¿Ah, no? —María se sorprende.

—No, lo que firmaron fue un contrato —afirma con rotundidad y, por primera vez, desaparece el velo que cubría sus pupilas—. A cambio de ser virrey, gobernador y almirante de la Mar Océana, de recibir un diezmo y una octava de las mercancías que salieran de allí, Cristóbal se declaraba su vasallo y les entregaba las tierras descubiertas. Él no les vendió un sueño, les dio lo que ya sabía con total seguridad que existía. No negociaron por una ilusión, sino por una realidad.

—Eso es imposible. —María se aparta y niega con la cabeza.

—Cristóbal no les dijo que iba a descubrir una nueva ruta, sino que iba a abrirla, porque las tierras existían, solo había que reclamarlas.

—Decidme si lo entiendo: en las capitulaciones, lo que se firma es la concesión de títulos y rentas a cambio de nuevos territorios y una ruta comercial.

—Y de expandir la fe a millones de almas —añade Beatriz.

—Claro. —María se queda boquiabierta.

—Cristóbal habló siempre de tierras descubiertas y de las que quedaran por descubrir, pero era una ruta asegurada. Para él no había más incertidumbre que la de recibir el apoyo que necesitaba.

—Pero… los portugueses manejaban una información similar y rechazaron a Colón.

—Y él nunca ha olvidado esa ofensa. Hubiera preferido navegar para Portugal, por eso recaló a su regreso en las Azores y luego en Lisboa.

—¿Queréis decir que quiso traicionar a la reina de Castilla ofreciendo de nuevo la ruta y las tierras a los portugueses?

—Así es —responde Beatriz—. Los portugueses creían que no le necesitaban y él quería demostrarles que sí. Por eso lo intentó otra vez a la vuelta del primer viaje.

—Esa es la razón por la que se detuvo en las Azores y Lisboa… —Asiente María—. Los portugueses sabían que había tierra, pero no era la Asia que aseguraba Colón; ellos pensaban que la ruta por África era la buena para llegar a las especias y las riquezas.

—¿Cristóbal estaba equivocado?

—Sí —resopla María—. Básicamente, el error está en que la Tierra es más grande, mucho más grande de lo que él cree. Pero… —Se acerca de nuevo a ella—. Colón sabía que había tierra, ¿por qué? ¿Había estado antes allí?

—No.

—Tuvo contacto con algún marino que había regresado, ¿verdad?

Beatriz no responde.

—Quien calla otorga.

La cordobesa sigue sin articular palabra.

—Ese dato confundió a Colón —prosigue María—. Él cree que está en Asia, pero se halla en un Nuevo Mundo. Antes de partir, ¿nunca os planteó alguna duda sobre esas tierras que tan convencido estaba de que existían?

—Mientras Cristóbal vivió aquí fuimos felices. Al menos, los niños y yo lo éramos, y creo que él también, pero siempre tenía en mente su viaje… Llevaba años sin noticias de la reina y seguía hablando del proyecto como si fuera a realizarse al día siguiente —relata mostrando signos de incomprensión—. Yo no lo entendía e intenté convencerlo de que lo mejor era que lo olvidase.

—Y no quiso.

—No, le insistí y entonces me lo contó —dice con rotundidad—. Veinte años antes, un piloto portugués bajó hasta Guinea y a su regreso se separó de la costa, como solían hacer todos para volver a casa. Pero hubo una tormenta, se desvió de la ruta africana y llegó a una zona donde fue empujado por las corrientes hacia el oeste, muy al oeste.

María escucha atónita.

—Los tripulantes se quedaron sin víveres, tuvieron que comerse la carga que transportaban; llegó la sed y la desesperación, pero la corriente no cesaba y gracias a Dios encontraron unas islas. Estaban habitadas por gentes sencillas, que no vestían ropas ni tenían grandes ciudades. Estuvieron poco tiempo allí, el necesario para recuperarse y pertrecharse antes de poner rumbo a Portugal.

—¿Y qué más?

—No sabían cómo regresar. Pensaron que, si había una corriente de ida, la habría también de vuelta. Por desgracia, no tuvieron tanta suerte. Les costó dar con esa corriente porque está al norte, hasta el punto de que la mayoría murió antes de tocar tierra.

—¿A dónde llegaron?

—A una pequeña isla portuguesa, Porto Santo —responde Beatriz.

—¡Increíble! Ahora todo cuadra.

—Pero los pocos que lo lograron estaban muy enfermos y exhaustos, ninguno sobrevivió más allá de unos días.

—¿Y en la corte portuguesa no tuvieron noticia de este suceso?

—Cristóbal dijo que los puertos están llenos de historias así. Son como un ruido común al que no se le da importancia. Nadie las cree, aunque muchos las conocen. Él fue capaz de separar el ruido de la música y escuchó la melodía.

—Juntó todas las piezas y logró el relato completo. Supo

unir historias de lugares muy diversos, desde Islandia a Inglaterra, con el mapa de Toscanelli y a saber qué más. Y la clave que necesitaba para que todo encajara a la perfección fue la aventura de los que habían llegado hasta allí.

—Él lo explicaba... Tenías que oírlo —recalca Beatriz—, sus palabras cobraban todo el sentido del mundo. Me decía que él era un viajero como Marco Polo, y que solo un verdadero viajero podía entender lo que todas esas historias contaban en realidad.

—En eso sí estoy de acuerdo —dice María, ilusionada con el relato—. Una última pregunta, Beatriz: ¿quién le contó la historia de esa travesía? Tuvo que ser alguien fiable.

—Su primera esposa. Por aquel entonces, su padre era el gobernador de la isla a la que llegaron los náufragos.

—Claro, por eso Colón vivió allí. Eso sería hace treinta años.

—Sí —asiente Beatriz—. No hablaba mucho de ella, pero sí me contó que su suegro era el gobernador de la isla, y supongo que ese matrimonio fue clave para progresar en Portugal, acceder a la corte, tener un apellido... Ya me entiendes.

—Los portugueses estudiaron esa misma ruta hace años y, para demostrar si el viaje era posible, contaron con los conocimientos de un sabio florentino, Toscanelli, que dibujó un mapa que confirmaba el relato de aquellos náufragos.

—En efecto, Cristóbal tenía ese mapa. Me lo enseñó una vez y me dijo que lo copió en secreto en Portugal, que esa fue la razón de abandonar ese reino. Allí el robo de documentación secreta está penado con la horca.

—Los portugueses tenían la información de los náufragos, la de Toscanelli y la de Colón, y no supieron interpretarla de forma adecuada. —María se queda pensativa—. Pero ¿cómo convenció a los religiosos castellanos? ¿Conocéis a fray Marchena de La Rábida?

—Claro —responde Beatriz—. Cristóbal conocía las Sagradas Escrituras, las había estudiado, y relacionó todo su proyecto con la palabra del Señor. Así fue cómo los convenció. Y a los nobles, prometiéndoles nuevas tierras; a los banqueros, beneficios; a los comerciantes, esclavos; y a los capitanes y marineros, riquezas. Hubiera convencido al mismísimo papa si hubiera sido necesario.

—En realidad lo hizo porque el papa Borgia dividió el mundo entre portugueses y castellanos debido a su hazaña. —María no sale de su asombro—. ¿Y a la reina cómo la persuadió?

—Ya te lo he dicho. Cristóbal firmó un contrato: tierras y una nueva ruta comercial para la Corona a cambio de títulos y beneficios. Otros ya estuvieron allí antes y habían regresado, es tan sencillo como eso.

—¿Y le creyeron?

—Sí, claro que sí. Le creyeron porque supo cómo contarlo. Tenía un relato perfeccionado y bien armado durante años en el que volcó toda su pasión. Y porque les pidió algo a lo que no pueden negarse ni los Reyes Católicos, ni los obispos, ni los frailes, ni ningún cristiano, sea noble o vasallo: que tuvieran fe.

María por fin lo comprende.

Ahora debe dejar a Beatriz y buscar a Noah, que estará allá donde se encuentren la reina Isabel y la corte. Al menos, ese era el plan que trazaron.

93

Sevilla

Entre el Guadalquivir y las murallas, el arenal está repleto de gentes y embarcaciones más pequeñas que llegan por el río. El puerto se ubica más abajo, donde fondean las naos y las carabelas. Sevilla solo posee un puente y es de barcas. Noah lo cruza. En la otra orilla se vislumbra el amplio arrabal, en el que sobresale la silueta de un grandioso castillo oscuro jalonado por diez torres.

Llega a una posada que regenta una jovenzuela con largos rizos que le caen por la espalda; tiene los ojos grandes y despiertos, y un lunar justo debajo de la nariz. Es la comidilla del local. Los clientes le gastan bromas y Noah escucha que la llaman Santa. Al parecer, se ha caído haciendo alguna cosa que no debía y anda algo coja. La joven le trae un cuenco con caldo caliente, en el que flotan pedazos de carne, y un plato de garbanzos con espinacas.

—Tiene muy buena pinta.

—Gracias, lo he hecho yo. Dicen que me sale rico.

Noah lo prueba y asiente con la cabeza.

—¿Tú de dónde eres, chiquillo? De por aquí desde luego que no.

—De Flandes, del norte. Oye, ¿conoces al Pinzón?

—¿El navegante? Pues claro —comenta con una bonita sonrisa—. Aquí todos hablan de él, ha viajado a las Indias.

—¿Y dónde vive?

—Al lado de la iglesia de Santa Ana, en una casa por cuya fachada trepa una planta con un manto de flores que da gusto verla y que tiene un banco junto a la puerta.

Noah asiente complacido y se termina los garbanzos; no ve el momento de hablar con el único de los hermanos Pinzón que sigue con vida.

En efecto, la casa es fácil de encontrar. Llama y abre un hombre de unos cuarenta años que lleva la camisa abierta, con el pelo ya escaso en la frente.

—¿Qué quieres? —pregunta como si se acabara de levantar de la cama.

—Malas noticias —responde Noah con seguridad en el habla—. Me temo que vuestros hermanos y vos no habéis llegado a Asia.

—¡Qué! —Se espabila de pronto—. ¿Qué demonios estás diciendo? ¿Estás loco?

—Si me dejáis pasar os lo explico.

—Bueno… Bien, pasa, pero no entiendo nada.

La casa tiene una galería que da al Guadalquivir, desde la que se ve la panorámica de la ciudad y los barcos que suben y bajan por sus aguas.

—Más vale que seas rápido y no me cabrees, que tengo muy mal enfadar.

—Vos conocéis a Colón, no sé si tenéis amistad o cuál es vuestra relación ahora, pero ha engañado a todo el mundo.

—Colón no es un mentiroso; es algo peor, un manipulador. Está empeñado en encontrar el Paraíso terrenal, recita pasajes de la Biblia y busca sus descripciones. Ha visto todo tipo de mapas y los interpreta a su gusto. Como ha leído libros de viajes, de los griegos y los romanos, sobre Cipango y Catay, se cree que es Marco Polo y que verá al Gran Kan, y que se topará con el oro apilado en montañas. No sabe distinguir la realidad de lo que ha leído o ha escuchado. Ve lo que quiere y lo tergiversa a su antojo.

—Pero vos y vuestros hermanos le apoyasteis y fuisteis con él en el primer viaje.

—Mira, mi hermano mayor era el mejor capitán de Castilla, yo diría que de todo el Océano, y el más informado sobre los descubrimientos y novedades que había.

—¿Y cómo lo convenció Colón, entonces? —pregunta Noah.

—Porque también era el más dispuesto a valorar la posibilidad de éxito del proyecto de Colón y el fraile de La Rábida.

—Fray Marchena, ya he hablado con él.

—Pues él fue quien convenció a mi hermano mayor para que tratase con Colón sobre una nueva ruta a las Indias por poniente. Nosotros somos de Palos y lo vimos claro, ese proyecto era posible. Ya antes se hablaba mucho de viajar a poniente, pero nadie lo planteaba en firme.

—Hasta que llegó Colón.

—Eso es. Y logró que todo el mundo le creyera, daba igual si era noble, pobre, cura o profesor. Tenía argumentos para todos, habría convencido a los pájaros si hubiera sido preciso. Yo nunca había conocido a alguien tan sabio...

—Ya veo.

—Nosotros ayudamos en todo: aportamos capital, fuimos los capitanes, enrolamos a amigos y conocidos, a todo el que pudimos. Nadie estaba dispuesto a unirse a Colón hasta que mi hermano mayor Alonso apoyó la empresa.

—Y una vez a bordo, hasta sofocasteis los intentos de motín, ¿verdad?

—Estás bien informado. —El Pinzón asiente.

—¿Qué os contó Colón aquel día en que la tripulación lo iba a tirar por la borda? Vosotros estabais de acuerdo y cambiasteis de opinión, ¿por qué?

—Ya te lo he dicho antes, era un manipulador.

—Explicádmelo —insiste Noah mientras el Pinzón hace gestos con las manos, incómodo con la situación.

—Nos lo enseñó, nos lo enseñó todo. No navegábamos a ciegas, no éramos descubridores. Allí tenía de todo: cartas de otros navegantes que ya habían realizado la ruta, la disposición de las corrientes, las millas reales que habíamos recorrido, hasta un mapa. Era imposible no confiar en él viendo aquello. Nos engatusó.

—¿Le guardáis rencor?

—¡Cómo no tenerlo! Yo soy mucho mejor marinero que él y puedo demostrarlo, he descubierto tierras al sur del ecuador.

—¿Cómo es eso? —Noah no le cree.

—Cuando por fin los reyes abrieron los viajes, ¡que mira que les costó!, capitulé con el obispo Fonseca y salí a la mar con cuatro pequeñas carabelas, por propia iniciativa y a mis expensas. Tomé rumbo sudoeste y navegué setecientas leguas, hasta perder de vista la estrella polar. Por primera vez, los marinos castellanos pasamos el ecuador y llegamos a las antípodas, en la otra mitad del mundo. ¡Y no nos caímos boca abajo!

—Qué alivio.

Noah siente envidia. Él, que tantas veces se ha preguntado cómo sería estar en la otra mitad de la esfera terrestre, lo escucha ahora de primera mano.

—Sin las estrellas que conocemos, no sabíamos guiarnos. Además, sufrimos una tormenta terrible; la salvamos y seguimos hacia el sur doscientas cuarenta leguas más. Tierra, tierra firme, no eran islas. Entramos en la desembocadura de un río colosal, con tanta agua como si fuera un mar, y pensamos que tenía que venir de una tierra inmensa… Observando la turbiedad del agua, echamos la sonda y la profundidad era de dieciséis codos.

—¿Y no visteis hombre alguno?

—Finalmente sí, ¡y en qué mala hora! Nos atacaron y nos causaron algunas bajas, lo que nos entristeció sobremanera. Luego llegamos a lo que parecían dos islas, pero era agua dulce que se adentraba cuarenta leguas en el mar.

Noah escucha atento.

—Remontamos la costa hasta otra inmensa desembocadura. Ya habíamos recorrido seiscientas leguas cuando, en el mes de julio, nos sorprendió una terrible tempestad que hizo naufragar a dos de las cuatro carabelas. A mi regreso, Sus Altezas se mostraron muy interesados por la posesión de la inmensa costa que descubrí. Me prometieron hacerme capitán y gobernador si regresaba, incluso fui nombrado caballero por el rey Fernando en la Alhambra.

—Pero no realizasteis ese viaje… —adivina Noah, perspicaz.

—No.

—¿Por qué? Los reyes os daban las mayores prebendas.

—Aduje no poder lograr la financiación suficiente.

—No os creo. ¿Qué sucedió realmente? ¿O también sois un mentiroso como Colón?

—¡Ojo con lo que dices! Esas tierras que descubrí no son castellanas.

—¿De qué estáis hablando? —Noah lo mira con desconfianza.

—De acuerdo con el Tratado de Tordesillas, los Reyes Católicos no poseen la facultad para otorgarme su gobernación.

—¿Me estáis diciendo que esas tierras son portuguesas? ¿Que están al otro lado de la línea trazada en el Tratado de Tordesillas?

—Las que yo descubrí sí, sin duda. Pero… hay mucha más tierra al oeste. No sé qué es, pero no es Asia. Creo que es un Nuevo Mundo.

—Pienso lo mismo.

—Pues vete a decírselo a Colón. Acaba de regresar de su cuarto viaje.

94

Medina del Campo, noviembre de 1504

Conforme María se aproxima, cubierta con una capa oscura, la silueta del castillo de La Mota se hace más visible. Es una fortaleza moderna, con una poderosa torre del homenaje, torreones interiores, foso, puente levadizo… Casi toda ella construida en ladrillo rojizo, empleándose la piedra únicamente para los elementos más relevantes. Lo que más le impresiona es su muralla, con numerosos emplazamientos para la artillería. Es el primer castillo que ha sido adaptado a las armas de fuego. Lo deja a su derecha y continúa hacia el centro de Medina del Campo, donde se levanta el palacio Real. Su entrada está fuertemente custodiada por ballesteros.

Deja la montura en los establos de la posada. El interior del local está muy tranquilo y eso la sorprende.

—¿Cómo es que estáis tan vacíos? Si hay todo un ejército acampado ahí fuera.

—Calla, calla, que no se acerca ni uno —se lamenta el posadero—. Tengo las barricas rebosantes de vino para nada.

—¿Y eso por qué?

—Pasa algo, no sé —responde resoplando—. No dejan de venir hombres, pero ninguno sale del castillo ni del palacio. Nunca había pasado, así llevamos muchas semanas.

—Habrá una explicación.

—Sí, la reina. Tiene achaques por los años, he oído que se le han hinchado las piernas y le han salido úlceras. Una mujer no debe viajar en exceso a caballo y ella se ha recorrido el reino de arriba abajo. Ahora usa una litera para desplazarse, yo la he visto salir varias veces en ella.

—Esperemos que se recupere pronto —comenta María—. Quiero hospedarme unos días.

—¿Sola? Mira que esto no es una mancebía.

—Eso espero. Vengo de visitar a una tía enferma y he quedado aquí con mi marido. Se llama Noah y es extranjero.

—Haberlo dicho antes. Está arriba.

María sonríe y le pide que lo llame. En ese momento le sirven estofado y una sopa de ajo. Está terminando de comer cuando lo ve bajar por las escaleras. Sonriente, se acerca decidido a ella.

Cómo le ha echado de menos, no quiere volver a separarse de él nunca más. Estos días alejados le ha servido para darse cuenta de lo que siente por él. Quizá durante demasiado tiempo, el odio y el rencor no han dejado espacio en su corazón para otros sentimientos, pero eso ha cambiado.

María se levanta y camina a su encuentro, se funden en un abrazo y luego se dan un beso prolongado.

—¡Por fin has llegado! Te he extrañado —dice Noah.

—Yo también. —Ella le acaricia el rostro con sus dedos.

—Colón ha regresado.

—¿Cuándo? —pregunta sorprendida.

—A primeros de mes. Llegó a Sanlúcar de Barrameda junto a su hijo Hernando, como simples pasajeros de una nave mercante. Me he enterado en Sevilla. El cuarto viaje ha sido un desastre, han estado a punto de morir.

—¿Y bien? —María arquea sus cejas—. ¿Qué más has averiguado en Sevilla?

Noah le cuenta todo, menos que ha visto a Giulia.

Cuando termina, ella le pone al corriente de su conversación con Beatriz Enríquez de Arana.

—Pero lo que no entiendo es que, si no está en Asia...

—Es tierra firme —afirma Noah—. El cuarto continente del que hablaban los antiguos. La simetría del mundo, las antípodas. Un *Mundus Novus*, y ahora no dejo de darle vueltas a si esto tiene algo que ver con la muerte de Laia.

—Eso que sugieres… ¡no es posible! —exclama enervada—. No sé quién mató a Laia, pero no podemos mezclarla en todo esto.

—Era un espía, y le oí pronunciar esas mismas palabras. Han pasado muchos años —advierte Noah, incómodo—, pero he descubierto que en Lisboa nos han estado siguiendo.

—¡Qué! ¿Quién te ha dicho eso?

—Alguien de confianza. —Evita mencionar a Giulia—. Tú también lo has pensado, en Lier también podía haber espías buscando información de los viajes de Colón.

—Es una posibilidad, pero ahora debemos centrarnos en lo que tenemos entre manos. ¿No quieres desenmascarar a Colón ante la reina?

—¡Claro que quiero! —exclama Noah.

—Pues entiende esto: Colón unió historias inconexas, detalles de aquí y allá, mapas perdidos y libros antiguos. Con la mitad del relato creyó que ya estaba todo. Pero faltaba la otra mitad; no está en Asia, sino en un nuevo continente que nadie se ha percatado aún de que existe. ¡Hay que hablar con la reina ya!

—¿Y bien? ¿Cómo lo vamos a hacer? —Noah da unos golpecitos con los dedos en la mesa de madera—. No tenemos título ni rango, somos dos cualquieras y ella, la soberana de Castilla.

—Cuando supe que la reina estaba aquí, mandé una carta a Santángel pidiéndole que nos consiguiera una audiencia. Ahora nos toca comprobar si ha surtido efecto.

—¿Cómo dices? —pregunta poco convencido.

—Tú déjame a mí. Vamos.

Salen de la taberna y se encaminan al palacio, donde los ballesteros los reciben con hostilidad.

—Soy María de Deva, mercader de seda de Valencia. Vengo a ver a la reina de parte de Santángel, racionero de la Corona de Aragón.

—No puede pasar nadie —responde uno de los guardias, pertrechado tras una armadura de placas metálicas.

—Informad, os lo ruego —insiste María—. La reina me está esperando.

—Imposible.

—María, estos no entienden de palabras, es mejor marcharse —le susurra Noah a la vez que la coge del brazo.

Ella hace oídos sordos.

—Os repito que soy mercader de seda de Valencia y vengo a ver a la reina de parte del racionero de la Corona de Aragón, Santángel. ¿Seguro que queréis arriesgaros a enfadar a la reina por no permitirnos el paso?

—Más os vale que valga la pena —claudica al fin uno de los guardias—. Esperad, voy a consultarlo.

El hombre de armas desaparece en el interior del palacio. La espera se hace eterna para Noah y María. Finalmente retorna y hace un gesto a sus compañeros para que los dejen pasar. Luego los acompaña y, una vez dentro, comprueban que apenas hay servidumbre. Suben por las escaleras y aguardan en una sala hasta que aparece otro guardia que los mira con desgana.

—Su Alteza no se encuentra bien, así que sed breves.

Ellos asienten. Los conducen por una serie de salones decorados con tapices, hasta que se abre una puerta de doble hoja y entran en los aposentos de la reina de Castilla, que los recibe recostada. Las ventanas están solo entreabiertas y la cama tiene unos visillos que cuelgan de un baldaquino, formando un velo que oculta a Su Alteza.

María y Noah se arrodillan.

—Os recuerdo, la joven de la seda roja —dice la reina—. ¿Quién es él?

—Me acompaña. Se llama Noah, es un cartógrafo de Flandes y un consumado viajero.

—Los de su tierra me están dando muchos quebraderos de cabeza, más vale que él no sea así.

—No lo es, alteza. Hemos venido por un asunto de extrema gravedad.

—¿Y qué asunto es ese, si puede saberse? Santángel me ha rogado que os dé audiencia. Es inusual, más os vale que lo justifiquéis.

—Es sobre el almirante Colón y las tierras a las que ha llegado.

—Vaya. —La reina tose de forma forzada—. Acaba de regresar de un desastre de viaje, otro más.

—Y seguirán siéndolo si lo que pretende es llegar a Asia, alteza —dice Noah sin pudor.

—¿Eso por qué?

Noah le cuenta sus hallazgos, los apoya con datos, explicaciones y hasta le muestra el mapa de Toscanelli. María añade su conversación con Beatriz Enríquez de Arana y lo que le han contado marineros como Azoque y Rodrigo de Triana.

—Sabéis demasiadas cosas que no deberíais —afirma Su Alteza cuando terminan de exponer sus argumentos.

—Nos ha costado descubrirlas, os lo podemos asegurar —añade María.

—*Mundus Novus.* —La reina suspira—. No es la primera vez que me hablan de ello.

—¿No? ¿Quién lo ha hecho antes, alteza?

—Uno de mis espías, uno de los mejores y el que más desapercibido pasa allá donde va. Sé de vosotros por él, por eso os he recibido. ¿O creéis que cualquiera puede entrar en mis aposentos? El hijo de Santángel no tiene esa influencia.

—¿Nos ha seguido?

—Ya os he dicho que sabéis cosas que no deberíais. ¿Qué se supone que debo hacer ahora con vosotros dos? Dejaros libres con lo que sabéis es un riesgo inasumible para la Corona.

—Alteza, con vuestro permiso —demanda Noah—, ¿entendéis la gravedad de lo que os hemos contado? El Almirante no ha llegado a Asia, está en otra tierra firme. Eso tiene enormes implicaciones, cambia la concepción del mundo. A saber qué gentes las habitan, qué ciudades y secretos alberga este continente desconocido.

—Todo esto lo debatiréis en persona con el Almirante, lo haré llamar de inmediato. Si tenéis razón… No adelantemos acontecimientos, que venga y que hable. Además, tiene que dar explicaciones por su último viaje.

—Hay una cosa más, alteza —señala María—. Mi padre fue uno de los treinta y nueve hombres que fundaron el primer asentamiento en esas tierras. Nada sé de cómo murió ni dónde fue enterrado. Quiero pedir justicia para él. El Almirante debe esclarecer también qué sucedió allí.

—Que así sea. Las dará, os lo aseguro. Ya me he cansado de sus excusas —afirma con la voz entrecortada—. No pienso permitir que nadie haga fracasar mis planes, ni el presuntuoso de mi yerno ni él. Conquistar la corona que porto me costó sangre y lágrimas, y la he llevado durante treinta años. Cuando ascendí al trono, este era un reino en crisis, asolado por las disputas. Mis descendientes serán reyes de Castilla, Aragón, Granada y un sinfín más de territorios. Ahora somos la Corona más poderosa de la Cristiandad y nuestro futuro es conquistar el mundo: el viejo y el nuevo.

María y Noah abandonan el palacio custodiados por dos ballesteros, que ya no se separan de ellos, y regresan a la posada, emocionados por haber sido recibidos por la reina y, además, haber
logrado su apoyo. Por fin Colón va a tener que dar explicaciones
y ahí estarán ellos para rebatirlas.

—Todavía no lo hemos logrado —afirma Noah mientras suben a la habitación.

—¿Bromeas? Con lo que nos ha costado llegar hasta aquí.
Yo he dado tantas vueltas… No sabes lo que significa este paso.
La reina siempre le ha protegido y ahora podremos ponerlo
frente al espejo.

—¿Sabes? En el fondo envidio a Colón. Tenía un ambicioso
sueño que parecía imposible y, en contra de todos y de todo, la
historia, los mapas…, venció y llegó a donde nadie lo había hecho antes. Sé que le odias, pero… María, no es bueno odiar tanto
y no se puede odiar para siempre.

—Lo sé, Noah.

—Un nuevo continente, ¿cómo ha podido estar oculto durante tantos siglos? ¿Cómo nadie se dio cuenta antes? Me parece
inconcebible.

—A veces las cosas están delante de nuestros ojos, pero no
las vemos porque no las buscamos.

María coge entre sus dedos un mechón rebelde del cabello de
Noah.

—¿Yo también estaba enfrente de ti y no me veías?

—A ti es difícil no verte con tu pinta de…

—¿De qué?

—Pues de extranjero del norte, paliducho y esbelto. No sé cómo me fijé en ti.

—¿No lo sabes? —Y le hace cosquillas.

—¡Estate quieto!

—¿O qué? —Se ríe Noah.

Entonces María se abalanza sobre él y le agarra de las muñecas, inmovilizándolo, y su amuleto de diente de ballena se balancea en su cuello.

—Recuerda que la sangre de generaciones de balleneros corre por mis venas.

—¿Es una amenaza?

Noah se gira y le da la vuelta a la situación; ahora es él quien la sujeta.

—Una advertencia.

Y sus labios se juntan. Primero se besan despacio, pero enseguida lo hacen con pasión. Sueltan sus manos para abrazarse a la vez que se desprenden de sus ropas de manera apresurada y se quedan piel con piel. Entonces Noah se detiene, busca los pies de María y comienza a recorrer con la yema de sus dedos sus piernas y luego su vientre, como dibujando un mapa, trazando largas líneas por sus muslos, subiendo las montañas de sus pechos, perdiéndose en el lago de su ombligo, en la cueva de su boca y en la selva de su pelo.

Tal y como siempre ha soñado, Noah logra detener el tiempo en esa habitación y solo los despiertan las campanas de una iglesia cercana, que repican de buena mañana. Suenan de forma ininterrumpida y se entremezclan con las de las otras iglesias de la ciudad.

María sonríe y busca los labios de Noah, y lo está besando cuando se percata de que es un tañido de difuntos.

—Sucede algo —dice Noah, que se incorpora y busca sus ropas.

—Bajemos. —María hace lo propio.

La posada está vacía. En la calle hay mucha gente congregada, pero parece confusa y desorientada.

Las campanas vuelven a coger velocidad, las ventanas de las casas se abren y los vecinos se asoman a la puerta. Una mujer se arrodilla y comienza a rezar, otra se echa a llorar. Una bandada de estorninos revolotean asustados.

—¿Qué sucede? —pregunta Noah a los ballesteros que los custodian, pero estos lo ignoran.

Un guardia aparece corriendo desde el castillo; llega sin aliento, quiere hablar pero no le salen las palabras. Tiene el rostro desencajado y mueve la cabeza de un lado a otro, negando algo.

Un hombre lo coge por las axilas y lo zarandea, pero sigue sin decir nada. Alza la mano para sacudirle y se detiene cuando ve que está sollozando.

Noah nunca ha visto llorar a un soldado real.

Mira a María. Su rostro se ha teñido de tristeza. Entonces él también lo entiende: la reina de Castilla acaba de morir.

96

Camino de Salamanca, inicios de 1505

El mismo día que todas las campanas tocan por la muerte de la reina Isabel, su hija Juana es proclamada su sucesora.

«Este mundo es el camino / para el otro, que es morada / sin pesar, / mas cumple tener buen tino / para andar esta jornada / sin errar. / Partimos cuando nacemos, / andamos mientras vivimos / y llegamos / al tiempo que fenecemos; / así que, cuando morimos, / descansamos». A María le dicen que estos versos del caballero Jorge Manrique han sido los últimos que ha leído la reina.

No sabe si será verdad, lo único cierto es que ella siente mucho desasosiego dentro de su cuerpo. Todo el mundo fallece, pero, por extraño que parezca, nunca pensó que Su Alteza podía morir. Cuando María nació, Isabel ya reinaba y así ha sido durante toda su vida, y ni se planteó siquiera que pudiera dejar de hacerlo. Como si portar la corona le otorgase el don de la inmortalidad que tanto buscó el legendario monarca Gilgamesh en los confines del mundo.

Su pérdida ha sido como un terremoto y ha resquebrajado los cimientos del reino, haciendo tambalear la esplendorosa fachada que lucía, provocando enormes goteras en el tejado que lo protegía y haciendo caer la mayoría de los tapices que embellecían las paredes.

La Corona está a punto de partirse.

Con sus últimos suspiros, Isabel de Castilla intentó evitar el desastre que se avecina. Para ello modificó su testamento: su última voluntad ha sido que Juana sea la reina verdadera y señora natural de Castilla, reconociéndole a su yerno, Felipe, solo honores y dignidades como consorte. También ha dejado firmado que todos los oficios laicos y eclesiásticos deben ser desempeñados por castellanos y no por extranjeros, y que las Indias se reservan como monopolio a la Corona de Castilla. Y que cuando Juana, estando o no en los reinos, no quiera o no pueda atender en la gobernación, de ella se hará cargo su esposo, el rey Fernando.

Han pasado los días y el testamento se ha convertido en papel mojado. Para empezar, Fernando el Católico ha dejado de ser el monarca de Castilla. El problema no es que reine Juana, que es su derecho, sino el estar casada con Felipe, el «rey hermoso», como le llaman sus amigos franceses, los peores enemigos de Fernando de Aragón.

Ya hay quienes dicen que soplan vientos de guerra en Castilla.

María no puede ni quiere creerlo.

De todos modos, la muerte de la reina ha truncado sus planes. Justo cuando iba a encontrarse cara a cara con Colón, para sacar a la luz sus mentiras y hacerle pagar por sus males, Su Alteza les ha dejado.

Y ahora ella no sabe qué hacer.

Colón desembarcó en Sevilla. Dicen que llegó exhausto y derrotado, que enfermó y estuvo semanas en cama. Con la situación de crisis en la que se ha sumido la Corona, ha dejado de ser una prioridad. Como siempre, ha sabido salir airoso, y, cuando María y Noah viajaron al sur en su busca, el Almirante había logrado ayuda y ahora se ha unido a la corte de Fernando el Católico, que está en plena disputa con su yerno por hacer respetar el testamento de la reina Isabel.

Castilla se ha vuelto más peligrosa que nunca, nadie sabe

quién apoya a quién. Se oyen rumores nuevos cada día; hay partidarios de Juana, otros de su padre Fernando, y también quienes prefieren al yerno como rey. Los nobles están tomando partido por unos o por otros, y tras ellos las ciudades, las villas, los obispos y las órdenes militares. También dicen que Francia y Portugal tienen sus ojos puestos en el trono castellano.

Y entre todo ese ruido, María sigue decidida a cumplir su voluntad. Por esa razón ella y Noah han viajado al oeste, cerca de la frontera portuguesa.

Su muralla hace de Salamanca una ciudad circular, organizada en torno a la plaza de San Martín. La universidad salmantina es un centro de conocimiento al que debe venir todo ilustrado que desee la mejor formación, como hacían los antiguos que iban a Atenas. En estas fechas hay multitud de grandes del reino, hombres de armas, sabios, letrados, embajadores, y por supuesto también mercaderes, artistas y curiosos que acuden siempre que se concentra tanto poder en un lugar.

Noah y María acaban de llegar, tienen la esperanza de poder hablar con el rey Fernando, que está a punto de firmar una concordia con un embajador borgoñés; dicen que para cesar las hostilidades con su yerno y posibilitar un gobierno conjunto entre Juana y ellos dos.

Les está siendo imposible conseguir una audiencia. Las Indias han pasado a ser un tema secundario en la vorágine en la que se halla inmersa Castilla.

Ahora deambulan por las tabernas que se asoman al río Tormes, que aquí llaman «tabernas del vino blanco», aunque ni todo el licor del mundo puede animarlos. El tiempo pasa tan rápido que es como el caño de una fuente: al poner las manos debajo para intentar coger el agua, resbala entre los dedos; y cuando el caño se detiene, apenas se han atrapado unas gotas. Eso mismo ocurre con el tiempo, que pasa inmisericorde, sin que nos demos cuenta.

La Corona se ha enmarañado en una espiral de dudas, conspiraciones, habladurías y sinsabores. El vacío que ha dejado la reina Isabel no es fácil de llenar, por mucho que el rey Fernando ponga todo su empeño. El trono es un barco en medio de una tempestad y Su Alteza no deja de achicar agua de proa a babor, pero siempre entra más de la que sale.

Noah nunca imaginó que vería al señor de su tierra natal, el archiduque de Austria y conde de Borgoña, sentado en el trono de Castilla. Las vueltas que da la vida. Aún recuerda las sombras de los dos jóvenes esposos en las ventanas del palacio de Lier cuando el puente se vino abajo. Quién hubiera imaginado semejante giro de los acontecimientos, tal sucesión de desgraciadas muertes que han llevado a Felipe a colocarse la corona castellana sobre la cabeza.

Y todo esto le remite de nuevo a su tierra, a Lier.

En ese momento, un hombre se pone de pie y alza la voz. María y Noah le miran y enseguida lo reconocen, es Anselmo de Perpiñán. El juglar tiene una habilidad asombrosa para multiplicarse, como si fuera capaz de estar en varios sitios a la vez.

—El vino de Salamanca quita la tristeza del corazón, más que el oro y el coral; pone color al descolorido, da coraje al cobarde, al flojo diligencia; saca el frío del estómago y, a los cansados segadores, hace sudar toda agua mala. ¡Brindemos por ello!

—¿Sabías que estaba aquí? —pregunta Noah.

—No, pero tampoco me extraña. Hoy Salamanca es el centro del mundo —contesta ella.

—Buenas noches —dice alguien a su espalda—. Permitidme que me presente: soy Mauricio, bufón real. Me gustaría hablar con vosotros de un asunto de suma trascendencia.

—¿Con nosotros? —inquiere Noah muy sorprendido—. Creo que te equivocas.

—Yo no lo creo. Vosotros dos sois los que andan buscando un mapa de las Indias y comprometiendo la reputación del Almirante.

—¿De qué estás hablando? —Noah se enerva y aprieta amenazante los puños.

—Espera. —María le pone la mano en el brazo para apaciguarlo—. ¿Qué quieres exactamente?

—Aquí hay demasiada gente, mejor hablemos fuera.

El bufón se da la vuelta y camina con unos andares peculiares por lo corto de sus piernas. Ellos le siguen hasta un sitio discreto.

—El rey Fernando no está aquí, no se fía de que su yerno no le tienda una trampa. Así que no podéis hablar con él. Sé lo del mapa y vuestras intenciones.

Les llama la atención que un personaje tan insignificante hable con ese aplomo y tanta seguridad.

—Con los cambios que se están dando en la corte, cada vez es más caro ganarse un puesto relevante —añade el bufón.

—¿Y eso qué quiere decir? —pregunta María con desconfianza.

—Pues que hay que tener algo que los nuevos quieran. Todo cambio supone una oportunidad, si sabes aprovecharla. —Sonríe dejando ver una dentadura poco agraciada—. Yo estoy buscando esa ocasión para progresar en la nueva corte.

—¿Y por qué hablas con nosotros? —Ella está cada vez más incómoda con las palabras del bufón.

—Porque os veo perdidos. Yo podría deciros con quién debéis hablar para obtener información sobre el mapa y el Almirante; y también dónde está en este momento.

—¿Por qué nos íbamos a fiar de ti?

—Bueno… —Sonríe y mastica lentamente su respuesta—. Si lo preferís, me voy. Os deseo suerte, la vais a necesitar.

—Espera. —María abandona sus reticencias—. ¿Qué quieres a cambio?

—El mapa de Toscanelli.

—¡No tenemos ningún mapa! —salta Noah.

—Por favor, no me hagáis perder el tiempo con sandeces.

—No te lo vamos a dar. —María se muestra tajante—. Dinos antes qué ofreces.

-No lo entendéis, os puedo ayudar hoy. Mañana a saber qué

acontece. Puede declararse una guerra o cambiar todo el panorama por otro motivo. Es ahora o nunca. ¿Queréis que os lleve con la única persona que os puede ayudar? ¿Sí o no?

—Primero habla tú —se mantiene firme Noah.

—De acuerdo. El obispo Fonseca, él es el único que puede ayudaros ahora que ha muerto la reina. Pero no se fía de nadie, y bien que hace. Solo yo sé dónde está y no permanecerá mucho tiempo allí. Así que vosotros diréis.

María mira a Noah y asiente. Él resopla y dice que no con la cabeza. Entonces María vuelve a asentir y finalmente Noah saca el mapa doblado.

—Magnífico. —Sonríe Cabezagato.

97

Salamanca

Dejan la taberna y se dirigen a la iglesia de San Cristóbal, pues es donde les han dicho que el obispo Fonseca asistiría a misa. Desde fuera, nada llama la atención sobre el edificio; es un templo antiguo, de piedra sillar. En la única puerta de acceso hay apostados dos hombres y en la calle, a cierta distancia para no levantar sospechas, un carruaje y más gente de armas. Ante la actual situación de inestabilidad, todos los personajes ilustres del reino han redoblado las medidas de seguridad.

Ahora es cuestión de esperar, en eso tienen experiencia.

Se abre la puerta de la iglesia y sale el obispo Fonseca.

Corren hacia él, deben llegar antes que el carruaje. Se mueven como sombras en la noche, su mejor opción es no ser vistos. Se acercan cada vez más.

—¡Ilustrísima! —le alerta uno de sus guardias cuando los descubre, a la vez que desenvaina su espada.

—¡Esperad! —alza la voz Noah—. Solo queremos hablar con el obispo, traemos información de suma trascendencia.

Otros dos guardias se lanzan a por ellos.

—¡Es sobre Colón! —grita María—. Os ha engañado, tenemos pruebas. ¡Ilustrísima! Me conocéis, miradme bien.

Los guardias no entienden de palabras, María esquiva el primer golpe de espada y rueda por el suelo para escapar del segundo. Pero Noah es más lento y le hacen sangre en su brazo.

—¡Sabemos lo del mapa de Juan de la Cosa y que ha sido espía en Portugal!

La espada se alza por encima de la cabeza de Noah describiendo un arco mortal.

—¡Alto! —ordena el obispo con una voz autoritaria—. ¿Quiénes sois vosotros?

—Soy María. Nos conocimos hace unos años, cuando proporcioné la seda para la boda real de la hija de la reina Isabel. Más tarde os visité en Ávila y os hablé de mis recelos sobre Colón, pero no os conté entonces que mi padre fue en el primer viaje y murió en el fuerte de La Navidad.

—Tú… Sí, te recuerdo. —Resopla Fonseca.

—Reclamo justicia para los treinta y nueve hombres que fueron abandonados por Colón en el confín del mundo y que murieron sin recibir cristiana sepultura.

—¿Cómo? ¿Que reclamas justicia? ¡Apresadlos de inmediato! No tengo tiempo para estas tonterías.

—Esos hombres dieron la vida por Castilla y por Dios, y ni siquiera fueron enterrados. Escuchadnos, se lo debéis.

—La reina confió en nosotros justo antes de morir —dice Noah—. Íbamos a desenmascarar a Colón, pero por desgracia Dios se la ha llevado muy pronto, que en paz descanse.

El obispo se mete en su carruaje mientras sus guardias los golpean y los amordazan.

98

En algún lugar de Castilla

Ya habían estado presos antes, pero es la primera vez que lo están juntos. Noah está malherido. María le ha vendado el brazo con tela de su falda y ya no sangra; por suerte, el corte ha sido superficial, pero ha perdido bastante sangre. No parece que vayan a liberarlos pronto. Pasan la noche allí acurrucados, al menos se tienen el uno al otro. A Noah le sube la fiebre y María se desvive por cuidarlo. Reclama agua y paños a sus captores, pero la ignoran. Hasta que a base de gritar e insistir, logra que se los den.

A la mañana siguiente no se recupera. Pasa otra noche y se despierta mejor; ya habla y la fiebre y el dolor han remitido. Pero siguen sin noticias sobre qué va a ser de ellos. Les dan comida y poco más.

Para matar el tiempo, Noah coge uno de sus botones y dibuja algo en el yeso de la jamba de la puerta. María observa curiosa. «Es un animal. Parece un caballo, pero no, este tiene un cuerno en medio de la frente», dice para sí.

—¿Te gustan los unicornios?

—Sí, me han hecho compañía durante mi vida —contesta Noah medio sonriente—. Son difíciles de atrapar, hace falta una doncella virgen para atraerlos. Al menos eso cuentan. —Se encoge de hombros—. A pesar de haber viajado tanto, aún no los he visto, ni tampoco grifos, ni dragones, ni ballenas.

—Mi padre una vez me llevó a contemplar una ballena. Hasta que no las tienes cerca no te haces una idea de lo inmensas que son.

Entonces María saca el diente que cuelga de su cuello y se pone a dibujarla también en la pared, como él.

Un unicornio y una ballena, extraña pareja.

Entran los guardias de malos modos.

—¡Salid! —Los sacan a empellones de la celda.

Recorren varios pasillos estrechos, pero no saben dónde están retenidos; tiene que ser un castillo o un monasterio. Al final entran en una estancia con una chimenea en la que arden varios troncos. El calor los reconforta después de soportar la humedad de la celda.

Allí está el obispo Fonseca, con hábito oscuro y las manos a la espalda.

—Me acuerdo de ti —señala a María—, la insolente que se dirigió a la reina y le contó un cuento de una mariposa. Ese brillo de tus ojos no se olvida. Alguna vez me he preguntado si seguías con vida; por la manera en que me hablaste de Colón hubiera jurado que pretendías matarlo. —Se gira hacia Noah—. Tú, en cambio, eres flamenco. Nada bueno puede venir de esas tierras.

—Hace mucho que me fui de allí. Soy cartógrafo y viajero, he recorrido buena parte de la Cristiandad y sé de mapas, estrellas y libros. Ponedme a prueba si lo dudáis, ilustrísima.

—Qué inoportunos sois. Fray Marchena ya me avisó de vuestras andanzas en una carta —dice el obispo.

Noah y María se miran.

—¿O es que creías que no se iba a ver el polvo que levantáis en vuestro periplo? —Fonseca suspira—. Corren malos tiempos en Castilla, la incertidumbre y las dudas nos acechan como lobos hambrientos. Debemos restituir el orden, alejar el caos.

—Todo pasa, ilustrísima —añade Noah con un tono calmado—. Solo son nubes pasajeras, pronto escampará y volverá a lucir el sol. Que en vez salir por oriente, esta vez nos iluminará desde occidente.

—Muy hábil, pero a mí no se me gana con palabras, sino con hechos. ¿Conoces a Américo Vespucio?

—Es un explorador y comerciante florentino.

—¡Es un espía! —se irrita Fonseca—. Ha escrito varias cartas revelando secretos de sus viajes a las Indias a un Médici, Lorenzo de Pierfrancesco.

—A él también lo conozco y he leído una de sus cartas —afirma Noah.

—¿De verdad?

—¿Por qué habría de mentiros? Seguro que me tomáis también por un espía.

—Te tengo en cuarentena, pero das el perfil, sin duda.

—Os aseguro que no, pero sabemos cosas que podrían interesaros, ilustrísima. No somos espías ni enemigos.

—Eso lo decidiré yo. —Y los señala a ambos.

—La reina Isabel nos recibió y nos creyó —interviene María—. Por desgracia, ella ya no está entre nosotros. Pero seguimos queriendo desenmascarar las mentiras de Colón, y seguro que vos también, ilustrísima.

El obispo Fonseca cruza los dedos a la altura de la barbilla, camina hasta una mesa, toma unos documentos y los va dejando encima.

—Son cartas de Américo Vespucio. Estoy al corriente de que ha viajado a las Indias con los portugueses y con nosotros —comienza a explicarles—. Lo que ignoro es cuántas veces ha cruzado el Océano sumando las expediciones de ambas coronas, aunque es probable que sea el hombre que más veces lo ha hecho.

—¿Más que Colón? —pregunta ahora María.

—Él ha tenido el doble de opciones —responde Fonseca—. La primera carta fue enviada desde Sevilla en julio del año mil quinientos y relata una expedición castellana a los confines de Asia oriental. La segunda fue escrita en Cabo Verde un año después y narra su viaje a bordo de naves portuguesas rumbo a la India. La siguiente fue remitida de nuevo a Pierfrancesco, esta vez desde Lisboa, en el año quinientos dos.

—Informa cada año de sus viajes —precisa Noah.

—Exacto. En esta afirma que navegaron hasta Cabo Verde y desde allí cruzaron el Océano hacia occidente. Tras sesenta y cuatro días de navegación, tocaron tierra en un lugar que Vespucio no indica. Luego se adentraron en el Océano hasta, dice él, una latitud que cifra en 50 grados sur. Como la latitud de Lisboa es de 40 grados norte…

—Ha recorrido una cuarta parte de la esfera terrestre —responde Noah.

—Así es. Y hay otra carta que se imprimió en Augsburgo y de la que se han vendido miles de copias en toda Europa. ¡Un éxito sin parangón! —exclama el obispo, disgustado—. Y se ha distribuido por Florencia, Venecia, Amberes, París y ciudades de Italia y Alemania. ¡La gente lee cualquier cosa! En vez de los clásicos, se interesan por los relatos de viajes…

María y Noah se miran de nuevo sin decir nada.

—Vespucio afirma que las costas que exploraron son tierra firme continental, no islas. Y añade que esos territorios están más densamente poblados que Europa, Asia o África.

—¿Cómo va a decir eso? —alerta Noah—. ¡Sería increíble!

—Esta carta adquiere un tono grandilocuente cuando se presenta a sí mismo como un héroe, gracias a su conocimiento de la cosmografía, ante la incompetencia de los capitanes portugueses. Así que tampoco hay que darle mucho crédito.

—El papel lo aguanta todo —añade Noah—. Que esté escrito no quiere decir que sea cierto.

—La siguiente carta se imprimió en París el año con el título de *Mundus Novus*, en latín. Relata los dos viajes mencionados en las otras cartas y añade uno más, y una quinta carta que en realidad es una justificación contra aquellos que dudan de la verosimilitud de sus escritos anteriores.

—¿Qué pretendéis contándonos todo esto, ilustrísima?

—Vespucio quiere atribuirse logros y hazañas que no ha realizado y de los que ni siquiera ha sido testigo. Me temo que estamos perdiendo el control del relato de lo que está aconteciendo en las Indias.

—¿El relato? —pregunta Noah, desconcertado.

—Nosotros, Castilla, somos quienes debemos contar nuestras proezas, y no dejar que lo hagan extranjeros como tú. Porque, si caemos en ese error, lo lamentaremos durante años, si no siglos.

—Ya veo. —Noah se contiene—. Ilustrísima, nosotros hemos seguido los pasos de Colón, en Sevilla, Palos, Lisboa, Córdoba... —Mira a María—. Hemos descubierto que ha engañado a la Corona. Este extranjero que os habla os asegura que Colón no ha llegado a Asia, sino a una tierra distinta.

—¡Los caminos del Señor son inescrutables! —exclama Fonseca mirando al techo—. ¿De verdad estos son nuestros salvadores? —Suspira—. Os voy a dar una oportunidad para que me contéis algo que yo no sepa y sea relevante, ¡una! En vuestra mano está que hagáis buen uso de ella.

—Antes debemos quedarnos los tres solos, ilustrísima —reclama María—. Hasta las sombras tienen oídos en Castilla.

—No es buena idea —dice uno de los hombres de armas.

—Eso lo decidiré yo. Quedaos aquí, yo iré con ellos.

Fonseca abre la puerta y caminan por varios pasillos hasta que acceden a la nave de un templo; están dentro de un monasterio. El obispo se sienta en un banco frente al altar mayor.

—Pido confesarme. —María se arrodilla frente a él.

—¿Qué? ¡De ninguna manera! Decid lo que tengáis que decir, pero no permitiré que utilices un sacramento sagrado a tu antojo, y menos en la casa del Señor. Hablad de una vez, antes de que me arrepienta.

Noah la ayuda a levantarse y toma la palabra.

—El mundo es mucho más grande de lo que sostiene Colón —habla sin dejarse intimidar por el obispo—. Él forzó todos los datos: los mapas, las mediciones y los testimonios.

—¿Forzó?

—Sabía de primera mano que esa tierra existía porque se lo contó un náufrago, pero para lograr el apoyo y la financiación para su proyecto debía demostrar con datos y mediciones que era Asia.

—Él tenía razón, había tierra —añade María—. Pero no es Asia, eso fue una fabulación suya. Lo que Colón ha encontrado es mucho más importante, es un Nuevo Mundo que está por descubrir, por evangelizar, por conquistar.

El obispo Fonseca escucha en silencio.

—Falseó las leguas de distancia y la junta de expertos lo sabía; por eso rechazaron el proyecto. Pero Colón engatusó a la reina y ella eliminó esa barrera.

—¿Cómo te atreves? El Almirante no engañó a Su Alteza, nunca hubiera podido hacerlo —esgrime Fonseca—. No vuelvas a afirmar tal cosa de la reina más grande que ha pisado la faz de la tierra, que además ya no puede ordenar que te corten la cabeza por semejante insolencia.

—Disculpadme, ilustrísima.

—Las malditas leguas de distancia, que si Eratóstenes, que si Ptolomeo. ¡Tonterías! Las leguas siempre fueron una excusa para negarle a Colón lo que pedía y, al mismo tiempo, tenerlo ocupado esperando.

—¿Qué queréis decir? —inquiere Noah.

—Al Almirante no se le hizo esperar durante años por una discusión sobre el tamaño del Océano, sino por el reino de Portugal.

—No lo entiendo. —Noah se siente perdido.

—¡Pues claro que no lo entiendes! En plena guerra con Granada, la reina Isabel no podía permitirse el lujo de provocar a nuestros vecinos portugueses y que estos reaccionaran atacando Castilla, pues se hubiera visto atrapada en una pinza. Por eso aguardó hasta conquistar Granada y, con las manos libres, se arriesgó a enfadar a Portugal.

—Pero Colón se fue de la reunión de Santa Fe y los reyes tuvieron que pedirle que regresara.

—Por supuesto, porque el Almirante posee una arrogancia sin límites. Él sabía que tenía razón y la reina era consciente de ello.

—¿Cómo lo sabía?

—Explicó la ruta punto por punto, las corrientes, las islas que encontraría… Era como si narrara un viaje ya realizado, pero lo sabía por otros que ya habían estado allí. El Almirante no fue el primero en llegar, pero sí en contarlo. ¿Lo veis? Vence el que cuenta lo que ve, el que se apropia del relato.

—Los viajeros cuentan cómo es el mundo a los demás —asiente Noah.

—Así es —concluye el obispo—. Ese era su enorme poder para negociar, para pedir concesiones que nunca antes se habían otorgado, para marcharse de las reuniones, para esperar durante años… Él sabía que había tierra y cómo llegar, y presionó con ofrecer la ruta y las tierras a Francia cuando la guerra con Granada llegaba a su fin y la reina Isabel tendría por fin el camino despejado para apoyarle.

—Ilustrísima —María reacciona—, a su regreso, Colón envió una carta a todas las cortes para que los honores recayeran solo en él…

—¡No! —La voz del obispo Fonseca retumba en la nave—. La mandó la reina.

María mira a Noah y este no da crédito a lo que acaba de oír.

—La carta de Colón que se imprimió en Barcelona, ¿la mandó la reina?

—Sí.

—Con razón el impresor catalán no quería decir su nombre —murmura María.

—La usó para poner nervioso al papa Borgia y obligarle a acelerar sus acciones a la hora de dictaminar de quién eran las nuevas tierras. ¿Cómo creéis que conseguimos repartirnos el mundo? ¿Y que les concedieran el título de Reyes Católicos? La reina era una excelente jugadora de ajedrez; el mundo era su tablero y todos nosotros, las figuras que ellos movían buscando su objetivo final: aislar a Francia y ser los monarcas más importantes de la Cristiandad.

—Ha sido ella todo este tiempo… —asiente María—. Pero ¿por qué la reina no firmó la carta?

—Porque era más útil que pareciera que la filtraba el Almirante. Eso la liberaba de toda culpa y le dejaba las manos libres para mover su siguiente figura.

—Fue muy inteligente. —Noah resopla—. Presionó con la carta para que el papa accediera a dividir el mundo entre Portugal y España.

—Claro, no podía permitir que tantas almas se perdieran. En la carta de Colón se explicaba lo inocentes y pacíficos que eran los habitantes de aquellas tierras, lo cual obligaba a la Iglesia a tomar la decisión de evangelizarlos. Y para comenzar a expandir la fe había que trazar una línea que dijera a qué reino pertenecía —explica el obispo como si ellos dos fueran simples estudiantes—. La reina utilizó esa carta para que el ambicioso Borgia cayera en la trampa de otorgarles medio mundo. ¿Os dais cuenta de lo que se logró? ¡Repartir el mundo entre dos únicos reinos!

—Pero… —Noah se pasa las manos por el pelo—. ¿Por qué incluir a Portugal?

—Porque los portugueses eran los únicos que sabían lo que en verdad estaba ocurriendo. Francia, Venecia, Florencia o Inglaterra no tenían ni idea. Portugal nos hubiera declarado la guerra de no haberles cedido la mitad del mundo. Para la reina era primordial lograr una alianza fuerte, una unión con los portugueses. Por eso ese afán de casar a sus hijas con reyes portugueses.

—Tiene sentido —afirma Noah—. Es rebuscado, pero lo tiene.

—¿Cómo ibais a saber vosotros dos las estrategias de los Reyes Católicos?

—Nunca entendimos la razón de publicar la carta en toda Europa, hasta ahora —asiente resignado Noah.

—A la reina Isabel no le importaba quién recibiera el mérito de la ruta, sino sus repercusiones y ser ella quien promoviera la evangelización. Daos cuenta si era devota que una de las pocas preocupaciones que Su Alteza plasmó en su testamento fue la defensa de los inocentes de las Indias y de las islas Canarias. Ella comprendía que la esclavitud estaba justificada para los infieles y los enemigos vencidos, no para ninguno de sus súbditos.

—De acuerdo, pero eso no interfiere con lo que os hemos contado. Colón es un mentiroso y no ve la realidad: las Indias no existen, es un Nuevo Mundo. Y la reina Isabel lo entendió antes de morir —recalca María.

—Venid aquí —les pide que se acerquen.

Obedecen a regañadientes.

—Arrodillaos.

Lo hacen.

—Jurad ante Dios, Nuestro Señor, que no diréis nada de lo que veáis o se hable a partir de ahora.

—Lo juro —dice Noah.

—Yo también lo juro —asiente María.

—Y por si no teméis condenar vuestra alma, si abrís la boca mandaré que os corten la lengua y las manos. Ahora, ¡vamos! —Se da la vuelta.

Ellos no se levantan, como si sus rodillas se les hubieran quedado clavadas por el miedo. Las pisadas del obispo se pierden en la lejanía; por el contrario, retumban con fuerza las de los guardias que aparecen tras ellos.

Se incorporan y avanzan por un largo pasillo, luego ascienden tres pisos por una escalera estrecha y empinada hasta una sala más noble. Les empujan a otro salón y luego a otro, hasta que se detienen delante de una puerta entreabierta y les hacen pasar.

Están en una habitación con abundante luz que entra por unos gigantescos ventanales. Allí hay numerosos libros, pergaminos y hasta una esfera sólida donde está representado el mundo. Ni siquiera ese es el más extraordinario de los objetos allí presentes. Sobre la mesa, el obispo Fonseca está delante de un mapa.

—Este es el mayor secreto del reino, el mapa del mundo más actual y exacto que existe, dibujado por Juan de la Cosa para la reina Isabel.

Noah se lleva la mano al pecho. ¡Por fin!

99

Monasterio de la Corona de Castilla

El mapa de Juan de la Cosa, el que creían que estaba custodiado entre los muros del castillo del Puerto de Santa María, en Cádiz, inaccesible y oculto por orden de la reina Isabel, se muestra ahora ante ellos por obra y gracia del obispo Fonseca. A Noah le impacta ver la enorme masa de tierra que representa las Indias de norte a sur, con numerosas islas en el centro. Recoge todos los descubrimientos de los exploradores castellanos, pero también de los portugueses, pues aparece todo el contorno de África y la India, y están incorporados los últimos hallazgos de Vasco da Gama.

Es un mapa alargado. Las Indias están pintadas en verde, mientras que el mundo conocido tiene el color ocre del pergamino, con multitud de nombres y dibujos.

Para Noah, contemplarlo es el mejor regalo con el que puede soñar.

—Este es el mayor secreto que hay ahora en el mundo —afirma el obispo Fonseca—. Nadie debe conocer la magnitud de la tierra a la que hemos llegado.

Están indicados el ecuador y el meridiano que pasa por las Azores, y los atraviesa la línea divisoria del Tratado de Tordesillas, que reparte el mundo entre España y Portugal. Ven dibujados a los Reyes Magos en Asia. Al norte hay banderas inglesas;

son las tierras a las que han llegado en secreto. Al sur está señalado el tercer viaje de Colón y el del propio Juan de la Cosa, Ojeda y Vespucio, así como otras tierras descubiertas por otros capitanes de la Corona de Castilla.

La península que al principio se llamó Juana ahora es una isla que lleva por nombre Cuba. Noah no se la imaginaba tan alargada, con tantas bahías, estrangulada en dos puntos, y su extremo occidental curvado forma un amplio golfo lleno de islitas.

—En el centro del nuevo continente hay un gran san Cristóbal, ¿por qué? —pregunta María.

—En honor a Colón y porque es el santo que protege a los viajeros —responde Fonseca.

—Parece que estaba predestinado desde que su madre lo bautizó. —Noah dibuja una sonrisa de resignación.

—San Cristóbal fue un gigante cuya tarea era ayudar a la gente a cruzar un río de orilla a orilla, y un día lo hizo con un niño que resultó ser Jesús —continúa el obispo.

—Es un nombre griego que significa «portador de Cristo» —añade Noah, y recuerda que el vendedor de reliquias le habló de la mandíbula del santo—. Otro argumento más para que Colón se creyera elegido para una misión divina; seguro que lo utilizó para convencer a los monjes, obispos y prelados.

—Además, Juan de la Cosa situó al santo donde el Almirante asegura que está el paso a Catay, Cipango y las islas de las Especias.

Noah se acerca y lo estudia con atención. El pergamino se estrecha en esa zona, ya que coincide con el cuello de la piel de ternero que sirve de lienzo, y solo está dibujada tierra firme. Cuando se fija en el otro extremo para ver cómo continúa, Asia está representada solo en parte y de manera confusa. El mapa se vuelve inexacto a partir de las orillas de Arabia.

—Faltan Catay y Cipango.

—Porque, por desgracia, aún no hemos llegado y por tanto no sabemos cómo son exactamente —aduce Fonseca.

—Pero en este mapa sigue sin quedar claro si las tierras descubiertas por Colón son el extremo oriental de Asia o un continente nuevo.

—Juan de la Cosa cuenta con su propia experiencia, pues ha hecho cinco viajes a las Indias, tres con Colón y dos con Ojeda, y con toda la información de nuestra red de espías en otros reinos. Aquí ha dibujado lo que sabemos del mundo.

—Ilustrísima, el mapa es maravilloso y no hace más que confirmar lo que hemos venido a contaros —insiste Noah poniendo una mano sobre las Indias—. No sé si existe ese paso, pero lo que debéis entender es que entre este Nuevo Mundo y Asia hay otro océano enorme que aquí no está dibujado.

—¿Estáis seguros de eso? —pregunta paciente el obispo.

—¡Claro que sí! La Tierra es mucho más grande de lo que Colón cree; lo que tiene la Corona de Castilla en su mano es todo un continente. Aquí consta su extensión aproximada, porque le falta su otra costa y el nuevo océano. —Noah se vuelve hacia él—. ¿Entendéis lo que estamos diciendo?

—¿Y qué tamaño posee este cuarto continente?

—Eso no lo sé, pero lo tenéis aquí dibujado en gran parte, de norte a sur. Es inmenso. Y solo conocemos de manera vaga su costa oriental. ¿Qué maravillas habrá tierra adentro? ¿Y en el otro lado? Es un mundo que ha estado incomunicado del resto durante milenios, ¡es el mayor descubrimiento de la historia! No es una ruta, ¡es un Nuevo Mundo!

—Y el mayor logro de la reina Isabel —manifiesta Fonseca—. Este mapa fue una demanda suya. Su Alteza era consciente de que habíamos llegado a tierras nuevas e inexploradas. Pero esto debe mantenerse en secreto.

—¿Por qué? —pregunta Noah, sorprendido—. ¿Y el relato? Vos mismo lo habéis dicho, tenéis que hacerlo público.

—En este momento no podemos, la Corona está partida. ¿De verdad creéis que la reina Isabel hubiera querido a ese borgoñés en su trono? No, ¿verdad? Pues lo último que necesitamos ahora es que descubra que entre sus dominios hay un Nuevo Mundo. ¡A saber de lo que sería capaz! Podría provocar una guerra civil, o un enfrentamiento entre Castilla y Aragón, Dios no lo quiera.

—Pero tarde o temprano se sabrá.

—Eso a vosotros dos no os incumbe. Nadie conoce a la familia real mejor que yo. Tuve el privilegio de organizar la doble boda del príncipe Juan y la infanta Juana con doña Margarita y Felipe de Borgoña. Y el enlace de la infanta Catalina con el príncipe Arturo de Inglaterra. Estuve al lado de Juana cuando su madre la recluyó en el castillo de Medina del Campo. Firmé el testamento de Isabel la Católica y, tras el fallecimiento de Su Alteza, viajé a Flandes para darlo a conocer en dicha corte.

—Pero ¿cómo vais a ocultar un Nuevo Mundo?

—Si Felipe descubre que es rey de todo un continente por explorar, iniciaría una guerra para acabar con cualquier conato de resistencia a su autoridad, y eso incluye a su suegro, el rey Fernando.

Noah resopla imaginando las consecuencias.

—Yo no pienso quedarme de brazos cruzados y dejar que Colón permanezca impune —alza la voz María.

—¿Y qué quieres hacer? ¿Matarlo?

María se queda paralizada y Noah tarda en reaccionar.

—Por supuesto que no, ilustrísima. María quiere justicia —interviene Noah—. Justicia para su padre, para los treinta y nueve olvidados de La Navidad. Y para tantos otros que han viajado al Nuevo Mundo engañados; y para todos los que allí ha menospreciado el Almirante con los abusos que ha cometido. Y para los habitantes de aquellas tierras a los que ha intentado esclavizar.

—El Almirante… ya no es de ninguna relevancia. Y mientras siga insistiendo en que ha llegado a Asia, mejor para todos —sentencia el obispo Fonseca.

—¿Preferís que siga mintiendo?

—Ahora es lo más conveniente, tenemos problemas infinitamente más graves. Toda la obra de los Reyes Católicos corre peligro de desmoronarse. ¡Si la reina Isabel levantara cabeza!

—Pero…

Antes de que pueda decir nada más, Noah corta a María.

—Decidnos al menos dónde podemos encontrarlo, ilustrísima.

—¿A Colón?

—Sí, os lo ruego.

—Vino a Salamanca buscando el favor real y se ha marchado a Valladolid siguiendo al rey Fernando, que ha traspasado la Corona de Castilla a su hija Juana. Sé que ha intentado infructuosamente ser recibido por los nuevos reyes y que está muy enfermo y se ha refugiado en su hospedería hasta que mejore.

—Gracias, y disculpadnos por nuestros modales, ilustrísima. Pero precisábamos hablar con vos y contaros la verdad. Ahora entendemos la situación.

—Lo primordial es el trono de Castilla. Ya habrá tiempo para las Indias, no van a moverse de donde están. Si hay algo que detesto es la incertidumbre. Hay que regirse por reglas claras y concisas; la confusión y el desconcierto no son divinos. En un mundo regido por Dios, no hay cabida para la fortuna ni el destino. Esos elementos llevan al caos, y no existe nada más diabólico que el caos.

—Eso es cierto —asiente Noah.

—Os voy a perdonar la vida porque me habéis dado un nuevo dato sobre el tamaño del mundo, pero os exijo silencio absoluto por lo que hoy hemos hablado aquí. ¿Cómo sé que lo cumpliréis?

—Lo juramos. —Noah se santigua y María lo imita—. Solo queremos a Colón, nada se nos ha perdido en la corte.

—Que así sea. Entended que no consiste en que hayamos descubierto un Nuevo Mundo, sino que hemos dado inicio a un mundo nuevo y este es el mapa que lo representa.

Noah lo vuelve a mirar y piensa que está inacabado. Ojalá pudiera dibujarlo tal y como él lo imagina.

100

Valladolid, 1506

El monasterio de Nuestra Señora de Prado está ubicado cerca del río Pisuerga. Es conocido porque, por disposición de los Reyes Católicos, se ha instalado en su interior la Real Imprenta de Bulas. Es un edificio colosal que cuenta con varios claustros, y en uno de ellos hay un reloj de sol y otro de luna, que muestra sus diferentes fases. A Noah eso le entusiasma, más aún cuando descubre que le han puesto el sobrenombre de Claustro del Tiempo. Cuando entra allí, deja volar la imaginación como si fuera aquel niño que patinaba por los canales helados de Lier.

Entonces se acuerda del señor Ziemers. «¿Seguirá vivo? ¿Qué habrá sido de su taller de relojes?». Nunca se lo confesó al relojero, pero a veces soñaba con viajar en el tiempo. Y ahora que está en este claustro, no se imagina mejor lugar para, a través de algún extraño ingenio o atravesando una de sus puertas, hacer retroceder las horas y los días y viajar a épocas pasadas.

Sería maravilloso.

María y él han indagado en el monasterio y les han señalado que Colón está residiendo en el convento de los franciscanos, ubicado en el centro de la ciudad. A Noah no le extraña en absoluto; al fin y al cabo, el monasterio de La Rábida y fray Marchena eran también franciscanos.

Recorren el cauce del Pisuerga y lo cruzan por un puente para llegar a la plaza del Mercado, presidida por el convento de San Francisco. Hoy se ven puestos repletos de verduras, hortalizas, vinos y panes del valle del Duero; hay paños, telas, brocados y gorros; también cuchillería, tinajas y vasijas.

Observan un blasón real que cuelga de una pica en la entrada del convento. Noah ve elementos en él que le resultan familiares, sobre todo un león y el cordero del Toisón de Oro. Y no están el yugo y las flechas de los Reyes Católicos, pero sí los emblemas de todos sus reinos.

—Ese blasón tiene distintivos de Flandes, Austria y Borgoña —dice Noah con disimulo para que nadie le oiga.

—Qué rápido está cambiando todo —asiente María—. Mi padre me habló de los horrores de la guerra que hubo cuando la reina Isabel subió al trono.

—Recemos para que esta vez la sangre no llegue al río. —Noah le coge la mano—. Tranquila.

Ella sonríe y le da un beso en la mejilla. Entonces descubren que hay un espectáculo de títeres en el centro de la plaza. Allí se apelotonan gentes de toda edad y condición, que miran absortas la representación. Ven un retablo entelado con la altura de un hombre sobre el que se mueven unas figuras. María y Noah se detienen a escucharlas; representan al rey Fernando y a la nueva reina, su hija Juana.

Lo que no se esperaban era que apareciera otro personaje, Felipe, que echa con una escoba a su suegro y luego pega a su esposa hasta que se queda solo y se pone la corona de ambos.

—¡La gente se ríe! —María se indigna—. ¿Cómo es posible? Si la reina Isabel viviera…

—¡Chis! Hay que andarse con mucho ojo, cualquiera puede ser un espía.

Los espectadores se retiran satisfechos cuando finaliza el espectáculo, y entonces ven que el hombre que movía los muñecos es su viejo amigo.

—¡Anselmo de Perpiñán!

—Dichosos los ojos, pero si es la pareja más viajera de este lado del mundo. —Se ríe y les da un abrazo.

—No te pierdes una —le suelta Noah, que, aunque no se lo dice, le ha visto también en Salamanca.

—Ya empiezo a hacerme viejo, no creáis. Pronto ya no estaré para estos trotes.

—¿Y qué vas a hacer, retirarte?

—Algo estoy pensando —Se señala la cabeza.

—No te creo —alega María—. Pero, Anselmo, ¿qué era eso que representabas? ¿Cómo puedes echar a escobazos a la reina Juana? ¿Y barrer a Su Alteza don Fernando?

—Los tiempos son los que son, amigos.

—¿No pensarás que va a haber guerra? —pregunta Noah, alarmado—. Entre Fernando y su yerno, quiero decir.

—No —responde el juglar—. Ambos han llegado a un acuerdo para repartirse de forma amistosa el poder. No obstante, la realidad es que ninguno está dispuesto a cumplir lo firmado, y menos que nadie Felipe, que se siente, y con razón, con más fuerzas que su suegro.

—¿Y entonces?

—Así las cosas, en pleno invierno y con los peligros que ello conlleva, los nuevos reyes han embarcado en Flandes rumbo a Castilla.

—¿Están de camino?

—No, ¡ya han llegado! Sé que ha sido un viaje accidentado que casi les costó la vida, ya que estuvieron a punto de naufragar frente a las costas inglesas.

—Conozco esa canción —murmura María—. Invierno, una gran flota que viene o va a Flandes por el canal de la Mancha… No aprendemos.

—Sea como fuere, han logrado llegar a La Coruña, región afín a Felipe. Ahora avanzan hacia el interior de Castilla y en cada lugar se incorporan nuevas e interesadas adhesiones, tanto de la alta nobleza como de las principales ciudades. Entre ellos, muchos antiguos colaboradores de la reina Isabel, que en la nueva coyuntura están abandonando, sin pudor alguno, al viejo rey Fernando.

—La alta nobleza castellana ha cambiado de bando con una rapidez pasmosa, ¿quién lo iba a pensar? —advierte María, más alterada que los dos hombres.

—Parece claro que los años de riguroso gobierno de los Reyes Católicos no han conseguido domeñar las ansias de poder de los nobles y, en cuanto ha desaparecido la reina, ya veis. La hora de Fernando el Católico en Castilla ha pasado. No se lo digáis a nadie, pero… se retira a sus territorios aragoneses.

—¡Se va! —María se lleva la mano a la boca.

—Ya lo habéis visto, ¿qué creéis que contaban mis títeres? Cosa bien distinta será cuando toque la sucesión de la Corona de Aragón, porque el rey Fernando se ha vuelto a casar y jamás permitirá que Barcelona, Zaragoza o Valencia caigan en manos del borgoñés. ¡Antes habrá guerra!

—No adelantemos acontecimientos. —Noah pide calma con las manos.

—Felipe de Habsburgo está haciendo una purga brutal. Para desplazar a cualquier partidario de Fernando el Católico de sus posiciones, ha colocado al frente de las principales instituciones a sus colaboradores más allegados. Las fortalezas del reino están cambiando de manos, empezando por el Alcázar de Segovia. Ha llegado la hora del ajuste de cuentas. Los linajes fieles se retiran a sus dominios dispuestos a resistir y los hay que incluso están siendo borrados de Castilla.

—Esto es a lo que se refería el obispo Fonseca —afirma María—. Lo nuestro ahora es secundario.

—¿Fonseca? —El juglar los mira sorprendido—. ¿De qué estáis hablando?

María resopla y Noah mira al cielo de Valladolid.

—Venga, ¿qué ocurre? El obispo Fonseca es el responsable de los asuntos de ultramar, ¿habéis encontrado algo nuevo sobre Colón? Claro, por eso estáis aquí, ya me han dicho que reside en Valladolid.

—Este hombre lo sabe todo. —Noah se encoge de hombros.

—A mí me encantaría ayudaros, como tantas otras veces.

—Esta vez no es posible, lo siento —dice Noah.

—María… —Anselmo busca su mirada y junta las manos pidiéndole que le permita ayudar.

—Es complicado, amigo —responde ella.

—Aún recuerdo cuando te hice cruzar el puente del Diablo, ¿te acuerdas, Noah? Qué miedo tenías… Y luego en Florencia, ¿cómo se llamaba aquella mujer?

María le mira de inmediato.

—Giulia.

—¡Eso es! La hermosa Giulia.

—Déjalo ya, Anselmo —le pide Noah, molesto.

—Y tú, María, tan sola por esos caminos de Dios. ¡La peregrina! Es un decir, ya sabes.

—Necesito hablar con Colón. —María señala el inmenso convento de los franciscanos—. ¿Puedes ayudarme a entrar?

—Por supuesto que sí —dice Anselmo, contento de colaborar.

101

Valladolid

La puerta del convento se encuentra rematada con una hornacina que guarda una figura de san Francisco. Dentro de sus muros acoge una iglesia que luce tan esplendorosa como si fuera una catedral y cuenta con dependencias propias de la vida monástica: una amplia hospedería, modernos claustros, huertas... También viviendas particulares, un hospital e incluso una botica, de las más notables de la ciudad. Sus capillas atesoran multitud de obras de un mérito extraordinario, así en pintura como en escultura. Es, casi con seguridad, el edificio más relevante de todo Valladolid y el convento más grande y rico de Castilla. No es fácil acceder a su interior.

María observa a Noah; cada día que pasa está más enamorada. Y entonces él la descubre mirándole y sonríe.

—María...

—Sí.

—La venganza no lleva nada bueno —pronuncia para su sorpresa.

—Noah...

—Escúchame, te has convertido en una gran viajera, quizá eres la mujer que más ha viajado de Castilla y Aragón. ¿No te das cuenta de eso?

Anselmo regresa sonriente media hora después de haberlos dejado.

—Planta baja, segundo pasillo, tercera puerta —les cuenta.

—Vamos allá —dice María, y Noah da un paso al frente.

—¡No! Esto quiero hacerlo yo sola.

—No te van a dejar entrar en el convento, eres una mujer —interviene el juglar.

Entonces ella camina hacia los enseres que tiene Anselmo junto a los títeres y toma una capa con capucha.

—María, no es buena idea. —Noah la coge del brazo.

Ella lo mira desafiante y él comprende que no hay nada que pueda hacer para que cambie de opinión. La suelta y María aligera el paso para adentrarse en el convento aprovechando que accede un grupo de gentes, mientras sus compañeros la aguardan en la plaza del Mercado.

No es fácil orientarse en el interior del convento, duda en varias ocasiones hasta que logra dar con la celda de Colón. María lleva tantos años esperando este momento… Por fin está ante su destino.

Llama.

No contestan.

No insiste; empuja la puerta y entra. Es un dormitorio pequeño, hay un escritorio con libros y mapas, un armario y, bajo un crucifijo, un camastro con un hombre sentado que sostiene un libro en las manos.

Hay un olor desagradable y el aire parece más denso de lo normal. Una tenue luz se cuela por un ventanuco, que deja la figura medio en penumbra.

Le observa sin decirle nada.

Ella siente una mezcla de nervios y miedo, pero no ha llegado hasta aquí para dudar. Así que da dos pasos hacia él y por fin puede verle bien el rostro. Sus tristes ojos azules la miran fijamente. Tiene el semblante enrojecido, en el que destaca una nariz aguileña y prominente que le ocupa buena parte de la cara, el cabello ensortijado y una frente amplia. Es Cristóbal Colón, el incansable marino, el explorador de la Mar Océana, el soñador de viajes imposibles. El ambicioso, el mal gobernante y el manipulador.

El hombre que ha cambiado el mundo.

—¿Quién sois? —pronuncia con un acento neutro.

—Soy María de Deva.

—Lleváis el nombre de la Virgen. Espero que no seáis una visión y hayáis venido a llevarme con vos. Aún no puedo irme, no he terminado mi misión en este mundo.

—Mi razón de estar aquí es más terrenal —responde ella, que ante él ha perdido la seguridad que antes insuflaban sus pasos.

—¿Qué deseáis entonces de mí?

—Yo… —Se da cuenta de que le tiembla la voz, así que busca serenarse. Inspira profundo y despacio, e intenta canalizar todo lo que siente para recuperar la confianza en sí misma que tenía hace solo un instante—. He venido a mataros.

Colón no responde, ni se inmuta. Eso provoca un momento de incertidumbre e indecisión.

—Muchos han querido hacerlo antes. Incluso yo mismo he puesto mi vida en riesgo demasiadas veces y aquí estoy. Y vos, ¿por qué queréis matarme?

—Para vengar la muerte de mi padre.

—¿Quién es vuestro padre? —inquiere Colón, que al moverse deja ver lo hinchadas que están sus manos.

—Uno de los treinta y nueve hombres que se quedaron en el fuerte de La Navidad.

Vuelve el silencio.

La atmósfera del cuarto es cada vez más asfixiante y el aire más espeso. María siente un calor pegajoso que se le adhiere a la garganta y la humedad se le mete hasta el tuétano de los huesos.

—Aquello fue hace mucho tiempo…

—No por ello va a quedar impune —reacciona María.

—Si buscáis a los responsables, tendréis que cruzar el inmenso Océano, adentraros en la selva más espesa que podáis imaginar e interrogar a unos salvajes que no hablan nuestro idioma. Si lográis entenderos con ellos, quizá os digan de subir unas montañas agrestes y entrar en tierra de caníbales. ¿Y todo eso para qué?

—Para buscar justicia.

—Me temo que el sentido de esa palabra no es el mismo aquí que en las Indias, como tantas otras cosas. Aquel mundo es distinto, María —pronuncia su nombre despacio.

—Vos fuisteis el que dio la orden de que los treinta y nueve se quedaran allí.

—¿Quién la iba a dar si no? El mando conlleva tomar decisiones, algunas difíciles y otras inevitables —reflexiona Colón postrado en la cama.

María está cada vez más nerviosa. Intenta recordar las enseñanzas de Olivares. No puede volver a cometer ningún error, como en aquel maldito amanecer en Sanlúcar.

—Sabed que ya me pidieron hace años explicaciones por los treinta y nueve muertos de La Navidad. Os diré lo mismo que entonces: perdimos la nao capitana por culpa del incapaz de Juan de la Cosa; la otra carabela nos había dejado por la avidez de protagonismo del mayor de los Pinzón. Debíamos regresar a Castilla y no había sitio para todos. No me pidáis que me disculpe por hacer lo que debía.

—¿Y por qué no volvisteis de inmediato? ¡Tardasteis casi un año!

—Ojalá hubiera podido, pero no fue fácil organizar una nueva flota, convencer a reyes, banqueros, sabios, armadores… Fue el obispo Fonseca quien se encargó de todo eso, de lo contrario aún hubiéramos tardado más. Yo estuve veinte años insistiendo sin descanso para realizar el primer viaje. Tardamos once meses en regresar, es casi un milagro que lo hiciéramos tan rápido.

—Os interesaba dejar a esos treinta y nueve hombres para que los reyes os permitieran volver. Temíais que, si no, con vuestra aportación no fuera suficiente y Sus Altezas no vieran tan beneficiosa la ruta y os negaran un segundo viaje.

—¿Eso es lo que pensáis? —pregunta Colón con la voz cansada—. Yo lamenté profundamente lo que les sucedió, pero quizá ellos mismos se lo buscaron.

—¡Qué! No os permito que…

—Nadie los obligó a enrolarse en el viaje, sabían los riesgos que ello conllevaba. Y luego allí… solo Dios sabe qué hicieron, pero os aseguro que nada bueno —insiste Colón—. Y vos misma lo habéis dicho, hice todo lo posible para regresar. Pero habláis como si yo los hubiera matado con mis propias manos.

—Vuestras excusas no me sirven. Cuando regresasteis no buscasteis a los asesinos. Además, ¡sabíais lo que les iba a suceder al quedarse allí! Los indios no eran tan pacíficos como asegurasteis en vuestra maldita carta. Lleváis mintiendo toda una vida. ¿Dónde nacisteis? ¿Cómo os casasteis con una dama portuguesa de alta cuna? ¿Cómo lograsteis convencer a tanta gente de una mentira tan grande? —alza cada vez más la voz—. ¿Es necesario que continúe?

—No voy a seguir discutiendo mis acciones con una mujer —afirma Colón, indiferente—. Si vais a matarme, ¡hacedlo ya! Y si no, márchaos de aquí.

—Vuestros cálculos son erróneos.

—¡Santo Dios! He escuchado eso mismo tantas veces… Que era imposible, que estaba equivocado… Y mira por dónde, al final siempre he tenido razón.

—Me temo que no. —María recupera su entereza al hablar.

—¿Acaso negáis lo evidente? Lo han visto miles de hombres con sus propios ojos. Hay tierra exactamente donde dije, lo que ahora parece tan sencillo y hace nada era tan difícil —responde Colón con pesadumbre en la voz.

—No lo entendéis. La tierra estaba donde dijisteis, la ruta era la correcta, pero las distancias no. El mundo es enorme, mucho más de lo que creéis.

—Ya estamos otra vez con lo mismo. Estoy cansado de escuchar sandeces.

—Pues me vais a oír os guste o no. No habéis llegado a Asia —insiste María con firmeza—, ni a unas islas intermedias, ni a las Indias.

—Entonces ¿dónde, si puede saberse? —alza la voz, enojado.

—A un Nuevo Mundo. Lo que habéis descubierto es mucho mayor de lo que defendéis; habéis encontrado otra tierra, un cuarto continente.

Cristóbal Colón calla, pero sus ojos apagados vuelven a brillar.

—No me digáis que no lo habéis pensado alguna vez, ¡es imposible que no lo hayáis hecho! —insiste María.

—Pretendéis confundirme, ¡a mí!, ¡al Gran Almirante de la Mar Océana! ¡Virrey y gobernador de las Indias! —Sus gritos retumban en los muros de la celda.

—Seguís sin comprenderlo. Es un continente enorme, de norte a sur. Es el mayor descubrimiento de la historia, habéis agrandado el mundo… —María se da cuenta de que, sin pretenderlo, está halagando al hombre al que ha venido a matar—. Lo habéis cambiado para siempre.

—¡No! El paso existe. Solo necesito que me autoricen un nuevo viaje, ya lo tengo todo preparado. Esta vez daré con él, ¡ya veréis, insensata!

—¡Ya basta! Es hora de hacer justicia. —Empuña el cuchillo y se dirige hacia él.

—¡Deteneos! —El Almirante se defiende con sus escasas fuerzas.

—En vuestra mano está purgar vuestros pecados y salvar vuestra alma, porque para vuestra vida no hay ya esperanza. Tened un último momento de decencia y confesad qué sucedió en La Navidad. Se lo debéis a los treinta y nueve cristianos que murieron de la forma más atroz, solos y abandonados en una isla remota por culpa de vuestra ambición desmedida.

—La que no lo entiende sois vos. Voy a regresar y encontraré el camino a Cipango y Catay, y luego a las islas de las Especias. ¡Llegaré a la India y entraré en Jerusalén desde Oriente!

María se detiene. Siente una infinita tristeza y lo mira con pena. Le acaba de contar que ha hecho el mayor descubrimiento de la historia y Colón sigue obcecado en sus estériles sueños.

Morir es lo mejor que puede pasarle ahora y no piensa darle

esa satisfacción. Se separa un par de pasos de la cama y camina hasta la puerta. Lo observa desde el umbral. ¡Y pensar que ha estado años persiguiéndolo! Que se instruyó como asesina para matarlo, que lo hubiera hecho en Sanlúcar si no se hubiera distraído... Y cuando lo tiene al alcance de la mano, indefenso y... Cristóbal Colón es un viejo solitario abandonado por todos. Que no se da cuenta de su propia grandeza, de que es el mayor viajero de todos los tiempos, el hombre que ha cambiado el mundo. «¿Qué condena puede haber peor que esta?», se pregunta.

Da un paso más y cierra la puerta tras ella.

102

Valladolid

Al salir del convento franciscano, a María la envuelve la niebla que asciende desde el río Pisuerga. Ha bajado la temperatura y el día se ha tornado desapacible. Noah y Anselmo la aguardan impacientes bajo los soportales de la plaza del Mercado, donde están desmontando los puestos y recogiendo el género no vendido. Ella camina enfundada en la capa oscura y se detiene frente a ellos.

—¿Y bien? —Noah está ansioso—. ¿Lo has...?

—No.

—¿Por qué no? Quiero decir, ¿qué ha pasado ahí dentro? —inquiere Noah.

—Me cuesta creerlo, pero no lo quiere ver. —María tiene la mirada esquiva—. ¿Cómo es posible que no entienda que ha llegado a un nuevo continente?

—¿Es eso verdad? —pregunta el juglar.

—Sí —responde resignado Noah—. Es mejor que se lo digamos, María.

—Yo no quiero ser un problema.

—Tranquilo, el problema es mío —añade María, desanimada.

Anselmo fija la vista en un punto de la plaza y la expresión de su rostro es de alarma. María y Noah se giran y descubren al bufón con el que hablaron en Salamanca.

—¿Qué ocurre, Anselmo? ¿Lo conoces? —pregunta Noah.

—Eso me temo. Es un personaje peligroso y nada recomendable.

—¿Por qué? Coincidimos con él en Salamanca y nos facilitó información.

—¿No haríais ningún trato con Cabezagato, que así es como se llama ese desgraciado? ¿Qué le contasteis?

—Bueno, más bien le tuvimos que dar algo —confiesa María.

—Habéis vendido vuestra alma al diablo. Tenemos que irnos, ¡ya!

Entonces una fuerte ráfaga de viento tira unos fardos y hace que se asusten los mulos de uno de los carros que están recogiendo el mercado. El polvo que trae el viento se les mete en los ojos y en la boca.

—Venid conmigo —añade el juglar—. Tengo una habitación alquilada en una casa junto a una de las puertas de la ciudad. Es amplia, cabemos los tres sin problema.

—No sé si es buena idea —advierte María.

—¿Qué estás diciendo? Tenéis mucho que contarme y es mejor que ese no os vea, creedme. Cabezagato es un ser ruin y despreciable.

Al final acceden y se alejan antes de que el bufón les descubra. Caminan por las calles de Valladolid hasta una casa de buena factura. Suben dos plantas por una estrecha escalera y Anselmo les hace pasar a una estancia que en verdad es espaciosa y se halla bien iluminada gracias a un generoso ventanal. María piensa que al juglar le tiene que costar sus dineros dormir allí. Cuenta con abundantes muebles, también observa que hay libros y enseres variados.

—Tengo un vino estupendo para entrar en calor —dice antes de servirles—. Ahora contadme todo. ¿Qué ocurre con Colón? ¿Por qué habéis hecho tratos con ese maldito bufón?

María y Noah se miran y él asiente. A continuación, María relata la entrevista con Cristóbal Colón con pelos y señales, resignada y desilusionada por su actitud.

—No es el primer hombre, ni será el último, que es incapaz de ver lo que tiene ante sus ojos, por grandioso que sea, porque tiene la mirada fija en algo mucho más lejano y pequeño —afirma el juglar.

—¿No te ha contado nada sobre tu padre? —pregunta Noah.

—Me temo que no, es un callejón sin salida.

—Pero… —Noah no sabe cómo hacer la pregunta.

—Colón no merece morir. Creo que el mayor castigo para él es seguir viviendo en la ignorancia.

—No sé si os dais cuenta de que estáis en posesión de una información de enorme valor, ¿qué vais a hacer con ella? —interviene el juglar.

—¿A qué te refieres? —inquiere María, todavía pensativa por lo que ha vivido.

—A que esta información es un tesoro —proclama Noah.

—Exacto. Y mucha gente mataría por la que vosotros tenéis. Ricos comerciantes y poderosos nobles estarían dispuestos a pagar lo que fuera, por no hablar de reyes o incluso el papa.

—No podemos demostrar nada —recuerda María.

—Eso es muy cierto, os falta algo. —El juglar se queda mirando a Noah—. Pero tú tienes la solución.

—¿De qué estás hablando? —pregunta él.

—Muy sencillo. Sabéis que Colón ha llegado a un continente nuevo, desconocido, ¿secreto?

—Es cuestión de tiempo que deje de serlo. El obispo Fonseca nos contó que lo oculta para que el marido de la reina Juana no desate una guerra civil en Castilla o incluso contra su suegro, el rey Fernando, para apoderarse de ese Nuevo Mundo.

—Es un peligro real —reflexiona el juglar—. No obstante, Su Ilustrísima se equivoca si cree que puede mantener oculto algo así por mucho tiempo.

—Estoy de acuerdo —asiente Noah—. Los portugueses ya lo saben, y ese florentino, Américo Vespucio, ha publicado varias cartas informando de los descubrimientos y dejando entrever que es una tierra nueva.

—Entonces el tiempo apremia. ¿Qué más os contó el obispo Fonseca? Él es un hombre parco en palabras, es un obseso del orden y le gusta tener todo siempre bajo control.

—Nos mostró un mapa del mundo con todos los descubrimientos —explica Noah mientras disfruta del vaso de vino—, el más completo que existe hasta ahora.

—Seguro que lo recuerdas, ¿verdad? ¿Y serías capaz de dibujarlo?

—Supongo que sí...

—Pero podrías hacer algo mejor, Noah. —Anselmo le mira con unos ojos tan abiertos que amenazan con salirse de sus cuencas—. Podrías dibujar un mapa con los dos océanos y que mostrara que no existe paso alguno a las islas de las Especias. Eso sería ¡grandioso!

—¿Dibujar un mapamundi?

—No, Noah, dibujar el mapa del *Mundus Novus*.

—¿Cómo has dicho? —Noah no da crédito, otra vez esa expresión.

—El mapa del Nuevo Mundo —repite el juglar en castellano—. Con todas las tierras descubiertas... y con Catay y Cipango, porque habéis dicho que no aparecen en el de Juan de la Cosa.

—No están dibujadas, la parte oriental de Asia está difusa.

—Eso es lo que os falta para convencer a cualquiera de lo que habéis descubierto.

Noah se muestra confuso.

—Pero... ¿para qué queremos un mapa así? El obispo Fonseca ha insistido en que no mantengamos el secreto.

—¿Y qué pinta el obispo ahora que los reyes de Castilla son Juana y Felipe? Y, por mucho que se haya vuelto a casar, cuando muera Fernando, ¿quién reinará en la Corona de Aragón?

—Anselmo, la reina Isabel no lo aprobaría —le llama la atención María.

—¡Está muerta! —replica él con dureza en la voz.

—Sí, ya lo sé, pero ella hubiera querido que...

—Tú no conocías a la reina, no sabes lo que pensaría —disiente de manera airada el juglar—. Noah, tienes que dibujar ese mapa.

—¿Y tú sí? —dice María, más calmada—. ¿Tú conocías a la reina, Anselmo?

—He actuado para ella en alguna ocasión —responde, reculando un poco.

—Anselmo, ¿por qué tanta insistencia en que Noah dibuje ese mapa? ¿Y cómo es que sabes tantas cosas sobre nuestros descubrimientos?

—Vosotros me las habéis contado.

—No todas —niega ella.

—¡Claro que sí!

Noah permanece callado, mirando fijamente al juglar.

Entonces María busca la capa oscura que se puso para entrar en el convento.

—¿Qué estás haciendo? —Se sorprende el juglar.

—Por favor, póntela.

—¿Qué? ¿A qué viene esto?

—Es solo un momento, te lo pido por favor —insiste ella.

—Estás perdiendo el juicio, te ha afectado hablar con el Almirante. —La coge y se viste con ella—. ¿Contenta?

—Ponte la capucha.

—¿También?

—¡Sí!

Anselmo resopla, pero accede. En ese momento, María corre la cortina ocultando buena parte de la luz que entra por el ventanal.

—¡Qué haces! —exclama Anselmo girándose hacia ella.

En la penumbra que se ha formado, Noah ve los ojos azules que no han dejado de perseguirle en sus pesadillas y se queda paralizado.

Anselmo se quita la capa y se dirige al ventanal para abrir la cortina.

—¿Qué demonios te pasa, Noah? —le pregunta.

A Noah le da un pálpito el corazón, siente un escalofrío que le recorre todo el cuerpo, le fallan las piernas, mira a un lado y a otro. Hasta que encuentra el rostro brillante de María, como un faro en medio de la tempestad.

Ella también se ha turbado con la mirada azulada que brillaba bajo la capucha. Ha oído a Noah tantas veces hablar de él que era imposible no reconocer al fantasma de los ojos azules. María llegó a creer que era fruto de su imaginación, una pesadilla que acosaba a Noah por la muerte de Laia aquella fatídica noche en Lier.

—Así que, después de tantos años, lo habéis descubierto. —Anselmo por fin cae en la cuenta.

—¡Tú! ¿Por qué?

—Fue un accidente, Noah. Yo no tuve nada que ver con la muerte de Laia.

—Tampoco hiciste para impedirlo y huiste como un cobarde —le recrimina.

—Al contrario, yo trabajaba como espía de la reina. Yo no quería, pero Su Alteza me lo pidió y no se le podía decir que no.

—¡Mientes!

—No, estaba allí por orden suya. Pensó que un juglar no levantaría sospechas, así que me reclutó y me ordenó que fuera sus ojos y sus oídos. Primero en Flandes, y luego allá donde fuera —se defiende Anselmo.

—¿Y lo de *Mundus Novus*? Claro, cómo no caí antes. Tú y tus expresiones latinas.

—Te repito que estaba haciendo lo que se me ordenó. Había mucho marinero en aquel viaje, y ya por entonces se sospechaba que el Almirante no había llegado a Asia. Era una información muy valiosa en medio de una doble boda que suponía un cambio de alianzas y que debía sentar las bases para que Castilla y Aragón se convirtieran en una amenaza para Francia.

—¿Quién mató a Laia?

—Otro espía. Ella metió las narices donde no debía, ¿a quién se le ocurre?

—¡Canalla! —espeta María.

—Yo no la maté, no empuñaba ningún arma. Jamás he matado a nadie, ¡jamás! No podéis echarme la culpa.

—Eres como Colón, él tampoco mató a los treinta y nueve de La Navidad. —María habla con el corazón en un puño y el pecho lleno de emoción—. Pero no empuñar el arma no te exime de culpa, eres tan responsable como quien mató a mi amiga en Lier.

—No… —El juglar niega con la cabeza.

—¿Y luego? —prosigue Noah—. ¿Por qué me ayudaste cuando viajaba con el mercader de reliquias? ¿Y en Florencia?

—Al principio por pena o por remordimiento, para que veáis que no soy mala persona. Pero luego… ¡Fue el destino, Noah! Entraste a trabajar para el mejor cartógrafo de Florencia, no podía desaprovechar una oportunidad como esa.

—Me utilizaste para sacarme información del señor Vieri, tú fuiste el que contó que tenía el mapa de Toscanelli. Giulia tenía razón al sospechar de mí.

—¡Por favor, Noah! En ese palacio todos te utilizaban y tú no te dabas cuenta —se jacta el juglar—. María, tenías que haber visto cómo besaba el suelo que pisaba la hermosa Giulia. ¿O sigues haciéndolo, Noah?

—¡Cállate!

—¿Y a mí? —salta ahora María—. ¿Por qué me ayudaste camino de Valencia?

—Yo ayudo a mucha gente, es una manera de lograr información. Que te deban favores es muy útil, aunque para eso hay que ganarse la confianza de las personas. En tu caso me pareció que tenías mucho potencial, y no me equivoqué, ¿verdad?

—Has jugado todo el tiempo con nosotros.

—Habéis hecho una buena investigación, pero ha habido momentos en que pensé que ibais a fracasar. Por suerte no ha sido así, en Lisboa me sorprendisteis. Juan de la Cosa es buen cartógrafo, pero nefasto como espía.

—¿También estabas en Lisboa?

—Estoy en todas partes. ¡Basta ya de parloteo! Ahora quiero que dibujes ese mapa para mí, Noah.

—¡Ni hablar! La reina ha muerto, ya no puedes escudarte en que trabajas para ella.

—A reina muerta, reina puesta. Además, el que manda ahora es Felipe el Hermoso, como le llaman. Y va a dar saltos de alegría cuando le cuente lo que sabemos, y más si le entrego un mapa.

—¿Y si me niego a dibujarlo? —le desafía Noah.

—Ya... —Anselmo avanza decidido mientras saca una daga que ocultaba entre sus ropas y se la pone en el pescuezo—. ¿De verdad quieres saber lo que pasaría, Noah?

Entonces María empuña con rabia el cuchillo con el que iba a matar a Colón.

—Quiero ese mapa —alza la voz el juglar.

—No lo tendrás. —Noah se mantiene firme.

María se acerca con sigilo al juglar. Y sin perder un instante, tal y como le enseñó Olivares, le clava el cuchillo hasta que su mano se hunde dentro de él y gira la hoja para causarle el mayor daño posible. Anselmo se abalanza sobre ella para cogerla del cuello, pero María saca la hoja, se echa a un lado y aprovecha el ataque para hincarle de nuevo el cuchillo, esta vez en el costado.

El juglar aúlla de dolor y cae contra la cama. Sus gritos han tenido que alertar a los huéspedes de la casa, incluso a gente de la calle. Noah se asoma al ventanal y, en efecto, comienza a oír voces.

Anselmo se retuerce y hace ademán de incorporarse. Noah le observa; en ese instante pasan por su mente decenas de recuerdos, conversaciones e imágenes. Ahora comprende por qué les ha ayudado tanto, por qué estaba en todas partes, siempre tan dispuesto.

Les ha engañado durante años.

¿Qué retorcida mente es capaz de algo así?

Ante sus ojos, el juglar da su último suspiro. Anselmo de Perpiñán acaba de morir.

María también contempla su rostro sin vida, luego se gira y se abraza a Noah.

—Se ha acabado —le susurra al oído.

Los ruidos en la calle y en el propio edificio son cada vez más fuertes.

—Debemos irnos ya. —María toma su capucha y se cubre con ella.

Salen corriendo de la habitación, bajan a la entrada y María se da cuenta de que tiene el cuchillo en la mano. Lo oculta en una tinaja y abre la puerta. Ven que varios alguaciles llegan por la calle. Ellos cruzan y caminan sin prisa para no llamar la atención, pero sin tregua. Entonces se encuentran con una pequeña figura acompañada de varios secuaces. Es Cabezagato.

Ahora que se han librado del juglar no pueden caer en las garras de ese bufón. Unos carromatos doblan la esquina, van cargados con frutas y productos del mercado.

Noah y María se miran y echan a correr.

Él consigue agarrarse con una mano a la asidera de uno de ellos y extiende la otra para ofrecérsela a María, que da una gran zancada para cogerla. Noah tira con todas sus fuerzas y los dos terminan dentro del carro. Y así es como logran salir por una de las puertas de Valladolid.

103

Monasterio de Saint-Dié, 1507

El monasterio se encuentra en el condado de Lorena, al nordeste del reino de Francia, al pie de los Vosgos, un macizo montañoso cubierto de densos bosques de pinos. Los religiosos comparten el rezo y los cánticos sagrados con el oficio de amanuenses. Allí, excelentes copistas y buenos cartógrafos transcriben con entusiasmo cuantos libros caen en su afamada biblioteca. Y desde hace unos años poseen además una pequeña imprenta.

El alemán Martin Waldseemüller está dibujando uno de los mapas que van a ilustrar una nueva edición de la *Cosmografía* de Ptolomeo. Un mercader le acaba de vender una copia en francés de una carta de un tal Américo Vespucio, en la que relata sus viajes y asegura haber sido el primero en pisar un nuevo continente.

El entusiasmo se contagia entre los canónigos porque saben que, si incluyen esa novedad, el libro puede ser un éxito.

—Un Nuevo Mundo al que debemos poner nombre —afirma Waldseemüller—. Como es costumbre, hay que hacer honor al primero que ha llegado, pero, al igual que los otros continentes, esa tierra debe llevar un nombre femenino: Europa, Asia, África y...

—Ya está todo listo, va a imprimirse —le informa ilusionado el monje impresor.

Waldseemüller asiente.

—De acuerdo, el Nuevo Mundo se llamará América.

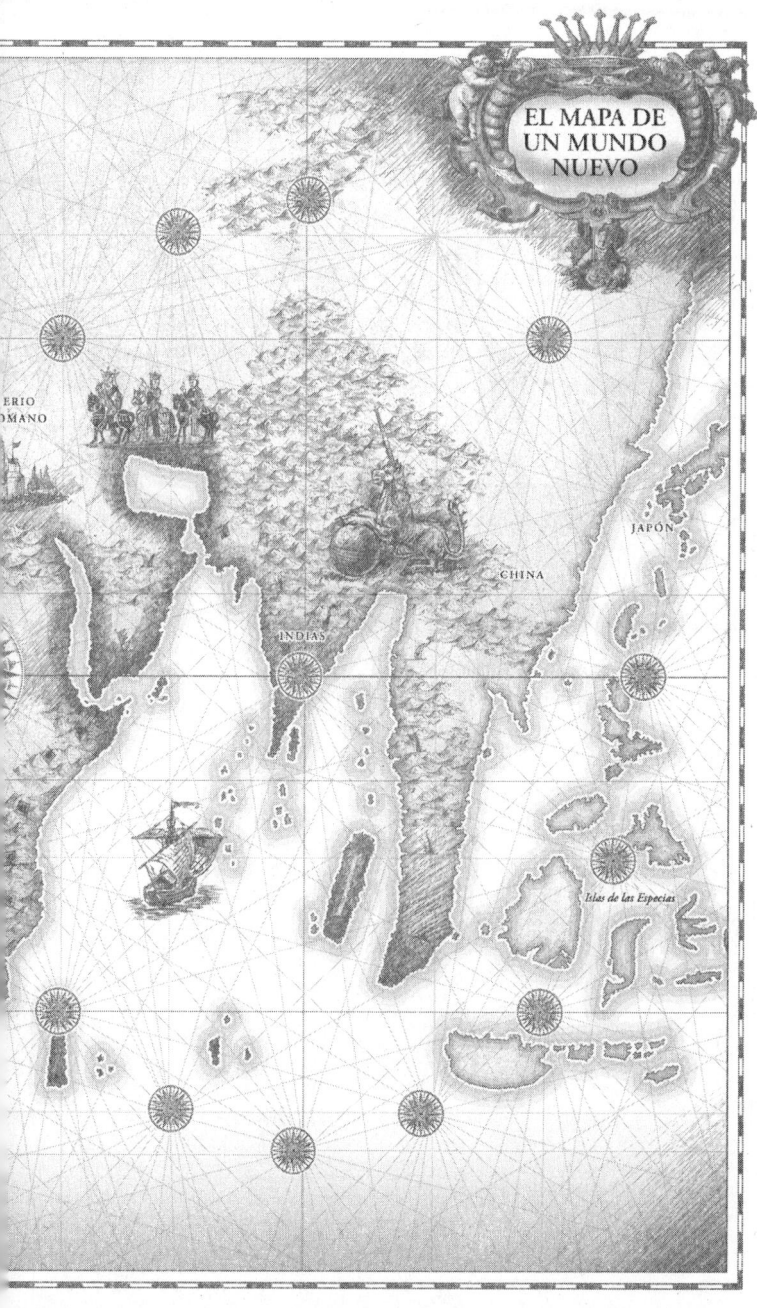

Epílogo

La isla de La Española, 1507

Pasar tantos días sobre una estructura de madera en el Océano ha supuesto un suplicio para Noah y también para María, que solo ha tenido malas experiencias cruzando el canal de la Mancha y el mar Mediterráneo, así que el Océano le daba auténtico pavor. Pero el viaje ha merecido la pena y ahora se siente feliz en La Española.

Esta tierra es exuberante, salvaje y llena de vida, muy distinta a la suya. Parece en verdad el Paraíso, aunque María no está segura de si los castellanos hacen bien en estar aquí, si no estarán cometiendo una equivocación al tomar posesión de unas tierras puras y vírgenes donde ya viven otras gentes. Salvajes y paganas, cierto, pero felices por lo que ha podido entrever. Recuerda lo que les contó Pedro de Margarit en Zaragoza: «No todos los viajes son buenos, ni todos los viajeros merecen serlo».

Han ido a ver los restos de La Navidad. Allí apenas quedan un amplio foso, la línea de una empalizada, un pozo en el patio de armas y los vestigios de lo que parece una torre de base cuadrada. No han encontrado ningún cementerio y han estado preguntando, pero no han hallado a nadie que viviera aquello o supiera qué pasó. A María le sorprende que, con la poca historia que tiene la isla, ya se hayan olvidado de los primeros cristianos que se establecieron en el Nuevo Mundo y del emplazamiento que levantaron y por el que murieron. No desiste de encontrar la tumba de su padre y del de Laia, o la de algún otro de los treinta y nueve, pero cada vez lo ve más difícil.

Les han llegado noticias de Castilla: Felipe el Hermoso ha muerto de forma repentina. Y unos meses antes falleció Cristóbal Colón en Valladolid. No saben si es por una cosa o por la otra, pero cada vez llegan más castellanos a La Española con muchas ganas de explorar tierra firme. Se oyen historias de inmensas ciudades y ricos reinos.

Noah ha dibujado el mapa que le sugirió el juglar. En eso tenía razón, ellos dos son los que poseen la mejor información de la tierra en la que se encuentran y están decididos a explorarla juntos. Noah arde en deseos de viajar y recorrerla, y, quién sabe, quizá den con la manera de llegar a Asia. Puesto que el nuevo continente es enorme, es posible que exista un paso al otro lado y nadie lo haya localizado aún.

Noah cree que otros hombres llegaron a allí antes que Colón, puede que portugueses, fenicios o vikingos. Pero mientras otros hallaron la ruta, el Almirante la descubrió. La diferencia es sustancial. Hallar es encontrarse algo sin hacerse responsable. Descubrir es darlo a conocer al mundo.

Quiere descubrir cómo es en realidad este Nuevo Mundo para contárselo a la gente.

—¿Ya has encontrado un capitán dispuesto a llevarnos a tierra firme? —le pregunta María al verle entrar en la choza donde viven.

—Sí, he estado hablando con el joven secretario del gobernador, un extremeño de Medellín, Hernán Cortés, y me ha puesto en contacto con alguien con quien podemos viajar.

—Eso es una fantástica noticia… —asiente ella.

—Pero quiere ver el mapa.

—Noah, eso no. Es nuestro secreto.

—Me ha ofrecido algo más por compartirlo con él. Es importante. —Noah se acerca y le toma las manos.

—¿El qué?

—Unas cartas —responde muy serio.

—¿De quién? —María se queda pensativa—. ¿De Colón?

—No. —Le acaricia el pelo.

—Pues entonces son de Juan de la Cosa o de los Pinzón.

—Tampoco. —Noah niega con la cabeza.

—No te entiendo, ¿qué sucede?

—Tómalas, partiremos en tres días.

Deja en sus manos unas cartas manuscritas.

—Noah, ¿qué pasa? ¿No vas a decirme de quién son estas cartas?

Él se da la vuelta para marcharse.

—¿A dónde vas?

—Es mejor que las leas a solas —responde Noah ante el rostro de asombro de María.

Los treinta y nueve

24 de diciembre de 1492

ES NOCHEBUENA. Hay luna llena y el cielo está cubierto de estrellas; corre una cálida brisa y el mar está en calma. Nunca he vivido una Navidad con tanto calor, es antinatura. Estamos al norte de la isla que hemos llamado La Española, aunque los nativos la conocen como Haití. Voy a bordo de la Santa María y detrás de nosotros navega la Niña, porque la Pinta ha decidido separarse de la flota y buscar oro por su cuenta.

Hemos comido y bebido en exceso para celebrar esta fiesta lejos de casa, muy lejos. Quizá todo lo lejos que se puede estar de nuestro hogar. No encontramos las ciudades de tejados de oro que nos contaron, aquí solo hay gentes sencillas y selva. ¿Para esto hemos venido al otro lado del mundo?

Llega la madrugada y el sueño me vence pensando en los míos. ¿Qué estarán haciendo mi esposa y mi hija María? Cuánto las extraño. Al menos ahora las veré en mis sueños.

Una sacudida me despierta, la nao comienza a inclinarse.

Se escuchan gritos y salgo todo lo rápido que puedo a cubierta.

Hemos encallado en los arrecifes. Para liberar peso y que la nave se enderece, el almirante Colón ordena cortar los palos y arrojarlos al mar. Y envía un bote para que, con una soga gruesa atada a popa, remen y tiren de la nao. Pero el pánico provoca que los del bote no obedezcan y la marea empieza a bajar haciendo que la Santa María se quede varada sobre las rocas. Se está inclinando de costado y, antes de ser engullidos por las aguas, todos saltamos al mar y nadamos hacia la playa.

¿POR QUÉ EL ALMIRANTE COLÓN NO FONDEÓ LA SANTA MARÍA al anochecer estando cerca de la costa? Juan de la Cosa dejó a un grumete gobernando el timón, pues todo estaba en calma. Pero la resaca arrastró el barco sin que el grumete supiera lo que había que hacer en tal situación.

Hoy hemos intentado salvar la nao. Después de aligerarla, hemos probado a remolcarla con la Niña. Ha sido imposible. El Almirante ha ordenado rescatar el cargamento y los materiales de la nao. No todo han sido malas noticias. Casualmente, nos hallábamos frente al poblado de los taínos y su cacique, Guacanagui, ha enviado a sus hombres para que nos ayuden. Después Colón ha visitado su poblado y, al regresar, nos cuenta que le ha obsequiado con numerosos regalos, entre ellos colgantes de oro.

Es la primera vez que hemos encontrado oro en cierta cantidad y el Almirante nos habla a todos en la playa. Nos dice que el hundimiento de la nao no ha sido mala suerte, sino la mano de Dios, que ha querido traernos a esta isla en la que abunda el oro. En la Niña no hay espacio para todos los tripulantes de la Santa María. Algunos, como Juan Martínez Azoque, embarcan en la carabela, pero varios de nosotros debemos quedarnos en la isla y para ello construiremos un fuerte que se llamará La Navidad, en honor a este día.

Que yo sepa, nunca se ha celebrado un naufragio hasta hoy.

Durante nueve jornadas limpiamos el terreno, deforestamos, cavamos un foso, levantamos una empalizada y, dentro de su perímetro, construimos cabañas y la torre defensiva, donde emplazamos la artillería de la nao. No es un poblado, sino un recinto militar.

Dicen mis compañeros que el Almirante está ansioso por regresar a Castilla para llegar antes que Martín Alonso Pinzón, el capitán de la Pinta, porque el mundo debe saber que es él quien ha logrado este éxito, nadie más.

Así que Colón parte nueve días después y nos deja con los víveres de la Santa María: bizcocho para un año, barriles de vino, semillas para sembrar y mercancías como espejos, cascabeles y collares para negociar con los taínos. Y con las órdenes de almacenar todo el oro posible y avanzar en el conocimiento de la isla para cuando él regrese.

Nos quedamos solos, lejos de Castilla, en medio de la nada, en una isla que parece el Paraíso, vecinos de unos indios inocentes que aparentan ser inofensivos.

SOMOS TREINTA Y NUEVE HOMBRES bajo el mando del alguacil de la Armada Pedro de Arana, un cordobés que es primo de la mujer con la que el Almirante ha tenido a su hijo Hernando. Como lugartenientes, Pedro Gutiérrez, administrador y repostero del rey; y el santanderino Rodrigo de Escobedo, notario y escribano mayor de la Armada.

El resto somos marineros, y luego los hay de diversos oficios: cirujano, carpintero, calafate, lombardero, tonelero, sastre… No se ha tenido que obligar a nadie para que se quede. Al contrario, alguno de la Niña, como Andrés de Huelva, dice que en su ciudad era un muerto de hambre y que aquí se puede hacer de oro, y que además las mujeres son más desinhibidas.

Veo a la Niña alejarse y pienso en mi familia… Entonces dispara un cañonazo contra los despojos de la nao a fin de demostrar nuestro poder a los indios. La explosión de la pólvora es como un trueno para ellos y temen más al ruido que a la bala.

La Navidad es una buena fortificación y la artillería de la Santa María luce sobre la entrada, en un lugar visible. La puerta se abre a la salida del sol y se cierra cuando se oculta. Está situada al fondo de una doble bahía separada por una estrecha península, donde se ubicaba el pueblo de los taínos. Somos los únicos cristianos a cientos de leguas de distancia. Jamás me he sentido tan solo; si gritara, nadie me escucharía, solo los salvajes. Pensarlo es aterrador, por eso nadie lo hace.

La vida aquí es muy dura y la convivencia con los taínos no es fácil. Nos comunicamos con señas, y ellos aprenden nuestros nombres y ciertas palabras. Les sorprende todo de nosotros, en especial nuestras barbas, porque a ellos no les crecen.

Aunque, a decir verdad, los problemas están más muralla adentro que extramuros. No todos los hombres acatan de buen grado las órdenes de Arana; unos cuantos han comenzado a alinearse con Gutiérrez y Escobedo. Yo, por mi parte, me abstengo de rivalidades, pero me aterra que pudieran formarse dos bandos cuando tan solo estamos treinta y nueve hombres en esta isla.

Todos los días, media docena de nosotros salimos en busca de carne fresca y fruta. Hoy me ha tocado a mí adentrarme en la selva. No hay senderos, debemos abrirnos camino cortando la vegetación con espadas y cuchillos. Es agotador. El suelo es blando por las lluvias, y la exuberancia de los árboles y las plantas es tal que si te despistas un instante quedas engullido por la naturaleza.

La selva tiene vida propia. Nos han sorprendido animales desconocidos, arañas del tamaño de un conejo, serpientes cuatro o cinco veces más grandes que las mayores que se ven por los campos de Castilla. De vez en cuando siento que nos observan unos ojos, tienen que ser los taínos. Pero también pueden ser los monos que hemos visto y que casi parecen niños.

A veces también escucho un zumbido que proviene del centro mismo de la isla, más allá de las montañas. Es casi como un latido. Ignoro si esta isla nos acepta y si va a dejar que tomemos posesión de ella. Yo soy ballenero y conozco las viejas leyendas, las supersticiones, y sé que, si una tierra no te quiere, te terminará echando por mucho que te resistas; a no ser que la riegues de sangre.

¿Y SI NADIE NOS SACA DE ESTA ISLA PERDIDA? Este temor agita mis pensamientos, al igual que a mis compañeros. Es un miedo oscuro que está empezando a apropiarse de nuestros sueños.

—Creo que Colón nos tendió una trampa y provocó el naufragio —me dice Chanchu, que vive en Lequeitio y era contramaestre de la Santa María, pero nació en Deva como yo. Y que también tiene una hija de la misma edad que la mía, por nombre Laia.

—¿Qué estás diciendo? ¿Para qué iba a hacer tal cosa?

—Sí, lo hizo. En aguas tranquilas y cerca de la costa, para que nadie pereciera y se pudieran aprovechar todos los pertrechos de la nao. En las capitulaciones que firmó no consta que fuese a crear un asentamiento. Sin embargo, yo sí le oí hablar de que estaba buscando un lugar adecuado para fundar una villa.

—Eso no significa nada.

—Y los indios le dijeron que aquí hay minas de oro. Colón lo tenía todo preparado, por eso encallamos frente al poblado de los taínos. Él echó toda la culpa a Juan de la Cosa, pero eso es una tontería, pues era el propietario de la nao y a nadie le dolió más que a él su hundimiento.

—Es cierto que Colón no es de fiar, ya lo vimos en el viaje.

—Piénsalo bien, podría haber salido a buscar a la Niña y habernos repartido en las dos carabelas. Pero ni lo intentó, estaba como loco por volver a Castilla y nos dejó en este lugar olvidado de Dios —se lamenta Chanchu.

—¿Y por qué iba a cometer semejante fechoría?

—He oído rumores. Colón nos ha dejado aquí para tener la excusa perfecta para regresar. Los reyes le darán una nueva flota para que venga a salvarnos. Porque ¿qué les lleva Colón de este viaje? ¿Oro? ¿Ha encontrado las grandes ciudades que dijo? ¿Hemos llegado a las islas de las Especias? Solo regresa con un puñado de indios y algunos animales. Nada más.

—Pero él tiene que volver a por nosotros, lo prometió.

—Sí, y por eso Arana insiste en que busquemos oro, para

que cuando lo haga pueda mostrárselo a los que vengan con él. Yo no pienso dejarme la vida trabajando para otros, ¡no estamos en Castilla!

COLÓN HA ORDENADO ENTERRAR TODO EL ORO que acumulemos en un pozo dentro del fuerte. Han pasado varias semanas desde su partida y a mí se me han hecho tan largas como meses.

Aquí la humedad es sofocante. Duermo envuelto en sudor, sobre una hamaca, porque acercarte al suelo supone exponerte a todo tipo de insectos y reptiles, de tamaños y formas que no he visto jamás. Y los ruidos que hacen me provocan desasosiego.

Nos hemos habituado a comer plátanos y carne asada de iguana. Estos animales aterran al verlos, parecen pequeños dragones, pero ni escupen fuego ni vuelan; son lagartos grandes y no son feroces. Y cuando te acostumbras, su carne es sabrosa, parecida al pollo.

Arana ha ordenado hacer guardias constantes, no sé si para mantenernos ocupados o porque aún cree que alguien puede atacarnos. Estos indios no conocen el metal, solo tienen útiles de piedra, y no usan corazas ni escudos. Jamás osarían desafiarnos, nos temen. Lo veo en sus rostros; nunca nadie me ha tenido miedo, así que es una sensación extraña para mí. Los taínos son un pueblo gentil y pacífico, y de gran sencillez. Verlos caminar desnudos, tomando la fruta de los árboles, evoca el Paraíso que se describe en las Sagradas Escrituras.

Las guardias se me hacen interminables. Hoy me toca con Chanchu. Ambos estamos convencidos de que, mientras los indígenas nos consideren como algo parecido a enviados de sus dioses, estaremos seguros. Arana y Gutiérrez han entablado relaciones con el cacique, que les ha explicado que al otro lado de la isla viven los caribes, sus enemigos, que los atacan con frecuencia y comen carne humana. El cacique caníbal se llama Caonabo y su poblado, Cibao. El taíno nos ha pedido protección.

Arana nos cuenta que ya tenían noticia de esos caribes. Supieron de ellos cuando exploraron la península de Juana, antes de llegar aquí; visitaron un poblado indígena abandonado y dentro de las chozas encontraron restos de piernas y brazos humanos.

El Almirante no mencionó nada cuando nos dejó en esta isla.

HOY HE VISTO A UNA MUJER EN CUEROS mientras estaba en la playa. Hacía tanto tiempo que no veía a una mujer desnuda… Era hermosa, pero de un modo distinto a mi esposa, y me ha sonreído. ¡Por Dios! Ninguna mujer sonríe de esa manera en nuestra tierra.

Que mi mujer y mi hija me perdonen. He intentado luchar contra mis impulsos, pero he yacido allí con ella, en la playa, sobre la arena, con las olas del mar mojando nuestros cuerpos. Mentiría si no dijera que nunca había disfrutado tanto como con la nativa.

Al regresar al fuerte, he oído gritos y me he alarmado. En la plaza de armas estaban discutiendo Arana y Escobedo. El alguacil ha terminado alzando la voz y nos ha ordenado encontrar la mina de oro de donde los taínos extraen el metal dorado que nos mostraron. Debemos recorrer la isla en busca de cualquier información sobre ese yacimiento.

Yo lo tengo claro, estas tierras no son las Indias que vinimos buscando; aquí no hay ciudades con tejados de oro ni estamos en los dominios del Gran Kan. Y lo que más me aterra son los rumores sobre los caníbales. ¿Y si son ciertos? Me cuesta creerlo, pero no dejo de pensar en ello. Si el mal está tan cerca, deberíamos huir. Quizá ese latido que escucho cuando me adentro en la selva sean ellos.

Aún no somos conscientes de a qué nos enfrentamos, pues los peligros en esta tierra en nada se parecen a los de Castilla.

RODRIGO DE ESCOBEDO Y PEDRO GUTIÉRREZ, el escribano mayor de la Armada y el repostero del rey, respectivamente, son los que tratan con el cacique y están intentando averiguar dónde está la mina de oro y cualquier otro dato relevante de la isla.

Escobedo es ambicioso, se percibe en el brillo de sus ojos. He conocido a otros hombres a los que solo les mueve la ambición y todos tienen ese mismo destello. Él es del norte, como la mayoría de los que estamos aquí, pues la Santa María era una nao vasca, y Escobedo ha logrado labrarse cierto mando sobre los de mi tierra. Le observo cuchichear, moverse por la plaza de armas, murmurar durante la noche y, sobre todo, salir de La Navidad hacia el poblado de los taínos.

Casi todos lo hacen en algún momento en busca del único vicio que es posible en este apartado lugar del mundo. Los indios no dejan de hacernos regalos y nos permiten yacer con sus mujeres. Ellas son distintas a las castellanas, y no porque vistan semidesnudas, que también, sino porque en esta cultura tan inocente no está mal visto que tengan trato carnal con nosotros, y con una entrega que ninguna cristiana decente mostraría jamás. Son fogosas y, al mismo tiempo, inocentes y cariñosas. Creo que se dan así a nosotros porque nos toman por enviados de los dioses y ellas se ven como meras ofrendas.

Yo también caigo en la tentación.

Diego de Arana es el único que no yace con las nativas. Y eso, lejos de otorgarle más autoridad, provoca recelos. Se está equivocando; somos marineros, no hombres de armas. Mientras la disciplina sea dura, obedecemos; cuando se relaja, nos descarriamos. Eso un capitán lo sabe porque ha lidiado con ello en alta mar, pero Arana es hombre de tierra. Lo que él no ve es que el fuerte de La Navidad no solo está hecho con los despojos de la Santa María, sino que en verdad es un barco en medio de una selva que puede ser más peligrosa que el mismo Océano.

YA NO SOMOS TREINTA Y NUEVE HOMBRES. Hoy ha fallecido Martín de Urtubia. Enfermó hace dos semanas y se le fueron gangrenando primero los pies y luego las piernas. Le hemos dado cristiana sepultura.

Nuestras piojosas y roídas ropas nos dan algo de dignidad, pero por la noche ya hemos perdido el sentido del decoro y todos dormimos desnudos.

Pasan los días y Arana dobla las guardias, pero la marinería está hecha a alta mar y permanecer en tierra es como tener animales en un corral. Muchos piensan que no es necesaria tanta precaución, ya que no se ha detectado ninguna señal hostil, y preferirían dormir al raso en la playa en vez de estar hacinados en las cabañas, entre orines y bichos.

La vida en el fuerte se ha convertido en una pesada rutina que no presagia nada bueno. Es como un mar en calma sin tierra a la vista, como cuando nos amotinamos antes de llegar aquí. ¿Podría alzarse un motín en una isla?

Hay quienes piensan que en este lugar pueden ser más felices que en Castilla. ¿Dónde sino los van a tratar como si fueran dioses? ¿Dónde les van a hacer todo tipo de ofrendas, incluso carnales?

Escobedo y Gutiérrez son los que más insisten en ello, sembrando discordia. Diego de Arana es autoritario y no da su brazo a torcer, dice que estas maderas de la Santa María son Castilla y que debemos comportarnos como si de verdad estuviéramos en ella, defenderla y honrarla. Pero se equivoca, no podemos estar más lejos de Castilla que dentro de este fuerte.

Llueve, siempre llueve como si el mar estuviera encima de nuestras cabezas. Pero hay días que creo que nos hallamos en el Paraíso, rodeados de belleza, comida en abundancia, sin servir a nadie. Y entonces me pregunto si nos lo merecemos y pienso en mi familia. Seguro que en casa creen que estoy muerto.

HEMOS VENIDO BUSCANDO ORO, no hemos cruzado el Océano para estar hacinados en un fuerte.

—¿Por qué no salimos a buscar la mina? —sugiere un marinero de Lepe.

—Los taínos no nos dicen nada sobre ella.

—Pues tendremos que obligarlos —habla Escobedo con autoridad.

—Tiene razón —afirma Chanchu, y el resto asiente.

A la mañana siguiente, una docena de hombres salimos armados con espadas, picas, ballestas y arcabuces. Cualquiera diría que vamos a la guerra, pero nos dirigimos a un poblado de nativos indefensos.

Cuando llegamos se quedan boquiabiertos. La mayoría se arrodilla, solo el cacique y otro hombre a su lado se mantienen erguidos. Entonces Escobedo hace una señal y uno de los nuestros prende la mecha de su arcabuz y dispara contra un corral, reventando a media docena de animales. De nuevo, lo que más les impresiona es el humo y el ruido. Todos se tapan las orejas, muchos lloran, otros parecen rezar. El terror también se refleja en el rostro del cacique Guacanagui.

Escobedo intenta hacerse entender por señas y con las palabras que ellos han ido aprendiendo de nuestra lengua. Hasta que el cacique le dice que las minas están cerca del río, hacia el centro de la isla.

A partir del día siguiente, todos los amaneceres sale una partida de indios con seis de los nuestros hacia el yacimiento. Organizan el trabajo y comienzan a cribar el fondo del río.

Hay oro.

SI GRITARA, NADIE PODRÍA ESCUCHAR MIS GRITOS en esta isla al otro lado del Océano. Estamos solos. Mi voz se perdería en la selva. Es más, muchos pensamos que nadie sabe que estamos aquí. ¿Quién nos dice que Colón no naufragó en el viaje del vuelta? ¿O que, una vez en Castilla, los reyes no han querido sufragar una segunda expedición? ¿O sí lo han hecho, pero Colón ha perecido cuando venía a buscarnos o no ha sabido llegar hasta aquí?

Si el Almirante no ha alcanzado Castilla, nadie sabe dónde estamos y que seguimos vivos.

Arana está almacenando el oro en el pozo, tal y como ordenó Colón. Sin embargo, los hombres se guardan parte de lo que encuentran y lo esconden.

—¿Se cree que el oro es suyo? —suelta un sevillano, refiriéndose a Arana.

—Peor, se lo quiere entregar todo a Colón cuando vuelva —dice Chanchu.

—No cruzo todos los días media selva, con esos salvajes acechando, para sacar oro y dárselo a alguien que ni siquiera sé si está vivo.

—Pero el oro es de los reyes, y un diezmo de Colón.

—¿Qué reyes? ¿Tú ves alguna corona por aquí? ¿Algún estandarte real?

La fiebre del oro se está adueñando de la isla, si bien el dorado metal no es tan abundante como creíamos y cuesta enorme esfuerzo obtenerlo. Así que Escobedo y, sobre todo, Gutiérrez están usando a los taínos como si fueran esclavos: no les dejan descansar y los golpean si no obedecen. Ayer uno de los más jóvenes se negó a continuar. Gutiérrez no tuvo piedad y lo azotó para que sirviera de ejemplo a los suyos, con tanta violencia que acabó con su vida.

¿Qué necesidad había para tanta crueldad?

La isla está sacando lo peor de nosotros. Los hombres se dan a los mismos vicios que en Castilla: beben, fornican, juegan, apuestan y son violentos. Y para colmo han encontrado placeres nuevos, como un humo que inspiran los indios y que llaman «tabaco». Posee un efecto balsámico, relaja y te hace sentir más ligero. Es una medicina fabulosa que te cura cualquier mal. Entra por la garganta y hay que sacarlo por la nariz, lo cual es difícil al principio y te provoca tos. Pero cuando te acostumbras, querrías hacerlo todo el tiempo. La promiscuidad ha hecho que aparezcan enfermedades en las entrepiernas; y los insectos y la humedad están causando otras.

Esto ha dejado de parecerse al Paraíso para convertirse en el infierno.

UN HOMBRE HA DESAPARECIDO. Francisco de Huelva salió a la selva, dicen que en busca de alguna taína, y no ha regresado. De primeras nadie le echó cuentas, se pensó que se habría excedido en el permiso. Pero han pasado ya cuatro días sin noticias de él. Escobedo ha ido al poblado a preguntar y el cacique le ha dicho que lo vieron adentrarse hacia el centro de la isla. Hemos mandado una partida de cuatro hombres a buscarlo y no hay rastro de él, es como si se lo hubiera tragado la selva.

Estamos aprendiendo que es demasiado fácil morir y matar en estas tierras sin buscar una explicación plausible. Si entras en la selva, la muerte acecha tras cada paso que das. Cada vez tengo menos ganas de salir del fuerte; solo voy a la playa, que me recuerda tanto a las de Lequeitio o Deva, aunque sean tan distintas. Abrigo la esperanza de que estas mismas aguas en las que hoy me baño viajen hasta el Cantábrico y bañen también a mi mujer y a mi hija.

En la isla no hay estaciones, siempre hace el mismo calor sofocante. Aquí no saben lo que es el frío, ni las heladas al amanecer. Los indios jamás han visto la nieve. Calor, lluvia y aburrimiento. Pero ni siquiera la lluvia es como la de casa, porque aquí se rompe el cielo y diluvia.

El de Huelva no es la única baja. Ayer una serpiente de un tamaño descomunal atacó a uno de los vizcaínos que estaba de caza y, aunque lograron salvarlo, le inoculó un veneno que le ha tenido dos días postrado antes de morir.

¿Qué maldito lugar es este que Dios permite que existan criaturas así?

O tal vez Dios no ha pisado nunca esta isla.

Hoy ha muerto uno que era pintor. Cayó enfermo, tenía el cuerpo lleno de picaduras. Los taínos han intentado explicarnos lo que le ha sucedido, pero cada vez me fío menos de ellos. Antes creía que los estábamos utilizando, pero empiezo a pensar que es su cacique el que nos utiliza a nosotros.

SE HA TERMINADO EL VINO. La comida no es ningún problema, aquí la naturaleza te da todo sin apenas esfuerzo. Pero el vino, no. Escobedo y dos hombres más están probando a fermentar frutas maduras y destilarlas en un rudimentario alambique que han fabricado. El brebaje que han obtenido es dulzón, pero tiene mucho alcohol, que es lo único que nos importa.

Juan Maestre, el cirujano, no da abasto. Ayer amputó una pierna y, por lo visto, cuando clavó el cuchillo salió una sangre negra y espesa. Los enfermos se le amontonan y no tiene cura para ninguno. Lo prudente sería aislarlos para que no contagien a los sanos, porque ignoramos qué criatura nos ataca y nos hace enfermar. Cada uno dice que es una cosa: los terribles mosquitos, las enormes arañas, los chinches que habitan en las chozas o los gusanos que nos pican en las piernas cuando entramos en aguas pantanosas; también es posible que sea la comida.

—¿Y si nos están envenenando los taínos? —inquiere Escobedo.

El cirujano sospecha que son las mujeres, pero pedir voto de castidad sería tan ilusorio como inútil.

Un gallego que se embarcó en la Santa María no para de decir que esta tierra está maldita, que por eso solo viven salvajes y que debemos irnos. Como si eso fuera posible. Los hay que además sufren otro tipo de mal, como el tonelero, que se encaprichó de una taína y se ha fugado del fuerte. Arana nos mandó a unos cuantos para que lo trajéramos de vuelta, pero el cacique nos dijo que han tomado una canoa y se han echado al mar. Es probable que se hayan ahogado. Los hemos buscado en la playa y no hemos encontrado nada.

Uno menos, y no estamos para perder a nadie con los pocos que somos.

Arana ha perdido el control, y entiendo que es difícil imponer autoridad estando tan lejos de Castilla. Nadie va a cruzar el Océano para ahorcar a un criminal. Pero si nos olvidamos de las leyes, también nosotros nos convertiremos en salvajes.

Eso mismo ha pensado Arana cuando hemos encontrado al tonelero, quien, en efecto, había intentado huir en una canoa con su amante. Arana ha impuesto su mando y, sinceramente, para una vez que lo hace, creo que se ha equivocado.

Lo ha ahorcado de lo alto del mástil de la Santa María que clavamos en el patio de armas para que ondearan los emblemas de Castilla. Ha actuado como si estuviéramos en alta mar, con la diferencia de que allí no te puedes escapar con una mujer. Ha dejado el cuerpo tres días al sol, hasta que el olor era repugnante, y luego ha ordenado enterrarlo en el cementerio, que no deja de crecer.

La ejecución ha enturbiado los ánimos, y no porque no se la haya ganado el tonelero, sino porque otros se la merecían mucho más.

Y yo me pregunto: ¿qué diremos de todo esto cuando regrese Colón?

NO EXISTE UN LUGAR MÁS PROPICIO PARA LA REBELIÓN que esta isla, donde las costumbres sexuales son complacientes, la comida te la da la naturaleza sin esfuerzo y el ambiente es permisivo y la autoridad está a casi mil millas de distancia. Por eso, al alba, Pedro Gutiérrez y Rodrigo de Escobedo, seguidos de nueve hombres, han abandonado La Navidad. Diego de Arana ha estallado y nos ha mandado apresarlos. Hemos seguido sus huellas por la costa, se dirigen hacia al centro de la isla.

Cuando están a bordo, los marineros aceptan la disciplina del capitán y de los oficiales porque su vida depende de ellos, pues son los únicos que saben el rumbo que tomar. Y el que no sigue la disciplina es castigado con severidad o arrojado por la borda, si persiste en su actitud. Pero, una vez en tierra, la gente marinera es difícil de controlar. Siempre se ha dicho que el alcohol, el oro y las mujeres son la perdición de los hombres, y en este rincón dejado de la mano de Dios están presentes los tres.

Arana ha preguntado al cacique y este le ha contado que los han visto dirigirse hacia Cibao, las tierras del caníbal Caonabo, enemigo de los taínos.

¿Qué pretenderán? ¿Unirse a él? ¿Derrotarlo?

Nadie lo sabe. Pero al día siguiente otros cuatro han desertado y se han encaminado hacia diferentes lugares de la isla.

Ahora ya solo quedamos diez hombres en La Navidad.

LOS TAÍNOS NOS OBSERVAN, saben que algo ocurre dentro del fuerte. Hoy ha regresado uno de los hombres que se fue con Escobedo, Juan de Medina, y cuenta que fueron hasta el otro lado de la isla, que subieron las montañas, encontraron el rastro de los caribes y también muestras de oro. Y que una noche empezó a llover, tanto que pensaron que se trataba de un nuevo diluvio. Entonces cayeron sobre ellos; eran decenas, si no cientos. No pudieron usar los arcabuces, así que desenfundaron las espadas y clavaron picas en el suelo. Hundieron una y otra vez su acero en esos cuerpos menudos regando de sangre la selva. Los caribes caían uno tras otro, pero no dejaban de surgir más. Las espadas castellanas cortaban cuellos, sesgaban brazos y piernas; empalaban en las picas a los más osados. Aun así, las fuerzas son limitadas, el cansancio no desaparece con la sangre derramada, y llegó un momento que flaquearon. A uno le dieron un golpe certero con una maza de madera; a otro lo derribaron entre cuatro y lo remataron con piedras y palos. Nos ha contado que al sastre le clavaron una estaca en el pecho y luego le dieron tajos hasta cinco caribes.

Gutiérrez cayó bajo una lluvia de piedras. Solo Escobedo y él lograron huir y llegaron a la costa. Allí se resguardaron. Escobedo llevaba una herida de un dardo en el hombro, nada grave; pero al día siguiente deliraba, estaba ardiendo y vomitaba sangre por arriba y por abajo. Murió a las pocas horas y tuvo que dejarlo en la playa.

Ahora tememos que vengan a por nosotros, y no somos los únicos. Los taínos tienen miedo a una represalia por parte de su enemigo, que tal vez piense que fueron ellos los que nos pidieron que les atacáramos.

Otra cosa que me preocupa es haber fracasado ante sus ojos. Somos dioses, o al menos sus enviados, y no deberíamos morir, ni mucho menos ser derrotados.

En La Navidad ya solo quedamos seis hombres sanos y Arana; dos más están enfermos y uno agonizando. Los otros están desaparecidos o muertos. Los indios de la isla ya saben que nos pueden matar.

¿Cuánto tiempo más vamos a ser capaces de resistir?

Estos ocho meses me parecen años, y creo que ya solo puede salvarnos el regreso de Colón.

HEMOS PEDIDO AYUDA A LOS TAÍNOS, a fin de cuentas los caribes son sus enemigos. Somos muy pocos; nuestra única esperanza es detener el ataque cuando se produzca, sembrar confusión entre los caribes y que los taínos caigan por su retaguardia.

Confiar en ellos es una osadía; no están acostumbrados a luchar, no tienen disciplina y sus armas son primitivas. Así que los hemos armado con cuchillos y hachas de metal. Al menos tendrán esa ventaja cuando entren en combate. Además, Diego de Arana confía en el poder de fuego de las piezas de artillería y puede que tenga razón.

Cae la noche, la más larga desde que llegamos a La Española. Hemos iluminado con antorchas todo el perímetro del fuerte. Cuatro hombres sanos están con Arana en la torre, con las piezas de artillería dispuestas; en la puerta, Chanchu y yo con los tres enfermos, todos con arcabuces.

En esta isla siempre hay un silencio espeso, antinatural, y por la noche se oyen todo tipo de animales y ruidos.

Hoy no.

—No lo olvidéis, ¡luchamos por Castilla! —grita Arana desde la torre, donde ha izado el estandarte recuperado del mástil de la Santa María—. Por Sus Altezas Isabel y Fernando, y por Dios, Nuestro Señor. ¡Castellanos, esta es nuestra casa! ¡Nadie entrará en La Navidad!

Otro grito nos hace enmudecer. Es aterrador, más propio de un animal que de un hombre. Se eleva hacia el cielo y recorre la isla. Entonces escucho de nuevo el latido de la tierra. Pero no percibo ningún movimiento. No hay viento, y tampoco llueve, qué oportuno.

—¡Por detrás! —gritan en la torre.

Alguien lanza una antorcha y se ilumina el lado que da a la playa, decenas de sombras están cruzando el foso. Arana y los suyos giran la lombarda y descargan contra ellos. Retumba toda la estructura, luego disparan otra tanda. Miro abajo, delante de nosotros el foso también está repleto de caribes.

—¡Fuego!

Descargamos los arcabuces, que revientan vísceras, extremidades y cráneos.

Gritos de todo tipo. Flechas que llegan hasta nosotros, pero estamos bien parapetados. Corremos a recargar y disparamos contra los que trepan por la empalizada. Las lombardas escupen una vez más y nosotros también, la noche se ha transformado en una masacre. ¿Cuántos caribes hay?

Miro al oeste, ¿dónde están los taínos? Es el momento de que ataquen la retaguardia de los caribes. Pero no lo hacen, puede que les haya entrado miedo o que no hayan entendido lo pactado. Era una insensatez contar con ellos. Y, sin embargo, ¡los necesitamos!

Ya no hay tiempo para recargar, saco la espada y le doy un tajo en la cara al primero que asoma la cabeza. Chanchu hace lo propio con el aparece por su lado.

Un trueno ruge en la lejanía, al que siguen relámpagos entre las montañas del centro de la isla. La lluvia no podía perderse esta batalla.

Nos ponemos espalda contra espalda para protegernos de los interminables enemigos de cuerpo pintado de rojo que asaltan una empalizada que ya no se puede defender. Echamos a correr, los enfermos caen entre una vorágine de golpes. En el patio de armas han abierto la puerta. La atalaya sigue escupiendo fuego y eso la mantiene a salvo, subimos por la escala y luego la tiramos. Es el último reducto. Desde aquí la escena es terrible, estamos rodeados y ahora intentan prendernos fuego acercando materiales inflamables y antorchas, pero nuestros arcabuces y las lombardas los mantienen a raya.

La Navidad resiste.

—¿Cuánto tardará en llegar el día? Esta noche es interminable —le digo a Chanchu.

—No creo que el amanecer nos salve.

El alba siempre es una esperanza, y al menos podríamos verles las caras a esos salvajes.

Entonces se oyen unos tambores y los taínos entran atacando la espalda de nuestros enemigos. Los caribes ahora están rodeados.

—Ver para creer, ¡al fin aparecen! —masculla Chanchu—. Malditos taínos, ¡estamos salvados!

—Más vale tarde que nunca. Debemos apoyarlos, aquí ya no hacemos nada —ordena Arana.

Abandonamos la atalaya y, espada en alto, atacamos por el otro flanco. Nunca había visto matar tanto ni tan fácil.

AL AMANECER, LA BATALLA HA TERMINADO. La Navidad está a salvo. Arana, Chanchu y yo seguimos con vida; hay dos hombres más, pero están heridos. Qué lejos están ya los días en que éramos treinta y nueve.

El cacique taíno porta una de nuestras espadas. Casi todos

sus hombres están pertrechados con armas, las que les dejamos y otras que han cogido en el fragor de la lucha. Ya no parecen tan inofensivos. Se han pintado los cuerpos como los caribes y han probado el sabor de la sangre, están excitados por la violencia. Dan verdadero miedo.

El cacique alza la espada y nos señala, y los taínos comienzan a gritar como animales salvajes. Es una trampa.

Formamos un círculo y contenemos su ataque, pero estamos exhaustos y caen sobre nosotros. Lucho con cuatro taínos a la vez, mi espada se clava hasta quedarse atrapada en uno de ellos. Nos dan tajos y nos hieren por los cuatro costados.

¿Qué hemos hecho?

Los inofensivos nativos se han transformado en bestias sedientas de sangre, ya no somos tan distintos.

Al final de la mañana se llevan a Arana y a otro maniatados con sogas; a Chanchu y a mí van a clavarnos en unos maderos para crucificarnos. No deja de ser una burla que vayamos a morir como Nuestro Señor. Qué equivocados estábamos, esta tierra no es el Paraíso. O quizá sí lo era y nosotros la hemos pervertido para siempre.

Miro al horizonte y al fondo creo ver unas velas, pero tal vez sean alucinaciones. O puede que al final nuestra sangre haya servido como sacrificio para que esta isla acepte a los nuestros. Sea lo que sea, no lo veré, y tampoco a mi mujer y a mi hija. Morir tan lejos de casa para nada y sin que probablemente nadie lo sepa nunca. ¿Qué harán con nuestros cuerpos? Ya solo me queda rezar para que, si regresa Colón, nos dé cristiana sepultura y castigue a los taínos y a los caribes.

Dios lo quiera así.

Nota del autor

En noviembre de 2022, cuando estaba terminando de corregir *El tablero de la reina*, ya comenzaba a escribir esta novela. Siempre me sucede así, el final de una se solapa con el inicio de la siguiente. Escribir es como respirar, una necesidad. En este caso con más razón, porque ambas novelas son continuación, si bien narran historias independientes que transcurren con veinte años de diferencia.

Los que cuentan el mundo son los viajeros. Viajar es innato a la condición humana; somos nómadas, siempre lo hemos sido. No hemos parado de viajar desde que, hace miles de años, nos erguimos sobre nuestras dos piernas. Viajábamos para sobrevivir y porque tenemos la necesidad genética de ir más allá de lo conocido. Hemos subido las montañas más altas y recorrido los mares más lejanos, hemos descubierto nuevas tierras y llegado a los confines de nuestro mundo. Incluso ahora tenemos nuevas metas: la Luna, Marte. No hay límites en nuestro espíritu viajero.

Los legendarios relatos clásicos, como la *Ilíada* o la *Odisea*, son viajes, así como las narraciones medievales, como las aventuras de Marco Polo o las peregrinaciones a lugares santos. Si los caminos antiguos se nos presentan poco frecuentados es porque la densidad de población era baja. Pero sus gentes viajaban más por término medio de lo que lo hacemos en la actualidad.

Este es un libro que trata sobre cómo viajar ha transformado el mundo y sobre las representaciones de esos viajes: los mapas, su poder y fascinación.

También versa sobre la relación entre el Renacimiento italiano y el principio del Siglo de Oro español, y como ambos, a finales del siglo xv, produjeron dos viajes esenciales. Italia, mediante su poder económico, emprendió a través del arte y la cultura el gran descubrimiento interior del hombre con la recuperación del saber clásico. Portugal y España, gracias a su energía y a una nueva concepción de la realidad, comenzaron la extraordinaria aventura de descubrir cómo era nuestro planeta, dentro de una estrategia ideada por sus reyes para dominar el comercio y el mundo. Un doble viaje que inició el camino hacia la Modernidad.

Viajar no es hacer turismo. Ese concepto no se generaliza hasta el siglo xx. Viajar es aventura, es descubrir, es conocer otras culturas y civilizaciones, y es soñar.

Y para mí, lo más similar que existe a iniciar un viaje es comenzar un libro. San Agustín afirmó que «el mundo es un libro y aquellos que no viajan no leen de él más que una página».

Dicen que hay dos tipos de escritores, los de mapa y los de brújula. Los primeros, antes de empezar a escribir, organizan toda la estructura del libro, desarrollan un guion y crean los arcos dramáticos de los personajes. Los segundos se enfrentan a cada página sin saber qué va a suceder, los motiva descubrir de qué son capaces sus personajes, les mueve la curiosidad de saber qué va a pasar. Yo soy un escritor que sigue el mapa, pero que también llevo una brújula; si en el camino encuentro un desvío que parece interesante o un personaje inesperado, no dudo en abandonar el itinerario marcado y adentrarme en lo desconocido, con mi brújula preparada para encontrar el norte y no perderme.

He disfrutado escribiendo esta ambiciosa novela, llena de viajes, aventuras, historia y misterios. Es imposible enumerar ahora todo lo que me gustaría añadir sobre escenarios, frases, personajes, cronologías, bibliografías y un largo etcétera. Solo os haré un apunte sobre un globo terráqueo, el de Hunt-Lenox, el tercero más antiguo que se conoce y donde se representa toda clase de monstruos marinos: es el primero en el que aparece la frase: *hic sunt dracones*, o, lo que es lo mismo, «aquí hay dragones». Estos animales servían para cartografiar zonas desconocidas o peligrosas. Esta frase me fascinó y con ella nació esta novela.

En la apasionante aventura que ha sido escribirla me han acompañado muchas personas. En primer lugar, mi pareja Elena, sin ella nada de esto sería posible. Mi profundo agradecimiento al maravilloso equipo de Penguin Random House: Juan Díaz, Carmen Romero, Clara Rasero, Nuria Alonso, Jimena Diez, al equipo comercial y a todos los que han contribuido a que esta novela cobre vida. Gracias a Alicia Sterling, mi agente literaria por su apoyo incondicional. Así como a todos los libreros, bibliotecarios y lectores.

Y como os explicaba al principio, hoy, 20 de junio de 2024, mientras termino esta historia ya empiezo la siguiente. Como diría el Gran Anselmo de Perpiñán: *Alea iacta est.*

LUIS ZUECO